BASTEI
LÜBBE

ANGUS
WELLS

Und schütze des Königs Tochter

Roman

Ins Deutsche übertragen von
Edda Petri und Stephan Merz

BASTEI
LÜBBE

BASTEI LÜBBE TASCHENBUCH
Band 20 437

1. Auflage: April 2002

Vollständige Taschenbuchausgabe

Bastei Lübbe Taschenbücher ist ein Imprint
der Verlagsgruppe Lübbe

Deutsche Erstveröffentlichung
Titel der englischen Originalausgabe: The Guardian

Lektorat: Wolfgang Neuhaus/Stefan Bauer
Titelillustration: Corey Wolfe,
Agentur Schlück GmbH, Garbsen
Umschlaggestaltung: QuadroGrafik, Bensberg
Satz: Wildpanner, München
Druck und Verarbeitung:
Brodard & Taupin, La Flèche, Frankreich
Printed in France
ISBN 3-404-20437-9

Sie finden uns im Internet unter
http://www.luebbe.de

Der Preis dieses Bandes versteht sich einschließlich
der gesetzlichen Mehrwertsteuer.

Für Maggie Mann
Sie weiß warum

Das Wort eines Kriegers

Ich leerte meinen Wein und starrte sie an. »Was verlangst du von mir?«

»Dass du Ellyn beschützt. Geh mit ihr fort und sorg für ihre Sicherheit, bis die Zeit reif ist. Sei um Chaldors willen ihr Meister und Wächter. Verstecke sie in den Hochlanden, egal wo, und beschütze sie, bis sie mächtig genug ist. Wenn es soweit ist, wird sie ihre Aufgabe kennen.«

»Warum ich? Die Götter wissen, dass Ellyn mich nicht sonderlich mag.«

»Ebenso wenig magst du Ellyn, nicht wahr?« Ryadne lächelte matt. »Doch Andur und ich haben dich auserwählt. Keinem vertrauen wir mehr als dir. Wirst du annehmen, Gailard?«

Wuchtiger als einen Schwertstreich, stärker als jede Panzerung spürte ich, wie das Schicksal mich ereilte. Ich war misstrauisch und unwillig, doch durfte ich ihre Bitte nicht abschlagen. Andur hatte mein Wort.

»So soll es sein, meine Königin.«

Prolog

Mein Name ist Gailard, und ich bin Söldner, mag das gemeine Volk mich auch anders betrachten.

Ich wurde im Devyn geboren, einem der fünf Clans, die das Hochland an der Grenze zum Reich des Lichts bevölkern. Wenn die politischen Gegebenheiten und Umstände es erforderten, bezeichneten wir uns als Chaldors Untertanen, ganz nach Stimmungslage. Clanvölker haben eine freie Gesinnung; ihre Treue gilt in erster Linie dem Stammesführer, erst dann dem König oder der Königin. Doch ich will meine Geschichte nicht vorwegnehmen.

Die Hochlande umschließen die inneren Grenzlinien Chaldors wie die Schärpe eines fetten Handelsherren dessen üppigen Bauch. In Chaldor gibt es fettes Ackerland; die Hochlande dagegen sind unfruchtbar und öde – einsame Moorlandschaften und karge Hügel, die sich in der Weite der Styge-Ebene und dem rauen Küstengebiet des großen südlichen Meeres erheben. Das Leben dort ist mühsam und bringt einen harten Menschenschlag hervor, so wie meinen Vater, den Stammesführer des Devyn-Clans, dessen Wunsch es war, dass ich sein Nachfolger würde. Doch diesem Wunsch kam ich nicht nach.

Vater hatte mich Rytha versprochen, der Tochter des Clanführers von Agador, um mit dieser Bindung die beiden Stämme zu vereinen und zum größten Clan diesseits des Durrakym zu machen. Da ich Rytha nicht liebte, sie nicht einmal mochte, verließ ich meinen Clan, was meinen Vater dazu bewog, mich als Gesetzlosen aus dem Land des Devyn-Clans zu verbannen. Auch bei den Agador machte ich mich durch meine Flucht nicht gerade beliebt – und sicher noch weniger bei Rytha.

Wenngleich es mir Leid tat, die hohen Berge meiner Kindheit hinter mir zu lassen, kümmerte es mich zu diesem Zeitpunkt nicht sonderlich. Ich war jung und eigensinnig und hoffte, dass große Abenteuer vor mir lagen. Westlich von Chaldor verdingte ich mich als Söldner im Heer Andurs, der zu dieser Zeit König war, ein Mann in meinem Alter.

Es gab viele Highlander in Chaldors Streitmacht, Krieger der Agador und der Quan, der Arran und der Dur und nicht zuletzt aus meinem Clan, den Devyn. Auch wenn die Bewohner der Ebene uns Menschen aus dem Hochland geringschätzig als Landsknechte betrachteten, manchmal sogar auf uns herabschauten wie auf Wilde, so hatten wir doch dem Reich des Lichts den Treueeid geschworen und vergossen unser Blut für König Andur. Des Königs Respekt war unser Lohn. Überdies lernte ich in Chaldor das Lesen und Schreiben und beherrschte bald die Kriegsführung in geordneten Reihen auf blutigen Schlachtfeldern. Stets waren es Highlander, die das Heer anführten. Ich lernte die Sitten der vornehmen Gesellschaft Choryms, der Stadt des Königs, erlernte den Gebrauch von Messer und Gabel und eignete mir schickliche Umgangsformen an.

Schließlich wurde ich Anführer einer Kampftruppe von fünfhundert Söldnern und lernte den König persönlich kennen, nachdem ich mich zuvor durch die verschiedenen Ränge emporgekämpft hatte. Nicht ohne Stolz kann ich sagen, dass der König und ich zu Freunden wurden. Manches Mal saß ich zu seiner Rechten, begleitete ihn zu Übungskämpfen mit dem Holzschwert oder ging mit ihm sogar in Tavernen. Ich sprach mit seiner Frau Ryadne, die wie ich aus dem Hochland kam – wenn auch von den Dur, einem bei den Devyns nicht sonderlich beliebten Clan. Bei den Devyns wurden die Dur als prahlerisch betrachtet; sie beherrschten zwar kleine Zaubereien, bezeichneten sich jedoch als Magier, ohne dass sie auch nur annähernd an die Fähigkeiten der Vachyn heranreichen. Doch ich mochte Ryadne. Sie war schön und – wie ich glaubte – eine ehrbare Frau. Andur liebte sie mehr als alles andere, vielleicht mit Ausnahme seiner Tochter Ellyn, die in meiner Geschichte einen besonderen Platz einnimmt. Sie unterschied sich von ihren Eltern wie der Lachs von der Forelle.

Schon als junges Mädchen besaß sie die Schönheit ihrer Mutter, jedoch nicht deren Stille und Sanftheit. Vielleicht bin ich jetzt ungerecht; schließlich war Ellyn damals noch sehr jung, doch auf mich wirkte sie überheblich und starrsinnig, selbstsüchtig in ihren Entscheidungen und reizbar. Ich mochte sie nicht. Ihr Vater Andur jedoch liebte Ellyn und hütete sie wie seinen Augapfel, also ertrug ich die Auswüchse ihres kindlichen Zorns oder mied ihre Gesellschaft, so gut es ging.

Andur war ein großartiger König, an Weisheit seinen Lebensjahren weit voraus. Hätte Andur eher geherrscht, hätte unsere Welt den Frieden zeitiger gekannt. So aber wurde der Frieden oft hart errungen und war nur durch Blutvergießen zu erlangen. Andur ließ die Großen Straßen anlegen, welche die Hochlande mit der Ebene verbinden und sich heute in alle Himmelsrichtungen des Königreichs ausbreiten. Er schmiedete Bündnisse mit den Clans und brachte dem Reich des Lichts den Frieden, sodass Chaldor erstrahlte wie ein funkelndes Juwel, dessen segensreiches Leuchten auf alle fiel, die dort lebten, und dafür liebte ich Andur leidenschaftlich – viel mehr als Eryk, meinen leiblichen Bruder.

Andur war es auch, der mich auf die Machenschaften der Vachyn-Zauberer aufmerksam machte. Er sah die Bedrohung und das Unheil voraus, das kommen sollte. Damals hasste ich die Vachyn, weil Andur ihre Schliche verabscheute. Heute hasse ich die Vachyn für das, was sie sind und für ihr Tun, das sie in Chaldor zu Geächteten macht.

Mein erstes Zusammentreffen mit den Vachyn hatte ich in Danant, das von Talan Kedassian und dessen Stellvertreter und Berater Nestor beherrscht wurde. Ich und viele andere waren der Ansicht, dass Talan seine Seele an die Vachyn verkauft hatte.

Danant wurde durch den Fluss Durrakym von Chaldor getrennt; viele Jahre lang wetteiferten Danant und Chaldor um den einträglichen Flusshandel. König Andur begnügte sich mit einem geringeren Anteil, denn die Großen Straßen ermöglichten seinem Reich einen Gewinn bringenden Handel, auch wenn die Straßen in erster Linie zum Nutzen der Bevölkerung gebaut worden waren und nicht, um damit des Königs Truhen im Überfluss zu füllen. Talan hingegen war habgierig und bereicherte sich hemmungslos, was letztlich dazu führte, dass er seine Schatztruhen leerte, um die Ergebenheit Nestors und der Vachyn zu erkaufen und den Krieg zu beginnen.

Zuerst kamen die Piraten, schnelle und geschickte Flussräuber, die Chaldors Handelsschiffe plünderten und zur Tarnung Chaldors Flaggen hissten, als sie dann auch Schiffe der Naban und Serian überfielen, was zur Folge hatte, dass beide Königreiche Botschafter nach Andurs Hauptstadt Chorym sandten, um zu protestieren. Andur versuchte mit aller Mühe, die Kriegslist aufzuklären, doch Talan beteuerte seine Unschuld, und der Flusshandel wurde an Danant verloren. Nestor ging seinen düsteren magischen Machenschaften nach, und die Botschafter verließen Chorym in der Überzeugung, dass Chaldor die Schuld an allem trage. In Chaldors Häfen kam der Handel zum Erliegen, sodass er gänzlich über Land erfolgen musste. Protestschreiben wurden nach Danant geschickt und Botschafter entsandt. Doch die Proteste blieben unbeachtet; die Botschafter wurden verspottet und ohne Antwort zurückgeschickt.

Chaldor stand allein da, offen für den nächsten Schlag Nestors, der nun mit direkten Angriffen begann. Die Flusspiraten verbrannten Städte und Dörfer, metzelten Menschen und Tiere nieder, rückten ins Inland vor und zerstörten dort die Ernte und die Weinberge. Es war so schlimm wie in uralter Zeit, als die Könige der Meere zum Plündern den Fluss hinaufkamen.

Endlich beschloss der friedliebende Andur, Talan eine Lektion zu erteilen. Er suchte nicht den Krieg, doch alle Friedensbemühungen waren vergebens, und so musste Andur diese schreckliche Entscheidung treffen. Wir riefen unsere Schiffe zusammen und bildeten eine große Streitmacht, mit der wir einen Vorstoß nach Danant unternahmen. Doch genau das hatte Nestor geplant, und wir gingen ihm in die Falle.

Und hier beginnt meine Geschichte.

1

Magisches Feuer des Vachyn-Zauberers zerbrach unseren Schutzschild. Es war ein klarer, strahlender Tag. Ein Tag, dessen wolkenloses Blau eher dazu einlud, unter Olivenbäumen zu plaudern, den Geist durch Wein beflügelt, anstatt sich zu bekriegen. Ich erinnere mich an Schwalben, die pfeilschnell über meinen Kopf flogen und an Schweißgeruch, den meine Lederrüstung verströmte. Schweißtropfen liefen mir übers Gesicht in die Augen, doch noch immer sah ich die Blitze aus dem makellosen Himmel niederzucken, lautloses Feuer, das unsere Schilde wie durch Brennofenhitze zum Glühen brachte. Speerspitzen flammten auf wie lodernde Fackeln. Ich erinnere mich an die fürchterliche Angst, die uns überkam wie ein böser Traum, der einen in langen dunklen Nächten minunter heimsucht, verschleiert, angefüllt mit Gewissensbissen und unsäglichem Schrecken. Begleitet vom Schmerzgeschrei der Verbrannten, warfen Männer ihre Schilde und Waffen nieder, wobei sie laut schrien, sie hätte Schlangen und Echsen statt Waffen und Schilden in der Hand; dann versuchten sie, die unsichtbaren Flammen auf ihren Körpern mit bloßen Händen auszuschlagen. Ich kämpfte gegen meine schwindende Zuversicht und schrie die Männer an, die Stellung zu halten. Zu alledem gesellte sich die Stimme meines Vaters, der mich verdammte; sein anklagendes Gesicht erschien mir im feindlichen Flammenfeuer und tanzte um Schwert und Schild. Tränen vermischten sich mit meinem Schweiß, und ich hätte nichts lieber getan, als davonzurennen, doch ich biss die Zähne zusammen und sagte mir, das alles wäre nichts weiter als fauler Zauber, bloß eine Sinnestäuschung – was mir aber auch nicht viel half.

Ich glaube, in diesem Moment hatten wir die Schlacht verloren. Unsere Truppen wurden zurückgeworfen und zerstreut. Es gab keine geordnete Kriegführung disziplinierter Truppen mehr, nur noch vereinzelte Kämpfe um das nackte Überleben.

Schwere Streitwagen durchbrachen unsere Linien, Speere und Pfeile flogen durch die Luft. Mit ihren gebogenen Schwertern drosch die Reiterei auf uns ein; dann kamen schwer bewaffnete Fußsoldaten mit Speeren, Äxten und Klingen. In dem wilden Durcheinander war es mir nicht möglich, meine Männer zu sammeln. Ich konnte nur fluchen und darüber schimpfen, dass sie nicht aufrecht standen und kämpften, sondern voller Entsetzen flüchteten. Auf der Ebene vor dem Darach-Pass erlebte ich den Anfang vom Untergang Chaldors.

Gestützt auf einen Speer, humpelte ich vom blutigen Schlachtfeld. Viele Wunden schmerzten mich, doch am meisten tat es mir weh, dass ein Danant mich mit seiner Lanze am Knie getroffen und niedergestreckt hatte. Ich wäre gefallen, wäre nicht einer meiner Männer, dessen Name ich nicht einmal kannte, schreiend vor mich hin gesprungen und hätte den mir zugedachten Stoß mit seinem eigenen Leib aufgefangen, wodurch er mir die Chance gab, mein Schwert in den Leib des Feindes zu bohren. Doch als ich mich aufgerappelt hatte und das Gemetzel ringsum sah, wusste ich, dass die Schlacht verloren war; uns blieb nur noch der Rückzug. Ich nahm die Lanze des gefallenen Feindes und benutzte sie als Fahnenstange, um Andurs Banner daran wehen zu lassen, während die letzten Kämpfe tobten und meinem König alles abverlangten.

Nur wenige Männer der Königlichen Garde hatten überlebt. Sie kämpften dort, wo Talan seine Streitmacht konzentriert hatte, tapfer an der Seite Andurs. Trotz des Hornsignals, das zum Rückzug blies, machte ich mich humpelnd auf, um Andur zu helfen.

Es war ein kaum zu bewältigender Weg, der zurück über die Ebene führte, unter dem Beschuss der Bogenschützen, deren Pfeile wie ein Regenschauer niedergingen; der Himmel hatte sich mit dem Nebel des Krieges überzogen, und unablässig attackierten feindliche Streitwagen unsere Flanken. Ich nahm kaum wahr, dass das feindliche Feuer allmählich eingestellt wurde. Stattdessen bemerkte ich, wie die Schwalben Fledermäusen wichen, und Schwärme von Aaskrähen ihren Heimflug unterbrachen, um sich lauernd auf den umherstehenden Bäumen niederzulassen.

Die Sonne ging hinter dem Darnach-Pass unter, spiegelte sich kurze Zeit auf den schimmerndem Brustpanzern der unzähligen Gefallenen, und wich dann bleichem Mondlicht. Sterne funkelten. Ich hörte die Schreie der Verwundeten und Sterbenden und vernahm das Geheul von Hunden. Für kurze Zeit wurden die Kampfhandlungen eingestellt. Signalhörner ertönten auf beiden Seiten. Die Streitmacht Talans formierte sich neu, sammelte sich zu einem letzten großen Angriff, der wohl im Morgengrauen stattfinden und uns endgültig vernichten sollte. Für den Moment waren wir sicher und zogen uns an den Fluss Durakym zurück, um uns dort zu sammeln – der klägliche Rest von Andurs Streitmacht.

Nur wenige meiner Männer hatten das Gemetzel überlebt. Ich machte mich auf den Weg zum König. Im Licht einiger Feuer schätzte ich ab, dass sich die Kampfstärke unserer Streitmacht wohl auf die Hälfte verringert hatte. Es war eine schmerzliche Niederlage. Ich befahl den verbliebenen meiner fünfhundert Männer, zu essen und auszuruhen, während ich Andur aufsuchte. Der König saß neben einem flackernden Feuer, das scharf umrissene Schatten auf seinen zerbeulten Brustpanzer warf. Ein blutbefleckter Verband war um sein Haupt gewickelt. Er schärfte sein großes Schwert mit einem Wetzstein und blickte auf, als ich mich näherte.

»Sei gegrüßt, Gailard. Du bist verletzt?« Die Besorgnis im Blick und in der Stimme waren eines der Kennzeichen dieses außergewöhnlichen Mannes.

»Kleinigkeiten«, erwiderte ich mit einem Achselzucken. Er bat mich zu sich und wartete, bis ich saß. Mit einem Wink bedeutete er seinem Diener, Essen und Wein zu bringen.

»Wie viele Highlander sind noch am Leben?«

»Vielleicht sind noch hundert Mann unverletzt«, sagte ich, »und ebenso viel verwundet, aber kampffähig.«

Er seufzte. »Ihr Highlander habt das meiste abbekommen.«

»Gäbe es nicht den Vachyn-Zauberer, hätten wir weit besser abgeschnitten«, erwiderte ich.

»Ich weiß«, entgegnete Andur. Er nahm den Krug, den sein Diener gebracht hatte, und füllte unsere Becher selbst. »Hätte ich einen Vachyn verdingen sollen?«

»Nein!«, rief ich. »Solch eine Kriegslist ist unehrenhaft.«

»Doch recht erfolgreich.« Andurs Stimme wurde düster. »Bei allen Göttern, heute hat Talan die Schlacht gewonnen, und auch morgen wird er siegreich sein.«

»Wir können neue Kräfte sammeln«, sagte ich wider meine Überzeugung, den Krieg bereits verloren zu haben. »Eine ganze Nacht Erholung ... morgen können wir wieder kämpfen.«

Andur trank einen Schluck. Er schob mir das Tablett mit kaltem Fleisch und Brot zu, ohne etwas davon genommen zu haben.

»Morgen wird sich dieser Zauber wiederholen – und mit ihm haben wir die gesamte Streitmacht Talans gegen uns, und nun sind sie wohl fünf mal so stark wie wir. Wir können sie nicht bekämpfen, mein Freund. Wir können nur vor ihnen fliehen.«

Meine Niedergeschlagenheit war verschwunden, und ich spürte das Blut heiß in meinen Adern strömen. Es war nicht meine Art davonzulaufen.

Ein Highlander nahm immer den Kampf auf, egal wie aussichtslos er sein mochte. Das gab ich Andur zu verstehen.

»Du kannst ja kaum gehen, wie willst du da kämpfen?«, entgegnete Andur.

»Die Götter werden mir helfen, und ein Heiler kann heute Nacht meine Wunden pflegen«, sagte ich.

»Es gibt nicht mehr viele Heiler, die überlebt haben«, sagte Andur. »Die Götter haben uns heute verlassen. Nein, ein weiteres Gemetzel wird es nicht geben. Also, hör zu.«

Er legte mir seinen Plan dar. Ich wollte Einwände vorbringen, doch er bedeutete mir, den Mund zu halten. Er war mein König, und so hörte ich schweigend zu, ob es mir gefiel oder nicht.

»Der Magier wird kommen und den Kampf fortsetzen – wenn nicht heute Nacht, dann bei Tagesanbruch. Wir haben zu viele Verwundete, und der Rückzug über den Fluss ist zu weit. Sollte es Talan und seinem verfluchten Vachyn gelingen, uns alle zu erschlagen, ist es schlecht bestellt um Chaldor mit seiner schwachen Verteidigung. Talan wird den Durrakym überqueren und gegen Chorym marschieren …«

Der Wein, den er mir eingeschenkt hatte, war stark und schürte meinen Ärger über unsere Niederlage. Gewiss beflügelte er auch meine Worte, denn ich sagte: »Chorym ist stark genug, einer Belagerung stand zu halten. Lass Talan nur gegen diese Mauern anrennen! Dann wird er seine wohl verdiente Strafe finden!«

»Ach, Gailard, hätte ich nur deinen Mut und deine Zuversicht. Nein, mein Freund, wenn Talan den Fluss überquert – und das tut er mit Sicherheit –, wird er geradewegs auf Chorym marschieren. Er wird der Stadt mit Katapulten, Kampftürmen und Minenlegern zusetzen; mehr noch, er wird den Vachyn-Magier und dessen Zauberkraft gegen die Stadtmauern einsetzten. Wenn Chorym fällt, hat Chaldor sein Herz verloren. Und was wird dann mit der Landbevölkerung? Glaubst du vielleicht, Talan wird die kleinen Städte und Dörfer unbehelligt lassen? Nein! Er wird *jeden* unter seine Herrschaft zwingen – wie könnte Ryadne das jemals hinnehmen?«

Ich schüttelte den Kopf. Ich hatte ein wenig über Politik gelernt während meines Aufenthalts in Chaldor. Doch Krieg betrachtete ich noch immer als eine Sache von Schwertern und Schilden, von persönlicher Tapferkeit, Ehre und Mut. Ich glaube, in dieser Hinsicht war ich ziemlich blauäugig; ich hätte es nach all den Geschehnissen besser wissen müssen.

»Das wird Ryadne niemals hinnehmen. Trotz allem bleibt ihr keine andere Wahl, als sich zu fügen.«

Ich runzelte die Stirn. Ich konnte mir nicht vorstellen, dass Ryadne sich jemals Talan unterwerfen würde. Andur lachte bitter. »Ich werde dir sagen, was Talan tun wird. Er wird den Durrakym überqueren und gegen Chorym ziehen. Er wird die Stadt belagern und das Land verwüsten. Er wird den Vorschlag machen, Ryadne zur Frau zu nehmen, den Krieg zu beenden und Chaldor und Danant zu einem Königreich zu vereinen.«

»Damit wird sie niemals einverstanden sein«, sagte ich. »Außerdem – was soll dann mit dir geschehen?«

»Ich werde die Nachhut bei unserem Rückzug führen und ...«

König oder nicht, ich musste ihn unterbrechen. »Nein! Lass mich die Nachhut übernehmen.« Er legte eine Hand auf mein Knie. Es war eine sanfte Berührung, und doch zuckte ich vor Schmerz zusammen und biss auf die Zähne.

»Ich will dich nicht beleidigen, Gailard, aber du kannst nicht einmal ohne fremde Hilfe stehen. Wie willst du da die Nachhut führen? Nein, das tue ich. Du wirst eine wichtigere Aufgabe übernehmen.«

Bedrückt schaute ich zu den fernen Feuern der Danant. Stiebende Funken leuchteten über dem Eingang des Darach-Passes. Ich erinnere mich an diese stille, heiße Nacht, an das bleiche, teilnahmslose Mondlicht, die funkelnden Sterne und den schweren Duft nach Oliven und Rauch.

»Eine wichtigere Aufgabe?«, fragte ich schließlich.

»Die Verwundeten müssen den Fluss überqueren und sich in Chorym oder anderswo in Sicherheit bringen. Ich möchte, dass du sie über den Fluss geleitest und sie dann verlässt.«

»Sie verlassen?« Ich konnte nicht begreifen, wieso ich den Fährmann für die Verwundeten spielen sollte, nur um sie auf der anderen Seite des Flusses allein zu lassen. Mir wurde plötzlich bewusst, das die Nacht mit weit mehr Geräuschen angefüllt war, als unsere verwundeten Männer machten. Ich versuchte zu ergründen, woher diese Geräusche kamen, und erkannte etwas abseits im Dunkeln Pferdewagen, die sich langsam vorwärts bewegten. Ich vernahm das leise Wiehern und Schnauben der Pferde und Maultiere und hörte die gedämpften Kommandorufe der Fuhrmänner. Ein Blick zu Andur ließ mich erkennen, dass er dies alles geplant hatte.

»Hörst du mir überhaupt zu?«, sagte er und füllte unsere Becher erneut. »Ich werde Talans Söldnerheer so lange wie möglich aufhalten. Das wird dir Zeit verschaffen, die Verwundeten wegzubringen. Die Pferdewagen ...«

»Ich sehe schon«, sagte ich verbittert.

»Die Götter wissen, dass ich dich nicht von meiner Seite lassen würde, wärst du nicht verwundet. Ich weiß, dass du mein tapferster Mann bist, aber du bist angeschlagen, und deshalb wirst du die Verletzten über den Fluss begleiten. So die Götter es wollen, sind unsere Schiffe noch da, und ich kann Zeit genug für dich herausschlagen. Das ist der leichte Teil der Aufgabe, die ich dir zugedacht habe.«

Ich schnappte nach Luft, denn ich glaubte, den schwierigen Teil bereits zu kennen. »Soll ich Antium verteidigen?« Antium war der Hafen, von dem wir aufgebrochen waren. Es war unsere mächtigste Hafenanlage. Eine der Großen Straßen führte direkt von dort nach Chorym. Sollte es Talan gelingen, Antium zu erobern, hätte er einen direkten Zugang zum Herzen Chaldors.

Andur schüttelte den Kopf. »Nein, vergiss Antium. Die Götter mögen mir verzeihen, doch deine Aufgabe wird es sein, die Verwundeten ohne Verzögerung nach Chorym zu bringen. Gehe in die Stadt und sprich mit Ryadne. Folge ihr, so wie du mir folgst.«

Er verlangte viel von mir. Ich respektierte seine Königin, doch sie war immerhin eine Dur, und mein Verstand sagte mir, dass die Sache mit Zauberei zu tun hatte, und davon hatte ich wahrlich genug gehabt in den letzten Tagen. Ich fragte Andur nach dem Grund.

Er warf einen Blick zum Himmel und schaute in Richtung der leuchtenden Feuer der Danants, als fürchtete er unsichtbare Zuhörer. »Ich werde hier nicht offen darüber sprechen«, sagte er schließlich und griff nach meiner Hand. »Ryadne kann es besser erklären als ich. Es hat mit Ellyn zu tun.«

»Ellyn?« Allein der Name dieses unfreundlichen Kindes ließ mich zurückschrecken. Beinahe hätte ich mich aus Andurs Griff losgerissen, doch er hielt meine Hand fest umklammert.

»Sorge für ihre Sicherheit.« Er nahm auch meine andere Hand und blickte mir fest in die Augen. »Ich vertraue Ellyns Leben deiner Obhut an, Gailard. Sei um Chaldors und meinetwillen ihr Beschützer.«

Ich starrte ihn an und fragte: »Was meinst du damit?«

Er schaute sich um. Sein Blick streifte die Feuer jenseits des Passes, wo Talan mit seinem Vachyn-Zauberer lagerte. Dann antwortete er: »Hier, wo magische Ohren lauschen könnten, werde ich es dir nicht erzählen. Gehe nur geradewegs nach Chorym, und Ryadne wird dir alles erklären.«

Es war eine lange Nacht, als wir uns in östlicher Richtung zum Fluss durchkämpften, und die Luft war erfüllt mit Wimmern und Fluchen der Verwundeten. Berittene Bogenschützen griffen uns von beiden Seiten an, und verwundet wie wir waren, konnten wir uns kaum verteidigen. Weitere Männer starben auf diesem leidvollen Weg. Wir hatten nicht die Zeit, sie ehrenvoll zu bestatten und mussten sie liegen lassen, wo sie fielen; wir konnten nur ein Gebet murmeln und unseren grauenvollen Weg weiterziehen. Ich rief die Götter an, Andur möge überleben und uns am Flussufer aufspüren. Doch auch wenn die Götter mein Flehen gehört hatten, sie halfen uns nicht. Wie ich später erfuhr, fiel Andur im Morgengrauen des zweiten Tages, und Talan befahl seiner gesamten Streitmacht, uns zu verfolgen. Dennoch gelang es unserer Nachhut, Zeit für uns herauszuschinden, und wir erreichten den Fluss. Dort sah ich sie etwa um die Mittagszeit – unsere Schiffe, die im hellen Sonnenlicht glänzten und auf dem Strom schaukelten. Die wenigen Männer, die wir als Besatzung an Bord zurückgelassen hatten, begrüßten uns freudig, als wir näher kamen. Doch als sie bemerkten, wie wenige wir nur noch waren und wie schwer verletzt, verstummten sie. Kerid, der Kommandant, der jünger war als ich, näherte sich mir und fragte mich nach dem Hergang des Kampfes. Ich bemerkte die Beklommenheit in seiner Stimme. Das änderte sich auch nicht, als ich ihm von der Schlacht berichtete.

»Verloren«, sagte ich. »Unser König kämpft in der Nachhut, und wir müssen die Verletzten über den Fluss bringen.«

»Was ist mit Andur und den anderen?«, fragte er. »Sollen wir sie im Stich lassen?«

»Nein. Bringe nur diese verwundeten Leute über

den Fluss und lass zwei deiner Schiffe für die anderen zurück.«

»Zwei?« Kerid machte große Augen. »Nur zwei Schiffe?«

Ich nickte. Bittere Erkenntnis spiegelte sich in Kerids Gesichtszügen. Er gab Befehl, Laufplanken anzulegen, sodass unsere Männer sich an Bord der Schiffe in Sicherheit bringen konnten.

»Ich werde hier so lange warten, bis Andur kommt oder Talan mich zwingt loszusegeln«, erklärte er.

Was er sagte, gefiel mir. Seine Überzeugungen waren auch die meinen, und ich mochte ihn.

»Ich bleibe bei dir«, gab ich zur Antwort.

Kerid ging und ließ mich auf dem Oberdeck zurück, während er sich um die Einschiffung der Männer kümmerte. Ich ließ mich auf einem Poller nieder wie ein uralter Vogel, der vom Fliegen müde war. Mein Knie schmerzte schrecklich, als hätte sich unter der Kniescheibe ein Feuer entzündet und würde sich meinen Oberschenkel hinauf und mein Bein hinunter ausbreiten. Ich überlegte, ob ich die Hose ausziehen und die Wunde untersuchen sollte, beschloss dann aber, es lieber nicht zu tun. Die anderen Schnitte und Wunden, die ich abbekommen hatte, schmerzten nicht so sehr, doch die Fliegen, die sich ständig darauf nieder ließen, ärgerten mich, und ich schlug danach. Ich erwischte weniger Fliegen, als ich Danants getötet hatte.

Es dauerte eine ganze Weile, bis alle Verwundeten an Bord gebracht waren. Ich hielt mit etwa hundert meiner Männer Wache, um Notfalls die Verteidigung übernehmen zu können. Bei Einbruch der Abenddämmerung waren alle an Bord. Wir aßen den Rest unserer Verpflegung und zehrten die Wasser- und Weinvorräte auf. Der Mond zeigte sich über dem Fluss, und Sterne funkelten am nächtlichen Himmel. Nach und nach kamen unsere Männer vom Schlachtfeld zu den Schiffen. Zuerst der traurige Rest der Fußsoldaten, gefolgt von einer Hand voll Männer, die einst unsere Reiterei gewesen waren. Alle erzählten sie dieselbe Geschichte.

Wir waren besiegt. Andur war erschlagen und sein Haupt auf Talans Lanze gespießt. Die Streitmacht Danants war uns auf den Fersen. Nachdem ich genügend Männer befragt hatte, gelangte ich zu der Überzeugung, dass es keinen Sinn machte, noch länger auf einen kläglichen Rest Männer zu warten, der doch nicht mehr kam. Aller Zuversicht beraubt und mit stumpfem Blick wollten die Männer nur noch fliehen, nur noch heimwärts. Ich besprach mich mit Kerid, während die letzten unserer Männer an Bord kamen. Wir lösten die Halteleinen und setzten unsere beiden Schiffe in Bewegung, den Bug gen Osten.

Kurz nach Mitternacht – wir hatten unseren Ankerplatz gerade verlassen –, kamen die ersten Männer von Talans Vorhut. Ich muss gestehen, dass ich mit rachsüchtiger Genugtuung beobachtete, wie die Männer in gebührendem Abstand Halt machten, aufgehalten von der Feuersbrunst, die zu legen ich befohlen hatte.

Die Stadt Namens Taxis brannte lichterloh. Das gab uns Schutz vor Talans Männern und half bei unserem Rückzug. Zu diesem Zeitpunkt hatte ich kein Mitleid mit den Bewohnern, ihren Häusern und Unterkünften, die ich in Brand gesetzt hatte. Nein, ganz bestimmt nicht. Hätte ich es gekonnt, ich hätte sogar getanzt vor Genugtuung, als ich den Ort brennen sah. Mitgefühl und Bedauern sollten sich erst später einstellen. Vorerst aber klopfte ich Kerid auf die Schulter und meinte, dass wir es den Feinden zumindest ein wenig zurückgezahlt hätten, als Vergeltung für unseren ermordeten König.

»Kann schon sein«, sagte Kerid mit finsterer Miene. »Doch wird der Feind nicht dasselbe tun, wenn er nach uns den Fluss überquert?«

Ich öffnete den Mund und wollte ihm sagen, dass wir den Feind an den Ufern in Empfang nehmen und zurückwerfen würden. Dann aber kamen mir die Worte Andurs in den Sinn und die Aufgabe, mit der er mich bedacht hatte. Ich musste Antium sich selbst überlassen und mich nach Chorym begeben. Also verkniff ich mir die markigen Worte.

Kerid wirkte sehr tapfer. Ich fragte mich, was er getan hätte, hätte er gewusst, dass ich nach Chorym gehen würde, um mich mit Ryadne zu beraten. War ich am Ende nur ihr Befehlsempfänger? Ich wusste es nicht, ehe ich nicht mit ihr gesprochen hatte.

Plötzlich zerriss eine donnernde Explosion den Himmel und tauchte alles in strahlendes Licht. Es war, als hätte jemand eine riesige Fackel entzündet, so heiß, dass die Erde aufriss und so hell, dass das Mondlicht und die strahlenden Sterne verblassten. Glühende Funken stoben empor, tanzten in der Luft, versengten unsere Takelage und verloschen zischend, als sie aufs Wasser schwebten.

»Zauberfeuer!«, rief Kerid. Ich wusste, dass Talan mit seinem Magier gekommen war, der nun bei der brennenden Stadt Taxias stand und das grauenvolle Zauberfeuer mit aller Macht gegen uns schleuderte. Ich war mir ebenso sicher, dass der Vachyn uns leicht aufgespürt und vernichtet hätte, hätte ich die Stadt nicht in Brand gesteckt. Ich beglückwünschte mich zu diesem geschickten Zug und stellte zufrieden fest, dass die lodernden Feuer den Zauberer daran hinderten, unsere Position genau zu erkennen, sodass er sein magisches Feuer nur blindlings durchs Flammenmeer in die Richtung schleudern konnte, in der er uns vermutete.

Es war trotz allem eine gefahrvolle Überfahrt. Kerid musste Männer dafür abstellen, Wassereimer aus dem Fluss zu schleppen, um die Feuer zu löschen, die ständig neu ausbrachen. Ich betete darum, dass wir das gegenüberliegende Ufer unversehrt erreichten. Dann sah ich, wie das zweite Schiff von dem unheimlichen Feuer getroffen wurde. Es war, als ob riesige Flammenfinger vom Himmel herab das Schiff packten, Licht über Masten und Deck ausbreiteten und schnell wie flüssiges, brennendes Öl über die Takelage glitten, sodass das ganze Schiff für einen schrecklichen kurzen Moment hell erleuchtet war und sich scharf gegen die Dunkelheit des Flusses und der Nacht abhob. Dann brannte das Schiff wie ein Staubknäuel, der ins Feuer geschleudert wurde. Das alles dauerte kaum einen Herzschlag lang. Wo eben noch das Schiff war, trieb im nächsten Augenblick nur noch eine Wolke aus Asche und Brandgeruch über den Durrakym. Ich hörte Männer schreien. Ich sah, wie sie brannten und als vereinzelte kleine Feuer auf dem Fluss trieben. Es dauerte nicht lange, und alle Lichter waren verschwunden. Das Ertrinken war wohl eine gnädige Erlösung für die Männer.

Ich fragte mich düster, wieso dieser machtvolle Zauber nicht schon eher eingesetzt worden war. Möglicherweise hatte Talan es verboten, um den Anspruch eines militärisch errungenen Sieges erheben zu können – oder die Zauberkräfte der Vachyn waren nur beschränkt einsetzbar.

In diesem Augenblick wusste ich, was Angst bedeutet. Ich war kein Flussschiffer und hatte auch keine große Vorliebe für Wasser, abgesehen davon, dass ich damit meinen Durst stillte und mich wusch. Ich war ein schlechter Schwimmer; überdies war ich verwundet und in voller Rüstzeug, sodass ich sicherlich ertrunken wäre. Ich überlegte, mein Rüstzeug abzulegen, verwarf diesen Gedanken jedoch. Wie hätte es ausgesehen, wäre ich ohne Rüstzeug an Chaldors Ufern angekommen? Ich wollte nicht, dass mich die Männer einen Feigling nannten. Ich biss die Zähne zusammen, umklammerte ein Tau, damit ich vom Schaukeln des Schiffes nicht zu Boden stürzte, und erwartete mein Schicksal. Männer schrien in panischem Schrecken und schleppten sich an die Reling, um sich ebenfalls dort festzuhalten. Ich übertönte das Geschrei mit donnernder Stimme und rief den Männern zu, dass sie Ruhe bewahren und unserem Kapitän vertrauen sollten, der uns sicher ans andere Ufer bringen würde. Ich verlieh meiner Stimme eine Überzeugung, die ich gar nicht verspürte.

Als ich an die Seite Kerids zurückkehrte, grinste er mich an.

»Die Götter mögen dich erhören, damit ich deine Worte mit Leben erfüllen kann«, sagte er.

»Kannst du das wirklich?«, fragte ich, als ein erneuter Donnerschlag erklang und Feuer sich stromaufwärts auf unser Heck zu bewegte.

Mit einem Achselzucken spuckte er in Richtung Windschatten.

»Lieber verliere ich gegen Ardan, als dich zu enttäuschen, mein Freund. Ich werde mein Bestes geben.«

Ich nickte und fragte: »Werden sie uns verfolgen?«

»Mit Sicherheit«, antwortete er, »aber nicht so bald.« Er lachte glucksend. »Du denkst genau wie ich. Bevor du den Befehl gabst, die Stadt niederzubrennen, habe ich ihre Schiffe anzünden lassen. Jetzt muss Talan erst neue Schiffe finden, bevor er eine Flotte zusammenstellen und uns jagen oder seine Streitmacht ans andere Ufer bringen kann.«

»Wie lange wird er brauchen?«, wollte ich wissen.

Schulterzuckend erwiderte er: »Sechs oder sieben Tage. Wenn Talans Streitmacht so groß ist, wie du sagst, wird er viele Schiffe benötigen. Ich schätze, höchstens sieben Tage, und wenigstens zwei.«

»Können wir sie auf dem Wasser aufhalten?«

»Wohl kaum«, antwortete Kerid mürrisch. »Talan hat eine Piratenflotte aufgebaut, und wir selbst haben zu wenig solcher Boote, um den Kampf mit ihm aufzunehmen.«

Ich fluchte laut.

»Der Krieg auf dem Wasser ist ähnlich wie der

Krieg zu Land«, erklärte Kerid. »Es gibt leichte und schwere Kampfeinheiten, genau wie Reiterei und Fußtruppen. Talan wird zum Transport seiner Truppen große, schwere Schiffe benötigen. Zudem brauchen sie Begleitschutz, gerade so, wie man die Reiterei zum Schutz der Fußtruppen einsetzt. Die Piratenflotte wird den Transport beschützen, und wir haben nicht genug Kampfkraft, sie daran zu hindern.« Er seufzte und fügte hinzu: »Andur hielt es nie für nötig, solch eine Flotte bauen zu lassen.«

Ich fragte ihn, wieso wir nicht das Schiff nehmen konnten, auf dem wir gerade segelten.

»Dies ist ein Handelsschiff, gebaut um Lasten oder Männer zu befördern«, erwiderte er. »Zur Kriegsführung ist es zu unhandlich und schwerfällig.«

Mit düsterem Blick fragte ich: »Wir können sie nicht aufhalten?«

Kerid zuckte die Schultern. »Das wäre sehr schwierig. Doch wir können es versuchen! Stell du eine neue Landstreitmacht auf; ich werde hier auf dem Fluss alles tun, was in meiner Macht steht. Mögen die Götter mit uns beiden sein!«

Er suchte meinen Blick, und ich sah die leidenschaftliche Überzeugung in seinen Augen. Ohne Zweifel würde er Talan mit aller Kraft bekämpfen, sogar bis in den Tod. Ein schreckliches Schuldgefühl überkam mich, als mir klar wurde, dass ich seine Hoffnungen nicht erfüllen konnte. Andur hatte mich angewiesen weiterzuziehen. Ich wusste nicht, was Ryadne von mir verlangen würde. Ich wusste nur, dass ich mein Wort nicht brechen durfte. Ich fragte mich, ob ich meine Ehre verloren hatte, als ich Kerid trotzdem die Hand gab und sagte: »Ich werde tun, was ich kann.«

»Ich auch.« Er lächelte mich an. »Unter uns gesagt, Gailard – wir werden Talan besiegen.«

»So die Götter uns beistehen.« Ich fühlte mich wie ein Verräter.

Als die Sonne sich am Horizont zeigte, liefen wir im Hafen ein. Der Himmel strahlte, als hätten die Götter die Wolken verjagt, um unsere Manöver zu beobachten. Möwengeschrei empfing uns, und entlang der gesamten Kaimauer sahen wir das Glitzern und Glänzen von Rüstungen, Schilden und Speerspitzen. Es sah so aus, als gäbe es keinen einzigen freien Fleck mehr. Überall standen Krieger und warteten.

Kerid sagte: »Sobald du sicher an Land bist, werde ich mit meinem Schiff aufbrechen. Ich werde tun, was ich tun kann, um Talan aufzuhalten. Wirst du Antium halten?«

»Er wird es jedenfalls nicht leicht haben, dort einzumarschieren.«

Ich stieg die schmale Leiter zum Deck hinunter und hinkte zu einer ausgelegten Holzplanke. Ein Seemann half mir die schaukelnde Rampe hinunter, und ich war dankbar dafür. »Die Götter sollen mit dir sein. Rette unser Land«, sagte er. Ich wollte mich zu ihm wenden, um ihm zu danken, doch er war schon verschwunden.

Ich hatte gehofft, mich fortschleichen zu können, und wollte unbemerkt den Weg nach Chorym einschlagen. Doch als ich in Richtung der beflaggten

Anlegestelle von Antiums Hafen ging, wurde ich vom gesamten Rest der Streitmacht Chaldors in Empfang genommen. Man salutierte mit hochgehaltenen Schilden und Speeren, und ich blickte zurück auf Kerids Schiff und sagte mir, dass es dort an Bord einen ehrenvolleren Anführer gab, als ich es war. Das Herz wurde mir schwer, als mir dämmerte, dass all diese Männer auf Befehle von mir warteten und ich sie doch im Stich lassen musste, um den Worten meines gefallenen Königs zu gehorchen.

Dann begrüßte mich Haldur. Ich kannte ihn gut, hatte schon mit ihm zusammen getrunken und gefeiert. Unbeabsichtigt verstärkte er mein Schuldgefühl.

»Der König hat sein Wort gehalten, mein Freund. Du bist jetzt unser Anführer. Was sollen wir tun?«

Ich hinkte auf einen Wagen zu und lehnte mich dagegen. Dichter Flussnebel schlängelte sich um die Anlegeplätze; Sonnenlicht glitzerte auf diesem Nebel wie Feuer auf Wasser. Zumindest das Zauberfeuer hatte aufgehört, doch dies bedeutete nur, dass Talan seine Streitmacht für einen Überfall sammelte. Ich nahm all meinen Mut beisammen und blickte Haldur in die Augen.

»Andur hat mich abkommandiert nach Chorym, an die Seite von Ryadne.«

Haldur zögerte einen Moment; dann erwiderte er: »Dann musst du nach Chorym gehen. Doch erst sollst du hier unsere Verteidigung organisieren.« Er deutete auf mein Bein. »Bei allen Göttern, du bist verwundet, und Chorym braucht einen starken Anführer.«

Eine schwere Last lag auf mir, und ich bekam eine Vorstellung davon, wie Andur darunter gelitten haben musste, Männer in den Tod zu schicken; es war eine schreckliche Bürde aus Vertrauen und bedingungsloser Hingabe. Beinahe hätte ich Haldur angeraten, mit all seinen Männern zu fliehen. Doch das hätte mich als Feigling gebrandmarkt. Also ächzte ich nur und hievte meinen schmerzenden Körper auf den Wagen. Ich blickte mich um und erkannte, das unsere Streitmacht nicht mehr sonderlich schlagkräftig war. Ich schätzte, dass nur noch etwa tausend Männer Antiums Ufer säumten.

»Die Verwundeten werden versorgt«, sagte Haldur. »Alle anderen, die sich hier versammelt haben, sind unversehrt.« Er grinste. »Die meisten sind Highlander. Wir können auf sie zählen.«

Mein verletztes Knie schmerzte fürchterlich. Um nicht hinzufallen, legte ich eine Hand auf Haldurs Schulter, während ich mich auf den Sitzbock des Wagens fallen ließ. »Talan hat einen Vachyn-Zauberer verdingt. Hast du das brennende Schiff gesehen?«

Haldur schüttelte den Kopf: »Ich sah nur Blitze.« Das Grinsen war aus seinem Gesicht verschwunden. »Was erzählst du da, Gailard?«

Mein Magen knurrte, und mein Mund war staubtrocken. Müdigkeit überkam mich. Ich wünschte mir sehnlichst einen Krug Bier und ein weiches Lager, um zu schlafen und zu vergessen. Dann fluchte ich und strich mir mit den Fingern durch mein ascheverschmutztes Haar, ein Relikt des abgebrannten Schiffes.

»Andur hat mir aufgetragen, nach Chorym zu gehen«, sagte ich. »Ich ...«

»Ich weiß«, unterbrach mich Haldur. »Doch was wird aus Antium? Was wird aus unserer Verteidigung?«

»Andur hat mir befohlen, Antium zu verlassen.« Ich hatte das Gefühl, Asche im Mund zu haben, und spuckte aus. »Ich muss zu Ryadne, auf Andurs Befehl.«

Ich sah Verwirrung in Haldurs blutunterlaufenen Augen; vielleicht war es auch Missbilligung. Ich war sehr müde und hatte starke Schmerzen. Vielleicht antwortete ich Haldur deshalb in schärferem Tonfall, als ich es sollte. »Ich habe dir gesagt, was Andur mir aufgetragen hat. Nicht mehr und nicht weniger. Talan zieht mit einer starken Streitmacht gegen uns ins Feld. Er ist uns zahlenmäßig um ein Vielfaches überlegen. Und er hat einen Vachyn-Zauberer auf seiner Seite. Und ich *muss* zu Ryadne!«

»Du wirst uns nicht anführen?«

Ich schüttelte den Kopf.

Haldur stieg vom Wagen und starrte zu mir hinauf. »Du wirst also nach Chorym gehen? Ich dachte, du wärst aus härterem Holz geschnitzt, Gailard. Haben diese Vachyn-Zauberer von deiner Seele Besitz ergriffen?«

Für diese Bemerkungen hätte ich ihn unter normalen Umständen zum Kampf gefordert. Haldur stammte wie ich aus dem Devyn-Clan; wir hatten das gleiche Blut in den Adern. Doch für eine Auseinandersetzung fehlten mir die Kraft und der Wille. Ich wünschte nur, schon unterwegs zu sein, weg von den wartenden Männern, weg von den anklagenden Blicken. Einige der Männern gehörten zu meinen eigenen Fünfhundert.

»Ich habe meine Befehle. Bring mir jetzt ein gesundes Pferd und hilf mir aufsitzen.«

Haldur nickte, drehte sich um und marschierte davon. Während er seine Befehle brüllte, saß ich oben auf dem Wagen und sah die erwartungsvollen Gesichter, die sich mir zuwandten und die ungläubigen Blicke, als sich die Nachricht verbreitete. In diesem Augenblick wünschte ich mir, die Magie des Zauberers hätte mich getötet. Ich war nahe daran, Andur und seine Pläne zu verfluchen.

Endlich brachte Haldur ein Pferd. Umständlich kletterte ich vom Wagen. Ich wusste, dass niemand mir beim Aufsitzen helfen würde. Ich streifte meine Rüstung ab und ließ sie scheppernd auf die Pflastersteine des Kais fallen. Nur Schild und Schwert behielt ich. Ich griff nach den Zügeln. Mein verwundetes Bein machte mir zu schaffen. Ich konnte es nicht in den Steigbügel heben. Das Pferd tänzelte nervös.

Der Ausdruck in Haldurs Augen schmerzte mich viel mehr als die Tatsache, um Hilfe bitten zu müssen. Haldur wies einige Männer an, mich in den Sattel zu heben.

Ich nahm die Zügel auf. »Ich wollte es nicht so, Haldur«, sagte ich.

»Ich ebenso wenig«, antwortete er. »Ich hätte nie geglaubt, dich einmal davonrennen zu sehen.«

»Andur hat mir den Befehl gegeben, und ich muss gehorchen«, erwiderte ich.

Noch ehe er antworten konnte, trieb ich das Pferd voran und ließ Antium hinter mir.

2

Chorym lag auf einem Bergrücken, der sich wie ein großes Podium aus der fruchtbaren Ebene hob. Gutes Ackerland, durchzogen von Wasserläufen, übersät mit Feldern wie ein bunter Teppich, bedeckt mit ausgedehnten Olivenhainen und Weinbergen, Getreidefeldern, Obstgärten und saftigen Weiden, auf denen Schafe, Ziegen und Rinder grasten. Die Großen Straßen führten schnurgerade aus der Stadt in die vier Himmelsrichtungen, bevor sie am Horizont verschwanden, dort, wo sich Berge wie nebelverschleierte Schatten in den weiten Himmel erhoben. Und in dieser wunderschönen Landschaft glänzte Chorym wie ein Juwel, eine Stadt mit weißen Mauern und bunten Ziegeln, ockerfarbenen Dächern, mit Türen und Läden, die blaue und grüne Farbtupfer setzten. Eine Stadt der Gärten und Prachtstraßen, von Bäumen gesäumt, eine Stadt, gebaut aus Stein und Holz, mit Fontänen, Wasserspielen, großen Plätzen, Tavernen und Rasthäusern, die zum Mahl einluden. Ein angenehmer Ort zum Leben. Doch auch befestigt. Am Fuße des Berges verlief eine hohe, dicke Mauer, überragt von Wachttürmen. In die Mauer waren vier gewaltige Stadttore eingelassen, wo die Großen Straßen hinausführten. Auf der einen Seite befand sich der Gewerbebereich, die Lagerhäuser und Handelsplätze, Ställe und

Holzbaracken; auf der anderen Seite, etwas höher gelegen, verlief eine niedrigere Mauer, die weiter den Berg hinaufführte, sodass sich alles in konzentrischen Kreisen bis zur Zitadelle emporwand.

Die Zitadelle war ein großes Bauwerk aus Kalkstein mit nur einem Eingangstor; die ersten Herrschern Chaldors hatten sie errichtet. Die Mauern besaßen vorgebaute Zwischenwände, die sich nach hinten zu Wehrgängen fortsetzten und den inneren Bereich der Stadt mit dem Palast des Herrschers umgaben.

Auf diesen Wehrgängen spazierte Ellyn mit ihrer Mutter Ryadne.

In dieser Höhe wehte stets eine leichte Brise; sie machte die Sommerhitze erträglicher, zerzauste Ellyns langes rotes Haar und kühlte ihre vom Weinen entzündeten Augen. Sie hatte den Tod ihres Vaters vorausgeahnt. Ryadne hatte unlängst davon geträumt, doch es waren halt nur Vorahnungen und Träume gewesen, keine Gewissheit. Ellyn hatte verzweifelt an der aussichtslosen Hoffnung festgehalten, ihre Mutter wäre im Unrecht und ihr Vater würde siegreich aus dem Krieg heimkehren.

Dann traf die schreckliche Nachricht ein, überbracht von einem schmutzigen, verwundeten Mann – dem ersten überlebenden Krieger einer geschlagenen Streitmacht. Andere Männer folgten. Sie waren in keiner besseren Verfassung. Und sie alle erzählten die Geschichte vom Krieg und dessen unglückseligem Ausgang. Von diesem Moment an gab es weder Hoffnung noch Zweifel mehr, nur noch die unerträgliche Wahrheit. Ellyn hatte geweint, hatte die Götter für ihre Untreue verflucht und ihren Vater dafür, dass er sie im Stich gelassen hatte. Ryadne hatte ihre Tochter schließlich zur Seite genommen und allzu fürsorgliche Höflinge und Bedienstete von ihr ferngehalten. So grausam es Ellyn auch erschien, Ryadne riet ihr, tapfer zu sein und das Schreckliche hinzunehmen. Das Rad des Schicksals hatte sich gedreht, und es war nicht zu beeinflussen. Viele Männer hatten ihr Leben gelassen. Ellyn, erklärte Ryadne, sollte ihren Kummer verbergen, um schlimmeren Dingen, die Chaldor noch heimsuchen würden, die Stirn bieten zu können. Ellyn verurteilte ihre Mutter ob dieser Haltung, schimpfte sie eine gefühllose Hündin und fragte sie zornig, was denn schlimmer sein könne als der Tod Andurs und die Niederlage von Chaldors Streitmacht. Ryadne erklärte es ihr. Sie sagte, dass Talan den Durrakym überqueren und mit seinem Vachyn-Zauberer und seiner Streitmacht Chaldor bezwingen würde. Wahrscheinlich würde er das Land verwüsten und eine Vermählung mit ihr fordern, sodass er einen legitimen Anspruch auf das gesamte Reich des Lichts hätte.

»Und wirst du das hinnehmen?«, fragte Ellyn. Sie war verunsichert und ängstlich und deshalb bissig wie ein verwundeter Hund. »Wirst du mit ihm ins Bett steigen und Königin von Chaldor und Danant werden?«

»Nein«, hatte Ryadne geantwortet. »Das werde ich nicht. Er wird uns umzingeln und seinen Magier gegen uns einsetzen. Vermutlich wird Chaldor fallen und wir werden besiegt. Doch ich werde eher sterben, als Talan zu erdulden.«

Ellyns Zorn schwand wie Nebel, der von einem scharfen Wind hinweg gefegt wurde. Bestürzt starrte sie ihre Mutter an.

»Was?«

»Besser das Land überlebt als ich«, sagte Ryadne. »Besser Chorym bleibt bestehen, und das Reich des Lichts hat noch Hoffnung.«

»Welche Hoffnung?«, fragte Ellyn. »Mein Vater ist tot, und du sprichst vom Sterben. Was gibt es da noch für eine Hoffnung?«

»Dich«, antwortete Ryadne. Sie hatte Ellyns Hand genommen und blickte ihr lange und fest in die Augen. »Du bist Chaldors Hoffnung.«

»Ich?« Eine solche Heftigkeit und Stärke hätte sie den Worten und dem Blick ihrer Mutter nicht zugetraut. In diesem Augenblick verspürte Ellyn unsagbare Angst, schlimmer, als hätten alle Götter sich zusammengeschlossen und würden ihr nach dem Leben trachten. Am liebsten wäre sie davongerannt, um sich in ihrem Bett unter der Decke zu verkriechen und zu warten, bis die Welt um sie herum wieder die vertraute Gestalt angenommen hätte.

»Wenn ich tot bin«, fuhr Ryadne fort, »wird Talan *dich* als Braut begehren. Er wird von heilenden Wunden und der Einheit sprechen. Er wird in Chaldor verbreiten, dass er nur den Frieden und dein Wohlergehen im Sinn hat.«

»Niemals!« Mit Entsetzen entriss Ellyn ihre Hand dem Griff der Mutter. Eine grauenhafte Vorstellung. »Nie und nimmer werde ich dem zustimmen und gegen meinen Willen … könnte er das denn tun?«

»Ja.« Ryadne nickte ernst. »Du bist jetzt fünfzehn Jahre alt. Ein weiteres Jahr, und das Gesetz erlaubt deine Vermählung.«

»Und wenn ich mich weigere?« Ellyn hatte sich aufgerichtet. Schmerz und Zorn verliehen ihr den Anschein königlicher Reife. »Was kann er dagegen tun?«

Ellyn spürte, wie ihre Würde verflog, als Ryadne antwortete: »Er wird allen erzählen, dass er dich zum Mündel nimmt, um dich zu beschützen. Dann wird sein Zauberer dich so lange bearbeiten, bis du der Trauung zustimmst.«

»Eher sterbe ich«, erklärte Ellyn.

»Das kannst du nicht, das darfst du nicht. Chaldor braucht dich«, entgegnete Ryadne.

»Chaldor braucht *dich!*« Mit geballten Fäusten als Zeichen des Protests klagte Ellyn über das ungerechte Schicksal. Um dem Blick der Mutter zu entfliehen, durchquerte sie das Gemach und starrte durchs Fenster hinunter auf den Rosengarten. Sie war verängstigt und unglücklich und fühlte sich allein.

Im Hintergrund hörte sie ihre Mutter mit sanfter, aber entschlossener Stimme sprechen: »Das alles ist nicht leicht ... für dich nicht, und auch nicht für mich. Ich liebe dich ...«

»Dann flieh mit mir!« Vom Fenster hatte Ellyn sich wieder der Mutter zugewandt. »Wir gehen zu den Highlandern, zu Großvaters Clan. Der wird uns beschützen.« Sie durchquerte den Raum und blieb vor ihrer bleichen Mutter stehen.

»Ich kann nicht«, seufzte Ryadne. »Jetzt bin ich die Herrscherin, und wenn die Streitmacht Danants einmarschiert, braucht Chorym eine Führerin. Ich kann mein Volk nicht im Stich lassen.«

»Aber von mir verlangst du es!«, stieß Ellyn hervor.

»Ich kann nicht zulassen, dass wir beide in Talans Hand fallen«, erwiderte Ryadne grimmig. »Chaldor darf die Hoffnung nicht verlieren – und diese Hoffnung bist du. Niemand darf erfahren, dass du die Stadt verlassen hast, bevor du nicht weit genug fort und in Sicherheit bist. Bis dahin muss ich hier bleiben.«

»Nein!«

»Wir tun, was wir tun müssen«, sagte Ryadne. »Bitte die Götter, dass sie uns Einsicht und Verständnis gewähren für die schweren Entscheidungen, die wir zu treffen haben.«

»Du lässt mir gar keine Wahl«, entgegnete Ellyn, während Ryadne ihre Hände nahm und das Mädchen zu sich zog.

»Du darfst nicht in Talans Fänge geraten«, erklärte Ryadne. »Bevor er kommt, musst du Chorym verlassen. Dein Vater und ich waren der gleichen Meinung, bevor er …« Sie stockte, und Tränen glitzerten in ihren Augen. »Bevor er erschlagen wurde.«

»Ist es das, was du vorausgesehen hast?« Ellyn blickte ihrer Mutter in die Augen. »Hat deine Magie es dir gesagt?«

»Ein wenig.« Ryadne nickte. »Meine Magie ist nur schwach. Ich kann manchmal träumen und die Zukunft erkennen.«

»Hast du vielleicht auch von Vaters Tod geträumt?«, fuhr Ellyn ihre Mutter an.

»Ja.« Ryadnes Stimme klang hohl.

»Und trotzdem hast du ihn fortgehen lassen?«, fragte Ellyn vorwurfsvoll. »Du hast ihn in den sicheren Tod ziehen lassen?«

»Weder ich noch er hatten eine andere Wahl. Wir konnten – und können – nur auf Talans Schritte reagieren und ihn so gut wie möglich bekämpfen. Wenn du überlebst, haben wir eine Chance.«

Ellyn hielt inne und starrte ihre Mutter an. »Und wie soll ich überlleben?«, fragte sie.

»Durch Flucht. Du musst fort von hier und deine eigene Macht entwickeln.«

Ellyn hatte ihre Mutter völlig verwirrt angestarrt. »Meine eigene Macht? Welche Macht?«

»Sie wird kommen«, versprach ihr Ryadne. »Du hast sie im Blut, und ich habe es in deiner Zukunft gesehen. Also ...«

»Welche Zukunft?«, schrie Ellyn. »Ich habe keine *Macht!* Ich habe gar nichts, außer einer Mutter, die mich fortschickt!«

Ellyn fiel auf die Knie und vergoss bittere Tränen. Ryadne legte tröstend die Arme um sie. »Ich kann dir nicht sagen, was geschieht oder war sein wird, du musst es selbst herausfinden«, sagte sie. »Würde ich's dir sagen, dann ... würde ich vielleicht alles zunichte machen. Du musst Chorym verlassen, und bis dahin ...«

»Ihr habt Pläne geschmiedet.« Ellyn schluchzte an der Brust der Mutter. »Ich weiß es. Was für Pläne? Soll ich mich im Wald hinter Hecken verkriechen? Soll ich durch die Gegend ziehen wie eine Vagabundin? Sag es mir!«

»Du wirst einen Beschützer haben«, erwiderte Ryadne. »Dein Vater und ich haben einen Wächter für dich ausgesucht. Gailard ...«

»Dieser gedungene Kämpfer der Devyn?« Ellyn befreite sich aus der Umarmung ihrer Mutter. »Ein Söldner der Highlander?«

»Er ist ein guter Mann«, sagte Ryadne. »Er liebte deinen Vater und würde für Chorym sterben.«

»Aber Gailard lebt«, klagte Ellyn. »Er gehörte zur Vorhut und hat überlebt! Er hätte mit Vater sterben müssen. Doch er lebt! Er hat den Rückzug angeführt!«

»Weil Andur es ihm befohlen hat«, sagte Ryadne. »Weil er niemandem so viel Vertrauen schenkte wie Gailard. Und darauf baute, dass Gailard herkommen würde, um dich zu beschützen.«

»Der?«, schniefte Ellyn empört. »Ein stinkender haariger Highlander?«

Beinahe hätte Ryadne gelacht. »Ich glaube, er hat genauso wenig Respekt vor dir, wie du vor ihm. Doch es gibt keinen anderen Ausweg, glaub mir.«

Ellyn spazierte mit ihrer Mutter auf den Wehrgängen und blickte auf die geschundenen Überrest von Chaldors Streitmacht. Sie sah, wie die Männer nacheinander in die Stadt trotteten und fragte sich, ob sie Gailard unter ihnen erkennen würde. Sie erinnerte sich an ihn. Er war ein auf raue Art gut aussehender Mann, mit langem Haar und Bart, eben ein Highlander. Er wirkte stets verlegen unter den Höflingen, als wüsste er, dass er woandershin gehörte, in die Wildnis, wo der Wind frei wehte. Sie erinnerte sich, einmal mit ihm getanzt zu haben. Es war ihm offensichtlich peinlich gewesen; dennoch war er leicht und beweglich auf den Füßen. Sie erinnerte sich auch, einmal sein Schwert halten zu dürfen. Es war sehr schwer, und als sie versuchte, die scharfe Klinge zu berühren, hatte er ihr die Waffe schnell aus der Hand gerissen. Darüber hinaus erinnerte sie sich nur an den Geruch von Leder und Schweiß und dem Öl, mit dem die Männer die Klingen reinigten.

»Ist er schon da?«

»Noch nicht.« Ryadne zog den Trauerschleier in ihrem Haar fester und stützte die Hände auf die sonnengewärmten Mauersteine. Sie starrte auf die Straßen hinunter, blickte auf die offenen Tore jenseits der Mauer und sah die bedauernswerten, hinkenden Männer heimkommen ... nur um erneut kämpfen zu müssen? Eine Art heldenhafter Widerstand, der nur zu einem noch schrecklicheren Schicksal führte?

»Er hat es wohl nicht eilig, die Beschützerrolle zu übernehmen.«

Seufzend beendete Ryadne ihre Beobachtungen und wandte sich der Tochter zu. Sie standen zwischen zwei Wachtürmen, allein und unbeachtet, sicher vor den Krähen, die ihre Schreie von der Brüstung der Wehrgänge in den Himmel stießen, wie düstere, im Wind geborene Omen. »Vielleicht«, sagte die Königin so gelassen sie konnte, »ist er zurückgeblieben. Oder er ist verletzt.«

»Er hätte an der Seite Vaters sterben sollen.«

»Wozu wäre das gut gewesen?«

»Ich verstehe das nicht.« Ellyn ballte die Hände zu Fäusten und stemmte sie in die Hüften. »Mein Vater ist tot, und du sprichst vom Sterben. Du erzählst mir, dass ein bedeutsames Schicksal vor mir läge, doch mehr willst du mir nicht verraten. Du sagst mir, ich müsse mit einem dahergelaufenen Clanmann fliehen, einem gedungenen Schwertkämpfer. Doch wohin wird er mich bringen? Wohin werden wir gehen?«

»O mein Kind.« Ryadne umarmte ihre Tochter und streichelte ihr über das schimmernde rote Haar. Sie versuchte, mit dieser Geste ein wenig Trost zu spenden. »Wenn ich es dir erzählen könnte, würde ich es tun. Doch ich weiß es nicht. Ich kann es nicht wissen. Vielleicht ist es besser, dass niemand die Zukunft kennt, statt Talans Vachyn-Zauberer fürchten zu müssen, der doch alles herausbekommen würde.«

Sie legte die Hände auf die verweinten Wangen der Tochter. »In unserer Welt geschehen Dinge, die auch ich nicht begreifen kann. Ich weiß nur, dass du mit Gailard fliehen musst. Vertraue ihm. Und mit der Zeit werden deine Macht und Kraft sich entwickeln, und du wirst wissen, was du tun musst. Die Götter mögen mir vergeben, doch ich kann es dir nicht besser erklären.«

»Das ist ein schlechter Rat, den du mir gibst, Mutter.« Sie entzog sich der Liebkosung und brach Ryadne damit beinahe das Herz. »Du vertraust mich einem ungewissen Schicksal in Begleitung dieses verwegenen Clan-Kämpfers an. Und wenn er mich schändet? Oder an einen Naban-Händler verkauft? Oder …«

Ryadne hob die Hand und brachte ihre Tochter zum Schweigen. »Das wird er nicht tun. Gailard ist ein Ehrenmann.«

»Aber er hat seinen Clan verlassen und sich als Söldner verdingt!«

»Du kennst die Hintergründe. Und du weißt auch, dass er Andur und Chaldor die Treue geschworen hat.«

»Und meinen Vater hat er dem Tod überlassen!«

»Kennen wir die Geschichte schon aus seinem Mund?«, wandte Ryadne ein. Bei den Göttern, es war nicht leicht, das Sehertalent zu besitzen und es anzuwenden, irgendetwas in der Zukunft zu erkennen, doch immer verschleiert wie Bruchstücke eines Traums, der sich mit dem Sonnenaufgang verflüchtigt. Ryadne wusste, dass sie die Teile zu einem Ganzen zusammenfügen musste, ohne sicher zu sein, ob es richtig war. Sicher war nur die Überzeugung, die schreckliche Gewissheit, die hinter dem Aufwachen lauert wie ein Duft, an den man sich erinnert.

»Habe ich eine andere Möglichkeit?«

Ryadne nahm all ihren Mut zusammen, bevor sie antwortete. »Ja, du kannst sterben, oder Talans Mündel werden. Heirate ihn!« Mochten die Götter sie erhören, damit sie es richtig ausdrückte und Ellyn es begreifen und beherzigen würde. »Oder du kannst meinen Rat befolgen, so wie auch dein Vater es wollte.«

»Du lässt mir keine Wahl.«

»Stimmt«, bestätigte Ryadne, »es sei denn, du lässt Chaldor im Stich und verleugnest deine Abstammung.«

Das traf. Beide. Ellyn und sie selbst. Ryadne sah den Schmerz in den Augen ihrer Tochter und fühlte ihn im eigenen Herzen. Ihr kam der Gedanke, dass es leichter wäre, sich selbst und ihre Tochter umzubringen. Wenn sie nur eine Rüstung trüge, mit Schwert und Kampfmesser. Das wäre der einfachste Weg, den sie allerdings aus Liebe zu Andur, zu ihrer Tochter und zu Chaldur nicht beschreiten durfte. Verzweifelt suchte sie einen Ausweg, doch es gab keinen. Ellyn musste leben. Andernfalls wären all ihre Träume falsch, alles Streben und Hoffen Andurs verloren und Chaldors Untergang besiegelt.

»Also muss ich deinen Rat befolgen«, sagte Ellyn langsam mit Wehmut in der Stimme.

»Ja«, erwiderte Ryadne und staunte, wie oft ein Herz brechen konnte.

3

Ich sah, wie die Stadt für eine Belagerung vorbereitet wurde. Soldaten hielten auf den Mauern Wache. Große Katapulte wurden in Stellung gebracht. Reiter der königlichen Garde gaben Anweisungen an die Flut der Bauern, Schäfer und Viehhirten, die schutzsuchend in die Stadt kamen. Das Wort von der Niederlage hatte die Runde gemacht. Alle wussten, dass die Königin sich auf einen langen Krieg vorbereitete. Ich fragte mich, ob sie mit Hilfe ihrer Dur-Magie das Ergebnis vorausgeahnt hatte. Ich nahm nur oberflächlich Notiz von dem jugendlichen Hauptmann, der mich wie einen großen Heerführer begrüßte, und stellte fest, dass ich ihn nicht sonderlich mochte. Wenn ich mich richtig erinnere, war er von adliger chalderoanischer Herkunft. Er hatte keine große Vorliebe für unkultivierte, verschrobene Männer wie mich. Er trug eine polierte Rüstung, sein Pferd war gepflegt und gut im Futter, und das Geschirr war sauber und blank. Mein Pferd hingegen war genauso verschmutzt und abgekämpft wie ich selbst. Nach dem langen Ritt von der Küste stank ich nach Schweiß. Mir stand der Sinn nach nichts anderem als nach einem Bad und einem Bett. Ich erinnerte mich an ein paar erniedrigende Bemerkungen über uns Highlander, doch der Hauptmann war höflich genug, mir gegenüber den Mund zu halten. Er teilte mir lediglich mit, dass Ryadne meine Ankunft erwartete. Knurrig nahm ich es zur Kenntnis und folgte ihm in die Stadt.

Anfangs schenkte ich meinen Zuschauern, ihren Fingerzeigen und Seitenblicken keine Beachtung, weil ich sehr müde war, doch als wir die Straße hinauf zum Palast ritten, hörte ich, wie mein Name genannt wurde, vernahm Titel wie »gedungener Söldner«, »Highlander« und »Feigling« (was mir kein Mann offen ins Gesicht sagt) und hörte Gesprächsfetzen, in denen man mir unterstellte, ich sei für den Fall Antiums und sogar für die Niederlage und den Tod Andurs verantwortlich und müsse dafür zur Rechenschaft gezogen werden. Ich schaute mich um und bemerkte, wie sich Gesichter rasch abwandten. Ich fragte den Hauptmann nach den Gerüchten, die sich verbreitet hatten.

Er schaute weg, und seine glatten Wangen erröteten unter meinem Blick. Ich musste ihn drängen, mir etwas zu erzählen. »Es heißt, du wärst dem Kampf entflohen und hättest Andur im Stich gelassen. Man sagt, du wärst aus Antium fortgelaufen und hättest Talan die Stadt überlassen.«

Ich spuckte aus. »Und? Glaubst du das?«

Er zögerte einen Moment, bevor er den Kopf schüttelte.

»Und was denkt die Königin?«

Er runzelte die Stirn. »Es steht mir nicht an, die Gesinnung der Königin zu beurteilen.«

»Nein«, murrte ich und schaute zu den Türmen des Palasts hinauf, die in der Nachmittagssonne glänzten. Dort flatterte Andurs Banner in Eintracht mit der großen Flagge Chaldurs. Ich sah die hellen Lichtfunken, die auf Speerspitzen, polierte Helme und glitzernde Schilde im Sonnenlicht fielen. Ich machte eine Pause, drehte mich um und schaute zurück, die Straße hinunter, auf der die restlichen Männer unserer Streitmacht entlangstapften. Deren Helme waren verbeult und matt, und sämtliche Speerspitzen waren braun gefärbt von eingetrocknetem Blut. Ich zuckte mit den Achseln und ritt meinem Schicksal entgegen.

Im Palast fühlte ich mich fehl am Platz. Schmutzig blutverschmiert, konnte ich meinen eigenen Körpergeruch wahrnehmen – kein angenehmer Duft. Die Leute um mich herum waren in makellose Seide gekleidet oder in Leinengewänder gehüllt. Ihr Schuhwerk war weder staubig von der Straße, noch hatten sie eine Haarwäsche nötig. Die Luft war geschwängert vom Duft des Parfüms, und sie starrten mich an wie einen Emporkömmling, der ihre privilegierte Domäne verseuchte. Es lag wohl an der Dringlichkeit, dass man mir nicht den Vorschlag machte, vor der Audienz mit Ryadne zu baden und mich in eine saubere Uniform zu kleiden. Stattdessen brachte man mich ohne Verzögerung in diese Heiligtümer, in denen ich Andur das erste Mal begegnet war. Um meine Ankunft zu melden, rief ich den Wachen zu. Neugierig starrten sie mich an. Dann schwenkten die Torflügel auf, und ich schritt in ein Gemach, das von strahlendem Sonnenlicht durchflutet wurde. Es war so hell, dass ich einen Augenblick geblendet war und die Umrisse vor mir nicht klar erkennen konnte. Ich mochte es nicht, geblendet zu sein. Zu oft hatte ich glänzende Schilde gesehen, nur zu diesem Zweck poliert, die hochgehalten wurden, um den Gegner zu blenden.

Eine Stimme, die ich kannte, sagte zu mir: »Sei mir willkommen, Gailard. Auch wenn es ein trauriges Willkommen ist.« Ich ließ mich umständlich auf die Knie fallen. Mein Schwert und die anderen Waffen hatte ich draußen abgelegt, wie das Protokoll es vorschrieb.

»Meine Königin.«

»Bin ich das wirklich?«

Ich zog den Kopf ein.

»Ich bin eine Dur«, sagte sie, »und du ein Devyn.« Sie ließ die Frage im Raum stehen, der erfüllt war vom Duft der Rosen und der Frauen.

Ich blickte blinzelnd in das grelle Licht und sagte: »Doch wir dienen beide Chaldor, nicht wahr?«

Ryadne lachte, als hätte ihr meine Antwort gefallen, und sagte: »Steh auf.«

Ich erhob mich. Sie nickte mir zu. Die neugierigen Blicke ihrer Diener beachtete sie nicht, als sie mich in weiteres Zimmer führte, das abgedunkelt war, sodass ich sie deutlich erkennen konnte. Sie war so wunderschön, wie ich sie in Erinnerung hatte. Ihr Haar war dunkel wie das Laub einer Eiche im Herbst, braun und kupferfarben durchwirkt. Es fiel in großen Lockenspiralen über das ovale Gesicht, das von strahlenden Augen und einem breiten Mund beherrscht wurde. Entweder hatte sie keine Schönheitsmittel aufgelegt, oder ich konnte sie nicht erkennen. Auch trug sie nur wenig Schmuck: eine silberne Halskette und zwei Ringe. Ein blauer Seidentalar floss über die Umrisse ihres Körpers, wie ein Fluss entlang einer Uferlinie. Sie ging hinüber zu einem Tisch, auf dem eine Karaffe, kunstvoll gefertigt von den Naban, und zwei Kristallkelche standen. Sie füllte die Kelche mit hellem Rotwein und reichte mir einen davon.

»Du siehst durstig aus.«

Das war ich auch. Ich nahm einen kräftigen Schluck.

»War es schlimm?«

Ich nickte. »Du hast davon gehört?«

»Ja.« Im abgedunkelten Licht des Gemachs sah ich Schmerz in ihren Augen aufkommen, wie ein Fisch, der unterhalb der Wasseroberfläche flink dahineilt. »Die Kunde kam. Und ich hatte es vorhergesehen ...«

Für kurze Zeit hatte ich ihre Fähigkeiten vergessen. Sie musste es mir angesehen haben, als sie hilflos sagte: »Ich kann mein Talent nicht beeinflussen, Gailard. Ich bin damit geboren.«

Ich schaute sie an und fragte frei heraus: »Wenn du es gewusst hast, wie konntest du ihn gehen lassen?«

Sie sah meinen vorwurfsvollen Blick. »Ich konnte ihn nicht aufhalten«, sagte sie. »Ich kann zwar ein kleines Stück der Zukunft vorhersehen, aber nicht alles. Nur die ... Möglichkeiten. Und die Dinge haben sich sehr schnell entwickelt. Talans käuflicher Vachyn-Zaubergehilfe besitzt wesentlich stärkere magische Kräfte als ich und hat das alles weit besser vorbereitet, als wir gedacht hatten.« Sie wandte sich ab, durchquerte das Gemach und trat an eines der Fenster. Das einfallende Sonnenlicht verwandelte ihre Gestalt in eine Figur aus Licht und Schatten und verlieh ihrem Haar einen leuchtenden Strahlenkranz. »Mein Gemahl hatte keine andere Wahl. Er musste das Königreich verteidigen bis in den Tod. Er war gefangen im Netz des Vachyns. Und die Götter wissen, dass wir dagegen machtlos sind und uns das gleiche Schicksal droht.«

Sie hatte die Hände auf die Fensterbank gestützt. Ich sah, wie sie verkrampft die Schultern hochzog und schauderte. Ich erkannte, wie schrecklich es manchmal sein musste, ihr Talent zu besitzen, einen Teil der Zukunft vorherzusehen und zu erkennen, was das Schicksal möglicherweise für einen bereithält, und doch immer gebunden zu sein an menschliche Entscheidungen und Ziele, ohne drohendes Unheil abwenden zu können. Ich war glücklich, dass ich diese Fähigkeit nicht besaß. »Es tut mir Leid«, sagte ich.

Sie wandte sich vom Fenster ab und schaute mich mit einem Lächeln an. Es war die Art Lächeln, das Menschen aufsetzen, wenn sie Tränen zurückhalten wollen. »Ich fühlte seinen Tod«, sagte sie. Und dann rannen die Tränen. Der Kelch fiel ihr aus der Hand und ging zu Bruch; Wein spritzte auf den Marmorboden. Die glänzenden Tränen auf ihren gebräunten Wangen wirkten wie perlende Juwelen. Ich überlegte nicht lange, durchquerte das Gemach und nahm ihre Hände.

»Ich habe ihn auch geliebt«, sagte ich. »Hätte er mir nicht befohlen, zu dir zurückzukehren, wäre ich bei ihm geblieben.« Nicht gerade standesgemäß zog sie den Ärmel ihres Gewands ins Gesicht und schnäuzte sich in den Aufschlag. Dann gab sie einen Laut von sich, der nach einer Mischung aus Seufzen und Lachen klang, und sagte: »Das wird kein leichter Weg, falls du ihn gehen wirst.«

Ich dachte kurz an Ellyn. Doch dann sagte ich: »Befiehl mir«, und wollte niederknien.

»Nein, Gailard!« Sie griff nach meinen Schultern und verhinderte meinen Kniefall. »Bei allen Göttern, du bist verwundet. Im Augenblick habe ich nur den einen Befehl, dass du nicht vor mir niederkniest.«

Ich war dankbar für diese Erleichterung und verneigte mich.

»Doch ich habe mühevollere Aufgaben für dich.«

»Nenne sie mir.«

Sie lächelte matt, blickte auf die Scherben des zerbrochenen Kelchs, nahm einen anderen, den sie mit Wein füllte, schenkte mir ebenfalls nach, nahm Platz und bedeutet mir, mich zu ihr zu setzen.

»Du brauchst ein Bad. Später, ja?«, sagte sie mit einer beschwichtigenden Handbewegung, als ich errötete und mir Entschuldigungen zurechtlegen wollte. »Ich bin in den Hochlanden aufgewachsen, genau wie du. Ich war nicht immer Königin und kenne den Geruch von schlichten, ehrbaren Männern.« Mit einem Kopfschütteln wischte sie diese Erinnerungen und Gedanken an einfachere Zeiten hinweg und fuhr fort: »Andur hat dir eine Pflicht auferlegt, nicht wahr?«

»Ja.«

»Die Verteidigung Chaldors wird nicht einfach sein. Talans Zauberer wird seine Magie gegen uns einsetzen, und schon viele unserer Männer sind gefallen …«

Ich wagte es, zu unterbrechen. »Trotz allem, die Mauern sind fest, und dahinter stehen tapfere Männer. Und du hast die Gabe der Magie.«

»Nicht so wie die der Vachyn«, erwiderte sie. »Deren Magie ist kriegerisch. Bei allen Göttern, du hast es gesehen! Meine Magie hingegen beschränkt sich auf das Wahrsagen und Vorhersehen. Und ich habe gesehen …« Mit einem Ausdruck der Vergeistigung in den Augen hielt sie für einen kurzen Moment inne. Ich zitierte ein Sprichwort der Devyn: »Wenn alles, was du tun kannst, Sterben ist, dann stirb so gut du kannst.«

»Das werde ich. Auch das habe ich vorhergesehen.« Als sie lächelte, zeichneten sich die Schädelknochen unter ihrer Haut ab, der allgegenwärtige Geist, der in uns allen lebt.

Sie hob die Hand, um meine Einwände abzuwehren. »Nein, Gailard. Versuche nicht, mich umzustimmen. Was geschrieben steht, das steht geschrieben. Es ist der Weg, den ich gehen muss. Niemals werde ich Talan geben, was er will.«

»Gibt es denn keine andere Möglichkeit?«, fragte ich.

»Nein.« Sie schüttelte den Kopf. »Für Ellyn und Chaldor aber schon. Hat Andur dir nicht erklärt, was du für mich tun sollst?«

»Er sprach nur von einer Aufgabe, die du mir erklären würdest.« Abwesend rieb ich mein verwundetes Knie. »Er befürchtete heimliche Lauscher und wollte verhindern, dass die Vachyn seine Pläne durchkreuzen.«

»Andur war immer sehr vorsichtig«, murmelte sie

traurig. Dann hob sie die Schultern, stellte den Kelch beiseite, faltete die Hände und schaute mich an. »Damit Talan keinen angeblich rechtmäßigen Anspruch auf den Thron Chaldors erheben kann, darf Ellyn ihm nicht in die Klauen fallen. Sie muss Chorym verlassen und zu einem Zufluchtsort gehen, wo sie sicher und in Frieden leben kann und niemand sie findet, bis sie die Macht erlangt hat.«

Ich runzelte die Stirn. »Welche Macht?«

»Meine Tochter besitzt magische Kräfte«, sagte Ryadne. »Sie hat sie noch nicht wahrgenommen, weil sie noch nicht entwickelt ist. Doch wenn sie so weit ist, wird ihre Macht groß sein. Bestimmt wird sie mächtig genug, die Herausforderung mit den Vachyn anzunehmen. Doch bis dahin ist sie verwundbar und braucht Schutz.«

»Dann bring sie fort«, sagte ich. »Du und Ellyn, ihr könnt aus Chorym fliehen. Die Palastwache wird euch beschützen.«

Ryadne schüttelte den Kopf. »Ich kann nicht. Ich bin Andurs Königin und Chaldor verpflichtet. Ich muss bleiben.« Ich konnte ihre Haltung verstehen. Sie war eine ehrbare Frau. Ich leerte meinen Wein und starrte sie an. »Was verlangst du von mir?«

»Beschütze Ellyn. Geh mit ihr fort und sorge für ihre Sicherheit, bis die Zeit reif ist. Sei um Chaldors willen ihr Meister und Wächter. Versteck sie und beschütze sie, bis sie mächtig genug ist. Wenn es so weit ist, wird sie ihre Aufgabe kennen.«

Ich schluckte und kratzte eine juckende Wunde. »Warum ich? Die Götter wissen, dass Ellyn mich nicht sonderlich mag.«

»Genauso wenig, wie du sie magst, nicht wahr?« Ryadne bemühte sich um ein mattes Lächeln. »Doch Andur und ich haben dich auserwählt. Es gibt niemanden, dem wir mehr Vertrauen schenken. Wirst du annehmen, Gailard?«

Heftiger als jeden Schwertstreich, stärker als jede Panzerung spürte ich, wie das Schicksal mich ereilte. Ich war misstrauisch und unwillig, doch durfte ich ihre Bitte nicht abschlagen. Andur hatte mein Wort.

»So soll es sein, meine Königin.«

An diesem Tag wurde ich von den Heilern der Königin gepflegt und badete in einer Wanne, wie ich sie nie zuvor gesehen hatte; alles war aus Marmor und Gold. Ringsumher warteten Bedienstete, die mich wie ein Kind verhätschelten und mich gewiss auch eingeseift und mir den Rücken geschrubbt hätten, hätte ich sie nicht verscheucht. Selbst dann noch warteten sie lauernd mit Badetüchern auf mich wie Vogelfänger, bereit, die Netze auszuwerfen. Ob ich es wollte oder nicht, ich wurde einparfümiert; mein nasses Haar wurde getrocknet, gekämmt und eingeölt. Ich fühlte mich unbeholfen und verlegen und war dankbar, als das Ritual endete und ich mich ankleiden durfte. Doch nicht meine eigenen vertrauten Sachen, sondern Kleidungsstücke, die Ryadne mir bringen ließ – ein Hemd aus feinem Leinen, Beinkleider aus zartem Leder, Stiefel, die wie Handschuhe saßen und eine Überjacke, wie sie sonst nur die Höflinge trugen. Ich schob die helfenden Hände, die mir den Gürtel zuschnallen wollten, beiseite und verlangte stattdessen nach meinem Schwert. Man sagte mir, dass es zum Aufpolieren und Schärfen in der königlichen Waffenkammer sei und führte mich in das Gemach, in dem Ryadne mich mit ihrer Tochter erwartete.

Ich freute mich nicht auf diese Unterredung. Ryadne hatte mir erklärt, was ich tun sollte; auch Ellyn wusste es. Doch sie war ein eigenwilliges und störrisches Kind, launisch und daran gewöhnt, dass ihre Wünsche erfüllt wurden. Ihr Reich war eine Welt der weichen Betten und Bediensteten, in der sie ganz nach Lust und Laune lebte. Ich bezweifelte, dass es ihr leicht fallen würde, in der Wildnis zu leben.

Ryadne und ihre Tochter saßen an einer reich mit Speisen und Wein gedeckten Tafel. Beim Anblick des üppigen Mahls meldete sich mein Magen mit einem lauten Knurren, denn seit dem Morgen hatte ich nichts mehr gegessen. Ellyn runzelte missbilligend die Stirn. Ryadne deutete mir mit einem Lachen, mich zu setzen.

»Geht es deinem Knie besser?«, fragte sie.

»Es heilt rasch, danke.«

Es waren keine Diener zugegen. Ryadne bat ihre Tochter, uns Wein einzuschenken und forderte mich auf, mich mit dem Essen selbst zu bedienen. Das tat ich. Währenddessen beobachtete ich Ellyn. Sie war das unfertige Abbild ihrer Mutter. Ich erkannte, dass sie eines Tages große Schönheit erlangen würde. Ihr Haar hatte dieselbe kupferbraune Schattierung, und ihre Augen waren trotz ihrer Entrüstung groß und glänzend. Ihre Lippen waren rot und voll und besser zum Lachen geeignet, als für den verdrießlichen

Gesichtsausdruck, den sie nun aufgesetzt hatte. Sie war groß, schlaksig und ein wenig unbeholfen. Als sie etwas Wein über das Damasttischtuch vergoss, sah ich ihre Lippen einen leisen Fluch formen.

In einigen Jahren würde sie genug Erfahrungen gesammelt haben und die Grazie ihrer Mutter besitzen. Im Moment jedoch war sie verstimmt, verärgert und neugierig, wieso ein Mensch von meiner niederen Herkunft eingeladen wurde, mit der königlichen Familie zu speisen.

Ich wusste, dass Ryadne ihrer Tochter die Grundzüge unseres künftigen Umgangs miteinander erklärt hatte. Bis zu dem Moment, als Ellyn sprach, hatte ich die Gerüchte vergessen, die über mich im Umlauf waren.

Sie stellte einen im Kerzenlicht funkelnden Kelch vor mich hin, sah mir in die Augen und sprach: »Man sagt, du hättest Vater im Stich gelassen.«

»Ellyn.« Ryadnes Stimme klang scharf.

»Du hättest ihn sterben lassen.«

»Ellyn!«

»Du wärst von Antium geflohen und hättest die Stadt Talan überlassen.«

»Genug!«

Sogar ich schreckte bei diesem scharfen Tonfall zusammen. Ellyn, die mit der Schmährede fortfahren wollte, hielt mitten im Satz inne und schloss den Mund. Sie schaute ihre Mutter an, warf mir einen feindseligen Blick zu und setzte eine uneinsichtige, verärgerte Miene auf.

»Gailard hat Andur nicht im Stich gelassen«, erklärte Ryadne. »Er wurde verwundet, und Vater übertrug ihm eine Aufgabe, die ihn in allen Ehren vom Kampfgeschehen entbunden hat.«

Ellyn schüttelte den Kopf. Eine lange braune Haarsträhne fiel ihr ins Gesicht. »Man sagt, er sei ein Feigling«, murrte sie.

»Niemals hat mir jemand *das* ins Gesicht gesagt«, erklärte ich, mittlerweile ebenfalls verärgert.

Ryadne gestikulierte leicht mit der rechten Hand, gab mir zu verstehen, dass ich mich ruhig verhalten sollte, und blickte ihre Tochter an.

»Glaubst du, ich würde einen Mann willkommen heißen, der Vater im Stich gelassen hat? Meinst du vielleicht, ich würde hier für seine Unterhaltung sorgen?«

Daraufhin zeigte das Mädchen seine guten Umgangsformen, schaute mich an, wenn auch nur kurz, und murmelte: »Es tut mir Leid«.

Ich nickte. Ich mochte sie nicht, und glaubte nicht, dass sie den Plänen ihrer Mutter zustimmen würde. Tat sie es doch, würde es bestimmt ein beschwerliches Unterfangen für mich.

Auch Ryadne schien so zu denken. Ellyn begann mit ihrer Mutter ein Streitgespräch über den Sinn ihrer Flucht ins Ungewisse und in unbekannte Gefahren. Beinahe hätte sie mir Leid getan, obwohl mein Zorn wuchs. Sie sprach nur zu Ryadne, gerade so, als wäre ich keine Beachtung wert. Ich sah, wie ihr hübsches Gesicht rot wurde und wie sie einen Schmollmund machte.

»Du willst, dass ich fliehe«, sagte sie mürrisch. »Weggehen mit diesem Söldner. Doch wohin? Sollen wir zu den Clanvölkern fliehen, die uns dann an

Talan ausliefern? Naban und Serian werden nicht das Wagnis eines Krieges mit Danant eingehen, indem sie mich aufnehmen. Wo also sollen wir Sicherheit finden? Sollen wir nach Süden gehen, zum Großen See, und nach den Seekönigen suchen? Oder vielleicht ins Styge-Gebirge, um dort wie die Einsiedler zu leben?«

Mit einem Seufzer erhob sich Ryadne, stellte sich hinter ihre Tochter und legte ihr die Hände auf die Schultern. »Kind, eines Tages wirst du die Macht in dir spüren, und dann wirst du all das besser verstehen. Ich kann dir nicht sagen, wohin du gehen sollst, ich weiß nur, dass du gehen *musst.*«

»Du willst also, dass ich mich davonschleiche wie ein Plünderer in der Nacht? Du möchtest, dass ich mich davonschleiche wie … wie ein Pferdedieb der Devyn?«

Das war zu viel. Thronfolgerin oder nicht, jetzt hatte ich diesem eigensinnigen Gör lange genug zugehört. »Bei allen Göttern, Mädchen, ich würde lieber gegen Talans Zauberer kämpfen, als mit dir loszureiten. Das scheint mir die einfachere Aufgabe zu sein.«

Mit einem Ausdruck der Empörung schnappte Ellyn nach Luft. Ich glaube, Ryadne hatte gelächelt, bin mir aber nicht sicher, denn die Nacht rückte heran, und das Licht der Kerzen überzog unsere Gesichter mit Schatten.

Dann sagte Ellyn: »Wie kannst du es wagen?«

»Ganz einfach«, antwortete ich. »Ich habe deiner Nörgelei jetzt lange genug zugehört. Wenn du meine Tochter wärst, hätte ich dich längst übers Knie gelegt und dir eine Abreibung gegeben.«

Ich rechnete damit, dass sie mir den Wein ins Gesicht schüttete und überlegte, wie ich darauf reagieren sollte, als Ryadne vermittelnd eingriff, um die Streitigkeiten zu beenden. Sie trat hinter Ellyns Stuhl hervor und stellte sich wie eine Rechtsprecherin, die einen Disput zu schlichten hat, zwischen uns. Sie legte eine Hand auf meine Schulter, die andere auf Ellyns.

»Hört mir zu«, sagte sie. »Beide.« Sie wartete, bis wir zustimmend genickt hatten. »Es wird für keinen von euch einfach. Doch ich habe etwas vorhergesehen, und daher weiß ich, dass es der einzige Weg ist. Gleichgültig, ob leicht oder schwer – es *muss* sein. Andernfalls fällt Chaldor und alles, was Andur aufgebaut hat, in Talans Hände.«

»Du verlangst zu viel, Mutter«, sagte Ellyn.

Ich gab ihr nur ungern Recht, musste jedoch zustimmend nicken.

»Versteht doch, es sind die Götter, die das von uns verlangen. Hätten sie mir erlaubt, einen anderen Weg vorherzusehen, hätte ich es gewiss getan. Doch es gibt keine andere Möglichkeit. Falls ihr scheitert, ist Chaldor verloren, und Danant übernimmt die Herrschaft. Vielleicht wird unser Königreich zu Grunde gehen. Ihr mögt euch nicht, doch bitte ich euch als Königin, Mutter und Seherin, dass ihr euch gemeinsam auf den Weg macht.«

Ich kannte keine Frau mit solch kräftigen Händen. Ryadne grub mir die Finger so fest in die Schultern, dass mir beinahe die Tränen kamen. Ich zog den Kopf ein und sagte: »Mein Versprechen hast du doch schon.«

»Ja, und dafür danke ich dir, Gailard.«

Ich hätte gerne gewusst, ob sie auch mit ihrer Tochter so hart umging. Ellyn nickte und murrte gereizt ihre Zustimmung.

Ryadne lockerte ihren Griff, und der Druck ließ nach. »Geh jetzt zu Bett, Gailard. Du wirst die Nacht hier verbringen. Entspanne dich einen Tag lang. Am Tag darauf brecht ihr im Morgengrauen auf. Sag mir nur, was ihr für die Reise benötigt. Ich sorge dafür, dass alles vorbereitet wird und bereit liegt. *Sag mir nicht, wohin die Reise geht!* Nur du darfst das Ziel kennen. Und natürlich auch Ellyn, wenn es an der Zeit ist.«

Ich hatte große Angst vor meiner Aufgabe und bewunderte diese tapfere und ehrbare Frau, die das Werk ihres Mannes bis in den Tod verteidigte. Ich fragte mich, ob auch Ellyn das alles begriffen hatte, als sie aufstand und den Raum verließ, ohne mich eines Blickes zu würdigen.

»Sie hat auch ihre guten Seiten«, sagte Ryadne. «Trotz ihrer Launen.«

»Vielleicht werde ich sie entdecken«, sagte ich. »Irgendwann einmal.«

Die Königin nahm erneut meine Hände. »Ich habe dir gesagt, dass es nicht leicht sein wird.«

Ihr Lächeln zeigte mir, dass es der Mühe wert war.

Die Nacht verbrachte ich in einem viel zu weichen Bett. Ich konnte nicht einschlafen. Ich war an harte Feldbetten gewöhnt oder an den harten Boden, und selbst im Sattel hatte ich schon geschlafen. Ich drehte und wälzte mich die Nacht über auf der flaumweichen, parfümierten Matratze, lauschte schließlich dem morgendlichen Treiben des Stadtlebens, hörte das Geschnatter des Federviehs, brüllende Rinder und blökende Schafe. Durch ein Fenster mit Blick auf den Stadtkern sah ich die Sonne aufgehen. Ich sah die Straßen unterhalb der Zitadelle, die angefüllt waren mit verängstigten Menschen. Sie alle waren gekommen, um in den Stadtmauern Schutz zu finden. Ich wusste, wie trügerisch diese Hoffnung war. Sie würden Angst und Entbehrungen kennen lernen. Die Magie des Vachyn-Zauberers, der Schrecken der Katapulte, die brennende Geschosse schleudern würden, das Surren der Pfeile und Speere erwartete sie.

Sie taten mir Leid. Ich selbst war ein Söldner und hatte Andur meine Treue geschworen – nunmehr auch Ryadne und somit auch Ellyn. Aus diesem Grund war es für mich leichter, die Verpflichtungen zu erfüllen, die König und Königin mir auferlegt hatten. Es war keine angenehme Aufgabe, und sicherlich freute ich mich nicht auf diese Reise, die ich mit der missmutigen Königstochter Ellyn anzutreten hatte. Die Menschen in den Straßen unter mir hatten jedoch keinen Treueeid geschworen. Es waren nur einfache Bürger und Bauern, Händler und Kaufleute, rechtschaffene Menschen, die ihrem Tagewerk nachgingen, ihre Felder bestellten, Viehherden hüteten oder Waren verkauften. Kämpfen, Hungern und Leiden unter den Blitzen des Vachyn-Zauberers oder dem Schrecken feindlicher Belagerung – das alles war fremd für sie.

Ich kleidete mich an und frühstückte allein. Ich vermutete Ellyn bei Ryadne und nahm an, dass beide in weitere Streitgespräche verwickelt waren, als ein Gefühl der Schwermut in mir aufkam. Ich hatte meinen König verloren und musste nun meine Königin im Stich lassen, während sie den Schrecken der Belagerung und vermutlich ihrem Tod gegenüberstand. Ich wusste nicht, wohin ich Ellyn bringen sollte. Das Land der Flussebene war mir fremd, und ich wusste nicht, ob uns die Seekönige freundlich gesonnen waren, oder ob sie uns gefangen nehmen würden. Ich konnte weder zu meinem eigenen Clan gehen, noch konnte ich mir der Gastfreundschaft der Dur sicher sein. Die Naban und Serian würden Ellyn sicherlich als Pfand gegen Chaldor oder Danant benutzen, und um das Styge-Gebirge zu erreichen, hätten wir zuvor das zerklüftete Barrens-Ödland überqueren müssen. Überdies hatte Ryadne von den aufkeimenden magischen Kräften ihrer Tochter gesprochen. Auch wenn ich diese magischen Kräfte zur Unterstützung Chaldors gutheißen würde, so konnte ich mir nicht vorstellen, dass Ellyn ihre Fähigkeiten geschickt einzusetzen vermochte. Ich war sicher, dass wir zu Geächteten erklärt würden und dass Talan, sobald er von unserer Flucht erfuhr, Jagd auf Ellyn und mich machen würde. Ich fragte mich, welche Art von Jägern ein Vachyn mit seinen magischen Kräften erschaffen konnte.

Schlecht gelaunt beendete ich mein Frühstück und suchte nach meinen Waffen.

Mein Schwert war gesäubert von altem Blut, blank poliert und so scharf wie seit Beginn des Krieges nicht mehr. Eine prächtige neue Schwertscheide wurde mir angeboten. Ich lehnte ab und nahm stattdessen meine alte, abgenutzte Hülle, denn ich wollte unerkannt reisen und kein Aufsehen durch feine Hoheitszeichen erregen.

Ryadne stimmte mit meinen Vorsichtsmaßnahmen überein und rüstete mich mit schlichter, robuster Reisekleidung aus: ein oder zwei Leinenhemden, gute lederne Reithosen und solide Stiefel, ein Übergewand aus schwerem Stoff, verwebt und durchwirkt mit Metallfäden als Schutz gegen Pfeile, Unterkleidung und ein guter warmer Umhang. Sie bot mir die besten Reittiere der königlichen Ställe zur Wahl an; ich suchte eine braune Stute aus. Sie hatte einen schlanken Brustkorb und lange Läufe, sah aus wie ein Rennpferd und vereinte Schnelligkeit und Durchhaltevermögen.

»Ellyn wird ihr Lieblingspferd haben wollen«, gab mir Ryadne mit einem Wink zu einer hellhäutigen, fast weißen Stute zu verstehen.

Das Pferd war kerngesund und ebenso auffällig. Ich schüttelte den Kopf und sagte zur Königin: »Lieblingspferd oder nicht, sie muss ein anderes Tier reiten. Diese Schönheit ist weithin bekannt.«

»Das wird ihr nicht gefallen«, sagte Ryadne.

Ich schaute sie an. Sie lächelte. »Wähle ein anderes Pferd für sie, Gailard.«

Ich suchte eine kastanienbraune Stute mit den gleichen Eigenschaften wie mein Pferd für sie aus.

»Was brauchst du noch?«, fragte Ryadne.

»Einen Pferdebogen«, sagte ich, »und einen Vorrat an Pfeilen, Verpflegung, einige Goldstücke und

Schlafmatten.« Ich überlegte kurz und dachte an die Jahreszeit. Der Sommer war schon fortgeschritten, und wohin wir auch gehen mochten, die Nächte würden kühl werden. »Ein Zelt. Nein, zwei Zelte.« Ich konnte mir nicht vorstellen, ein Zelt mit Ellyn zu teilen.

»Braucht ihr kein Packpferd?«, fragte Ryadne.

Ich schüttelte den Kopf. »Wir werden mit leichtem Gepäck reiten. Was wir nicht auf unseren Pferden mitnehmen können, beschaffen wir uns unterwegs.« Es ging mir langsam besser. Dies alles hatte Ähnlichkeit mit der Vorbereitung eines Feldzuges, und das war mir sehr vertraut. »Und Ellyn muss schlicht gekleidet sein. Weder kunstvolle Hoheitszeichen, noch Juwelen oder sonstiger Putz. Sie darf nicht als deine Tochter erkannt werden.«

»Nein«, pflichtete Ryadne mir bei und legte eine Hand auf meinen Unterarm. »Ich danke dir dafür, Gailard. Ich weiß, dass es nicht leicht für dich sein wird, und bin dir auf ewig dankbar.«

Ich suchte nach feinfühligen Worten, doch mir kam nichts in den Sinn. Also lächelte ich bloß und erwiderte mit einem Achselzucken: »Du bist jetzt meine Gebieterin, dir habe ich Treue geschworen, du bist meine Königin.«

Mit einem Ausdruck von Trauer in den Augen antwortete sie: »Ich bin Ellyns Mutter. Beschütze sie gut!«

»Mein Wort darauf«, sagte ich. »Bei meinem Leben.«

So kam es, dass wir Chorym eine Stunde vor Sonnenaufgang verließen. Es war jene Zeitspanne, da die Luft unbeweglich und dunstig zu stehen scheint, unentschlossen zwischen der Verabschiedung der Nacht und der Anerkennung des neuen Tages. Ellyn ritt die kastanienbraune Stute, die ich ausgesucht hatte. Sie trug Stiefel und Reithosen, Hemd und Übergewand und einen Umhang, in den sie sich eingehüllt hatte. Ihr Haar war so geschnitten, wie ich es angeraten hatte, und unter einer spitzen Lederkappe versteckt. Aufsässig hatte sie sich eine Feder an die Lederkappe gesteckt.

Gegen diese letzte Demütigung hatte sie stärker aufbegehrt, als gegen alles andere. »Ich verlasse mein Zuhause«, jammerte sie, »und überlasse meine Mutter ihrem Schicksal. Ich muss mich kleiden wie ein … ein Streuner. Ich darf nicht mein eigenes Pferd reiten, und nun wird mir auch noch das Haar abgeschnitten. Das ist zu viel!«

Sie hatte sich Hilfe suchend nach Ryadne umgedreht – vergeblich, denn wir waren uns in diesem letzten Punkt einig. Ellyn würde nicht so leicht als Junge durchgehen, auch nicht bei näherem Hinsehen; sie glich eher – und das war unsere Absicht – dem Abkömmling eines Söldners als einer Prinzessin. Ryadne begleitete uns zum Osttor, eingehüllt in einen Umhang und unter einer Kapuze verborgen. Wir hatten uns innerhalb der Palastmauern Lebewohl gesagt, und als wir das Tor erreichten, nickte sie nur kurz und hob grüßend die Hand. Als wir darauf warteten, dass das Tor geöffnet wurde, machte sie kehrt, ritt davon und ließ uns allein.

Ich habe sie niemals wiedergesehen.

Ich fühlte tiefe Trauer und eine neugierige Erregung in mir. Ich war weder Zauberer noch Seher oder Magier, trotzdem spürte ich, dass ich einem großen Abenteuer entgegenritt, und auch wenn ich in Begleitung eines mürrischen jungen Mädchens war, das unzweifelhaft an meiner Seite entlang zappelte, so war es doch der Wunsch der Götter. Ich hoffte nur, dass Andur sich getäuscht hatte, als er sagte, die Götter hätten uns verlassen.

Als die Morgenglocken läuteten, wurde das Tor geöffnet. Wir ritten hindurch. Ich ließ meine Stute Trab anschlagen und blickte zurück zu Ellyn. Sie machte ein Furcht erregend finsteres Gesicht, doch sie folgte mir. Wir ritten die Oststraße entlang, einem ungewissen Schicksal entgegen.

4

Talan Kedassian, Gebieter der Danant, bewunderte sein Spiegelbild, während Diener seine goldene Rüstung zuschnallten. Er war der Überzeugung, eine prächtige Figur abzugeben – angemessen kriegerisch, wie es dem Eroberer Chaldors gebührte. Er bezweifelte nicht, dass er dies bald schon sein würde. Talan genoss den Titel ebenso, wie er sein Selbstbild genoss: Gebieter der Danant und Eroberer von Chaldor. Oder vielleicht etwas bescheidener, Gebieter von Danant und Chaldor. Die Rüstung war maßgeschneidert auf seine schlanke Gestalt. Ein fauchender Löwenkopf war auf die Brustpanzerplatte geprägt, in kleineren Ausgaben auch auf Beinschienen und Schulterplatten. Im Licht, das durchs Kabinenfenster fiel, funkelten seine juwelengeschmückten Augen Furcht erregend. Talan strahlte, als man ihm das Schwert um die Hüfte schnallte. Die Juwelen im Heft passten zu den Rubinen, welche die Augen des Löwen bildeten.

Er nickte, schüttelte dann jedoch den Kopf, als man ihm den Helm aufsetzen wollte. Diese Schönheit durfte man nicht unter einem Helm verstecken, entschied er, und hielt es für angemessener, den Helm unterm Arm zu tragen. Schließlich trat er als Eroberer in Erscheinung; darüber durfte es in Antium keinen Zweifel mehr geben. Und dass es so war, dafür hatten sicherlich Nestors Vachyn–Magie und die Klingen der Vorhut gesorgt. Er klemmte sich den Helm unter den linken Arm und drehte sich, um sein Spiegelbild von allen Seiten zu bewundern. Dann beugte er sich spöttisch zu einem Kopf herunter, der in klarer Flüssigkeit in einem Glasgefäß eingelegt war.

»Glaubst du, ich sehe gut aus, Andur?«

Der Kopf antwortete nicht. Die Haut war so blass wie die eines Ertrunkenen, und das gelbe Haar und der Bart schwebten in der Flüssigkeit wie Seegrasranken. Weit aufgerissene, blinde Augen starrten Talan an. Allmählich wurden die Augen milchig und trüb. Nestor hatte ein paar kleine Fische mit ins Gefäß gesetzt, und die Stellen, an denen die Fische knabberten, sonderten helle Flüssigkeitswölkchen ab.

»Ich bin fertig.« Er verscheuchte die wartende Dienerschaft. »Nestor, begleitest du mich?«

In der gegenüberliegenden Ecke der prunkvoll ausgestatteten Kabine nickte Nestor, der Vachyn-Zauberer knapp. Lange Fingernägel zierten seine Hände, die er unter die Aufschäge seiner Robe schob. »Wie du wünschst, mein Gebieter.«

Talan lächelte. Bei allen Göttern, Nestor kostete ihn Säcke von Gold, doch die Macht seiner Magie war jedes Goldstück wert. Talan änderte seine Körperhaltung und gab sich einen Ausdruck ernster Entschlossenheit, überprüfte seine Erscheinung ein letztes Mal und schritt zur offenen Tür hinaus.

Hell erklangen Fanfaren, als er an Deck erschien. Seine Leibwache steckte in Rüstungen schlichterer Aufmachung, nicht zu vergleichen mit seiner eigenen Pracht. Sie salutierten mit den Speeren und riefen seinen Namen. Entlang der Kaimauer klapperten Soldaten mit Schwertern, Speeren und Schilden. Talan sonnte sich kurze Zeit in den Huldigungen.

»Es lebe Talan, der Eroberer!«

»Der Gebieter des Flusses lebe hoch!«

»Es lebe der Bezwinger Chaldors!«

»Hoch Talan!«

An der Laufplanke blieb Talan stehen und machte eine Handbewegung, sodass die Männer verstummten. Seine Offiziere hatten ihm versichert, dass keine gegnerischen Soldaten mehr in der Stadt waren, und mit Nestor im Rücken fühlte er sich sicher. Verwundet war der Rest der chaldoreanischen Streitmacht nach Osten geflohen, zweifellos, um sich in den Mauern Choryms zu sammeln. Zurückgelassene Widerstandskämpfer waren erschlagen worden. Ein süßlicher Geruch lag in der Luft. In den angezündeten Häusern verbrannten die Leichen, und jenseits des Hafens konnte Talan dicke Rauchschwaden in den Morgenhimmel steigen sehen. Er lächelte. »Gut gemacht, meine treuen Soldaten. Ihr habt tapfer gekämpft, und dafür danke ich euch. Nun werden wir gegen Chorym ziehen und die feindliche Stadt dem Erdboden gleichmachen. Ihr habt die Erlaubnis, das Land zu plündern.« Dieses Versprechen traf auf große Zustimmung und wurde mit weiteren lautstarken Ehrerbietungen bejubelt. Talan setzte ein breites Lächeln auf und schritt mannhaft die Laufplanke hinab zu den vom Feuer glasierten Pflastersteinen des Kais.

Nestor folgte ihm. Talan konnte nicht widerstehen, ihm eine Frage zuzuflüstern. »Wir sind hier doch sicher?«

»Niemand wird dir hier etwas zu Leide tun, mein Wort darauf«, antwortete der Vachyn-Zauberer.

»Gut.« Talan nahm Haltung an, rief, man solle seinen Streitwagen an Land bringen, und wandte sich an seine Offiziere. »Gibt es noch eine annehmbare Unterkunft für die Nacht?« Egor Dival, der gut und gerne doppelt so alt war wie sein Gebieter, antwortete unverblümt: »Nein. Was die Vachyn-Magie nicht niedergebrannt hat, haben die Feinde selbst zerstört.«

Talan runzelte die Stirn. »Wo werde ich heute Nacht schlafen? Und wo frühstücken?«

Dival fuhr mit der Hand durch seinen angegrauten Bart, in dem noch Reste von Blut klebten, und antwortete: »Nun, für heute Nacht in deinem Zelt. Und zum Essen, schlage ich vor, kannst du zurück an Bord gehen oder uns hier Gesellschaft leisten.«

»Hier?« Talan zeigte auf die Trümmer Antiums. Jetzt, aus der Nähe betrachtet, erkannte er, dass nur noch qualmende Ruinen standen, die unter der Last der verkohlten Balken früher oder später zusammenbrechen würden.

»Was ist denn hier noch übrig geblieben?«

»Sehr wenig«, sagte Dival. »Ich schlage vor, wir sorgen dafür, dass unsere Streitmacht von Bord geht und hier rastet. Wir marschieren ein Stück ins Hinterland und lagern hinter diesem ungastlichen Ort.«

Talan beschwerte sich. »Ich habe Hunger«

»Dann geh zum Essen aufs Schiff«, erwiderte Dival.

Talan blickte finster. »Ich werde zusammen mit meinen getreuen Männern essen«, bestimmte er. »Das bin ich ihnen schuldig.«

Auf dem Hafendamm, dessen Pflastersteine durch Nestors Zauberfeuer wie glatt geschliffen wirkten und auf dem Männer ihr Leben gelassen hatten, wurden Tische und Stühle aufgestellt und mit Tischdecken aus Leinen gedeckt; Teller und Schalen aus Silber und Gold, geschliffene Glaskelche und ornamentverziertes Besteck wurden aufgetragen. Weinkaraffen, große Platten mit Fleisch und Eiern, Brot, Käse und Früchte wurden vom Schiff gebracht und aufgetischt. Talan speiste mit Nestor zu seiner Rechten und Dival zur Linken. Die Männer, die gekämpft hatten, die einfachen Soldaten, wurden mit Ale belohnt und bekamen kleine Rationen Brot und Fleisch. Doch reichten diese kleinen Mengen nicht, ihre hungrigen Mägen zu füllen, und so mussten sie sich mit dem versorgen, was die Ruinen Antiums hergaben. Nur die Anführer hatten ein üppiges Mahl. Und vor ihnen, auf einem kleinen Tisch, war das Glas mit Andurs Kopf aufgestellt.

»Wie hast du das gemacht?« Talan deutete mit der Gabelspitze auf die kleinen Fische, die an dem abgeschlagenen Kopf herumknabberten. »Wie können die da drin überleben?«

Nestor lächelte und kraulte sich den schwarzen Bart. »Magie, mein Gebieter.«

»Aber er ist doch eingelegt. Und keine Kreatur kann in dieser Brühe überleben.«

»Vielleicht leben sie ja gar nicht. Vielleicht ist das in Wirklichkeit alles nur eine Sinnestäuschung. Oder sie überleben Dank meiner Magie in dieser Flüssigkeit, die andere Lebewesen tötet.«

»Sind die jetzt tot oder lebendig?«, fragte Dival, während er sich eine Gabel voll mit Rührei und gegrilltem Fleisch in den Mund schob.

Nestor antwortete mit einem Achselzucken.

»Kannst du dich dem Tod widersetzen?«, fragte Talan.

»Ich bin Vachyn-Zauberer«, erwiderte Nestor. »Für mich gibt es keinen großen Unterschied zwischen Leben und Tod, es sind nur andere Daseinsformen.«

»Tod ist Tod«, entgegnete Dival. »Das ist doch sicherlich ein gewaltiger Unterschied zum Leben.«

»Glaubst du wirklich?« Mit finsterer Mine blickte Nestor den grauhaarigen General an. »Soll ich es dir zeigen?«

Dival machte ein mürrisches Gesicht und schüttelte den Kopf.

Der Tag war vorangeschritten und neigte sich dem Ende zu. Der Wind hatte gedreht und wehte den Schutt Antiums durch die Hafenanlage. Aufgewirbelter Staub und Asche färbten die Luft graubraun. Dival spülte sich den Mund mit reichlich Wein und spuckte auf das Pflaster.

Talan lachte. »Kränkt dich der Geschmack des Sieges, Egor?«

»Nein, mein Gebieter«, erwiderte Dival kopfschüttelnd. »Aber zum Essen es gibt schönere Plätze.«

»Wo?« Talan breitete seine prächtig gepanzerten Arme aus. »Wir sitzen in einer besiegten Stadt und werden bald das Hinterland erobern. Welcher Ort könnte schöner sein zum Frühstücken?«

»Chorym«, antwortete Dival.

Talans Lächeln verflüchtigte sich, und seine Mine wurde düster. »Wir werden Chorym einnehmen. Wir werden den Mauern gegenübertreten. Und wenn Ryadne sich widersetzt, werden wir die Stadt belagern und niederreißen.« Er wandte sich dem Vachyn-Zauberer zu. »Nicht wahr, Nestor?«

Der Vachyn lächelte. »Magie wird sie zu Vernunft bringen.«

»Werde ich Ryadne zur Braut bekommen?«

»Ja, mein Gebieter. Wenn die Macht der Waffen nicht ausreicht, dir zu geben, was du begehrst, wird meine Magie dafür sorgen.«

Talan nickte. Er winkte einen Diener heran, seine Rüstung zu polieren, deren Gold an einer Stelle durch herabgefallene Asche verfärbt war. Er fragte sich, ob auch sein Haar verschmutzt war. Vielleicht hätte er es noch einmal waschen sollen; dann aber kam ihm der Gedanke, dass sich dies für einen Eroberer nicht geziemt. Nein, lieber verschmutzt in den Kampf ziehen. Er warf sein Besteck achtlos beiseite und stand auf, womit er das Mahl beendete.

»Wir brechen auf! Meinen Wagen!«

Zwei Stallburschen brachten die tänzelnden Pferde, zwei Hengste mit rabenschwarzem Fell. Der Streitwagen war vollständig mit Gold beschlagen; gezackte Dolche ragten aus den Radnaben hervor. Der Wagen trug neun Speere und einen juwelenbesetzten Köcher, in dem siebzehn Pfeile mit Silberspitzen und ein Bogen aus lackierter Pechkohle steckten. Feierlich setzte Talan sich den goldenen Helm auf seinem ölgetränkten Haar zurecht. Nachdem er und Nestor eingestiegen waren, verriegelte er die Seitenwangen des Wagens, nahm einen Speer und wiegte ihn dramatisch in der Luft.

»Auf nach Chorym, dem Sieg entgegen!«

Ryadne schritt die Wehrgänge der inneren Stadt ab und fragte sich, wie lange es noch dauern würde, bis Talan mit seiner Streitmacht auftauchte.

Der Tag war warm, die Sonne auf halbem Wege zum Zenit. Makelloses Blau zierte den Himmel, da und dort von einem dahinschießenden Schwalbenschwarm durchzogen. Hier oben auf den Wehrgängen konnte Ryadne das Schwalbengezwitscher hören. Von den Straßen unterhalb drangen das Muhen der Rinder und die gedämpften Stimmen der Menschen empor, die Schutz suchend zu ihr hinaufschauten.

Chorym war für die Belagerung vorbereitet. All die Viehhirten, Landwirte und Weinbauern, die den Schutz der Stadt aufgesucht hatten, waren versammelt. Es gab Nahrung in Hülle und Fülle. Die Wehrgänge waren mit den überlebenden Männern der einstigen Streitmacht besetzt, die Gailard zurückgebracht hatte. Die Katapulte waren vorbereitet, gut ausgerüstet mit Wurfgeschossen und Feuerbällen, und große Eimer mit Wasser und Öl waren bereitgestellt. Mehr konnte Ryadne nicht tun. Ihre Seher-Kräfte wurden jetzt immer schwächer, beinahe so, als würden die Machenschaften des Vachyn-

Zauberers sie benebeln. Sie konnte weder den Ausgang des Kampfes noch dessen Zeitpunkt vorhersehen. Sie wusste nur, dass Ellyn in Begleitung Gailards und in Sicherheit war.

Ellyn war die einzige Hoffnung Chaldors. Und ohne Gailards Hilfe, wäre diese Hoffnung verloren gewesen.

Abgesehen davon, konnte Ryadne nur wenig vorhersehen – mit Ausnahme ihres sicheren Todes.

Sie schaute in die strahlende Sommersonne und zwinkerte Tränen aus den Augen.

Dann erblickte sie in westlicher Richtung ein Leuchten und Glänzen, das sich auf der Weststraße vorwärts bewegte wie ein Lauffeuer. Noch bevor die Kundschafter zurückkamen und mit verängstigte Stimmen Danants Streitmacht ankündigten, wusste Ryadne, das dieses Leuchten von glitzernden, glänzend polierten Streitwagen, Schilden und Speerspitzen stammte, die im Sonnenlicht funkelten.

Mit einem Seufzen wendete sie sich ab, um ihre letzte bittere Pflicht zu erfüllen.

Die Augen fest auf den Fluss voraus gerichtet, steuerte Kerid die *Hochland* dicht am Ufer Chaldors entlang. Hin und wieder warf er einen kurzen, unruhigen Blick hinauf zu den Männern im Ausguck. Hier, in Ufernähe, war das Wasser seicht. Sandbänke und felsige Klippen waren eine ständige Gefahr. Normalerweise hätte Kerid sich mit dem Schiff in der Flussmitte aufgehalten, doch seit er aus Antium ausgelaufen war, hatte er schon drei Begegnungen mit

Danants wendigen Flusspiraten, und diese hatten die *Hochland* empfindlich beschädigt. Der Fockmast war gebrochen, und Katapulte hatten Löcher in die Backbordseite geschlagen. Das Schiff war stark beschädigt; bei einem Wetterumschwung oder starkem Wellengang drohte es so viel Wasser zu nehmen, dass es sinken würde. Schlimmer noch war der Verlust der *Hoffnung*, die schon bei der ersten Begegnung mit den Piraten mit Mann und Maus versenkt worden war. Kerid hatte keine Möglichkeit gehabt, die Ertrinkenden zu retten; er hatte nur versuchen können, die *Hochland* so schnell wie möglich vor den schnittigen Kriegsschiffen in Sicherheit zu bringen.

Er wünschte, er hätte eines dieser Schiffe unter seiner Befehlsgewalt. Die *Hochland* war trotz ihrer Größe kein ebenbürtiger Gegner für diese geschickten Jäger. Im Gegenteil – Kalid war davon überzeugt, dass sein Schiff ebenfalls als Wrack im Flussbett läge, wären die Piraten nicht frühzeitig zu einem Überfall abgezogen worden, sodass sie keine Zeit mehr hatten, ihr zerstörerisches Werk zu vollenden. Er hatte auch kein anderes Schiff aus Chaldors Flotte mehr gesehen, mit Ausnahme des schwelenden Wracks der *Hoffnung* und den aus dem Wasser ragenden Masten der *Offenbarung*, seit er Gailard an der Kaimauer abgesetzt hatte. Er fragte sich, wo die anderen Schiffe geblieben waren. Lagen sie vor Anker und warteten auf Talans Schiffe, um sich kapern zu lassen? Waren sie nach Süden geflohen? Er wusste es nicht und konnte nur die feigen Kapitäne verfluchen, die ihre Heimat in der Stunde größter Not im Stich gelassen hatten. Er selbst war entschlossen, das Versprechen zu halten, das er dem Highlander gegeben hatte, und zurückzukehren, um Danant vom Wasser aus zu bekämpfen.

Doch um dieses Ziel zu erreichen, musste er überleben und die *Hochland* sicher nach Norden bringen. Er rief den Männern im Ausguck.

»Nur Wasser zu sehen«, erklang die Antwort. »Kein Mast, kein Segel.«

»Nur Untiefen und Sandbänke, umspült von gefährlichen Wasserwirbeln.«

Kerid drehte sich zu dem Dunkelhäutigen um, der sich auf dem erhöhten Steuerdeck zu ihm gesellt hatte. Nassim war ein Mischling. Seine Mutter war chaldoreanischer Herkunft; sein Vater stammte aus Naban. Nassim war Kerids erster Maat und nicht weniger vertraut mit dem Fluss, als sein chaldoreanischer Kapitän; in manchen Dingen war er sogar erfahrener.

»Ich kann das Wagnis nicht eingehen, ins tiefe Fahrwasser der Flussmitte zu wechseln«, murrte Kerid und steuerte gegen einen plötzlich aufgetauchten Wasserstrudel an, der noch mehr Wasser in den Überschwemmten Laderaum zu spülen drohte. »Bei allen Göttern, sie ist schon schlimm genug beschädigt. Kommt ihr mit den Reparaturen voran?«

»Wir tun, was wir können.« Nassim öffnete einen durchweichten Beutel, aus dem er einen Priem Kautabak zog, und zwickte sich ein Stück ab. Er kaute den Tabak eine Weile, verzog dann das Gesicht und spuckte aus. »Wir haben ausgebessert und Flicken eingesetzt, so gut es ging, aber irgendwo müssen wir feste neue Spanten finden.«

»Und riskieren, dass ein Boot der Danant uns aufspürt?« Kerid schüttelte den Kopf. »Nein, wir werden diesen Kahn nach Hel bringen und dort so teuer wie möglich verkaufen.«

»Und was dann?« Nassim leerte den Mund über die Schulter und überprüfte erneut seinen Tabaksbeutel. Traurig starrte er auf den Inhalt und steckte den Beutel zurück in sein Hemd. »Was werden wir für dieses halb zerstörte Lastschiff noch bekommen?«

Kerid zuckte mit den Schultern. »Ich weiß es nicht. Ich habe noch nie ein Schiff verkauft. Und du kennst dich mit diesen Seeräubern besser aus als ich.«

»Seeräuber?«, empörte sich Nassim. »Einige von diesen Seeräubern sind Blutsverwandte.«

»Dann wirst du das Geschäft abwickeln«, bestimmte Kerid.

»Und dann?«

»Wir kaufen uns ein Kriegsschiff und greifen jedes verfluchte Danantschiff an, das wir finden können.«

»Ha!« Nassim lehnte sich an die Reling und starrte missmutig auf die Nebel über dem weiten Durrakym. »Wir können uns glücklich schätzen, wenn wir die Inseln erreichen und nicht vorher sinken. Und selbst wenn wir es schaffen – glaubst du wirklich, wir bekommen für dieses Wrack genug, um davon ein Kriegsschiff kaufen zu können?«

»Ich habe ein Versprechen gegeben«, sagte Kerid.

»Und ich habe geschworen, Chaldor zu dienen«, erwiderte Nassim. »Doch die ärmliche Kriegsflotte, die Andur bauen ließ, ist zerstört oder geflohen. Was können wir noch ausrichten?«

»Jeder, der gehen will, kann gehen. Ich zwinge

niemanden unter meine Befehlsgewalt.« Kerid starrte seinen Maat an. »Wirst *du* gehen?«

»Nein.« Nassim schüttelte den Kopf. »Mein Vater hat mir einmal gesagt, ich sei verrückt, als ich danach strebte, Chaldor zu dienen, anstatt ein Hel-Pirat zu werden. Ich habe es trotzdem getan. Und genau wie du, habe ich mein Wort gegeben.«

Kerid grinste. »Dann würden wir besser daran tun, zu beten, dass wir die Inseln erreichen, nicht wahr?«

Nassim öffnete den Mund um zu antworten, doch der vordere Ausguck meldete: »Segel voraus!«

»Welche Flagge?«, rief Kerid zurück.

Der Ausguck zögerte. Dichter Nebel waberte. Sie waren die beiden letzten Nächte durchgesegelt und hatten am Tag geankert. Bald würde die Sonne aufgehen; das Mondlicht wurde in der Morgendämmerung bereits schwächer.

Dann der Ruf: »Danants! Sie haben uns entdeckt!«

Kerid musste schnell eine Entscheidung treffen. Entweder setzte er die *Hochland* auf eine Klippe, in der Hoffnung, die Danant würden aus Furcht weiterfahren, zu stranden und von denselben Sandbänken und Klippen zerstört zu werden, oder aber …

»Was ist es?«, brüllte er hinauf. »Ein Kriegsschiff?«

»Größer«, kam es zurück. »Ein Zweimaster.«

»Fertig machen zum Kampf!« Kerid schwang das Steuerrad herum und brachte die *Hochland* auf Kurs Richtung Ufer. »Wir werden sie kapern!«

»Du bist verrückt!«, rief Nassim, doch in seinen Augen lag ein aufgeregtes Funkeln. »Du wirst uns auf Grund setzen, und wir geben ein leichtes Ziel ab.«

»Genau«, erwiderte Kerid und behielt den Kurs bei. »Sag den Männern, sie sollen sich tot stellen, und zünde ein paar Rauchfeuer an.«

»Mögen die Götter mit uns sein«, sagte Nassim und sprang vom Oberdeck, um die Befehle Kerids weiterzugeben.

Kerid drehte das Steuerrad und hielt mit dem Bug auf eine Sandbank zu. Es fiel ihm nicht schwer, die beschädigte *Hochland* zu opfern; sie gab nur mehr ein gestrandetes Schiffswrack ab. Nassim hatte einige stark qualmende Feuer gelegt, deren schmutziger Rauch sich mit dem Nebel vermischte und das Bild eines jämmerlichen Trümmerhaufens verstärkte.

Kerid setzte den Bug auf die Sandbank und strauchelte, als das Schiff auf Grund lief. Mögen die Götter mit mir sein, dachte er, denn von hier gibt es kein Entrinnen. Er beobachtete, wie die Männer im Ausguck hastig die Takelage herunterkletterten und an Bord ihren Platz einnahmen. Er konnte das Danantschiff noch nicht sehen.

Dann tauchte es aus dem Nebel auf: ein gewaltiger Zweimaster, bewaffnet mit je einem großen Wurfgeschütz an Bug und Heck. Die verhassten Banner Danants hingen schlaff herunter. Das Schiff nahm Fahrt zurück, hielt auf die gestrandete *Hochland* zu und schoss eine Lanze von der vorderen Baliste ab. Die Lanze schlug in die Flanke der *Hochland* ein.

Kerid fluchte und rief den Männern leise zu: »Bleibt ruhig, dann werden wir sie überwältigen.«

Das Danantschiff näherte sich, schoss eine weitere Lanze durch die Takelage der *Hochland* und kam längsseits. Kerid fluchte und rannte mit dem

Schwert in der Hand zur Reling. »Alle Götter sollen euch verdammen! Eure Eltern und eure Kinder sollen verdammt sein! Elend über eure Weiber!«

Um eine bessere Wirkung zu erzielen, taumelte er etwas und ließ sich dann im Pfeilhagel, der durch die Luft des dämmernden Morgens pfiff, auf die Planken fallen. Er hob einen Pfeil vom Deck auf, klemmte ihn unter seine Achsel, dass es aussah, als wäre er getroffen, zeigte sich erneut und rief: »Niemals werdet ihr mein Schiff bekommen!«

Sein Wutausbruch wurde mit Gelächter und einem weiteren Pfeilhagel beantwortet. Wieder ließ er sich auf Deck fallen und blieb liegen, während die Befehle der feindlichen Offiziere über das Wasser klangen. Dann spürte er das leichte Zittern der Hochland, als das Kriegsschiff seitwärts anlegte. Enterhaken landeten auf der Ruderbank, und die Danant schwärmten an Bord. Sie wurden mit Stahl und Wut in Empfang genommen. Schon der erste Mann, der die *Hochland* betrat, starb, als Kerids Männer aus der Deckung hervorsprangen und ihren ganzen Zorn auf die Angreifer richteten. Die Mannschaft der Hochland kletterte über die Reling und fiel über das Danant-Schiff her. Sie fegten über Deck wie plündernde Piraten und verwüsteten alles, was sich ihnen in den Weg stellte. Kerid folgte ihnen, sprang vom Steuerdeck hinüber in die Takelage des Angreifers und schwang sich hinunter zum erschrockenen Kapitän.

Er wurde von zwei stämmigen Seeleuten beschützt. Beide trugen Rundschilde an den Unterarmen und hielten breite Schwerter zur Verteidigung bereit. Kerid hieb schonungslos auf die Männer ein. Den Ersten fegte er mit einem Schwerthieb von den Beinen und beförderte ihn mit einem Fußtritt zu Seite. Nun war der Kapitän der Danat an der Reihe. Er blockte Kerids Schlag und versuchte seinerseits, Kerid einen Schwerthieb in die Magengrube zu versetzen, was ihm jedoch nicht gelang. Er brüllte nach Hilfe und verstummte jäh, als ein gezielter Pfeil ihn mitten zwischen die Augen traf. Tödlich getroffen stolperte er gegen das Ruderrad und sank über der vorderen Reling in sich zusammen. Ein weiterer Pfeil fand sein Ziel in der Brust des zweiten Seemanns. Als der Mann den Rundschild hob, um weitere Pfeile abzuwehren, stach Kerid ihm die Klinge in den ungeschützten Leib.

Er wirbelte herum und bemerkte Nassim, der ihm grinsend Gesellschaft leistete.

»Die hätten dich abgestochen, hätte ich nicht die Pfeile geschossen.«

»Schon möglich. Aber ich glaube, dass ich sie auch ohne deine Hilfe besiegt hätte. Trotzdem, danke.«

Nassim verbeugte sich. »Das war ich dir schuldig.«

Schon bald war der Kampf gewonnen. Durch den Überraschungsmoment wurden die Danants rasch überwältigt. Es gab keine Überlebenden, und die Leichen wurden über Bord geworfen. Schnell kamen Fische und ufernahe Raubtiere zum Festmahl. Die Sonne ging langsam auf und weckte die Vögel, die wohlig im wärmenden ersten Sonnenlicht des Tages flatterten. Strahlend rief Kerid seinen Männern zu, die Ausrüstung von der *Hochland* hinüber zum Feindschiff zu schaffen. Längst hatte er Chaldors

Farben gesetzt und die Flaggen Danants gegen die eigenen getauscht.

Er nahm das Schiff in Augenschein und stellte fest, dass es ziemlich gut in Schuss war. Sicherlich würden sie dafür einen besseren Preis erzielen als für die heruntergekommene *Hochland*.

»Setzt die Segel! Kurs auf Hel.«

Er zögerte und schaute seinen Maat an, der völlig verblüfft auf den Fluss starrte. »Was hast du?«

»Bei allen Göttern«, sagte Nassim und zeigte mit dem Finger auf das Wasser. »So etwas habe ich noch nie gesehen.«

»Was denn?«, fragte Kerid zurück.

»Sieh nur.« Sein Maat deutete mit dem Finger auf die v-förmige Wasserwelle, die sich auf das Schiff zu bewegte. »Ratten gehen an Bord des sinkenden Schiffes.«

»Wir sinken nicht«, erwiderte Kerid. »Wir segeln für Ruhm und Ehre und werden Rache nehmen für Chaldor.«

Nassim starrte ihn eine Weile an. »Bei allen Göttern«, erwiderte er grinsend, »vielleicht hast du Recht.«

5

Mürrisch bewegte Ellyn ihr Pferd vorwärts. Ihre Lippen waren zu einem schmalen Strich zusammengepresst. Vielleicht war sie auch nur nachdenklich und in Gedanken versunken. Ich war mir nicht sicher, jedenfalls sprach sie kein einziges Wort mit mir. Für eine Weile versuchte ich, die Unterhaltung in Gang zu bringen. Doch so etwas liegt mir nicht sonderlich, also gab ich es bald auf. Ich konnte es Ellyn wirklich nicht verdenken; schließlich war sie erst fünfzehn Jahre alt, und eine kriegerische Welt trieb sie umher, fort von Haus und Hof. Ihr Vater war getötet worden, und ihre Mutter würde wohl auch binnen kurzem sterben. Und es war zu vermuten, dass wir schon bald gejagt würden. Zudem war das Mädchen den Luxus des Palasts gewohnt, nicht die Entbehrungen der Wildnis. Es gefiel mir, dass sie eine ganz annehmbare Reiterin war und offensichtlich weniger launisch, als es zuerst den Anschein hatte.

Ich hatte eine forsche Gangart vorgelegt, und als die Sonne den Zenit erreichte, hatten wir schon ein gutes Stück Weg zurückgelegt und Chorym um viele Meilen hinter uns gelassen.

Wir waren auf der Großen Östlichen Straße unterwegs. Diese Straße durchstieß den Gebirgsring, der das Herz Chaldors umschloss, an einem Pass, der Geffyn genannt wurde. Wir waren noch gut eine

Tagesreise von dort entfernt. Die Straße war mit Menschen bevölkert, die in der Hoffnung stadteinwärts zogen, dort eine Zufluchtsstätte zu finden. Viele Male mussten wir mit unseren Pferden den gepflasterten Weg verlassen und auf das Gras neben der Straße ausweichen, weil muhende Rinderherden oder blökende Schafe den Weg versperrten. Viele Reitergruppen, unzählige Wagen und Menschen zu Fuß waren auf der Straße unterwegs. Ich bedauerte sie. Ich wusste, was sie erwartete, und dass alle ihre Hoffnungen umsonst waren. Und ich betete, dass niemand Ellyn erkannte. Doch sie zu erkennen, bedurfte schon näheren Hinsehens, denn mit dem kurz geschorenen Haar und der jungenhaften Kleidung wirkte sie – zumindest bei oberflächlicher Betrachtung – wie ein schlaksiger Junge.

Als die Sonne den Höchststand um einiges überschritten hatte, erreichten wir eine Raststätte. Zum ersten Mal seit unserem Aufbruch sprach Ellyn. »Ich kenne diesen Ort. Hier gibt es ein gutes Essen.«

Das stimmte. Ich selbst hatte hier schon gegessen.

»Wir reiten weiter«, sagte ich.

Sie warf mir den hochmütigsten Blick zu, zu dem eine Fünfzehnjährige in der Lage war, und sagte: »Ich bin hungrig.« Sie war überzeugt dass die Angelegenheit damit entschieden war.

Ich klopfte ein paarmal leicht mit der flachen Hand auf die Satteltaschen. »Wir haben Verpflegung. Wir werden abseits der Straße essen.«

»Ich habe Hunger«, wiederholte sie hartnäckig. »Und ich will mich waschen.«

»Wir werden einen Bach finden«, antwortete ich.

Sie starrte mich offenen Mundes an, zügelte ihr Pferd, parierte das Tier auf den Hinterhufen herum und kam an meiner Seite zum Stehen. Ihre Augen waren vor Zorn zu Schlitzen verengt, als sie sagte: »Ich habe gesagt, dass ich hungrig bin. Ich werde hier ein Weilchen rasten.«

»Wir können nicht immer haben, was wir wollen«, erwiderte ich. »Du sagst, du kennst diesen Ort? Dann bist du hier sicherlich als Ellyn, Tochter von Andur und Ryadne bekannt.«

»Natürlich kennt man mich hier«, sagte sie.

»Und deswegen wird man den Jägern, die Talan aussendet, erzählen, dass du hier vorbeigekommen bist.«

»Aber sie werden nicht wissen, wohin ich weitergeritten bin.« Sie machte ein finsteres Gesicht. »Bei allen Göttern, weißt du denn, wohin *du* mit mir reitest?«

Ich schüttelte den Kopf. »Noch nicht. Aber ich will keine Spuren hinterlassen.«

»Hast du Angst?«

Ich nickte. »Verstehst du denn nicht? Wenn Talan deine Mutter nicht bekommt, wird er *dich* haben wollen. Dann kann er seinen Anspruch auf Chaldor durch eure Heirat für rechtens erklären. Entweder er erreicht sein Ziel auf diese Weise, oder er wird dich töten. Aus diesem Grund wird er uns suchen. Sicherlich wird er von seinem Zauberer unterstützt, und *das* macht mir wirklich Angst. Bei den Göttern, Mädchen, willst du jedes Rasthaus besuchen? Genauso gut hätten wir in Chorym bleiben können.«

»Ich wünschte, ich hätte es getan«, fauchte sie.

»Nur hat deine Mutter mir einen anderen Befehl gegeben und mich zu deinem Beschützer gemacht. Deswegen wirst du mir gehorchen.«

»Einem Söldner aus dem Hochland?« Sie betrachtete mich herablassend. »Das werde ich nicht tun!«

In dem Moment, als sie die Zügel zusammenlegte, durchschaute ich ihre Absicht. Ich brachte meine Stute näher heran und streckte den Arm aus, um das Zaumzeug des Braunen zu ergreifen. Ellyn schlug nach mir. Ich wich aus und zog an den Zügel meiner Stute, sodass sie zur Seite tanzte und Ellyns Pferd mit sich zog. Ellyn stieß einen Fluch aus, der eines Söldners würdig gewesen wäre, und zerrte an den Zügeln, um meinen Griff zu lösen. Fast hätte es mich aus dem Sattel gerissen, doch ich konnte mich halten und brachte den Braunen zum Stehen. Neugierig beobachteten uns die Leute auf der Straße.

Das Zaumzeug immer noch fest in der Hand, sagte ich zu ihr: »Wenn du dich weiter so benimmst, hole ich dich vom Pferd, leg dich übers Knie legen und verabreiche dir eine gehörige Tracht Prügel.«

Ich war verärgert. Bei allen Göttern, erkannte sie denn nicht die Tragweite unserer augenblicklichen Lage? War sie wirklich so starrsinnig, ihre eigene Flucht mit kindischen Wutanfällen zu gefährden? Mein Zorn muss sich in meinem Gesicht und meinem Tonfall widergespiegelt haben, denn plötzlich wurde Ellyn bleich und starrte mich aus weit aufgerissenen Augen an.

»Du würdest dich an mir vergreifen?« Mit schriller Stimme brachte sie ihren Unglauben zum Ausdruck. Gellend rief sie: »Du bedrohst Chaldors Erbin?«

»Halt den Mund!« Ich sah das rege Treiben der Menschen auf der Straße und bemerkte die neugierigen Blicke, die wir ernteten. »Sei still, verflucht!«

Wie eine Katze, die von einem Hund in die Enge getrieben worden war, fauchte und sträubte sich Ellyn. Sie trat ihrem Braunen so fest die Fersen in die Rippen, dass das Tier erschrocken losstürmte. Ich ließ ihre Zügel los, damit ich nicht aus dem Sattel gerissen würde, und trieb meine Stute der Prinzessin hinterher. Mit Schwung knallte ich meinem Pferd die Lederzügel rechts und links gegen die Seiten, überholte Ellyn, brachte die Stute aus vollem Galopp hinter der Raststätte zum Stehen und versperrte den Weg.

Schließlich verlangsamte Ellyn ihr Pferd und war Augenblicke später bei mir. Das Treiben auf der Straße hatte nachgelassen; wir waren fast allein. Trotzdem ernteten wir noch immer neugierige Blicke und Pfiffe. Lautstark, sodass alle in unserer Nähe es mitbekommen mussten, rief ich etwas von einem starrsinnigen Jungen, der wohl zu Unzeiten zu viel Ale getrunken hatte, und führte Ellyn von der Straße auf eine Weide. Die Luft roch nach frischem Dung, doch es waren keine Tiere mehr zu sehen. Ein Stück weiter, neben einem Wasserlauf, befand sich ein kleiner Erlenwald. Dort machten wir Rast.

»Jetzt können wir etwas essen.«

Ich hielt Ellyns Pferd, bis sie abgestiegen war, und führte dann beide Tiere eine Weile herum, während Ellyn am Ufer des Flüsschens entlangschritt. Dann blieb sie stehen und starrte auf das vom Sonnenlicht gesprenkelte Wasser. Die Fäuste in die Hüften gestützt, zog sie verärgert die Schultern hoch. Ich konnte ihr wütendes Murren hören. Ich ließ sie gewähren und ließ mir mit dem Tränken der Pferde viel Zeit. Dann legte ich den Tieren Fußfesseln an und ließ sie zum Grasen allein. Ich öffnete meine Satteltaschen und holte unsere Verpflegung hervor. Ich muss zugeben, dass auch ich sehr hungrig war, doch als Söldner war ich an einen leeren Magen gewöhnt. Ich nahm kaltes Fleisch und Brot und bot Ellyn davon an. Sie starrte auf die Speisen, lehnte ab und ging ein paar Schritte davon. Ich streckte mich auf dem Gras aus und aß. Ryadne hatte auch an Wein gedacht; da ich einen Schluck gut gebrauchen konnte, war ich sehr dankbar dafür. Ein Auge auf die Prinzessin gerichtet, machte ich es mir im Gras bequem.

Ich hatte geglaubt, Ellyn würde zu ihrem Pferd rennen; stattdessen kam sie am Ufer entlang zurück und kauerte sich vor dem Essen nieder, das ich ihr aufgehoben hatte.

»Hättest du mir wirklich den Hintern versohlt?«, fragte sie.

Ich nickte. »Ich würde es immer noch tun, wenn du dich weiter wie ein verzogenes Kind benimmst.«

»Ich bin Chaldors Erbin!« Sie starrte mich empört an. »Ich bin eine Prinzessin!«

Ich lachte, was ihr ganz und gar nicht gefiel. »Hier bist du keine Prinzessin«, eriderte ich und deutete auf die ländliche Umgebung. »Du bist mein Schützling. Ich habe geschworen, dich mit meinem Leben zu verteidigen, dich zu behüten und zu bewachen. Und das werde ich tun, auch wenn es dich kränkt.«

Sie kaute das Fleisch und spuckte ein Stück Knorpel in den Bach. Sofort eilten Fische herbei und knabberten daran. Ich warf ihr den Weinschlauch zu.

»Das ist nicht einfach«, sagte sie.

»Nein.« Ich schaute ihr beim Trinken zu.

»Ich bin so etwas nicht gewöhnt.«

»Nein«, wiederholte ich. »Doch in schweren Zeiten müssen wir uns den Gegebenheiten anpassen, wenn wir überleben wollen.«

Sie schaute mich fragend an. »Werden wir das?«

»Solange ich lebe, wird dir kein Leid geschehen«, gab ich zur Antwort.

»Und Mutter? Und Chorym?« Ihr hübsches Gesicht wurde traurig. »Und Chaldor?«

Plötzlich war mir unbehaglich zumute. »Hat Ryadne … deine Mutter … hat sie es nicht erklärt?«

Ellyn nickte. »Doch, aber ich möchte es aus deinem Munde hören.«

»Warum?«, fragte ich.

»Weil du Soldat bist. Weil meine Mutter dir vertraut, so wie mein Vater dir vertraut hat.«

Ihre Stimme war leise geworden, und als ich sie anschaute, bemerkte ich die Tränen, die ihr über die Wangen liefen. Ihrer Arroganz und ihrem Hochmut beraubt, wirkte sie sehr kindhaft. »Talan setzt alle Macht Danants gegen uns ein«, sagte ich. »Dank seines Vachyn-Zauberers hat er uns auf der Ebene vor dem Darach-Pass bezwungen. Er hat deinen Vater erschlagen und ist entschlossen, das Reich des Lichts zu erobern. Er wird seine Streitmacht über den Fluss bringen und gegen Chorym aufmarschieren, und ich glaube, die Stadt wird fallen.«

Ich hätte es ihr sanfter, weniger schroff beibringen können, doch das ist nicht die Art der Devyn. In meinem Clan glaubt man, es ist besser für ein Kind, harte Wahrheiten so früh wie möglich kennen zu lernen. Zudem wollte ich vermeiden, dass Ellyn unsere Reise als Vergnügen betrachtete, als Ausflug, bei dem sie sich benehmen konnte, wie sie wollte. Je eher sie die Tatsachen und Unwägbarkeiten anerkannte, desto leichter würde unser gemeinsamer Weg sein. Trotzdem tat es mir Leid, dass meine Worte eine Tränenflut auslösten.

»Auch Mutter wird sterben, nicht wahr?«

»Sie wird Talan niemals heiraten«, sagte ich.

»Mutter hat gesagt, er will sie oder mich.«

»Er wird keine von euch beiden bekommen.«

Sie wandte den Kopf, um mich anzuschauen. Ihre Augen waren rot vom Weinen, die Wangen von Tränen versilbert. »Mutter wird tot sein, ehe er sie dazu zwingen kann?«

Ich nickte.

»Ich auch?«

»Nicht solange ich lebe«, antwortete ich.

Ellyns Lachen wirkte seltsam schrill.

»Wieso nicht? Du magst mich doch nicht einmal.«

»Ich habe mein Wort gegeben«, entgegnete ich. »Mein Herr und Gebieter war Andur. Ihm habe ich ewige Treue geschworen, und das gilt auch für Ryadne«.

»Deswegen würdest du für mich sterben?«

»Für dich und Chaldor.«

»Aber du bist doch ein Söldner. Ein Clanmann der Devyn. Ein ...«

»Ein Landsknecht?«, beendete ich den Satz für sie.

»Ja. Doch ich habe mein Schwert bei Andur in Dienst gestellt und geschworen, Chaldor zu verteidigen. Niemals werde ich mein Wort brechen, Ellyn.«

»Auch nicht, wenn es dich das Leben kostet? Auch nicht, wenn Talan Jagd auf uns macht? Großer Reichtum wäre dir sicher, würdest du mich an ihn ausliefern.«

»Du begreifst es nicht.«

»Ich versuche es.«

»Dann hör mir zu! Es stimmt, ich könnte dich Talan ausliefern und mit Säcken voller Gold losziehen, oder ein hohes Amt in seiner Streitmacht einnehmen. Doch eine solche Erniedrigung verbietet mir mein Selbstwertgefühl. Würde ich mein Wort brechen, wäre ich ein Niemand.«

»Du wärst am Leben und frei.«

Ich lachte. »Bin ich jetzt nicht auch am Leben und frei?«

»Frei bist du wohl kaum.« Sie tippte sich an die Brust und sagte: »Du musst dich um mich kümmern.«

»Das stimmt«, gab ich schmunzelnd zu.

Sie schaute mich eine Weile an und sagte dann langsam, beinahe schüchtern und mit einem Lächeln: »Keine einfache Aufgabe, nicht wahr?«

Ich schüttelte den Kopf.

»Ich werde mir Mühe geben«, versprach sie.

»Gut«, sagte ich. »Dann iss jetzt und lass uns aufbrechen.«

Wir beendeten wortlos unser schlichtes Mahl, stiegen auf die Pferde und ritten weiter über die Große Straße.

Der Weg, der sich vor uns ausbreitete, führte pfeilgerade zu dem Einschnitt in den Bergen. Dort war der Geffyn-Pass. Das Treiben auf der Straße hatte nachgelassen. Die meisten Bauernhöfe, an denen wir vorüberkamen, waren verpachtet. Rinder und Schafe standen auf den Wiesen, und auf den Feldern arbeiteten fleißige Menschen. Im Osten wurde der Himmel allmählich dunkel, und die runde Scheibe des Mondes, die bei uns Devyn ›der ewige Jäger‹ genannt wird, schwebte im Blau über der Gebirgslinie, wie ein teilnahmsloser Beobachter. Hier und da leuchtete Licht in entfernten Fenstern, und Ellyn meinte, wir sollten eine Unterkunft für die Nacht suchen.

Sie hatte schlechte Laune. Die Nacht zuvor hatten wir abseits der Straße übernachtet, am Ufer eines kleinen Flusses. Ich hatte unsere Zelte im Schutz einiger großer Buchen aufgebaut, Feuer gemacht und Fleisch gegrillt. Wir hatten frisches Wasser und Wein. Ich fand, dass es eine der angenehmsten Übernachtungen im Freien war, die ich bis dahin erlebt hatte. Doch Ellyn war allzu sehr an den Aufwand königlicher Jagdausflüge gewöhnt, an die Baldachine, Pavillons und weichen Betten, an die Dienerschaft und an das Essen, das genauso gut war wie das der Palastküche. Ihre frühere Vornehmheit hatte sich verflüchtigt, und sie beschwerte sich immer wieder, bis ich ihrer Spitzfindigkeiten überdrüssig wurde und in grimmiger Wortlosigkeit mit ihr einher ritt, überschüttet mit Beschwerden, die meine müden Ohren belästigten. Weiter vor uns, am Eingang zum Pass, gab es ein Gasthaus, und Ellyn sprach davon, dort zu übernachten. Doch ich wollte nicht – weder in diesem Gasthaus, noch in irgendeinem anderen, das sie vielleicht entdecken mochte. Verärgert starrte sie mich an, die Augen halb geschlossen, die Lippen zusammengepresst. Wahrscheinlich vermisste sie die gewohnten Annehmlichkeiten.

Wie ein bösartiger Hund, der Schwäche wittert, stürzte sie mit Worten auf mich los. »Wie könnte mich jemand erkennen?« Sie riss sich die federgeschmückte Kappe herunter, schlug sie gegen ihre knabenhafte Reiterjacke und neigte mir den Kopf zu. »Ich bin fast kahl, dank dir. Und gekleidet bin ich wie ein … ein …«

»Söldnerbastard?«

»Ja, wie der Abkömmling eines Landknechts! Wer würde mich so noch erkennen?«

»Es ist dein Gesicht«, sagte ich. »Und deine Art.«

»Meine Art? Was ist damit?«

Ich konnte mir ein Grinsen nicht verkneifen. »Du benimmst dich nicht wie der Sohn eines Landknechts, eher wie eine verzogene Prinzessin.«

»Du kennst wohl viele Prinzessinnen?«

Welche Schwächen Ellyn auch haben mochte – und bei allen Göttern, ich hätte eine Fülle aufzählen können –, so war sie doch gewitzt und schlagfertig.

»Nein, nur dich. Aber das reicht mir vollkommen«, fügte ich hinzu.

Ich konnte nicht sagen, ob sie lachte, doch sie wandte das Gesicht ab und schaute eine Weile auf die Straße. Ich blickte nach vorn. Die Sonne hatte den Kampf mit der Nacht verloren, und unser Weg verdunkelte sich. Der Pass lag vor uns wie eine Scharte, die mit dem Schwert in die Berge gehauen war, und schroffe Felswände säumten die Straße. Dort, wo das Gasthaus stand, leuchteten Lichter auf. Es kam mir in den Sinn, dass Ellyn jetzt nur zu schreien brauchte, und schon würden Männer aus dem Gasthaus kommen, um die Ursache der Ruhestörung zu ergründen. Denen hätte Ellyn sicherlich alle möglichen Geschichten erzählt, die ihr in den Sinn kamen, und es war abzusehen, dass dies nichts Gutes für mich bedeuten würde. Ich zügelte mein Pferd und stieg ab.

»Warum hältst du?«

»Das Pferd lahmt.«

Meine Stute wandte mir den Kopf zu, als wollte sie mich fragen, wieso ich gelogen hatte. Ellyn hielt und kam zu mir zurück.

»Wie denn das?«, wollte sie wissen. »Vor einem Moment war sie doch noch wohlauf.«

»Sieh selbst«, sagte ich, und als Ellyn sich herunterbeugte, um nachzusehen, packte ich sie und zog sie aus dem Sattel. Sie wollte schreien, doch ich presste eine Hand auf ihren Mund und erstickte den Schrei. Sacht drückte ich sie zu Boden, fesselte rasch ihre Handgelenke mit dem Strick, den ich vorbereitet in der Hand hielt, und knebelte sie. Ihre Augen waren vor Angst und Zorn weit aufgerissen. »Ich werde dir nichts tun«, sagte ich, »aber du darfst uns nicht in Gefahr bringen!« Dann hob ich sie auf ihr Pferd, setzte sie rittlings in den Sattel und band die Fußgelenke an den Steigbügeln fest. Ich nahm die Zügel des Braunen und stieg auf meine Stute.

Auf diese Art brachte ich Chaldors Erbin, die Prinzessin Ellyn, durch den Geffyn-Pass und unbehelligt vorbei an dem Gasthaus – gerade so, wie meine Highlander-Ahnen einst ihre Gefangenen transportiert hatten.

Der Pass stieg an, von Fichten gesäumt bis zum Ausgang, wo er in ein ausgedehntes Waldgebiet führte, das vor allem der Jägerei und Holzwirtschaft diente. Grasland war hier von weiten Wäldern umschlossen; die Wiesen und Wälder wechselten sich bis zum Horizont ab. Dahinter lagen die Hochmoore und Berge der Clans, doch dorthin zu kommen, würde zu lange dauern, denn mittlerweile war die Dunkelheit hereingebrochen. Ich wähnte mich sicher genug, Ellyns Knebel herauszunehmen und sie zu befreien. Sie trat mir gegen die Brust, als ich ihre Fußfesseln gelöst hatte, und sprang vom Pferd, um mir mit den Fäusten ins Gesicht und gegen die Brust zu trommeln, begleitet von den abscheulichsten Flüchen, die ich jemals gehört hatte. Ich wehrte sie ab und hielt sie mir mit langem Arm vom Leib, bis ihr Zorn verraucht war und sie keuchend und atemlos mit rotem Kopf im Mondlicht vor mir stand.

»Ich werde dich aufhängen lassen! Bei den Göttern! Besser noch, du kommst auf die Streckbank und wirst durch die Straßen geschleift. Dann werde ich dich vierteilen lassen! Ich werde dich …«

»Um all das mit mir anstellen zu können, musst du überleben«, erwiderte ich. »Zuerst musst du Königin werden.«

»Das werde ich.« Sie starrte mich finster an. »Ich

werde Königin, und dann verurteile ich dich zum schlimmsten Tod, den ich mir ausdenken kann.«

»Schlimmer als der, den Talan mir angedeihen lassen würde? Grausamer als der Tod, den der Vachyn-Zauberer sich für mich ausdenken könnte?«

»Ja!«, rief sie. »Wieso hast du mich gefesselt?«

»Weil du sonst in das Gasthaus gelaufen wärst. Oder?«

»Ja«, sagte sie erneut, diesmal leiser.

»Und wahrscheinlich hättest du Anhaltspunkte für Talans Häscher hinterlassen.«

Mit einem knappen, widerstrebenden Kopfnicken pflichtete sie mir bei und rieb sich die Handgelenke.

»Ein wenig mehr Einsicht und Entgegenkommen würde uns die Sache erleichtern. Möchtest du jetzt lagern und schlafen?«, fragte ich.

Ich hatte einen Platz gefunden, an dem eine Wildfährte Wasser vermuten ließ. Umringt von Bäumen, entdeckte ich die Wasserstelle. Ein kleiner, von Ufergras gesäumter Bach plätscherte durch einen Wiesenstreifen, auf dem junge Eichen, Haselnusssträucher und Eschen wuchsen. Ich erklärte Ellyn, dass wir an diesem Ort einigermaßen sicher wären. Wir rasteten. Ich nahm den Pferden das Sattelzeug ab, rieb sie trocken, legte ihnen Fußfesseln an und suchte nach Brennholz für ein Lagerfeuer. Während über dem Feuer Fleisch briet, errichtete ich ein Zelt für Ellyn. Ich selbst brauchte kein Segeltuch über mir, sondern wollte unter freiem Himmel schlafen. Ich spürte die Nähe meiner Heimat, gerade so, als würde das Hochland mich rufen. Ellyn sprach nicht weiter mit mir.

Wir aßen, tranken ein wenig Wein, wuschen uns am Bach und legten uns zum Schlafen nieder. Es war eine warme Nacht; während das Summen der Insekten Ellyn belästigte, wirkte es auf mich beruhigend und wiegte mich sanft in den Schlaf.

Mein Soldateninstinkt weckte mich.

Ich wusste nicht, wovon ich aufwachte, noch wie mein Schwert in meine Hand kam. Als ich das Mondlicht im blanken Stahl eines anderen Schwertes aufblitzen sah, rollte ich mich auf blitzschnell zur Seite und stach meine Klinge in den Leib des Mannes, der mich im Schlaf abschlachten wollte. Er schrie gellend auf und zog sich im Zurückweichen mein Schwert aus dem Leib, während ich aufsprang und mit einem zweiten Hieb auf seinen Hals zielte.

Halb durchtrennte mein Schwerthieb seinen Nacken. Augenblicklich verstummten seine Schreie. Er stürzte, und sein Blut strömte in den Bach. Hinter mir hörte ich Stimmen und konnte mich gerade noch rechtzeitig umdrehen, um einen Schlag in meinen Rücken abzuwehren. Ich konnte das Schwert ablenken und kam meinem Angreifer näher, als dieser durch meinen Gegenschlag das Gleichgewicht verlor. Ich stieß mein Knie in seine Leiste; als er kehrtmachen wollte, schmetterte ich ihm den Schwertknauf gegen die Schläfe. Metall schlug auf Metall. Mein Gegner ächzte. Ich bemerkte, dass er einen Halbhelm und einen angerosteten, verbeulten Brustpanzer trug. Noch einmal schlug ich zu, und der Mann stürzte aufs Gesicht. Ich drehte mein Schwert um und stach es in seinen Rücken, dort, wo die freie Stelle zwischen Brustpanzer und Lederriemen war.

Ich spürte, wie sein Rückgrat brach und vernahm kaum seine Schreie, denn blitzschnell musste ich das Schwert herausziehen, herumwirbeln und einen Speer abwehren, der auf mich zielte und mich zu durchbohren drohte.

Ich hörte Ellyns Schreie und sah, wie zwei weitere, in halber Rüstung steckende Gestalten versuchten, Ellyn aus dem Zelt zu zerren. Ich tat einen Schritt zur Seite, wich dem Speerstoß aus und schnappte den Schaft des Speeres, um ihn festzuhalten. Mein Gegner grunzte und wollte den Speer zurückziehen. Fassungslos bemerkte er, dass ich seine Waffe festhielt, und verzog ungläubig das Gesicht, als ich mein Schwert in seinen Hals stieß. Blutüberströmt tauchte meine Klinge aus seinem Nacken auf, und mit weit aufgerissenen Augen starrte er mich an. Beim Herausziehen drehte ich die Klinge und sprang zur Seite, als ein Blutstrom aus seiner durchtrennten Luftröhre spritzte. Der Mann gab ein merkwürdiges, flüsterndes Geräusch von sich und fiel auf die Knie. Ich trat ihn zur Seite und rannte zum Zelt.

Die Stute und der Braune wieherten schrill. Ich hörte Ellyn schreien, konnte sie aber nicht sehen. Mit dem Hufschlag einiger Pferde hörte ich einen letzten Schrei, der mit einem Mal verstummte, als hätte jemand die Prinzessin mit einem Faustschlag betäubt. Ich fluchte und steckte mein Schwert in die Scheide, zog mein Messer hervor, durchtrennte die Fußfesseln meiner Stute und schwang mich auf den Rücken des Tieres. Es war schon eine Zeit lang her, dass ich ohne Sattel auf einem Pferd geritten war, doch ich hatte es nicht verlernt. Ich schlang die Beine um den Leib der Stute, klammerte mich mit einer Hand an der Mähne fest, lenkte sie in Richtung der Geräusche, die ich gehört hatte, und rammte ihr die Fersen in die Rippen.

Es war ein wilder Ritt, voller Angst, Schuldgefühle und Selbstvorwürfe. Warum hatte ich keine Vorkehrungen gegen Straßenräuber getroffen? Bei allen Göttern, Chaldor kämpfte doch schon seit langem gegen Räuberbanden, die die Grenzgebiete unsicher machten, sich Andurs Ordnung widersetzten, mordeten und plünderten. Nun war es geschehen – Banditen hatten die Prinzessin entführt.

Wild trieb ich das Pferd an. Und dann sah ich durch die Bäume die beiden Reiter vor mir; einer trug seine kostbare Last quer über dem Sattel. Sie ritten auf die Straße zu. Ich zog mein Schwert und klatschte der Stute damit auf die Flanke. Willig sprach sie darauf an und verringerte die Entfernung zwischen uns und meiner Beute. Trotzdem erreichten die Entführer die Straße und ritten in gestrecktem Galopp ostwärts. Ich hielt sie nicht für Highlander, eher für ehemalige Söldner, Fahnenflüchtige oder bloß Straßenräuber, die einen Stützpunkt in den Wäldern hatten. Ich fragte mich, wie viele von ihnen wohl im Unterschlupf warteten und wusste, dass ich Ellyn retten musste, bevor die beiden Männer ihr Lager erreichen konnten.

Hufgeklapper schallte über die gepflasterte Straße, und der Mond leuchtete den Weg aus. Die Straße war so breit, dass zwei Wagen gut aneinander vorbeifahren konnten, doch weiter vorn machte die Straße eine Kurve um einen hervorstehenden Fels, sodass ich die beiden Reiter für einen Moment aus den Augen verlor. Ich durchritt die Kurve am äußersten Rand und ritt einen weiten Bogen um den Felsvorsprung – und das war gut so, denn als ich den Scheitelpunkt des Felsvorsprungs erreichte, griff einer der Reiter mich an. Er hatte hinter dem Fels auf mich gewartet.

Ich hatte mit einem möglichen Hinterhalt gerechnet, doch meine Aufmerksamkeit war in erster Linie auf Ellyn gerichtet, und ich hatte angenommen, die Banditen seien zu feige, sich einem offenen Zweikampf zu stellen. Dieser hier jedoch besaß ein gewisses Maß an Mut, und auch wenn seine Attacke nicht gänzlich unerwartet kam, so war doch zu befürchten, dass er mich von meiner Stute abwerfen könnte. Er stürmte mit seinem Pferd, einem zotteligen Schwarzen, direkt aus dem Schatten des Felsvorsprungs auf mich zu und griff an. Ich sah, dass er einen Brustpanzer und Beinschienen trug, und ein verbeulter Helm thronte auf seinem Kopf. Er schwang einen dreischwänzigen Morgenstern. Die drei langen Ketten waren an einem kurzen, dicken Stock befestigt und besaßen je eine schwere, dornengespickte Eisenkugel am Ende. Der Morgenstern ist eine wirkungsvolle, aber plumpe und schwere Waffe. Doch er hat eine verheerende Wirkung, und es bedarf keiner großen Übung, ihn zu führen. Wenn der Kämpfer jedoch nicht kräftig und gewandt genug ist, kann die Waffe sehr ungünstig für ihn sein, denn beim Schwingen bleibt der Körper für einen Augenblick den möglichen Gegenattacken des Widersachers ausgesetzt. Dieser Mann war kräftig und gewandt, und er führte die Waffe sehr geschickt. Als ich meine Stute zur Seite trieb, um nicht niedergeritten zu werden, änderte er den Schwung des Morgensterns und zielte nicht mehr auf meinen Kopf, sondern auf den meines Pferdes. Ich zog an der Mähne der Stute, und mit schrillem Wiehern neigte sie den Kopf zur Seite. Die grausamen, scharfzackigen Eisenkugeln verfehlten ihr Ziel nur knapp und zischten ins Leere. Im Vorbeireiten schlug ich dem Pferd meines Angreifers mit dem Schwert eine tiefe Fleischwunde in die Flanke. Ich bin ein Devyn, und wir nehmen im Kampf keine Rücksicht auf Tiere, doch als Soldat wusste ich, dass Fleischwunden bei Pferden bald wieder verheilten. Der Schwarze schrie und bockte.

Der Bandit stieß einen Fluch aus und kämpfte kurze Zeit mit dem erschreckten Tier, bis er es wieder in seiner Gewalt hatte. Ich nutzte den Moment, wendete meine Stute und hob das Schwert. Der Angreifer stellte sich in die Steigbügel, schwang in großen Kreisen den rechten Arm und holte Schwung für den nächsten Schlag mit dem Morgenstern. Ich erkannte, dass der Mann sehr groß war, größer als ich, mit schwarzem Bart und so zottelig wie sein Pferd. In kreisenden Bewegungen brachte er den Morgenstern in Schwung und hätte mir sicherlich den Schädel zertrümmert, hätte ich mich nicht geduckt. Ich fühlte den Luftzug der Ketten, als sie über mein Haar hinwegzischten, und schwang mein Schwert gegen seine Rippen. Zwar konnte ich ihm dort keine Verletzung zufügen, denn seine Rüstung schützte ihn, doch ich brachte ihn mit dem Schlag aus dem Gleichgewicht, und seine Waffe verlor den Schwung. Er fluchte erneut und stieg wieder in den Steigbügeln auf. Ich parierte meine Stute im Galopp neben sein Pferd und schlug mit dem Schwert in seine Armbeuge. Er schrie laut auf vor Schmerz, und Blut, heller als der Rost seines Brustpanzers, strömte über das Metall. Ich wendete mein Pferd, stach erneut zu und traf ihn diesmal im Gesicht. Er taumelte. Ich ließ ihm keine Zeit, sich zu fangen, kam mit meinem Pferd neben seinem Schwarzen zum Stehen und setzte nach.

Es ist nicht leicht, auf einem ungesattelten Pferd das Schwert zu führen. Steigbügel bieten einen guten Halt, den Schwung in die gewünschte Richtung zu lenken, und mit den Zügeln lässt sich ein Pferd sehr viel genauer führen. Trotzdem gelang mir ein wuchtiger Schlag gegen seinen Helm. Ich sah, wie sich seine Augen weiteten und sein Blick glasig wurde. Während er noch mit dem Kopf pendelte, um die Benommenheit abzuschütteln, schlug ich meine Klinge auf seinen Arm, der nur durch ein Lederhemd geschützt war, und brachte ihm eine tiefe Wunde bei. Der Morgenstern fiel aus seiner Hand. Furcht spiegelte sich in seinen Augen. Er versuchte, sein Pferd zu zügeln und zu fliehen, doch ich gab ihm keine Chance. Ich zog meinen Schwertarm zurück und rammte ihm die Spitze in den Mund. Er biss auf die Klinge. Zähne zersplitterten, als ich den Stahl in seinem Mund drehte. Er spuckte Blut und riss das Pferd herum, nur noch darauf bedacht, zu fliehen. Ich schlug ihm von hinten gegen den Nacken und auf die Rüstung. Sein Rücken krümmte sich. Mit einem weiteren Hieb warf ich ihn aus dem Sattel. Sein Pferd wieherte schrill und peschte nach Norden. Der Fuß des Banditen hatte sich im Steigbügel verfangen; kopfüber holperte er schreiend über die Steinplatten der Straße.

Ich wendete meine braune Stute und machte mich auf die Suche nach Ellyn. Die Stute war unruhig vom Kampfgeschehen und dem Geruch des vergossenen Blutes, doch sie überholte bald den Schwarzen. Ich war dankbar für den Gehorsam des Tieres.

Die Straße lag einsam und verlassen im Mondlicht, und der Wald dehnte sich schemenhaft und unheimlich zu beiden Seiten aus. Ich befürchtete, der letzte Bandit könnte Schutz im Dunkel des Waldes gesucht haben. Ich zügelte mein Pferd, und in einer langsamen Gangart streifte ich eine Zeit lang links und rechts die Wegesränder ab, um nach Spuren zu suchen, die vielleicht in den Wald führten. Es war nichts zu sehen, und so trieb ich mein Pferd wieder zu schnellerer Gangart. Noch immer konnte ich nicht die geringste Spur des anderen Reiters entdecken. Schreckliche Angst stieg in mir auf.

Kurze Zeit später hielt ich und lauschte in die Nacht. Das schwarze Pferd, noch immer die ramponierte Last im Schlepp, kam auf mich zu. Blut tropfte aus der Wunde, die ich dem hilflosen Tier beigebracht hatte, und gereizt trat der Schwarze leicht mit dem Huf gegen den leblosen Körper des Banditen. Ich stieg vom Pferd, durchschnitt das Zaumzeug des Schwarzen, nahm Geschirr und Sattel ab und ließ ihn frei. Den Leichnam des Banditen ließ ich auf der Straße liegen und saß wieder auf. Ich konnte nicht glauben, dass der letzte Bandit so weit gekommen sein sollte und ritt deshalb den Weg, den ich gekommen war, ein Stück zurück, in der Hoffnung, die Götter würden mir ein Zeichen geben und mich zu Ellyn führen. Ich ritt nun langsam, wechselte von einer Straßenseite zur anderen und suchte nach Spuren, Hufabdrücken in der Grasnarbe, gebrochenen Zweigen, verlorenen Gegenständen – irgendetwas, das mir den Weg zu meinem Schützling weisen würde.

Ich dankte dem Mond für seine Gnade, führte sein Licht mich doch zu jener Stelle, an der ich eine dunkle Haarsträhne in den Stacheln eines Dornendickichts entdeckte. Wenn das Pferd des letzten Banditen ebenso zottelig war wie der Schwarze, musste das Haarbüschel von ihm stammen. Ich glitt von der braunen Stute und untersuchte den Boden. Hufspuren führten in den Wald, und als ich genauer hinsah, erkannte ich Stellen, an denen das Dickicht niedergetrampelt war. Weiter hinten sah ich einen gebrochenen Zweig. Einen Moment zögerte ich, unschlüssig, ob ich nun in den Wald reiten oder zu Fuß gehen sollte.

Es gab keine deutliche Spur hier, und auch das Pferd des Toten hatte nicht nach diesem Weg gesucht, also gelangte ich zu dem Schluss, das dies nicht der Zugang zu einem Unterschlupf sein konnte und der Bandit lediglich Deckung gesucht hatte. Ich beschloss, zu Fuß zu gehen.

Ich ließ mein Pferd zurück und bewegte mich durchs Unterholz. Weiter hinten weitete sich der Weg ein wenig, und das Mondlicht sprenkelte durch das Geäst nahe stehender Bäume und warf scheckige Schatten auf die Grasnarbe. Ich sah die Abdrücke von Hufen und vernahm den Geruch von frischem Pferdedung. Vorsichtig bewegte ich mich weiter und fragte mich, ob die Banditen im Besitz eines Bogens waren. Dann würde ich sicherlich binnen kürzester Zeit einen Pfeil in den Rücken oder die Brust bekommen. Doch hätten sie solch eine Waffe mit sich geführt, wäre sie bestimmt schon eher zum Einsatz gekommen. Dennoch blieb ich vorsichtig und hatte fürchterliche Angst, Ellyn könnte tot sein, bevor ich sie befreien konnte.

Dann vernahm ich das leise Schnauben eines Pferdes. Jemand versuchte, den Laut mit der Hand zu unterdrücken. Ich blieb stehen, horchte und sog die Nachtluft ein. Es war inzwischen kühl geworden und das, was ich roch, konnte ich nicht mit Sicherheit als Pferdeschweiß erkennen, doch irgendetwas schwebte in der Luft und wurde mir in einer matten Brise von rechts zugeweht. Ich lehnte mich mit dem Rücken gegen den Stamm einer Eiche, die am Rand einer grasbewachsenen Lichtung stand. Hufabdrücke wurden im gefilterten Mondlicht sichtbar, und das Gras war in einer geraden Linie niedergetrampelt, die ostwärts zeigte. Ich untersuchte den Rand der Lichtung und sah, dass die Spuren durch einen kleinen Farnwald führten und im Unterholz verschwanden. Langsam schritt ich um die Eiche herum und umkreiste die Lichtung. Ich folgte nicht den Spuren, die in den Wald führten, sondern hielt mich nördlich davon und glitt leise durch den Farn, der den Rand der Lichtung säumte. Das Pferd wieherte erneut, und ich schlug die Richtung ein, aus der ich den Laut vernommen hatte. Hinter dem Farnwäldchen fiel der Boden zu einer grasbewachsenen Senke ab. Das Wasser einer kleinen Quelle kam dort zwischen moosbewachsenen Steinen hervor und bildete einen winzigen Bach. Ellyn lag neben dem Rinnsal. Sie war an Händen und Füßen gefesselt und mit einem Stück schmutzigen Stoffs geknebelt. Ein Rotschimmel trank aus dem Bachlauf – und neben dem Pferd stand der letzte Bandit. In der Rechten hielt er ein Schwert, in der Linken ein langes Messer. Wie seine toten Gefährten, trug auch er Brustpanzer und Helm, Beinschienen und Panzerschilde an beiden Unterarmen. Er starrte umher und legte dann den Kopf schief, um zu lauschen, ob ich zu ihm unterwegs war. Er wirkte verängstigt; wahrscheinlich hatte er das Kampfgeschehen auf der Straße und die Schreie mitbekommen.

Mit Bedacht ging ich am Rand der Senke entlang, bis ich eine Stelle erreicht hatte, an der ich zwischen ihm und Ellyn stand. Dann griff ich an.

Der Bandit fuhr zu mir herum und hob Schwert und Messer zur Verteidigung. Mit einem Schwerthieb schmetterte ich beide Waffen zur Seite und rannte ihn um; wir stürzten beide zu Boden. Ich hob mein Schwert und durchstach mit der Klinge seinen Hals. Ich legte mein ganzes Gewicht in diesen Stoß und nagelte den Mann auf dem Grasboden fest. Mit den Füßen stellte ich mich auf seine Handgelenke, denn er wand sich hin und her und versuchte, im Todeskampf nach mir zu treten. Nach kurzer Zeit erlahmten seine Bewegungen, und er lag still.

Ich zog mein Schwert aus seinem Leib und ging zu Ellyn. Sie machte große Augen. Als ich ihr den Knebel aus dem Mund zog, rollte sie sich von mir weg, als hätte sie Angst. Ich befreite ihre Hand- und Fußgelenke von den Fesseln. Ellyn kroch zur Quelle, nahm ein paar große Schluck Wasser und bespritzte ihr Gesicht. »Bist du verletzt?«, fragte ich. »Hat er dich berührt?«

Sie schüttelte den Kopf und atmete ein paarmal tief durch. Ich näherte mich, doch sie wich vor mir zurück und starrte mich an wie ein Ungeheuer. Ich ließ sie allein und ging zum Pferd des Banditen, um es zu beruhigen. Als ich mich umdrehte, war Ellyn aufgestanden und sah abwechselnd zu dem toten Räuber und zu mir.

»Die anderen?«

»Tot.«

»Hast du sie erschlagen?«

Ich nickte.

»Wie viele waren es?«

»Fünf.«

»Du hattest doch geschlafen?«

»Ich bin rechtzeitig aufgewacht«, antwortete ich.

»Wir hätten die Nacht im Gasthaus verbringen sollen.«

»Ich habe es dir erklärt.« Ein wenig zornig starrte ich sie an. Ich hatte sie gerettet, ihr Leben und ihre Jungfräulichkeit. Trotzdem wirkte sie undankbar und zeigte sich uneinsichtig. »Selbst wenn wir dort übernachtet hätten – wir sind in einem großen Waldgebiet unterwegs, und früher oder später wären wir den Wegelagerern begegnet.«

Einen Moment senkte sie den Kopf; dann blickte sie auf und fragte: »Sollen wir ihn begraben? Die anderen?«

»Nein.« Ich blickte auf den toten Banditen. »Die Raubtiere und Vögel werden sich um sie kümmern.«

»Nein!«, antwortete sie. »Selbst Banditen ... damit die Götter ...«

»Wenn die Götter ihre Seelen haben wollen, werden sie sie nehmen. Wir haben keine Zeit zu verlieren.«

Ellyn verschränkte die Arme vor der Brust und neigte den Kopf. Ich kam zu der Erkenntnis, dass sie noch nie zuvor einen Menschen hatte sterben sehen, und dass sie letztlich noch ein Kind war, alleingelassen mit dem Gedanken, dass ihre Mutter bald tot sein würde und dass man ihren Vater vor kurzem erschlagen hatte. Ich erinnerte mich an meine erste Begegnung mit dem Tod, an das erste Mal, als ich einen Mann tötete. Ich wäre gerne zu ihr gegangen, um sie in den Arm zu nehmen; aber das wollte sie bestimmt nicht.

»Wenn du so weit bist, kannst du dieses Pferd nehmen, und wir werden ...«

»Zurückreiten?« Sie blickte mit weit aufgerissenen, leeren Augen auf. »Zu den erschlagenen Männern?«

»Wohin sonst?«, fragte ich. »Unser eigenes Pferd und unsere ganze Ausrüstung sind dort.«

»Ich will zum Rasthaus«, sagte sie. »Und dann zurück nach Chorym.«

»Nein«, erwiderte ich so sanft ich konnte. »Das ist unmöglich. Wir werden weiterziehen, so wie es deine Mutter wollte.«

»Und wenn ich mich weigere?«

»Dann muss ich dich wieder fesseln und mitnehmen, denn ich werde mein Wort nicht brechen.«

»Du würdest mich verschnüren, wie der es getan hat?« Sie warf einen flüchtigen Blick auf den toten Mann. »Du würdest genauso mit mir umgehen wie er?«

»Nicht unbedingt«, sagte ich. »Nur wenn du mich dazu zwingst.«

Sie schaute mich verzweifelt an. »Ich werde wohl gar nicht gefragt, was? Du behandelst mich wie eine Sache, wie ein Stück Gepäck.«

»Du bist Chaldors Erbin«, erwiderte ich. »Du bist die Tochter deiner Mutter, und ich habe für deine Sicherheit zu sorgen.«

»Egal, was ich will?«

Ich nickte.

Da begann sie zu weinen. Sie vergrub das Gesicht in den Händen und fiel auf die Knie. Ich ging zu ihr und kniete mich vor sie, legte eine Hand auf ihre Schulter und murmelte ein paar sanfte Worte, gerade so, als wollte ich ein Pferd oder einen Hund beruhigen. Ich wusste es nicht besser. Sie schaute zu mir auf und schlang plötzlich die Arme um mich. Ich spürte sie, fühlte, wie ihr Körper zitterte und hörte ihr Schluchzen. Ich fragte mich, ob das wohl mit allen Kindern so sei und streichelte über ihr kurzes Haar. Während sie an mir hing wie ein Ertrinkender an einem rettenden Felsen, gab ich ein paar nichts sagende Redewendungen zum Besten.

Dann, ganz plötzlich, schüttelte sie meine Umarmung ab und stieß mich weg. Sie rieb sich das tränenüberströmte Gesicht. Ich stand auf, brachte ihr das Pferd des Toten und half ihr in den Sattel. Sie wehrte sich nicht, sagte keinen Laut. Teilnahmslos wie ein Stück Gepäck ließ sie den Dingen ihren Lauf.

Ich führte das Pferd aus dem Wald zurück auf die Straße. Meine Stute stand noch immer dort, wo ich sie zurückgelassen hatte, und wartete auf mich. Ich stieg auf und brachte uns zurück zu unserem Lagerplatz. Fliegen und andere Insekten hatten bereits die toten Körper bevölkert. Es schien mir das Beste zu sein, nicht lange zu verweilen. Ich wusste, dass Ellyn diesen Ort nicht mochte, und dass die Kameraden der Banditen – so sie welche hatten – früher oder später hier auftauchen würden, um Ellyn zu suchen.

Während die Prinzessin mit müden Schritten um Fluss ging, verstaute ich unsere Ausrüstung und dachte dabei an die Pferde der drei Wegelagerer. Ich fand die Tiere angeleint, etwas abseits von unserem Lager. Es waren keine guten Pferde, doch sie eigneten sich zum Verkauf. Anschließend durchsuchte ich die drei Toten, was mir eine Hand voll Münzen einbrachte. Es waren wohl keine besonders erfolgreichen Banditen, ging es mir durch den Kopf. Weder die Waffen, noch ihre Rüstungen waren es wert, dass ich sie an mich nahm.

»Du plünderst die Toten?«

Achselzuckend schaute ich von dem leblosen Körper vor mir auf. Ich war ein Söldner. Ich kannte es nicht anders und war es gewöhnt, die Toten zu plündern. Sie hatten keine Verwendung mehr für das, was sie im Leben besessen hatten, und diese hier hatten nichts besseres verdient. Ich erkannte, dass dieses Kind noch viel zu lernen hatte.

»Wir haben jetzt vier Pferde, die wir verkaufen können«, rief ich ihr zu.

»Meine Mutter hat dir doch Münzen gegeben.«

»Reichlich«, erwiderte ich. »Und sehr nützlich, wenn wir sie wirklich einmal brauchen sollten. Doch hier endet das Reich des Lichts. Die Menschen hier handeln mit allen möglichen Dingen. Nur fette Handelsherren führen Goldmünzen mit sich. Wir aber sind keine Handelsherren, sondern ein Landsknecht und sein Balg, und für uns ist es besser, mit Pferden zu handeln, statt mit Goldmünzen aus Chorym zu bezahlen.«

»Und wie willst du erklären, dass du die Pferde hast?«, fragte sie.

Ich konnte nicht anders und musste glucksend über ihre Unbefangenheit lachen.

»Wir werden erzählen, dass wir von Wegelagerern überfallen wurden. Wir haben sie erschlagen und ihre Pferde mitgenommen.«

»Du bist ein wilder Devyn«, gab sie zur Antwort.

»Mag sein. Doch ich bin auch dein Beschützer. Steig jetzt auf deine schöne braune Stute und lass uns aufbrechen. Wenn du dich benimmst, werden wir sogar zum Frühstück anhalten.«

Gehorsam setzte sie sich rittlings auf ihr Pferd. Sie wirkte zu erschrocken und benommen, um weiterzustreiten. Ich stieg auf mein Pferd, nahm die Leinen auf, mit denen ich die Tiere der Banditen aneinander gebunden hatte, und wir ritten der Dämmerung entgegen.

6

Ellyn sagte nichts. Scheinbar gab es nichts zu sagen, und ihr war zum Heulen zu Mute. Sie fühlte sich gefangen in einem Albtraum, machtlos in der Hand eines Schicksals, das ihr nicht wohl gesonnen war und alles hinwegraffte, was ihr lieb und teuer war, und das sie immer weiter weg trieb von allem Vertrauten, in eine Welt der Gewalt und des blutigen Todes. Gailards Kampf mit den Wegelagerern war so unvermittelt, so gnadenlos gewesen, dass es ihr den Atem verschlug und sie ihn insgeheim ob seiner kämpferischen Fähigkeiten bewunderte. Jedoch betrachtete sie ihn nun auch mit anderen Augen. Nun wirkte er gefährlich für sie, wie eine große Raubkatze, ungezähmt und von tödlicher Mordlust. Doch sie starrte verdrießlich auf seinen Rücken und sagte sich, dass dies nun einmal der Beschützer sei, den ihr Vater und ihre Mutter für sie ausgesucht hatten, und dass sie ihm deswegen vertrauen müsse. Doch sie hatte sein Gesicht gesehen, als er im Kampf tötete, und die wilde, gnadenlose Entschlossenheit darin entdeckt.

Ellyn biss die Zähne zusammen und presste einen Seufzer hervor, der in einen Weinkrampf überzugehen drohte. Ihr Land befand sich im Krieg, und sie, Chaldors Erbin, musste stark sein und mit Gailard fliehen. Das war ihre Bestimmung.

Blinzelnd hielt sie Tränen zurück und beschwor in Gedanken Bilder des Palasts aus glücklicheren Tagen herauf. Jeder Versuch endete damit, dass sie sich an Statuen, Wandteppiche und Mosaikarbeiten erinnerte, die Kampfszenen, glanzvolle Siege und Chaldors Feinde in demütigem Kniefall zeigten. Nirgends war vergossenes Blut zu sehen, und kein Sterbender auf den Abbildungen brachte auch nur annähernd die Qualen und das Leid zum Ausdruck, das den Männern in den Gesichtern geschrieben stand, als Gailard sie tötete. Bei den Göttern, sie wünschte sich so sehr nach Hause zurück, doch sie konnte nicht. Sie musste weiterziehen mit diesem ... Was war er eigentlich? Ein Wilder oder ein siegreicher Vorkämpfer? Ihr Vater hatte ihm vertraut, ihn als Freund bezeichnet, und die Mutter wähnte sie, Ellyn, in den Händen des Beschützers offenbar in Sicherheit. Sie selbst war davon nicht so überzeugt und durchlebte erneut die jüngsten Ereignisse. Da war der Schreck, als die Wegelagerer auftauchten und die Empörung, die schon bald dem blanken Entsetzen wich, als die Banditen sie ergriffen und verschleppten, die scheußliche Behandlung, die ihr zuteil wurde und dann die Befreiung durch Gailard und seine blutige Abrechnung mit den Verbrechern. Sicherlich hätte ihr Vater den letzten Banditen ehrenvoll verschont, mit Gewissheit nicht seinen Tod gefordert.

Zugleich aber war Gailard sanftmütig zu ihr gewesen, und sie hatte ihn dankbar umarmt, seine Kraft und sein starkes Inneres gespürt. In diesen kurzen Momenten wirkte er nicht wie ein Wilder auf sie, sondern liebenswürdig und fürsorglich wie ein Vater. Dann wieder wurde sie sich des Blutgeruchs bewusst; der Gestank der Eingeweide der getötenen Männer kam ihr in den Sinn – und verflüchtigte sich wieder. Zu guter Letzt hatte Gailard sie behandelt, als ob sie sein Besitztum wäre, sein Preis; er hatte sie rittlings auf das Pferd des toten Mannes gesetzt und war mit ihr losgezogen wie mit einem Stück Kriegsbeute. Er hatte nicht das Recht, sie so zu behandeln. War sie auch sein Schützling, so war sie doch noch immer Chaldors Prinzessin, Erbin des Throns von Chorym, und verdiente weit mehr Respekt. Doch sie konnte nichts tun. Sie fühlte sich in seinen Händen ebenso hilflos wie bei den Wegelagerern, und auch wenn er sie freundlicher behandelte, so hatte er doch gedroht, sie zu fesseln und auf ihr Pferd zu binden. Und dann der Versuch, sie zu beschwichtigen: »Wenn du dich benimmst, halten wir sogar zum Frühstück an …« Wie konnte er es wagen, sie so herablassend zu behandeln! Als Zorn in ihr aufstieg und an ihrer Machtlosigkeit scheiterte, biss sie die Zähne zusammen. Sie würde ihm diese Beleidigungen heimzahlen, wenn es an der Zeit war, sobald sie erst stark genug geworden war. War sie erst gekrönt, würde sie es ihm heimzahlen. Hatte sie erst ihr magisches Talent entfaltet, würde sie ihn mit Zauberei geißeln.

Doch wann würde das sein? Ryadne hatte ihr versichert, sie besäße magische Begabung, doch Ellyn hatte noch keinerlei Anzeichen bei sich entdecken können. Das Hellsehen der Dur, so hatte Ryadne ihr erklärt, sei eine launenhafte Fähigkeit, bei dem einen mehr, dem anderen weniger stark ausgeprägt und niemals wirklich zuverlässig. Ryadne hatte ihrer Tochter erst zu dem Zeitpunkt von den ihr innewohnenden magischen Fähigkeiten erzählt, als Ellyns erste Blutungen den Wandel vom Mädchen zur Frau unzweifelhaft ankündigten.

Doch sie *hatte* Ellyn davon erzählt und ihr zugleich versichert, das ihre Kräfte möglicherweise stärker sein könnten als die der Vachyn, wenngleich es länger dauern würde, diese Kräfte zu entdecken und zu entwickeln. Ellyn rief sich noch einmal ein Gespräch mit ihrer Mutter ins Gedächtnis, das die beiden miteinander geführt hatten, als die Welt um sie herum noch heil war.

Schwalben hatten sich von einer warmen Sommerbrise über die Zinnen Choryms tragen lassen, sanft wie eine Liebkosung, freundlich und schön anzuschauen, genauso wie die Felder, die rings um die Stadt lagen und sich weit erstreckten. Der Krieg schien noch in weiter Ferne, und Ryadne hatte ihre unselige Vorahnung vom Tod Andurs für sich behalten. Ellyn glaubte noch an einen triumphalen Sieg und die ruhmreiche Rückkehr ihres Vaters und wunderte sich über die Verschlossenheit und Anspannung ihrer Mutter.

»Ich habe mit jenen darüber gesprochen, die mehr davon verstehen«, hatte Ryadne gesagt, »doch viel ist dabei nicht herausgekommen. Allein die Vachyn wissen Genaueres darüber, doch mit denen kann ich nicht sprechen.«

»Vielleicht fehlt mir die Begabung«, hatte Ellyn geantwortet. »Vielleicht schwächt Chaldors Blut die Gabe der Dur.«

Kopfschüttelnd hatte Ryadne geantwortet: »Ich fühle es in dir wie ein glimmendes Feuer.«

»Wann wird es aufflammen?«

Ryadne wusste keine Antwort, legte die Stirn in Falten und sprach achselzuckend: »Ich weiß es nicht. Vielleicht wird es ganz plötzlich geschehen. Oder jemand muss dir beibringen, wie man damit umgeht und dich anlernen.«

»Wer soll das tun?« Ellyn fröstelte, als ein Schauder sie überlief, gerade so, als würde ein kühler Wind aus der Zukunft zurück in die Vergangenheit wehen, sie berühren und drohendes Unheil ankündigen.

»Ich weiß es nicht.« Ryadne zuckte wieder mit den Achseln. »Jedenfalls nicht die Vachyn.« Und dann, kaum wahrnehmbar: »Doch ich bete dafür, dass du es lernst. Ich bete dafür, dass du es *rechtzeitig* lernst.«

»Vielleicht, wenn Vater heimkommt«, hatte Ellyn gesagt. »Vielleicht wird er es wissen.«

»Vielleicht«, hatte Ryadne erwidert und sprach schnell über andere Dinge.

Nun wünschte sich Ellyn sehnsüchtig diese Fähigkeiten herbei und fragte sich, ob ihre Mutter sich vielleicht getäuscht hatte. Als die Banditen kamen, hatte sie *gewollt*, dass die Kräfte in Erscheinung treten, um die Männer mit Feuerblitzen von den Pferden zu fegen, doch nichts war geschehen. Allein Gailard hatte sie beschützt, hatte sie vor Verschleppung, Sklaverei und Vergewaltigung bewahrt und ihr das Leben gerettet. Alles, was er versprochen hatte, hatte er gehalten. Und sie musste eingestehen, dass er ein tapferer und geschickter Kämpfer war, der jederzeit sein Leben für ihre Unversehrtheit einsetzte. Wär er besser gekleidet, in einer schönen Rüstung und in ihren Farben, würde er einen sehr stattlichen Vorkämpfer abgeben. Alles in allem war er ein auf raue Art schöner Mann. Wenn nur die langen Haare und der wilde Highlanderbart etwas in Form gebracht würden … Ellyn schüttelte den Kopf, um sich von diesen Gedanken zu lösen, doch sie fühlte, wie ihre Wangen warm wurden und erröteten. Bei den Göttern, das Letzte, was sie jetzt gebrauchen konnte, war eine kindliche Zuneigung zu diesem Mann. Sie war Chaldors Erbin. Sie stammte aus edlem Geschlecht, er war bloß – wie hatte sie ihn genannt? – ein Wilder aus dem Hochland.

Doch trotz allem konnte sie nicht anders und musste ihm Anerkennung zollen. Vielleicht würde sie ihn doch nicht bestrafen, auch wenn sie irgendwann einmal dazu in der Lage sein würde, sondern nur eine Entschuldigung verlangen. Bis dahin konnte sie nichts weiter tun, als ihm zu folgen und zu gehorchen. Es gab keine andere Möglichkeit, denn einer Rückkehr nach Chorym würde er niemals zustimmen. Mit diesem Gedanken flammte Ellyna Zorn erneut auf, und als Gailard sich lächelnd im Sattel zu ihr umdrehte, erntete er nur einen finsteren Blick.

Dennoch bemerkte sie zum ersten Mal, wie weiß seine Zähne waren und wie warmherzig sein Lächeln.

7

Ich blieb wachsam, war auf die Straße vor uns und den säumenden Wald bedacht, schaute mal rechts, mal links und achtete darauf, ob irgendwelche ungewöhnliche Laute außer dem monotonen Hufgetrappel unserer Pferde zu hören waren. Gedankenverloren ritt Ellyn stumm neben mir. Es war mir ganz recht so. Auch wenn die Wegelagerer eine einzelne Bande gewesen zu sein schienen – ich konnte mich des Gedankens nicht erwehren, dass sie vielleicht *doch* Mitglieder einer größeren Schar Gesetzesloser waren und nun von ihren verbrecherischen Waffenbrüdern vermisst und gesucht wurden. Wenn das der Fall war, hatten wir kaum eine Chance. Der Wald war sehr einsam, und in unruhigen Zeiten wie diesen waren so gut wie keine Spähertruppen oder Reisende unterwegs, die uns Schutz gewährt hätten. Tatsächlich hatten sich die Gegebenheiten grundlegend geändert, seit ich zum letzten Mal in dieser Gegend unterwegs gewesen war. Man war in diesem Gebiet nicht mehr sicher; der Landstrich war nur noch dünn besiedelt, und niemand sorgte für Recht und Ordnung. Dies änderte sich erst dort, wo der Wald endete und die Hochlande begannen. Dort, wo auch die Große Straßen endete, gab es eine Handelsstätte, einen Treffpunkt für Kaufleute und Händler. Highlander trafen sich hier mit den Waldbewohnern, und Handelsreisende aus dem Herzen des Reiches brachten ihre Waren hierher. Ich ritt nicht gerne dorthin, doch ehe ich mich zurück in mein Heimatland wagte, wollte ich Neuigkeiten in Erfahrung gebracht haben; ich hätte gerne gewusst, wer sich mit wem verbündet hatte und welche Clans sich bekämpften. Es war ein riskantes Unterfangen, denn leicht hätten mich einige Leute dort erkennen und die Nachricht von meiner Rückkehr meinem Vater zutragen können. Doch eine bessere Idee hatte ich nicht – es sei denn, blindlings in die Hochlande zurückzukehren.

All das ging mir durch den Kopf, während ich noch den Wald beobachtete und der Mond langsam in der aufkommenden Helligkeit der Morgendämmerung verblasste. Vögel stimmten in ein Morgenkonzert ein, und aus dem Wald drangen die Laute erwachender Tiere. Ein plumper Hase kreuzte unseren Weg, stellte sich auf die Hinterläufe, beäugte uns schnuppernd und hoppelte schnell weiter. Ein Hirsch tauchte aus dem Holz auf, reckte sein Geweih in die Höhe und sog die Luft ein. Er nahm unsere Witterung auf und stieß ein röhrendes Brüllen in den Morgenhimmel. Sein Harem, sieben Hirschkühe, tauchte aus dem Waldrand auf, überquerte die Straße und verschwand auf der gegenüberliegenden Seite rasch im Dickicht. Dann streiften die ersten Sonnenstrahlen die Baumspitzen und versprachen einen warmen Tag. Das Grau verschwand wie ein Vorhang, der zur Seite gezogen wurde, und gab den

Blick frei auf ein strahlendes Blau. Eine plötzlich einsetzende Windböe fegte durch die Bäume, spielte mit dem Laub, und das Rascheln der Blätter gesellte sich harmonisch zum lauter werdenden Vogelkonzert. Unwillkürlich musste ich lächeln, denn ein neuer Tag dämmerte, und wir hatten einen Hinterhalt und eine Verschleppung überlebt. Es sah ganz danach aus, als wären die Götter mit uns.

Das Geräusch tosenden Wassers drang vom Weg vor uns herüber, und nach einer Weile erreichten wir eine Brücke, die einen wilden Flusslauf überspannte. Ein Bogen aus dunkelblauem Gestein mit holzverstrebten Steinmauern an den Seiten erstreckte sich über eine ehemalige Furt. Ich beschloss, hier zum Frühstück zu rasten.

Wir gingen hinunter zum Flussufer, und ich entfachte ein kleines Lagerfeuer. Ellyn kniete sich ans Wasser und wusch sich energisch Gesicht und Hände, als wollte sie sich das Blut, das ich vergossen hatte, aus dem Gedächtnis waschen. Ich setzte einen Topf zum Wasserkochen auf, nahm etwas von unserer Wegzehrung und hatte in kürzester Zeit eine annehmbare Mahlzeit zubereitet.

Ellyn kam zurück und benutzte die neben dem Feuer aufgestapelten Holzscheite als Sitzbank. Missmutig starrte sie in die Flammen und würdigte mich keines Blickes. Sie nahm einen Kieselstein und warf ihn ins Wasser. Dann schaute sie mich an und eröffnete unerwartet ein Gespräch.

»Wird es so weitergehen wie heute Nacht?«

Ich wusste nicht, was ich darauf antworten sollte, und zuckte die Achseln.

»Wird es noch mehr Töten und Blutvergießen geben?«

»Wahrscheinlich. Wir leben in unruhigen Zeiten. Die Gesetze, die dein Vater erlassen hat, greifen nicht mehr und sind wertlos.«

»Seit seinem Tod?«

»Seit Kriegsbeginn. Dadurch wurden die Soldaten abgezogen, und die Gesetzlosen konnten sich hier ausbreiten wie nie zuvor.«

»Soldaten waren hier die Gesetzeshüter?«

»Wer denn sonst? Es waren Andurs Männer, die dieses Gebiet durchstreiften und sicherten.«

»Männer deines Schlages?«

Ich zuckte erneut die Achseln. »Ich glaub schon.«

»Ja, aber was ...«, sie zögerte einen Augenblick und runzelte die Stirn, »... wenn Highlander hier entlangritten?«

»Männer wie ich hatten sie bekämpft.«

»Du hast Männer deiner eigenen Herkunft bekämpft?«

»Ja. Ich habe Andur einen Treueeid geleistet und Chaldor. Sogar Männer meines eigenen Clans würde ich bekämpfen.«

»Weil du dein Wort gegeben hast?«

»Ja.«

Sie starrte mich an. Ihr Blick schien tief in mich einzudringen, als wollte sie meine Seele ausloten, um mich zu richten. In diesem Augenblick wirkte sie ganz und gar nicht mehr wie ein ungezogenes, unreifes Kind, sondern allgegenwärtig und zeitlos wie der Stein, den sie in den Fluss geworfen hatte. Plötzlich spürte ich, dass ich ein paar Dinge klären musste.

»Ich bin ein Geächteter, durch das Wort meines Vaters von meinem Clan ausgestoßen. Ich habe keine Familie und keinen Stamm. Ich kehre ins Hochland zurück, und es schmerzt mich wie der Tod. Andur hat mir ein Zuhause gegeben, eine Heimat ... Anerkennung ... ich habe geschworen, ihm zu dienen. Ich diene ihm noch immer.«

»Indem du zurück ins Hochland gehst?«

Obwohl mir nicht zum Lachen zumute war, grinste ich und nahm einen kleinen, brennenden Stock aus dem Feuer. »Was weißt du über das Hochland? Über das Land, das sich an das weite Tal Chaldors anschließt?«

Sie zuckte mit den Schultern. »Nicht viel.«

»Sieh her.« Ich blies die Flammen des Stockes aus und suchte glattes Felsgestein als Untergrund. »Dies ist der Durrakym, und dort liegt Chaldor.« Ich markierte den Fluss und umringte das Tal mit qualmender Holzkohle. »Wir sind hier, dahinter erstreckt sich das Hochland, und dann kommt der Styge. Wir reiten nordwärts, in das Land der Clans.« Ich zeichnete die Grenzlinien mit der Kohle auf den Fels.

Die Linien, die ich zog, waren so dünn und verschwommen wie die wirklichen Grenzlinien zwischen den Clans, und das Gebiet meines eigenen Stammes lag gefährlich nahe an der Route, die wir einschlagen würden. Doch dahinter lagen die Barrens, und dort glaubte ich uns in Sicherheit. Sobald wir dieses Ödland erreicht hatten, waren wir geschützt, bis der Tag kam, von dem Ryadne gesprochen hatte.

»Warum suchen wir nicht meinen Großvater auf?«,

fragte Ellyn. »Er und die Dur würden uns bestimmt Zuflucht gewähren.«

»Was Talan ohne Zweifel herausfinden würde, und wir hätten schon sehr bald seine Schergen im Nacken.« Ich schüttelte den Kopf. »Es ist, wie ich gesagt habe – am besten hinterlassen wir nicht die geringste Spur.«

»Aber wohin werden wir gehen?«

»Dort, wo die Straße endet, gibt es eine Stadt namens Cu-na'Lhair. Es ist eine Handelsstadt, wo die Leute ihrem Gewerbe nachgehen.«

»Ich dachte, wir würden bewohnte Orte meiden«, wandte sie ein.

»Das tun wir auch«, antwortete ich, »doch bis dahin werden wir neue Vorräte brauchen, und wir müssen uns mit Winterkleidung versorgen.«

Sie schaute mich fragend an. Ich musste glucksend lachen.

»Hast du geglaubt, wir machen einen Sommerausflug? Der Sommer ist schon weit vorangeschritten, und im Hochland gibt es strenge Winter. Wer weiß, wo wir gerade sind, wenn der erste Schnee fällt.«

»Bis dahin wird der Krieg doch wohl beendet sein.«

»Ja.« Ich nickte. Mein Lachen schwoll an. »Und zwar von Talan, der dann alle Zeit der Welt haben wird, nach dir zu suchen.«

Fast taten mir meine harschen Worte Leid, als ich sah, wie sie sich auf die Lippen biss und ihr hübsches Gesicht erbleichte. »Dann sind wir wirklich auf der Flucht«, sagte sie mit verzweifelter Stimme.

Ich nickte erneut.

»Doch du gehst ein Wagnis ein. Du willst mit mir in dieses … wie war doch gleich der Name … Cuna'Lhair? Was ist, wenn man mich dort erkennt? Oder dich?«

»Sehr unwahrscheinlich, dass man dort dein Gesicht kennt«, erwiderte ich. »Und ich selbst bin lange Zeit nicht mehr dort gewesen. Vielleicht gelingt es uns, unerkannt zu bleiben. Wie dem auch sei, wir müssen uns neu ausrüsten und deshalb dieses Wagnis eingehen.«

Sie betrachtete meine Kohlezeichnung. »Aber durch das Hochland müssen wir trotzdem.«

»Ja. Wir versuchen, es unbemerkt zu durchqueren.«

»Und wohin werden wir gehen?«

»Wenn es sein muss, bis zu den Barrens.«

Sie schluckte laut. »Dort leben doch Wilde, und im Styge-Gebirge gibt es noch schlimmere Dinge, nicht wahr?«

»Ich weiß es nicht«, sagte ich. »Ich bin noch nie dort gewesen.«

»Aber du hast doch auch von den Geschichten gehört, oder?«

»Ja, aber ich glaube, dort werden wir in Sicherheit sein. Ich kann mir keinen besseren Ort vorstellen.«

»Du bist mein Beschützer«, sagte sie. Ich war mir nicht darüber im Klaren, ob sie mir vertraute oder mir Vorwürfe machte, denn sie wandte sich ab und ließ mich allein. Ich goss Tee ein und bereitete ein Frühstück.

Dort, wo der Wald endete, erhob sich ein weiter, felsiger Gebirgskamm. Der Baumbestand nahm so schlagartig ab wie am Ufer eines riesigen Sees. Die wenigen Bäume, die es dennoch geschafft hatten, auf dem felsigen Untergrund Halt zu finden, wirkten wie Gezeitenpfützen eines Meeres bei Ebbe und hoben sich grün gegen das Graublau der Felsen ab. Der Fels war nackt, und über den Grat konnten wir auf ein grünes, grasbewachsenes Tal blicken, das sich nordwärts bis zu den Ausläufern des Hochlands erstreckte. Nebelverhangen und verschleiert leuchteten die Vorberge im Morgenlicht, gemustert mit Sonnenlicht und Schatten. Ich fragte mich, ob es der Duft des Heidekrauts aus dem Hochland war, den der Wind mir zutrug. Wahrscheinlich nicht. Wahrscheinlich spielte meine Erinnerung mir einen Streich, denn ein Hang nach Vergangenem wohnte mir inne, und ich verspürte eine gewisse Sehnsucht nach den Hochland.

Ich blickte mich eine Weile um und lenkte dann meine Aufmerksamkeit in die Mitte des Tales, dort, wo ich die Stadt Cu-na'Lhair vermutete. Der Weg führte am Fuße des Bergrückens entlang und in die Stadt. Cu-na'Lhair lag an einem breiten Fluss, der in nordöstlicher Richtung strömte und sich in diesiger Ferne aufzulösen schien. Die Stadt war größer, als ich sie in Erinnerung hatte, umgeben von einer Mauer aus unbehauenen Natursteinen und Palisaden aus einheimischem Holz, und nur ein einziges Tor erlaubte den Zugang. In unmittelbarer Nähe befand sich ein Anlegesteg, der ein Stück weit in den Fluss ragte. Rauch stieg träge in die Morgenluft, und ich konnte die Leute erkennen, die das Tor der Stadt passierten und sah Boote, die an der Landungsbrücke festgemacht lagen.

Ich blickte Ellyn an, und noch ehe ich sie dazu auffordern konnte, sich zu tarnen, zog sie ihre federgeschmückte Reitermütze tiefer in die Stirn und nahm eine kriegerische Haltung ein. Ich hatte nur daran *gedacht*, ohne es auszusprechen, und wunderte mich über mich selbst. Ich hatte an Körpergröße und Gewicht zugelegt, seit ich das Hochland verlassen hatte, und mein Bart war dichter geworden, hier und da von grauen Strähnen durchzogen. Es war gut möglich, das ich unerkannt blieb – und selbst wenn nicht, so wußte ich doch, das Cu-na'Lair traditionell ein friedlicher Ort war und vertraute auf einen Gesetzeshüter, der dort mit seinen Männern für Recht und Ordnung sorgte. Selbst wenn ich erkannt wurde, konnte mir innerhalb der Stadtmauern nichts geschehen; außerdem wusste ich keinen anderen Ort, an den wir hätten gehen können. Ich lenkte mein Pferd den abschüssigen Weg hinunter, und Ellyn folgte mir.

Ich winkte sie an meine Seite und sagte: »Man wird uns dort Fragen stellen und vermutlich auch Dinge über den Krieg wissen wollen. Du bleibst am besten still und sagst nichts.«

»Fragst du mich das mit einem höflichen *bitte?* Ist das kein Befehl?« Sie starrte mich an, als ob sie nicht glauben wollte, dass ich sie zum Schweigen aufforderte.

»Ja« sagte ich. »Ich bitte dich darum.«

Sie lächelte unmerklich und nickte zustimmend.

Wir überquerten die Steinbrücke, die zum Stadttor führte, und hielten im Schatten des großen Portals, als sich uns zwei bewaffnete Brückenwächter in den Weg stellten. Insgesamt waren es fünf, alle mit Schwertern und Schilden bewaffnet und mit Speeren in den Händen. Der Anführer, der mir gegenüber trat, wirkte weder freundlich noch feindlich, eher neugierig. Ich glaubte, dass er mich nicht kannte, und mit Sicherheit kannte ich ihn nicht.

»Seid gegrüßt, Fremde. Woher kommt ihr?« Seine Augen musterten uns mit fachmännischer Aufmerksamkeit.

»Chaldor«, sagte ich.

»Nur wenige sind in den letzten Wochen aus dem Reich des Lichts hierher gekommen.« Er trat einen Schritt zur Seite und betrachtete unsere Reittiere und die Pferde, die wir mitführten. Ich bemerkte, dass seine Männer ebenfalls zur Seite getreten waren, sodass sie uns im Ernstfall mit vier schnellen Speerwürfen aus den Sätteln fegen konnten. »Was gibt es Neues vom Krieg?«

»Nur dürftige Neuigkeiten«, antwortete ich. »Du weißt, dass Andur mit seinem Heer den Durrakym überquert hat?«

Er nickte. »Hoffentlich hat er diesen Bastard Talan geköpft!«

»Nein«, sagte ich. »Andur wurde erschlagen, und Talan kommt über den Fluss.«

»Er zieht gegen Chorym?« Seine strahlend hellblauen Augen weiteten sich. »Wie geht es der Königin?«

»Sie richtet sich auf eine Belagerung ein.«

»Chorym ist gewiss nur schwer einzunehmen.«

»Das stimmt, aber Talan hat einen Vachyn-Magier in seinen Diensten.«

Er fluchte. »Mögen alle Götter die Vachyn verdammen.«

Ich stimmte leidenschaftlich mit ihm überein. »So soll es sein.«

»Und was führt euch hierher? Ihr seid ausgestattet wie Soldaten. Warum seid ihr nicht in Chorym?«

»Mit Andurs Tod habe ich meine Söldnerverpflichtung verloren. Und ich wurde verwundet.« Ich klopfte leicht auf mein Knie. »Zudem habe ich keine Lust, noch einmal die magischen Kräfte des Vachyn zu verspüren.« *Das* war nicht gelogen. »Also habe ich mich auszahlen lassen und bin aufgebrochen.«

»Um heimzukommen? Du bist doch Highlander, nicht wahr?«

Ich zuckte die Achseln. »Nun bin ich Söldner. Sind Clan-Männer in der Stadt?«

»Ein paar.« Er gab sich mit den Erklärungen und Vortäuschungen zufrieden, was in dieser Stadt nicht unüblich war, und wandte seine Aufmerksamkeit Ellyn zu.

»Und wen haben wir hier?«

»Meinen Sohn«, log ich. »Er war noch nie im Hochland.«

»Und die Pferde?«

»Wegelagerer haben uns angegriffen. Ich habe sie erschlagen. Ich will ihre Pferde hier verkaufen und vom Gewinn Verpflegung und Winterausrüstung einhandeln.«

Er grunzte zustimmend, als ob er diese Antwort oft zu hören bekam.

»Der Wald wimmelt heutzutage nur so von Räubern. Kommt herein und seid willkommen.«

Ich lächelte dankbar. »Kannst du mir eine Herberge empfehlen? Und einen vertrauenswürdigen Pferdehändler?«

»Den Einsamen Reisenden. Fünf Straßen weiter runter und dann links. Fragt euch dort zu Jerym Connach durch. Er wird euch einen guten Preis machen.«

Ich dankte ihm, und er trat zur Seite und winkte uns durch. Als wir gemächlich die breite Straße entlangritten, fragte Ellyn: »Hätten wir ihm nicht ein paar Münzen geben sollen für diese Auskunft?«

Ich grinste. »Das ist hier nicht üblich. Außerdem wird er bestimmt seinen Anteil vom Pferdehändler und der Herberge bekommen. – Danke, dass du still geblieben bist.«

Sie gab mir keine Antwort, sondern starrte nur mit weit aufgerissenen Augen unter dem Schirm ihrer Reitermütze umher. Ich nahm an, dass sie noch nie zuvor eine Stadt gesehen hatte, die ganz und gar aus Holz gebaut war. Chorym und die wenigen Ortschaften, die verteilt im Tal des Reich des Lichts lagen, waren allesamt aus Stein, Ziegel und Dachschindeln erbaut; Holzverzierungen schmückten lediglich die Mauern. Cu-na'Lhair bestand mit Ausnahme der Stadtmauern vollständig aus Holz. Der Lehmboden der Straße war durch die Sommerhitze versteinert und wurde auf beiden Seiten von Gehsteigen aus Holzdielen gesäumt, die unzählige Füße glattpoliert hatten. Die Gebäude ragten zwei- oder dreistöckig empor, waren aus solidem Holz gebaut und besaßen Balkone auf den oberen Etagen. Die Läden und Türen zierten überreichliche Schnitzereien, hell bemalt mit Blumen, Tieren und Vögeln. Die Straße war bevölkert; Leute zu Pferden und zu Fuß eilten umher. Die meisten von ihnen trugen Reithosen, Hemden und den Highlander-Rock mit dem gemusterten Umhang in den Farben der verschiedenen Clans, der an den Schulter festgesteckt wurde. Die Männer waren bewaffnet; sie trugen Schwerter um die Hüften und hatten ihre Schilde auf den Rücken geschnallt. Fast alle Frauen hatten Dolche in den Gürteln stecken. Nicht wenige waren mit Waffen geradezu behangen, und mich überkam der Gedanke, dass es auf Ellyn fremdartig wirken musste, fast jeden Menschen bewaffnet zu sehen. In Chorym trugen nur die Soldaten Waffen. Ich beobachtete sie aufmerksam und achtete darauf, dass sie sich nicht auf irgendeine Art verriet. Nach einiger Zeit erreichten wir den Einsamen Reisenden ohne Zwischenfall.

Es war ein großes, breites Gebäude mit Balkonen im ersten und zweiten Stock und einer ausladenden Vorderseite zur Straße hin. Der Hinterhof war von einem Palisadenzaun umgeben. Ich stieg vom Pferd und zurrte beide Tiere an der Koppel fest. Dann ging ich hinein. Ellyn folgte mir erwartungsvoll und mit großen Augen auf den Fersen.

Der Raum maß die volle Breite der Aufbauten und war annähernd so tief. Der Fußboden bestand aus polierten Holzplanken, die von den Stiefeln, die darüber hinweg wetzten, matt glänzten. An einer Seite befand sich ein gemauerter Kamin, über dessen offenem Feuer der Rumpf eines aufgespießten Schweines briet. Ein kleiner Junge, vielleicht halb so alt wie Ellyn, drehte den Spieß langsam. An der gegenüberliegenden Seite stand ein langer Schanktisch; dahinter sah ich aufgestapelte Fässer und zahlreiche Weinflaschen in langen Regalen, glänzende Gläser und dicke Tonkrüge. Zahlreiche Tische, Stühle und Bänke erschwerten das Vorwärtskommen und machten den Weg zum Schanktisch zu einem Irrgarten.

Der Raum war angefüllt mit lautem Lachen und durchdringendem Stimmengewirr. Servierfrauen in gemusterten Röcken und tiefgeschlossenen Blusen eilten umher, lächelten ihr schönstes Lächeln und beförderten Tabletts mit gefüllten Krügen und Weinflaschen, die sie in halber Höhe vor ihrem Körper trugen. Sie bekamen viele Klapse auf den Po und mussten zotige Bemerkungen über sich ergehen lassen. Die Luft war geschwängert vom Duft gebratenen Schweinefleischs, Holzfeuer und Alkohol, vermischt mit Schweiß und Tabakrauch. Ich bemerkte, wie Ellyn stirnrunzelnd die Nase zusammenkniff, und stieß sie leicht an. »Du bist der Sohn eines Söldners, vergiss das nicht! Du warst schon oft in solchen Spelunken und fühlst dich hier zu Hause.«

Sie murrte, rückte ihren Gürtel zurecht, täuschte einen verwegenen Gesichtsausdruck vor und folgte mir zum Schanktisch.

Ein Mann, so breit, wie er groß war, stand dort und wischte sich geschäftig die Hände an einer Schürze, die einst sauber gewesen sein musste. Er war kahlköpfig, doch war die untere Hälfte seines Gesichts zierte ein prächtiger roter Bart, und er lächelte strahlend hinter der Haarpracht hervor.

»So ist's recht, Fremde.« Seine Stimme war so voll wie sein Bart. »Was darf's sein?«

»Ein Krug vom besten Ale«, sagte ich, »und einen Becher für den Jungen. Außerdem ein Zimmer für uns und einen Stall für unsere Pferde.«

Er füllte einen Krug für mich und einen Becher für Ellyn, bot uns einen Raum in der ersten Etage an und nannte den Preis. Mahlzeiten kosteten zusätzlich, je nach Bedarf. Ich bezahlte das Ale und fragte: »Kennst du Jerym Connach, den Pferdehändler?«

»Den kenne ich«, sagte er mit ernster Miene, um dann wieder strahlend hinzuzufügen: »Das ist mein Bruder. Habt ihr Pferde zu verkaufen?«

Ich erzählte ihm meine Geschichte. Er zeigte sein Bedauern über die Gefahren der Wildnis in diesen Zeiten und fragte mich dann nach dem Hergang des Krieges.

Als ich ihm davon erzählte, wiederholte er die Worte des Wächters am Stadttor, als er antwortete: »Der Götter Fluch über Talan von Danant und alle Vachyn! Es ist doch unwahrscheinlich, dass diese Hurensöhne bis hierher kommen, oder? Und was eure Pferde angeht, so lasst sie bei mir im Stall stehen. Ich mache euch einen Sonderpreis und sorge dafür, dass Jerym herkommt und einen Blick auf die Tiere wirft.«

Ich dankte ihm und trank mein Ale. Es war ein gutes, starkes Bier, hellgelb und aus Hopfen zubereitet, wie er nur im Hochland gedeiht. Ich leerte den Krug und bestellte einen weiteren. Dann hörte ich, wie Ellyn über ihren Becher hinweg prustete und spuckte. Sie war Ale nicht gewöhnt. Das hatte ich nicht bedacht und verfluchte mich selbst für diese Unachtsamkeit.

»Der Bursche hat leichtes Fieber«, sagte ich und beglückwünschte mich selbst für meine schnelle und geschickte Ausrede. Ich war der Meinung, dass es unsere Chancen verbesserte, unerkannt zu bleiben, wenn Ellyn den Schankraum jetzt nicht verließ. »Eine Nacht in einem anständigen Bett wird ihn kurieren.«

Ellyn wischte sich den Mund und schenkte mir einen zustimmenden Blick. »Es ist nur, weil ich so gutes Ale nicht gewöhnt bin«, murmelte sie mit kehliger Stimme. »Im Reich des Lichts haben wir kein so gutes Bier.«

Der Gastwirt lachte. »Der Bursche hat Recht, mein Freund. Schwaches, laues Ale brauen sie dort unten. Nicht wie unser gutes und starkes Gebräu. Aber du kennst unser Ale, nicht wahr? Was bist du? Ein Highlander, der heimkehrt? Ich habe deinen Namen nicht verstanden. Ach, übrigens, ich bin Jach.«

Beinahe hätte ich ihm meinen richtigen Namen genannt, doch im letzten Moment besann ich mich eines Besseren und sagte: »Ich bin Gavin, und der Bursche hier heißt Elward.«

Jach strahlte noch mehr und fragte, ob ich für Elward ein Feuer im Zimmer haben wolle; das würde eine Kleinigkeit mehr kosten. Ich lehnte dankend ab, sagte ihm jedoch, er solle unsere Pferde in seinem Stall unterbringen, und dass wir unser Essen gerne auf dem Zimmer hätten.

»Der Junge ist nicht an die Wildnis gewöhnt«, sagte ich, »und auch nicht an Wegelagerer. Er ist im Süden aufgewachsen.«

»Im Süden, ach ja?« Jach nickte mit dem kahlen Kopf, gerade so, als ob das alles erklärte. »Dort ist das Leben angenehmer, nicht wahr?«

»Na ja«, sagte ich und trat dabei auf Ellyns Fuß, als sie den Mund zum Widerspruch aufmachen wollte. Sie japste und verschüttete den Inhalt ihres Bechers über meinen Stiefel. »Tut mir Leid, Vater. Aber das ist wirklich *starkes* Ale.«

»Das macht nichts, du wirst dich daran gewöhnen.« Ich lächelte und schüttelte meinen Fuß. »Dieses Ale und das Hochland werden schon noch einen Mann aus dir machen, wart's nur ab.« Sie lächelte wie eine Katze, die sich eine Maus als Opfer ausgesucht hatte, um sich jeden Moment darauf zu stürzen. Ich trank rasch meinen Krug aus und bat den Wirt, sich nun um unsere Pferde zu kümmern und uns unsere Unterkunft zu zeigen.

»Und was ist mit meinem Bad?«, sagte Ellyn schroff. »Und heißem Wasser?«

»Das kostet zusätzlich«, sagte Jach.

Ich gab ihm noch ein paar Münzen und packte Ellyn ruppig am Ellenbogen. Kaum jemand schenkte uns Beachtung, als ich Ellyn hinausführte und mich mit ihr und unseren Pferden in den Hinterhof der Herberge begab.

»Ein Bad? Heißes Wasser? Was soll das? Wir sind hier nicht in Chorym. Hier herrschen rauere Sitten.«

»Aber ich habe doch Fieber, oder nicht?« Sie nahm die Reiterkappe ab, um sich die Stirn zu wischen.

»Ich *brauche* ein Bad. Und bei allen Göttern, *du* auch. Du stinkst wie ein … ein …«

»Ein Landstreicher, der zu lange unterwegs war?«

»Genau.«

Ich lachte leise vor mich hin. »Das wird keine Marmorwanne mit Dienern sein, die dich einseifen und anschließend abtrocknen, o nein. Der Trog wird hier auf unser Zimmer gebracht, und das Wasser werden wir beide benutzen.«

»Na, dann wirst du mich allein lassen und sonst wo warten, bis ich fertig bin«, sagte sie mit unausstehlicher Hochnäsigkeit.

»Du lässt mir das Wasser, ja?«, bat ich sie.

Die Pferde wurden versorgt, und wir suchten unsere Unterkunft auf. Ich war mit dem Raum zufrieden, doch Ellyn fand ihn klein und eng. Ein großes Fenster öffnete sich zum Erker hin, und ein abgetretener Vorleger bedeckte den Holzfußboden. An den Wänden waren Haken befestigt, und neben einem einzelnen Bett stand der Waschtisch.

»Wo wirst du schlafen?«, fragte Ellyn.

Ich schaute auf das Bett und wusste, dass ich nicht dort schlafen würde. Ich deutete auf den Boden.

»Du musst einen Vorhang aufspannen«, sagte sie. »Lass Jach das besorgen.«

»Bei den Göttern, alle glauben, du bist mein Sohn. Ich kann nicht nach einem Vorhang fragen.«

»Dann nimm das.« Herrisch zeigte sie auf die zusammengefalteten Zelte unserer Ausrüstung. »Ich werde erst dann schlafen, wenn du einen Vorhang aufgespannt hast.«

Einen Moment dachte ich darüber nach, zu widersprechen. Bei den Göttern – weder begehrte ich sie, noch mochte ich sie sonderlich, doch ich wusste auch, dass sie ein Mädchen an der Schwelle zur Frau war und Angst davor haben musste, das Zimmer mit einem Mann meines Alters zu teilen. Oder auch nur mit *irgendeinem* Mann. Irgendwie verhielt sie sich hier anders als in der Wildnis auf der Straße. Sie benahm sich gerade so, als würde das Vorhandensein besserer Lebensbedingungen sie zu einer anderen Persönlichkeit machen.

»Das tue ich«, versprach ich. »Doch erst, wenn das Wasser gebracht wurde, damit niemand Verdacht schöpft.«

»Aber noch bevor ich bade«, erwiderte sie. »Du wirst mir dabei nicht zuschauen.«

Ich stimmte zu und wartete, dass der Badetrog gebracht und mit heißem Wasser gefüllt wurde. Dann spannte ich Schnüre quer durch den Raum, hing den Zeltstoff darüber und verdeckte damit die Sicht auf den Badezuber. Ich ging hinaus auf den Erker und starrte Löcher in die Luft, während Ellyn ihr Bad nahm.

Als sie endlich fertig war und ich baden wollte, war das Wasser kalt. Bevor der Badetrog herausgetragen wurde, nahm ich den Sichtschutz ab und schlug ihr vor, im Zimmer zu essen. Sie starrte mich an, als wäre ich verrückt, und schüttelte den Kopf.

»Du möchtest, dass ich Däumchen drehe, während du dich amüsierst?«

»Das wohl kaum«, erwiderte ich. »Ich habe Pferde zu verkaufen und muss so viel wie möglich über die Lage im Hochland in Erfahrung bringen.«

»Dann werde ich dich begleiten«, erklärte sie entschlossen.

Ich seufzte. Der Raum war nur von innen zu verriegeln, und selbst wenn ich die Tür von außen versperrte, konnte sie immer noch über den Erker türmen oder solch einen Wirbel veranstalten, dass wir uns mit Sicherheit verdächtig machen würden.

»Na meinetwegen«, gestand ich ihr zu. »Doch nur unter der Voraussetzung, dass du im Hintergrund bleibst und dich nicht an Gesprächen beteiligst. Bleib still und spiel deine Rolle als Sohn, ja?«

Augenblicklich setzte sie die Kappe auf, hakte die Daumen in den Gürtel, straffte die Schultern und setzte eine Mine auf, von der sie annahm, dass sie männlich wirkte.

»Wie du befiehlst, *Vater.*«

Ich seufzte erneut, und wir verließen das Zimmer.

Wir gingen hinunter in den Schankraum und setzten uns an einen Tisch in einer dunklen Ecke. Eine Servierfrau nahm unsere Bestellung auf und brachte alsbald Platten mit gebratenem Fleisch und dampfendem Gemüse und stellte uns links und rechts mit Bierkrügen zu. Dies waren Einladungen einiger anderer Gäste, die von uns Neuigkeiten aus der Fremde erfahren wollten, zu uns an den Tisch kamen und Fragen über Fragen stellten. Ich nahm ein paar ordentliche Bissen, bevor ich antwortete und war dankbar, dass Ellyn den Mund hielt.

Dann kam Jach zu uns an den Tisch; bei ihm war ein Mann, der wie sein Zwilling aussah. Wir nahmen die Verhandlungen auf.

Jerym hatte sich unsere Pferde schon angesehen

und bot uns für den Braunen und die Stute ein Vielfaches dessen, was er uns für die Pferde der Banditen zu geben bereit war. Ich lehnte sein Angebot ab und handelte meinerseits einen annehmbaren Preis für die erbeuteten Tiere aus. Das Beste wollte ich als Packpferd für unsere Ausrüstung behalten. Es reichte mir, dass der Handel so viel abwarf, wie ich für neue Ausrüstung bezahlen musste, ohne Ryadnes Geld anzurühren. Wir spuckten in die Handflächen und besiegelten das Geschäft mit einem festen Händedruck. Er gab mir ein kleines Säckchen mit Münzen, während Jach für Schnaps sorgte, mit dem wir den Handel gebührend feierten. Es war *brose,* ein starker Stoff, der im Hochland gebrannt wurde. Ich war ein wenig enttäuscht, dass Ellyn sich nicht am Umtrunk beteiligte.

Nachdem wir das Geschäftliche erledigt hatten und mit Essen fertig waren, nahm ich Ellyn mit in die Strassen von Cu-na'Lhair, um Winterkleidung für uns zu besorgen.

In dem Laden, den Jach empfohlen hatte, kaufte ich zwei dicke Westen aus Schaffell, warme Übermäntel, Handschuhe und pelzgefütterte Stiefel, zwei vollständige Kuhhäute für die Zeltböden und genügend getrocknete und gepökelte Verpflegung, um uns damit für mehrere Wochen zu versorgen. Und dann überraschte Ellyn mich ein weiteres Mal.

»Meinst du nicht, dass es an der Zeit wäre, mir ein Schwert zu geben?«, fragte sie und fügte ein lässiges »Vater« hinzu.

Ich reckte mich und schluckte. Was war das nun wieder für ein neues Spiel? Der Händler strahlte, witterte ein weiteres gutes Geschäft und deutete, noch ehe ich widersprechen konnte, auf das Aushängeschild mit der Aufschrift »Waffen«.

»Der Bursche sollte wirklich ein Schwert bekommen«, erklärte er. »Und einen ordentlichen Schild dazu. Aber beides sollte nicht zu schwer sein. Er ist ja noch ein halber Knabe. Seht her …«

Ellyn begutachtete bereits die Schwerter.

»Du bist sehr jung«, sagte ich.

»Alt genug, um ein Schwert zu tragen«, erwiderte der Händler.

»Denk doch mal an die Banditen, Vater.«

Ich blickte in ihre Augen und wusste, dass ich verloren hatte. »Ich werde etwas Passendes für dich aussuchen«, sagte ich.

Sie war einverstanden, und so wählte ich ein leichtes Schwert mit Säbelkorb und Handschutz und einer fast gleichlangen Schwertscheide. Der Schild, den ich auswählte, war rund, aus lederbespanntem Holz gefertigt und hatte Metallverstärkungen in der Mitte und an den Rändern. Zum Schluss suchte ich noch einen Waffengürtel für sie aus.

Als wir mit all den Sachen beladen zum Einsamen Reisenden zurückkehrten, fragte ich Ellyn, was sie mit dem Schwert wolle.

»Nur die Götter wissen, wohin wir ziehen«, antwortete sie. »Und sicher wird es nicht ungefährlich. Was ist, wenn du verwundet wirst? Oder sogar erschlagen? Soll ich dann allein zurückbleiben, ohne die Möglichkeit, mich zu schützen?«

Ihre Worte machten Sinn, obschon ich mir nicht vorstellen konnte, dass diese verwöhnte Prinzessin in der Lage war, ein Schwert zu schwingen. »Du konntest mir nicht helfen, als ich die Wegelagerer bekämpfte.«

»Ja, das stimmt«. Sie nickte ernst. »Aber ich habe auch gesehen, dass es wichtig ist, sich verteidigen zu können. Und was geschehen ist, kann schon bald wieder passieren. Dann werde ich mich selbst schützen.«

»Was verstehst du vom Schwertkampf?«, fragte ich sie.

»Nur sehr wenig«, gab sie bereitwillig zu. »Doch du wirst es mir beibringen.«

Es schien, als wäre die Sache damit entschieden. Ich fragte mich, wer von uns eigentlich das Sagen hatte. Offensichtlich war an diesem Mädchen mehr, als ich angenommen hatte, und ich lernte sie allmählich schätzen.

»Das ist nicht so einfach«, sagte ich. »Ein Schwert wird nach einer Weile ziemlich schwer, und der Schild ebenso. Noch schwieriger ist es, auf einen Mann einzuschlagen.«

»Dir ist es sehr leicht gefallen«, erwiderte sie hinter all den Bündeln, die sie trug. »Ich habe dich beobachtet.«

»Ich bin viel stärker als du«, gab ich ihr zu verstehen. »Außerdem habe ich schon das Schwert geführt, als ich …« Mitten im Satz brach ich ab. Sie beendete ihn für mich: »Als du noch jünger warst, als ich es jetzt bin?«

Ich nickte. »Ja.«

»Also wirst du es mir beibringen?«

»Das werde ich. Aber nicht hier. Erst, wenn wir wieder unterwegs sind.«

»Und wann wird das sein?«

»Schon bald«, sagte ich. »Es gibt keinen Grund, uns länger hier aufzuhalten.«

»Aber ich mag diesen Ort. Können wir nicht noch etwas bleiben?«, fragte sie.

»Nein.«

Als wir den Einsamen Reisenden erreicht hatten, wusste ich, dass ich Recht behalten sollte.

Wir verstauten unsere Ausrüstung und begaben uns wieder in den Schankraum.

Ellyn wollte ihr neues Schwert anlegen, doch ich konnte sie davon überzeugen, es nicht zu tun. Der Abend dämmerte, und allmählich füllte sich der Gasthof. Ich sah, dass sich auch Clanmitglieder einfanden, unter ihnen die Farben der Devyn. Eine Rinderhälfte briet am Spieß, und während wir darauf warteten, dass das Fleisch aufgetischt wurde, trank ich Ale. Ellyn bat mich, ihr einen Becher *brose* zu bestellen. Das schien ihr besser zu schmecken als Ale. Da ich nicht mit ihr streiten wollte, bekam sie, was sie wollte. Wir setzten uns an den abgelegensten Tisch, den ich in der Menge finden konnte. Ich nippte am Ale, Ellyn an ihrer *brose*. Zwei Männer standen von ihrem Tisch auf und kamen zu uns herüber. Sie trugen die Clan-Farben der Devyn, und ich kannte sie von früher. Der eine hieß Athol, der andere Rurrid. Es waren Gefährten meines Bruders. Sie hielten an unserem Tisch. »Du bist Gailard, nicht wahr?«, sagte Athol.

Ich schüttelte den Kopf. »Mein Name ist Gavin.«

»Nein.« Rurrid starrte mich an. »Du bist Gailard, der Verbannte. Es ist dir bei Todesstrafe verboten, ins

Hochland zurückzukehren. Colum hat dir den Bann auferlegt.«

Aus dem Augenwinkel heraus bemerkte ich die plötzliche Anspannung Ellyns und betete, dass sie den Mund hielt. Dann starrte ich Rurrid an. »Du verwechselst mich, mein Freund. Ich bin Gavin aus Chaldor.«

»Du bist nach Chaldor geflohen, als dein Vater dich verbannte. Eryk wird uns gut dafür entlohnen, wenn wir dich zu ihm bringen.«

»Eryk?« Ich konnte meine Verwunderung nicht verbergen. »Ist Colum nicht mehr das Clan-Oberhaupt?«

»Colum ist tot. Eryk ist sein Nachfolger«, antwortete Rurrid.

Das überraschte mich. Ich hatte weder vom Tod meines Vaters gehört, noch davon, dass mein Bruder nun an seine Stelle getreten war. Ich hatte offenbar geglaubt, mein Vater würde ewig leben. »Du verwechselst mich mit diesem anderen Burschen«, sagte ich.

Dann schaltete Ellyn sich ins Gespräch ein. »Wer sind diese Männer, Vater? Sprechen die von Gailard, dem großen Krieger?«

Rurrid blickte sie kurz an, schenkte ihr aber keine weitere Beachtung. Dann fragte Athol: »Wer bist du, Junge?«

»Wieso?«, antwortete sie ruppig. »Ich bin Elward, Gavins Sohn.«

»Das ist nicht Gavin«, erklärte Rurrid. »Das ist Gailard.« Ich erinnerte mich daran, dass er schon immer so hartnäckig war wie ein Hund, der seinen Knochen verteidigt.

Ellyn blickte unter ihrer Kappe hervor. »Ich werde doch wohl noch meinen Vater kennen. Das ist Gavin, sage ich euch. Wenn ich mich richtig erinnere, hat dieser Gailard gegen Danant gekämpft, ist dann verschwunden und wurde seither nie mehr gesehen.«

Athol blickte sie an, als hätten ihre arglosen, unschuldigen Worte ihn überzeugt, doch Rurrid meinte: »Irgendetwas stimmt mit dir nicht, Junge.«

Er streckte den Arm nach ihr aus. Sofort legte ich die Hand auf meinem Schwertgriff und zog die Klinge ein Stück weit aus der Scheide.

»Wenn du meinen Sohn auch nur anrührst, erschlage ich dich.« Ich hatte meine Stimme erhoben und war laut genug, dass die Leute, die uns sowieso schon beobachteten, alles mitbekamen. »Was bist du? Ein Liebhaber von Knaben?«

Rurrid errötete und zog schnell die Hand zurück. »Du bist ein Lügner«, rief er. »Ich habe mit jungen Knaben nichts zu schaffen.«

Ellyn rief laut: »Beschütze mich, Vater!«

Beide Clanmänner hatten nun die Hand an ihre Schwerter gelegt. Ich rechnete schon mit einem Kampf, als Jach erschien. Er trug eine Keule, und zwei Gehilfen des Gesetzeshüters folgten ihm mit blank gezogenen Schwertern.

»Was geht hier vor?«, wollte unser Gastgeber wissen. »Ich dulde keine Kämpfe in meiner Herberge.«

»Das ist Gailard von den Devyn. Er ist verbannt und darf die Hochlande nicht betreten«, gab Rurrid ihm zu verstehen.

»Dies hier ist Cu-na'Lhair, mein Freund, nicht das Hochland, und wenn du dein Schwert auch nur noch ein kleines Stückchen weiter ziehst, schlage ich dir den Schädel ein«, entgegnete Jach.

Rurrid und Athol blickten auf die beiden Ordnungshüter, sahen die blanken Klingen und steckten ihre halb gezogenen Schwerter zurück.

»Wir sehen uns später, Gailard«, erklärte Rurrid.

»Gavin«, entgegnete ich erneut.

»Die Namen interessieren mich nicht«, erklärte Jach. »Ihr beide seid hier nicht willkommen. Geht!« Sie verließen den Raum und Jach wandte sich an uns. »Ich weiß nicht, um was es ging, doch ich glaube, das Beste wird sein, wenn auch ihr aufbrecht. Morgen früh, ja?«

8

Ein unangenehmer Lichtkranz umringte Chorym. In der Nacht waren es Hunderte von Lagerfeuern, am Tag das Glitzern und Glänzen der Helme, Speerspitzen und polierten Schilde im Sonnenlicht. Ständig gab es die unangenehme Helligkeit; allgegenwärtig war der Klang der Belagerung, das Waffengerassel und das Klappern der Streitwagen, das Wiehern unruhiger Pferde und die Kommandorufe der Soldaten Talans, das Klopfen und Schlagen von Äxten und Hämmern, untermalt vom Ächzen der Belagerungsmaschinerie, die vor den Toren der Stadt errichtet wurde. Holztürme mit Rädern an den Plattformen wuchsen in den Himmel und ließen die metallverstärkten Rammböcke zwergenhaft erscheinen. Katapulte entstanden; Balisten und Pfeilschleudern auf Rollen nahmen Gestalt an. Mit Vorschlaghämmern und Äxten wurden sämtliche Gebäude vor den Stadtmauern niedergerissen, dem Erdboden gleich gemacht und so weit geschliffen, dass man den Schutt und die Steine als Wurfgeschosse gegen Choryms Mauern einsetzen konnte. Zäune und Hecken wurden abgerissen und als Schutzschilde gegen die Pfeile der Bogenschützen verwendet. Und die ganze Szenerie wurde ohne Unterlass vom düsteren Rhythmus der Kriegstrommeln untermalt, selbst dann noch, als Posaunen zum Angriff bliesen.

Ryadne betrachtete das Geschehen von den Wehrgängen der äußeren Stadtmauern aus. Sie starrte auf die leuchtend bunten Pavillons und die Banner, die dort im Wind flatterten. Sie beobachtete das Vor und Zurück der Angreifer und erblickte bisweilen Talan und sah, wie er in seinem glänzend goldenen Streitwagen die Stadtmauern umrundete und seine prachtvolle Rüstung im Sonnenlicht glitzerte. Hin und wieder schwang er einen mit Juwelen besetzten, prunkvollen Speer; dann wieder hob er das Glas mit dem abgeschlagenen Haupt ihres Gatten in die Höhe, doch er wagte sich nicht in die Nähe ihrer Bogenschützen.

Dreimal schon hatte sie sich von ihren Anführern dazu überreden lassen, Vermittler hinüberzuschicken in der trügerischen Hoffnung, zu retten, was zu retten war. Dreimal wurden die berittenen Vermittler erschlagen. Ihre besten Bogenschützen beobachteten mit scharfem Blick Talan, warteten mit den Pfeilen im Anschlag auf eine Unachtsamkeit, doch er war zu vorsichtig und blieb außer Reichweite. Ryadne hasste ihn, wie sie noch nie jemanden gehasst hatte. Nachts flehte sie die Götter an, Talan ein Fieber zu schicken, ihn von seinem Streitwagen zu stoßen oder ihn mit einer tödlichen Krankheit zu strafen. Doch jeden Morgen zeigte er sich aufs neue in sicherer Entfernung und jubelte ihr zu.

»Gib endlich auf, oder du wirst meinen Zorn zu spüren bekommen. Tu es lieber gleich, sonst wird dein Volk darunter zu leiden haben. Gib auf, Ryadne, dann bleibt dein Volk am Leben.«

Sie zweifelte an seinen Worten. Danant hatte ihr

Land bereits geplündert. Die Tiere, die auf den Höfen zurückgeblieben waren, hatten sie abgeschlachtet, die Höfe niedergebrannt, die Ernte war von Pferdehufen niedergetrampelt worden, und Fußsoldaten hatten Weinberge und Obstgärten zerstört. Hinter dem schrecklichen Glanz dieser Kriegsmaschinerie stand eine lüsterne Bereitschaft zur Zerstörung. Jeder, der den Danants in die Hände fiel, wurde entweder vor die Stadtmauern gezerrt und dort grausam abgeschlachtet, an ein Holzkreuz genagelt oder über kleinem Feuer geröstet. Ryadne gab Befehl, die Leidenden durch einen gezielten Pfeil von ihren Qualen zu erlösen, wann immer möglich. Doch ihre Bogenschützen waren bald nicht mehr dazu in der Lage, und so nahmen die Schreie kein Ende.

Bei den Göttern, sie hasste Talan. Und das Schlimmste war, sie konnte seinen Sieg vorhersehen.

Wenngleich es nur sehr verschwommen zu erkennen war – sie war sicher, dass er siegen würde. Sie tat alles, was sie von der weisen Dur-Frau gelernt hatte: Sie meditierte und nahm Kräuterextrakte zur Sinneserweiterung; dennoch war ihr Talent unstet und verschleiert. Es schien fast so, als würde der Vachyn-Zauberer ihre Visionen blockieren und ihre Fähigkeiten schwächen. Sie war nicht mehr in der Lage, Ellyn oder Gailard wahrzunehmen, wie sie es in den Nächten im Geiste immer getan hatte. Nebel verdeckten den Äther, über den sie im Traum zu ihrer Tochter fand, und die starke Magie des Vachyn ließ ihr nur noch die Möglichkeit, für Ellyn und Gailard zu beten.

Sie hatte den Vachyn in der Menge ausgemacht. Mit den schwindenden Kräften ihrer Gabe spürte sie ihn; sie fühlte ihn, wie sie die Schmerzen in ihren Knochen spürte. Er war gegenwärtig wie der Geruch des Regens in der Luft. In eine schwarze Robe gekleidet, das Gesicht adlergleich, blassgelb wie verdorbenes Fleisch, in einen Umhang aus langem, öligem schwarzem Haar stand er da, oft ganz allein, und starrte auf die Stadtmauern. Es war gerade so, als würde er *sie* anstarren. Ryadne spürte, dass er sie ebenso kannte, wie sie ihn.

Sie fragte sich, wann er seine Macht gegen die Stadt einsetzten würde und hatte schreckliche Angst.

Es wäre ihr ein Leichtes gewesen zu sterben – sie hatte keine Angst vor dieser Reise, und der Freitod erschien ihr erträglicher, als auf das Ende zu warten. Doch sie musste sich um ihr Volk kümmern, Andurs Volk, musste ihre eigenen Wünsche verdrängen und danach trachten, den Menschen das Überleben zu ermöglichen.

Und immerfort ertönten die schrecklichen Kriegstrommeln, die Posaunen schallten, das gequälte Volk schrie, und die Vorbereitungen zur Belagerung gingen weiter und weiter, bis Ryadne befürchtete, den Verstand zu verlieren und darüber nachdachte, das Tor zu öffnen um allem ein Ende zu machen.

Sie setzte ein Lächeln auf und wandte sich an ihren Begleitschutz.

»Will Talan uns angreifen, oder wird er uns mit seiner Erscheinung zu Tode langweilen? Bei den Göttern, seine Prahlerei ermüdet mich. Wenn er sein

Gehabe ändert und sich irgendetwas Neues einfallen lässt, gebt ihr mir Bescheid.«

Ihre Befehlshaber lachten, nickten und beobachteten, wie ihre Königin sich zurückzog.

»Sie ist tapfer«, meinte einer der Männer

»Aber nur eine Frau«, sagte ein anderer. »Und zudem eine Dur.«

»Sie ist unsere Königin und Andurs Thron würdig«, fügte ein Dritter hinzu.

»Ich wünschte, Andur wäre hier.«

Es gab keine Antwort auf diesen frommen Wunsch. Den Männern blieb nur die Möglichkeit, die Streitmacht zu beobachten, die sich gegen sie erhob.

Ryadne hatte sich in ihre Gemächer zurückgezogen und erlaubte ihren Bediensteten, sie zu entkleiden, um ein Bad zu nehmen. Es roch nach Rosen und einer Mischung anderer betörender Düfte. Es erschien ihr unpassend und absurd: hier die angenehmsten Gerüche, und hinter den Mauern der Gestank verbrannten Fleisches. Wenn dies hier das Hochland wäre, dachte sie, und diese leichtfüßigen Frauen Schwestern ihres Dur-Heimatlandes, würden sie sich zum Kampf rüsten und Seite an Seite mit ihren Männern in den Krieg ziehen, um sich den Angreifern mit Messern und Hacken zu widersetzen. Doch hier war Chorym, und diese Frauen waren Hofdamen, eher daran gewöhnt, mit Nadel und Faden umzugehen als mit dem Messer. Ryadne unterdrückte einen Seufzer, der wahrscheinlich in einem Schluchzen geendet hätte, ließ sich ausziehen und in das duftende Bad führen.

Auf dem dampfenden Wasser schwammen Blütenblätter. Die Farbe der Rosenblätter erinnerte sie an Blut, doch sie sagte nichts dazu, tauchte nur ins Wasser ein, schloss die Augen und dachte an Ellyn.

Wo war ihre Tochter jetzt? Hatte Gailard das Kind zu ihrem Großvater gebracht oder sie mitgenommen zu seinem Clan, den Devyn? Sie hatte bewusst nicht danach gefragt, wohin er mit Ellyn ziehen würde, aus Angst, der Vachyn könnte dieses Wissen aus ihr herauspressen und Ellyn finden. Sie konnte nur hoffen, dass beide in Sicherheit waren, denn Ellyn war der Schlüssel zum Sieg, Chaldors letzte Hoffnung. Ryadne wusste weder wann noch wie, nur *dass* es so sein würde. Ellyn war ihr leibliches Kind, also musste sie auch ihre Fähigkeiten besitzen. Sie schloss die Augen und unternahm den Versuch, den Aufenthaltsort und das Wohlbefinden ihrer Tochter zu ergründen.

Doch vor ihrem geistigen Auge erschien nur Nestors Gesicht, als würde es aus dem dampfenden Wasser und den Blütenblättern emporsteigen, um sie zu verspotten. Sie murmelte einen leisen Fluch und verlangte etwas zu trinken.

»Wein, Herrin?«, fragte eine der Bediensteten.

»Nein.« Ryadne schüttelte den Kopf. »Bring mir einen Becher *brose*.«

Die Dienerin war geschockt. Ryadne bespritzte sie mit Wasser und durchnässte das Kleid der Frau. Augenblicke später tat es ihr Leid.

»Verzeih bitte. Ich bin in Gedanken und habe meine Manieren vergessen.«

»Das macht nichts, Herrin.« Aufgeregt wischte die Zofe mit den Händen über ihr nasses Kleid. »Es sind schlimme Zeitenm und ihr habt schwere Bürden zu tragen und Schwierigkeiten zu durchstehen.«

Ryadne lachte und konnte gar nicht mehr aufhören.

»Warum nicht jetzt?« Talan setzte seinen Kelch hart auf dem Tisch ab. »Warum greifen wir nicht jetzt an?«

Egor Dival seufzte und fuhr mit der Hand über seine beginnende Glatze. »Wir greifen eine mächtige Stadt an«, erwiderte er bedächtig, als spräche er zu einem aufsässigen Kind. »Eine Stadt mit gewaltigen Mauern, hinter denen die gesamte Streitmacht steht ...«

»Unser Heer ist größer«, schnitt Talan ihm das Wort ab. »Wir haben mehr Männer.«

»Das stimmt.« Dival wischte seine verschwitzte Handfläche am Hemd ab. »Doch wir kämpfen gegen *Mauern*. Dafür brauchen wir Belagerungsmaschinen. Ehe wir keine Türme und Katapulte gebaut haben, können wir nicht angreifen. Das wäre sinnlos. Es ist besser, abzuwarten. Bei den Göttern, wir haben Zeit. Wir können das ganze Land nutzen, um unsere Männer zu verpflegen. Die da drinnen haben nur, was sie gespeichert haben. Wir können sie aushungern und werden dabei kaum Männer verlieren.«

»Und wie lange wird das dauern?«, wollte Talan wissen.

»Ein Jahr vielleicht.« Dival zuckte mit den Schultern.

»So lange werde ich nicht warten.« Talan wandte sich an Nestor. »Kannst du die Mauern nicht mit deiner Magie bezwingen?«

Der Vachyn-Magier lächelte. »Mit der Zeit schon.«

»Was meinst du damit? Wie lange wird es dauern?«

»Das weiß ich nicht genau«, antwortete Nestor. »Noch kenne ich nicht die Widerstandskraft. Es könnte so sein, wie Egor sagt, vielleicht ein Jahr.«

Talan trank und starrte Nestor über den Rand des Kelches an.

»Ich habe dir Säcke voller Gold gegeben. Und nun erzählst du mir, du könntest nicht mehr tun, als meine eigene Streitmacht? Habe ich mein Gold verschwendet?«

Ruhige, dunkle Augen trafen seinen Blick. »Ich habe dir Andur gegeben«, entgegnete Nestor und deutete auf den widerlichen Glasbehälter, der zwischen ihnen stand. »Und ich habe Chaldors Truppen aus deinem Land vertrieben. Gedulde dich noch ein wenig, dann wird dir auch Chorym gehören. Doch wenn du die Stadt *sofort* erobern willst, brauchst du noch mehr von meiner Sorte. Vielleicht fünf weitere, dann werden die Mauern auf unser Kommando fallen.«

»*Fünf?*«, fragte Talan ungläubig. »Bei allen Göttern, du allein kostest mich ein Vermögen. Ich kann mir keine sechs Vachyns leisten.«

»Dann musst du dich mit mir zufrieden geben«, gab Nestor achselzuckend zurück. »Ich werde meinen Vertrag erfüllen, und Chorym wird dir gehören, doch du musst dich gedulden.«

»Ein ganzes Jahr lang?« Talan machte ein mürrisches Gesicht.

»Krieg bedeutet nicht nur schnelle Siege, Gebieter. Manchmal ist Kriegführung ermüdend und erfordert Geduld.«

Gereizt murrte Talan: »Ich mag keine Verzögerungen. Ich will die Stadt sofort – und mit ihr Ryadne als Gattin. Entweder sie oder ihre Tochter!«

»Ellyn ist noch ein Kind.« Empörung stand Dival im Gesicht geschrieben. »Sie ist gerade fünfzehn!«

»Alt genug«, murmelte Nestor.

»Für euch Vachyns vielleicht.« Dival musterte den Magier angewidert. »Für mich ist sie noch ein Kind.«

»Gleich, ob Kind oder nicht«, erklärte Talan. »Wenn ich Ryadne nicht bekommen kann, werde ich ihre Tochter heiraten. Ich werde dieses Land in Besitz nehmen und *alles* beanspruchen, und wenn mir jemand das Recht dazu absprechen will …« Er starrte seine Gefährten an.

Nestor zog den Kopf ein. »Dein Wunsch ist mir Befehl.«

Dival runzelte die Stirn, sagte jedoch: »Ich gehorche meinem König.«

»Dann erobert mir diese Stadt«, forderte Talan. »Gebt mir Chorym und Chaldor. Ich will Ryadne oder ihre Tochter.«

Nestor lächelte ungerührt. Dival erhob sich und begab sich zu seinen Truppen, um den Fortschritt der Arbeit an den Kriegsmaschinen zu prüfen.

Als er gegangen war und Nestor mit Talan allein

zurückblieb, meinte der Vachyn: »Dein General kämpft alte Kriege. Er lässt dich auf den Sieg warten.«

»Du hast ihm zugestimmt.« Talan trank einen Schluck Wein. »Du hast doch auch gesagt, es könnte ein ganzes Jahr dauern.«

»Ich wollte ihn nicht … verstimmen, deinen General.« Der Vachyn lächelte gewieft. »Es ist besser, wenn Verbündete zueinander halten, nicht wahr? Egor traut meinen Fähigkeiten nicht. Er baut eher auf seine Soldaten, seine Türme und Katapulte.«

»Es ist mir gleich, was Egor will«, knurrte Talan. Er schenkte Wein nach.

»Egor ist dein General«, murmelte Nestor. »Er hält dir die Treue und befehligt deine Streitmacht.«

»Ja, *meine* Truppe, nicht seine.«

Nestor zuckte mit den Achseln. »Du bist der König, gewiss. Doch diese Macht ist eine heikle Sache, nicht wahr? Ich glaube, es ist wie bei einem Stuhl mit drei Beinen: alle hängen voneinander ab. Und eins davon ist dein unangefochtenes Recht zu herrschen.«

Talan nickte und fragte sich, wohin diese Unterhaltung mit Nestor führen sollte.

»Ein anderes Standbein ist die Unterstützung durch dein Volk«, fuhr der Vachyn fort.

»Die habe ich«, erklärte Talan und füllte erneut seinen Kelch. »Das Volk liebt mich, und wenn ich erst Chaldor erobert habe, wird es mich noch mehr lieben für den Wohlstand, der damit einhergeht.«

»Das ist unbestritten«, stimmte Nestor zu. »Doch das dritte Standbein ist deine Streitmacht. Fehlt dir die Unterstützung durch die Truppe, bist du machtlos, und das Dreibein kippt um.«

»Willst du damit sagen, dass Egor mich betrügt?«, fragte Talan erschreckt. »Dass er die Soldaten gegen mich aufbringt?«

»Nein, nein.« Nestor schüttelte den Kopf und machte eine beschwichtigende Geste. »Ich sage nur, dass er an deiner Kriegführung zweifelt. Er kämpft diesen Krieg so, wie er immer schon Kriege geführt hat – auf alte, ehrbare Weise. Er billigt meine Anwesenheit nicht und schätzt ebenso wenig meine Fähigkeiten.«

»Soll ich ihn seines Amtes entheben oder beseitigen lassen?«

»Nein!« Nestor winkte eindringlich ab. »Das würde nur Schwierigkeiten bereiten. Wir brauchen ihn, weil die einfachen Soldaten ihm vertrauen. Sie folgen ihm blind.«

»Sie haben *mir* zu folgen!«, rief Talan. »*Ich* kann die Streitmacht führen. Ich *führe* die Streitmacht.«

»Du befehligst die Truppe«, erwiderte Nestor. »Du bist zu wichtig, um sie in den Kampf zu führen. Das überlässt du besser Männern wie Egor.«

»Ich verstehe dich nicht.« Talans zog die Augenbrauen zusammen, als er die Stirn in Falten legte. »Was meinst du damit?«

»Ich meine, dass wir Egor Dival brauchen. Zumindest zum jetzigen Zeitpunkt«, antwortete Nestor. »Hab etwas Geduld mit ihm und lass ihn seine Kriegsmaschinen bauen. Lass ihn eine Zeit lang Choryms Mauern damit bearbeiten, meinetwegen einen Monat. Dann werde ich meine Magie einsetzen und die Stadt für dich erobern. Danach, wenn wir keine Verwendung mehr für Egor haben, können wir ihn immer noch beseitigen.«

Nie zuvor hatte Kerid Hel gesehen. Er hatte die gleichen Geschichten gehört wie jeder Flussschiffer. Der Ort war eine Legende. Doch nie zuvor hatten seine Reisen ihn so weit nach Norden geführt. Der erste Anblick dieses großartigen Ortes begeisterte ihn dermaßen, dass ihm der Atem stockte und sein Herz wild schlug, als er sich mit dem gekaperten Schiff näherte.

Der Durrakym war hier so breit, dass sich die gegenüberliegenden Ufer im Sonnenlicht des aufkommenden Morgens verloren und kein klarer Horizont auszumachen war. Die Insel, auf der Hel lag, beherrschte den Fluss wie eine riesige Zollstation, und in gewisser Weise war es auch so. Nur wenige Schiffe passierten die Insel, ohne den Bewohnern Tribut gezollt zu haben.

Hel bestand aus sieben zerklüfteten kleinen Inseln, die durch Bogenbrücken und schwimmende Stege miteinander verbunden waren. Die phantastischsten Formen und Gefüge zierten die Windungen und Bögen und umrahmten die Bauwerke schillernd wie der Umhang eines Harlekins. Eine Vielzahl Werften und Landungsbrücken ragten in den Fluss wie die Beine eines phantastischen Käfers. Boote tanzten auf den Wellen: dickbäuchige Handelsschiffe der Naban, die schnittigen Galeeren Serians, Fischerboote und die niedrigen, schlanken Boote der Flusspiraten.

Nicht wenige führten Danants Banner, und drei wiesen sogar die Farben Chaldors auf. Kerid nahm an, dass sie nach Norden geflohen waren, als Talan in Chaldor einfiel. Einerseits verfluchte er die Kapitäne für ihre Feigheit, andererseits dankte er den Göttern, weil er die Schiffe nun zurückfordern konnte.

»Das wird nicht einfach sein«, sagte Nassim zu ihm, als er seine Pläne offen legte. »Hel ist mit niemandem verbündet außer mit der Hölle selbst, und dort herrschen eigene Gesetze.«

Kerid nickte und dachte an die Geschichten, die er von diesem Ort gehört hatte.

Einige behaupteten, Hel sei in grauer Vorzeit von den Seekönigen gegründet worden, als diese legendären Piraten den Fluss hinaufsegelten; andere sagten, Hel sei schon seit jeher ein Piratenstützpunkt gewesen. Tatsächlich besaßen die Inseln den Ruf eines Niemandslandes auf dem Wasser. Sowohl Chaldors als auch Danants Grenzen endeten im Süden; die Grenzen der Naban und Serian begannen im Norden. Dazwischen lag herrenloses Ödland. Mittendrin, auf den Inseln des Flusses, erhob sich Hel. Es war niemals erobert worden und blieb seit jeher sich selbst überlassen. Ein Ort, wo sich alle Macht auf neutralem Boden begegnete.

»Wie ist sie denn so?«, wollte Kerid wissen.

Nassim zuckte die Achseln. »Sie ist mir nie begegnet. Mein Vater kannte sie. Obwohl ich der Meinung bin, dass es eigentlich ihre Mutter gewesen sein muss. Kennst du die Thronfolge?«

Kerid brummte zustimmend. Hel wurde stets von einer Frau regiert, die von der Urmutter abstammte.

Deren Palast stand auf der höchsten Erhebung mitten auf der Inselgruppe. Kerid starrte in grelles Licht und sah blitzendes Gold und strahlenden Lapislazuli. Das musste der Palast sein.

»Dort bringt man uns hin, wenn du ihnen sagst, aus welchem Grund wir hier sind«, meinte Nassim.

»Werden wir ihnen Kriegsschiffe abhandeln können?« Kerid dachte an die drei Schiffe unter chaldoreanischer Flagge. Er hatte vor, diese Schiffe zurückzufordern und gegen Kriegsschiffe einzutauschen.

»Schon möglich«, räumte Nassim ein. »Das geht aber nur mit der Zustimmung der Mutter.«

»Ich werde sie überreden«, erklärte Kerid.

Nassim grunzte und schnitt sich ein Stück Priem ab, während ihr gekapertes Schiff unbehelligt und in aller Ruhe ankerte.

Aus der Nähe betrachtet wurde schnell klar, wieso niemand angriff. Hinter den Anlegestegen endete der Hafen an einer hohen, zinnenbewehrten Mauer. Gekrönt von Speerschleudern und Wurfgeschützen war der Gehsteig durch dieses vorgelagerte Befestigungswerk gesichert. Nicht einmal Chorym war so schwer und fest gesichert. Als Kerids Schiff vor Anker lag, wurde er von schwer bewaffneten Männern in Empfang genommen. Andere beobachteten argwöhnisch das Geschehen und richteten zwei der Wurfmaschinen zur Absicherung gegen das Schiff aus. Kerid sprang auf den Anlegesteg und machte eine schwungvolle Handbewegung.

»Seid gegrüßt, Freunde. Ich bin Kerid von Chaldor und möchte hier an diesem Zufluchtsort Handel treiben.«

Ein Mann im Schuppenpanzer wandte sich Kerid zu. Er trug ein langes Schwert. Die anderen Männer hielten Speere und gruppierten sich um Kerid und seine Besatzung.

»Das ist ein Danant-Schiff, Kerid von Chaldor.«

»Das stimmt.« Kerid strahlte. »Wir haben es gekapert.«

»Was ist mit der Besatzung?«

»Alle tot.«

Der Offizier zog die Nase hoch. »Wir haben nichts mit eurem Krieg zu tun.«

»Dann wäre ich auch nicht hergekommen. Ich will nur kurz bleiben und Handel treiben«, gab Kerid zu verstehen.

»Deine Feinde sagen dasselbe.« Der Offizier deutete mit der Hand auf die Danant-Schiffe. »Wirst du die Waffen schweigen lassen in Hel?«

»Habe ich eine Wahl?«

»Natürlich. Du kannst unsere Gesetze befolgen oder auch nicht.« Leise lachend schwang der Offizier das Schwert und deutete damit auf eine Anzahl Käfige, die von der Mauer herabhingen. In jedem dieser Käfige war ein nackter Mann eingesperrt. »Fünf sind aus Chaldor. Sie haben Schwierigkeiten gemacht, und Mutters Gesetz trifft sie nun mit voller Härte.«

»Was haben sie getan?«, wollte Kerid wissen.

»Sie haben ein Handgemenge in einer Taverne angefangen«, antwortete der Offizier lässig. »Sie suchten Streit und glaubten, sie könnten den Krieg hier weiterführen. Jetzt hängen sie dort in den Käfigen und verrotten. Ein abschreckendes Beispiel für die anderen.«

»Wir werden dir keine Schwierigkeiten machen«, erklärte Kerid. »Ich gebe dir mein Wort. Wir wollen nur dieses Schiff gegen ein besseres eintauschen. Dieses hier und die anderen unter chaldoreanischer Flagge.«

»Das wird Mutter zu entscheiden haben. Komm mit.«

»Was wird aus meinen Männern?«, fragte Kerid.

»Sie sollen die Freizügigkeit von Hel genießen. Aber unbewaffnet. Und falls jemand Schwierigkeiten macht …« Er deutete erneut mit dem Schwert auf die Käfige.

Kerid nickte und befahl Nassim, die Männer in Schach zu halten. Dann bedeutete er dem Offizier, voranzugehen. Der Mann lächelte grimmig und forderte Kerid auf, die Waffen abzulegen. Kerid gehorchte widerwillig und folgte dem Offizier in den Vorposten der Befestigungsanlage.

Ein langer Tunnel führte hinter dem Bollwerk durch eine tiefe Mauer; am Ende des Tunnels führte eine Steintreppe steil nach oben auf eine Straße, die nahe beieinander stehende Häuser und Gebäude wie ein Abwasserkanal voneinander trennte. Enge Verbindungsgänge durchzogen den ansteigenden Pfad. Kerid hatte den Eindruck, dass es in Hel nicht einmal eine Handbreit unbebauten Boden gab. Nur mühselig erklomm er den engen Weg. Seine langen Beine, an Bootsdecks gewöhnt, schmerzten. Das Atmen fiel ihm schwer, und er vermisste die reine, unverbrauchte Luft auf dem Fluss. Hier war die Luft dick und gesättigt mit Hunderten Düften, Gerüchen und Gestank, verursacht von der dichten Menschenmenge, die Hel bewohnte. Nach einer Weile bemerkte er die Vielzahl der Katzen, die sich in Regenrinnen, auf Fenstersimsen und Erkern herumtrieben. Er war dankbar, als die Straße endete und der Weg sich zu einem kleinen schmalen Plateau verbreiterte, an dessen Rändern jene weißen und hellblauen Mauern emporragten, die er vom Fluss aus gesehen hatte. Der Offizier näherte sich einem großen Portal aus polierten Holzplanken, die durch Messingbänder zusammengehalten wurden. Er betätigte den wuchtigen goldenen Türklopfer. Das Tor öffnete sich, und einige Worte wurden gewechselt. Dann führte man Kerid hinein.

Augenblicke später fand er sich in einem Burghof wieder, in dem Rosen blühten, Springbrunnen plätscherten und kleine Regenbögen sich über weißscheckigem Marmor und Jadegestein spannten. Die Luft war erfüllt vom Duft der Blüten, und kleine Vögel schossen pfeilschnell und schrill zwitschernd umher. Kerid befand sich nun nicht mehr in der Obhut des Offiziers. Stattdessen begleiteten ihn zwei große, dunkelhäutige Männer, von denen er annahm, dass sie von den Naban abstammten. Weiße Übermäntel verdeckten nur unvollständig die prachtvollen Uniformen darunter, und beide war mit Schwertern bewaffnet. Sie schwiegen, bedeuteten ihm lediglich zu folgen, nahmen ihn in ihre Mitte und führten ihn über den Hof zu einem Portal mit großem Torbogen. Dort übergaben sie ihn zwei weiteren Männern, die in purpurrote Mäntel mit schwarzen und silbernen Streifen gehüllt waren.

Hinter dem Bogen lag ein weitläufiges Gemach,

das mit hellblauem Stein gekachelt war; es hatte den Anschein, als würde das Sonnenlicht, das durch die Fenster fiel, durch die Fliesen in viele kleine Wellen zerteilt. Kerid kam es so vor, als ob er durch Wasser watete. Unterstützt wurde dieser Eindruck noch durch wundervolle Wandmalereien: Fabelwesen aus der Wasserwelt, Flussfischer, Bootsbauer und Perlentaucher regten die Phantasie an. Kerid bemerkte, dass er von einigen Leuten beobachtet wurde, die in wallende bunte Umhänge gehüllt waren. Die Farbenpracht ihrer Kleidung und das ganze Gehabe ergänzten sich auf phantastische Art und Weise mit dem Unterwassergeschehen der Wandmalereien, gerade so, als wären sie den Abbildungen entstiegen und würden nun mit dem Strom des Geschehens mitschwimmen. Schließlich erreichten Kerid und seine Begleiter eine goldbeschlagene Tür, die ihm Zutritt zu einem kleineren Gemach gewährte. Der Raum war von schlichterer Aufmachung und besaß einen Holzboden wie ein Schiffsdeck; durch runde Fenster verteilte sich das Licht über einen Thron, der in der Mitte des Raumes stand.

Es war ein schlichter Thron aus altem schwarzen Holz; man konnte den Eindruck gewinnen, dass er nach langer Zeit unter Wasser aus dem Fluss geborgen worden war. Kerid wusste nicht, ob die Muster eingeschnitzt oder Folge langer Wassereinwirkung waren. Es kümmerte ihn nicht weiter – konnte ihn nicht weiter kümmern, denn sein Blick richtete sich ehrfurchtsvoll auf die Frau, die dort saß und ihn mit ihrer Erscheinung gefangen nahm. Er hatte immer geglaubt, die Urmutter Hel sei ein altes Weib, runzelig und hässlich. Doch nun sah er ein junges Mädchen mit goldenem Haar vor sich. Sie lächelte bezaubernd und war lieblicher als jede andere Frau, die Kerid kannte. Sie spielte mit einer schwarzen Katze, die es sich auf ihrem Schoß gemütlich gemacht hatte. Verwirrt trat Kerid vor sie hin und verneigte sich.

»Mutter Hel?«

Das Mädchen hob die Katze herunter und lachte, als das Tier versuchte, an ihrem Talar emporzuklettern und sich erneut in ihren Schoß zu legen.

»So nennt man mich. Und wer bist du?« Sie kitzelte das Kätzchen, während sie sprach, und steckte ihm sanft einen Finger ins Mäulchen. Als die Katze vorsichtig darauf biss, lachte sie.

»Kerid von Chaldor«, antwortete er.

»Ja, natürlich. Ich habe schon von dir gehört.«

Das konnte er sich kaum vorstellen, doch als er sie anblickte, bemerkte die Weisheit vieler Jahre in ihren grauen Augen. »Ich möchte dich um einen Gefallen bitten.«

»Wenn du nach Hel kommst, wirst du das auch tun müssen. Sag mir, was du hier willst.«

»Ich habe ein Danant-Schiff gekapert und würde es gerne mitsamt der Ladung gegen ein Kriegsschiff eintauschen.«

»Um damit den Kampf gegen Danant fortzuführen?«

Kerid nickte. »Außerdem habe ich mindestens drei chaldoreanische Schiffe vor Anker liegen sehen. Ich bin der Kommandant der chaldoreanischen Flotte und erhebe Anspruch auf diese Schiffe, um sie ebenfalls einzuhandeln.«

»Du erhebst *Anspruch* darauf?« Stählerne Härte lag mit einem Mal in der jugendlichen Stimme. »Was immer nach Hel gebracht wird, gehört mir.«

Kerid schluckte unwillkürlich den Einspruch hinunter, der ihm auf der Zunge lag, und erwiderte stattdessen: »Ich bitte darum.«

»Das klingt schon besser. Viel besser. Doch aus welchem Grund sollte ich dir helfen? Du hast ein Schiff hergebracht, also gehört es mir. So sind unsere Gesetze. Ich kann es dir zurückgeben oder einbehalten. Doch Talan von Danant hat einen Vachyn-Zauberer in seinen Diensten, und wenn ich die Vachyn herausfordere …« Sie beendete den Satz nicht, blickte stattdessen in die Runde und erntete zustimmendes Kopfnicken ihrer Untergebenen.

»Es stimmt, Talan hat einen Vachyn angeheuert«, erwiderte Kerid, »doch er hat den Krieg noch nicht gewonnen. Zuerst muss er Chorym bezwingen, und noch halten sich die Clans heraus.«

»Werden sie eingreifen, oder werden sie zusehen, wie Chorym fällt?«, wollte Mutter Hel wissen.

»Das ist schwer zu sagen«, antwortete Kerid unsicher. Ihm war nicht klar, wohin die Unterhaltung führen sollte. »Die Stadt ist nur schwer zu erobern, und außerdem …«

Die junge Frau hob gebieterisch die Hand, sodass er verstummte. »Eine geschlagene Streitmacht schleppt sich mühselig nach Hause. Andur ist tot, und sein bester Befehlshaber hat die Flucht ergriffen.«

»Wie bitte?«

»Hast du das nicht gewusst? Dann hör mir gut zu. Gailard hat Antium im Stich gelassen und ist vor

Talan geflohen. Er ist in Richtung Chorym geritten und wurde seither nicht mehr gesehen.«

»Dann ist er dort und kümmert sich hinter den Stadtmauern um die Verteidigung.«

»Er wurde aber nirgends in Chaldor gesehen«, erklärte Mutter Hel. »Die Leute behaupten, Gailard sei ein Feigling und wäre vor dem Kampf davongelaufen.«

»Niemals!«

»Zweifelst du meine Worte an?«

Kerid verkniff sich eine gefühlsgeladene Antwort und erwiderte stattdessen: »Ich kann kaum glauben, dass Gailard ein Feigling sein soll und die Auseinandersetzung fürchtet. Ich kenne ihn und weiß, dass er sehr mutig ist. Doch wenn es so ist, wie du sagst, muss es dafür einen Grund geben. Doch auch wenn es *keinen* Grund für sein Handeln gibt und Gailard tatsächlich ein Feigling ist, werde ich deine Worte niemals anzweifeln.«

»Doch du willst Hel in deinen Krieg hineinziehen? Gegen die Macht der Vachyn-Magie?«

»Das will ich nicht. Ich will nur Handel mit euch treiben. Nimm das Schiff, das ich gekapert habe, und tausche es mir gegen ein Kriegsschiff ein. Und du wirst zugeben müssen, das ich einen gewissen Anspruch auf die anderen chaldoreanischen Schiffe habe, sodass du mir auch diese gegen Kriegsschiffe eintauschen kannst.«

»Um damit weiter gegen Talan zu kämpfen?«

Kerid nickte.

»Und ich soll das Wagnis eingehen, die Magie der Vachyns herauszufordern?«

»Hast du Angst vor der Vachyn-Magie?«

Nun nickte Mutter Hel. »Jeder, der behauptet, er würde diese Macht nicht fürchten, ist ein Narr.«

»Talan hat nur diesen einen Zauberer. Ich bezweifle, dass er sich noch weitere leisten kann«, sagte Kerid.

»Das mag sein.«

»Denk darüber nach«, meinte Kerid. »Wenn Talan erst Chaldor erobert hat, wie wird es dann weitergehen? Wird er hierher kommen? Wenn er erst beide Ufer besitzt, Danants und Chaldors, ist er Herrscher über das gesamte südliche Flussgebiet. Und vergiss nicht, mit diesem Reichtum ließen sich leicht weitere Vachyns verdingen, um dann das nördliche Flussgebiet zu erobern. Er könnte sich auch gegen dich erheben.« Er versuchte, sie mit seinen Überlegungen zu überzeugen. »Und wenn du nicht sein nächstes Ziel sein wirst, dann vielleicht Naban und Serian. Ich glaube, er will den gesamten Durrakym beherrschen, und irgendwann wirst du ihm im Weg sein. Was wirst du dann tun?«

»Ja ...« Mutter Hel streichelte gedankenverloren das Kätzchen, hob es dann hoch und setzte es unsanft auf dem Boden ab. Das Tier gab einen schnarrenden Laut von sich, als es seinen Lieblingsplatz verlassen musste. »Ich muss darüber nachdenken, und du wirst mir dabei helfen. Komm mit.«

Kerid legte die Stirn in Falten, als Mutter Hel sich von ihrem altertümlichen Thron erhob. »Ich verstehe nicht ...«

»Du wirst«, versprach sie und bedeutete ihm, ihr zu folgen.

9

Unter den wachsamen Blicken Jachs beendeten wir unsere Mahlzeit. Währenddessen achteten die Gesetzeshüter darauf, das nichts unsere Abreise verzögerte. Ich beglich die Rechnung. Unser Wirt brachte es tatsächlich fertig, hinter seinem Vollbart zu erröten und sich zu entschuldigen.

»Ich kann mir hier keinen Ärger leisten«, erklärte er, »und wenn ihr wirklich diejenigen seid, für die euch die anderen halten …«

Sein Schulterzucken war vielsagend.

»Sind hier viele Devyns in Cu-na'Lhair?«, fragte ich.

»Eine ganze Menge.«

»Ist Eryk nun wirklich ihr Anführer?«

Jach nickte. Ellyn wurde sehr unruhig an meiner Seite, und ich gab ihr einen Wink, still zu bleiben. Ehe wir aufbrachen, wollte ich so viele Neuigkeiten in Erfahrung bringen, wie nur irgend möglich, und dazu hatte ich nicht mehr viel Zeit. »Was ist mit dem alten Anführer?«

Ich war überzeugt, dass Jach inzwischen wusste, wer ich wirklich war, doch die herrschenden Gesetze untersagten ihm, mich zu verraten oder einen Vorteil aus seinem Wissen zu schöpfen. Ich dankte den Göttern für diese Gesetze und konnte nur beten, dass er nicht auch noch Ellyn erkannte. Jach antwortete:

»Colum? Der ist vom Pferd gefallen und hat sich das Genick gebrochen. Bevor er starb, konnte er noch Eryk zu seinem Nachfolger erklären.« Er seufzte, putzte geschäftig an einem Krug und blickte zu Boden. »Eryk hat dann Rytha von Agador geheiratet und eine Belohnung auf Gailards Kopf ausgesetzt.«

Ich bemühte mich, mein Unbehagen zu verbergen.

Jach hielt beim Putzen inne und blickte auf. Ich glaubte, einen Ausdruck des Bedauerns in seinen Augen zu erkennen. »Man sagt, es sei Rytha gewesen, die Eryk dazu gebracht hat, eine Belohnung auszusetzen. Es scheint so, dass Gailard Rytha verlassen hat und sie sich für diese Schmach rächen will. Würde ich in deiner Haut stecken, mein Freund, würde ich nicht durchs Hochland ziehen, sondern zurück nach Chorym gehen. Ich glaube, dort wärst du sicherer.«

Ich nickte. »Sorgst du dafür, dass unsere Pferde gesattelt werden? Wir werden jetzt aufbrechen.«

»Wie du willst.«

Ich wandte mich ab und bedeutete Ellyn, mir zu folgen. Sie war in merkwürdiger Stimmung. Ich wusste nicht genau, ob unser heimlicher Aufbruch sie erheiterte oder ob sie wütend war, weil sie das gemütliche Bett aufgeben und es erneut mit der Wildnis tauschen musste. Es schien, als ob sie zwischen diesen beiden Aussichten hin und her gerissen war. Sie seufzte, bevor sie mich fragte: »Der dicke Jach hat uns zwar hinausgeworfen, aber wieso nehmen wir uns keine andere Herberge?«

»Weil Rurrid und Athol jeden Devyn-Clanmann, den sie finden können, gegen uns aufbringen und vermutlich sogar den Agador sagen werden, dass ich hier bin«, erklärte ich Ellyn.

»Aber wir sind in Cu-na'Lhair! Was können sie hier gegen uns ausrichten?«

»Hier nur wenig. Doch wenn wir ihnen genügend Zeit lassen, können sie uns in der Wildnis auflauern und uns zu meinem Bruder verschleppen.«

Ich packte meine Satteltaschen und bemerkte, dass sie dasselbe tat, obwohl sie mir widersprach.

»Ist dein Bruder so grausam?«

»Wir mögen uns nicht, und unser Vater *hat* mich nun mal verbannt.«

»Aber vielleicht wird dein Bruder dir verzeihen?«

Ich lachte. »Du hast doch gehört, was sie gesagt haben. Erik würde sie gut bezahlen, wenn sie mich zurückbrächten. Und Jach hat das bestätigt.«

»Vielleicht will er dich wiedersehen, um eure Streitigkeiten beizulegen.«

»Das bezweifle ich.« Mein Lachen klang bitter. »Ich glaube eher, dass Eryk meinen Kopf will.«

»Dein eigener Bruder?«

»Und Sohn unseres Vaters. Eryk wird ihm weder nachtrauern, noch bringt er mir Bruderliebe entgegen.«

»Ist es wegen der Frau?«

»Rytha? Mein Vater hatte mich ihr nur versprochen, um ein Bündnis zwischen Devyn und Agador zu schmieden, doch ich habe sie nie geliebt.«

»War sie denn nicht hübsch?«

»Sie war wunderschön. Eryk wollte sie schon immer, doch ich war der ältere Sohn.«

»Warum hast du sie dann nicht geheiratet?«

»Ich mochte sie nicht.«

»Obwohl sie hübsch war?«

»Ich wollte sie trotzdem nicht. Sie war so reizbar, wie ich es nie erlebt hatte. Nicht einmal bei einer Prinzessin.«

Ellyn schnaubte und murmelte etwas über Highlander und deren Unarten, während sie ihr neues Schwert umschnallte. Ich war mit dem Packen fertig und begleitete sie aus dem Zimmer. Ich muss zugeben, dass auch ich nur sehr ungern diese vortreffliche Herberge verließ, doch ich hatte dafür zu sorgen, dass wir unterwegs waren, bevor Rurrid und Athol die Jagd auf uns eröffnen konnten.

»Hör zu«, sagte ich. »Wir dürfen kein Zusammentreffen mit den Devyn oder den Agador wagen. Deswegen haben wir jetzt einen scharfen Ritt vor uns und müssen eine Zeit lang vom Land leben und dem, was wir bei uns führen.«

»Im Norden leben die Dur«, sagte sie.

»Ich weiß. Und wenn Talan Chorym erobert hat, wird er dort nach uns suchen. Es ist besser, wenn wir jede Begegnung vermeiden.«

»Können wir das?«

Ich nahm einen tiefen Atemzug, stieß die Luft langsam wieder aus und starrte auf die vom Mondlicht versilberten Hausdächer in der Straße. Es würde schwer sein, unbemerkt durch das Hochland zu ziehen und noch schwieriger, Unterschlupf zu finden. Ich wusste nur, dass wir so schnell sein mussten wie gejagte Tiere. »Vertraue mir«, sagte ich.

Ellyn schnaubte erneut.

Wir verließen den Einsamen Reisenden, als der bleiche Mond im Zenit stand. Ich hatte unsere Pferde beladen und bemühte einen schläfrigen Torwächter, damit er uns öffnete und wir hinaus durch die Straßen von Cu-na'Lhair und dann durchs Stadttor in die Berge reiten konnten.

Im hellen Mondlicht glänzten die Gipfel silbrig in der Ferne, gemustert durch das Schattenspiel der Wolken, die sich immer wieder vor den Mond schoben. Der Duft von Heidekraut und Ginster erfüllte die Luft, und ich sah Eulen, die auf lautlosen Schwingen die Nacht auf der Suche nach Beute durchstreiften. Ich fragte mich, ob es Omen des Todes oder der Weisheit waren und betete, dass unsere Flucht unentdeckt blieb – als sich meine Hoffnungen mit einem Mal zerschlugen.

Unser Weg führte durch Moorland, als eine Kurve die Sicht voraus einengte. Als wir ein Stück weiter ritten, erwarteten uns dort Rurrid und Athol. Sie hatten sich mit ihren Pferden mitten in den Weg gestellt und lauerten uns mit gezogenen Schwertern auf. Ungefähr zwanzig Clanmänner der Devyn und der Agador warteten auf beiden Seiten der Straße. Einige zielten mit gespanntem Bogen auf uns, den Pfeil im Anschlag. Ich wusste, das wir keine Chance auf ein Entkommen hatten.

Ich versuchte, sie in die Irre zu führen. »Was soll das?«, rief ich und täuschte Empörung vor. »Was soll diese törichte Zusammenkunft?«

»Du bist Gailard«, sagte Rurrid laut, »und wir werden dich zu Eryk bringen.«

»Mein Name ist Gavin!«

Rurrid lachte. »Und ich bin der Hund vom Hausierer.«

»Wenn wir mit unserer Vermutung Recht haben, wird Eryk uns gut entlohnen. Falls nicht, werden wir uns bei euch entschuldigen, und ihr werdet eine Zeit lang die Gastfreundschaft der Devyn genießen. Doch das wird Eryk zu entscheiden haben«, bestimmte Athol.

Aus dem Hintergrund fragte Ellyn leise: »Kämpfen wir?« Ich hörte das schabende Geräusch ihres Schwertes, als sie es ein Stück aus der Scheide zog.

»Nein!« Ich betete, dass sie jetzt bloß keine Dummheit machte. »Es sind zu viele.«

»Sogar für den mächtigen Gailard?«

»Ja. Und auch zu viele, um zu fliehen. Sie würden uns niederschießen.«

»Dann werden wir uns ihnen ausliefern?«

»Wir haben keine andere Wahl.«

»Vielleicht bist du ja doch ein Feigling.«

Das verletzte meinen Stolz, und ich wandte den Kopf, um sie anzublicken. »Wenn ich allein wäre, würde ich mich dem Kampf stellen, Mann gegen Mann, egal welche Folgen es für mich haben könnte. Doch ich bin nicht allein und habe mein Wort gegeben, für deine Sicherheit zu sorgen.«

»Meine Sicherheit in den Händen deines Bruders?«

»Er hat keinen Grund, dir ein Leid zuzufügen. Vielleicht lässt er dich weiterziehen. Und sollte er dich erkennen, werde ich mit ihm verhandeln und ihn bitten, dich zu den Dur zu schicken.«

»Und was wird aus dir?«

»Aus mir?« Ich konnte ein bitteres Lachen nicht

unterdrücken. »Nun ja, ich denke, Eryk würde meinen Schädel gerne als Weinkelch benutzen.«

»Was ist nun?« Rurrid unterbrach unsere flüsternde Unterhaltung. »Kommt ihr aus freien Stücken mit oder lieber tot?«

Ich hob die Hände. »Wir kommen freiwillig.«

Sie nahmen uns die Waffen ab und banden uns die Handgelenke an den Sattelhörnern und die Fußgelenke an den Steigbügeln fest. Wir ritten die Nacht durch und hielten erst wieder, als der Morgen dämmerte, um eine Pause einzulegen und etwas zu essen. Ellyn und ich blieben aneinander gefesselt und wurden ständig beobachtet, sodass ich schon befürchtete, sie würden erkennen, dass Ellyn ein Mädchen war. Ich bemerkte, dass einige der Männer nicht ganz glücklich mit ihrer Aufgabe waren und schon gar nicht mit dem Ende, das uns möglicherweise drohte. Doch sie sprachen nur das Nötigste mit uns, und wir hatten keine Möglichkeit zur Flucht. Wenigstens gab man uns etwas zu essen. Ich nahm an, Rurrid und Athol wollten uns gesund bei Eryk abliefern, damit dieser umso länger seinen Spaß an mir hatte. Ich fragte mich, welches Schicksal Ellyn erwartete, sobald klar wurde, dass sie ein Mädchen war. Schlimmer noch – was war, wenn sie entdeckten, wer Ellyn in Wirklichkeit war? Mein Bruder war immer schon ein kleiner, hinterhältiger Wurm gewesen und würde kaum zögern, das Mädchen an Talan auszuliefern.

An den Tagen darauf scheuerte ich unentwegt an

meinen Fesseln. Ich hatte Andurs Vertrauen enttäuscht und fühlte mich schuldig. Ich hätte mir etwas besseres ausdenken sollen, als wegzurennen, doch mir war nichts eingefallen. Als wir schließlich in Eryks Lager ankamen, waren meine Handgelenke blutig.

Der Sommer war weit fortgeschritten; die Clans folgten den Pfaden der Wildpferde, die alljährlich das Hochland durchstreiften. Wenn dann der Winter hereinbrach, kehrten sie heim und warteten hinter warmen Mauern auf den Schnee. Doch nun lebten sie in Zelten und folgten der Spur der wilden, zottigen Hochland-Pferde, um sie einzufangen. Ich glaubte, Rurrid und Athol würden uns nach Osten bringen, doch sie zogen mit uns in nördlicher Richtung durch das Land der Dur.

Erics Lager befand sich auf einem hochgelegenen Streifen Moorland, oberhalb eines kleinen Bergsees, umringt von Heidekraut und Pinien. Lachse sprangen in den kleinen Flussläufen, die den Bergsee speisten. Das Heidekraut breitete sich in blaugrauen Farbtönen aus, und der Stechginster glänzte golden und wiegte sich in einer aufkommenden Brise. Ich war vom Anblick des Lagers begeistert: sämtliche Clan-Farben, der Rauch der vielen kleinen Lagerfeuer, Pferde, die eingepfercht am Seeufer standen, Hunde, die uns zur Begrüßung bellend entgegenrannten, Gesichter, gealtert und gereift durch viele Jahre, die uns musterten. Unter anderen Umständen hätte ich mich an diesem Ort sehr glücklich gefühlt.

Doch alles, was ich nun empfand, waren Angst und Verwunderung über die Größe und den

Standort des Lagers. Augenblicklich erkannte ich Eryks Zelt. Vergleichbares hatte ich nicht mehr zu Gesicht bekommen, seit ich zuletzt die Festzelte der Danants sah. Es trug das Wappen des Häuptlings und war um einiges größer, als das unseres Vaters. Das Zelt war von Holzpfählen umgeben, die man in den Boden geschlagen hatte. Die oberen Enden der Pfähle zierten Haarsträhnen und Schädel der einstigen Lieblingspferde, im Wechsel mit Schädeln und Schilden der im Kampf um das Häuptlingsvorrecht gefallenen Gegner. Beim Betrachten dieses Gehabes musste ich daran denken, dass unser Vater niemals so prahlerisch aufgetreten war.

Doch Eryk hatte nicht viel gemein mit unserem Vater. Das Clanvolk hatte immer gesagt, ich trüge meines Vaters Züge und besäße seinen Charakter. Nur wenig wurde über Eryk berichtet, außer, dass er von sehr reizbarer Natur sei. Nun erschien ein Mann, den ich kaum wieder erkannte, wären da nicht diese raubvogelartigen, mir merkwürdig vertrauten Augen gewesen. Er war um einiges kleiner als ich und hatte im Laufe der Zeit Fett angesetzt. Noch wirkte er muskulös trotz all seiner Rundungen, doch ich war erschrocken über die Veränderungen, die ich an ihm bemerkte. Ein Vollbart verbarg seine aufgeblähten vollen Wangen und das Doppelkinn, doch nichts konnte den Bauch verdecken, der sich unterhalb seines Gürtels abzeichnete oder gar die fetten Hüften, die seine Reithosen hauteng spannten. Nur ein starkes Pferd war in der Lage, dieses Gewicht zu tragen, zu dem auch der wertvolle Schmuck beitrug, den er reichlich angelegt hatte. Sein Hemd wurde von einer aus Silber getriebenen Brustplatte bedeckt, im Muster passend zu den Verzierungen seines Schwertknaufs und den ausgefallenen Stickereien auf seinen Stiefeln. Die Griffe von Schwert und Dolch waren mit Silberdrahtgeflecht verziert. An seinen Fingern glitzerten goldene Brillanten, und an beiden Ohren funkelten juwelenbesetzte Ohrringe. Er wirkte auf mich eher wie ein Abgesandter der Naban, keinesfalls wie ein Highlander. Sein watschelnder Gang hätte mich beinahe zum Lachen gebracht, wäre da nicht der Furcht erregende Ausdruck in seinen Augen gewesen, der dem eines grausamen Raubvogels glich, kurz bevor er sich auf seine Beute stürzt.

»Bei den Göttern, dieser Narr ist dein Bruder?«, wollte Ellyn wissen.

»Ruhig! Überlass mir das Reden, ja?«

Eryk wartete zwischen den Pfählen, die den Eingang zu seinem imposanten Pavillon markierten. »So ist's recht, Gailard.« Er sprach kurz zu unseren Bewachern, und man schnitt uns von den Fesseln los, hievte uns von den Pferden und zwang uns vor ihm auf die Knie.

»Wer ist dein Begleiter?«

»Jedenfalls kein Junge, trotz der Kleidung.«

Obwohl ich sie lange nicht gehörte hatte, erkannte ich die Stimme sofort. Sie war so sinnlich wie seit jeher, wie die heiße Sommersonne auf der Haut. Doch die Frau, der diese Stimme gehörte und die nun hinter meinem Bruder erschien, erkannte ich kaum wieder. Die Rytha, die ich einst kannte, war schlank wie ein junges Reh, mit Augen, die zu ihrem wundervollen Haar passten, wild und frei wie der Wind. Sie war nie eine angenehme Gesellschafterin, doch eine wunderschöne Frau. Doch was ich nun sah, war eine völlig andere Person. Wie Eryk, war Rytha dick geworden, und ihre großen sanften Augen wurden von Fettringen verunziert; ihre Lippen waren nicht mehr sinnlich, nur noch fleischig. Sie hatte das Haar hochgesteckt; ein Netz aus Silberfäden mit kleinen Juwelen hielt die Haarpracht zusammen. Und was man unter dem langen Kleid von ihren Beinen erkennen konnte, war genauso dick wie ihre beringten Finger.

»Er hat behauptet, dieser Bursche wäre sein Sohn«, erklärte Rurrid.

Rytha lachte glucksend und stieß Eryk den Ellenbogen in die Seite, sodass ich mich schon fragte, wer in dem Zelt, dem Clan, der Herr im Hause war. Dann schritt sie zu Ellyn, legte ihr die Hand unters Kinn und drückte ihr Gesicht hoch, um sie anzuschauen.

»Ein Bursche? Sein Sohn?« Sie lachte. »Das ist ein Mädchen, du Narr. Wer ist sie, Gailard?«

Einen Augenblick besprach ich mit Ellyn, ob sie sich zu erkennen geben sollte oder nicht. Schließlich traf sie allein die Entscheidung.

»Ich bin Ellyn von Chaldor!«, rief sie aufbrausend. »Ich bin die Tochter von Andur und Ryadne, und wenn ihr mir oder meinem Beschützer auch nur ein Haar krümmt, wird euch meine Mutter unsere Streitmacht schicken, und mein Großvater wird mit seinem gesamten Clan gegen euch zu Felde ziehen.«

Rytha lachte und gab Ellyn eine Ohrfeige. Ich bezweifelte, dass Ellyn jemals zuvor geohrfeigt worden war, denn sie erbleichte, machte große Augen und schnappte überrascht und empört nach Luft.

»Sprich nur, wenn ich es dir erlaube, sonst lasse ich dich auspeitschen«, gab Rytha ihr zu verstehen. Mit einem Lächeln wandte sie sich zu mir. »Ob ich dich wie dein Bruder willkommen heiße, Gailard? Es ist *sehr* schön, dich wiederzusehen.«

Ich hörte die Drohung in ihrer Stimme und sah sie in ihren Augen. Ich blickte an ihr vorbei zu Eryk.

»Das Mädchen hat mit der Sache nichts zu tun. Lass sie weiterziehen. Setz sie auf ein Pferd und schick sie zu den Dur. Mit mir kannst du machen, was du willst, doch lass das Mädchen gehen.«

Eryk lachte und schaute zu Rytha. »Was sagst du dazu, Weib?«

»Nun, dein Bruder ist in deiner Hand, wie du es dir immer erträumt hast. Außerdem haben wir jetzt auch noch das Kind als Pfand.«

»Wieso das?« Eryk runzelte die Stirn. »Mein Bruder, ja, das verstehe ich, aber das Mädchen?«

Rytha seufzte. »Was glaubst du, wieso er hier ist? Er ist vor Talan und Danant davongelaufen, weil er ein Feigling ist, und bringt uns Chaldors Erbin als Dreingabe. Welchen Preis wird Talan für sie berappen? Oder Mattich? Er wird bestimmt gut für seine Enkelin bezahlen. Wie auch immer, wir haben ein wertvolles Pfand.«

Eryk nickte lächelnd. Rytha half ihm weiter auf die Sprünge. »Und denke einmal *darüber* nach. Die Devyn und Agador sind durch unsere Heirat bereits Verbündete. Und wenn wir Mattichs Enkelin in unserer Gewalt haben, können wir die Dur zwingen, sich zu unterwerfen. Talan wird uns reichlich belohnen, falls wir uns dazu entschließen, ihm Andurs Tochter auszuliefern.«

»Du Hündin!«, schrie ich sie an, und sie trat mir in den Unterleib. Für eine Frau mit ihrer Figur war sie erstaunlich flink und kräftig, sodass ich mich schmerzerfüllt auf dem Erdboden zusammenkugelte und gegen den Drang ankämpfen musste, mich zu übergeben.

In dieser unwürdigen Lage hörte ich sie miteinander sprechen.

»Wir könnten die Clans gegen uns aufbringen. Bei den Göttern, einige halten noch immer zu Chaldor«, sagte Eryk.

»Und wenn Talan Chorym einnimmt und Danant die Macht in Chaldor ergreift?«

»Schon möglich. Und wenn nicht?«

»Er hat einen Vachyn-Magier, nicht wahr? Wie könnte er unterliegen? Ryadne wird schon bald tot sein, oder sie heiratet Talan. Was glaubst du, welchen Preis Ellyn erst dann erzielen wird?«

»Ich weiß es nicht.«

»Den höchsten! Talan wird alles daran setzen, sie in die Hände zu bekommen, und Mattich wird uns mit Sicherheit den Treueeid schwören, um ihr Leben zu retten. Wir können nur gewinnen bei dieser Sache.«

Fast hätte ich meinen Bruder dafür bedauert, mit diesem Ungeheuer verheiratet zu sein.

»Hör zu. Lass beiden, Talan und Mattich, die Botschaft zukommen, dass wir Ellyn in unserer Gewalt haben und demjenigen ausliefern, der uns den höchsten Preis für sie zahlt.«

Eryk lachte leise vor sich hin und meinte: »Ich habe gut daran getan, dich zum Weib zu nehmen.«

»Ja. Und nun tue, was ich dir gesagt habe.«

»Was wird mit den beiden?«

»Steck sie in ein bewachtes Zelt.« Sie beugte sich zu mir herunter. Ich sah ihr Doppelkinn wackeln. »Du wirst ihre Gesellschaft genießen, nicht wahr, Gailard? Magst du sie mehr als mich? Du magst lieber ganz junge Weiber, was?«

Ich machte den Mund auf und wollte antworten, doch ein erneuter Tritt raubte mir den Atem. Ich konnte mich nur noch vor Schmerzen krümmen und kauerte mich zusammen wie ein ausgeschlachteter Tierkadaver.

Wenigstens wurden wir nicht gefesselt. Das war auch nicht nötig, denn wir wurden in ein Zelt gesteckt, das von bewaffneten Männern umstellt war. Ein paar Felle lagen auf dem Boden, und in der Mitte befand sich eine leere Feuerstelle. Ich bezweifelte, dass das Feuer angezündet würde und fragte mich, wieso Eryk mich nicht auf der Stelle getötet hatte. Vermutlich wollte er das Vergnügen der Vergeltung hinauszögern.

»Alles in Ordnung?«

Als ich langsam wieder zu mir kam, bemerkte ich, dass Ellyn meinen Kopf in ihrem Schoß wiegte und mit unruhigen Händen durch mein Haar fuhr.

»Langsam erhole ich mich«, antwortete ich.

»Sie hat dich sehr hart getroffen.«

Ich ächzte und zwang mich, aufrecht zu sitzen. Mein Unterleib schmerzte stark, doch Ellyn half mir und stütze mich. Ihre Anteilnahme überraschte mich. »Ich habe schon mehr einstecken müssen«, sagte ich.

»Du musst sie sehr enttäuscht haben, dass sie dich so hasst. Hat sie dich sehr geliebt?«

»Ich glaube, sie hat mehr die Vorstellung geliebt, mit dem Häuptling der Devyns verheiratet zu sein. Es war der Gedanke, zwei Clans zu beherrschen.« Ich lachte bitter. »Nun hat sie, was sie wollte.«

»War sie schon immer so fett?«

»Nein.« Ich schüttelte den Kopf. »Sie war schlank. Und wie ich dir schon sagte – sie war hübsch.«

»Aber du hast dich trotzdem geweigert, sie zu heiraten.«

Ich nickte und wunderte mich darüber, dass Ellyn meine Ablehnung offenbar gefiel.

»Was werden wir jetzt tun?«

Ich zuckte die Schultern. »Nichts. Wir *können* nichts tun.«

»Es *muss* irgendetwas geben.« Ellyn nahm ihren stützenden Arm zurück, wich ein Stück von mir weg und rutschte ein wenig auf dem Fell zur Seite, als hätte dieser kurze Momente der Vertrautheit sie in Verlegenheit gebracht. »Wir können warten, bis die Nacht hereinbricht und dann zu entkommen versuchen. Wir nehmen unsere Pferde und fliehen …«

»Wir sind zu gut bewacht«, antwortete ich. »Sie würden uns schnell aufspüren.«

»Vielleicht schaffen wir es bis zu meinem Großvater. Wir sind doch nahe an seinem Hoheitsgebiet, oder?«

Ich nickte. Meine anfängliche Verwunderung über den Standort des Lagers entfachte von neuem. Ich konnte mich nicht daran erinnern, dass die Devyn dem Hoheitsgebiet der Dur jemals zuvor so nahe gekommen waren. Dennoch war ich davon überzeugt, dass wir keine Chance hatten, Mattich zu erreichen. »Es spielt keine Rolle, wie nahe wir den Dur sind, solange wir von so vielen Männern bewacht werden.« Ich schnaubte und lachte bitter. »Ryadne hat gesagt, du besitzt magische Kräfte – wirst du sie zu unserer Befreiung einsetzen?«

Ellyn schmollte. »Vielleicht«, erwiderte sie entrüstet.

In der Abenddämmerung brachte man uns zu Eryk und Rytha. Sie saßen auf fellbespannten Lehnstühlen neben dem Feuer. Rurrid und Athol saßen ihnen ehrerbietig zur Seite. Ellyn und ich wurden rücksichtslos zu Boden gestoßen. Eryk nagte an einem Stück Wildbret und warf mir die Überreste hin wie einem Hund. Ich spuckte darauf.

Rytha lachte. »Mein lieber Gatte, nicht ganz so unhöflich! Du willst doch sicher, dass er bei Kräften bleibt für das, was ihn erwartet, nicht wahr? Gib ihm lieber genug zu essen, damit er länger durchhält. Und auch der Prinzessin, damit sie nicht wertlos für uns wird.«

Diese Worte stießen mir sauer auf, doch ich nahm trotzdem den Teller, den man mir reichte, und aß. Sogar einen Krug Ale brachte man mir.

»Was habt ihr vor?«, fragte ich.

Eryk schaute Rytha an, als ob er sich die Erlaubnis zum Sprechen einholen müsste. »Nun gut, Bruder.

Es ist unser Erlass, dass du nackt ausgezogen und durch das Lager geschleift wirst. Dann wirst du ausgepeitscht. Wenn deine Knochen blank liegen, wirst du an einen Baum gebunden, und die Krähen werden ihren Spaß an dir haben.« Ich stellte meinen Teller ab und erhob mich. Die Männer um mich herum zogen die Klingen blank. »Ich fordere das Recht zu kämpfen!«, sagte ich.

»Du?« Eryk lachte. »Nur ein Clanmitglied hat das Recht auf einen Zweikampf, und du bist kein Clanmitglied mehr. Unser Vater hat dir die Clanwürde entzogen, als er dich verbannte. Du bist ein Nichts. Du bist allenfalls ein vagabundierender Landsknecht, der nur das Recht auf einen schmerzvollen Tod hat.« Sein Bauch wackelte, als er lachte. »Oh, wie werde ich den Anblick genießen, wenn die Krähen und Raben kommen, um dir die Augen auszuhacken und dir das Fleisch von den blutigen Knochen reißen.«

»Du bist ein Feigling«, stieß ich hervor. »Du hast Angst, mir in einem ehrlichen Zweikampf gegenüber zu treten.«

»Ich bin der Häuptling der Devyn und der Agador«, erwiderte er, »und ich muss meine Klinge nicht an solchem Unrat wie dir beschmutzen.«

»Du hast Angst vor mir«, wiederholte ich um einiges lauter. »Du bist ein ausgemachter Feigling.«

Das war eine solch ungeheuerliche Beleidigung, die jeden Highlander veranlasst hätte, auf der Stelle zum Schwert zu greifen und den Zweikampf auszutragen – doch nicht so mein Bruder. Ich sah einige Köpfe zustimmend nicken, doch niemand wagte es, zu meinen Gunsten zu sprechen. Ich fragte mich, welchem Missstand die Devyn wohl anheim gefallen waren, dass nicht ein einziger die Stimme zu meiner Verteidigung erhob. Ja, ich war verbannt, und mir war die Todesstrafe auferlegt worden für den Fall, das ich das Hochland jemals wieder betrat. Aber es musste ein schneller Tod sein – nicht das Auspeitschen und der Krähenbaum. Und sogar ein Verbannter hatte das Recht auf einen Zweikampf.

Es war, als unterläge der gesamte Clan dem schrecklichen Bann von Eryk und Rytha. Ich starrte meinen Bruder hasserfüllt an.

Nun war es Rytha, die sprach. »Es wird ein langsamer Tod, Gailard. Die Peitschenhiebe werden schmerzhaft sein, doch die Vögel werden dir noch mehr zusetzen. Wenn sie dir das Fleisch von den Knochen picken, wirst du spüren, wie uns deine kleinen Freunde unterstützen.«

Ich betrachtete Ellyn von oben bis unten. Sie saß da, das Gesicht kreidebleich und – endlich einmal – vollkommen sprachlos. »Tut ihr nichts«, bat ich.

»O nein, wir werden ihr nichts tun«, spottete Rytha. »Zumindest nicht allzu viel, denn sie ist zu wertvoll für uns. Bei allen Göttern, Talan würde uns Unsummen für sie bezahlen. Und Mattich erst …«

Ich hatte ganz vergessen, wie schneidend ihr Lachen sein konnte. »Verstehst du nicht, Gailard? Wir ziehen in den Krieg. Wir greifen die Dur an, und obwohl wir sie ohne Zweifel bezwingen würden, brauchen wir jetzt noch nicht einmal zu kämpfen. Wir bieten ihnen stattdessen einen Handel an. Ellyns Leben gegen den Treueschwur. Und wenn Mattich uns nicht glaubt, schicken wir ihm das Kind seiner Tochter in kleinen Stückchen, bis ihn ein kleiner Finger oder ein Zeh oder vielleicht sogar ein Ohr überzeugt.«

Ich unterdrückte die bittere Galle, die mir vor Wut hochkam, als ich Ellyn nach Atem ringen sah. »Und was wird Talan dazu sagen? Wird er mit einer verunstalteten Braut einverstanden sein?«

»Glaubst du, es würde ihm etwas ausmachen?«, entgegnete Rytha. »Er will nur den Anspruch auf den Thron rechtfertigen, und wenn er Ryadne nicht zur Frau bekommt, dann nimmt er sich Ellyn, egal in welchem Zustand. Besser ein Weib ohne Hände, als der Verzicht auf den Thron.«

In diesem Moment kam mir der Gedanke, mich auf sie zu stürzen und sie mit bloßen Händen umzubringen. Vielleicht gelang es mir sogar, Eryk ebenfalls zu erschlagen, bevor die Wachen mich töteten. Dann aber wäre Ellyn allein, und wenn einer der beiden überlebte, hätte sie darunter zu leiden. Außerdem standen zu viele bewaffnete Wachen mit Schwertern und Speeren in meiner Nähe, und einige hatten schon ihren Bogen in Anschlag gebracht, als sie erkannten, was mir durch den Kopf gehen mochte. Da sich mein Vorhaben kaum in die Tat umsetzen ließ, verwarf ich den Gedanken wieder und beschloss, am Leben zu bleiben. »Die Götter mögen euch beide verfluchen, euch und euer Gefolge.«

»Das werden viele sein«, sagte Eryk, »denn schon bald sind wir Herr über die Dur, und dann werden unsere drei Clans gegen die Quan und die Arran ziehen. Das ganze Hochland wird uns gehören.

Wir werden Talan das Handelsrecht einräumen und hier herrschen. Unser Königreich wird großartiger sein, als Chaldor es je war, und das Volk wird Lobgesänge auf König Eryk und Königin Rytha singen.«

Er erhob sich mühsam von seinem gepolsterten Stuhl und reckte die Armen in die Höhe. Die Wachen, die uns umgaben, drohten mit ihren Speeren und Schwertern und hielten die Schilde in Abwehrstellung, sodass ich mir keine Hoffnungen zu machen brauchte. Ich dachte darüber nach, wie viel Zuversicht und Vertrauen ich enttäuscht hatte. Da war Andur, der auf mich gezählt hatte, und Ryadne; auch sie hatte ich enttäuscht und ihre Tochter Ellyn der Verstümmelung oder, schlimmer noch, Talan ausgeliefert. Ich hatte die Erwartungen meines Königs und meiner Königin nicht erfüllen können und war meiner Aufgabe als Beschützer nicht gerecht geworden. Ich war erfüllt von Kummer und Hass.

Dann hörte ich Ellyn fragen: »Wann soll diese abscheuliche Hinrichtung stattfinden?«

»Morgen früh, bei Tagesanbruch, wenn die Krähen hungrig sind«, gab Eryk zur Antwort.

Man brachte uns zurück zu unserem Zelt und stieß uns hinein. Der Eingang wurde hinter uns geschlossen, und ich bemerkte, dass man einen Eisenring um das Zelt gelegt hatte, der das Zerschneiden der Zeltdecke und die Flucht unmöglich machen sollte. Zudem umringten ein gutes Duzend Männer das Zelt, und in einiger Entfernung mochten es wohl noch eine ganze Reihe mehr sein. Hunde, die uns verbellen sollten, streiften umher. Wir hatten weder

Waffen noch Pferde und waren jeder Hoffnung auf ein Entkommen beraubt.

»Was sollen wir tun?«, fragte Ellyn.

Ich konnte ich ein bitteres Lachen nicht unterdrücken: »Sterben. Ich zumindest. Und dich wird man behandeln wie eine Hure der Serian.«

»Ich bin keine Hure,« flüsterte sie.

Ich durchquerte das Zelt und hockte mich neben ihr nieder. Ihr Gesicht war blass, und sie kaute auf dem Daumen. Ich legte ihr die Hand auf die Schulter und bemerkte, wie ihr ganzer Leib unter meiner Berührung erzitterte. Ich erwartete, dass sie meine Hand verärgert wegstieß, doch sie tat es nicht. Stattdessen kauerte sie sich an mich, als wäre ich noch immer ihr Beschützer. Fürchterliche Schuldgefühle quälten mich, und ich machte mir Vorwürfe, sie in diese Lage gebracht zu haben. »Hör mir zu«, sagte ich. »Tu, was sie dir sagen. Zeig deinen guten Willen und vermeide alles, was sie erzürnt.«

»Würden sie das wirklich mit mir tun? Mich verstümmeln?«

»Ich glaube ja. Und auch wieder nicht. Solch eine Schonungslosigkeit würde gegen alle Regeln verstoßen. Warum schreibst du keinen Brief an Mattich? Ich glaube, sie würden es dir erlauben. Sei es, wie es sei, versuch, dich zu fügen und in ihrer Gunst zu bleiben.«

»Damit sie mich an Talan verkaufen können?«

»Immer noch besser als ...« Ich zuckte die Achseln.

»Und du?« Sie drehte den Kopf und blickte mir mit Tränen in den Augen ins Gesicht. »Was wird aus dir?«

»Das, was sie mir angedroht haben.«

»Nein!« Sie schlang die Arme um mich und schmiegte sich an mich. »Das kann ich nicht ertragen.«

»Ich habe immer gedacht, ich wäre dir gleichgültig«, gab ich meiner Verwunderung Ausdruck.

Sie vergrub das Gesicht an meiner Brust. »Du bist mein Beschützer, Gailard. Was soll ich denn tun, wenn sie dich töten?«

»Weiterleben«, antwortete ich, verwirrt von ihrem plötzlichen Gefühlsausbruch. »Wenn es dazu kommt, dann heirate Talan.«

»Nein! Niemals!«

»Und eines Nachts stößt du ihm ein Messer ins Herz.«

»Das könnte ich! Aber …« Tränenüberströmt sah sie zu mir auf. »Es muss doch noch eine andere Möglichkeit geben.«

»Welche?«, fragte ich. Ich hatte mich mit meinem Schicksal abgefunden und wollte ihr nur noch Trost spenden. Doch ich wusste nicht wie und fand keine Worte, die ich ihr noch hätte sagen können. »Tu das, was sie von die verlangen.«

Ellyn schüttelte den Kopf und wickelte sich in ein Fell am Boden. Etwas abseits von ihr legte ich mich ebenfalls nieder und dachte über meinen bevorstehenden Tod nach.

10

Sie hatten die Verhandlungen beendet, und Kerid erhob sich aus Mutter Hels Bett, um sich das Gesicht zu waschen. Er war erschöpft, doch mit sich selbst zufrieden. Er drehte sich nach der Frau um, die unbekümmert auf den zerknitterten Kissen ruhte, und lächelte sie an. Sonnenlicht fiel durch das hohe Fenster und ließ ihr goldblondes Haar aufleuchten. Sie erwiderte sein Lächeln und wirkte dabei wie eine träge, satte Katze. Sie winkte Kerid zu sich, und er ließ sich neben ihr auf dem Bettrand nieder.

»Sind wir uns einig?«

Lange Fingernägel gruben sich in seine Brust und hinterließen dort ihre Spuren. Kerid nickte. »Mein gekapertes Danant-Schiff im Tausch gegen ein voll ausgerüstetes Kriegsschiff. Die drei Chaldor-Schiffe im Hafen gegen zwei weitere Kriegsschiffe. Damit machst du den besseren Handel, Mutter.«

Mutter Hel lachte. »Nicht besser, als bei anderen auch. Vergiss nicht den Zehnten, der mir laut Gesetz zusteht. Es scheint mir ein gerechter Handel zu sein. Schließlich gehe ich das Wagnis ein, mir deshalb den Zorn der Danant zuzuziehen.«

»Talan wird es nicht wagen, dich anzugreifen.« Kerid wurde unruhig, als ihre Hand kratzend weiter nach unten fuhr. »Erst muss er Chaldor bezwingen, und wenn ich die Kriegsschiffe habe …«

»Du wirst ein großer Flusspirat werden und ihn besiegen.«

Kerid fragte sich, ob sie sich über ihn ihn lustig machte. Es war schwer zu sagen, denn ihre forschende Hand auf dem Weg seinen Körper hinunter machte es ihm fast unmöglich, einen klaren Gedanken zu fassen. »Ich werde dir den Zehnten zahlen und jedes Schiff verkaufen, das ich aufbringen kann, ohne es zu versenken, und schon bald werde ich eine ganze Flotte beisammen haben, mit der ich Talan auf dem Fluss besiege.«

»Und wenn Chorym fällt und Talan den Thron fordert?«

»Dann werde ich ihn immer noch bekämpfen.«

»Du bist mutig.«

Kerid zuckte bescheiden mit den Schultern. »Ich tue nur meine Pflicht, Mutter.«

»Und das machst du gut.« Sie zog ihn näher zu sich heran. »Wollen wir jetzt unseren Handel besiegeln?«

Kerid seufzte, hin und her gerissen zwischen der Entscheidung, sich die Kriegsschiffe anzuschauen und den Gefühlen, die er dieser fordernden Frau entgegenbrachte. Besser, ich mache ihr die Freude, sagte er sich. Schließlich ist sie die Herrscherin über Hel, und ohne ihr Wohlwollen kann ich nichts erreichen. Abgesehen davon war es eine sehr angenehme Art und Weise, Verhandlungen zu führen.

Eine ganze Weile später stand Mutter Hel auf und zog sich eine safrangelbe seidene Robe über, die wie ein prunkvoller Morgenrock aussah, sodass Kerid sich fragte, wie viele dieser »Verhandlungen« sie beabsichtigte. Sie zog an einer Glockenschnur.

»Wir werden zusammen frühstücken, und dann komme ich mit dir zum Hafen. Meine Leibgarde wird uns begleiten.«

»Die Leibgarde? Wozu?« Kerid band ihr den Morgenmantel zu und kam sich dabei merkwürdig töricht vor.

Mutter Hel lachte. »Warum wohl, mein Geliebter? Denk mal darüber nach. Du hast deine eigene Mannschaft und drei andere dazu. Und zu diesen drei anderen Mannschaften gehören auch drei andere Kapitäne. Glaubst du, sie werden einfach zuschauen, wen du als Schiffsführer und als Besatzung einsetzen wirst und wen nicht?«

»Andur …«, setzte Kerid an.

»Ist tot«, unterbrach ihn Mutter Hel. »Sein Heer ist besiegt, sein bester Befehlshaber geflohen. Talan zieht mit all seiner Kampfkraft und einem Vachyn-Magier gegen Chorym, das sehr wahrscheinlich fallen wird. Es gibt hier schon Männer aus Chaldor, die danach trachten, in eine meiner Piratenmannschaften einzusteigen. Sogar einer deiner Schiffsführer hat uns schon seine Dienste angeboten.«

»Den werde ich erschlagen!«, knurrte Kerid. »Bei den Göttern, ich werde diesen Verräter aufhängen lassen.«

»Nein!« Mutter Hels liebliches Gesicht nahm plötzlich harte Züge an. »Hier triffst nicht du die Entscheidungen, hier habe ich das Sagen.«

Kerid öffnete den Mund, um zu widersprechen, beschloss dann aber, es besser nicht zu tun. »Verzeih mir bitte. Ich habe mich vergessen.«

»Ja. Das mir das nicht noch einmal geschieht!« Sie

lächelte wieder. »Ich will dich nicht so schnell verlieren.«

Was sie sagte, wirkte so bedrohlich, dass Kalid sich unwillkürlich an die Männer in den Käfigen erinnerte. Er verbeugte sich. »Wie du wünschst, Mutter.«

»Ganz recht.«

Es klopfte an der Tür, und Mutter Hel bedeutete Kerid mit unbekümmerter Herrschsucht, dass er öffnen solle. Er gehorchte und verbarg seine Verlegenheit hinter einem Lächeln.

Diener brachten das Frühstück herein. Silberne Tafeln mit duftenden Nieren, Eiern, warmem Brot, Obst und Käse wurden abgestellt. Kerid füllte zwei Tassen mit Tee und brachte sie ans Bett, Mutter Hel hatte sich aufgesetzt und lehnte am Kopfende. »Wir werden meine Kutsche nehmen«, entschied sie, »und ich erkläre deinen Gefährten die Lage.«

Kerid nickte und lächelte zustimmend.

Es war fast schon Mittag, als Mutter Hel mit dem Baden und Ankleiden fertig war. Und es dauerte noch einmal eine ganze Weile, ehe ein zweirädriger Pferdewagen zu den Palasttoren gebracht wurde. Kerid erschrak, als er sah, dass der Wagen nicht von Pferden, sondern von sechs kräftigen Männern gezogen wurde.

»Wo sollte ich hier auf dieser Insel Pferde unterbringen?«, gab Mutter Hel zu verstehen. »Also nehme ich verurteilte Männer. Einen Pferdewagen zu ziehen ist nicht so schlimm, wie auf den Ruderbänken einer Sträflingsgaleere zu sitzen, oder?«

»Ja«, antwortete Kerid, verwundert, dass diese

Frau offensichtlich uneingeschränkte Machtbefugnisse in Hel besaß.

Eine Truppe von ungefähr fünfzig Männern formierte sich als Begleitschutz, alle leicht bewaffnet mit Kurzschwertern und kleinen Schilden. Scharlachrote Federbüsche wehten auf ihren Helmen, und Kerid bemerkte, dass die meisten dieser Männer Narben im Gesicht hatten. Sie wirkten kampferfahren und abgehärtet. Mutter Hel klatschte in die Hände, und der Wagen setzte sich mitsamt Gefolge in Bewegung.

Als sie den Hafen erreicht hatten, sprang Kerid aus dem Gespann und reichte Mutter Hel höflich die Hand, um ihr beim Aussteigen zu helfen. Kerids Maat Nassim kam zu ihnen. Er wandte sich zur Seite, spuckte einen widerlichen Schwall durchgekauten Priems aus und deutete eine Verbeugung an.

»Mutter Hel, es ist mir eine Ehre, Euch begrüßen zu dürfen. Diesen Vorzug hatte ich nicht erwartet.«

Mutter Hel strahlte und streckte ihm eine Hand entgegen, die Nassim pflichtbewusst küsste.

»Das ist Nassim, mein erster Maat«, stellte Kerid seinen Offizier vor.

»Und er weiß, wie man sich zu benehmen hat«, gab Mutter Hel zurück. »Willkommen in Hel, Nassim.«

Sie klatschte in die Hände, und ein Mann, den Kerid zuvor nicht bemerkt hatte, eilte zu ihr, öffnete eine kleine Holzkiste und nahm eine Anzahl Schriftstücke heraus. Der Mann war klein und kahl und keuchte von den Anstrengungen des zurückgelegten Weges.

»Das Danant-Schiff *Talans Stolz*«, sagte er, als er wieder zu Atem gekommen war. »Gekapert durch Kerid von Chaldor und somit sein rechtmäßiges Eigentum. Drei weitere chaldoreanische Schiffe, ein Dreimaster, eine Bark und eine Brigg. Die Besatzungen zählen etwa dreihundertundfünfzig Mann. Ich schätze den Gesamtwert auf ...«

Er machte ein paar Zeichen mit den Händen, von denen Kerid nichts verstand, nur so viel, dass die abgehandelten Kriegsschiffe in etwa fünfzig Mann pro Schiff an Besatzung benötigten, und dass dies bedeutete, zweihundert Männer gestrandet in Hel zurückzulassen. Kerid suchte den Blick Nassims, um ihm seine Bedenken anzudeuten. Der erste Maat lächelte ihm lüstern.

»Du hast harte Verhandlungen geführt, was?«, flüsterte er.

Kerid spürte, wie seine Wangen warm wurden. »Ich habe getan, was ich tun musste.«

Nassim gluckste.

»Sollen wir uns nun deine neuen Schiffe ansehen?«, fragte Mutter Hel.

Kerid nickte und reichte ihr pflichtbewusst den Arm, als sie gemeinsam den Kai entlangschritten.

Die Kriegsschiffe mit ihrem geringen Tiefgang lagen flach im Wasser, schlank wie Haie, jedes mit nur einem Mast und fünfzig Riemendollen. Ruderbänke, wie Rippen von den oberen Dollplanken abgewinkelt, reichten auf das mittlere Deck, und am Heck waren breite Ruderblätter angebracht, mit denen die Schiffe über die Ruderpinnen wendig und flink zu steuern waren. Auf einem halben

Zwischendeck am Bug war eine kleine Speerschleuder befestigt, und an den inneren Bugplanken hingen Speerköcher mit einem Vorrat an Speeren mit Metallspitzen. Die Schiffe waren nicht hochseetüchtig, doch hervorragend für Blitzangriffe vom geschützten Ufer aus geeignet: hart zuschlagen und schnell wieder in den Schutz der Küste zurückkehren. Kerid war davon überzeugt, dass diese Schiffe bei seinem Vorhaben gute Dienste leisten würden.

Er sah Nassim zu, als dieser hinunter auf das erste Deck sprang.

»Willst du sie nicht auch überprüfen?«, fragte Mutter Hel.

»Nassim versteht sein Geschäft«, antwortete Kerid und tätschelte ihre Hand. »Außerdem bleibe ich lieber bei dir.«

Mutter lächelte und wartete, bis Nassim fertig war.

»Es sind gute Schiffe«, meldete er, »doch unsere Leute sind eher an Segel und Taue gewöhnt, als an Riemen. Ich frage mich, wie es ihnen gefallen wird, sich auf die Ruderbänke zu setzen.«

»Das werden sie lernen«, erklärte Kerid. »Jedenfalls haben wir nun die Möglichkeit, Danant zu bekämpfen.«

»Falls wir die Schiffe bemannen können.« Nassim öffnete seinen Beutel und zog einen Streifen Priem heraus. Er blickte kurz auf Mutter Hel, hielt es dann für besser, jetzt keinen Tabak zu kauen, und steckte alles wieder zurück.

»Das werdet ihr. Vertraut mir.«

Sie gingen den Kai entlang zu den anderen Schiffen Chaldors, die dort ankerten. Soldaten reihten sich ein. Es waren mehr, als zu Beginn die Leibgarde bildeten. Auch grimmige Flussschiffer aus den umliegenden Tavernen und Hurenhäusern wurden zur Unterstützung abkommandiert, sodass eine stattliche Anzahl Männer, durch neugierige Zuschauer noch verstärkt, die Hafenanlage bevölkerte und den drei Kapitänen der Chaldor-Schiffe gegenüberstand.

Kerid wollte gerade sprechen, als Mutter Hel ihm bedeutete, zu schweigen. Sie schritt vorwärts, begleitet von ihrer Leibgarde, sechs Mann an jeder Seite; die anderen folgten ihr wachsam.

»Ihr wisst, wer ich bin.« Trotz ihrer Jugend und augenscheinlichen Zartheit, klang ihre Stimme fest und laut durch die Mittagshitze; es schien, dass sie sogar die kreischenden Möwen zum Verstummen brachte. »Ich bin hier die Herrscherin. Es ist *meine* Welt, die euer Schicksal bestimmt.«

Einer der Kapitäne – später erinnerte sich Kerid, dass sein Name Julyan war – tat einen Schritt nach vorn und verbeugte sich knapp. »Ehrenwerte Mutter, ich bin der Kapitän der *Gerechtigkeit*, ein Schiff unter der Flagge Chaldors. Wie könntet Ihr mein Schicksal bestimmen?«

»Willst du mir das Recht dazu absprechen?« Die Stimme Mutters klang mild. Kerid wurde unruhig. »Ihr kommt nach Hel, flüchtet vor eurem Krieg, sucht hier Unterschlupf und stellt meine Herrschaftsrechte in Frage?«

»Genau das tue ich, ehrenwerte Mutter. Die *Gerechtigkeit* gehört mir, und nur ich bestimme ihr Schicksal.«

»Hast du dieses Schiff gekauft? Oder hat Andur dir nur die Befehlsgewalt darüber gegeben?«

Julyan schüttelte den Kopf. »Ihr wisst, dass ich das Schiff nicht gekauft habe, ehrenwerte Mutter, doch Andur ist tot und Chaldor zerbrochen. Ich beanspruche das Schiff als mein Eigentum.«

Mutter Hel lächelte, nickte und hob eine Hand. Zwei Männer traten hervor und stießen Julyan unvermittelt ihre Schwerter in den Leib. Er schrie auf und stürzte aufs Pflaster.

»Gibt es hier noch jemanden, der mein Herrschaftsrecht anzweifelt?«, fragte Mutter Hel mit unverändert milder Stimme, während die Leiche mit ein paar Fußtritten achtlos in den Fluss befördert wurde.

Als niemand antwortete, klatschte sie in die Hände wie ein belustigtes Kind. »Dies ist mein Erlass und meine herrschaftliche Anordnung: alle Chaldor-Schiffe, die in mein Hoheitsgebiet gekommen sind, verlieren ihr Selbstbestimmungsrecht und fallen in meinen Besitz. Ich übereigne sie Kerid von Chaldor, der im Gegenzug Kriegsschiffe und Mannschaften erhält. Alle Männer, die er nicht einsetzen kann, bleiben hier und genießen so lange die Gastfreundschaft der Inseln, bis Kerid seine Schuld begleichen und weitere Kriegsschiffe einhandeln kann. Was sagt ihr dazu?«

Die beiden anderen Kapitäne zogen ehrerbietig die Köpfe ein, und die Mannschaften jubelten.

Nassim flüsterte: »War das ein *sehr* harter Handel?«

»Du wirst ein Schiff befehligen. Stell eine Mannschaft für dich und eine für mich zusammen«, überging Kerid diese Spitzfindigkeit.

Nassim lachte glucksend und fragte: »Und was ist mit dem dritten?«

Kerid nahm die beiden anderen Kapitäne in Augenschein. Roburt kannte er als einen gestandenen Flussschiffer. Von Yvor wusste er kaum etwas. Doch war das Schiff Yvors von der Schlacht gezeichnet; die Ruderbänke waren von Feuer versengt, und ein Mast war zersplittert. Yvor hatte gekämpft. »Ich nehme Yvor«, bestimmte Kerid.

Damit war die Sache entschieden. Kerid hatte nun drei Kriegsschiffe unter seiner Befehlsgewalt. Und mit der Gnade der Götter wurden es noch mehr. Er fühlte sich stark genug, zu kämpfen. Er wandte sich zu Mutter Hel und verbeugte sich tief. »Vielen Dank, Mutter. Ich weiß deine Entscheidung zu würdigen.«

»Das wirst du mir beweisen«, erwiderte sie und winkte ihn zu ihrem Gespann.

»Wähle die Besatzungen aus, Nassim«, rief Kerid ihm zu. »Ich bin bald zurück ...«

»Nicht vor morgen«, erklärte Mutter Hel. »Oder übermorgen.«

Kerid stieg zu ihr in den Wagen. Er wusste nicht, was er lieber tun würde: für die Kriegsboote und deren Besatzungen Sorge tragen oder noch eine Nacht mit Mutter Hel verbringen. Doch Mutter ließ ihm keine Wahl. So blieb ihm nichts, als ihre Entscheidung freudig anzunehmen. Er wandte sich der blonden Frau zu und lächelte.

»Ich hoffe, du denkst daran, dass ich einen Krieg zu führen habe?«

»Allerdings, doch zuvor hast du ein paar harmlosere Kämpfe zu bestehen.«

Kerid wollte zustimmen, brachte jedoch kein Wort mehr hervor, denn sie presste ihre Lippen auf seinen Mund und gab ihm einen Kuss, während der Wagen den Weg zurück zum Palast ratterte.

»Vorwärts!«

Mit dem Klang einer Trompete setzten sich Wurfgeschütze und Steinschleudern ratternd in Bewegung. Steine und gepresste, in Öl getränkte, brennende Strohballen schnellten in die Höhe und trafen auf Choryms Mauern. Manche Geschosse flogen darüber hinweg, andere landeten davor.

Egor Dival hatte die Ziele festgelegt und rief weitere Befehle. Die Katapulte wurden neu gespannt und geladen. Steinschauer regneten gegen Choryms Mauern, und brennende Strohballen trafen auf die Tore. Doch die Tore waren mit Wasser übergossen worden und nass, und die Mauern waren hoch und widerstandsfähig. Männer, die diese Mauern zu untergraben versuchten, hatten einen langen Weg vor sich. Egor Dival wusste nicht, wie lange diese Belagerung dauern würde und welche Rolle der Vachyn-Magier dabei spielte. Auch fragte er sich, welche Rolle die wenigen übrig gebliebenen Gefangenen spielten. Er mochte diese Machenschaften nicht; das Verbrennen, Kreuzigen und Abschlachten der harmlosen Landbevölkerung war ihm zuwider, doch Talan hörte auf Nestor, und der hatte ihm zu diesen fürchterlichen Hinrichtungen geraten. Der

Feudalherr Talan, dem Egor Dival Treue geschworen hatte, hörte auf den Vachyn, als hätte der von des Königs Innerm Besitz ergriffen.

Dival nahm den Helm ab und wischte sich mit dem Ärmel über die verschwitzten Augenbrauen. Er rief noch ein paar Befehle zu seinen Männern hinüber und machte sich dann auf den Weg zu Talan.

»Wie ist die Lage? Kommt ihr voran?«, wollte der König wissen.

Dival zuckte die Schultern. »Wie bei jeder Belagerung – nur langsam.«

Talan lachte glucksend. »Nun, das geht vielleicht schneller als du denkst. Nestor hat sich etwas ausgedacht.«

Dival grunzte und nahm sich einen Krug Wein. »Wird er diese Mauern zum Einsturz bringen?«

»Er arbeitet daran.«

Dival mochte im Augenblick nicht darüber nachdenken; deshalb trank er seinen Wein und fragte: »Wann werden wir es wissen?«

Talan zuckte die Achseln. »Wenn er so weit ist, General. Wie sieht es zwischenzeitlich mit dem Umland aus?«

»Wir haben das Tal besetzt«, erklärte Dival und rollte eine Karte zwischen sich und Talan aus, die er an den Ecken mit Bechern beschwerte. »Das hier ist das Herz Chaldors und gehört vollständig uns. Zwei Drittel unserer Truppe besetzt dieses Gebiet und hat es eingekreist, gerade so, wie wir Chaldor umringt haben. Sollten sich die Clans erheben, werden sie auf unsere gut vorbereiteten Männer stoßen.«

»Werden sie eingreifen?«

Dival zuckte in seiner Rüstung mit den Schultern. »Unwahrscheinlich. Zu dieser Jahreszeit gehen sie immer auf die Jagd nach Wildpferden, und meine Spione haben gehört, dass dort im Augenblick ein anderer Krieg stattfindet. Es sieht so aus, als wollte der Clanführer der Devyn die anderen Stämme unterwerfen. Wir sollten ihn zu unserem Verbündeten machen.«

»Was versprichst du dir davon?« Talan runzelte die Stirn. »Ich führe keine Verhandlungen mit Wilden aus dem Hochland.«

»Es sind gute Soldaten«, erwiderte Dival. »Bei den Göttern, Gailard und seine Clanmänner haben uns am Darnach-Pass lange genug Widerstand geleistet. Wenn wir sie für uns gewinnen könnten …«

»Nestor hat uns diesen Sieg beschert«, unterbrach Talan.

»Ich glaube, dass meine Männer auch ihren Anteil am Sieg haben«, entgegnete Dival hartnäckig.

»Natürlich.« Talan lächelte beschwichtigend. »Doch es war Nestor, der unsere Gegner zerbrochen hat, nicht wahr?«

Dival schenkte sich Wein nach und nahm einen kräftigen Schluck, ehe er antwortete. »Seine Zauberei spielte eine Rolle, ja. Trotzdem …«

»Er wird Chorym für uns erobern«, sagte Talan. »Wenn die Highlander sich nicht meinen Gesetzen unterwerfen, werden wir sie vernichten.«

Er gab Dival einen Wink, zu gehen. Egor Dival grunzte und setzte seinen halb vollen Becher ab. »Wie mein König befiehlt. Doch was wird aus dem Vachyn?«

»Ich lasse es dich wissen«, erwiderte Talan.

Der König von Danant wartete, bis Dival zu seinen Truppen zurückgestapft war, bevor er sein Pavillon verließ und sich auf den Weg zu Nestors schwarzem Zelt machte. Er zögerte vor dem Eingang des düster wirkenden Gebildes und nahm einen unangenehmen Geruch wahr, der ihn an Abfallhaufen und Leichenhäuser erinnerte. Dann, gerade so, als ob er schon erwartet würde, rief Nestor ihn herein.

Das Zelt war erfüllt von Rauch, und ein übler Gestank lag in der Luft. In einer Kohlenpfanne brannte ein Feuer und sorgte flackernd für trübes Licht. In diesem Zwielicht glaubte Talan, Leichenteile auf dem Teppich liegen zu sehen und fragte sich, ob die Verfärbungen des Bodenbelags nur Lichtspiele oder wirkliche Blutflecke waren. Nestor hockte in der Mitte des Zelts vor dem Glas, in dem sich der abgetrennte Kopf Andurs befand. Er winkte Talan zu sich heran und sagte: »Hör zu.«

Talan kniete sich neben den Vachyn, der auf den schwimmenden Kopf zeigte.

»Sag mir, Andur, gibt es keine geheimen Gänge, die in deine Stadt führen?«

»Die Mauern sind stark und die Tore ebenso. Es gibt keine Geheimgänge.«

»Keine Tunnels oder geheime Fluchtwege für dich?«

»Wozu hätte ich die gebraucht? Mein Volk hat mich geliebt.«

»Wie sollen wir dann angreifen?«

»Es wird euch schwer fallen.«

Talan beobachtete gebannt das Geschehen. Der Kopf schwebte in der Flüssigkeit, und kleine Fische schossen unruhig darin hin und her, gerade so, als wären sie durch diese geheimnisvolle Unterhaltung aufgeschreckt worden. Die Augen waren bereits bis auf die Augenhöhlen weggefressen und wirkten wie Unterwasserhöhlen. Der weit geöffnete Mund bewegte sich nicht, doch Talan konnte die Worte hören, die sein Magier dem Kopf entlockte. Sie kamen nur langsam hervor wie in einem Traum, waren aber dennoch klar und deutlich. Talan spürte Widerstand, als würde der abgetrennte Kopf durch den Vachyn zu dieser widerwärtigen Unterhaltung gezwungen. Talan sah, wie ein Fisch aus einer der leeren Augenhöhlen auftauchte und pfeilschnell in einer der Zahnlücken verschwand, um am Nacken wieder aufzutauchen.

»Es wäre einfacher, wenn Ryadne aufgeben würde.«

»Das wird sie nicht. Darin sind wir uns einig.«

»Würde sie aufgeben, könnte dein Volk überleben. Talan Kedassian würde sie heiraten. Er würde sie zu seiner Gattin machen – zur Königin von Danant und Chaldor. Sie könnte eine große Königin sein.«

Talan hatte den Eindruck, ein spöttisches Lachen in der Stimme mitschwingen zu hören, als sie antwortete: *»Die Götter mögen Talan verfluchen. Ryadne wird ihn niemals heiraten. Eher wird sie sterben.«*

»Dann wird er deine Tochter heiraten. Er wird Ellyn zu seiner Braut machen.«

Das hintergründige leise Lachen erklang erneut.

»Niemals! Ellyn ist geflohen.«

Talan schnappte nach Luft, als er in Nestors grimmiges Gesicht blickte.

»Wohin?«

»Ich weiß es nicht.«

»Allein?« Nestor fuhr mit der Hand durch die Flammen und sprenkelte ein Pulver über die Kohlen. Sofort flammte das Feuer hoch empor, und der Qualm verstärkte den ohnehin kaum zu ertragenden Gestank nach Fäulnis, sodass Talan husten musste und sich mit Abscheu Mund und Nase zuhielt. Er fragte sich, wie viele dieser Geisterbeschwörungen er zu ertragen vermochte, ehe er sich übergeben würde.

»Sie hat einen Beschützer. Sie ist in seiner Obhut, bis ihre Macht sich entwickelt hat.«

»Wer ist dieser Beschützer?«

»Gailard.«

»Und ihre Macht? Welche Macht hat sie?«

»Sie hat das Blut ihrer Mutter. Ihre Mutter ist eine Dur.«

»Das wissen wir«, entgegnete Talan. »Ryadnes Vater ist Mattich vom Clan der Dur.«

Nestor hielt Talan rüde den Mund zu. »Sei still! Du verstehst nichts davon.«

Lange, schmutzige Fingernägel gruben sich in Talans Fleisch, und er zuckte zusammen. Plötzlich bemerkte er, dass er seinen Magier fürchtete.

»Warum sollten uns die Dur schrecken?«

»Sie besitzen Zauberkräfte. Ryadne hat sie, und Ellyn ebenfalls.«

»Die Dur besitzen nur die Fähigkeiten des Hellsehens.«

»Ellyn ist mächtiger. Sie wird wahre Macht erlangen, wenn die Zeit gekommen ist.«

»Wann wird das sein? Wohin hat Gailard sie gebracht?«

»Ich weiß es nicht.«

»Wer weiß es?«

»Niemand.«

»Wir können Ryadne foltern. Das wird ihre Zunge lösen.«

»Sie weiß es nicht. Nur Gailard kennt den Ort.«

Talan war nicht sicher, ob der schwimmende Kopf lachte oder weinte. Er bemerkte nur, dass die Fische wilder wurden, durch die Haartentakel schossen, in die leeren Augenhöhlen und durch die Kinnlade in den Hals huschten. Er schreckte auf, denn Nestor hatte sich unvermittelt erhoben, das Glas ergriffen und mitsamt dem Inhalt schwungvoll durch das Zelt geworfen. Die Glasschale prallte gegen einen Pfahl. Die Fische spritzen in hohem Bogen umher. Der Kopf kullerte mit einem Schwall der klaren Flüssigkeit heraus, die Talans Füße zu benetzen drohte. Talan sprang zurück, aus Furcht, die Flüssigkeit könne ihn mit irgendetwas Unheilvollem verseuchen.

»Verdammt sollst du sein!«, rief Nestor aufgebracht und trat verächtlich gegen den Kopf, der über den Boden in Richtung Ausgang rollte. »Wir müssen schnell handeln. Sage Dival, er soll seine Kampfhandlungen verstärken.«

»Und was ist mit dir?«, fragte Talan mit weit aufgerissenen Augen und musste dagegen ankämpfen, das Zelt fluchtartig zu verlassen. »Was tust du?«

»Ich gebe dir Chorym«, entgegnete Nestor und versetzte dem abgeschlagenen Kopf einen letzten Tritt. »Dann bekommst du Ryadne von mir, falls sie es nicht vorzieht, zu sterben, und Ellyn noch dazu.«

»Wenn ich Ryadne habe, was kümmert mich dann noch Ellyn?«

»Das ist das Wichtigste überhaupt!«, rief Nestor. »Sie ist der Schlüssel. Du Narr! Du musst sie finden. Geh jetzt!«

Talan stolperte in Richtung Zeltausgang. Er fühlte sich benebelt vom Rauch, und das unwirkliche Lachen Nestors hallte in seinem Schädel wider.

»Warte!«

Danants König gehorchte machtlos und blieb wie gelähmt stehen.

»Heute Nacht, kurz vor Mitternacht, brauche ich fünf deiner besten Männer. Starke und kampferfahrene Burschen müssen es sein. Außerdem fünf Hunde. Starke, heißblütige Tiere mit kräftigen Zähnen.«

Talan fand den Mut zu fragen: »Wozu?«

»Das wirst du schon sehen«, versprach Nestor. »Und nun geh.«

Talan schlug seine Robe um die Schultern, verließ das Zelt und begab sich in seinen Pavillon, wo er sich einen starken Wein bringen ließ.

Ryadne erwachte. Sie hatte geträumt, sie stünde nackt im heulenden Sturm, das lange Haar lodernd im Wind, der an ihren Brüsten zerrte wie schändende Finger. Sie stand mit dem Rücken an einer zerschmetterte Eiche, und der Himmel über ihr war so schwarz wie die Dunkelheit, die sie umgab. Blitze zuckten auf und erhellten kurzzeitig die Gestalten, die vor ihr erschienen und ihr etwas zuriefen, das sie jedoch nicht verstehen konnte. Sie erkannte Andur und Ellyn, dann Gailard, Talan und eine in dunkle Roben gekleidete Person, von der sie wusste, dass es der Vachyn-Magier war. Dann war da noch jemand: eine bewaffnete Frau mit langem schwarzem Haar und einem Gesicht, das Ryadne nicht kannte. Die Frau hielt ein glühendes Schwert hoch und bedeutete Ryadne, ihr in einen Abgrund zu folgen, der in glanzvolles Licht führte.

Eine Hand auf ihrer Schulter hatte sie aufgeweckt. Die Kammerfrau stand neben ihr am Bett und blickte sie besorgt an. »Es ist etwas geschehen, meine Königin.«

Ryadne versuchte, den unwirklichen Traum abzuschütteln. »Was?«

Sogar aus dieser Entfernung konnte sie den Donnerschlag der Geschosse vernehmen, die gegen die Mauern schlugen, und als sie aufstand und ans Fenster trat, erblickte sie die Lichtschweife der Feuerkugeln, die durch den nächtlichen Himmel flogen.

»Ich weiß es nicht.« Die Frau – bei allen Göttern, wie war ihr Name? – stand unruhig hinter der Königin. »Doch Eure Generäle möchten dringend mit Euch sprechen.«

»Bitte sie um einen Augenblick Geduld, bis ich mich angekleidet habe.«

Ryadne spritzte sich etwas Wasser ins Gesicht, streifte sich ein Gewand über und bedeutete der

Kammerfrau, die Tür zu öffnen. Nur zwei ihrer Anführer warteten dort mit bleichen Gesichtern und gequältem Blick. Einer von ihnen hatte Brandwunden im Gesicht, und seine Rüstung zeigte Spuren von Feuer.

»Sie setzten Magie gegen uns ein, meine Königin.«

»Genau das habe ich erwartet.« Ryadne spürte, wie ihr Herz wild zu schlagen begann. »Schließlich haben wir es mit einem Vachyn-Magier zu tun.«

Der unverletzte Mann sagte: »Einen Vachyn können wir nicht besiegen.«

Er fiel auf die Knie, und Ryadne sah Tränen über seine Wangen laufen. Sie spürte seine Angst, als würde sie wie ein magischer Nebel die Schlafgemächer durchdringen. Der Mann schien diese Angst auszustrahlen wie den Gestank von altem Schweiß; sie drang durch die Fenster, als wäre die Nacht damit anfüllt. Es war ein greifbares Gefühl der Niederlage, verkündet von lautlosen Stimmen. *Gib nach. Du kannst nicht siegen. Gib auf. Beuge dich.*

Sie nahm all ihren Mut zusammen. *Ich bin Ryadne von den Dur*, sagte sie zu sich. *Ich bin Andurs Witwe und werde standhalten.*

»Sagt mir, was geschehen ist«, wandte sie sich dann die Männer. »Ich werde mich ankleiden und euch zu den Mauern begleiten.«

»Sie haben uns mit magischem Feuer beschossen«, sagte der Unverwundete.

»Das hatten wir doch erwartet«, antwortete sie.

»Nein, nicht das. Das ist etwas anderes.«

Der Anführer mit der Brandwunde legte die Hand auf die Schulter seines Kameraden und fuhr fort:

»Sie haben uns mit merkwürdigem Feuer beschossen, meine Königin. Vachyn-Feuer, glaube ich. Und mit noch etwas anderem.«

Ryadne dachte einen Moment darüber nach, was Gailard über die Niederlage am Darach-Pass berichtet hatte, und ihre eigenen Vorhersehungen kamen ihr in den Sinn.

»Wartet, ich komme mit euch.«

Sie legte ihre Rüstung an und ging mit den beiden zu den Mauern. Es war wie ein Marsch durch den Nebel der Verzweiflung. Ryadne erinnerte sich, wie sie sich einst in den Hochlanden verirrt hatte, als ein plötzlich aufkommender Nebel ihr jede Orientierung nahm. Sie hatte von dem Fluss und Moorgebiet gewusst, das damals vor ihr lag, und von der Schlucht, in die sie stürzen mochte. Damals wie heute war sie überzeugt, sterben zu müssen, mit dem Unterschied, dass die Gewissheit nun viel eindringlicher war und durch Gewalt und Hoffnungslosigkeit noch verstärkt wurde.

Sie konnte die donnernden Einschläge der Geschosse hören und sah, wie die Feuerbälle an den Mauern explodierten. Sie hörte Männer weinen, vernahm das Zischen durch die Luft schwirrender Pfeile und hätte mit Sicherheit aufgegeben, hätte sie sich als treu sorgende Mutter nicht um ihre Tochter kümmern müssen. Sie konnte nicht aufgeben. Ellyn war in Gailards Gewahrsam, und sie musste lange genug ausharren und standhalten, um den beiden die Chance zum Überleben zu gewähren.

Sie ermutigte sich selbst, wischte die Trugbilder in ihren Gedanken beiseite und forderte ihre Truppe dazu auf, standhaft zu bleiben und die Magie des Vachyns nicht zu beachten.

Das war keine leichte Aufgabe. Denn zu all dem Kampfgeschehen gesellte sich gleich einem Albtraum aus dem Nebel die Erinnerung an Angst und Schrecken aus längst vergangenen Tagen, alte Schuld und Schande, Peinlichkeiten und unerwiderte Liebe, nie überwundener Hass und Hoffnungen. Auch diese Gefühle kannte ihr allzu bereitwilliges Volk, und nun sollte es gegen die Donner der Danant-Katapulte, die Mauerbrecher, die Wurfgeschütze mit den grausigen Geschossen in Form abgeschlagener Köpfe, die Steinschleudern, Rammböcke und brennenden Feuerbälle ankämpfen. Das Schlimmste aber waren die Feuersäulen, die wie der Atem eines Drachen gegen Mauern und Tore schlugen und selbst die durchnässten Stadttore in Brand setzten.

In diesem Augenblick wusste Ryadne, dass Chorym fallen musste. Der Vachyn-Zauberer Talans hatte zu viel Macht. Doch sie würde nicht aufgeben. Sie würde solange wie möglich Widerstand leisten und die Spur ihrer Tochter so gut es nur ging verwischen – um Ellyns und der ganzen Welt willen. Und wenn die Tore schließlich nachgaben und zusammenbrachen, war ihr Schicksal besiegelt.

Nestor deutete auf sein Machwerk. »Damit werden wir Ellyn aufspüren.«

»Ryadne zu heiraten wäre einfacher.« Talan schritt über die Schwelle eines Gebäudes, das einst ein Tempel war und nun den dunklen Machenschaften

Nestors diente. Es kostete ihn Überwindung, die Kreaturen, die Nestor geschaffen hatte zu betrachten. »Was sind das für Geschöpfe? Wie sollen die Ellyn für mich finden?«

»Komm und sieh.« Nestor hatte die Hand auf Talans Schulter gelegt und ihn zu der Kreatur geführt, die ihnen am nächsten war. »Du hast mir Männer und Hunde geschickt, nicht wahr? Und die habe ich zu einem Wesen verschmolzen. Sie werden Ellyn finden, wo immer sie auch sein mag.«

Er berührte die Kreatur, und diese erhob sich knurrend von der Liege. In panischem Schrecken sprang Talan zurück. Das Geschöpf besaß die Umrisse eines Mannes, war jedoch extrem muskulös und behaart, mit blutunterlaufenen, tief in den Höhlen liegenden Augen, zerfurchten Brauen und breiten, schnaubenden Nasenflügeln. Der Kiefer stand so weit hervor, dass die Lippen nur teilweise über lange gelbe Fangzähne reichten. Nestor machte eine Geste, und augenblicklich setzte sich das Wesen auf sein Hinterteil wie ein folgsamer Hund. Talan bemerkte, dass die Finger in langen Klauen endeten und die Füße gleichermaßen bewaffnet waren. Die Kreatur stapfte geräuschvoll auf der Stelle und starrte von einem zum anderen, als würde sie Nestors Befehl zum Angreifen erwarten.

»Bei allen Göttern, was hast du da erschaffen?« Talan wich vor der knurrenden Bestie zurück.

»Die Lösung all deiner Probleme.« Nestor lachte glucksend. »Die Kreatur wird dir nichts tun, nur Ellyn und jedem, der versucht, sie zu beschützen. Vertraue mir.«

Ellyn lag verzweifelt und schlaflos auf dem kalten Boden. Sie konnte das gleichmäßige Atmen Gailards hören und fragte sich, wieso er trotz des grauenvollen Schicksals, das ihm bevorstand, Schlaf finden konnte. Es schien, als hätte er mit seinem Leben abgeschlossen und wäre bis zu seinem Ende nur noch um ihre Sicherheit bemüht. Beinahe wäre sie über seinen Gleichmut in Zorn geraten und war kurz davor, ihn wachzurütteln und aufzufordern, einen Ausweg für sie beide zu finden. Doch das hätte bedeutet, seinen Mut in Frage zu stellen, und den konnte sie ihm wahrhaftig nicht absprechen. Ihr blieb nur, ihn zu betrachten, wie er da vor ihr auf dem Rücken lag. Sie kämpfte gegen die Tränen an und dachte darüber nach, was sie tun könnte.

Die Mutter hatte ihr zugesichert, dass sie das magische Talent besäße. Ellyn kniff die Augen fest zusammen, ballte die Fäuste und bemühte sich nach Kräften, diese Magie in sich zu erwecken.

Sie würde ihre Magie dazu nutzen, sich und Gailard fortzuzaubern und dabei Feuerbälle auf Rytha und Eryk schleudern. Sie würde beiden die Haut abziehen, wie sie es bei Gailard tun wollten. Sie würde …

Nichts geschah. Sie spürte nichts, öffnete die Augen und fand sich im dunklen Zelt wieder. Gailard lag noch immer schlafend neben ihr. Sie brachte ein leises Stöhnen hervor, als die Verzweiflung erneut über sie kam. Sie konnte nichts tun. Sie war hilflos. Sie kam sich vor wie ein Rebhuhn im Netz eines Wilderers. Die Devyn würden Gailard ohne Zweifel umbringen und sie an Talan ausliefern.

Tränen der Hoffnungslosigkeit rannen ihr die Wangen herunter. Sie streckte die Hand nach Gailards Schulter aus und suchte in dieser Geste ein wenig Trost. Mitten in der Bewegung hielt sie inne. Er würde seine ganze Kraft am nächsten Morgen benötigen, und das Einzige, das sie ihm noch geben konnte, war ein ungestörter Schlaf. Dennoch begriff sie nicht, wie man in Erwartung eines solchen Schicksals so ruhig schlafen konnte.

Er ist ein sehr ungewöhnlicher Mann, dachte Ellyn hilflos. Dann zog sie die Knie an, schlang die Arme um die Hosen, saß da und starrte Gailard stumm an, während die Nacht langsam verstrich und der Tag des Schreckens immer näher rückte.

Die Tore Choryms waren niedergerissen, die Stadtmauern zertrümmert und geschliffen. Feuer brannte rings umher, durch Katapulte und Magie entflammt, und die überlebenden Einwohner rannten durch die Straßen, entsetzt vor dem Bild des Schreckens. Als Talans Männer in der Stadt einfielen, sah Ryadne ihre Anführer sterben. Die Soldaten von Danant wüteten wie eine blutige Springflut: willkürlich metzelten sie alles nieder und trieben ihre Klingen in die Leiber aller Menschen, die ihnen in den Weg kamen, gleichgültig, ob es sich dabei um Soldaten oder um zu Tode erschreckte Bewohner handelte.

Auf den Wehrgängen traf Ryadne auf Talan. Sie hatte ein gutes Duzend Männer als Leibgarde um sich versammelt; mehr stand ihr an Schutz nicht zur Verfügung. Am Leib trug sie eine goldene Rüstung, gleich der ihres getöteten Gatten. Zu ihrer Linken erhoben sich die Überreste eines Mauerstücks, zusammengebrochen gleich einem traurigen alten Traum und nun am Boden zerstört.

Talan rief ihr zu: »Ryadne, du brauchst nur zu sagen, dass ich der rechtmäßige Eroberer Choryms bin. Dann werde ich dich heiraten, und du wirst sehr mächtig sein. Du wirst Königin von Chaldor und Danant!«

»Wirst du mein Volk am Leben lassen?«, fragte sie.

»Ich werde es behandeln wie mein eigenes Volk.«

»Und was ist mit diesen hier?« Sie deutete auf ihre Begleiter.

»Legen sie die Waffen nieder und schwören mir die Treue?«

»Niemals«, rief einer der Männer. »Ich kann es nicht«, sagte ein anderer laut.

Nun war es Egor Dival, der sprach. »Eure Stadt ist besiegt. Ihr habt tapfer gekämpft, und wenn ihr euch geschlagen gebt, werdet ihr gut behandelt. Ich gebe euch mein Wort darauf.«

»Habt ihr etwa unser Volk gut behandelt? Danants Wort ist nichts wert«, rief einer der Beschützer Ryadnes.

Auf einen kurzen Wink Talans traten Bogenschützen hervor. Dival schrie: »Nein!« Doch schon schnellten Pfeile durch die Luft und durchstießen die Rüstungen der Wachen, sodass sie rings um Ryadne fielen wie Flachs unter der Sichel.

»Was hätten wir sonst tun sollen?«, versuchte Talan seinen General zu beruhigen. Dival schäumte vor Wut und beschwerte sich heftig gegen dieses Vorgehen. »Sie haben sich nicht ergeben, und ich will diese Frau zur Braut!«

»Ich werde niemals deine Braut sein. Mögen die Götter dich verfluchen.«

Dann, unvermittelt, tat sie ein paar schnelle Schritte, eilte an den Rand zu den Überresten der zerstörten Wehrgänge ihrer Stadt, und noch ehe sie jemand daran hindern konnte, stürzte sie sich hinunter, dem Vergessen und der Hoffnung entgegen, wieder mit Andur vereint zu sein.

11

In dieser Nacht schlief ich keinen Augenblick. Ich konnte nicht, denn ich hatte Angst vor dem Tagesanbruch. Es war nicht so sehr mein eigenes Schicksal, das mich um den Schlaf brachte – ich hatte dem Tod schon oft ins Angesicht gesehen –; meine Sorge galt vielmehr Ellyn, denn ich fühlte mich schuldig, weil ich als Beschützer versagt hatte. Es würde wahrlich kein ehrenvoller Tod sein, doch diese Schmach hatten Eryk und Rytha zu ertragen, nicht ich. Auch wenn ich wusste, dass es ein schmerzvoller und langsamer Tod sein würde, so war ich doch überzeugt, ihn hinnehmen zu können, wie man es von einem Highlander erwartete. Was ich jedoch nicht ertragen konnte war die Gewissheit, Andur, Ryadne und Ellyn enttäuscht zu haben, und dass Ellyn nun ein hilfloses Faustpfand in Eryks aberwitzigem Plan sein würde. Ich zog in Erwägung zu beten, ließ es dann aber, denn mir kam in den Sinn, dass Andur wohl Recht gehabt hatte, als er sagte, die Götter hätten uns verlassen.

So lag ich nur eine ganze Weile reglos da und hörte Ellyns leises Atmen. Ich nahm an, dass sie schlief. Ich schlich in verzweifelter Suche nach einem Fluchtweg durchs Zelt. Es war hoffnungslos. Das Zelt war sicher; zudem wusste ich, dass draußen schwer bewaffnete Männer Wache hielten. Selbst wenn es uns gelungen wäre, unbemerkt an den Wachen vorbeizukommen, hätten wir immer noch die Wachhunde des Lagers überlisten, unsere Pferde finden und unbewaffnet und ohne Ausrüstung zu jenem Clan fliehen müssen, den Eryk erobern wollte.

Ellyn schlief unruhig. Sie wälzte und drehte sich hin und her und sprach im Schlaf zusammenhanglose Sätze, als würde sie sich mit jemandem unterhalten. Ich hörte sie meinen Namen aussprechen, dann den ihrer Eltern und den ihres Großvaters. Es schien, als ob ihr jemand antwortete, denn sie lag kurze Zeit reglos da, nickte, murmelte einige unverständliche Worte und lächelte gelegentlich. Schließlich schlief sie fest ein. Ich beneidete sie um diese Ruhepause, während ich schlaflos dalag und in die Finsternis starrte.

Bald darauf verzogen sich die Schatten der Dunkelheit. Der Tag brach an, und ich hörte das Lager erwachen. Pferde schnaubten in einiger Entfernung, und hier und da war Hundegebell zu hören. Ich vernahm das Prasseln und Knistern der frischen Holzklötze und Torfmullen der morgendlichen Lagerfeuer. Schon bald erfüllte der Duft von Tee, Haferbrei und geröstetem Fleisch das Zelt. Dann wurde die Zeltluke geöffnet, und helles Licht fiel herein. Begleitet von einem Duzend bewaffneter Männer betraten Rurrid und Athol das Zelt. Ich nahm an, dass es ihr besonderes Vorrecht war, mich zur Hinrichtung zu führen. Ich hoffte, sie zu enttäuschen, als ich aufstand, einen schönen Tag wünschte und ihnen entgegenschritt, als wäre ich vollkommen furchtlos.

Ellyn sprang schreiend von ihrem Lager auf und klammerte sich an mich.

»Sei tapfer, zeig ihnen nicht deine Tränen«, sagte ich sanft zu ihr.

»Wie könnte ich das!«, gab sie zur Antwort und klammerte nur noch fester.

»Lebe«, flüsterte ich und streichelte ihr übers Haar. »Und wenn du die Möglichkeit hast, dann räche mich.«

Sie nickte und erwiderte: »Das werde ich, Gailard.«

Rurrid piekte mich mit dem Schwert in die Hinterbacken und machte sich über uns lustig. »Bitte verzeih die Störung, Gailard. Doch deine Anwesenheit ist bei unseren Feierlichkeiten unabdingbar.«

Ich unterdrückte den Schmerz, drehte mich um und sah ihm in die Augen. »Wärst du ein Mann, Rurrid, würde ich dich zum Zweikampf fordern. Doch du bist keiner, und ich kann dich nur als Feigling und Verräter verfluchen.«

Er wurde bleich und hob die Klinge gegen mich. Ich hoffte, er würde zuschlagen und mir einen raschen Tod verschaffen, doch Athol hielt ihn zurück. »Nein, Bruder, nein. Wir brauchen ihn lebend.«

Rurrid nickte, nahm sein Schwert herunter und warf mir ein spöttisches Lächeln zu. »Das ist wahr. Lebend für die Krähen. Und sie«, sein Blick fiel auf Ellyn, »wird derweil unsere Gastfreundschaft genießen. Wie alt ist sie? Fünfzehn? Alt genug, einen Mann zu kennen, nicht wahr, Gailard? Wenn du sie noch nicht genommen hast, dann mache ich sie vielleicht zur Frau.«

Ellyn spuckte und schrie: »Eher sterbe ich. Eher lasse ich mich mit Hunden ein, als mit Männern deines Schlages!«

Ich sprang auf Rurrid zu und versetzte ihm einen derben Fußtritt zwischen die Beine. Er quiekte wie ein Schwein und fiel zu Boden, und noch ehe mich die anderen erreicht hatten, landete ich zwei weitere heftige Fußtritte. Ich fühlte seine Rippen brechen und ließ einem Aufschrei meiner Befriedigung freien Lauf. Es war mir in diesem Augenblick egal, dass ich von Schwertknäufen zu Boden gezwungen wurde, die auf mich einprasselten. Ich wurde mit Schilden niedergedrückt, und man band mir die Handgelenke mit Lederriemen auf dem Rücken zusammen und legte mir eine Fußkette an.

So führte man mich zu meinem Bruder und seiner Frau und zerrte die schluchzende Ellyn hinterher. Ich war von den Schlägen benommen, doch der Anblick Rurrids verschaffte mir Genugtuung. Er wurde von zwei Männern gestützt, war leichenblass und stand auf wackligen Beinen, eine Hand fest in den Schritt gepresst, die andere stützend in seiner Seite. Ich wünschte mir, ich hätte Eryk dieselbe Behandlung zuteil werden lassen können.

Doch nun war ich gefesselt, und mein Bruder wurde gut bewacht. Er saß gelassen in seinem fellgepolsterten Lehnstuhl und hielt eine Schale mit Haferbrei in der Hand. Rytha saß an seiner Seite, nippte an einem Trinkhorn und blickte neugierig.

»Sogar jetzt kränkst du uns noch«, sagte Eryk. »Kannst du dein gerechtes Schicksal nicht mit der Gunst der Götter hinnehmen?«

»Was weißt du schon von der Gunst der Götter?«, knurrte ich ihn an. »Du und dein fettes Weib!«

Rytha fuhr hoch und schüttete mir ihren heißen

Tee ins Gesicht. Er war schon etwas abgekühlt und verletzte mich nicht sonderlich, sodass ich mit einem Lächeln fortfuhr: »Fett wie eine gemästete Sau.« Ich brachte es fertig zu lachen. »Du und mein Bruder, ihr verdient einander.«

Sie erhob sich und schnappte nach dem Dolch in ihrem Gürtel, doch Eryk hielt sie zurück.

»Nein, Weib, nein. Kein so rascher Tod. Besser, er erleidet einen Tod wie geplant.«

Rytha schäumte, ließ sich jedoch von Eryks Worten beruhigen.

Er lächelte boshaft und winkte die Männer zu sich heran.

»Es waren Rurrid und Athol, die dich erwischt haben, Gailard. Doch da du Rurrid entmannt hast, wird es nur Athols Vergnügen sein.«

Ein erneuter Wink, und einige Männer traten zu mir und hielten mich fest, während Athol mich Stück für Stück entblößte, bis alle meine Kleidungsstücke um mich herum verteilt lagen und ich nackt vor dem gesamten Lager stand. Ich fing Ellyns Blick ein und sah, dass sie mich betrachtete, und dass ihr sonst blasses Gesicht rot angelaufen war. Dann wurden die Fesseln um meine Handgelenke zerschnitten und die Hände vor der Brust mit einem kräftigen Seil zusammengebunden, dessen anderes Ende am Sattelknauf eines schwarzen Pferdes befestigt wurde.

Athol saß auf, und Eryk gab ihm die Anweisung: »Dreimal um das Lager. Das genügt! Sonst spürt er die Peitsche nicht mehr.«

Athol lachte und trieb das Pferd an.

Die ersten Schritte konnte ich mich auf den Füßen

halten, dann trieb Athol das Pferd zu einer schnelleren Gangart. Die Ketten um meine Fußgelenke hinderten mich am Laufen, sodass ich fiel und über den Boden geschleift wurde. Auf meine Männlichkeit bedacht, brachte ich es fertig, mich auf den Rücken zu drehen und nahm nur noch verschwommen das Lager um mich herum wahr, als die Schläge und Stöße der Steine und Wurzelstöcke härter und schmerzhafter wurden und mir die Sinne raubten. Ich sah Gesichter. Die Leute schlugen mit Stöcken nach mir; einige warfen Steine oder Erdklumpen, andere schleuderten Dung nach mir. Ein paar – es waren nicht viele – standen lediglich als teilnahmslose Zuschauer dabei; ich glaubte, Scham und Bedauern in ihren Augen zu erkennen. Dann ging alles in einem Taumel aus schmerzerfülltem Nebel unter. Athol schleifte mich durch Feuer, suchte den härtesten Untergrund, den er finden konnte, zog mich über eine Weide, auf der die Pferde zweier Clans grasten, sodass ich über und über mit Pferdemist besudelt war, mir eine Hundemeute nachjagte und bellend nach mir schnappte.

Dann verlor ich die Besinnung. Kaltes Wasser ließ mich wieder aufwachen, und man stütze mich und hielt mich aufrecht. Ich bemühte mich, ohne Hilfe zu stehen, befreite mich achselzuckend von den klammernden Händen und starrte Eryk aus geschwollenen Augenlidern an. Ich konnte das Blut in meinem Mund schmecken und spuckte aus. Ich befürchtete, erbrechen zu müssen, und dass dies als Schwäche ausgelegt werden könnte. Mit blutverschleiertem Blick sah ich aus dem Augenwinkel heraus Ellyn. Sie wurde von zwei Männern festgehalten. Sie weinte. Ich sah, wie sich ihr Mund bewegte und sie irgendetwas sprach. Doch ich konnte sie nicht hören und vernahm nur Eryks Stimme.

»Jetzt bindet ihn an den Baum und schlagt ihm das Fleisch in Fetzen, bis die Knochen blank liegen.«

Man schleppte mich weg und band mich an eine vom Windbruch gezeichnete Schierlingstanne. Die Rinde rieb hart an meinem Gesicht. Mit ausgestreckten Armen wurde ich an zwei seitlichen Ästen festgebunden. Ich versuchte, mich auf den Füßen zu halten und betete, dass ich genug Kraft hätte, fest zu stehen.

Dann zog mir jemand den Kopf in den Nacken, und ich spürte den Atem meines Bruders, als sein Gesicht sich meinem näherte. Er hielt mir etwas vor die Augen. Ich konnte den Gegenstand nur verschwommen wahrnehmen, doch ich erkannte, was er mir drohend zeigte, als er mir den Gegenstand an die Wange schlug.

»Fünf Riemen geflochtener Bullenhaut, Gailard. Und an den Enden sind Metallstückchen angenäht. Das wird dir das Fleisch von den Knochen reißen, Bruder. Es wird deine Rippen bloß legen, und dein Blut wird spritzen wie aus einer frischen Quelle. Du wirst jetzt wahre Schmerzen kennen lernen.«

»Verdammt sollst du sein«, murmelte ich.

Er lachte. »Bitte mich um Gnade, dann werde ich dir vielleicht einen schnellen Tod schenken.«

»Verdammt sollst du sein! Mögen die Götter dich verfluchen, dich und dein fettes Weib.«

Eryk schlug mich. Der Schlag war wie ein lauer

Wind; ich spürte ihn kaum. Doch das sollte sich bald ändern.

Ich lehnte mich gegen den Baum und biss die Zähne zusammen. Ich wollte nicht vor Schmerzen schreien; Diese Genugtuung wollte ich ihnen nicht verschaffen. Doch es wurde sehr schmerzhaft. Der erste Hieb war wie ein tiefer Schnitt mit der Klinge quer über meinen Rücken, der zweite fühlte sich an wie ein Knüppelschlag auf die Wirbelsäule, der dritte wie Feuerspritzer auf meine Hinterbacken. Tränen sprangen mir aus den Augen, und ich fühlte, wie mein Körper unwillkürlich zuckte und mit jedem Schlag der Peitsche ruckartige Bewegungen machte. Ich fühlte warme Flüssigkeit meine Beine herunterlaufen und wusste nicht, ob es Blut oder Urin war. Ich schloss die Augen – was mir nicht schwer fiel – und biss so fest die Zähne zusammen, dass ich fürchtete, sie würden zersplittern. Ich glaubte zu wimmern, doch kein Laut kam über meine Lippen, obschon ich vor Qualen laut hätte aufschreien können. Die Schmerzen nahmen zu. Ich spürte, wie mir die Beine versagten und mein Körper langsam zusammensackte. Mein Gewicht wurde nur noch von den Fesseln an den Handgelenken getragen, sodass ich befürchtete, sie würden auskugeln. Und weiter, immer weiter quälten mich schier unerträgliche Schmerzen, bis ich sie irgendwann nicht mehr spürte und rote Schatten in meinen Augen die herannahende Ohnmacht ankündigten.

Als ich wieder zu mir kam, reizte mich ein ekelhafter Geschmack im Mund zum Würgen. Ich röchelte und schnappte nach Luft. Rytha hatte sich vor mich gestellt und hielt einen essiggetränkten Lappen in der Hand, den sie mir in den Mund gesteckt hatte, um mich aus der erlösenden Besinnungslosigkeit zu reißen. Ich verabscheute sie dafür. Ich hätte lieber in der schmerzfreien roten Dunkelheit verweilt. Mein Körper brannte, als würde er von Flammen verzehrt; nur verschwommen konnte ich Rythas lachendes Gesicht wahrnehmen.

»Du bist wieder aufgewacht. Gut! Ich möchte, dass du mitbekommst, was dich noch erwartet.« Sie presste mir erneut den Lappen in den Mund und zwang mich, die ekelhafte Mixtur zu schlucken. »Du blutest sehr stark, Gailard, und es ist ein schöner warmer Tag. Schon bald werden die Ameisen und Fliegen über dich herfallen. Du wirst ein gefundenes Fressen für sie sein, und später werden sich die Krähen dazu gesellen. Sie werden dir die Augen aushacken und das Fleisch von den Knochen picken. Und wenn die Nacht hereinbricht, kommen Wildhunde und Wölfe.« Sie lächelte grauenvoll. »Ich hoffe, du lebst noch lange, Gailard, lange genug, um wahre Schmerzen kennen zu lernen.«

Mit diesen Worten rieb sie mir den Lappen über die Brust. Es brannte wie Feuer. Dann erhob sie sich. Ich hing noch immer am Baum, an den Handgelenken gefesselt. Das Atmen fiel mir schwer, und ich war kaum bei Sinnen. Dennoch erkannte ich Eryk, als er auf mich zukam. Athol und Rurrid folgten ihm und stellten sich vor mich. Rurrid trug einen Verband um die Rippen.

»Wir brechen jetzt auf, die Dur zu bezwingen«, erklärte mein Bruder. »Deine kleine Freundin wird uns in vorderster Front begleiten, und wenn Mattich nicht nachgibt, werden wir unser Versprechen halten und sie ihm in kleinen Stücken zurückgeben. Denk daran, während du stirbst, Gailard.«

»Unser Vater würde dich dafür verfluchen«, wollte ich erwidern, doch ich glaube, mehr als ein unverständliches Murmeln kam nicht über meine Lippen, denn Eryk reckte den Hals, strahlte mich an und fragte: »Was ist, Gailard? Bittest du mich etwa um Gnade?«

»Nein«, versuchte ich ihm zu antworten, doch ich glaube, auch das war nur unverständliches Murmeln. Eryk lachte, fasste mir an die Wange, leckte sich das Blut vom Finger und wandte sich ab.

Dann sah ich Ellyn. Sie hatten ihr die Hände vor der Brust zusammengebunden, und ihr Gesicht war sehr blass. Zwei Männer standen bei ihr. Einer von ihnen hatte die Hand auf ihre Schulter gelegt und hielt sie zurück. Ich glaube, sie wäre augenblicklich zu mir gerannt, hätte sie gekonnt. Stattdessen sah ich nur, wie ihre Lippen sich bewegten und Worte formten, die ich nicht hören konnte.

Eryk klatschte in die Hände, machte eine knappe Geste, und alle wandten sich von mir ab und überließen mich einem langsamen, grauenvollen Tod.

Es war so, wie Rytha gesagt hatte. Der Tag war sehr warm, der Himmel blau, und nur hier und da zeigten sich prächtige weiße Schönwetterwolken. Schwach hörte ich das Summen eifriger Bienen. Vögel schwirrten auf der Suche nach Insekten durch die warme Luft. Ich versuchte, aufrecht zu stehen, doch meine Beine gehorchten mir nicht. Als ich mir über die Lippen leckte, schmeckte ich Blut. Ich zerrte an den Riemen, mit denen meine Handgelenke festgebunden waren, doch ich wusste, dass mir die Kräfte fehlten, um mich selbst zu befreien. Also das sollte das Ende sein? Ich würde sterben. Mutlos sank ich zusammen und hoffte, vom eigenen Gewicht erdrückt zu werden und zu ersticken, statt von den Krähen bei lebendigem Leibe gefressen zu werden.

Dann betete ich. Ich betete zu den Göttern, an die ich schon lange nicht mehr glauben konnte und die Chaldor sicherlich im Stich gelassen hatten. Ich bat sie darum, mir einen schnellen Tod zu schenken.

Erneut durchzuckte mich ein noch unbekannter Schmerz. Es schien mir unbegreiflich, dass ich überhaupt noch Schmerzen wahrnehmen konnte, denn mein ganzer Körper brannte wie Feuer. Jeder Atemzug war schwere Arbeit, und die Rinde des Baumes auf meiner zerfetzten Haut bereitete mir Höllenqualen; trotz allem verspürte ich unvermittelt eine neue Art von Schmerzen. Es war, als tanzten Hunderte kleiner Finger auf meinem Rücken und tippten auf den blutenden Fleischwunden. Ameisen! Ich stöhnte, reckte den Hals und sah einen langen Zug hektischer schwarzer Ameisen, die sich in einem fort von der Baumrinde zu meinen Wunden und wieder zurück bewegten, und jede von ihnen schleppte ein winziges Fleischstückchen fort. Kaum nahm ich die Fliegen wahr, die sich in einem geschäftigen Schwarm auf mir versammelt hatten und hier und da in einer schwarzen Wolke von mir abhoben. Das alles mischte sich zu einem quälenden, schmerzvollen Kaleidoskop, das ich mit meinen schwindenden Sinne kaum wahrzunehmen imstande war das und mir weniger Sorgen bereitete als die Aasvögel, die mich erwarteten.

Ich sah sie in einiger Entfernung. Schwarze Punkte am Himmel, die sich durch ihre Größe von den Fliegenschwärmen abhoben und immer größer wurden, je näher sie kamen. Und sie kamen! Zuerst hörte ich nur ihr Krächzen. Dann den Flügelschlag, und schließlich spürte ich den Windhauch ihrer Schwingen. Sie waren gelandet. Ein Schwarm von vielleicht zwanzig oder dreißig Vögeln, einige im Baum, andere in meiner unmittelbaren Nähe auf dem Boden, wo sie sich aufgeregt hin und her bewegten und in ungeduldiger Erwartung mit den Schnäbeln klapperten. Ich versuchte zu rufen, um sie zu verscheuchen, doch meine Stimme war zu schwach. Ich versuchte, nach ihnen zu treten, doch meine Beine gehorchten mir nicht mehr. Ich konnte nur einen Fluch flüstern und mich einem unabwendbaren Schicksal ergeben. Ich spürte, wie ein Vogel auf meiner Schulter landete und seine Krallen in mein Fleisch grub. Dann fühlte ich, wie der Vogel damit begann, kleine Fleischstücke aus meinem Rücken herauszupicken. Ein anderer kam vom Baum herunter, und ich konnte in seine kalten Augen sehen, als er mich betrachtete. Der Schnabel hackte pfeilschnell auf mich ein.

Ich verspürte einen Schmerz, wie ich ihn nie zuvor gekannt hatte und wusste, dass ich nun in kleine Stücke zerhackt würde. Ich wünschte mir, es wären Wildhunde oder Wölfe erschienen und hätten sich meiner angenommen; denn das wäre ein schneller

Tod gewesen. Doch es gab nur diese schwarzen Vögel. Das Geschehen am Darach-Pass und das scheußliche Festmahl der Aasvögel dort kamen mir in den Sinn. Das, was ich den Aaskrähen zu bieten hatte, war im Vergleich dazu kaum der Rede wert. Ich glaube, ich schrie, doch ich hoffe, es war mehr aus Wut als aus Angst. Zugegeben, ich verspürte eine Furcht, wie ich sie nie zuvor gekannt hatte. Ich hatte geglaubt, dass ich ehrenvoll im Kampf sterben würde oder an Altersschwäche im Bett – in jedem Fall ehrenhaft. Doch der Tod, der mich nun erwartete, hatte nichts Ehrenhaftes.

Ich fühlte, wie eine Krähe an meiner Kopfhaut riss, nachdem sie auf meinem Haupt gelandet war und nun, verkrallt in meinen Schopf, mit wildem Flügelschlag hochzufliegen versuchte, wodurch sie mir den Kopf in den Nacken zerrte. Ein wildes leeres Augenpaar blickte mich an; in dem widerlichen Gelb lag kein Erbarmen. Immer mehr wagten sich an mich heran.

Dann starb ich.

12

Tränenüberströmt musste Ellyn weiterreiten. Nur verschwommen konnte sie den Weg erkennen; ihre Wahrnehmung war verwischt und verschleiert wie von einer dichten Nebelwolke. Sie kämpfte gegen die Tränen an, doch ganz gleich, wie sehr sie zwinkerte und die Augen mit dem Handrücken rieb, die Tränen strömten ihr in kleinen Rinnsalen die Wangen hinunter. Es war gerade so, als ließe die Erinnerung an vergangene Erlebnisse und gemeinsam überstandene Gefahren ihre Gefühle überschäumen. Sie konnte sich nicht dagegen wehren, biss die Zähne zusammen und fluchte. Doch es half alles nichts. Sie konnte nicht aufhören und musste in einem fort an die grausamen Ereignisse denken. Man hatte ihr die Handfesseln abgenommen, doch die Fußgelenke waren fest an die Steigbügel gebunden und die Zügel um den Sattelknauf geschlungen. Rurrid ritt vor ihr und führte ihr Pferd an kurzer Leine. Ellyn hasste ihn. Wenn sie die Möglichkeit bekäme, würde sie ihr Pferd mit den Fersen antreiben oder zum Stehen bringen, um Rurrid Schmerzen zu bereiten; dann nämlich müsste er nach Luft schnappen und würde seine gebrochenen Rippen spüren.

Ellyn fragte sich, wen von diesen Hochland-Wilden sie am meisten hasste. Eryk, für das, was er mit Gailard hatte machen lassen? Oder sein fettes

Weib Rytha, für die Verachtung, die sie verströmte? Rurrid, für seine schlüpfrigen Absichten? Oder gar Athol, der die fürchterliche Peitsche gegen Gailard geschwungen hatte?

Sie schauderte bei dem Gedanken an das Vergangene. Gailard war halb tot und blutüberströmt gewesen, als diese mörderische Tortur ihr Ende nahm. Sie konnte kaum glauben, dass er noch die Kraft besessen hatte, aufrecht zu stehen und seinem Bruder ins Gesicht zu blicken. Ellyn hatte schon Hinrichtungen gesehen – ihr Vater hatte einmal gesagt, dass sie manchmal notwendig seien –, doch in Chaldor wurden sie schnell vollzogen, nicht wie … sie musste schlucken, und erneut verschleierten Tränen ihren Blick … nicht so blutig und rachsüchtig.

Und dann das Auspeitschen …

Bei allen Göttern, sie hatte die blanken Knochen ihres Beschützers gesehen. Sein Fleisch war von den Riemen in Fetzen gerissen. Doch Ellyns Schreie und Proteste wurden von der fetten Rytha mit einem Schlag ins Gesicht belohnt. Die Augen vor Vergnügen weit aufgerissen, hatte Rytha das grausame Schauspiel verfolgt. Und hatte sie nicht noch mehr Vergnügen daran gefunden, Gailard den essiggetränkten Schwamm in den Mund zu stecken? Und dann, als Gailard zerschunden am Baum hing und Krähenschwärme in weiter Ferne ihre Zustimmung zu dem blutigen Festmahl in den Himmel schrien, hatte Eryk den Aufbruch angeordnet. Ellyn wurde rittlings auf den Kastanienbraunen gehievt, und sie trabten los.

Sie blinzelte, um etwas sehen zu können und erkannte, dass die beiden verbündeten Clans in Angriffsformation rings um sie herum aufmarschierten. Erneut kamen ihr vergangene Träume in den Sinn.

Es waren sonderbar fremde Träume, bedrohlich und voller Vorahnungen. Sie fragte sich, ob nun die Ankündigung ihrer Mutter Wirklichkeit würde, was ihre magische Begabung betraf, oder ob sie nur unter Fieberträumen litt, ausgelöst durch die grausamen Ereignisse. Wenn Ryadne Recht hatte, gab es Hoffnung, obwohl für sie Ellyn nicht zu erkennen war in ihrer Lage: gefangen und verschleppt wie eine Sklavin. Doch sie betete trotzdem und bat, dass ihre Träume sich erfüllten und das Unmögliche möglich würde.

»Wenn du noch einmal dieses verfluchte Pferd langsamer werden lässt, schlitze ich ihm die Kehle auf und schleife dich ohne Reittier hinterher.« Rurrid drehte sich zu ihr um und warf ihr einen schmerzerfüllten Blick zu. »Und heute Nacht werde ich dir beibringen, was es bedeutet, eine Frau zu sein.«

Ellyn spuckte vor Verachtung. »Ich bezweifle, dass du in der Lage dazu bist, auch wenn Gailard dich nicht entmannt haben sollte.«

Rurrid verlangsamte sein Pferd. Als sie auf gleicher Höhe waren, stieß er mit dem Finger schmerzhaft gegen ihre Brust. »Wart's nur ab …« Er grinste lüstern. »Ich werde dir zeigen, was ein richtiger Mann ist!«

Ellyn schloss die Augen und wünschte, ihre Träume würden sich erfüllen.

»Hisst die Segel! Es ist Danants Flagge!«

Kerid starrte in den Morgennebel. Die Sonne zeigte sich nur schwach am Horizont, und der Durrakym lag in dichtem Dunst. Vom Steuerdeck des Kriegsschiffes – nun umbenannt in *Andur* – konnte er den Fluss voraus nur spärlich ausmachen.

»Wo ungefähr?«

»Zwei Strich Steuerbord!«

»Wie groß?«

»Ein Dreimaster. Vermutlich ein Lastschiff.«

Kerid vertraute seinem Ausguck und brachte die Ruderpinne in Stellung. Er hoffte, dass Yvor und Nassim das Gleiche taten. Er hatte nur wenig Erfahrung mit dem Flusskrieg. Andur hatte niemals einen Grund gehabt, seinen benachbarten Königreichen durch Seeräuberei zuzusetzen.

»In Kampfbereitschaft! Aber leise!«

Großspuriges Kriegsgehabe war fehl am Platz. Keine dumpfen Hörner, keine dröhnenden Trommeln, keine schallenden Posaunen; stattdessen ein lautloses Annähern durch den dichten Nebel. Er blickte zurück und sah, dass Nassim die Ryadne auf Kurs gebracht hatte und Yvor es ihm mit der *Ellyn* gleichtat.

Es war die Strategie, die ihm Mutter Hel mit auf den Weg gegeben hatte, als er ihr prunkvolles Bett verließ und sie sich voneinander verabschiedeten: Greif an, wenn der Gegner es am wenigsten erwartet, und nutze das Überraschungsmoment. Greif den Feind von der Seite an, aber bringe ein Schiff vor ihn und eins hinter ihn. Und wenn du in Ufernähe bist, lass den Gegner fliehen. Eine verängstigte Mannschaft wird nur kämpfen, wenn es nicht anders geht. Also lass sie fliehen, falls möglich. Lass ihnen einen Fluchtweg offen. Auf diese Art werden sie das Schiff eher verlassen, statt zu kämpfen, und du kannst es entern und zu mir bringen.

Kerid lachte glucksend und sprach mit leiser Stimme: »Für Chaldor und Mutter Hel.« Dann, um einiges lauter: »Volle Kraft voraus! Fertig machen zum Angriff!«

Die Ruderer legten sich in die Riemen, und die *Andur* schnellte voran wie ein Jagdhund. Die *Ryadne* und die *Ellyn* schwangen sich ebenfalls auf und folgten achtern. Die wenigen Männer, die nicht an den Ruderbänken saßen, bereiteten ihre Schilde vor und zogen die Schwerter. Dies waren die Auserwählten, die als Erste an Deck des Danant-Schiffes sein durften.

Als das Opfer merkte, was geschah, war es bereits zu spät.

Sie kamen aus dem Nebel wie Wölfe, die sich auf ein argloses Wild stürzten. Kerid rief einen Befehl, und Augenblicke später feuerte die Arbaleste einen Bolzen ab, der das Segel des Danant-Schiffes durchschlug und das Banner mit sich riss. Dann kam die *Andur* längsseits, und die Mannschaft holte das Schiff mit Enterhaken dicht. Die *Ryadne* hob sich aus dem Nebel und schoss einen schweren Bolzen in den Bug des Dananters. Dann tauchte die *Ellyn* achtern aus dem Nebel auf und schickte einen Bolzen über das Steuerdeck des höher gebauten Schiffes. Das schreckte den Steuermann auf, und er verzog sich schrill schreiend auf das darunter liegende Deck.

Kerids Mannschaft schwang sich an Deck. Alles in allem gab es sechzig Männer auf der *Andur*. Ebenso viele waren auf der *Ryadne* und der *Ellyn*. Auf dem großen Dananter waren schätzungsweise dreihundert Mann untergebracht, und die Angreifer an Bug und achtern würden noch etwas Zeit brauchen, ehe die Schiffe festgemacht waren und Männer zur Verstärkung an Bord kommen konnten. Kerid band die Ruderpinne fest, rannte über Deck, packte ein herabhängendes Tau und kletterte daran auf das Feindschiff.

Er überquerte die Ruderbänke und musste sich vor den Pfeilen ducken, die über seinen Kopf hinwegpfiffen. Mit Bogenschützen hatte er nicht gerechnet. Er sah Männer fallen – seine eigenen – und stürmte blindlings gegen die Schützen an.

»Für Chaldor und Andur!«

Er hieb sein Schwert gegen einen Bogen, zerteilte das Holz und das Gesicht dahinter, schwang die Klinge wie eine Sense und zerschnitt damit eine ganze Reihe Bogensehnen links und rechts von sich. Er fühlte die Spitze einer Klinge an seinen Rippen, wirbelte herum und zog sich zurück, als seine Leute über das Deck des Dananters ausschwärmten und die Männer, die ihn angegriffen hatten, in die Flucht schlugen. Über sich erkannte er einen Mann, der offensichtlich unentschlossen dastand und nicht wusste, ob er fliehen oder angreifen sollte. Noch ehe seine herabsausende Klinge den Tod bringen konnte, stach Kerid das Schwert in die Leiste des Feindes und nahm ihm die Entscheidung ab. Schreiend brach der Mann zusammen, und sein Blut spritzte auf

Kerid, der sich mit ein paar Sätzen zum oberen Deck bewegte und sich dort umschaute.

Schätzungsweise fünfzig Männer waren dort in Kampfhandlungen verwickelt. Die meisten gehörten zu Kerids eigenen Leuten. Den Tod der anderen zu beklagen war jetzt nicht der richtige Zeitpunkt; er wollte nur eins: das Frachtschiff. Er schwang die Klinge und feuerte die Männer an, es ihm gleichzutun. Unter der schieren Wucht des Angriffs wichen die Dananter zurück.

Nassim und seine Leute griffen in den Kampf ein. Auch Yvor hatte zwischenzeitlich sein Boot dichtgeholt und unterstützte den Kampf mit der Schlagkraft seiner Mannschaft. Schnell war das Gefecht entschieden und das Schiff eingenommen. Die feindlichen Seeleute, die sich zum Kampf entschlossen hatten, wurden erschlagen; die anderen, die von Bord sprangen und zum Ufer schwammen, ließ man entkommen.

Kerid lachte.

»Bei allen Göttern, wir haben es geschafft.« Er stand auf dem Steuerdeck. Blut rann an seiner Seite hinab, wo ihn die Klinge eines Angreifers verletzt hatte, doch er schenkte der Wunde keine Beachtung und feierte freudestrahlend den Sieg. »Wir haben ein weiteres Schiff Talans erobert, und es werden noch viele folgen. Nun werden wir dieses Schiff nach Hel bringen, an Mutter Hel verkaufen und dann zurückkehren, um weiter gegen Danants Flotte zu kämpfen.«

Zustimmendes Jubelgeschrei durchlief die Reihen, und die Männer machten sich mit Begeisterung daran, das Schiff mit Seilen für das Abschleppen vorzubereiten. Die Stimmung war ausgezeichnet. Die Männer verstanden sich prächtig und waren eine eingeschworene Mannschaft.

Nur Nassim zögerte eine Weile.

»Kämpfst du für Chaldor oder für Mutter Hels Bett?«

»Ist das ein so großer Unterschied?« Kerid grinste über die Köpfe der Männer hinweg, die seine verletzte Seite bandagierten. »Da kommt doch eins zum anderen, oder?«

»Das hängt davon ab«, erwiderte Nassim. »Ich segle um Chaldors willen mit dir, doch wenn du andere Beweggründe hast …«

Kerid runzelte die Stirn. »Ich will nicht abstreiten, dass ich ihre Gesellschaft genieße, doch ich kämpfe für Chaldor.«

»Das hoffe ich«, entgegnete Nassim und schwang sich an einer Schleppleine hinunter zu seinem Schiff.

»Das ist nicht …«, Egor Dival stockte in seiner Empörung und suchte nach den richtigen Worten, »… nicht meine Art, diesen Krieg zu führen.«

»Vergiss nicht, das ist *mein* Krieg«, erwiderte Talan. »Du hast mir die Treue geschworen, General.«

»Trotzdem. Diese … *Bestien* …« Dival deutete auf die Kreaturen, die Nestor erschaffen hatte.

Sie standen da, gekleidet wie normale menschliche Wesen, doch sie keuchten wie Hunde, die ungeduldig darauf warteten, von ihrem Herren von der Leine gelassen zu werden, einer unsichtbaren Leine in Gestalt der Macht des Zauberers. Sie trugen Hemden und Hosen, und jedes der Wesen hatte einen Gürtel um die Hüfte, an dem ein Schwert und eine Gürteltasche mit Nahrung befestigt waren. Überreste und Einzelteile der Rüstungen, die sie als Menschen getragen hatten, hingen ihnen vom Körper. Selbst bei näherer Betrachtung würde niemand vermuten, dass diese Wesen menschlichen Ursprungs waren. Dival verabscheute alles, was diese Geschöpfe verkörperten.

»Du hast meine besten Soldaten geopfert«, beschwerte er sich.

»*Deine* Soldaten?« Talan gestikulierte überschwänglich. »Es sind *meine!* Und ich kann damit tun, was ich will!«

»Du kannst sie in den Kampf befehlen, ja.« Dival runzelte die Stirn und senkte den Kopf. »Doch dies?«

»Nun, sie ziehen in den Kampf«, erwiderte Talan. »Sie werden Ellyn aufspüren.«

Dival betrachtete die fünf Jäger mit offensichtlicher Missbilligung. »Und wenn sie das Mädchen finden? Was dann? Werden sie Ellyn zurückbringen oder in Stücke reißen?«

»Ich werde sie heiraten, wenn ich kann, doch wenn nicht …« Talan zuckte mit den Schultern. »Besser, Chaldor hat keinen Erben, als ein Sinnbild Andurs. Stimmst du da nicht mit mir überein, General?«

Dival brummte und bewegte sich voller Unbehagen auf seinem Stuhl hin und her. »Ich hatte nicht geglaubt, dass es so kommt.«

»Wir leben in der heutigen Zeit«, antwortete Talan. »Und wir beschreiten Wege von heute. Und wenn ich einen Vachyn-Zauberer einsetzen muss, werde ich das tun. Ich benutze ihn und seine Art der Kriegsführung.«

Dival nickte bitter. »Und wenn du Ellyn hast, tot oder lebendig?«

»Nun, dann werde ich Chaldor besitzen, und niemand kann mir dann mein Recht absprechen.« Talan hob einen Kelch und wartete darauf, dass einer der Diener ihn mit Wein füllte. »Niemand wird meine Herrschaft in Frage stellen können. Ich werde beide Seiten des Durrakym besitzen und Danant zum größten Königreich machen, das die Welt je gesehen hat.«

»Vergiss nicht, dass du es dem Vachyn zu verdanken hast.«

Talan zuckte erneut mit den Schultern. »Nestor wird für seine Arbeit belohnt. Er steht in meinen Diensten, und ich habe ihm viel dafür bezahlt.«

»Und wenn seine Dienste nicht mehr vonnöten sind?«

»Dann werde ich ihn entlassen, und er wird zu seinem Tempel zurückkehren.«

»Wird er das?«

»Was sonst?« Talan trank einen Schluck Wein. »Die Vachyn arbeiten gegen Bezahlung. Sie stellen sich und ihre Magie demjenigen zur Verfügung, der den höchsten Preis dafür zahlt, und wenn die Aufgabe erfüllt ist …«

»Nun, ich frage mich, ob sie anschließend zurückkehren zu ihren Tempeln oder ob sie … zögern«, wandte Dival ein.

»Ich habe Nestor dafür bezahlt, Chaldor für mich

zu erobern.« Talan stellte den Kelch ab und starrte auf den zweifelnden General. »Er hat mir schon den Kopf Andurs und Chorym verschafft. Nun wird er mir noch Ellyn und die Herrschaft über Chaldor zuteil werden lassen und sich dann zurückziehen.«

Nestor betrat das Gemach. Bei seinem Anblick keuchten die Wesen, die er erschaffen hatte, noch heftiger, als ob seine Anwesenheit ihnen zusätzliche Kräfte verlieh. Er lächelte und brachte sie mit einer Geste zur Ruhe, wie ein Jäger, der seine Hundemeute besänftigt.

»Es ist alles vorbereitet.« Unaufgefordert nahm der Vachyn in einem der Lehnstühle Platz. »Ein Pferdewagen wartet auf sie und kann sie ungesehen aus der Stadt bringen. Ich werde den Wagen selbst lenken und sie in einiger Entfernung von Chorym aussetzen. Sie werden Ellyn finden.« Er lächelte und winkte dem Diener, Wein zu bringen. »Mein Wort darauf.«

»Wie lange wird es dauern?«, wollte Talan wissen.

»Das hängt davon ab, wohin Gailard sie gebracht hat«, gab er weit gelassener als sein Auftraggeber zur Antwort.

»Je eher, je besser«, meinte Talan. »Ich will mich hier nicht zu lange aufhalten. Ich will zurück nach Danant.«

»Natürlich.« Nestor machte eine beschwichtigende Geste. »Und ich will zurück zum Vachyn-Tempel. Doch es wird so lange dauern wie nötig.«

Egor Dival schnaubte, und der Magier lächelte ihn an.

»Mein General zweifelt an dir«, sagte Talan. »Er stellt deine Beweggründe in Frage.«

Nestors Lächeln wirkte gefährlich. Dival schauderte.

»Meine Beweggründe?« Nestor machte eine ausladende Handbewegung und strahlte Dival an. »Ich tue das, wofür ich bezahlt wurde, General. Dein König hat mich in seine Dienste gestellt, um einen Krieg für ihn zu gewinnen, und ich erfülle meine Aufgabe. Zweifelst du daran?«

Mürrisch schüttelte Dival den Kopf.

»Dann sind wir uns ja einig.« Nestor rückte seinen Stuhl zurück und blickte zu Talan. »Soll ich meine Jäger loslassen?«

Talan nickte und mied Divals wütenden Blick.

Der Vachyn ging zur Tür und verneigte sich. Die fünf Jäger schritten langsam voran. Der Magier öffnete die Tür und ging hinaus, und seine Kreaturen folgten ihm.

»Das wird vielen Einwohnern gar nicht gefallen. Es heißt, du bist mit der schwarzen Magie im Bunde.«

»Wenn ich dafür Chaldor bekomme, werde ich mich nicht darüber beklagen.« Talan hielt seinen Kelch zur Seite, damit ein Diener ihn nachfüllen konnte. »Und wenn ich dadurch Ellyn bekomme, werde ich mich sogar bei Nestor bedanken.«

Egor Dival seufzte und schaute zur Tür, als sie mit Schwung ins Schloss fiel.

Nestor führte seine Kreaturen über die Korridore des eroberten Palastes zum wartenden Pferdewagen. Er sorgte dafür, dass sie den Wagen bestiegen, ohne Aufsehen zu erregen, und setzte sich dann rittlings auf den Kutschbock. Nachdem er die Zügel aufgenommen hatte, murmelte er ein paar Worte zu den vier unruhigen Pferden und lenkte sie durch die Straßen, vorbei an Schutt und Trümmern zum Osttor. Er ließ das Stadttor hinter sich und fuhr eine Weile durch verwüstetes Ackerland. Der Nachmittag war mild. Am Himmel zogen schneeweiße Wolkengebirge ihre Bahn und verdeckten hier und da für kurze Zeit den strahlenden Sonnenschein. Unbeeindruckt von dem Drama, dass sich unter ihnen abspielte, schossen Schwalben auf der Jagd nach Fliegen durch die milde Luft. Nachdem die Stadtmauern außer Sicht waren, fuhr Nestor das Gespann noch eine ganze Weile lang ostwärts, ehe er hielt und vom Kutschbock stieg.

Dann öffnete er den Wagenverschlag und ließ die Kreaturen aussteigen. Sie scharten sich um ihn und warteten begierig auf den Befehl, endlich mit der Jagd beginnen zu dürfen. »Findet Ellyn«, sagte Nestor knapp und ließ sie frei.

Noch eine ganze Weile stand er da und beobachtete die Bestien, sah, wie sie herumschnüffelten, Witterung aufnahmen und sich dann in östlicher Richtung davonbewegten. Er lächelte. Alles lief nach Plan, so wie er es erwartet hatte.

13

Ich starb. Ich hatte die Schmerzen überstanden und glitt nun in eine schreckliche Finsternis. Es kam mir vor wie ein nicht enden wollender Sturz ins Leere, und verheißungsvolles Vergessen aller Qualen umarmte mich. Ich wollte sterben, denn ich hatte versagt. Ellyn war in die Hände von Eryk gefallen, und er würde sie nach Belieben missbrauchen, um seine Ziele zu erreichen. Ich hatte Ryadnes Vertrauen verspielt und Andurs Ziele vereitelt. Es wäre besser gewesen, ich wäre am Darrach-Paß gefallen, statt auf diese Art zu enden. Ich hatte alle enttäuscht, die ihr Vertrauen in mich gesetzt hatten. Ich glaubte, meine Ehre verloren zu haben und hoffte verzweifelt auf das Vergessen durch den Tod. Ich tauchte in die Finsternis ein, fest entschlossen, mich mitreißen zu lassen wie die Männer, die unsere Niederlage am Darrach-Paß überlebt hatten, in den Fluss stürzten und vom Gewicht der Rüstungen erbarmungslos in die Tiefe gerissen worden waren.

Dann sah ich Licht. Ein langer breiter Tunnel, der strahlend hell leuchtete, öffnete sich weit vor mir und deutete mir den Weg in ein vielversprechendes Land. Verheißung lag in diesem Glanz, gleich einer Laterne, die einem müden Wanderer heimleuchtete.

Ob mich die Götter zu sich riefen? Es war mir nicht klar. Ich entledigte mich meines geschundenen

Körpers, und mein Geist schwamm – ich kann es nur als Schwimmen bezeichnen, obwohl ich gar nicht schwimmen kann – dem Licht entgegen. Ich wollte nur dort hin, wollte den Höllenqualen entfliehen und meinen Frieden finden.

Und als ich dort angekommen war, strahlte ein Licht so prachtvoll, dass ich meine schmerzenden Augen öffnen musste. Mit Verwunderung stellte ich fest, dass sie mit einem Mal geheilt waren. Auch mein Körper war plötzlich schmerzfrei, sodass ich erstaunt in das Leuchten starrte. Sanfte Hände berührten mich und reinigten die Wunden. Ich erkannte eine Frau, die meinen völlig nackten Körper zärtlich mit sanften Berührungen labte. Ohne dass es mir in den Sinn gekommen wäre, mich meiner Nacktheit zu schämen, fragte ich: »Wer bist du?«

»Ich heiße Shara«, sagte sie, »und ich werde dich wieder zum Leben erwecken.«

»Bin ich tot?«, fragte ich, ohne dass mir der Gedanke gekommen wäre zu fragen, warum sie sich um mich bemühte.

Sie nickte. »Ja.«

Sie hatte ein wunderschönes Gesicht und blickte ernst. Pechschwarzes Haar fiel um ihre Schultern. Es glänzte makellos, und ich sog den Duft von frischen Wachholderbeeren ein, als sie sich zu mir beugte und Haarsträhnen durch mein Gesicht strichen. Ihre Augen waren grau, und ich vermutete, dass sie nicht mehr ganz jung war. Kummer und Sorgen hatten Krähenfüße um dieses ruhig blickende Augenpaar geformt, und kleine Falten waren um Mund und Wangen zu sehen. Doch es schien sie nur noch bezaubernder zu machen. Sie trug ein Gewand oder eine Art Rüstung; ich konnte es nicht erkennen, denn meine Sinne schwanden erneut. Sie berührte meinen Körper, und die Schmerzen hörten auf. Ich konnte wieder klar sehen.

»Bist du eine Göttin?«, fragte ich verwirrt.

Sie schüttelte den Kopf, und wieder strichen Strähnen ihres wunderbaren schwarzen Haares durch mein Gesicht. »Nein, viel, viel weniger. Betrachte mich lieber als eine reuige Sünderin, die versucht, in der Ödnis ihre Verfehlungen wieder gut zu machen.«

»Dann sag mir …«, fragte ich weiter, »wie kannst du mich wieder zum Leben erwecken?«

»Ich kann es eben«, erwiderte sie.

Die Schmerzen waren verschwunden, und ich genoss diesen Zustand, auch wenn ich dies alles nicht begreifen konnte. Ich stellte keine weiteren Fragen. Ich fragte die Frau nicht, wie es ihr gelungen war, mich wieder zum Leben zu erwecken, oder was sie mit mir vorhatte. Ich blickte lediglich meinen Körper hinunter und sah, dass er heilte, ja, ich *fühlte* ihn heilen.

»Ich danke dir«, sagte ich. Sie berührte zärtlich mein Gesicht und sprach: »Schlaf jetzt. Und wenn der Morgen anbricht, werden wir uns auf den Weg machen.« Eine weiteres Mal strich sie mir sanft über die Wangen, und ich schlief ein.

Ich erwachte an einem wärmenden Feuer. Der Duft von blühendem Heidekraut stieg mir in die Nase. Vorsichtig streckte ich mich und stellte fest, dass mein Körper so geschmeidig war wie zuvor, geheilt von allen Wunden und Verletzungen, die mir das Schleifen, das Auspeitschen und die fürchterlichen Aasvögel beigebracht hatten. Ich schaute in den Himmel über mir und sah Wolken durch das Blau ziehen. Ein warmer Wind streichelte mein Gesicht; ich hörte, wie er die Blätter des Baumes, an dem ich gehangen hatte, zum Rascheln brachte. Ich erhob mich, streckte und reckte mich wie nach einem erholsamen Schlaf, ging ein paar Schritte und betrachtete meinen Körper. Wider Erwarten konnte ich keine einzige Narbe erkennen.

Ich war verwirrt. War ich tot oder lebendig? War das nun das süße Leben nach dem Tod, oder täuschte mich nur ein sonderbarer Zauber? Ich starrte umher und erkannte meine Umgebung. Alles war vollkommen normal. Ich spürte das Gras unter meinen Füßen und den Wind auf meiner Haut. Mir wurde bewusst, dass ich völlig nackt war.

Von Shara war nicht die geringste Spur zu erkennen, doch ich sah ein Feuer brennen, und ein Kessel hing an einem Dreibein darüber und dampfte. Plötzlich fühlte ich Verlegenheit in mir aufkommen, und erneute Verwirrung bemächtigte sich meiner. Ich ging unter dem Hinrichtungsbaum in die Hocke und presste die Hände auf meine Genitalien. Ich wusste nicht, was geschehen war. Ich begriff es nicht. Ich war gestorben, und eine wunderschöne Frau hatte mich zum Leben erweckt. Ich fragte mich, wo Ellyn sein mochte. Erneut keimten Schuldgefühle in mir auf. Das Zeltlager Eryks war verschwunden. Sie hatten Ellyn verschleppt und in ihrer Gewalt. Ich konnte die Hinterlassenschaften ihres Zuges erkennen. Die Spur führte in das Hoheitsgebiet des Dur-Clans, doch ich sah keine Möglichkeit, sie zu verfolgen. Nicht nackt und barfuß – falls ich tatsächlich lebendig sein sollte.

»Sollen wir frühstücken und dann aufbrechen?«

Ich sprang auf wie ein verschreckter Hase. Die Erfahrung, dass jemand sich an mich heranschlich, war mir fremd. Doch Shara hatte sich unbemerkt genähert. Ich bedeckte meine Blöße, so gut es nur ging, und starrte auf die beiden frischen Forellen, die sie in der Hand hielt. Noch immer wusste ich nicht, ob ich am Leben war oder nur träumte, doch falls es Träume waren, waren sie unfassbar wirklich, denn als die beiden Forellen in der Pfanne schmorten und ich sehen konnte, wie die Fische knusprig brieten, und der Duft in meine Nase stieg, lief mir das Wasser im Munde zusammen, und ich spürte Hunger. Shara bestreute sie mit Kräutern, warf Blätter in den Kessel mit dem kochenden Wasser, schaute mich an und lächelte.

»Verzeih, ich habe etwas vergessen.« Sie deutete auf den Baum. »Du willst deine Kleidung.« Ich folgte der Richtung ihres Blickes und sah meine Sachen fein säuberlich zusammengefaltet neben dem Hinrichtungsbaum liegen. Unterwäsche und Hemd, Waffenrock und Reiterhosen, meine Stiefel, sogar mein Schwert und Schild – alles war da. Ich kleidete mich an, zu dankbar, um mich noch zu wundern, welche magischen Kräfte dies alles bewirkt haben mochten.

»Es tut mir Leid, dass ich dir nicht dein Pferd

bringen konnte, doch diese schwere Last konnte ich unmöglich tragen.«

»*Tragen?*« Ich schnürte meine Hosen zu. »Du hast das alles von Eryks Lager hierher *getragen*?«

»Nicht so, wie du meinst.« Sie lachte. »Ich habe es auf andere Weise hergebracht.«

Als ich die Stirn in Falten legte, verschwand das Lächeln aus ihrem Gesicht. »Ich weiß, bist ein Devyn, und die misstrauen der Magie.«

Da war ich gar nicht mehr so sicher; trotzdem fragte ich: »Wer bist du? Vor allem – *was* bist du? Lebe ich, oder bin ich tot?«

»Du lebst«, sagte sie. »Fühlst du es denn nicht? Kannst du es nicht erkennen?« Erneut untersuchte ich meinen Körper, legte meine Hand an den Baumstamm und konnte die Rinde fühlen. Die blutigen Spuren, die ich hinterlassen hatte, waren noch deutlich zu erkennen. Fliegen machten sich über den Rest des Festmahls her. Ich neigte den Kopf. »Ich fühle mich lebendig, doch ich begreife es nicht.«

»Iss.« Sie reichte mir einen Teller. »Iss jetzt und hör mir zu. Wir dürfen keine Zeit verlieren, wenn wir Ellyn retten wollen.« Ihre Stimme klang mild, doch ich bemerkte den Anflug von Ungeduld darin. Da auch ich ungeduldig war, nickte ich, nahm den Teller entgegen und begann, den Fisch zu zerpflücken, während sie sprach und mir erklärte, was sie getan hatte. Sie legte mir eine Hand auf den Arm, als ich erkennen ließ, dass ich sie nicht verstand und das Wunder ihrer magischen Fähigkeiten nicht begriffen hatte. Was sie mir erzählte, war verwirrend, unglaublich und gab mir Hoffnung und Zuversicht;

zugleich verunsicherte es mich und ließ viele Fragen offen.

»Zwei Tage hast du am Baum gehangen, ehe ich wusste, was ich zu tun hatte«, sagte sie. »Es dauerte weitere fünf Tage, dich wieder zum Leben zu erwecken.«

»Also war ich sieben Tage tot?«

»Ich glaube, es waren nur fünf. Du hast sehr am Leben gehangen, Gailard.« Sie lächelte. »Du bist stark, und dein Ehrgefühl hat dir zusätzlich Kraft gegeben. Ich glaube, das ist der Grund, weshalb du so sehr am Leben gehangen hast – deine edlen Eigenschaften.«

Ich zuckte mit den Schultern. Eigentlich hatte ich erwartet, dass diese Geste mir Schmerzen bereiten würde, doch ich spürte nichts. Es war ein merkwürdiges Gefühl, tot gewesen und wieder auferstanden zu sein. Ich war mir nicht sicher, wer ich nun war oder wem mein Leben gehörte. Schon zuvor hatte man mir das Leben gerettet, doch es waren Soldaten im Kampf gewesen, und dabei ging es mit klingenden Schwertern zur Sache. Aber das hier war … ich fand keine Antwort darauf.

»Du teilst Andurs Wertvorstellungen«, sagte sie und zupfte sich behutsam eine Gräte aus dem Mund, »und die Wünsche Ryadnes sind auch deine Wünsche. Du hast dein Bestes für Ellyn getan.«

Ich würgte einen Bissen herunter. »Mit dem Erfolg, dass Eryk sie nun in seiner Gewalt hat.«

»Wir werden sie einholen. Mein Wort darauf«, erwiderte sie. »Doch zuvor …«

»Zuvor?«, fragte ich.

Sie nippte an ihrem Tee und blickte mir in die Augen. »Es gibt da einiges, das du wissen musst. Du kannst es hinnehmen oder ablehnen. Es sind wahrscheinlich Dinge, die dir nicht gefallen werden.«

»Und das wäre?«

Sie stellte die Tasse beiseite. »Nun, zu allererst muss ich dir sagen«, sie zögerte, »dass ich eine Vachyn-Magierin bin.«

Augenblicklich griff ich nach meinem Schwert.

»Ach ja, das ist die übliche Reaktion auf das, was mein Volk angerichtet hat und noch anrichten wird.«

Ich hatte mein Schwert erhoben und war bereit, ihr den Todesstoß zu versetzen oder ihr den Kopf abzuschlagen und zu spalten.

Sie lächelte ungerührt weiter. »Wirst du mich nun umbringen?«

Ich zögerte und fürchtete eine List. »Du hast mir mein Leben zurückgegeben. Ich stehe in deiner Schuld. Doch du bist eine Vachyn?«

»Das bin ich. Oder besser … ich war es.« Sie zeigte sich völlig unbeeindruckt von meiner drohenden Geste. Ich war nicht sicher, ob ich sie überhaupt töten *konnte.* »Steckst du jetzt endlich das Schwert weg und hörst mir weiter zu?« Das zumindest schuldete ich ihr. Also nickte ich und setzte mich wieder. Doch mein Schwert hielt ich in Bereitschaft und legte es quer über die Knie.»Ich bin als Vachyn geboren«, fuhr sie traurig fort, als ob sie eine alte, traurige Geschichte erzählte. »Und ich habe starke magische Kräfte. Was weißt du über die Vachyn, Gailard?«

»Nicht viel.« Ich blickte sie regungslos an, damit ich sie nicht einen Moment lang aus den Augen verlor.

Wenn es sein musste, würde ich sie erschlagen. »Nur, dass sie in den Bergen westlich und östlich von Danant leben. Ihr habt dort einen Tempel, und man sagt, niemand hätte ihn je gesehen. Von dort sendet ihr eure Magier aus, die sich dann in die Dienste von Herrschern stellen, von denen sie gut bezahlt werden. Talan hat auch einen dieser Zauberer verdingt, Nestor. Er hat König Andur diesem Bastard ausgeliefert. Er hat Talan zum Sieg verholfen und wird vermutlich auch Chorym in seine Hände fallen lassen.«

»Chorym ist bereits gefallen, und Ryadne ist tot«, sagte Shara. »Nestor hat Jäger auf deine Spur gesetzt, und deine Fährte ist auch die Ellyns.«

Meine Hände klammerten sich um den Schwertknauf.

»Ich bin als Vachyn geboren«, fuhr sie fort, »doch ich habe sie verlassen, als ich begriff, was sie planen.«

»Und was?«

»Die Welt zu beherrschen«, gab sie zur Antwort. »Die Vachyn verfügen über mächtige Zauberkräfte. Es ist nur ein kleiner Clan, Gailard, doch ihre Fähigkeiten übertreffen die der Dur bei weitem. Zudem sind sie sehr ehrgeizig. Bei den Göttern, es gibt nicht mehr als ein-, zweihundert Vachyn. Die stärksten von ihnen bleiben im Tempel und stellen ihre Fähigkeiten fremden Eroberern zur Verfügung. So wie Nestor. Und ...«

»Du?«, fragte ich.

Sie schüttelte den Kopf. »Nein! Ich habe sie verlassen und bin verbannt, so wie du. Ich habe gesehen, was sie anrichten, und missbillige ihr Tun.

Deswegen habe ich mich von ihnen losgesagt und sie verlassen. Ich wollte allein sein, fort von den Versuchungen der Macht und den niederträchtigen Zielen, die mein Stamm verfolgt.«

»Und die wären?«

»Die Vachyn wollen in jede Provinz und in jedes Königreich dieser Welt einen Berater setzen. Sie stellen den Herrschern ihre magischen Fähigkeiten gegen Entlohnung zur Verfügung, denn die Mächtigen verstehen nur die Sprache der Gewalt. Und diese Gewalt wird durch die Magie der Vachyn unterstützt. Vachyn-Magier haben Männer wie Talan groß gemacht. Dort, wo ehrbarer Kampf versagt, erobert die Magie das Land. Hätte Talan Andur jemals in ehrenvoller Auseinandersetzung besiegen können?«

Ich schüttelte den Kopf. »Ich bin sicher, wir hätten Danant geschlagen, hätte Nestor nicht seine Magie gegen uns eingesetzt.«

»Und es gibt noch viele Vachyn-Magier, die dieses Ziel verfolgen. Sie beraten die Herrscher der Welt, auch die Machthaber der Serian und Naban, in allen Ländern der vier Himmelsrichtungen – Ländern, von denen du noch nie gehört hast. Sie arbeiten listig und flüstern sanft Versprechungen und Verheißungen in willige Ohren der Könige und Herrscher. Und mit Hilfe der Magie lassen sie die Versprechungen Wirklichkeit werden, sodass die Herrscher irgendwann glauben, sie könnten ohne ihre Vachyn-Magier nicht mehr überleben. Mehr noch, die Vachyn machen die Könige und Königinnen, Landesfürsten und Statthalter nach und nach willenlos, bis diese nicht mehr in der Lage sind, eigene Entscheidungen zu treffen und nur noch das tun, was die Magier sagen. Wenn das so weitergeht, wird irgendwann die ganze Welt von den Vachyn beherrscht.«

»Wieso hast du sie verlassen?«, fragte ich. »Du hättest mit ihnen herrschen können.«

»Wieso hast du dich geweigert, Rytha zur Frau zu nehmen?«, entgegnete sie. »Du wärst anstelle deines Bruders Stammesführer der Devyn und der Agador geworden.«

Ich zuckte die Schultern. Verwirrt dachte ich an Ellyn, die als Geisel in der Hand Eryks war. Würde Mattich auf den Handel eingehen, oder würde Eryk seine Drohung wahrmachen, Ellyn in Stücken zu den Dur zurückzuschicken?

»Ich konnte nicht anders.«

»Ich auch nicht«, sagte sie. »Deswegen bin ich verbannt, so wie du. Nun lass uns aufbrechen und den Plan vereiteln.«

»Welchen Plan?«, fragte ich. »Was hat Eryks Krieg gegen die Dur mit dem Vorhaben der Vachyn zu tun?«

»Er will Chaldors einzige Hoffnung an Nestor ausliefern«, antwortete sie. »Er wird sie dazu benutzen, die Dur zu erobern und dann alle Hochland-Clans unter seine Herrschaft zwingen. Zweifellos wird Talan ihn dabei unterstützen – was dazu führen wird, dass Talan das gesamte Reich des Lichts beherrschen wird. Nur dass Talan lediglich *glaubt*, er würde herrschen. Letztlich aber wird es Nestor, der regiert.« Sie setzte ein mattes Lächeln auf. »Talan wird nicht wissen, dass auch andere Gebieter von Vachyn-Magiern beeinflusst werden und sich so wie diese zu verheißungsvollen Kampfhandlungen verleiten lassen.«

»Das wird die ganze Welt in Aufruhr bringen!«, entgegnete ich. »Überall wird Krieg sein, und alles wird zu Grunde gehen.«

Shara nickte. »Genau das wollen die Vachyn. Wer, glaubst du, wird aus den Trümmern als Sieger emporsteigen, Gailard?«

Ohne die Antwort zu wissen, starrte ich sie an. Ich traute ihr noch immer nicht. Vielleicht hatte sie mich nur deshalb wieder zum Leben erweckt, um ihre eigenen Ziele zu verfolgen – irgendwelche hintersinnigen Pläne.

»Die Stärksten werden siegen«, antwortete sie an meiner Stelle. »Die Vachyn! Sie werden überleben. Sie werden sich nicht an den Kämpfen beteiligen, sondern in Sicherheit abwarten und beobachten. Sie werden zusehen, wie die Männer sterben, bis die Überlebenden zu ihnen kommen und um Frieden und Erlösung bitten. Und die Vachyn werden die ganze Welt beherrschen, Stück für Stück.«

Ich dachte darüber nach, was Eryk mir erzählt hatte. Seine hochfliegenden Pläne kamen mir in den Sinn, und ich erkannte, wie gut sie sich in das Muster fügten, das Shara mir aufgezeichnet hatte. Trotzdem …

»Weshalb haben sie dich so einfach ziehen lassen?«, wollte ich wissen. »Wenn das alles wahr ist, was du mir erzählt hast, wieso haben sie dich nicht festgehalten oder erschlagen?«

»Es ist nicht leicht, eine Vachyn umzubringen«, antwortete sie, »doch es gab noch tiefere Gründe, dass sie mir nichts getan haben. Vielleicht war es so wie mit dir und deinem Vater. Weshalb hat er dich nicht getötet?«

Schulterzuckend antwortete ich: »Ich glaube, für ihn zählte immer noch unsere Verwandtschaft. Zudem hoffte er, ich würde das Hochland nie wieder betreten. Und wer würde schon sein eigen Fleisch und Blut erschlagen?«

»Das gilt auch für mich.«

»Wieso das?«, fragte ich erstaunt.

Unumwunden antwortete sie: »Mein Vater ist Stammesoberhaupt der Vachyn. Als ich ihm sagte, dass ich seine Ziele missbillige und fortgehe, um alleine zu leben, glaubte er, ich sei keine Gefahr für ihn.«

»Doch genau das bist du jetzt, wenn du tust, wovon du gesprochen hast.«

»Ja.« Sie nickte. »Doch ich lebe schon viel länger alleine, als du dir vorstellen kannst. Und in all den Jahren stellte ich nie eine Gefahr für ihre Ziele dar. Ich war immer nur teilnahmslose Beobachterin. Wahrscheinlich glauben sie, ich sei keine Bedrohung oder gar schon tot.«

»Und sogar jetzt teilst du in gewisser Weise noch ihre Absichten? Warum?«

»Weil ich meine Herkunft und meine Fähigkeiten nicht verleugnen kann. Es ist …« Sie deutete umher, zeigte auf die Wiese, auf der wir saßen, auf den Baum mit meinen Blutspuren auf der Rinde, auf den Fluss. »Kann das Wasser aufhören zu fließen? Oder kann der Baum mit dem Wachsen aufhören? Nein.

Es muss geschehen, um zu überleben. Es liegt in der Schöpfung ...«

»Männer können den Fluss eindämmen«, entgegnete ich. »Und mit einer Axt kann ich den Baum fällen und das Grass mit der Sense mähen.«

»Doch alles würde wiederkehren. Früher oder später würde das Wasser einen Weg finden und den Damm umgehen. Der Baum würde junge Triebe hervorbringen, und das Gras würde nachwachsen.« Sie schüttelte einige Teeblätter ins Feuer und lächelte mich an. »Könntest du jemals dein Schwert niederlegen? Soll ich dich vor die Wahl stellen? Ich kann dich in ein Land bringen, in dem die Vachyn machtlos sind, und du kannst dich dort niederlassen. Dort gibt es weder Schlachten noch Krieger – nur Bauern, die in Frieden ihr Land bestellen. Du könntest auch ein Bauer sein, Gailard. Du könntest Getreide anbauen, zahme Schafe und fette Schweine züchten. Willst du das?«

Ich schüttelte den Kopf.

»Ich auch nicht.« Sie sammelte das schmutzige Geschirr ein und besorgte den Abwasch wie eine gewöhnliche Frau. Ohne darüber nachzudenken, säuberte ich unsere Tassen und den Kessel und trat das Feuer aus. Sie lachte glucksend und meinte: »Siehst du? So verschieden sind wir gar nicht! Ich besitze magische Fähigkeiten und kann sie zu Wohl oder Wehe einsetzen, und du hast ein Schwert, mit dem du vorzüglich umgehen kannst, ganz nach Belieben. Wir haben beide unsere Wahl getroffen.«

»Mein Schwert habe ich Andur verpflichtet, und nun Ellyn.«

»Dann führe es für sie, und lass mich dir dabei helfen.«

»Offenbar kennst du mich recht gut, doch ich kenne dich kaum.«

»Wir werden uns unterwegs besser kennen lernen.«

Immer noch misstrauisch entgegnete ich: »Trotz allem, wie kann ich dir vertrauen? Immerhin bist du eine Vachyn, auch wenn du die Absichten deines Volkes nicht teilst. Wie kommst du dazu, mich wieder zum Leben zu erwecken und Ellyn zu retten, damit sie rechtmäßige Thronfolgerin wird?«

»Das habe ich nicht versprochen. Ich *bemühe* mich lediglich darum. Ich habe dich gerettet, weil ich fühlte, dass ...« Sie zögerte und sah mir tief in die Augen. Unvermittelt musste ich an den Gesichtsausdruck Andurs denken, als er mir diese Pflichten auferlegte und ebenso, wie Ryadne mir in die Augen geschaut hatte, als sie mir das Versprechen abnahm, mich um Ellyn zu kümmern. Und auch Ellyns angsterfüllter, fragender Blick, als Eryks Männer mich aus dem Zelt schleppten, kam mir schmerzlich in den Sinn. »Ich fühlte, dass du und ich am selben Scheideweg stehen. Das Schicksal und die Macht der Götter treffen hier aufeinander. Du und ich sind Teil davon – und auch Ellyn. Ich kenne dich gut. Du bist mir sehr vertraut. Ich kann es dir nicht besser erklären, Gailard, ich weiß nur, dass Ellyn überleben *muss*, sonst werden die Vachyn die ganze Welt erobern.«

»Das hat Ryadne auch gesagt«, murmelte ich. »Nur hat sie nicht in dieser Deutlichkeit ausgesprochen, dass Ellyn die einzige Hoffnung für Chaldor ist.«

»Und du«, sagte sie mit einem tiefen Blick in meine Augen.

»Ich?«

Sie nickte. »Ich glaube, du bist dazu bestimmt, diese Aufgabe zu erfüllen, Gailard. Du hast keine Wahl. Was sagst du dazu?«

Sie erschien mir plötzlich in einer Rüstung, die in der aufgehenden Sonne funkelte. Im erwachenden Sonnenlicht strahlten ihre Umrisse in goldenem Glanz, beinahe so, als würde sie in Flammen stehen. Sie hatte einen Schild um die Schultern hängen und ein Schwert am Hüftgürtel.

Dann war sie wieder unvermittelt in ein weißes Gewand gekleidet. Ich starrte sie an, ohne zu begreifen, was ich gerade wahrgenommen hatte. Noch immer misstraute ich ihr und ihrer Vachyn-Abstammung.

Ich starrte in ihre wunderbaren Augen, senkte dann den Kopf und fragte: »Kannst du uns zu Eryks Lager bringen?«

Sie nickte.

»Und Ellyn retten?«

»Ich glaube ja. Ich hoffe es. Ich werde *alles* dafür tun, doch vieles hängt von dir ab.«

»Und dann?«

»Dann gehen wir gemeinsam zu meinem Stützpunkt und lehren Ellyn, ihre Fähigkeiten zu entfalten. Wenn die Zeit reif ist, werden wir mit ihr nach Chaldor zurückkehren und mit dem Segen der Götter – und mit Glück – Talan und Nestor bezwingen.«

»Mit Glück?«

»Ich kann dir nichts Besseres anbieten, Gailard. Ich

bin sicher, dass wir Ellyn befreien werden, doch sie wird Zeit brauchen, um ihre magischen Fähigkeiten zu entwickeln. Und vergiss nicht, dass Nestor Jäger auf eure Spur gesetzt hat.«

»Was sind das für Jäger?«, wollte ich wissen, denn aus ihren Andeutungen hatte ich entnommen, dass es sich dabei nicht um menschliche Wesen handeln konnte. »Was sind das für Geschöpfe?«

»Grauenvolle Kreaturen der Vachyn-Magie«, antwortete Shara. »Sie sind sehr stark und unermüdlich. Sie geben die Jagd erst dann auf, wenn Nestor oder sie selbst tot sind.«

Instinktiv ließ ich meinen Blick durch die unberührte Landschaft schweifen. Nirgends war auch nur die Spur einer drohenden Gefahr zu erkennen; ringsherum waren nur Gras und leuchtend blühendes Heidekraut. Der Himmel war strahlend blau. Hier und da zogen weiße Wolkengebirge ihre Bahn. Als ich die Augen zu Schlitzen zusammenkniff, hatte ich den Eindruck, in den Wolken diese phantastischen Kreaturen zu erkennen, von denen Shara sprach.

»Sind sie gefährlich?«

»Ja.« Sie nickte ernst. »Sie sind nur sehr schwer zu töten und erbarmungslose Jäger.«

»Wie können wir ihnen dann entkommen?«

Sie zuckte die Schultern. »Vielleicht können wir das gar nicht. Vielleicht müssen wir mit ihnen kämpfen. Doch mein Unterschlupf ist schwer zu finden. Ich glaube, wir sind dort sicher, bis wir ihn wieder verlassen.«

Erneut bemerkte ich ein gewisses Zaudern in ihrer

Stimme und fragte: »Dieser Unterschlupf, von dem du sprichst, ist er so unüberwindlich?«

»Es ist ein uralter Ort«, antwortete sie. »Eine verfallene Stadt aus grauer Vorzeit, längst vergessen, selbst von den Vachyn, die nur noch in alten Legenden erwähnt wird. Ich fand diese Ruinen durch Zufall, auf der Suche nach Einsamkeit. Ich bin überzeugt davon, dass dieser magische Ort nicht jedem Einlass gewährt.«

»Wird er mir Einlass gewähren? Und Ellyn?«

»Ich *hoffe*, dass ihr dort mit mir gemeinsam Zuflucht findet. Wenn nicht, suchen wir einen anderen Ort.«

»Sind wir dort sicher vor den Jägern? Sicher vor Nestors Magie?«

Sie zuckte mit den Achseln. »Ich kann nur mein Bestes geben, Gailard, genau wie du.«

Ich nickte. »Meinst du, wir können Ellyn aus den Klauen meines Bruders befreien?«

»Ja.«

»Wie kommt es, dass du so viel über Nestor weißt?«

Sie blickte mir fest in die Augen und antwortete: »Weil er mein Bruder ist.«

Ich fuhr hoch und drohte erneut mit dem Schwert.

Sie lächelte bitter. »Bist du wie Eryk? Müssen Geschwister immer den gleichen Weg einschlagen?«

»Nein.« Ich schüttelte den Kopf und senkte zögernd das Schwert. »Nestor ist wirklich dein *Bruder*?«

»So wie Eryk dein Bruder ist – und so wie du ihn erschlagen würdest, wenn du könntest, würde ich Nestor töten, wenn ich die Möglichkeit bekäme.«

»Dann lass es uns tun.«

Ich hatte mich selbst aufgegeben und der Verlockung und Verheißung ausgeliefert. Ich war verunsichert. Ich wusste nur, das dies meine einzige Hoffnung war und mir keine andere Wahl blieb. Ich reichte Shara die Hand, und wir erhoben uns beide. Sie lächelte.

Sie sammelte das restliche Kochgeschirr ein, während ich die letzten Funken des Feuers austrat und mich fragte, wie wir jemals ohne Pferde zu Eryk aufschließen sollten. Zudem waren inzwischen sieben Tage vergangen. Ich beobachtete Shara, wie sie sorgfältig Teller und Kochkessel in einem schlichten Ledersack verstaute, den sie dann schulterte. Ich überprüfte meinen Gürtel, steckte das Schwert fest in die Hülle und band mir den Schild auf den Rücken. Shara wandte sich mir zu. Plötzlich war sie mit dem goldenen Rüstzeug gekleidet, das ich für einen flüchtigen Augenblick schon vorher an ihr zu sehen geglaubt hatte. An ihrer Hüfte hing ein Schwert. Lächelnd reichte sie mir beide Hände, und als ich sie ergriff und festhielt sagte sie: »Vertrau mir.« Und die Welt um mich herum begann, sich zu drehen.

14

Ellyn hatte Angst. Tatsächlich konnte sie sich kaum daran erinnern, in letzter Zeit einmal keine Angst verspürt zu haben. Es kam ihr so vor, als wäre ihr Leben nur noch von Furcht erfüllt, seit sie Chorym verlassen hatte. Allein der Gedanke an Flucht erschien ihr völlig aussichtslos. Sie war umgeben von Tausenden von Clanmitgliedern und musste mit ihnen nordwärts ziehen. Zudem wurde sie gut bewacht. Man hatte ihr die Fußgelenke an die Steigbügel gebunden, und wenn sie absteigen wollte, legten ihr die Männer Fußfesseln an. Unter den lüsternen Blicken Rurrids und den anderen ihren menschlichen Bedürfnissen nachkommen zu müssen und Körperpflege zu betreiben, verschärfte ihre Qualen und stellte eine schreckliche Erniedrigung dar. Auch die Nächte brachten ihr keine Erleichterung. Sie wurde abends gefüttert und anschließend ohne Umschweife einsam in ein Zelt gesperrt, in der Gewissheit, das Rurrid draußen lungerte. Sie glaubte, er würde nur aus Angst, Eryks Pfand zu verletzen, davor zurückschrecken, sie zu entehren. Doch wenn die Dur erst erobert waren – Ellyn konnte sich nicht vorstellen, dass ihr Großvater in der Lage sein würde, eine solch große Horde zu schlagen, wie Eryk sie anführte –, wäre sie als Geisel wertlos, und dann würde Rurrid seine Absichten gewiss verwirklichen. Er hatte ihr zu verstehen gegeben, das Talan mit Sicherheit keine Bedenken haben würde, eine entehrte Frau zur Braut zu nehmen – falls sie dann noch lebte.

Ellyn schauderte bei diesem Gedanken. Sie hatte befürchtet, Gailard würde sich an ihr vergreifen, doch er hatte sich stets wie ein Ehrenmann verhalten. Vielleicht manchmal etwas zu grob in Anbetracht ihrer Würde und ihres Standes, doch ihr Beschützer wäre niemals fähig gewesen, die Dinge zu tun, die Rurrid ihr angedroht hatte. Es kam ihr so vor, als ob mit jedem Tag die Spuren der Zivilisation mehr und mehr verschwammen und sie in einer schrecklichen Wildnis einem fürchterlichen Schicksal ausgeliefert war.

Rings um ihr Zelt vernahm Ellyn den Lärm und das geräuschvolle Treiben des großen Feldlagers. Fackeln schimmerten durch die Lederbespannung ihres Zeltes, und sie roch die vielen Lagerfeuer, die für die Verpflegung der Menschenmenge entfacht wurden. Hundegebell mischte sich in das Wiehern und Schnauben der Pferde. Männerstimmen wurden laut und Frauen, die sich gegenseitig zuriefen, waren zu vernehmen. Und sie war ganz allein.

Sie musste daran denken, dass sie sich mit Gailard nie so allein gefühlt hatte. Gewiss, zuerst hatte sie sich vor ihm gefürchtet. Seine Wesenszüge waren ihr fremd, und seine unhöfliche Art widerstrebte ihr, doch er war ihr Gefährte, hatte sie beschützt und sogar Trost gespendet. Doch nun war er tot, nur noch ein lebloser Körper, der ohne Augen am Baum hängend verrottete, schrecklich gezeichnet von den

Heimsuchungen der Aasvögel, Wölfe und Wildhunde. Und sie war ganz allein, ohne Freunde oder Verbündete, und ohne Hoffnung.

Rytha – auf ihre Art genauso abscheulich wie Eryk – hatte ihr bis ins Kleinste erklärt, welche Absichten ihr Gatte und sie verfolgten. Sie hatte Ellyn aufgesucht und ihr davon erzählt, dass man Mattich vor die Wahl stellen würde, sobald das Land der Dur erreicht war. Er würde erfahren, dass seine Enkeltochter als Geisel in ihrer Gewalt war, und dass man sie langsam verstümmelte, falls Mattich sich nicht beugte und Eryk den Treueid leistete. Dann würde man Talan benachrichtigen und ihm Ellyn als Braut anbieten – ganz so, wie er es wollte, um seinen Anspruch auf den Thron zu rechtfertigen. Als Gegenleistung sollte Talan Eryks Pläne mit seiner Streitmacht unterstützen, sich mit ihm verbünden und Eryk als Clanoberhaupt aller Stämme des Hochlands anerkennen.

Ellyn konnte sich noch immer nicht mit dem Gedanken abfinden, dass sie in dieser Geschichte nur die Rolle des Faustpfandes spielte. Und doch musste sie sich eingestehen, das sie nichts weiter darstellte, als eine hilflose Figur in einem Männerspiel, dessen Regeln sie nicht beeinflussen konnte. Sie wünschte, Gailard wäre bei ihr. Allein seine bloße Gegenwart wäre ihr jetzt ein Trost gewesen. Sie bereute schrecklich, dass sie ihn nicht besser behandelt hatte. Er hatte unter Beweis gestellt, das er ihr würdiger Lehrmeister gewesen war. Und nun war er tot. Mit geballten Fäusten versuchte sie, die grauenvollen Erinnerungen zu verdrängen, die Gedanken an die letzten Momente, als er zerfleischt und blutend am Baum hing und Aasvögel auf das Festmahl warteten.

Schrecken und Verzweiflung stiegen in ihr auf und mischten sich mit ohnmächtiger Wut. Ellyn versuchte, ihre Gefühle zu beherrschen, so wie sie es in der Nacht getan hatte, bevor Gailard hingerichtet wurde – mit dem gleichen Ergebnis.

Damals hatte sie versucht, die Fähigkeiten zu erwecken, von denen ihre Mutter gesprochen hatte. Doch sie entdeckte lediglich Verwirrung. Merkwürdige Träume von Kampf, Rettung und Geborgenheit schlichen sich in ihr Gedächtnis. Die meisten waren unverständlich und verworren wie leises Geflüster. Ellyn hatte die Hoffnung aufgegeben, jemals die magischen Fähigkeiten zu erlangen, die ihre Mutter ihr vorhergesagt hatte.

Diesmal war es nicht besser: tanzende Lichter hinter zusammengekniffenen Augenlidern und das Lärmen des Feldlagers ringsum.

»Du weinst? Ich werde dich vor Vergnügen schreien lassen.«

Ellyn drehte sich zur geöffneten Eingangsluke um und sah dort Eryk stehen, den Blick lüstern auf sie gerichtet. Er brachte einen Holzteller mit einer Mahlzeit und einen Krug Ale und stellte beides auf dem Boden ab.

»Wenn du mich auch nur anrührst, werde ich dich töten.«

Selbst in Ellyns eigenen Ohren hörte sich das töricht an. Was könnte sie schon tun, wenn er sie schänden würde?

Die Drohung bereitete ihm Vergnügen. »Mich töten? Das glaube ich nicht. Du würdest es genießen!« Er begann zu lachen.

Ellyn wurde wütend und verbarg ihre Angst hinter diesem Zorn. Sie sammelte all ihren Mut, um Eryk voller Verachtung die Stirn zu bieten. »Du würdest dich nicht wagen, so mit mir zu reden, wenn Gailard ...«

Er unterbrach sie. »Wenn er noch lebte? Er lebt aber nicht mehr. Du bist allein.«

Als er die Zeltluke hinter sich verschloss, lachte er noch immer. Ellyn brach in Tränen aus. Als sie sich schließlich dem Essen zuwandte, war die Mahlzeit kalt.

Als das Lager abgeschlagen wurde, dämmerte der Morgen. Die Luft war kühl und der zertrampelte Boden frostig. Die Sonne tauchte den Morgen in ein kaltes, fahles Licht. Vögel durchzogen einen stahlblauen Himmel und warteten ungeduldig auf die Abfälle und Überbleibsel des Feldlagers. Unter den Blicken Rurrids durfte Ellyn sich waschen und wurde anschließend wieder auf ihrem Pferd festgezurrt. Zu Rurrid, der ihr Tier an der Leine führte, hatte sich nun auch Athol gesellt und gab schlüpfrige, beleidigende Bemerkungen zum Besten. Ellyn wappnete sich gegen diese beiden, indem sie sich bemühte, die Worte zu überhören; sie zwang sich, an all das zu denken, was ihre Mutter ihr gesagt hatte. Doch sie fragte sich, ob Ryadne nicht Unrecht gehabt hatte. Besaß sie wirklich magische Kräfte? Warum konnte sie diese Macht dann nicht erwecken und einsetzen? Eine kühle Morgenbrise schien die Tränen auf ihren Wangen einzufrieren. Auch wenn die Landschaft um sie herum in ihrer zerklüfteten Schönheit einzigartig war – Ellyn hatte keinen Blick dafür. Sie konnte nur daran denken, dass sie allein war. Gailard war tot, und mit ihm war auch ihre Hoffnung gestorben.

15

Das Blau des Himmels und das Weiß der Wolkengebirge verschmolzen in einem Wirbelwind aus Farben, die ein Maler auf seiner Palette mit dem Pinsel verrührte; eines vermischte sich mit dem anderen, bis keine deutlich abgegrenzten Muster mehr zu erkennen waren, nur noch ein buntes, sich drehendes Durcheinander. Ich fühlte einen Windstoß an meinen Haaren zerren und merkte plötzlich, dass wir durch die Luft glitten. Grelles Entsetzen packte mich, als ich erkannte, dass wir über das Land schwebten, und vor Angst schrie ich laut auf. Ich suchte den Beistand Sharas und blickt mich nach ihr um. Einen kurzen Augenblick lang war ich überzeugt, dass sie mich betrogen hatte und all ihre Versprechungen Lügen waren, denn statt Shara sah ich nur einen Adler mit gelbbraunen Augen und weit ausgebreiteten Schwingen, der neben mir im Aufwind segelte.

Neben mir?

Ich drehte den Kopf und erkannte, dass auch ich auf Adlerschwingen schwebte. Ich konnte das alles nicht begreifen – bis mein Begleiter neben mir seinen Schnabel öffnete und geradewegs in mein Unterbewusstsein sprach.

Das ist der schnellste Weg, Gailard. Vertraue mir.

Ich schaute nach unten auf die Landschaft, die sich

ausbreitete. Dahinjagende Wolken verursachten auf den weiten Moorlandschaften und den großflächigen Heidekrautständen ein Wechselspiel von Sonnenlicht und Schatten. Ich sah einen Hasen aus seinem Unterschlupf hervorschnellen und verspürte das Verlangen, mich auf diese Kreatur hinabzustürzen.

Nein! Wir haben nicht die Zeit zu jagen.

Ich richtete den Blick wieder auf meinen Begleiter und stellte mit Verwunderung fest, wie weit und scharf ich sehen konnte. Es grenzte an ein Wunder, doch offensichtlich flog ich und war zu einem Adler geworden.

Was hast du mit mir gemacht?

Nichts. Ich habe uns lediglich in die Lage versetzt, Eryk einzuholen.

Indem du mich in einen Adler verwandelt hast?

Ich dachte an das, was sie mir über die Kreaturen Nestors erzählt hatte.

Nur so lange, bis wir Ellyn gefunden haben. Anschließend wirst du wieder du selbst sein. Das verspreche ich.

Ich unterdrückte meine Furcht und bedauerte schon bald meine Zweifel. Mit einem Mal gefiel mir diese Art zu reisen, und ich genoss das Fliegen. Und als ich schließlich etwas besser mit meinem neuen Körper zu recht kam, fand ich es wunderbar, durch den Wind zu gleiten, mit den Flügeln zu schlagen und über Gegenden zu segeln, die mit dem Pferd kaum zu erreichen waren: einsame Flussläufe; Hügelketten, die zu erklimmen wenigstens einen Tag gekostet hätte; dichte Waldgebiete, die nur langsam und mühselig zu durchqueren gewesen wären.

Vertraust du mir?

Ja.

Dann lass uns Ellyn finden.

Zustimmend kreischte ich und winkelte die Flügel leicht an, um eine höhere Geschwindigkeit zu erreichen.

Wir segelten über Berge und Moorlandschaften, über dunkle, bedrohliche Schluchten und tiefe blaue Bergseen, bis wir schließlich die beiden Clans der Devyn und Agador in einer Ebene lagern sahen, nur getrennt durch einen schmalen Bergkamm vom Hoheitsgebiet der Dur.

Das Feldlager Eryks erstreckte sich entlang des ganzen Tals und wurde von Wachen umringt, die sich auch auf dem Rücken des Bergkammes postiert hatten. Das Hauptlager der Dur lag in einiger Entfernung nordwärts an einem kleinen Bergsee, an dessen Ufern gefangene Wildpferde grasten, die von Knaben und alten Männern bewacht wurden. Aus der Vogelperspektive sah ich, dass rings um das ausgedehnte Moor in der Nähe des Lagers Leinen gespannt waren, teils, um noch mehr Pferde in die Enge zu treiben und zu fangen, teils um Hirsche, Truthähne und Wildhühner für die Kochtöpfe zu bekommen. Schmerzlich durchzuckten mich Erinnerungen an meine Jugend: die erhabene wilde Freiheit dieser einsamen Moorlandschaften und Berge, in denen man tagelang umherziehen konnte, ohne einer Menschenseele zu begegnen, nur in Gesellschaft von Pferden und wilden Tieren.

Ja, ich hatte auch gekämpft – Fehden zwischen den Stämmen waren nichts Ungewöhnliches –, doch niemals auf die Art, die Eryk bevorzugte. Damals wurden Kriegserklärungen abgegeben und Herausforderungen kundgetan; Auseinandersetzungen wurden diskutiert und bereinigt; man versuchte, in Volksversammlungen zu schlichten; es wurden Forderungen und Gegenforderungen gestellt und Erklärungen abgegeben – doch immer wurden zuerst friedfertige Boten gesandt, wenn sich ein Konflikt abzeichnete. Was Eryk nun tat, war vollkommen anders. Er schlich sich an seine Beute wie eine lauernde Wildkatze, und das war unehrenhaft.

Ich gab ein missbilligendes Kreischen von mir, und Shara gab mir zu verstehen, dass wir nun landen würden.

Wir suchten uns einen ebenen Felsvorsprung außer Sichtweite von Eryks Lager und landeten. Erneut drehte sich alles um mich herum, und ich verspürte eine unerwartete Übelkeit in mir aufkommen, die damit endete, dass ich mich in menschlicher Gestalt auf festem Fels stehend wiederfand. Überdies erkannte ich, dass ich meine Arme noch immer wie Flügel ausgebreitet hatte und musste lachen. Was mir allerdings schnell verging, als ich mich nach Shara umblickte und sie zitternd vor Erschöpfung neben mir kniend fand, den Kopf in den Händen. Ich ging zu ihr. »Stimmt etwas nicht?«

Langsam erhob sie eine Hand. »Nur einen Augenblick, ja?«

Ich wartete, bis sie sich nach einer Weile aufrichtete. Ihr Gesicht war blass, und sie wischte sich den

Mund. »Ach, das ist eine anstrengende Sache. Gibt es Wasser in der Nähe?« Ihre Stimme klang heiser, und sie war außer Atem. Ich blickte mich um. In einer Felsvertiefung in der Nähe hatte sich Regenwasser gesammelt. Ich brachte sie zu der Stelle und konnte ihren schlanken Körper spüren, der sich Halt suchend auf mich stützte. Sie wirkte schwach, und die goldene Rüstung, die sie zuvor trug, war einem einfachen Highlandergewand gewichen – wenngleich ohne Clanfarben. Ich spürte ihr Zittern. Sie kauerte sich über die Wasserlache und bespritzte ihr Gesicht; dann trank sie.

»Der Transport-Zauber ist sehr kräftezehrend«, gab sie mir zu verstehen, nachdem sie sich wieder gefasst hatte. Sie lehnte sich gegen einen Felsen und atmete tief durch. Ich sah, wie das durchnässte Kleid an ihrer Haut klebte und ihre Brüste sich deutlich darunter abzeichneten. »Ich muss ausruhen, ehe wir aufbrechen können.«

»Ich dachte …«, sagte ich und zuckte die Schultern, nicht ganz sicher, was ich davon halten sollte. »Du hast mir doch erzählt, dass Nestor diese Bestien erschaffen hat, die uns jagen – wo ist da der Unterschied?«

»Das ist ein großer Unterschied.« Sie legte die Stirn in Falten und zog die Mundwinkel voller Abscheu nach unten. »Nestors Zauber ist endgültig. Was er erschaffen hat, wird nie wieder Mensch oder Hund sein, nur noch die Kreatur, die er geformt hat. Was ich getan habe, verändert uns nur für eine gewisse Zeit; später sind wir wieder menschliche Wesen. Doch bei allen Göttern, Gailard, es ist sehr kräftezehrend und schwächt mich. Ich muss eine Weile ausruhen.«

Mit diesen Worten streckte sie sich auf dem Boden aus und schlief ein.

Der Tag war warm, und außer meinem Umhang hatte ich nichts, womit ich sie zudecken konnte. Ich ließ sie ruhen und sah mich ein paar Schritte weit auf dem Felsvorsprung um. An drei Seiten ragte der Felsen steil bis zum Gipfelgrat empor, an der vierten neigte sich eine sanft abfallende Geröllpiste abwärts zum Fuß des Tals. Unten konnte ich das Lager sehen, doch was dahinter lag, war nicht zu erkennen. Eryks prahlerischer Pavillon hob sich deutlich gegen die anderen ab, und ich fragte mich, ob in dem kleinen Zelt in unmittelbarer Nähe wohl Ellyn gefangen gehalten wurde. Ich beobachtete das Geschehen eine Weile, doch nichts deutete darauf hin, dass man Ellyn dort untergebracht hatte. Ich ging zurück zu Shara und wartete, dass sie aufwachte.

Die Sonne war schon ein gutes Stück weitergezogen, ehe Shara die Augen öffnete. Mit einem Mal spürte ich meinen leeren Magen.

Sie seufzte, setzte sich hin, starrte umher und begann zu lachen, als mein leerer Magen sich knurrend bemerkbar machte. »Ich fürchte, ich kann nichts Essbares herbeizaubern.«

Schulterzuckend wurde mir bewusst, dass ich schon oft hungern musste, doch ich hätte lieber etwas im Magen gehabt. »Können wir nicht als Adler auf die Jagd gehen?«, fragte ich sie.

»Nein.« Sie schüttelte den Kopf. »Was ein Vogel fressen würde, wäre für uns kaum ausreichend.

Außerdem sagte ich schon, dass diese Arten von Zauber sehr anstrengend sind und ich meine Kräfte nicht noch mehr damit erschöpfen werde.«

Ich vermute, die Enttäuschung stand mir im Gesicht geschrieben, denn sie seufzte und fuhr fort: »Selbst wenn ich könnte, jeder Zauber hinterlässt Spuren und ist wie ein Leuchtfeuer für Nestor und seine Jäger, und ich möchte weder ihn noch seine Schergen auf mich aufmerksam machen, wenn es nicht unbedingt sein muss. Nein, was wir als Nächstes tun, muss in Menschengestalt geschehen.«

Ich fragte mich, wie wir so Eryks Lager erreichen und Ellyn retten wollten. Ich war davon ausgegangen, dass wir erneut die Gestalt von Adlern oder anderen Vögeln annehmen und zum Lager hinunterfliegen würden. Doch als ich dies aussprach, lächelte Shara und erklärte: »Das ist gar nicht so einfach, Gailard. Überleg mal – zwei Adler, die mitten im Zeltlager landen. Wir wären ein leichtes Ziel für die Bogenschützen. Außerdem ist dieser Zauber so anstrengend, das ich bezweifle, ihn in den nächsten Tagen noch einmal anwenden zu können.«

»Nestor schien aber dazu in der Lage gewesen zu sein«, erwiderte ich und dachte an die enormen magischen Kräfte, die uns am Darach-Pass bezwungen hatten, »und du hast gesagt, er …«

»Ich weiß, was ich gesagt habe.« Sie stellte sich auf und wankte einen Augenblick. Ich bot ihr meinen Arm, dass sie sich darauf stützte. »Doch Nestor hat die ganze Unterstützung Danants. Alle Hassgefühle Talans und die Kräfte einer kampfeslustigen Streitmacht verleihen ihm zusätzliche Macht. *Das* stärkt ihn, während ich auf mich allein gestellt bin und nur dich zur Unterstützung habe.«

Ich hatte nicht ganz begriffen.

»Magie ist eine vertrackte Angelegenheit, die vom Zusammenwirken verschiedenster Kräfte abhängt«, erklärte sie. »Der Glaube und die Gefühle derer, die einen Magier umgeben, setzen zusätzliche Kräfte in ihm frei. Als du im Kampf deinen Widersachern gegenübergestanden hast, wann warst du da stärker – als deine Mitstreiter an dich glaubten und du auf sie zählen konntest, oder als du an ihnen gezweifelt hast?«

»Als wir gemeinsam kämpften«, antwortete ich.

»Mit der Magie ist es genauso«, sagte sie. »Nestor besitzt das Vertrauen der gesamten Streitmacht Talans. Er kann davon zehren, und das macht ihn sehr stark.« Sie reckte sich und deutete auf das Lager, das in einiger Entfernung unter uns lag. »Sogar hier, wo dein Bruder Nestor ihm in die Hände arbeitet, stärkt es ihn. Es ist, als ob seine Macht sich über das ganze Land ausbreitet. Und das schwächt *meine* Macht. Ich muss aufpassen, dass ich uns nicht ins Verderben stürze.«

»Was werden wir tun?«

Shara blickte mir in die Augen und antwortete: »Nun, die nächsten Züge in diesem Spiel werden zum großen Teil von dir abhängen. Ich werde dir mit all meinen Kräften zur Seite stehen. Dennoch wird die Befreiung Ellyns vor allem deine Angelegenheit sein.«

»Und wenn wir sie wirklich befreien? Wie können wir Eryk und seinen Männern entkommen?«

»In einigen Tagen werde ich zu meiner alten Stärke zurückgefunden haben. Dann kann ich dich besser unterstützen«, entgegnete sie.

»Aber warum warten wir dann nicht hier, bis deine Kräfte zurückgekehrt sind?«, fragte ich.

»Sogar Vachyn-Zauberer müssen etwas essen«, antwortete Shara. Sie lachte und deutete auf unsere Umgebung. »Und hier gibt es nichts – also müssen wir hinunter in Eryks Lager und Ellyn befreien, bevor die Schlacht beginnt.«

»Aber es wäre doch sicherlich einfacher für uns«, gab ich zu bedenken, »wenn die Kampfhandlungen bereits im Gange sind. Wir könnten uns die Verwirrung zunutze machen. Außerdem sind dann keine Krieger mehr im Lager.«

»Du vergisst dabei zwei Dinge«, entgegnete sie. »Eryk wird Ellyn als Faustpfand in diesem grausamen Spiel missbrauchen, und die Dur besitzen die Gabe des Hellsehens.«

Einerseits fluchte ich leise ob meiner unbedachten Äußerung, anderseits war mir nicht ganz klar, was Shara meinte.

»Nun«, erklärte sie, »die Dur wissen von Eryks Absichten und sind für die Schlacht gewappnet.«

»Natürlich!« Verärgert schlug ich mir mit der flachen Hand vor die Stirn. »Und Eryk wird mit Ellyn in der Vorhut angreifen. Oder er wird sie, wie er es angedroht hat, verstümmeln und die abgetrennten Teile zu Mattich bringen lassen. So oder so – die Dur müssen sehr vorsichtig sein in diesem Kampf. Werden sie die Flucht ergreifen?«

Shara zuckte mit den Schultern, wobei ihr nasses

Kleid sich noch enger über ihre Brüste spannte. »Schon möglich. Doch wenn sie das tun, wird Eryk sie mit Sicherheit verfolgen. Egal was geschieht, es wird in jedem Fall eine Auseinandersetzung sein, die Nestor dienlich ist und ihn seinem Ziel näher bringt.«

»Also müssen wir Ellyn so schnell wie möglich befreien.«

Shara nickte.

Wolken sammelten sich über dem Tal, verdunkelten die Nacht und machten unseren Weg abwärts unsicher und tückisch.

Wir stiegen einen flachen, bewachsenen Hang hinunter. Es stellte sich heraus, das der Hang nur eine dünne Grasnabe besaß und darunter glatter Schiefer hervortrat. Schlitternd und stolpernd landeten wir auf einem Pfad am Fuße des Hangs. Bei allen Göttern, waren wir nicht hierher geflogen und hatten den Himmel als majestätische Adler durchquert? Jetzt gingen wir zu Fuß, stolperten und strauchelten und waren nicht annähernd so sicher auf den Beinen wie irgendein Tier, aber viel lauter. Und mehr noch: Wir waren nur zwei gegen viele. Ich hatte geglaubt, Sharas magische Kräfte würden uns den Sieg sichern, doch nun …

Ich blieb in einer abschüssigen Biegung des Pfades stehen. Dies war nur der Anfang einer ganzen Reihe von schroffen Hängen, die sich bis hinunter ins Tal fortsetzten. Es würde sicherlich bis kurz vor Morgengrauen dauern, ehe wir den Fuß des Berges erreicht hatten, und bei Sonnenaufgang würde das Lagerleben erwachen. Zudem waren wir mittlerweile beide recht hungrig. Ich konnte Sharas Magen leise knurren hören.

Als ich sie darauf aufmerksam machte, lächelte sie und sagte: »Schon gut, wir werden uns im Lager etwas zu Essen besorgen.«

Ich starrte sie an. »Es wird schwer genug sein, Ellyn zu befreien. Und wir brauchen Pferde, wenn du uns nicht in Vögel oder Wölfe verwandeln kannst, oder ...« Ich zuckte die Achseln und fragte mich, ob ich mit diesen Worten meinen zweiten Tod besiegelt hatte.

»Wir werden einen Weg finden«, erwiderte sie mit grimmigem Blick. »Wir müssen.«

Es war ein langer Abstieg, doch wir erreichten den Fuß des Berges einige Stunden vor Sonnenaufgang und hielten uns im Dickicht eines Fichtenwäldchens verborgen. Von hier aus war das Lager gut zu sehen. Es breitete sich entlang der beiden Ufer eines seichten Flusslaufes aus. Der kleine Fluss speiste einen Bergsee und gluckerte gurgelnd, als würde unsere Vermessenheit ihn erheitern. Stumm betrachtete ich das Lager und schätzte unsere Erfolgsaussichten ab.

»Kannst du deine Magie noch immer nicht einsetzen?«, fragte ich, obwohl ich die Antwort zu kennen glaubte. Ein kurzes Kopfschütteln bestätigte meine Befürchtungen. »Wartest du hier, während ich Pferde für uns stehle?«

»Nein.« Erneut schüttelte sie den Kopf, doch diesmal begleitet von einem Lächeln. »Ich komme mit dir. Ich kann gut mit Tieren umgehen.«

Ohne weitere Umschweife bewegte sie auf die Herde zu.

»Bei allen Göttern, Weib! Was weißt du denn vom Pferdestehlen?« Für einen Augenblick vergaß ich, dass sie eine Vachyn-Magierin war. »Das ist Männerarbeit. Du brauchst nur hier zu warten. Ich bringe dir die Pferde.«

Die einzige Reaktion auf meine Einwände war, dass sie ihren Weg unbeirrt weiterging und ich an ihrer Seite schritthalten musste. Ich hatte keine Wahl. Mit ihr zu streiten, hätte die Hunde und Wächter des Lagers auf uns aufmerksam gemacht. Also begleitete ich sie in der Gewissheit, das ich schon bald ein weiteres Mal sterben würde und Ellyn für immer verloren war.

Doch sie hatte Recht; sie konnte gut mit Tieren umgehen. Wir näherten uns der Herde, als ein Hund auftauchte, um uns zu mustern. Es war ein typischer Hund der Highlands: kräftig, langbeinig, mit schwarzem glänzendem Fell. Ich zog mein Schwert und war darauf vorbereitet, das Tier mit einem Hieb töten zu müssen, falls es angriff. Doch Shara hielt meinen Arm fest und trat ein paar Schritte vor. Sie murmelte einige Worte, die so leise und sanft waren, dass ich sie kaum wahrnehmen konnte, kniete sich nieder und breitete die Arme aus. Der Hund knurrte kurz und trottete geradewegs in ihre Arme. Dann zuckte das große Tier mit dem Brustkorb, schüttelte sich leicht und legte sich brav in Wachstellung vor ihr nieder. Sie streichelte seinen Unterkiefer und bedeutete mir, es ihr gleichzutun. Immer wieder drückte der Hund artig und schmusend seine Schnauze gegen ihre

Beine, während wir uns ungehindert der Herde näherten.

Die Wächter schliefen tief und fest, was entweder von übertriebener Selbstsicherheit oder von laschen Regeln Eryks zeugte; unser Vater hätte niemals schlafende Wächter geduldet. Doch so konnten wir ungehindert mitten zwischen die Herde spazieren. Einige Tiere schnaubten, doch Shara sprach zu ihnen, und sie wurden so ruhig und zutraulich wie die Hunde, die sich mittlerweile zu uns gesellt hatten.

Ich fand meine Stute und Ellyns Kastanienbraunen und drängte Shara, sich ebenfalls ein Reittier auszusuchen. Sie zuckte die Achseln und flüsterte mir zu, ich solle für sie wählen. Ich suchte ihr eine schwarze Stute aus, die Ausdauer und Schnelligkeit zu besitzen schien. Wir führten die Tiere zurück zu dem kleinen Fichtenwäldchen.

»Kannst du ohne Sattel reiten?«, fragte ich.

Shara blickte von den Hunden aud, die sie gestreichelt hatte. Sie waren ihr gefolgt wie Welpen, die hungrig nach der Mutter Zitzen suchten. »Ja«, sagte sie bloß und streichelte weiter die Hunde, als hätten wir keine anderen Probleme gehabt.

»Es wird ein anstrengender Ritt«, sagte ich. »Wir müssen schnell reiten, um Eryk zu entkommen. Es wäre sicherlich leichter, wenn …«

»Ich kann keine Magie einsetzen«, erwiderte sie und widersprach meinen unausgesprochenen Gedankengängen. »Alles, was ich mit meiner Magie bewirken konnte, habe ich bereits getan: dich und mich samt Ausrüstung und Kleidung hierher zu bringen. Und bedenke eins, Gailard – Magie hinterlässt Spuren. Jeder wirksame Zauberspruch hinterlässt Hinweise, die wie ein Wegweiser für denjenigen sind, der ebenfalls magische Kräfte besitzt. Was ich bis jetzt getan habe, wird Nestor und seine Jäger auf unsere Fährte setzen. Ich will ihm nicht noch weitere Hinweise geben und auch nicht unseren Weg verraten. Also werden wir uns nun ganz normal fortbewegen.«

Verwirrt von ihrer Ruhe und Gelassenheit antwortete ich nur mit einem Grunzen. Es schien mir, dass ich mein Leben in ihre Hand gelegt hatte. Sicherlich hatte ich mein instinktives Misstrauen ihr und ihren magischen Kräften gegenüber vergessen; besser gesagt, ich hatte ihr verziehen, dass sie eine Vachyn-Magierin war. Nun war es genau so, wie sie es vorhergesagt hatte: Ellyns Rettung lag in meiner Hand. Ich starrte sie an und fragte: »Und? Was tun wir jetzt?«

»Wir werden Ellyn finden und mitnehmen«, antwortete sie und streichelte noch immer die Hunde.

Ich glaube, es war genau dieser Moment, als mir die Ungeheuerlichkeit unseres Vorhabens so richtig bewusst wurde. »Flucht aus diesem Lager, durch die Linien der kämpfenden Clans und dann – falls wir es überleben – zu deinem Unterschlupf?«

Shara nickte. »Hast du einen besseren Plan?«

Ich schüttelte den Kopf.

»Dann sollten wir es angehen, oder?«

Sie erhob sich, schüttelte die hechelnden Hunde ab und lächelte mich an. »Wir werden lernen, miteinander zu leben, Gailard. Vielleicht wirst du sogar lernen, mir zu vertrauen, nachdem wir Ellyn gerettet haben.«

»Falls wir überleben«, murmelte ich.

»Das ist wahr«, gab sie zu. »Wollen wir aufbrechen?«

»Mit denen?« Verwirrt stieß ich mit dem Finger in die Richtung der Pferde und Hunde. »Was hast du vor? Willst du mit drei Pferden und einer Hundemeute in Eryks Lager spazieren?«

»Nein.« Sie schüttelte den Kopf. »Die Pferde bleiben hier, doch die Hunde werden uns nützlich sein.«

Erneut grunzte ich, und ihr Lächeln wurde zu einem hellen Lachen. Dann fragte sie: »Fürchtest du etwa einen weiteren Tod?«

»Ich will Ellyn retten«, antwortete ich. »Und dazu muss ich leben.«

»Dann komm her zu mir.«

Sie nahm eine Hand voll vom weichen Uferschlamm des kleinen Wildbachs und schmierte ihn mir in Gesicht und Haare. Ich wich zurück und versuchte, diesem Schlammschmuck zu entkommen.

»Bei allen Göttern, Weib, so tun wir es mit unseren Verstorbenen.«

»Bist du etwa kein Toter?«, fragte sie. »Bist du nicht gestorben?«

Langsam begriff ich und nickte. Shara schmierte mich völlig mit Schlamm ein, achtete jedoch darauf, dass mein Gesicht noch gut wieder zu erkennen war. Dann lächelte sie und fragte: »Sollen wir gehen?«

Ich blickte auf die Hunde.

»Die werden uns begleiten«, sagte sie. »Ihr Highlander glaubt doch, dass Hunde eure Seelen in das Leben nach dem Tod tragen, nicht wahr?«

Das stimmte. Also zuckte ich mit den Schultern, und da ich selbst keinen besseren Einfall hatte, beschloss ich, ihrem Plan zu folgen.

Wir ließen die Pferde zwischen den Fichten zurück und gingen mit allen Hunden hinunter zum Lager. Der Schlamm in meinem Gesicht war nass und klebrig, und es war ein unangenehmes Gefühl, als er zu trocknen begann. Ich rieb mir die Augen aus Furcht, dass sie verkleben und Schlamm meinen Blick verschleiern könnte, falls ich kämpfen musste. Spielerisch zwickten die Hunde mich in die Reithosen und Hände, gerade so, als wäre das alles ein großer Spaß, doch keiner von ihnen bellte oder gab sonst einen Laut von sich. Ich wandte mich zu Shara und sah, dass sie nun wieder ihr weißes Gewand trug und ihr Gesicht ebenfalls mit Schlamm beschmiert hatte, sodass sie jetzt aussah wie ein wunderschöner Geist. Sie lächelte zaghaft und murmelte: »Vertraue mir«, und schritt kühn in Richtung der Zelte in unmittelbarer Nähe.

Es war zur frühen grauen Morgenstunde, die Zeit, da der anbrechende Tag mit seinem verschleierten Zwielicht und aufsteigenden Nebelschwaden versucht, die Nacht vergessen zu machen. Es war die Zeit, wenn Geister umherwandelten und alte Menschen starben. Das Gras unter unseren Füßen dampfte, der Mond war hinter Wolken verschwunden, und für das morgendliche Vogelkonzert war es noch zu früh. Wir schritten durch eine gespenstisch vergeistigte Kulisse, die uns in Nebelschleier hüllte. Vor uns erhoben sich die Zelte des Lagers. Diesseits des Flüsschens konnte ich die Banner der Agador erkennen, auf der anderen Seite hingen die Clanzeichen der Dur schlaff an den Fahnenmasten. Die Glut niedergebrannter Lagerfeuer warf mattes Licht auf die Umrisse einiger schlafenden Wachmänner, doch trotz ihrer offensichtlichen Schläfrigkeit glaubte ich nicht, dass wir unbemerkt ins Lager gelangen würden. Ich zögerte und bedeutete Shara, dass sie warten möge. Noch immer umringt von den Hunden, blieb sie stehen, und ich hatte Gelegenheit, mir einen Überblick zu verschaffen. Die Wachen waren weit voneinander aufgestellt, doch ich konnte mir nicht vorstellen, unbemerkt an ihnen vorbei zu kommen, schon gar nicht mit all den Hunden im Gefolge, es sei denn, wir wären wie die Würmer auf dem Boden gekrochen. Doch Shara lächelte nur, berührte meinen Ellbogen und forderte mich auf, weiterzugehen. Sie schritt voller Selbstvertrauen voran, sodass mir nichts anderes übrig blieb, als ihr zu folgen.

Würde Magie uns retten? Waren Sharas Kräfte am Ende gar nicht so erschöpft, wie sie vorgab? Ich wusste es nicht; ich wusste nur, dass wir durch die Wachposten schritten, als wären wir Geister. Ich erwartete einen Warnruf, einen geschleuderten Speer, doch niemand versuchte, uns aufzuhalten, und so schritten wir immer weiter zwischen den Zelten hindurch, bis zum Ufer des kleinen Flusses. Das Wasser spritzte, als wir den seichten Flusslauf durchquerten und auf der Seite der Devyn ans Ufer traten.

Alles war ruhig und neblig, die Stille nur gestört durch die Geräusche, die ein schlafendes Feldlager verursacht, durch das Tapsen unserer Schritte und der kaum wahrnehmbaren Laute der Hunde, die uns noch immer begleiteten. Meine Erinnerung führte uns zu dem kleinen Zelt, das ich neben Eryks Pavillon gesehen hatte. Die beiden Aufpasser, die vor dem Eingang hockten, wirkten nicht sonderlich wachsam. Offenbar fühlten sich in der Gegenwart so vieler Krieger ringsum sicher. Trotz allem hielten sie die Schwerter kampfbereit auf den Knien liegend, und zwischen uns war noch genügend Raum, der ihnen Zeit gelassen hätte, in Kampfstellung zu gehen und die anderen Männer zu alarmieren, ehe ich sie erreicht hätte. Ich wünschte, Shara hätte mir meinen Bogen gebracht und suchte mit ihr kurzzeitig Schutz im Schatten des nächststehenden Zeltes. Eryks eindrucksvolles Quartier war durch einen kreisrunden Streifen Freiland vom Rest des Lagers getrennt. Lediglich das kleine Zelt – von dem ich annahm, dass Ellyn sich darin befand – stand in unmittelbarer Nähe. Ich schätzte die Entfernung ab und führte den Mund ganz nah an Sharas Ohr.

»Ich kann sie nicht rechtzeitig erreichen – nicht ohne dass sie vorher die anderen warnen könnten.«

Sie lächelte, wobei sie den festgebackenen Schlamm um ihren breiten Mund zerbrach, und flüsterte zurück: »Vertraue mir. Bleib ganz still und komm mit.«

Mit diesen Worten marschierte sie geradewegs auf die Wachen zu. Die Hunde begleiteten sie, und ich musste mich sputen, Schritt zu halten, und zog mein Schwert.

Auf halbem Weg über das Stück Freiland bemerkten die Wachen unser Kommen, erhoben sich und nahmen Schwert und Schild auf. Shara hielt unbeirrt weiter auf die beiden zu. Im aufsteigenden Dunst, gekleidet in ihre weißen Robe, mit dem lehmverschmierten Gesicht und in Gesellschaft der Hunde, wirkte sie wie ein leibhaftiger Geist. Wie gelähmt starrten die beiden Wachen sie an. Nun begriff ich, was Shara vorhatte. Im Hochland herrscht der Glaube, dass die Seelen der Sterbenden durch den Götterboten Helig und sein Seelenjägergefolge ins Jenseits begleitet werden. Diese beiden verschlafenen Wachposten mussten unweigerlich glauben, dass Helig mit mir im Schlepptau durchs Lager spazierte. Keiner der beiden sprach auch nur eine Silbe – beide starrten uns nur offenen Mundes an und schnappten nach Luft. Dann sah ich, wie einer der beiden mit den Lippen meinen Namen formte, und grinste. Es musste ihnen so vorkommen, als wäre mein Schatten vom Baum auferstanden und würde nun Vergeltung suchen. Einer begann zu zittern, und Shara hob die Hand und zeigte auf ihn. Der Mann fiel auf die Knie, ließ das Schwert fallen und griff mit beiden Händen nach seinem Schild, den er hastig schützend vor seine Brust schlug. Der andere schaute Hilfe suchend im Lager umher und machte dann einen unsicheren Schritt rückwärts.

Ich bemerkte, dass er fliehen wollte, und hieb ihm mein Schwert tief in den Nacken, sodass sein aufkeimender Schrei in einem Meer von Blut erstickte. Ich schmetterte ihn zu Boden, drehte mich um und trieb die Spitze meines Schwertes in den Rücken des anderen Wachpostens. Es war kein ehrenhafter Stoß, und ich fühlte mich schuldig, Devyn-Blut vergossen zu haben, doch dies waren Eryks Männer, und ich hatte geschworen, Ellyn zu beschützen. Ich hatte keine andere Wahl.

Ich zog die Klinge heraus und wandte mich dem Zelt zu.

Der Eingang war von außen verschnürt. Ich durchschnitt die Stricke, klappte die Zeltluke beiseite und beugte mich ins dunkle Innere. Es gab weder Feuer noch Licht; alles wirkte schemenhaft. Lediglich eine einsame Gestalt lag ausgestreckt und mit einer Decke zugedeckt am Boden. Mit dem Schwert schob ich die Decke beiseite. Ellyn rührte sich und erwachte. Sie öffnete dem Mund zum Schrei, als sie mich sah.

»Ruhig!« Ich presste meine Hand auf ihre Lippen, und sie biss fest hinein. »Ich bin es, Gailard. Hörst du? Ich bin's!«

Sie starrte mich genauso an, wie die Wachen es zuvor getan hatten; dann nickte sie langsam. Ich nahm die Hand weg. Dort, wo sie hineingebissen hatte, war ihr Zahnkranz abgebildet. Ich saugte an der Wunde.

»Aber …« Ihre Augen musterten mein Gesicht, hoffnungsvoll, ängstlich und ungläubig zugleich. »Gailard? Du bist tot! Ich habe dich sterben sehen – sie haben mich gezwungen zuzuschauen.« Sie rückte von mir ab, als ob sie sich vor mir fürchtete. »Träume ich? Bist du ein Geist?«

»Du bist wach, und ich bin kein Geist.« Ich zeigte ihr meine Hand, in die sie gebissen hatte. Blut tropfte vom Handballen. »Siehst du? Geister bluten nicht, oder? Ich werde es dir später erklären, doch jetzt müssen wir uns beeilen.«

Sie starrte mich noch immer an, als könnte sie nicht glauben, was sie sah. »Wir haben einen Verbündeten, doch wir müssen fort sein, ehe das Lager erwacht – also schnell jetzt!«, gab ich ihr zu verstehen.

Ich streifte die Decke zu Seite, dankbar, dass sie in voller Kleidung geschlafen hatte, und steckte mein Schwert zurück in die Scheide. Ellyn stand auf, schüttelte den Kopf, als wollte sie einen schlechten Traum abschütteln, und berührte mein Gesicht.

»Warum bist du mit Lehm vollgeschmiert?«

»Ich werde es dir später erklären. Doch nun beeil dich!«

Ellyn nickte und ging endlich zum Ausgang. Ich untersuchte die Vorräte, in der Hoffnung, etwas Essbares zu finden, denn mein Magen fühlte sich mittlerweile hohl an. Doch alles was ich vorfand, war eine Decke und eine ärmliche Matratze. Ich folgte Ellyn nach draußen.

Dort stand Shara, noch immer umringt von den Hunden. Ellyn betrachtete sie neugierig. »Ich … kenne … dich.«

»Du hast mich herkommen lassen«, entgegnete Shara. »Ich habe deinen Ruf gehört.«

»Wie das?«, wollte Ellyn wissen und schaute dann abwechselnd Shara, die Hunde und schließlich mich mit einem fragenden Stirnrunzeln an.

»Wir haben jetzt keine Zeit«, antwortete Shara. »Später, wenn wir in Sicherheit sind, wirst du alles verstehen.«

»Es sei denn, wir stehen hier noch lange herum und erzählen Geschichten«, nörgelte ich.

Der Morgen war noch immer grau und neblig, doch der Dunst wurde dünner, und im Osten zeigte sich ein schwacher Lichtschimmer, der die aufgehende Sonne ankündigte. Das Lager würde bald erwachen, und wenn wir bis dahin nicht weit genug weg waren, würden wir erneut in Gefangenschaft geraten. Ich bezweifelte, eine weitere Hinrichtung zu überleben.

»Folgt mir«, sagte Shara. »Wir müssen dicht zusammenbleiben.« Wir traten durch das Gewirr von Zelten den Rückweg an.

Als wir den Flusslauf erreichten, hörte ich einen Vogel seinen morgendlichen Gesang aufnehmen und dann das Husten eines Mannes. Ein Pferd wieherte und ich wusste, dass unsere Zeit knapp wurde. Vor uns wurde eine Zeltluke zurückgeklappt. Eine Frau mit einem Eimer trat aus dem Zelt. Sie reckte sich, schaute sich um, bemerkte uns und stieß einen Schrei aus.

»Lauft!«, rief ich.

Die Frau schrie noch immer. Ein Mann, nur in seine Unterkleider gehüllt, kam aus dem Zelt und hielt ein Schwert in der Hand. Er starrte uns an, drehte sich zu seiner Frau und brüllte einen Warnschrei.

Als das Lager hinter uns erwachte, waren wir gut in Tritt gekommen und eilten auf den äußeren Lagerrand zu. Ich beschleunigte meine Schritte, um noch schneller vorwärts zu kommen. Sicher war es nun unmöglich, die Wachen unbemerkt zu passieren. Ich hob das Schwert und presste meinen Schild schützend vor die Brust in der Absicht, eine Bresche zu schlagen, durch die wenigstens Shara und Ellyn die Flucht gelingen sollte.

Ich sah, wie sich Männer versammelten – vier oder fünf Wachen – aufgeschreckt durch die Warnschreie der Männer weiter hinten im Lager. Und dann hörte ich Shara. Sie schrie schrill und kreischend. Ich blickte zurück und befürchtete, dass sie gefangen oder von einem Pfeil getroffen worden war, doch sie rannte und schrie. Dann kamen sämtliche Hunde, die uns begleitet hatten, auf mich zu, hetzten an mir vorbei und fielen über die Wachposten her, sodass sie binnen kürzester Zeit überwältigt waren und schreiend zusammenbrachen, als wir an ihnen vorbeirannten. Ich hörte Männer und Frauen schreien. Einige meinten, die Dur hätten angegriffen, andere glaubten, Helig schreite mit ihrer Meute Seelenfänger bei den Zelten umher. Andere warnten, der tote Gailard sei zurückgekehrt, um sich zu rächen.

Dennoch sah ich unsere Hoffnung auf Flucht schwinden. Das Lager war jetzt wach, und Krieger verfolgten uns zu Fuß. Ich hörte, wie sich das Lied der Pfeile mit dem Gesang der erwachenden Vögel vermischte. Speere pfiffen durch die Luft. Ich drehte mich um, um den beiden Frauen ein wenig Vorsprung zu verschaffen.

»Lauft zu den Pferden und reitet! Ich finde euch schon.«

»Nicht nötig!«, rief Shara mir zu, und schon erschienen die Pferde aus dem Wald und kamen zu uns.

Geschickt schwang Shara sich auf den Rappen. Ich

hob Ellyn auf ihren Fuchs, warf meinen Schild auf den Rücken und sprang auf meine braune Stute. Wir drückten den Pferden die Fersen in die Weichen und preschten im Galopp durchs Tal. Ich spürte, wie ein Pfeil meinen Schild traf, und warf einen Blick zurück. Einige Männer schleuderten uns Speere nach, etliche verfolgten uns auf ungesattelten Pferden. Ich legte mich auf den Hals meiner Stute und blieb ein wenig hinter den Frauen zurück. Doch dann sah ich eine Gruppe Krieger, die nach vorn liefen, um uns den Weg abzuschneiden. Shara lenkte ihr Ross den Abhang hinauf, Ellyn folgte ihr. Mir war jedoch bewusst, dass die Höhe uns nur wenig Vorteil verschaffte. Der Aufstieg verlangsamte uns, und jetzt hatten sich zu dem Dutzend berittener Verfolger weitere gesellt, die rasch näher kamen. Auch die Krieger vor uns kletterten behände den Hang hinauf, um uns aufzuhalten. Laut fluchend trieb ich meine treue Stute voran, um die hinaufsteigenden Krieger anzugreifen.

Es waren ungefähr zehn Mann, hauptsächlich Agador, aber auch einige Devyn, und ich erkannte in vorderster Reihe Rurrid. Offenbar waren seine Wunden verheilt, denn er trug Schwert und Schild und brüllte wütend. An seiner Seite sah ich Athol, der einen Speer umklammerte. Mir blieb nicht die Zeit, meinen Schild zu lösen – aus dem jetzt etliche Pfeilschäfte ragten, die in meinem Rücken stecken würden, hätte ich den Schild nicht gehabt –, daher hob ich das Schwert, stieß einen Schlachtruf aus und galoppierte auf die Männer zu.

Auf dem Grashang standen vereinzelt kleine Fichten, deren abgeworfene Nadeln den Boden weicher machten. Für einen solchen Angriff wäre mir harter Grund unter den Hufen meines Pferdes lieber gewesen, doch ich hatte keine Wahl. Ich hatte überhaupt das Gefühl, dass mir jegliche Wahlmöglichkeiten entzogen worden waren und ich mich ganz in der Hand der Götter befand. Daher stieß ich nochmals meinen Kampfruf aus und griff an.

Rurrid schwang die Klinge, als ich ihm entgegenstürmte. Ich lenkte meine Stute ein wenig beiseite und führte einen Hieb gegen seinen Kopf. Er wich zurück und hob den Schild. Da schleuderte Athol seinen Speer. Ich legte mich auf die Seite, vergaß jedoch im Kampfeseifer, dass ich weder Sattel noch Steigbügel besaß, die mich hätten halten können. Beinahe wäre ich vom Pferd gefallen. Zum Glück sauste der Speer an mir vorbei. Schnell machte ich kehrt und ritt Athol über den Haufen. Ich schäumte vor Wut. Es war Athol gewesen, der meinen Rücken mit der Peitsche zerfleischt hatte. Zwar hatte er es auf Eryks Befehl hin getan, doch nur allzu willig. Wären er und Rurrid nicht gewesen, hätten Ellyn und ich friedlich ins Hochland reiten können.

Wie ein Berserker verfiel ich in einen Kampfrausch.

Athol rollte ein Stück über den Boden. Ich riss die Stute herum, sodass es mir gelang, ihm mit dem Schwert den Schädel zu spalten, als er sich aufrappelte. Als die Klinge sich senkte, fiel mir auf, dass sein Haar bereits schütter wurde. Dann ergoss sich über die kahle glänzende Stelle ein gewaltiger Blutstrom. Falls er schrie, konnte ich es bei dem Lärm, der mich umgab, nicht hören. Aber ich sah ihn sterben, und das verschaffte mir tiefe Befriedigung.

Dann wieherte meine Stute und bäumte sich auf. Wieder wäre ich um Haaresbreite von ihrem Rücken gefallen, als sie wild auskeilte. Ich drehte mich um und sah Rurrid, der ihr gerade einen zweiten Schlag versetzen wollte. Ich hielt mich an ihrer Mähne fest, als sie mit den Hinterhufen seine Brust traf und ihn zu Boden schleuderte. Wieder machte ich kehrt. Ich war so sehr im Racherausch, dass ich Ellyn und Shara, sogar die anderen Krieger, für einen Moment vergaß. Ich kannte nur ein Ziel: Rurrid töten.

Ich beugte mich herab, um ihm den Todesstoß zu versetzen, doch er parierte meinen Hieb mit dem Schild, ließ sich nach hinten fallen und zielte dabei mit seiner Klinge auf den Bauch meiner Stute. Ich schmetterte sein Schwert beiseite und brachte mein aufgeregtes Pferd mit kräftigem Schenkeldruck dazu, sich über ihm im Kreise zu drehen. Ich hörte die Hufe gegen seinen Schild klirren. Dann kroch er rückwärts davon, wie ein großes, widerliches Insekt. In diesem Augenblick nahm ich das Donnern der sich nähernden Hufe nicht wahr, auch nicht die ungenau geschossenen Pfeile, die mich umschwirrten und Freund oder Feind treffen konnten.

Rurrid war an einer Fichte angelangt und konnte nicht weiterkriechen. Er stand auf, um sich mir zu stellen.

Sein Gesicht war bleich, die Augen von der Gewissheit des bevorstehenden Todes angstvoll geweitet. Ein Blutgerinnsel floss aus seinem Mund. Wie aus weiter Ferne fragte ich mich, ob meine Stute ihm ein paar Rippen gebrochen oder nur die Wunden geöffnet hatte, die ich ihm zugefügt hatte. Trotz allem stand er mir jetzt als Highlander gegenüber, was ihm ein wenig zur Ehre gereichte. Er hob Schild und Schwert und stieß durch blutigen Schaum einen Schrei aus, als ich ihn angriff.

Ich parierte seinen Schlag und führte einen Hieb gegen seinen Schild. Dann wieherte meine Stute und bäumte sich auf, als wolle sie sich mit den Hufen für seinen Schlag rächen. Er bückte sich und entblößte dabei seinen Hals. Dort traf ihn meine Klinge. Er stürzte zu Boden, und ich sprang vom Pferd, um ihm einen Schwerthieb ins Gesicht zu versetzen. Doch war er auf die Seite gerollt, sodass meine Klinge seinen Bauch traf. Schreiend ließ er sein Schwert fallen und presste eine Hand auf die Wunde. Ich sah das Blut zwischen seinen Fingern hervorquellen. Wieder versetzte ich ihm einen Schlag. Er rührte sich nicht mehr. Schnell packte ich sein Haar und trennte mit einem einzigen Streich seinen Kopf vom Rumpf. Dann schleuderte ich den Kopf beiseite. Er rollte den Hang hinab. Unvermittelt wurde mir klar, dass ich zu Fuß dastand, umringt von bewaffneten Kriegern – und weitere ritten herbei.

Mein Verstand kehrte zurück und mit ihm die Erkenntnis, dass ich diesen Kampf für die Genugtuung persönlicher Rache verloren hatte. Ich war umzingelt. Die Krieger brauchten jetzt nur noch ihre Pfeile abzuschießen und die Speere zu schleudern, und ich war tot.

Ich hob mein Schwert, bereit zum Angriff, um wie ein Highlander zu sterben.

Der Nebel hob sich jetzt. Der Himmel war nicht mehr grau, sondern blau. Die Sonne stieg über dem

Talrand empor. Vögel sangen. Eine sanfte Brise blies durch die Bäume. Es war kein schlechter Tag, um zu sterben.

Da vernahm ich wieder die schrillen Schreie, und Hunde rannten bellend zwischen die Männer, die mich töten wollten. Andere versuchten, die Pferde in die Fesseln zu beißen, worauf diese ausschlugen, sich aufbäumten und die Reiter abwarfen.

Dann kamen Ellyn und Shara den Hang herab und ritten zwischen die Männer, die mich umringten. Shara ergriff die Mähne meiner braune Stute und brachte sie mir zurück.

»Das war töricht«, sagte sie.

Ich zuckte die Schultern. »Möglich, aber ich bereue es nicht.«

»Vielleicht doch«, meinte sie und zeigte auf das Lager, in dem jetzt alle wach waren. Krieger nahmen unsere Verfolgung auf. »Wenn wir nicht bald weg sind, fangen sie uns.«

Ich stieg auf die Stute. In der Ferne sah ich im Sonnenlicht, wie Eryk ein Ross mit prächtigem Silberschmuck bestieg. Reiter preschten an beide Enden des Tals, um uns sämtliche Fluchtwege abzuschneiden.

»Wir haben zu viel Zeit verloren«, erklärte Shara. »Wegen dir.«

Ich nickte beschämt. Ich sah keine Möglichkeit, all diesen Reitern zu entkommen. Trotz der Bemühungen der Hunde waren sie zu nahe – und zu zahlreich. Von allen Seiten drangen sie zu uns vor. Nirgends ein Fluchtweg. Ich empfand grenzenlose Scham wegen meines Vertrauensbruchs.

Doch dann erklang von beiden Enden des Tals Kampfgeschrei, und vom gegenüberliegenden Rand prasselte ein Pfeilhagel hernieder.

16

Ellyn vermochte es auch jetzt noch nicht zu begreifen, wieso Gailard immer noch lebte; auch verstand sie nicht, wer – oder was – eigentlich Shara war. Aufgrund der wenigen Worte, die sie auf der Flucht wechseln konnten, schien Shara Gailard wieder zum Leben erweckt zu haben und wollte sie an einen sicheren Zufluchtsort bringen. Letzteres schien Ellyn ebenso unwahrscheinlich wie Gailards Wiederauferstehung. Doch wenn das eine möglich war, dann vielleicht auch das andere – und mit Sicherheit war Gailard wieder am Leben, denn sie hatte seine Hände gespürt, und es waren nicht die Hände eines Geistes gewesen, sondern warme Hände, die nach Leder, Schweiß und Metall rochen. Und jetzt kämpfte er mit unvorstellbarer Heftigkeit gegen die Verfolger. Ellyn verspürte beinahe Freude, als sie sah, wie er Rurrid den Kopf abschlug. Am liebsten wäre sie zu ihm geritten und hätte auf den gespaltenen Schädel gespuckt. Doch Shara hatte sie zurückgehalten, und sie waren erst herbeigeritten, als es so aussah, als würde Gailard der Übermacht der Feinde erliegen.

»Er ist starrköpfig«, hatte die seltsame Frau gesagt.

»Er ist tapfer«, hatte Ellyn erwidert.

Shara hatte gelacht und genickt und dann diese eigenartigen schrillen Schreie ausgestoßen, mit denen sie die Hunde aus dem Lager zum Angriff aufforderte. »Nun, sollen wir ihn wegen seiner Tapferkeit retten?«

Ellyn war nicht sicher, ob sie die Frau mochte, denn Shara spielte offensichtlich eine große Rolle bei ihrer Befreiung und schien mit Gailard auf sehr vertrautem Fuß zu stehen. Doch jetzt war seine Sicherheit die größte Sorge. Deshalb ritt Ellyn mit Shara den Hang hinunter und stieß mit ihrem Pferd die Männer beiseite, bis sie ihren Beschützer erreicht hatten und dieser wieder auf seiner Stute saß.

Aber es schien unmöglich zu sein, Eryks Kriegern zu entkommen – bis die Dur angriffen.

»Das ist Großvater!«, rief Ellyn, als sie an der Talflanke entlangpreschten. »Bei den Göttern, er hat die Dur hergeführt.«

Dann fragte sie sich, woher sie das wusste. Doch schnell vergaß sie diesen Gedanken, als sie durch ein Fichtenwäldchen ritten und sie den Kopf einziehen musste, um nicht von ihrer Fuchsstute gerissen zu werden. Sie war nicht daran gewöhnt, ohne Sattel zu reiten, und benötigte ihre gesamte Aufmerksamkeit, um sich auf dem Pferd zu halten. Der verzweifelte Ritt wurde durch die surrenden Pfeile und ihre eigenen verwirrten Gedanken noch verschlimmert.

Wie konnte Gailard am Leben sein?

Wer war Shara?

Gailard rief eine Warnung, und sie sah Reiter, die ihr den Weg abschneiden wollten. Es war eine kleine Schar Devyn-Reiter, die die Verfolgung aufnahmen. Vielleicht entkamen sie nun doch nicht.

Nestor starrte mit finsterer Miene in die Flammen. Die Glut im Kohlebecken verlosch langsam, und der Geruch der Eingeweide wurde stärker und erfüllte das Gemach mit einem durchdringenden Gestank, der sogar seine Nase allmählich beleidigte. Er erhob sich, um die Fenster zu öffnen, und entsandte damit einen widerlichen Strom aus Rauch und Gestank in die Palastgärten.

Irgendetwas stimmte nicht. Etwas war geschehen, das er nicht richtig verstehen konnte.

Er vermochte es nicht genau zu erklären, nur so viel, dass irgendein mächtiger Zauber bewirkt hatte, dass seine Pläne gestört wurden. Es war, als hätte er geträumt, aber er konnte sich die Bilder nicht wieder ins Gedächtnis rufen – lediglich, dass sie ihn verstörten und einen nachwirkenden Zweifel zurückließen. Er füllte ein Glas mit Wein und leerte es. Dann schritt er im Gemach auf und ab und brütete über die Störung im Äther, im Luftreich der Geister und der Magie. Sie kam aus dem Osten, wohin seine Jäger gegangen waren, aber diese hatten Ellyn noch nicht gefunden. Es war auch noch zu früh, selbst für diese schnellfüßigen Läufer, und er hätte gewusst, falls die Jagd bereits Erfolg hatte. Also war es etwas anderes – aber was? Er vermochte es nicht zu ergründen.

Er fluchte und fragte sich, ob die Magie der Dur stärker war, als er gedacht hatte. Aber das war nicht möglich – die Dur besaßen nur die Gabe des Hellsehens mittels des Kristalls. Aber was war es *dann*? Er wusste es nicht. Er beschloss nichts davon zu sagen, wenn Talan ihn fragte, wie die Dinge stünden.

Es war besser, wenn dieser eitle Narr ihm weiterhin völlig vertraute und Danant und Chaldor den Vachyn in die Hände legte. Bald würden seine Geschöpfe Ellyn finden und töten, und dann würde Talan *wirklich* Chaldor besitzen und sich noch mehr auf seinen Vachyn-Magier verlassen. Ja, dann würden die riesigen vereinten Länder und der Fluss unter der Herrschaft der Vachyn sein.

Nestor lächelte und vertrieb seine Zweifel. Er glättete sein Gewand und ging zu seinem Dienstherrn.

Egor Dival warf ihm einen finsteren Blick zu, als er den Ratssaal betrat. Nestor setzte eine strahlende Miene auf und erklärte: »Alles bestens.«

»Gut«, sagte Talan. »Doch Egors Neuigkeiten sind ebenso willkommen.«

Nestor setzte sich und lächelte dem sauertöpfischen General zu.

»Wir besitzen jetzt das Herz Chaldors«, erklärte Dival. »Wir haben die letzten Reste von Andurs Armee aufgerieben, und es gibt keinen weiteren Widerstand. Unsere Truppen stehen an den Grenzen, die Küsten gehören uns – abgesehen von den Piraten Hels –, und wir sind bis zum Geffyn-Pass sicher.«

»Dahinter liegen die Hochlande«, bemerkte Nestor. »Was ist damit?«

Divals Miene verfinsterte sich noch mehr. »Verrät es dir deine Magie denn nicht?«

Nestor wahrte einen gleichgültigen Gesichtsausdruck, da ihm die Abneigung des alten Generals bekannt war. »Ich beuge mich deinem überlegenen Wissen«, sagte er.

»Es ist, wie ich bereits gesagt habe – die Highlander führen ihren eigenen Krieg.« Dival wandte sich direkt an Talan. »Sie sind wegen Chaldor nicht so besorgt, dass sie sich zu dessen Verteidigung erheben würden. Und selbst wenn, müssten sie über den Geffyn-Pass kommen.« Er schaute Nestor an. »Und diesen Pass haben wir jetzt fest in der Hand.«

»Ausgezeichnet!« Talan klatschte erfreut in die Hände. »Alles läuft gut. Abgesehen von ...« Er blickte Nestor an.

Der Vachyn lächelte. »Meine Jäger haben sie noch nicht gefunden, aber es dauert nicht mehr lange. Mein Wort darauf.«

Talan strahlte, Nestor lächelte und Egor Dival machte eine finstere Miene.

»Das sind bis jetzt neun Schiffe – das hast du gut gemacht.«

Mutter Hel lehnte sich gegen die hinter ihr aufgetürmten Kissen und betrachtete Kerid mit den lüsternen Blick einer Katze, während er sich wusch. Die Vormittagssonne tauchte ihr Schlafgemach in goldenes Licht, das zu ihrem Haar und den blitzenden Armreifen passte, die er mitgebracht hatte.

»Und was bekomme ich dafür?«

Er hatte es weitgehend aufgegeben, mit ihr zu feilschen. Die Mutter hatte ihre eigenen Regeln festgelegt, und ganz gleich, ob er ihr neun oder neunzig Schiffe samt Ladung brachte: Sie bestimmte den Preis und gab ihm als Gegenwert, was ihr gerade in den Sinn kam. Er trocknete das Gesicht ab und betrachtete sie. Dabei fragte er sich, ob es das wirklich wert war. Ja, sagte er sich. Diese Frau war unglaublich verführerisch.

Die Mutter beugte sich leicht zur Seite. Dabei glitt die dünne Decke aus serischer Seide herab, sodass sie halb nackt dalag und lachte, als Kerids Augen wie gebannt an ihr hingen.

»Sechs Kriegsschiffe, wenn du willst.«

Kerid war von ihrem großzügigen Angebot überrascht.

»Sechs?« Er warf das Handtuch fort. »So viele kannst du bringen?«

»Noch nicht.« Sie streckte sich und zog mit den Zehen die Decke noch weiter herab. »Aber meine Werften könnten diese Schiffe in einem Jahr bauen.«

»Bauen?« Kerid blieb auf dem Weg zum breiten Bett stehen. »Warum musst du sie bauen? Du hast mehr als sechs Schiffe, die müßig vor sich hin dümpeln.«

Mutter Hel lächelte und warf die Decke ganz von sich. »Ja«, sagte sie. »Und daran bist hauptsächlich du schuld.«

Kerid war einen Schritt vorgetreten, als er sie ohne Decke sah, doch jetzt verharrte er erneut.

»Ich bin schuld?«

»Kerid«, sagte sie leise, wie ein Kätzchen schnurrend. »Du bist der schlimmste – oder beste – Pirat, den dieser Fluss kennt. Du schwächst Talans Seemacht, und dein Krieg behindert den Handel. Komm her.« Sie deutete aufs Bett. Kerid erfüllte ihren Wunsch.

»Der Durrakym ist verdammt«, sagte sie. »Talan ist zu beschäftigt, Chaldor zu erobern, als dass er sich viel um den Handel kümmern könnte. Chaldor ist jetzt im Besitz der Danant …«

»Nein!«, rief Kerid. »Talan wird niemals Chaldor besitzen, solange ich lebe.«

»Er sitzt jetzt in Chorym«, fuhr die Mutter fort, als hätte er sie nicht unterbrochen. »Und seine Krieger stehen an sämtlichen Grenzen Chaldors. Der Flusshandel ist ausgetrocknet …«

»Dann gib mir Schiffe, und ich werde ihn wieder beleben.«

»Du verstehst nicht.« Sie streichelte seine Brust. »Hör mir zu. Serian und Naban haben Handelsschiffe im Norden, aber sie fürchten sich, weiter nach Süden vorzudringen. Sie haben Angst vor diesem Krieg und deiner Piraterie …«

»Ich habe keines ihrer Schiffe angerührt«, protestierte Kerid. »Nur die Danants.«

»Du und ich wissen das«, sagte die Mutter und streichelte ihn, als wäre er eins ihrer Kätzchen. »Aber sie wissen es nicht. Sie haben nur Angst, überfallen zu werden. Sie haben Angst, weiter nach Süden zu fahren als bis nach Hel. Denk daran, dass Talan Chaldors Flagge auf seine Schiffe gesetzt hat, als er ihre angriff – jetzt sind sie verunsichert und wagen sich nicht weiter nach Süden.«

»Dann sprich mit ihnen«, forderte Kerid sie auf. »Erklär es ihnen.«

»Es gibt einen besseren Weg«, sagte sie.

»Allerdings!« Er schob ihre Hand weg. »Gib mir diese Kriegsschiffe, und ich zerstöre die gesamte Flotte Talans. Ich öffne den Fluss …«

»Nein.« Sie legte ihm die Finger auf die Lippen,

um seinen Protest zu ersticken. »Hör mir zu. Biete Naban und Serian eine sichere Passage flussabwärts unter deinem Schutz. Garantiere ihnen die Sicherheit ihrer Schiffe, wenn sie von deinen Schiffen begleitet werden. Gegen eine kleine Gebühr natürlich.«

»Ich brauche meine Schiffe, um gegen Talans Flotte zu kämpfen«, entgegnete er trotzig.

»Damit würdest du aber leichter Gold verdienen«, sagte sie. »Und einen größeren Gewinn herausschlagen. Und du hättest immer noch die Schiffe, um sie gegen Danant einzusetzen. Überleg doch: Du begleitest die Schiffe nach Süden, und dann segelst du nach Norden und kannst angreifen.«

Kerid dachte eine Zeit lang nach; dann nickte er zustimmend und blickte Mutter Hel an. »Aber was bringt es dir?«

»Einen Obulus für jedes Schiff, das hier festmacht«, antwortete sie. »Und noch einen von dir für jedes Schiff, das du nach Süden begleitest.«

Kerid lachte. »Bei den Göttern, du stellst harte Bedingungen.«

»Warum nicht?«, fragte sie. »Willigst du in den Handel ein?«

»Ja.«

»Gut, dann vermiete ich dir fürs erste zwei Schiffe. Weitere bekommst du, wenn das Unternehmen blüht.«

Kerid lächelte und brach in lautes Lachen aus. Sie besiegelten ihr Abkommen mit inniger Umarmung.

17

Ich erkannte die Clanfarben der Dur, noch ehe Ellyn schrie. Ich konnte unser Glück kaum fassen und fragte mich, ob Sharas Magie einen Anteil daran hatte. Doch ihrem Gesichtsausdruck nach war sie ebenso überrascht. Ich kam zu dem Schluss, dass es entweder Zufall oder die Gabe der Hellsichtigkeit gewesen waren, die Mattichs Krieger zu diesem für uns so glücklichen Augenblick hergeführt hatten. Trotzdem waren wir noch weit davon entfernt, in Sicherheit zu sein – die Dur waren zahlenmäßig weit unterlegen. Auch wenn ihre Bogenschützen jetzt im Lager ein Chaos anrichteten, waren ihre Reiter noch weit fort. Zudem erwartete sie an beiden Enden des Tals eine feindliche Übermacht. Ich sah, wie Reiter hinter uns kehrt machten, um sich dem Angriff der Dur zu stellen. Doch die Krieger vor uns teilten sich. Die größere Gruppe ritt gegen die Dur, die kleinere hielt weiterhin auf uns zu. Ich fürchtete, dass man uns auch jetzt noch ergreifen könnte und rief den Frauen zu, schneller zu reiten.

Ich war ein Stück voraus, wo sieben Berittene uns den Weg abschneiden wollten. Die Dur waren zu weit weg, uns zu Hilfe zu kommen, und ich bezweifelte, dass ich sieben Krieger erledigen konnte. Der Kampfrausch hatte mich verlassen, und ich verspürte nur kalte Angst, dass im letzten Moment noch alles verloren ginge. Ich packte mein Schwert und wünschte, ich säße fest in einem Sattel, und meine Füße fänden in Steigbügeln Halt, da ich dann besser kämpfen könnte. Ich rief Ellyn und Shara zu, den Hang hinaufzureiten und zu versuchen, die Angreifer so zu umgehen.

»Nein!«, rief Shara zurück. »Es sind zu viele, Gailard.«

»Gewiss, aber was tun?«, fragte ich. »Ich werde versuchen, sie lange genug aufzuhalten, bis ihr die Dur erreicht habt.«

Ellyn schaute mich mit großen Augen an, in denen ich Bestürzung und Hoffnung zugleich las. Shara deutete zum Hang.

»Hinaufreiten, wie du sagst – aber zusammen! Das dürfte sie auch verlangsamen, oder?«

Ich nickte, obgleich ich in diesem Unterfangen wenig Vorteil sah, da der Aufstieg auch uns verlangsamte.

Da rief Ellyn: »Schaut!« Ich drehte mich um. Eine Schar Dur heftete sich an die Fersen unserer Verfolger.

»Los, es ist unsere letzte Chance«, rief Shara. Als ich zögerte, fuhr sie fort: »Wenn du bleibst, bleibe ich auch!«

Ich sah die Entschlossenheit in ihren dunklen Augen. Ich wollte nicht, dass sie starb, obwohl ich mir trotz ihrer Beteuerungen ihrer Beweggründe immer noch nicht sicher war. Weshalb hatte sie mir geholfen und tat es noch immer? Weshalb sorgte sie sich um Ellyns Sicherheit? Dennoch wollte ich, dass sie am Leben blieb. »Kannst du nicht Magie einsetzen?«, fragte ich.

»Nein.« Sie schüttelte den Kopf. »Wir können nur fliehen oder kämpfen.«

Ich fluchte und bedeutete ihr mit einer Handbewegung, den Hang hinaufzureiten. Ellyn und ich folgten ihr. Pfeile umschwirrten uns. Doch vom Rücken eines schnell laufenden Pferdes ist es schwierig, genau zu zielen, und noch schwieriger, wenn das Ziel sich oberhalb befindet und der Boden uneben ist. Daher traf uns kein Pfeil. Dennoch zeigte mir ein Blick zurück, dass die Verfolger aufschlossen und die Devyn und Agador uns erreichen würden, ehe die Dur sie eingeholt hatten.

Erschwerend kam hinzu, dass Ellyn Mühe hatte, ohne Sattel zu reiten. Sie klammerte sich mit grimmiger Entschlossenheit an ihre Stute, doch mit dieser Unbeholfenheit behinderte sie auch das Pferd auf dem schwierigen Aufstieg über von Wurzeln übersätes Gelände. Ich sah, dass die Verfolger uns unweigerlich einholen mussten und traf eine verzweifelte Entscheidung.

Ich nahm den Schild vom Rücken, schnallte ihn um den linken Unterarm, wendete mein Pferd und preschte den Hang hinunter, direkt auf die sieben Männer zu, die uns verfolgten. Sie hatten sich aufgeteilt. Zwei ritten vorn, drei hintereinander, und die letzten beiden Seite an Seite dahinter. Mein Angriff überraschte sie. Mit einer so selbstmörderischen Tat hatten sie nicht gerechnet. Ich wehrte den Schlag des Mannes auf der linken Seite mit dem Schild ab; gleichzeitig führte ich einen Hieb gegen seinen Kameraden rechts von mir. Der stürzte vom Pferd und rollte den Hang hinab, wobei sein Bogen zerbrach. Der andere schlug mit dem Schwert nach mir, als ich dicht an ihm vorbeiritt. Dabei wendete er sein Pferd, das in die nächste Gruppe stürmte. Einen Mann schlug ich zu Boden und brachte meine Stute zum Tänzeln, sodass ich noch einen weiteren aus dem Sattel werfen konnte. Dann spürte ich, wie mein Pferd den Halt verlor und mit lautem Wiehern unter mir wegglitt. Ich sprang herab und rutschte auf dem Boden aus, der glitschig war vom Blut der Männer, die ich getötet hatte. Als ein Agador auf mich zupreschte, kam ich wieder auf die Beine. Ich streckte meinen Schild aus und sprang beiseite. Das Pferd des Mannes schnaubte und bäumte sich auf, als mein Schild auf seine weiche Schnauze prallte. Mit dem Schwert fügte ich ihm eine klaffende Wunde quer über den Bauch zu. Im Innern bat ich das Tier um Vergebung, aber welche Wahl hatte ich gehabt? Und mein grausamer Hieb zeigte Wirkung. Das Pferd wieherte schrill und warf den Reiter ab. In hohem Bogen sauste er durch die Luft direkt auf seine letzten drei Kameraden zu, deren Pferde ihn zertrampelten.

Doch nun stand ich allein da, und drei wütende Krieger wollten mich töten. Zwei hielten Schwerter, der dritte einen Bogen, und er legte nun einen Pfeil auf die Sehne, nachdem er sein Pferd zum Stehen gebracht hatte. Er rief den Kameraden zu, sich zurückzuhalten und es ihm zu überlassen, mich zu töten. Er war ein Devyn – und ich erkannte ihn. Wir hatten zusammen Pferde gefangen. Einst hatte ich ihn meinen Freund genannt.

»Aeyon, jetzt bist du Eryks Hund.«

»Er ist der Clanführer, Gailard, durch die Wahl deines Vaters.«

»Und du gehorchst ihm, obgleich er Rytha gehorcht?«

»Er wird uns groß machen. Er führt uns zu Eroberungen.«

Aeyon zog die Sehne zurück und zielte auf meine Brust. Ich hob den Schild, obwohl ich wusste, dass der Pfeil auf diese kurze Entfernung durch das Holz und das Leder, selbst durch das Metall bis in meine Brust dringen würde. Irgendwo weiter oben auf dem Hang hörte ich Ellyn schreien. Von unten erklang Hufschlag. Die beiden Agador umkreisten mich und verwehrten mir jede Chance zur Flucht.

»Ha, er führt euch in den sicheren Untergang.« Ich rang mir ein sorgloses Lachen ab. »Die Götter wissen, dass er es nicht einmal vermocht hat, mich zu töten. Er ließ mich schleifen, auspeitschen und an den Baum hängen. Die Krähen haben mir die Augen ausgepickt, Aeyon, und dennoch lebe ich noch. Glaubst du tatsächlich, du wärst imstande, mich zu töten?«

Meine Worte erzielten die gewünschte Wirkung. Ich sah Zweifel in Aeyons Augen, und die Sehne lockerte sich ein wenig, die Pfeilspitze zitterte.

»Das begreife ich nicht«, sagte er. »Wie kannst du noch am Leben sein?«

»Vielleicht bin ich es gar nicht, vielleicht bin ich ein Geist. Vielleicht sollten du den Bogen niederlegen und mit mir kommen«, sagte ich.

»Aber wenn du ein Geist bist, kann dieser Pfeil dich nicht verwunden«, meinte Aeyon.

»Stimmt, aber ich könnte mir deine Seele holen.«

»Oder ich mir die deine!«

Aeyon drehte sich um, als Shara auftauchte. Wieder war sie ganz in Weiß gekleidet und zu Fuß. Entsetzt starrte Aeyon sie an. »Helig?«, hörte ich ihn sagen; dann trafen ihn die Pfeile in Brust und Kehle, und er sank vom Pferd. Männer liefen herbei, um die beiden Agador niederzumachen. Die Dur hatten uns eingeholt. Ich stieß einen tiefen Seufzer der Erleichterung aus.

»Das war töricht von dir, Gailard«, sagte Shara.

Bewaffnete umringten uns und musterten uns misstrauisch, als wüssten sie nicht, ob sie uns retten oder töten sollten.

»Aber es war sehr tapfer«, erklärte Mattich. »Als ich jünger war, hätte ich genauso gehandelt.«

Er nickte. Sein dichter Bart strich über das Hemd. Er war jetzt alt – älter als mein toter Vater –, und sein Haar war ganz grau; dennoch steckte sehr viel Lebenskraft in ihm. Seine Muskeln waren noch so stark, dass man sein Alter schlicht vergaß. Seine Augen funkelten verschmitzt, als er mich musterte.

»Gailard ist tapfer«, wiederholte Ellyn zu meiner Überraschung. »Er hat mir mehr als einmal das Leben gerettet.«

Mattich lächelte seine Enkelin liebevoll an.

»Mir ist nichts anderes eingefallen«, sagte ich und zuckte mit den Schultern, als Shara mich wegen meiner Torheit missbilligend anschaute.

»Du hättest sterben können«, sagte sie. »Sieben gegen einen?«

»Er ist Highlander«, sagte Mattich, als würde das alles erklären.

»Sein Bruder ebenfalls«, entgegnete sie schnippisch.

Mattich schenkte noch einmal *brose* in die Becher, ehe er antwortete. »Eryk ist eine andere Art von Mann. Er ist ein Schwächling, der von Stärke träumt, und dieses elende Weib der Agador, Rytha, nährt seine Träume. Sie würden das Hochland auf den Kopf stellen, um ihre Ziele durchzusetzen.« Er blickte zu mir. »Colum war ein Narr, Gailard zu verbannen.«

Verlegen stand ich da. Obgleich ich mit meinem Vater erbittert gestritten hatte, freute ich mich nicht, das man ihn verunglimpfte; allerdings stimmte ich Mattichs Urteil über Eryk zu. »Wie kam es, dass ihr das Lager gerade zu diesem Zeitpunkt angegriffen habt?«

»Die Frauen haben es uns gesagt.« Mattich lachte und deutete auf sein Weib. »Hör stets auf die Frauen, Gailard.«

Ich schaute zu Clayre. Sie war klein, ihr Haar so silbern wie Schnee im Mondlicht, ihr Gesicht so dunkel und runzlig wie altes Leder, doch ihre Augen strahlten, und ich vermochte in ihren Zügen Ryadnes Erbe zu erkennen. Sie lächelte traurig. »Die Gabe«, sagte sie. »Aber das weißt du natürlich. Ryadne hat sie besessen – und diese hier besitzt sie auch.« Liebevoll betrachtete sie ihre Enkelin. »Obwohl sie es jetzt noch nicht versteht, wird sie es lernen, nicht wahr?«

Die Frage war an Shara gerichtet, die mit ernster Miene nickte.

»Wir … haben … Eryks Absicht … gespürt«, fuhr Clayre fort. »Und wir wussten, dass er Böses gegen uns im Schilde führte. Eir waren nicht sicher, was es war; dennoch haben wir uns gerüstet. Und dann …« Sie blickte wieder zu Ellyn und Shara. »War da eine … *Bewegung* … die uns beunruhigt hat, und unsere Träume haben uns in dieses Tal geführt.«

»Das war ein Glück für euch«, schloss Mattich. »Bei den Göttern, wären wir später gekommen …«

»Wären wir tot«, sagte ich. »Ich stehe tief in *deiner* Schuld.«

»Nein.« Mattich schüttelte sein graues Haupt. »Schließlich hast du meine Enkelin beschützt. Du hast dein Leben für sie riskiert. Ich stehe in deiner Schuld. Und in deiner, edle Frau.«

Shara nahm seinen Dank mit anmutigem Kopfnicken entgegen. Ich fragte mich, was Mattich über sie wusste. Offensichtlich schien er irgendetwas zu wissen. Er benahm sich ihr gegenüber sehr respektvoll, als wäre sie … ich war nicht sicher. Ich sah Shara plötzlich wie eine Art Königin, aber auch eine Freundin: ehrfürchtig, aber nicht mit Furcht.

»Was wirst du jetzt tun?«, fragte Shara, mehr an Clayre gerichtet als an Mattich.

Die Ehegatten wechselten einen Blick, doch Mattich antwortete. »Wir sind zahlenmäßig nicht stark genug, um Eryk zu besiegen. Daher ziehen wir uns vorerst zurück, bis die Lage sich beruhigt hat. Vielleicht gibt er auf, wenn er uns nicht findet. Wir gehen in die Barrens. Dort soll er nach uns suchen. Da der Winter bevorsteht, glaube ich, dass er der Jagd überdrüssig wird und aufgibt – im Tiefschnee lässt es sich nur schwer kämpfen. Soll er doch die Quan und Arran ein Weilchen jagen. Vielleicht gibt er irgendwann seine Träume auf.«

Ich sah, wie Clayre bei diesen Worten die Stirn runzelte und einen Blick mit Shara tauschte. Da wusste ich, dass Mattich sich irrte. Ich sagte jedoch nichts, weil ich das Gefühl hatte, dass Mattich und ich in Gesellschaft dieser hellsichtigen Frauen hoffnungslos unterlegen waren und es am besten war, den Mund zu halten.

»In die Barrens?«, fragte Shara. »Dann könnten wir uns euch ein Stück des Weges anschließen, da ich diese beiden mit nach Hause nehme.«

»Aber du bringst Ellyn wieder zurück?«, fragte Clayre.

»Gewiss, mit einem Glorienschein«, antwortete Shara.

Clayre nickte, als wäre die Angelegenheit damit erledigt. Mattich zuckte mit den Schultern. Ellyn und ich blickten verwirrt und nicht gerade erfreut drein.

Wir unterhielten uns bis spät in die Nacht und zogen von Zelt zu Zelt und schließlich auf den freien Platz davor, damit alle uns hören konnten. Mattichs vertrauenswürdigste Leute äußerten ihre Meinungen. Im Rat saßen ebenso viele Frauen wie Männer, und ich erkannte den großen Vorteil, den die Gabe der Hellsichtigkeit den Dur verlieh. Sie waren der kleinste der Hochland-Clans, aber sie waren noch nie besiegt worden. Wenn Eroberer gegen die Dur in den Krieg zogen, wurden sie entweder in einen Hinterhalt gelockt, wie Eryks Streitmacht, oder die Dur waren einfach verschwunden – dank ihrer Fähigkeit, die Zukunft vorauszusehen.

»Und was siehst du jetzt?«, fragte Shara Clayre. Wir hatten unsere Anwesenheit in den Bergen erklärt und von den Ereignissen in Chaldor berichtet. Außerdem hatte ich allen dargelegt, weshalb ich Ellyn nach Norden gebracht hatte.

»Sehr wenig«, antwortete die alte Frau. »Es ist, als läge ein Nebel über unseren Träumen.«

»Das ist Nestors Anwesenheit«, sagte Shara. »Die Wirkung von Vachyn-Magie.«

Die Dur schienen das beinahe wie selbstverständlich hinzunehmen, auch, dass Shara eine Vachyn war. Es war, als würde die Gabe der Hellsichtigkeit die Frauen zu einer Verwandten der Zauberin machen.

»Aber was werdet ihr jetzt tun?«, fragte ich. »Eryk ist entschlossen, euch zu vernichten, und Shara sagt, dass Nestor Häscher auf unsere Spur geschickt hat. Gewiss wird Talan danach streben, euch zu erobern – mit seiner eigenen Streitmacht, falls Eryk scheitert. Der Winter mag euch ja eine Zeit lang verbergen, aber das Frühjahr wird kommen ...«

»Verstecken«, antwortete Clayre und warf einen Blick auf Ellyn. »Verstecken in den Barrens, bis ...« Sie schaute Shara an, die nickte, als bestätigte sie eine stumme Unterhaltung. »Unsere Gabe ist nicht so geschwächt, dass wir eine unmittelbare Gefahr nicht erkennen könnten. Deshalb ziehen wir in die Barrens, bis ... nun, die Lage sich geklärt hat.«

Ich runzelte die Stirn. Ich verstand nicht. Der Mond über uns und der flackernde Feuerschein ließen helle und dunkle Schatten über die Gesichter tanzen. Ich hatte das Gefühl, in einer Höhle mit Hexen zu sitzen, die mir zwar wohl gesonnen waren, mir aber dennoch rätselhaft blieben. Ihre Unterhaltung bestand mehr aus Blicken als aus Worten. Mir schlug eine Fremdheit entgegen, die mir Unbehagen bereitete. Es wäre mir lieber gewesen, Mattich hätte seinen Kriegern befohlen, sich für die Schlacht zu gürten, um gegen Eryk ins Feld zu ziehen. Doch das war nicht zu erwarten. Deshalb musste ich mich in mein Schicksal fügen und mit Shara gehen.

»Und wir?«, fragte ich.

Clayre und Mattich lachten, als hätte ich eine Frage über einen längst gefassten Beschluss gestellt. »Natürlich wirst du unsere Enkelin zu Sharas Broch geleiten, ihrer alten Festung«, sagte Mattich.

»Und für ihre Sicherheit sorgen, bis sie ihre eigenen Kräfte erlangt hat«, fügte Clayre hinzu.

»Anschließend suchst du uns auf«, sagte Mattich. »Dann kann sie über uns verfügen.«

Ich blickte zu Ellyn, doch sie schien unser Gespräch gar nicht zu beachten. Sie gähnte mehrmals; ihre Lider wurden schwer, und der Kopf sank ihr auf die Brust. Ich verstand ihre Müdigkeit, denn auch ich war hundemüde. Ich hatte gut gegessen und reichlich Ale und *brose* getrunken, und auch der Kampf hatte seinen Tribut gefordert. Ich hätte mich lieber in einem Zelt unter Decken verkrochen, als hier zu sitzen und zu reden. Doch schien mir die Zukunft hinter dem Nebel der Magie unbegreiflich und verschwommen, daher rieb ich mir die müden Augen und zwang mich zur Aufmerksamkeit.

Shara, Clayre und Mattich planten meine Zukunft. Eigentlich scherte mich das wenig, aber da war Ellyn. Als ich einen Blick auf sie warf, schien sie in weitaus schlimmerem Zustand zu sein als ich. Sie hatte ihre Vorliebe für *brose* bewiesen und saß jetzt mit schweren Lidern schwankend neben mir. Ihr Kopf ruhte an meiner Schulter, und ich lehnte an ihr.

Ich trank noch mehr Ale und ließ mich vom Feuer wärmen. Meine unklare Zukunft machte mich argwöhnisch. Ich hatte das Gefühl, dass der Mangel an Wissen in meine Knochen drang; deshalb verfiel ich wieder in die alte Söldnergewohnheit, andere über das Schicksal entscheiden zu lassen, dann das Schwert zu nehmen und zu kämpfen.

Irgendwann merkte ich, dass fremde Hände Ellyns Gewicht von meiner Schulter hoben, und ich hörte, wie sie halb trunken dagegen protestierte. Dann half Shara mir auf die Beine. Ich legte den Arm auf ihre Schultern und folgte ihr. Ich wäre ihr überallhin gefolgt. Ich entsinne mich sogar – wenngleich sehr verschwommen –, dass ich versuchte, ihre Kleidung zu lösen und sie zu küssen. Aber sie hatte mich abgewehrt. Dann hatten kräftige Hände mich zu einem höchst bequemen weichen Lager geführt, auf das ich niedersank und die ganze Nacht schnarchte, wie Shara mir am nächsten Morgen mitteilte.

Bei Tagesanbruch hatte ich grauenvolle Kopfschmerzen, und ich verließ das Zelt auf der Suche nach frischem Wasser. Es war ein strahlend heller Morgen; nur vereinzelte weiße Schäfchenwolken zogen über einen klaren blauen Himmel. Vögel schwirrten durch die Luft, und erwachende Pferde wieherten; dazu gesellte sich das Bellen der Hunde im Lager. Die Luft roch nach Heide, Pferden und Kochfeuern. Einen wehmütigen Augenblick lang glaubte ich, wieder jung und daheim beim Devyn-Clan zu sein. Dann kam die Erinnerung, und ich steckte meinen schmerzenden Schädel in einen Eimer und wünschte inbrünstig, ich hätte am vergangenen Abend nicht so viel getrunken.

Shara tauchte vor dem Zelt auf. Ich wartete, bis sie gebadet hatte. Ich erinnerte mich noch recht gut an die Ereignisse der letzten Nacht, sodass ich mich schämte. Ich entschuldigte mich bei ihr.

»Ist schon vergessen«, sagte sie. »Du warst müde und hattest ein wenig zu viel getrunken.«

Die Morgensonne schien auf ihr Haar. Wassertröpfchen glänzten auf ihren zarten Wangen. Sie war sehr schön. Ich fragte mich, wie alt sie sein mochte. Sie wirkte jung, besaß jedoch eindeutig die Weisheit des Alters. Ich dankte ihr, dass sie mir meine Torheit so großmütig vergeben hatte und erkundigte mich nach Ellyn.

»Sie schläft noch. Zu viel *brose*. Wenn sie aufwacht und erfährt, dass wir einen langen Ritt vor uns haben, wird es umso schlimmer für sie sein. Aber sie ist jung und wird es überleben.« Sie lachte glockenhell. »Wollen wir einen kleinen Spaziergang machen? Wir sollten ein paar Dinge besprechen.«

Ich nickte, und wir schlenderten durch das erwachende Lager. Shara trug die Kleidung einer Clans-Frau. Ich vermochte nicht zu sagen, ob es Magie war oder ein geliehenes Gewand. Doch als sie sich bei mir einhakte, fühlte es sich sehr körperlich an, und trotz meines schmerzenden Schädels und der Ehrfurcht ihr gegenüber, wurde ich unwillkürlich erregt.

»Wir reiten mit den Dur in die Barrens«, erklärte sie mir. »Und dann schlagen wir uns allein weiter durch. Wir müssen Ellyn in meine Feste bringen und sie lehren, was sie wissen muss.«

»Und wo ist deine Feste?«

»Im Styge«, antwortete sie.

»Im Styge?« Die Erregung, die Hochstimmung, die ich in ihrer Gesellschaft gefühlt hatte, war wie weggeblasen. Stattdessen erfüllte mich kalte schreckliche Furcht. Kein menschliches Wesen ging freiwillig in den Styge, und wer es getan hatte, war nie zurückgekehrt. Alten Legenden zufolge war dieser Ort noch schlimmer als die Barrens. Und wir Highlander kannten nur die Legenden. Entsetzt starrte ich sie an und wiederholte stumm den Namen.

»Wo könnten wir uns besser vor den Vachyn verbergen?«, sagte sie. »Ein Ort, den kein Mensch betritt. Auf beiden Seiten die Barrens, die niemand gern durchquert. Dann Berge, wie du sie noch nie erblickt hast.«

»Oder von denen noch niemand zurückgekommen ist«, murmelte ich heiser, denn ich hatte große Angst.

»Es ist ein großartiges Versteck.« Sie drückte meinen Arm und führte mich weiter, obgleich ich mich innerlich dagegen sträubte. »Denk doch nach, Gailard. Ich bin aus dem Tempel geflohen und musste einen Ort finden, wo mich kein Vachyn finden konnte, nicht einmal mein Vater. Ich fand die

Feste im Styge und habe dort seither in Sicherheit gelebt. Jetzt werden auch Ellyn und du dort Obdach finden. Niemand wird auf den Gedanken kommen, uns dort zu suchen, und wir können Ellyn alles beibringen, was sie wissen muss.«

Ich schluckte schwer und war versucht, ihr meinen Arm zu entziehen, da ich nicht mehr sicher war, was die Beweggründe Sharas betraf. Aber sie hatte mir das Leben gerettet. Ja, bei den Göttern, sie hatte mir das Leben wiedergeschenkt, und ohne sie hätte ich Ellyn nicht befreien können. Aber der Styge? Unruhig blickte ich sie an.

Sie lachte und zog mich weiter. In ihren Augen lag etwas, dem ich mich nicht zu entziehen vermochte. Ich konnte ihr nur vertrauen und mitgehen.

»Es wird eine beschwerliche Reise«, sagte sie. »Aber es ist der Mühe wert. Wir werden in Sicherheit sein, und du kannst Ellyn die Schwertkunst lehren, während ich sie in anderen Dingen unterrichte.«

»Magie?«

Shara nickte. »Sie hat große Macht, womöglich sogar mehr als ich, aber sie vermag es noch nicht zu erkennen. Deshalb muss sie es lernen, will sie je ihren Thron beanspruchen.«

»Soll sie das?«

»Wenn ich es ermöglichen kann, ja.« Shara blickte mich mit ernsten grauen Augen an. »Damit es uns gelingt, Talan und Nestor zu besiegen, müssen wir unser gesamtes Wissen an Ellyn weitergeben.«

»Und dann?«

»Wir kommen zurück, sobald Ellyn bereit ist, und ziehen in den Krieg.«

»Wir drei?«

»Wir drei«, bestätigte sie. »Und die Dur. So die Götter gewillt sind, werden wir noch weitere Verbündete finden – vielleicht wird sich dein Bruder als ein Werkzeug erweisen.«

»Eryk?«, fragte ich verblüfft. »Wie kann er helfen?«

»Er will doch erobern, oder nicht? Er möchte zum Anführer sämtlicher Clans aufsteigen, sodass alle sich vor ihm verneigen müssen. Wie die Vachyn«, fügte sie verbittert hinzu. »Und wie werden die Clans das hinnehmen?«

»Gar nicht«, sagte ich. »Sie werden gegen ihn kämpfen. Aber wird Nestor ihm nicht zu Hilfe kommen? Wird Talan nicht eine Armee senden, um ihm zu helfen?«

»Vielleicht«, antwortete sie. »Aber deine Highlander sind keine leichten Feinde, nicht wahr? Und wenn Eryk – mit oder ohne Hilfe – in den Hochlanden Unruhe verbreitet, wäre das doch so, als würde man in einem Wespennest stochern.«

Ich nickte. »Er würde die Clans gegen sich aufbringen und sie so zu unseren Verbündeten gegen seine Pläne machen.«

»Genau!« Sie drückte meinen Arm noch fester und zog ihn an sich, dass ich die Wölbung ihrer Brust spürte. »Und Ellyn wird als Retterin des Hochlands zurückkehren. Und wenn die Götter gnädig sind, bekommen wir so eine Streitmacht und besiegen Eryk.«

»Dann müssen wir nur noch Talan schlagen«, sagte ich. »Und die Vachyn.«

»So ist es«, meinte sie fröhlich.

»Aber zuvor müssen wir in den Styge gehen?«

»In meine Festung, in meinen Broch, wo wir sicher sind.«

Ich schaute sie an und löste ihren Griff, sodass wir uns Auge in Auge gegenüberstanden. »Kann ich dir trauen?«, fragte ich.

Sie erwiderte meinen Blick, ohne mit der Wimper zu zucken. »Ja.«

Ich studierte ihr Gesicht. Ich sah keine Verschlagenheit darin; dennoch war und blieb sie eine Vachyn und wollte mich und meine Schutzbefohlene an einen Ort bringen, an den niemand freiwillig ging und von dem nie jemand lebend zurückgekehrt war. Andererseits hatte sich mich von den Toten zurückgeholt und ihr Leben aufs Spiel gesetzt, um Ellyn zu retten. Ich nickte zustimmend.

Sie legte die Hände um meine Wangen und drückte leicht ihre Lippen auf meinen Mund. Als ich sie näher an mich zog, um sie leidenschaftlicher zu küssen, entwand sie sich meinem Griff. »Nein, vor uns liegen wichtige Aufgaben.« Dann lächelte sie und ging zurück ins Lager.

Ich glaube, in diesem Augenblick verliebte ich mich in sie.

Wir kehrten zum Zelt zurück und weckten Ellyn. Sie hatte ausgesprochen schlechte Laune und klagte über Kopfschmerzen und das unbequeme Bett. Ich war versucht, sie ins kalte Wasser zu stecken, doch Shara kümmerte sich rührend um das störrische Mädchen und bat sie, sich zu waschen. Dabei ermahnte sie

Ellyn freundlich, dass wir uns schon bald aufs Pferd schwingen und aufbrechen mussten.

»Ich kann nicht!«, rief Ellyn. »Ich kann unmöglich reiten, ehe ich mich nicht erholt habe. Ich brauche Tee und ein gutes Frühstück. Und Schlaf. Lasst mich in Ruhe.«

»Das könnten wir«, sagte ich. »Aber ich vermute, dass Eryks Leute nach dir suchen und dich früher oder später in diesem Lager finden.«

Ellyn warf mir einen wütenden Blick zu. »Du bist mein Beschützer – also, beschütze mich.« Dann richtete sie die geröteten Augen auf Shara. »Und du kannst doch gewiss irgendeinen Zauber wirken, um uns zu verbergen.«

»Nein.« Shara schüttelte den Kopf. »Wir müssen ohne die Hilfe der Magie auskommen, sonst könnten Nestors Häscher unsere Spur aufnehmen. Selbst jetzt sind wir dadurch gefährdet.«

Aufstöhnend warf Ellyn sich zurück aufs Bett und zog die Decke bis zum Kinn. »Ich bin von Wilden umzingelt!«, rief sie. »Ich habe schon vergessen, wann ich das letzte Mal ordentlich geschlafen habe.«

Ich wollte sie aus dem Bett zerren, doch Shara winkte ab. »Kannst du mal sehen, was es zu essen gibt?«, bat sie mich.

Achselzuckend verließ ich das Zelt. Ich hatte geglaubt, mit Ellyn eine gewisse Übereinkunft erreicht zu haben, aber jetzt schien ihre frühere Aufmüpfigkeit wieder durchzukommen. Am liebsten hätte ich ihr den Hintern versohlt, doch Sharas Miene hatte ein noch weit wirksameres Mittel verheißen. Ich besorgte uns Tee und Schüsseln mit Haferbrei, Honig und warmes Brot und ging mit meiner Beute zurück zum Zelt.

Ellyn hockte mit einem Gesicht da, dessen Blässe nicht allein vom Trinken herrührte. Sie sagte kein Wort und nahm alles, was ich ihr reichte, mit gesenktem Kopf und knappen Dankesnicken entgegen. Ich schaute Shara an und hätte liebend gern gewusst, was sie zu Ellyn gesagt hatte, doch sie lächelte nur, dankte mir und begann zu essen.

Mattichs Zelt stand neben unserem. Jetzt trat er heraus und erklärte, dass es Zeit zum Aufbruch sei. Wir brachen das Lager ab und machten uns auf den Weg in die Barrens.

»Ich hasse sie!«, stieß Ellyn hervor. Ihr Gesicht war gerötet und vor Empörung so verzerrt, wie ich es noch nie gesehen hatte. Sie würdigte mich nur eines flüchtigen Blickes; dann schaute sie wieder auf Sharas Rücken, als wollte sie Löcher in deren Seele bohren. »Warum hörst du auf sie?«

»Sie hat mir das Leben gerettet«, antwortete ich. »Und deines ebenfalls. Und sie hat versprochen, uns zu helfen.«

»Und du glaubst ihr? Sie ist und bleibt eine Vachyn!«

»Ich vertraue ihr. Sie riskiert ihr Leben für uns.«

»Uns?«, zischte Ellyn empört. »Ich glaube eher, dass sie nur *dir* helfen will.«

»Nur mir?« Verblüfft schaute ich sie an. »Was willst du damit sagen? Sie will dir helfen, deine Gabe richtig zu benutzen und dafür sorgen, dass du den Thron in Chorym besteigen kannst.«

»Kann meine Großmutter mir das nicht beibringen?«, fragte sie schnippisch. »Und wird sie dann nicht neben mir stehen und mir ins Ohr flüstern, wenn ich den Thron besteige? Ist das nicht die Art der Vachyn?«

»Nicht bei Shara«, erklärte ich. »Ich halte sie für aufrichtig.«

»Doch nur, weil ...« Ellyn beendete den Satz nicht.

»Weil?«

»Kannst du das nicht sehen? Sie will dich. Sie will dich zu ihrem *Geliebten* machen.«

Ich lachte so schallend, dass Shara sich umdrehte und uns fragend anschaute. Auch alle ringsum lachten und flüsterten.

»Ich erinnere mich verschwommen, dass ich sie gestern Nacht küssen wollte«, sagte ich. »Aber sie hat mich abgewiesen.«

»Du hast von Frauen keine Ahnung«, meinte Ellyn hochmütig.

»Nein.« Ich nickte. »Wahrlich nicht.«

Ellyn musterte mich wütend. »Sie wird dich einfangen, und du wirst ihr Spielzeug.«

Ich betrachtete die Frau, die vor uns ritt. Sie konnte *jeden* Mann einfangen, und ich war ein höchst unwahrscheinlicher Kandidat für ihre Liebessehnsüchte. Die Götter wussten, dass ich älter wurde und Sharas scharfem Verstand weit unterlegen war. Ich konnte ihr auch keine Reichtümer bieten – eigentlich fast nichts, außer meiner Treue und meinem Schwert. Dieses allerdings hatte ich an Ellyn verschworen.

»Das bezweifle ich«, sagte ich.

Ellyn schnaubte verächtlich, hielt die Augen starr nach vorn gerichtet und würdigte mich für den Rest des Tages keines Wortes mehr.

Auch die nächsten Tage sprach sie nicht viel mit mir, während wir am Rand des Hochlandes in Richtung der Barrens ritten.

Das Land bestand hier aus tiefen Tälern und reißenden Flüssen, die sich schäumend von der Hochebene herabstürzten, auf der die Barrens lagen, die wiederum an des Bergmassiv des Styges grenzten. Fichten bedeckten das Gelände, zuweilen auch Birkenwäldchen, doch hauptsächlich sah man Grasbüschel zwischen viel Stechginster und Heide, die im ständigen Wind raschelte und vor uns Moorhühner und Heckenbraunellen aufscheuchten. Über uns kreisten Bussarde, Hühnerhabichte und einsame Adler. Es gab Rotwild und Hasen, die wir jagen konnten, sodass wir gut speisten. Außerdem schien es, als hätten wir Eryk abgeschüttelt, denn Mattichs Nachhut meldete keinerlei Verfolger. Friedlich und guter Laune – abgesehen von Ellyn – erreichten wir die Barrens.

Einen Tag lang mussten wir einen Steilhang hinaufklettern, auf dem Gras, Stechginster und Heide kahlem Gestein wichen. Schwarze Klippen spuckten rotes Wasser, und die vereinzelten verkrüppelten Bäume ragten wie verwitterte Finger empor und griffen nach allem, was lebte. Der Sommer war noch nicht vorbei, aber der Wind hier oben war eisig. Je höher wir stiegen, desto weiter blieben die Vögel zurück – hier konnte nichts überleben.

Wir erreichten die Kante und blickten hinaus auf

das unfruchtbare Ödland. Trotz der Flüsse wuchs hier nur wenig. Die spärliche Vegetation war so grau wie die Erde. Die Flüsse wälzten sich träge dahin, bis sie den Rand der trostlosen Hochebene erreichten. Dort schienen sie wieder zu Kräften zu kommen und stürzten sich eilfertig auf das hellere Land nach unten. Ich freute mich keineswegs auf die bevorstehende Strecke, doch mir blieb keine Wahl. Als Mattich sein Ross zügelte und erklärte, er wolle mit seinem Clan entlang des Randes reiten, dankte ich dem alten Mann und seiner Frau. Gern nahm ich den Proviant, den sie uns anboten, und schwor erneut, dass ich Ellyn notfalls mit meinem Leben beschützen wollte.

Danach standen wir drei allein in den Barrens.

»Wir haben noch ein gutes Stück Weg vor uns«, sagte Shara. »Lasst uns weiterreiten.«

Es war kurz nach Tagesanbruch. Die Sonne war bereits aufgegangen, vermochte die graue Erde oder die trägen Flüsse aber nicht zum Leuchten zu bringen. Es hatte den Anschein, als fiele ihr gesamter Schein auf die Tiefländer hinter uns. Grauen Wolkenfetzen trieben am Himmel. Als ich zurückblickte, sah ich, dass sie am Rand der Schlucht endeten. Dahinter war der Himmel blau mit weißen Wolken. Es war, als hätten wir eine Welt hinter uns zurückgelassen.

»Wohin geht es?«, fragte Ellyn. »Was erwartet uns dort?«

»Sicherheit in meinem Broch«, antwortete Shara und deutete auf den Styge. »Dort kannst du lernen, deine Gabe zu benutzen.«

Ich blickte in Richtung ihrer ausgestreckten Hand und sah zum ersten Mal den Styge. Das Bergmassiv war eine Warnung, welche die Götter am Horizont errichtet hatten. Die Berge waren so riesig, so hoch, dass sie den gesamten Westen und Norden überschatteten. Ich stand fassungslos vor dieser Größe und begriff nicht, weshalb Shara dort allein hatte leben wollen.

»Wie weit ist das entfernt?«, fragte Ellyn.

Shara zuckte mit den Schultern. »Einen Monat, vielleicht etwas weniger. Man kann es nur schwer sagen, da sich die Zeit ändert.«

»Und gibt es da auch keine Ungeheuer?«, fragte Ellyn. Sie schaute mich an und ich fragte mich, ob sie mich stumm um Hilfe bat oder einen Vorwand für eine Flucht suchte.

»Keines, das uns Leid zufügt«, antwortete Shara.

»Wegen deiner Magie?«, wollte Ellyn wissen. »Oder wegen Gailards Schwert?«

»Vielleicht wegen beidem«, sagte Shara. »Aber du musst uns trauen, Gailard und mir. Dir bleibt keine Wahl.«

Wir brachen auf, hinein in das grauenvolle Ödland.

18

Ellyn folgte und ließ ihre Fuchsstute sich selbst den Weg über den steinigen Boden suchen. Das Pferd brauchte keine Anweisungen; es folgte den anderen, als hätte es Angst, sich auf diesem seltsamen Gelände zu verirren.

Bei den Göttern, diese Gegend war so düster wie Ellyns Laune. Die Barrens schienen nur aus grauem Gestein zu bestehen, als hätte man eine unvorstellbar große Feuergrube über der Welt ausgeleert und nichts außer grauer Asche zurückgelassen, die hart wie uralter, gebackener Lehm war. Ab und zu ragten verkrüppelte Bäume empor, halb hohe Fichten, deren Zweige durch den ständigen Wind verrenkt waren, der eigenartigerweise am Tage kalt und in der Nacht warm zu sein schien. Es gab Flüsse, deren Fluten so grau waren wie das Umland; träge strömten sie dahin. Fische und anderes Getier schien es in diesem Wasser nicht zu geben. Es sangen auch keine Vögel oder flogen über den Köpfen dahin. In den Schluchten und auf den Bergspitzen, der einzigen Abwechslung in dieser eintönigen, trostlosen Gegend, war kein Wild zu sehen.

Gailard schien unsterblich in die Vachyn-Zauberin verliebt zu sein. Er umschwärmte sie, brachte ihr Wasser, bot ihr als Erste von den Speisen an, schaute sie mit Kalbsaugen an und stotterte in ihrer Gegenwart wie ein tollpatschiger Bauer auf Freiersfüßen. Ellyn hasste Shara, obwohl sie wusste, dass sie ungerecht war – und das machte alles noch schlimmer. Sie musste dieser Frau folgen und von ihr lernen, mochte Gailards verliebtes Gebaren sie noch so sehr verstimmen. Bei den Göttern, er war nur ein barbarischer Highlander, ein gedungener Söldner. Doch ehe er diesem Vachyn-Weib begegnet war, hatte er mit Sicherheit etwas für sie, Ellyn, empfunden. Das war jetzt nicht mehr so. Dabei war er doch ihr Beschützer und sollte ihr eigentlich mehr Aufmerksamkeit schenken als Shara.

Ich werde von ihr lernen, überlegte Ellyn, als sie die beiden betrachtete. *Und ich werde meine volle Macht erringen. Ich werde die Clans aufpeitschen, Talan und seinen Vachyn-Magier vernichten und meinen Thron in Chorym besteigen. Und dann schicke ich dieses Weib fort, und Gailard wird allein mir gehören.*

Dieser Gedanke gefiel ihr. Gailard würde ihr General sein, den Oberbefehl über alle ihre Legionen haben, im Palast leben und stets zu ihren Diensten sein. Nach einer gewissen Zeit würde sie alt genug sein, um sich eine Frau zu nennen. Und als Königin von Chaldor würde Gailard sie mit anderen Augen sehen und dann … Sie errötete ob ihrer Gedanken.

Gailard drehte sich um forderte sie auf, nach vorn zu kommen und zwischen ihm und Shara zu reiten. Shara begann, mit ihr zu plaudern, wobei Ellyn sich bemühte, freundlich zu sein. Gailard, ihr Beschützer, ritt wie üblich stumm und blickte wachsam über das Land.

»Diese Piraten werden zu einem Problem. Was wirst du gegen sie unternehmen?«

Talan hielt einem Diener sein Glas entgegen, damit dieser es wieder mit Wein füllte. Während der Wein ins Kristall floss, warf er Egor Dival einen finsteren Blick zu.

Ungerührt fuhr Egor Dival fort: »Wir alle haben geglaubt, der Durrakym sei sicher, und haben uns auf die Eroberungen landeinwärts konzentriert. Das war doch dein Wunsch, nicht wahr?«

»Das Land *ist* jetzt sicher«, antwortete Talan. »Chorym gehört uns, dazu ganz Chaldor bis zu den Grenzen, aber unsere Schiffe werden versenkt, und wir verlieren den Handel mit den Königreichen im Norden. Ich habe nicht das Land erobert, um den Handel einzubüssen. Was nützt es, ein neues Königreich zu erwerben, wenn meine Schiffe nicht einmal sicher den Fluss befahren können?«

Beinahe hätte Dival geantwortet: Sehr wenig, und du wärst besser beraten gewesen, dein Erbe zu genießen und Chaldor in Ruhe zu lassen. Aber du hast ja auf deinen Vachyn-Mietling gehört und von großem Ruhm geträumt. Doch der General neigte nur den Kopf und fragte: »Was soll ich tun?«

»Mich von diesen Piraten befreien«, antwortete Talan barsch.

»Sie kommen aus Hel«, sagte Dival.

»Dann greife Hel an!«

Entsetzt starrte Dival seinen König an. »Niemand greift Hel an.« Ungebeten setzte er sich und gab dem Diener ein Zeichen, ihm ein Glas zu bringen. Der Diener blickte zaghaft den König an, ehe er gehorchte.

»Wenn du diesen Weg einschlägst, verstrickst du dich in einen Krieg, den wir nicht gewinnen können.«

»Gegen Piraten?«

»Gegen Mutter Hel, die das Ohr von Naban und Serian ist. Sie kann eine Flotte gegen uns schicken und den gesamten Fluss abriegeln. Niemand weiß genau, über wie viel Macht sie verfügt oder welche Verbündete ihrem Befehl gehorchen.«

»Und sie begünstigt diese Piraten«, sagte Talan. »Demnach steht sie auf der Seite Chaldors?«

»Meiner Meinung nach steht Mutter Hel auf Seite des Gewinns«, erklärte Dival. »Und die Piraterie bringt ihr fette Beute.«

»Indem sie *meine* Schiffe überfällt und denen aus Naban und Serian flussab Geleitschutz bietet, sodass sie mir keine Zölle entrichten«, sagte Talan verärgert.

»Du besitzt doch jetzt den Reichtum Chaldors«, sagte Dival. »Ist das nicht genug? Warte, bis die Lage sich beruhigt hat, dann können wir unseren Handel wieder aufnehmen.«

»Nein!« Talan schlug mit der Faust auf den Tisch, dass das Weinglas umstürzte. »Ich möchte, dass jetzt etwas unternommen wird. Sorg dafür!«

»Es ist nicht ratsam, Mutter Hel zu erzürnen«, gab Dival zu bedenken.

»Mögen die Götter Mutter Hel verdammen!«, stieß Talan wütend hervor, während ein Diener sein Glas aufrichtete und erneut füllte. »Ich will, dass diese Piraterie endet!«

Egor Dival nickte zögernd. »Ich tue, was in meiner Macht steht.«

»Und was?«

Der alte General zuckte mit den Schultern. »Ich werde unsere Flusspatrouillen verstärken und Gesandte nach Hel schicken.«

»Eine hervorragende Idee.« Nestor ergriff zum ersten Mal das Wort. »Gesandte – jawohl.«

Dival runzelte die Stirn. Es war sehr ungewöhnlich, dass der Vachyn seine Meinung teilte, und er fragte sich, welch verborgenes Spiel der Zauberer trieb.

Das wurde bald klar. Nestor nickte, als schmeckte ihm der Vorschlag, und lächelte. »Ja, eine Gesandtschaft … aber vielleicht nicht die *üblichen* Gesandten.«

»Was meinst du?«, fragte Dival.

Der Vachyn wandte sich jetzt an den König. »Talan, wenn du eine offizielle Gesandtschaft schickt, mit dem üblichen Pomp und der gewohnten Zeremonie, wirst du nur Ausreden zu hören bekommen, aber geschehen wird nichts.«

Talans Augen wurden schmal. »Was schlägst du vor?«

»Einige wenige vertrauenswürdige Männer«, erklärte Nestor. »Lass sie unangemeldet nach Hel gehen – nicht als deine Gesandten, sondern als Männer, die Zuflucht suchen. Sie sollen Augen und Ohren aufsperren. Ich wette, dass sie herausbekommen, wer die Piraten sind.«

»Und dann?«, fragte Talan ungeduldig.

»Dann lässt du den Anführer töten.«

»*Was?*« Egor Dival stellte sein Glas so kräftig ab, dass Wein auf den Tisch spritzte. »Du sprichst von Meuchelmord.«

Nestor winkte ab. »Ich spreche davon, den Fluss

von lästigem Abschaum zu reinigen und den Ärger aus der Welt zu schaffen, der unserem König zu schaffen macht.«

»*Meinem* König, nicht deinem«, erklärte Dival.

»Wir dienen beide König Talan.« Der Vachyn blickte Dival mit eiskalten Augen an. »Oder nicht?«

»Bis zu meinem Tod«, antwortete der alte General. »Aber Meuchelmörder?«

»Warum nicht?«, meinte Talan.

»Weil die Danants keinen solchen Krieg führen«, rief Dival. »Dein Vater hat sich niemals der Dienste von Meuchelmördern bedient.«

»Auch nicht eines Zauberers der Vachyn«, entgegnete Talan. »Er hat auch nie Chaldor erobert, aber Nestor hat mir dieses Königreich verschafft, und mir gefällt sein Plan.«

»Er ist ohne einen Funken Ehre!«, protestierte der General.

»Aber er verspricht großen Gewinn«, meinte Nestor. »Bedenke, wir können unsere Flotte aussenden, um diese Piraten zu jagen, aber mit geringer Hoffnung auf Erfolg. Außerdem wären viele Schiffe durch dieses Unterfangen gebunden. Oder wir können eine Hand voll Männer schicken, mit einer weitaus größeren Chance, dieser Plage ein Ende zu machen.«

»Die Zeiten ändern sich, Egor«, sagte Talan. »Wir leben in einer anderen Welt, und Kriege werden auf andere Art ausgetragen. Mir gefällt, was Nestor vorschlägt.«

»Außerdem kann ich mittels eines Zaubers bewirken, dass die Männer nicht verraten können, wer sie geschickt hat, nicht einmal unter der Folter«, fuhr der Vachyn fort.

»Mutter Hel ist keine Närrin«, entgegnete Dival. »Wenn sie diese Piraten unterstützt, weiß sie, dass deine Meuchelmörder aus Danant kommen.«

»Etwas zu wissen ist nicht das Gleiche, wie es zu beweisen«, erklärte Nestor ungerührt. »Selbst wenn Mutter Hel es weiß, so ist sie doch nicht imstande, der Welt stichhaltige *Beweise* vorzulegen. Und was kann sie ohne Beweise schon tun? Nicht mehr, als sie jetzt tut: den Feinden unseres Königs eine Zuflucht bieten. Ich sehe all diese Feinde schon so gut wie vernichtet, General.«

»Das kann auch ich erreichen!«, rief Dival. »Aber ehrenvoll!« Er schaute Talan an. »Ich flehe dich an, mein König, stimme diesem Plan nicht zu. Er wird deinen Namen besudeln.«

»Ich will die sichere Nutzung meines Flusses«, erklärte Talan. »Ich habe mich entschieden, Egor. Keine weiteren Wortgeplänkel. Gib Nestor, was er verlangt.«

»Um noch mehr ehrliche Männer mit seinem Zauber zu beschmutzen?« Dival seufzte. »Du verlangst sehr viel von mir, mein König.«

»Zu viel?« Talan beugte sich vor und schaute den alten General mit durchdringendem Blick an. »Möchtest du lieber deines Postens enthoben werden? Vielleicht möchtest du nach Danant zurück und dich um deinen Besitz kümmern?«

Egor Dival blickte dem König eine Zeit lang in die Augen, dann senkte er den Kopf. »Ich diene dir«, sagte er. »Und Danant.«

»Ausgezeichnet.« Talan klatschte in die Hände. Wie ein Kind, dem man ein neues Spielzeug gegeben hat, dachte Dival. »Dann sind wir uns einig.«

»Ich befehlige die *Ryadne.*« Nassim drehte sich beiseite und spie einen dicken Strahl schwärzlicher Flüssigkeit in den Spucknapf. Dann wischte er sich den Mund mit dem Ärmel ab und hob den Humpen. »Kerid führt auf der *Andur* das Ruder und hat den Oberbefehl über uns alle. Weshalb fragst du?«

Der Mann, der ihm gegenüber saß – er nannte sich Tyron – rief nach frischem Ale und lächelte. »Weshalb? Nun, weil ich bei euch mitmachen will. Überall am Fluss erzählt man sich, dass eine Piratenflotte die Schiffe der Danant angreift, und daran möchte ich gern teilnehmen.« Er warf der Schankmaid eine Münze zu und tippte sich auf die Brust. »Ich bin in Chaldor geboren.«

Unbeeindruckt brummte Nassim irgendetwas und nahm einen großen Schluck Ale. »Wo in Chaldor?«

»In einem kleinen Nest. Ich bezweifle, dass du davon gehört hast«, antwortete Tyron. »Ein Dorf am Fluss. Es heißt Fortys. Dort leben hauptsächlich Fischer, und ich bin schon mit dreizehn Jahren auf den Fluss gegangen. Ich habe auf einem Handelsschiff angeheuert und bin nie wieder nach Hause zurückgekehrt.«

»Und was hast du im Krieg getan?«

»Ich war Matrose auf der *Valiant*. Als sie unterging, bin ich ans Ufer geschwommen und habe mit dem Schwert gegen Talans Krieger gekämpft. Danach habe ich mich nach Norden durchgeschlagen, und jetzt bin ich hier.«

»Und du willst bei uns mitmachen.« Nassim schnitt ein weiteres Stück Tabak ab und begann es zu kauen.

»Ja.« Tyron nickte eifrig. »Ich möchte, dass diese verfluchten Danant den Fischen zum Fraß vorgeworfen werden und Talan besiegt wird. Und ich möchte, dass Ellyn ihren rechtmäßigen Thron besteigt.«

»Die Leute behaupten, Ellyn ist tot.« Nassim pflückte Tabakskrümel von den Lippen.

Tyron zuckte mit den Schultern. »Ich habe gehört, dass sie ins Hochland geflohen ist, begleitet von diesem Verräter Gailard.«

Jetzt war es an Nassim, mit den Schultern zu zucken. »Wie auch immer, jedenfalls ist sie verschwunden, und Talan regiert Chaldor.«

»Aber er beherrscht nicht den Fluss.« Tyron beugte sich vor und setzte eine ernste Miene auf. »Ihr Piraten habt Talans Stolz empfindlich verletzt. Wisst ihr, dass auf eure Köpfe ein hoher Preis ausgesetzt ist?«

»Genug, dass ein Mann für den Rest des Lebens keinen Finger mehr rühren muss«, sagte Nassim und lachte. »Aber wenn man uns besiegt, liegen wir mit Sicherheit auf dem Grund des Flusses, und man wird unsere Köpfe nicht so leicht finden.«

»Aber ihr kämpft weiter!«, sagte Tyron. »Und ich möchte mit euch kämpfen.«

»Bei uns ist kein Platz frei.« Nassim schickte wieder einen Tabakstrahl in den Spucknapf. »Warum suchst du nicht eine Koje auf einem der Schiffe von Mutter Hel?«

»Weil ich mit *euch* segeln möchte«, erklärte Tyron. »Wenn ich warten muss, bis bei euch eine Koje frei wird, warte ich eben. Du redest mit Kerid, ja? Stellst du mich ihm vor?«

»Ich werde mit ihm reden«, versprach Nassim.

»Danke«, sagte Tyron. »Noch einen Humpen?«

Nassim zuckte mit den Schultern. »Warum nicht?«

Er trank das Ale und verließ die Schenke, nachdem er Tyron versichert hatte, mit Kerid zu sprechen und den Fremden seinem Kapitän vorzustellen. Dann begab er sich zu Mutter Hel.

Kerid ließ ihn eine Zeit lang warten, was nicht ungewöhnlich war, wenn sie im Hafen lagen. Mutter Hel stellte ziemlich hohe Anforderungen an Kerids Aufmerksamkeiten, wie Nassim wusste. In der Tat musste Kerid seine Kleidung erst zurechtzupfen, als er erschien, und Nassim roch Parfüm an ihm.

»Deine Bemühungen für Chaldor sind bewundernswert.«

»Ich gebe mein Bestes.« Kerid grinste. »Diplomatie ist eine schwierige Sache.«

»Zweifellos. Können wir unter vier Augen sprechen?«

Kerid hörte die Dringlichkeit in der Stimme des Freundes und deutete auf eine alte Eichentür mit kunstvollen Schnitzereien. Ein Diener in der scharlachroten Uniform der Mutter riss die Tür auf, und die beiden Männer gingen in einen Garten, der vom Duft der späten Rosen erfüllt war. Perlfarbene Marmorgänge führten zwischen prächtigen Büschen hindurch. Unter Bäumen standen Bänke, wo man sich ungesehen und ungestört unterhalten konnte, nur begleitet vom Plätschern der Springbrunnen.

»Ich habe einen Mann kennen gelernt …«, begann Nassim.

»Ich dachte, du bist mit Christobel glücklich«, unterbrach ihn Kerid, verstummte aber, als er sah, wie sich Nassims dunkles Gesicht missbilligend verzog. »Entschuldige, sprich weiter.«

»Er nennt sich Tyron«, sagte Nassim. »Er hat sich an mich herangemacht, als wir nach der letzten Fahrt festgemacht haben. Ich wartete in der Schenke auf Christobel.«

»Das war vor drei Tagen«, sagte Kerid.

»Und seitdem ist er hier.« Nassim schaute sich suchend nach einem Platz um, wohin er spucken konnte. Da er keinen fand, spie er den Tabaksaft vor sich auf den Boden. »Er hat in der Schenke ein Zimmer genommen.«

»Und?«

»Er will zu uns stoßen. Er behauptet, in Chaldor geboren zu sein und auf der Valiant *gesegelt* zu haben.«

»Die *Valiant* ist doch mit Mann und Maus gesunken.«

»Ja, aber er behauptet, er sei ans Ufer geschwommen. Und jetzt will er Pirat werden und gegen Danant kämpfen.«

»Dann lass ihn unterschreiben, und wenn wir ein neues Schiff bekommen, nehmen wir ihn mit.«

Nassim fragte sich, ob Mutter Hels Bett Kerids Verstand verwirrt hatte. »Er hat zu viel Geld für einen

Flussmatrosen ohne Schiff. Falls er tatsächlich auf der Valiant war, hat er schon früh im Krieg seine Koje verloren. Er sagt, er stamme aus Fortys, wäre aber nicht mehr zu Hause gewesen, seit er mit dreizehn Jahren fortging – woher also stammt sein Geld? Jetzt hat er keine Arbeit, kann sich aber ein Zimmer leisten, mir Ale bezahlen und mich mit Fragen löchern.«

»Was willst du damit sagen?«, fragte Kerid.

»Das ist noch nicht alles. Yvor hat mir erzählt, dass ihn auch ein Flüchtling aus Chaldor angesprochen hat, der gerne bei uns mitfahren möchte, und Martyn hat zwei weitere getroffen. Alle behaupten, für Andur gekämpft zu haben und geflohen zu sein, als Talan einfiel. Alle habe viel Geld und geben es sehr bereitwillig aus.«

»Beute?«, fragte Kerid.

»Sie haben zu viel, wenn ihre Geschichten stimmen.«

»Und was meinst du?«

»Dass Talan vielleicht Spione hergeschickt hat.«

»Das wäre keine Überraschung, nicht wahr? Wir müssen ihm inzwischen ziemlich wehtun.«

»Genau. Mir gefällt das Ganze gar nicht«, meinte Nassim.

Kerid nickte. »Ich werde mit der Mutter reden und herausfinden, was sie denkt.« Er machte eine Pause, pflückte eine Rose und zwirbelte sie zwischen den Fingern umher, ohne die Dornen zu beachten, die in seine Handfläche stachen. »Vielleicht sollten wir uns mit diesen Möchtegern-Verbündeten mal unterhalten.«

»Alle wollen dich kennen lernen«, sagte Nassim.

Kerid grinste, zerdrückte die Rose und ließ sie zu Boden fallen. »Wenn es Spione sind, was wollen sie auskundschaften? Dass wir Talans Schiffe überfallen? Das weiß doch jeder in Hel.«

»Ich glaube, es geht um mehr«, meinte Nassim.

»Ich spreche mit der Mutter«, versprach Kerid.

Möwen hockten schläfrig auf den Pollern, als Nassim am Hafenrand entlangschlenderte. Um die auf dem Kai umherstrolchenden Katzen schienen sie sich nicht zu kümmern. Schwankende Schatten verwandelten den Fluss im Licht des Vollmonds in ein Kaleisdoskop verschiedenster Muster. Der Durrakym plätscherte sanft gegen die Steine, und die *Ryadne* wiegte sich auf den Wellen wie eine schöne, friedlich schlafende Frau auf ihrem Bett. Nassim betrachtete das Schiff eine Zeit lang. Er liebte ihre schlanke Form und dachte an ihre Schnelligkeit und daran, wie leicht sie zu steuern war. Die *Ryadne* war sein erstes Kommando; er liebte sie mehr, als er je eine Frau geliebt hatte. Christobel war eine entzückende Abwechslung. Er hatte andere Freundinnen entlang des Flusses, aber keine war so atemberaubend schön wie die *Ryadne*. Er verscheuchte eine Möwe von einem Poller und setzte sich darauf. Dann betrachtete er wieder das Schiff. Es waren keine Seeleute an Bord, auch keine Hafenwachen, denn Hel war neutral und jedem, der die Mutter beleidigte, drohte die Todesstrafe. Doch Nassim machte sich Sorgen wegen Tyron und den anderen; er fürchtete, dass sie Spione für Talan sein könnten, die seinem wunderschönen Schiff womöglich Schaden zufügten. Er saß so da, schnitt ein Stück Tabak ab, kaute nachdenklich und überlegte, die Nacht an Bord zu verbringen … nur für den Fall.

Er stand auf, das Messer noch in der Hand, als er leise Schritte hörte, die sich auf dem Kopfsteinpflaster näherten. Er drehte sich um und sah Tyron. Ein Katze miaute und schaute von dem Fischkopf auf, den sie gekaut hatte. Der Fremde versetzte ihr einen Tritt.

»Das bedeutet hier Unglück«, warnte Nassim.

»Eine Katze?« Tyron grinste und zuckte mit den Schultern. »Ein elender Aasfresser – wie du.«

Schnell lief er auf Nassim zu. Im Mondlicht schimmerte nackter Stahl. Nassim hielt schützend sein Messer vor sich, obgleich er aus dem Augenwinkel drei weitere Männer sah, die aus dem Schatten herbeieilten und ebenfalls Messer in den Händen hielten. Er stieß einen Schrei aus, dessen Echo jedoch unbeantwortet von den Mauern widerhallte. Dann wirbelte er herum und sprang mit einem gewaltigen Satz aufs Deck der *Ryadne*.

Tyron folgte ihm. Als er landete, tat Nissam einen Schritt nach vorn und jagte ihm seine vom Tabak befleckte Klinge in die Kehle. Tyron wollte schreien, doch die durchtrennte Ader erstickte den Schrei mit Blut. Nassim versetzte ihm einen Tritt und stellte sich auf sein Handgelenk. Dann bückte er sich und nahm dem toten Meuchelmörder das Messer aus der Hand. Die Klinge war länger als seine, schmal und doppelschneidig, mit einer Blutrinne in der Mitte.

Plötzlich sprangen die anderen drei Meuchelmörder aufs Schiff.

Nassim wich zurück und hielt beide Klingen schützend vor sich. Wieder schrie er, doch immer noch kam keine Antwort. Es gab keine Hoffnung auf Hilfe. Die drei Schurken versuchten, ihn zu umzingeln.

Schnell lief er übers Vorderdeck, doch ein Mann stürmte vor, um ihm den Zugang zu der Leiter abzuschneiden, die zur Ruderplattform führte. Nassim drehte sich mit ausgestreckten Messern blitzschnell im Kreis. Ihm war klar, dass er einen Feind töten könnte, bezweifelte jedoch, alle drei ausschalten zu können. Er wusste, dass es Meuchelmörder waren – hervorragend ausgebildet und tödlich.

Doch er war kein grüner Junge, keine leichte Beute, dazu hatte er zu lange auf dem Fluss gelebt und an zu vielen Kämpfen teilgenommen. Er schlug eine Finte, tat so, als wäre er in Panik geraten, und lächelte grimmig, als er einen Mann lachen hörte, weil dieser an einen leichten Sieg glaubte. Blitzschnell schlitzte Nassim ihm aus der Drehung heraus den Bauch auf. Der Mann schrie, doch Nassim hatte bereits dem Ganoven zu seiner Linken das zweite Messer durch die Hand gerammt. Der Mann stöhnte vor Schmerz und ließ seine Waffe fallen. Nassim drehte die Klinge, um sie herauszuziehen, und spürte, wie der Stahl an den Knochen entlang schabte. Dann fiel der Mann zu Boden.

In diesem Augenblick fühlte er ein feuriges Eisen im Rücken und wusste, dass man ihm ein Messer hineingerammt hatte. Er drehte sich um, warf sich vorwärts und schlug mit seinem Messer nach einem fluchenden Gesicht. Der Gegner sprang zurück. Nassim versetzte ihm einen kräftigen Tritt ans Knie. Wimmernd brach der Mann zusammen.

Wieder spürte Nassim feurigen Schmerz an den Rippen, drehte sich schnell zur Seite und parierte gerade noch einen Schlag, der ihn getötet hätte. Er sprang zurück. Eine Hand packte sein Fußgelenk. Mit letzter Kraft rammte er dem Gegner einen Fuß in den Bauch und trampelte auf dem gestürzten Mann herum. Er hörte Schmerzensschreie und verspürte wilde Freude. Jetzt blieben ihm noch zwei Gegner. Der eine, der an der Hand verwundet war, hielt noch immer eine lange Klinge. Der andere war unverletzt und rückte mit boshaftem Grinsen vor.

Nassim wich ein Stück zurück. Er spürte, wie eine klebrige warme Flüssigkeit in seine Beinkleidern herabströmte; Erschöpfung überkam ihn. Seine Füße waren bleischwer. Er sah, dass er blutige Fußabtritte auf dem Deck hinterließ. Die Klingen der beiden Männer schimmerten silbrig im Mondlicht. Nassim war sich bewusst, dass er die Gegner nicht besiegen konnte. Er musste fliehen oder sterben.

Er schwang seine Klinge, die plötzlich schwer geworden war, und stieß einen wilden Fluch aus, wie ihn nur Flussschiffer kannten. Dann nahm er all seine schwindende Kraft zusammen, lief zur Reling und ließ sich rücklings in den Durrakym fallen.

Das Wasser umschloss ihn. Er konnte nicht sagen, ob es kalt oder warm war; denn sein Körper verpürte beides: Seine Gliedmaßen wurden kalt, sein Herz jedoch raste fieberheiß. Er ließ das Messer fallen, streckte den Kopf über die Wasseroberfläche und holte tief Luft, ehe er wieder untertauchte und losschwamm. Er hörte Schreie; dann war alles totenstill. Mit kurzen Stößen schwamm Nassim dicht unter der Oberfläche in die Richtung, in der er das Ufer vermutete. Er hoffte, dass Talans Meuchelmörder nicht auf ihn warteten, wenn er auftauchte. Er betete, dass er überlebte, um Kerid zu warnen, dass in Hel Meuchelmörder lauerten.

Die Jäger blieben stehen und blickten den langen Hang hinab nach Cuna'Lhair. Nestors Kreaturen kannten den Namen der Stadt nicht; sie wussten nur, dass es die erste größere Siedlung war, die sie seit Tagen sahen. In der Stadt herrschte offenbar reges Treiben. Die Kreaturen hockten sich unter windschiefe Fichten und kauten das Fleisch, das sie unterwegs in einer Bauernkate gestohlen hatten. Die Besitzer, ein älteres Paar, waren von den Ungeheuern getötet worden.

Ihre übersinnlichen Fähigkeiten verrieten ihnen, dass ihre Beute hier gewesen war. Doch es zogen so viele Gerüche von Lebewesen durch die Luft, dass es schwierig sein würde, das Richtige zu finden. Und falls ihre Beute sich auf den Fluss begeben hatte, würde es vielleicht sogar unmöglich sein, sie aufzuspüren. Die Kreaturen beschlossen, in die Stadt zu gehen und ein menschliches Wesen zu suchen, das mit der Beute gesprochen hatte. Aber nicht sofort. Die Sonne stand noch hoch am Himmel, und Sterbliche würden gewiss vor dem abstoßenden Äußeren der Jäger zurückscheuen. Sie hielten es für besser, nach Anbruch der Dunkelheit die Stadt zu betreten und herauszufinden, wohin die Spur führte.

19

Mir missfiel dieser Ort. Er trug seinen Namen zu Recht. Die Trostlosigkeit schien in unsere Seelen zu kriechen. Manche Menschen nannten die Hochlande düster und freudlos – gewiss waren sie wild und einsam –, doch in den Bergen und Mooren gab es auch große Schönheit. Hier jedoch vermochte ich nichts davon zu entdecken. Das Land war steinig und leblos und leer, als hätte man jegliches Leben herausgesaugt. Die Vegetation war kärglich, das Gras mehr grau als grün und die Bäume vom ständigen Wind verkrüppelt wie die Finger eines alten, gichtkranken Mannes. Wir ritten in der warmen Kleidung, die Mattich uns geschenkt hatte, und waren dankbar für den Proviant, den er uns mitgegeben hatte, denn hier war mit Sicherheit nichts Essbares zu finden. Die meiste Zeit ritten wir schweigend. Ellyn verharrte in ihrer düsteren Stimmung, und Shara schien tief in Gedanken verloren. Ich blieb wachsam und hielt nach Anzeichen für Gefahr Ausschau. Ich erinnerte mich an die Erzählungen aus meiner Jugend über die seltsamen Geschöpfe, die angeblich in dieser öden und bedrückenden Gegend hausten.

Am Abend saßen wir um ein armseliges Feuer, von dem die Windböen Funken davontrugen. Die Zelte, die ich aufgestellt hatte, boten ein wenig Schutz. Die Pferde hatte ich auf einer kargen Grasnarbe angebunden; außerdem konnten sie noch von den kümmerlichen Büschen daneben fressen. Unsere Abendmahlzeit war nicht viel üppiger, aber wenigstens hatten wir heißen Tee und zwei Flaschen *brose*.

»Ich habe gehört, dass es in den Barrens viele seltsame Geschöpfe gibt«, sagte ich.

Shara nickte. »Ja, die alten Geschichten behaupten das, aber ich glaube nicht, dass es sehr viele sind.« Sie lachte und deutete auf das umliegende Land. »Was könnten sie da draußen fressen?«

»Uns«, meinte Ellyn mürrisch.

Ich blickte sie an. Suchte sie Streit?

»Ihr habt meine Magie. Die wird euch beschützen«, sagte Shara.

»Angeblich kannst du sie aber nicht benutzen, aus Angst vor diesen Jägern«, entgegnete Ellyn. »Oder war das eine Lüge?«

»Keine Lüge«, antwortete Shara ruhig. »Je weniger Magie ich einsetze, desto besser. Doch sollte es wirklich nötig sein …«

Ellyn schnaubte verächtlich.

»Dann wird mein Schwert dich schützen«, erklärte ich.

»Mich?« Ellyn schmollte und vermied es, mir in die Augen zu schauen. Kurz streifte ihr Blick Shara.

»Ich bin der für dich bestimmte Beschützer«, sagte ich. »Und solange ich lebe, wird dir kein Leid geschehen.«

Wieder schnaubte sie und warf ihren Teller beiseite. Dann trank sie ihren Becher aus und stand auf. »Ich ziehe mich jetzt zurück«, verkündete sie mit der verletzten Würde eines beleidigten Kindes.

Shara und ich saßen schweigend da, bis Ellyn in ihrem Zelt verschwunden war. »Sie muss noch viel lernen«, sagte Shara schließlich.

»Nicht zuletzt Manieren«, meinte ich.

»Sie ist jung und hat Angst«, sagte Shara. »Sie hat viel verloren, und es steht ihr noch sehr viel bevor. Hättest du an ihrer Stelle keine Angst?«

Ich blickte mich um. Dunkle Wolkenfetzen segelten über den Himmel, getrieben von Windstößen, und verdüsterten den Mond. Es wurde so dunkel, dass ich kaum weiter sehen konnte, als unser Feuerschein reichte. Ich spürte die schreckliche Leere der Barrens tief in der Seele. Ich nickte. »Ja, ich habe Angst. Ich mag diesen Ort nicht.«

»Niemand mag ihn«, sagte Shara. »Abgesehen von den einsamen Seelen, die hier leben.«

»Wie du?«, fragte ich.

Shara schüttelte den Kopf. »Ich mag diesen Ort auch nicht.« Sie blickte eine Zeit lang stumm vor sich hin. Ich musste den Wunsch unterdrücken, den Arm um ihre Schultern zu legen. »Ich *fühle,* was das Land so gemacht hat … blutige Kriege in grauer Vorzeit, auf eine Art und Weise ausgetragen, die wir uns nicht vorstellen können. Ich träume hier, Gailard, aber es sind unangenehme Träume.«

»Kriege?«, fragte ich verblüfft. »Wer hat in den Barrens je Krieg geführt?«

»Die Uralten«, antwortete sie mit so leiser Stimme, als hätte sie Angst, die Geister dieser Alten aus grauer Vorzeit zu wecken. »Sie bewohnten diese Welt, ehe wir kamen. Sie verfügten über Kräfte, von denen wir nur träumen können – und genau das tue ich.«

Unvermittelt lachte sie, doch es war ein unterdrücktes, nervöses Lachen, als fürchtete sie, schlafende Ungeheuer zu wecken.

»Hier, trink.« Ich schenkte ihr nach. »Das hilft dir zu schlafen.«

Sie dankte mir lächelnd und nahm einen Schluck.

»Und welche einsame Seelen *leben* nun hier?«, fragte ich.

»Ellyn hat nicht Unrecht, sie zu fürchten«, antwortete sie. Mir lief es eiskalt über den Rücken. »Ich bezweifle, dass sie uns angreifen … aber dennoch … es *gibt* Kreaturen in dieser Gegend, die Feinde menschlicher Wesen sind. Geschöpfe, die von einer älteren Welt geschaffen wurden und nur Hass kennen.«

Ich lachte leise. »Dann gibt es zwischen dieser Welt und der unseren doch keinen großen Unterschied.«

»Wahrscheinlich hast du Recht.« Sie seufzte. »Vielleicht lernen wir nie aus unseren Fehlern, sondern wiederholen sie mit neuen Mitteln.«

»Das verstehe ich nicht«, sagte ich. »Jeder Fehler ist eine Lektion, sobald wir ihn erkennen.«

Sie lächelte mich nachsichtig an. »Vielleicht für dich, vielleicht für einzelne Menschen. Aber für die Menschheit, für uns als Gesamtheit? Die Barrens wurden durch Kriege geschaffen, durch Waffen jenseits unseres Vorstellungsvermögens. Dies Land ist verdorrt, weil es verbrannt wurde. Es ist, als hätten die Götter Feuer und Gift über dieser Erde ausgegossen. Damals ritten die Menschen die Wolken und kämpften nicht mit Schwert, Speeren oder Bogen, sondern mit der Kraft der Sonne und Dingen, die einen Mann aus einer Entfernung über einer Meile töten konnten.«

»Kein Pfeil fliegt so weit«, meinte ich beeindruckt.

»Sie haben keine Pfeile verwendet. Ihre Kraft übersteigt unser Begriffsvermögen«, erwiderte Shara. »Aber übersteigt die Kraft der Vachyn nicht auch das Vorstellungsvermögen gewöhnlicher Menschen? Kannte Chaldor das Zauberfeuer, ehe Nestor kam? Verstehst du nicht? Talan will erobern. Sobald er Chaldor in seinem Besitz hat, wird Nestor ihm ins Ohr flüstern, und dann streckt er die Hände nach Serian und Naban aus – und sämtliche alten Fehler werden erneut begangen. Wenn Talan weitere Vachyn in seine Dienste nimmt, können diese mit ihrer Magie das Hochland verändern und es so trostlos wie die Barrens machen. Ihre Macht ist anders, aber das Ende könnte das Gleiche sein – ihre Ziele unterscheiden sich nicht sehr von denen der Uralten.«

»Es sei denn, wir halten sie auf«, sagte ich und hatte das Gefühl, mehr gehört zu haben, als mein Verstand begreifen konnte.

»Ja.« Shara gähnte und stand auf. »Und jetzt suche ich mein Lager auf.«

Ich schaute ihr nach. In meinem Kopf drehte sich alles. Ich war ein Krieger, doch anscheinend war ich in ein Netz gewaltiger Intrigen geraten, das man nicht mit Stahl zerschneiden konnte. Ich trank noch einen Becher *brose* und sah nach den Pferden.

Sie waren unruhig. Offenbar mochten sie diesen Ort ebenso wenig wie ich. Ich verbrachte eine Weile damit, die Tiere zu beschwichtigen. Dann suchte ich mein Zelt auf und fiel in einen unruhigen Schlaf.

Am nächsten Morgen durchquerten wir eine Mulde, die aus einer Mischung aus Salz und saurer Erde zu bestehen zu schien. Ich entdeckte eigenartige Spuren auf dem silbergrauen Boden. Es waren drei verschiedene Fährten. Die erste stammte von den Klauen eines Zweibeiners, die beiden anderen waren viel größer und schienen von Vierbeinern zu stammen. Sie kreuzten unseren Weg von Ost nach West. Es war kein Dung zu sehen, deshalb vertraute ich darauf, dass die Kreaturen weitergezogen waren und keine Gefahr für uns darstellten. Dennoch nahm ich meinen Bogen und ritt mit einem Pfeil auf der Sehne weiter.

Gegen Mittag erreichten wir einen Wald. Die Sonne schien nur widerwillig von einem unheimlichen Himmel, der eine Mischung aus Grau und Rot war, wie Blut auf einem ausgebleichten Stofffetzen.

Einen solchen Wald hatte ich noch nie gesehen. Die Bäume waren schwarz mit herabhängenden Dornenzweigen, und keiner waren höher als der Kopf eines Manns hoch zu Ross. Die Dornen waren karmesinrot – seit Tagen hatte ich keine so leuchtende Farbe gesehen – und so lang wie mein Daumen. Sie rasselten im Wind. Ich hätte wohl einen Weg außen herum gefunden, doch Shara deutete auf einen Pfad zwischen den Bäumen und forderte Ellyn und mich auf, ihr zu folgen. Daher zückte ich mein Schwert, schnallte den Schild um den linken Arm und tat, was sie verlangte.

Ich schwöre, dass die Zweige sich teilten, als Shara hindurchritt, und bei Ellyn zurückschnellten, um gleich wieder den Weg freizugeben. Bei mir aber wollten sie sich festkrallen. Meine Stute schnaubte gequält, als die Dornen sie stachen. Auch mich verschonten die Dornen nicht. Ich bemühte mich, so viele Zweige wie möglich mit dem Schwert abzuschlagen, ehe sie mich umschlangen, doch Shara rief mir zu: »Beleidige sie nicht. Tu ihnen nicht weh!«

Ihnen *wehtun*? Diesen elenden Dornenbäumen? Ich ritt in Geheimnisse hinein, die ich nicht verstehen konnte.

Ein Dorn stach mich in den Schenkel, ein anderer in meinen Schwertarm. Am liebsten hätte ich mit aller Kraft zugeschlagen und mir mit Gewalt einen Weg durch diesen aberwitzigen Wald gebahnt, doch ich gehorchte Shara, und plötzlich wichen die Dornenzweige vor mir zurück, als hätte Sharas Magie sie zur Seite gebogen. Wir folgten dem schmalen, gewundenen Pfad zu einer weiten Ebene, die so grau war wie die fahle Haut von Leichen und die sich bis zu den grauen Klippen des Styge erstreckte.

Ich glaubte, wir würden höchstens einen Tag brauchen, um diese Gipfel zu erreichen, und begriff nicht, wieso wir so schnell an unser Ziel gelangt waren. Aber hatte Shara nicht gesagt, dass in den Barrens die Zeit anders abliefe? Sicher hatten wir das Ödland schneller durchquert als in der Zeit, wie ich sie kannte.

Und dann war uns der Weg versperrt.

Ich vermutete, dass es die Geschöpfe waren, deren Spuren wir gesehen hatten. Ihre krallenbewehrten Klauen entsprachen den Abdrücken, die ich zuvor gesehen hatte. Die stämmigen, schuppigen Beine trugen einen mächtigen Körper, dessen mittlerer Teil von orangerotem Haar verhüllt war, sodass man das Geschlecht der Kreaturen nicht bestimmen konnte. Doch ihre Wut war klar erkennbar, denn sie streckten ihre Klauen mit langen Krallen nach uns aus und stießen ein herausforderndes Gebrüll hervor, welches das Heulen des Windes übertönte. Ihre Oberkörper waren so kahl wie die Beine, auch nicht weniger muskulös und ebenfalls mit Schuppen bedeckt. Während ich die Wesen betrachtete, sah ich, dass sie schrecklich verunstaltet waren: Sie hatten offene Wunden auf Brust und in den Gesichtern, die denen von Menschenaffen ähnelten, wie ich sie auf den Schiffen der nabanesischen Seeleute gesehen hatte: vorspringende Unterkiefer unter geblähten Nasenlöchern; die Augen klein, rot und funkelnd unter buschigen Brauen, die so rot waren wie das Haar. Die Arme waren so lang wie die Beine. Plötzlich trommelten sie mit den Fäusten gegen ihre Brust, als wollten sie gegen unser Eindringen protestieren.

Der Wind trug ihren Geruch zu uns. Sie stanken entsetzlich. Meine Stute schnaubte und keilte aus. Ellyn schrie auf und hatte Mühe, sich im Sattel zu halten. Shara bedeutete uns, zurückzubleiben.

»Ich kümmere mich um sie.«

Ich zwang mein verängstigtes Pferd an Ellyns tänzelndem Rappen vorbei.

»Mit Magie?«

Shara nickte und starrte die Scheusale an, die uns den Weg versperrten.

»Du würdest eine Spur hinterlassen. Du hattest doch gesagt, es sei besser, keine solche Spur zu legen!«

»Wir haben keine andere Wahl.«

»Sind sie Sterbliche oder Zauberwesen?«, fragte ich.

»Beides«, antwortete sie.

»Wenn sie sterblich sind, kann man sie töten.«

Ich steckte das Schwert in die Scheide und griff zum Bogen. Dann spannte ich die Sehne und legte einen Pfeil auf. Einen zweiten nahm ich zwischen die Zähne. Dann drückte ich der Stute die Fersen in die Weichen – trotz ihrer Angst gehorchte sie mir –, und wir preschten auf die Ungeheuer zu.

Ich schoss den ersten Pfeil ab. Er drang tief in eine kahle graurote Brust. Das Scheusal stolperte zurück und zerrte am Gefieder des Pfeilschafts. Ich riss den zweiten Pfeil aus dem Mund und schoss ihn ab, nur wenige Hufschläge nach dem ersten. Ich war stolz auf den Schuss, denn ich traf das Biest ins rechte Auge. Schreiend stürzte es zu Boden. Die blutige Pfeilspitze ragte aus dem Hinterkopf hervor.

Verblüfft sah ich, dass das Ungeheuer trotz des durchbohrten Auges wieder auf die Beine kam und weiterkämpfen wollte. Doch jetzt war ich neben ihm und spaltete ihm mit dem Schwert den Schädel. Blitzschnell riss ich mein Pferd herum, um der zweiten Bestie einen Schlag über den Rücken zu versetzen, als sie versuchte, mit den Klauen meiner Stute den Bauch aufzureißen. Ich versetzte ihr von der Schulter bis in die Rippen eine tiefe klaffende Wunde. Mit wütendem Knurren schlug das Scheusal nach mir. Es gelang mir, den Schlag mit dem Schild abzufangen, aber der Hieb war so wuchtig, dass ich um Haaresbreite aus dem Sattel geflogen wäre.

Instinktiv zügelte ich meine Stute so heftig, dass sie in die Höhe stieg und die Kreatur mit den Hufen niederschlug. Noch im Fallen streckte das Wesen die Klauen nach der Stute aus. Ich wendte sie und führte einen Schlag mit der Klinge gegen den Kopf des Monsters. Diesmal erwischte ich die andere Schulter. Es sank auf alle viere. Das war meine Chance! Ich stach mit der Schwertspitze tief in sein Rückgrat. Wimmernd brach es auf dem harten Boden zusammen.

Blut, so rot wie das meine, quoll aus den Wunden. Nach kurzer Zeit hörte das Scheusal zu zucken auf und lag reglos da. Ich winkte ich den Frauen, näher zu kommen. Shara schaute mich mit besorgtem Blick an. In Ellyns Augen stand wieder eine Mischung aus Bewunderung und Abscheu. Beide machten einen weiten Bogen um die toten Kreaturen, da sie einen ekelerregenden Gestank absonderten.

»Es ist besser, wenn wir sie so schnell wie möglich verlassen«, sagte Shara. »Ihr Tod dürfte andere Ungeheuer herbeilocken.«

»Ich dachte, es gäbe nicht sehr viele.« Ich wischte meine Klinge ab, da ich befürchtete, das Blut dieser Monster könnte dem Stahl schaden.

»Viele gibt es nicht, aber trotzdem ...«, meinte Shara.

Ich warf einen Blick auf die Kadaver und traute meinen Augen nicht. Vom Boden, wo sich das Blut sammelte, wuchsen Stängel hervor, wie Pflanzen im Frühjahr. Doch sie waren nicht grün, sondern schwarz und runzlig, wie die Haut von Mumien. Doch hatten sie erst genügend Blut aufgesogen, färbten sie sich karmesinrot, wurden dicker und wuchsen mit unglaublicher Schnelligkeit. Mir stockte der Atem. Entsetzt, aber auch fasziniert sah ich, wie Zweige mit Dornen aus den Stämmen sprossen. Diese griffen wie mit Klauen in die Kadaver. Weitere Zweige wuchsen tief in die Wunden hinein. Ich spuckte aus, weil ich das Gefühl hatte, mein Mund wäre mit der Fäule dieses Landes gefüllt. Dann ritt ich schnell davon, gefolgt von den Frauen.

Wir näherten uns einer tiefen Schlucht. Noch einmal schaute ich zurück. Die Kadaver waren unter einem Gewirr von Dornenzweigen verschwunden. Bald schon würden dort schwarze Bäume stehen, wie in dem Wald, durch den wir geritten waren. Stumm schickte ich ein beinahe vergessenes Gebet zu den Göttern hinauf, obwohl ich nicht sicher war, ob ich noch an sie glaubte, und ich fragte mich, ob es nicht klüger gewesen wäre, mit den Dur weiterzureiten.

Doch jetzt war ich gebunden, daher ritt ich nach Norden und vertraute Shara. Mir blieb ohnehin keine andere Wahl.

Wir erreichten die Schlucht. Shara ritt eine Weile nach Osten, bis wir an einen gefährlich steilen Pfad kamen, der nach unten führte. Das Gestein dieser Schlucht war schwarz, der Pfad glatt wie Glas. An einer Seite war die Felswand, an der anderen der Abgrund. Die Hufe unserer Pferde rutschten mehrere Male aus; deshalb stieg Shara schon bald ab und ging zu Fuß weiter. Ellyn und ich folgten ihrem Beispiel. Die ganze Zeit fürchtete ich, ein Pferd könnte ausrutschen und einen von uns mit in die Tiefe reißen. Doch wir erreichten die Talsohle sicher. Sie war ziemlich breit und von grobem schwarzem Sand bedeckt. Ich fragte mich, ob hier früher ein Strom geflossen war, weil Gebilde aus dem Boden ragten, die den Gräten riesiger Fische ähnelten; einige sahen wie Fischköpfe mit scharfen Zähnen aus. Ich hatte keine Gelegenheit, Shara danach zu fragen, da sie sich wieder in den Sattel geschwungen hatte und uns zur Eile trieb. Sie ritt mit ihrem Rappen in schnellem Trab zu einem Pfad, der auf der anderen Talseite bergauf führte.

Dort stiegen wir wieder ab und führten die Pferde den Pfad hinauf, der nicht leichter war als der zur Talsohle. Ellyn wurde bei dem steilen Aufstieg die Luft knapp. Mehrmals bat sie um eine Ruhepause. Doch Shara gab ihrer Bitte nicht statt, sondern rief ihr zu, dass wir unbedingt noch vor Einbruch der Dunkelheit den oberen Rand der Schlucht erreichen müssten.

Vor Einbruch der Dunkelheit? Jetzt war erst Mittag, soweit ich es bei dem grauen Himmel einschätzen konnte. Obwohl der Aufstieg länger dauern würde als der Abstieg, konnte ich mir nicht vorstellen, dass wir einen halben Tag brauchten.

Doch während wir uns mühsam empor arbeiteten, verdunkelte sich der Himmel, und ein bitterkalter Wind pfiff durch die Schlucht. Dann verblasste der letzte Lichtschein, und wir kletterten im Dunkeln weiter.

»Schnell!«, rief Shara. »Wir müssen die Kante erreichen, ehe …«

Ihre restlichen Worte gingen im Heulen des eiskalten Windes unter, der an uns zerrte, doch ich hielt ihn nicht für gefährlich. Die schwarze Felswand schützte uns vor den schlimmsten Böen. Meiner Meinung nach konnten wir ungefährdet weiter nach oben steigen.

Dann aber warf ich einen Blick zurück und sah, was der Wind vor sich hertrieb.

Ich konnte den Talboden nicht mehr sehen. Die Schlucht füllte sich mit tosendem schwarzem Wasser. Es war wie eine Springflut. Ungeheure Wassermassen wälzten sich aus dem Westen heran. Die Wellen brachen sich an den Felswänden und sandten die Gischt bis zu uns empor. Dann setzten sich die Skelette der Riesenfische in Bewegung, schnellten aus den Fluten und schnappten mit aufgerissenen Rachen nach uns. Ellyn schrie vor Entsetzen. Ich rief ihr zu, sie solle sich beeilen, doch meine Worte wurden vom Sturm weggerissen. Ich sah Sharas blasses Gesicht. Ihre Lippen formten Worte, die ich nicht hören konnte. Plötzlich traf mich ein eiskalter Schwall von hinten. Meine Stute wieherte laut und scheute. Ich hatte Mühe, sie zu bändigen, und versetzte ihr einen Schlag auf die Kruppe, um sie vorwärts zu treiben. Sie gehorchte, machte einen Satz und stieß mit Ellyns Pferd zusammen, worauf beide Tiere schneller liefen. Dann hörte ich ein Geräusch, als würde ein Schwert auf einen Schild schlagen. Ich warf einen kurzen Blick zurück. Ein riesiger Rachen mit langen scharfen Zähnen klappte dicht hinter mir zusammen. Dann versank das Ungeheuer wieder in den schäumenden Fluten.

Keuchend und fluchend erreichten wir den Rand dieser entsetzlichen Schlucht. Ellyn und ich blieben verblüfft stehen; Shara hingegen schien gewusst zu haben, was uns erwartete.

Unter uns tobte die Flut mit riesigen Leibern, die sich gegenseitig zerfleischten. Hinter uns lagen die Barrens, in tiefste Nacht gehüllt. Der Sturmwind jagte schwarze Wolken dahin, die den Mond verdunkelten. Doch vor uns erstreckte sich eine grüne Wiese, von der sinkenden Abendsonne beschienen. Gelbe, blaue und weiße Blumen zierten das grüne Gras bis hin zum Rand eines Fichtenwaldes. Dahinter erhob sich majestätisch das Massiv des Styge, von der untergehenden Sonne in Gold getaucht.

»Hast du das gewusst?«, fragte ich.

Shara lächelte. »Ich war nicht sicher. Manchmal ist es so wie heute, und manchmal geschieht gar nichts.«

»Du hättest uns warnen sollen.«

»Vielleicht«, gab sie zu. »Aber wärst du mir gefolgt, wenn ich es gesagt hätte?«

Ellyn antwortete. »*Nein!* Bei den Göttern, wir hätten unser Leben verlieren können. Wir hätten bei meinem Großvater bleiben sollen. Da wären wir sicherer gewesen.«

Shara blickte mich an. »Abgesehen davon, dass Eryk die Dur verfolgt«, sagte ich. »Und dass die Clans sich früher oder später erbittert bekriegen werden. Du musst lernen, deine Gabe zu nutzen – und das wird Shara dir beibringen –, damit du Talan besiegen und den Thron deiner Eltern besteigen kannst.«

Sie stampfte wütend mit dem Fuß auf und verzog das Gesicht. »*Shara* soll es mir beibringen? Shara soll mich in den Styge schleppen und mich etwas lehren, das meine Großmutter nicht kann? Shara soll dich und mich dorthin führen, wohin *sie* will – wie einen Bullen, dem man einen Ring durch die Nase gezogen hat? Und du tust nichts anderes als zu keuchen und ihr zu folgen?«

Ich ging rasch zu Ellyn und nahm ihr Gesicht in meine Hände. »Weil ich geschworen habe, dich zu beschützen«, erklärte ich. »Und für deine Sicherheit zu sorgen, bis zu dein Königreich wiedergewinnen kannst.«

»Du liebst Shara!«

Darauf wusste ich keine Antwort. Nein wollte ich nicht sagen; ja konnte ich nicht sagen. Deshalb blickte ich Ellyn nur stumm an. Tränen strömten über ihre Wangen und benetzten meine Hände. Kurz darauf löste sie sich von mir. Sie rieb sich heftig die Augen, und ihr Gesicht war gerötet – ich war nicht sicher, ob aus Wut oder Scham. Ich tat das Einzige, das mir in den Sinn kam.

Ich zückte mein Schwert, ging vor ihr auf ein Knie und hielt die Waffe auf den nach oben gewandten Handflächen. Die sinkende Sonne zauberte blitzende Funken auf die Klinge, die genauso glitzerten wie die Tränen auf Ellyns Wangen.

»Du bist meine Schutzbefohlene und meine Königin«, wiederholte ich. »Dir gelobe ich mein Schwert und mein Leben.«

»Und dein Herz?«

Ich blickte sie erstaunt an. Sie war ein Kind, zu

jung, um solch eine Frage zu stellen, doch aus ihren Augen leuchtete mir eine derartige Heftigkeit entgegen, dass mir die Worte im Halse stecken blieben. Glaubte sie, mich zu lieben? Das war doch Wahnsinn. Ich war alt genug, um ihr Vater zu sein. Ich überlegte, was ich antworten könnte. Mir war bewusst, dass mehrere Schicksale von meiner Antwort abhingen.

»Mein Herz gehört mir, Ellyn«, sagte ich schließlich. »Dir gehört ein Teil davon, da du meine Schutzbefohlene bist. Und wenn du den Thron besteigst, wird dir mein Leben gehören. Du kannst darüber bestimmen, aber ...«

Mit einer ungeduldigen Handbewegung unterbrach sie mich. Ihre vom Weinen geröteten Augen glühten vor Wut.

»Und wist du sie verlassen, wenn ich es dir befehle? Was ist, wenn ich dir befehle, sie zu töten?«

»Das wäre ein unwürdiger Befehl«, erklärte ich, immer noch kniend. »Shara ist deine Freundin – deine Verbündete –, und weise Herrscher befehlen nicht den Tod ihrer Verbündeten. Weder Andur noch Ryadne hätten je einen solchen Befehl gegeben.«

Sie stemmte die Fäuste in die Hüften. »Aber wenn ich es täte?«

Ich steckte mein Schwert in den Boden, legte die Hände über den Knauf und stützte das Kinn darauf. Dann musterte ich diese Kindfrau, deren Gefühle ich so schwer verstand. Immer noch funkelte mir heiße Wut entgegen. Ich verstand sie nicht. Ich verstand die Frauen nicht.

»Nein. Ein solcher Befehl würde dich auf eine Stufe

mit Talan stellen«, sagte ich. »Verstehst du denn nicht? Ich biete dir meine Treue an, aber Treue muss man sich verdienen. Es ist kein Geschenk in hübscher Verpackung, das zur Belustigung dient, und man treibt keinen Scherz damit.«

»Du wählst also sie.«

Ich schüttelte den Kopf, stand auf und steckte mein Schwert in die Scheide. »Ich wähle nicht, weil es nichts zu wählen gibt«, sagte ich. »Meine Klinge gehört dir, mein Herz gehört mir.«

»Ich hasse dich«, stieß sie hervor, machte kehrt und stapfte wutentbrannt zu ihrem Pferd.

Ich seufzte und schaute Hilfe suchend zu Shara hinüber, doch sie blickte mich nur ernst an und ging zu ihrem Rappen. Ich schaute zum Himmel, doch dieser gewährte mir auch keine Antwort. Deshalb stieg ich auf meine Stute und fragte mich, ob auch sie mich nicht mochte. Doch sie schnaubte und drehte den hübschen Kopf zu mir – eine Aufforderung, ihr den Hals zu tätscheln. Mit Tieren konnte ich besser umgehen als mit Frauen.

»Wir sollten aufbrechen«, sagte Shara und führte uns nach Norden, auf den Styge zu.

In dieser Nacht lagerten wir neben einem Fluss mit klarem Wasser, in dem sich Forellen tummelten. Ich fing drei und röstete sie über einem Feuer aus Hickoryholz. Wir genossen das Festmahl, sprachen aber nicht, da Ellyns Laune sich nicht gebessert hatte. Nach dem letzten Bissen zog sie sich in ihr Zelt zurück.

Ich blickte Hilfe suchend zu Shara und bat um eine Erklärung. Die Nacht war klar, ein beinahe voller Mond schien vom sternenübersäten Himmel. Die leicht Nachbrise trug den Duft des Waldes, in dem wir lagerten, und den der Blumen und des Grases herbei. Er vermischte sich mit dem Geruch des Holzfeuers. Die Barrens schienen weit hinter uns zu liegen, unsere Probleme jedoch waren drückend nahe.

»Sie liebt dich«, sagte Shara. »Oder glaubt es zumindest.« Dann lachte sie über meinen Gesichtsausdruck. »Warum nicht? So übel siehst du nicht aus, und deinen Wert hast du bewiesen. Bei den Göttern, du warst tatsächlich mutig, als du den Kampf mit diesen Scheusalen aufgenommen hast, und zweifellos hast du zuvor schon deinen Mut bewiesen.«

»Ich könnte Ellyns Vater sein«, erwiderte ich. »Sie ist ein Kind.«

»Sie ist eine junge Frau«, entgegnete Shara. »Im Augenblick ist sie weder Kind noch Frau und sehr verwirrt.«

Ich schüttelte hilflos den Kopf. Ellyn verwirrt? Da war ich nicht so sicher.

»Hör mir zu«, sagte Shara. »Ihre Eltern wurden ermordet und sie ist ganz allein – abgesehen von dir.«

»Und du?«

»Ich bin jetzt ihre Rivalin.« Shara lächelte. »Siehst du das nicht, Gailard? Andur und Ryadne haben dich mit feierlichem Eid dazu verpflichtet, für Ellyn zu sorgen – du bist der einzige feste Punkt in ihrem Leben. Was hat sie denn sonst? Mit den Dur reiten, während Mattich sich vor Eryk verstecken muss?

Und dann hinein in die Clan-Kriege? In eine Welt, die sie nicht kennt? Und das in dem Bewusstsein, dass Nestor ihr seine Jäger hinterher gehetzt hat? Nein! Du bist das Einzige, das unverrückbar für sie ist. Deshalb sucht sie bei dir die Sicherheit, die sie verloren hat. Und sie reift zur Frau heran – daher ihre Liebe zu dir.«

Ich zupfte mir eine Gräte aus den Zähnen und ging mit den Tellern zum Fluss. Als ich sie mit Sand reinigte, sagte ich über die Schulter: »Aber sie ist so jung, und ich bin so alt.«

»So alt nun auch wieder nicht«, sagte Shara. »Außerdem bist du ein großer Held.«

Ich legte die Teller hin und drehte mich um. Sie stand hinter mir und betrachtete mich mit ernster Miene.

»Ein großer Held?« Ich musste zugeben, dass mir diese Bezeichnung gefiel.

»Ja, das ist meine Meinung.«

Ich stand auf. Ihr Gesicht war dicht unter meinem, und wir standen sehr eng beisammen. Ich roch ihr Haar und den Moschusduft, den ihre Haut verströmte. Die Nacht war mild, doch ich spürte, wie von Sharas Körper Wärme ausging. Mein Herz schlug schneller. Ich zog sie an mich, doch sie wich zurück.

»Nein!« Sie stemmte die Hände gegen meine Brust und stieß mich fort. »Wir müssen an Ellyn denken und alles, was sie bedeutet.«

Ich seufzte. Es war schon sehr lange her, dass ich eine Frau gehabt hatte, und in diesem Augenblick begehrte ich Shara.

»Wir müssen meinen Turm erreichen und dafür sorgen, dass Ellyn in Sicherheit ist«, sagte sie. »Ich muss sie unterrichten.«

Ich nickte.

»Und ist es nicht wichtiger, dass Ellyn an die Macht kommt und Talan und Nestor besiegt?«, fragte sie.

Wieder nickte ich, doch ich begehrte sie noch immer mit jeder Faser meines Seins.

20

»Wir fanden ihn, als er im Hafen umherkroch«, sagte der Wächter. »Wir haben ihn gleich erkannt. Er ist einer deiner Kapitäne, deshalb haben wir ihn zusammengeflickt, so gut wir konnten, und hergeschafft.«

Er deutete auf Nassim, der schwankend dastand. Wasser und Blut tropften von seiner Kleidung auf die Fliesen des Palastbodens. Kerid sprang vor und legte den Arm um den Freund, damit er nicht zu Boden fiel.

»Komm, setz dich.« Er führte den schwankenden Mann zu einer breiten Bank und legte ihn nieder. »Ein Heiler! Holt einen Heiler!«

Mutter Hel nickte und erteilte einen Befehl, worauf die Diener losrannten.

»Verzeih«, sagte Nassim. »Aber sie haben mir aufgelauert.« Schmerzen und das Flusswasser hatten seine Stimmer heiser gemacht.

»Es gibt nichts zu verzeihen«, sagte Kerid. »Was ist geschehen?«

»Es war Tyron«, erklärte Nassim. Er zitterte beim Sprechen und biss die Zähne zusammen, so sehr schmerzten die Messerwunden. »Ich habe ihn getötet, aber da waren noch drei andere. Ich habe sie verwundet, aber ich glaube, sie leben noch.«

»Nicht mehr lange«, erklärte Mutter Hel und wandte sich an eine der Wachen. »Such diese Männer! Ich will, dass sie zu mir gebracht werden. Lebend!«

Der Wachposten schaute sie verwirrt an. »Sprich mit meinen anderen Kapitänen«, sagte Kerid. »Frag sie, wer in den letzten Tagen nach einer Beschäftigung an Bord gefragt hat – Fremde. Wahrscheinlich haben sie behauptet, Flüchtlinge aus Chaldor zu sein.«

»Und dann schafft ihr sie hierher, zu mir«, wiederholte Mutter Hel. »Lebend.«

Der Wachposten salutierte und eilte aus der Halle. Der Tonfall der Mutter duldete kein Zögern.

Eine Heilerin kam, und Diener trugen Nassim zu einem Bett, wo die Heilerin mit ihrem Ritual begann. Nassim fiel in einen tiefen Schlaf.

»Wird er leben?«, fragte Kerid und betrachtete den schlafenden Freund.

»Wahrscheinlich.« Die Heilerin wusch sich das Blut von den Händen. »Er ist kräftig und hat Lebenswillen. Aber seine Wunden sind tief, und er hat viel Wasser geschluckt. Ich kümmere mich wieder um ihn, sobald er aufgewacht ist.«

Mutter Hel befahl, ein zweites Bett ins Zimmer zu bringen, damit die Heilerin darin schlafen konnte. Dann winkte sie Kerid, ihr hinauszufolgen.

»Dein Krieg kommt jetzt zu mir«, sagte sie, als sie allein waren. »Und das missfällt mir sehr.«

»Mir ebenso.« Kerid schenkte sich ein Glas Wein ein und ging unruhig auf und ab. »Das müssen die Meuchelmörder sein, von denen Nassim gesprochen hat.«

»Möglich.« Mutter Hel nickte. Ihr junges Gesicht

wirkte besorgt. »Aber vielleicht war es nur eine Hafenschlägerei.«

»Ich habe dir gesagt, was Nassim mir berichtet hat.« Kerid wirbelte herum und verschüttete dabei Wein. »Nur gedungene Meuchelmörder würden so etwas versuchen.«

»Du befehligst Piraten«, sagte die Mutter. »Und Piraten kämpfen gern gegeneinander.«

»Meine nicht.« Kerid stellte das Glas ab, ehe er es vor Wut zerdrückte. »Meine Männer kämpfen nicht in Hel. Nassim hat Recht. Talan schickt Meuchelmörder gegen uns aus.«

»Wir werden es herausfinden, wenn man diese Kerle herschafft«, sagte die Mutter. »Ich werde die Antworten aus ihnen herausholen und dann …« Sie beendete den Satz nicht, sondern ließ die Drohung unausgesprochen.

Es dauerte einen Tag, um alle Meuchler aufzuspüren; dann schleppten die Wachen Mutter Hels sie in den Palast und schafften sie in einen Teil, den Kerid noch nicht gesehen hatte – und auch nicht sehen wollte.

Doch jetzt trieb ihn die Wut dorthin. Hinter einer Tür aus dunkler Eiche führte eine Wendeltreppe zu einem von Laternen spärlich erleuchteten Korridor, der zu einem großen Raum tief unter dem Palast führte. Kohlebecken verbreiten einen rötlichen Schein. Metallene Folterinstrumente wurden in der Glut erhitzt. Andere seltsame Gerätschaften standen an den Wänden.

Die drei Männer hatte man nackt auf Bänke geschnallt. Kerid wusste nicht, ob sie aus Angst oder wegen der Hitze der Kohlebecken schwitzten. Ihn schauderte. Mutter Hel trat zu einem Gefangenen. Sie hielt eine junge Katze auf dem Arm und ließ sie auf den Mann fallen. Er zuckte zusammen, als sich die Krallen des Tieres in seinen Körper bohrten, und bäumte gegen die Lederfesseln auf. Die Katze miaute, sprang herab und verließ fluchtartig das Verlies. Ihre Krallen hatten blutige Spuren auf dem Bauch des Mannes hinterlassen. Obgleich Kerid wollte, dass diese Kerle bestraft würden, empfand er unwillkürlich Mitleid.

Dann beugte Mutter Hel sich über den Mann. Sie trug ein schwarzes, hautenges Gewand mit tiefem Ausschnitt. Unter anderen Umständen wäre es verführerisch gewesen. »Wer hat dich geschickt?«, fragte sie.

»Ich weiß nicht, was du meinst.«

»Wer hat dich geschickt?«

»Wovon sprichst du?«

»Wer hat dich geschickt?«

»Niemand! Ich verstehe nicht.« Der Gefangene blickte sie mit verängstigten Augen an. »Ich bin hergekommen, um Kerid bei seinem Kampf zu helfen.«

Sie machte eine Handbewegung. Ein Hüne in Leder trat vor. Er trug eine Metallstange, deren Spitze glühte.

»Soll ich ihm befehlen, dir die Stange in die Augen zu stoßen? Oder in deine Männlichkeit? Sag mir, wer dich geschickt hat! Dann lasse ich dir nur ein Brandzeichen aufdrücken. Du hast die Wahl. Du kannst frei von dannen gehen – allerdings weiß die Welt, dass du Mutter Hel erzürnt hast. Oder du stirbt qualvoll. Wie lautet deine Entscheidung?«

»Mich hat niemand geschickt«, antwortete der Mann.

Kerid wandte sich ab, als der Folterknecht dem Gefangenen die glühende Eisenstange hineinstieß, doch konnte er die Schreie nicht überhören.

»Sinnlos«, erklärte Mutter Hel. »Versuch es beim Nächsten.«

Es gab die Streckbank, ein Rad und einen Zuber mit Wasser, in dem man Hummer kochen konnte, aber die Gefangenen schrien nur und starben.

»Sie stehen unter einem Zauber«, sagte die Mutter, nachdem der letzte Mann fortgeschafft worden war. Alle wurden in den Fluss geworfen. »Ein Zauber, den wohl nur die Vachyn ausüben können. Gewöhnliche Sterbliche hätten geredet.«

Kerid wunderte sich, dass sie so ruhig sprechen konnte. Bei den Göttern, er hatte Männer getötet, ohne einen Gedanken an sie zu verschwenden – aber in der Schlacht, nicht wie hier. Nachdenklich betrachtete er die Frau, mit der er schlief und die er vielleicht liebte. Dann aber verjagte er die Zweifel, denn er brauchte sie, um Talan zu besiegen.

»Vachyn-Magie«, sagte Mutter Hel, als sie ihr Gemach erreichten. »Nur die Vachyn können eine menschliche Zunge derart versiegeln.«

»Und?« Kerid schenkte ein Glas Wein ein. Er verspürte das Bedürfnis, sich den Mund auszuspülen.

»Und?« Mutter Hel blickte ihn an. Der Zorn ließ ihr Gesicht älter als sonst aussehen. »Begreifst du denn nicht? Hel bleibt unangetastet von Politik und Vachyn-Magie – so lautet die Vereinbarung. Das war schon immer so! Aber jetzt?« Sie nahm das Kätzchen von der Schulter und warf es aufs Bett. »Diese Vereinbarung wurde gebrochen. Und wer außer Talan würde sie brechen?«

Sie blickte Kerid an.

»Wie viele Schiffe brauchst du?«

»Wofür?«, fragte er verwirrt.

»Um Talan zu besiegen, du Dummkopf! Um in Danant einzufallen und diesen aufgeblasenen Emporkömmling zu vernichten, der sich anmaßt, Meuchelmörder in mein Reich zu entsenden.«

Kerid leerte sein Glas und begann zu rechnen.

Der Jäger wischte sich Jachs Blut vom Mund und rollte sich im Stroh zusammen. Dieses menschliche Ding hatte ihm mehr gesagt, als er erwartet hatte. Jetzt wussten sie die Richtung. Jach hatte ihre übersinnliche Vermutung bestätigt: die Hochlande. Morgen würde er mit seinen Kameraden dorthin aufbrechen. Jetzt aber wollte er mit vollem Bauch schlafen. Bei Tagesanbruch würden sie die Jagd fortsetzen.

Für ihn bestand kein Zweifel, dass sie Ellyn finden würden.

»Ich langweile mich.« Talan stellte das Glas ab. »Ich habe dieses elende Land erobert, aber jetzt möchte ich heim nach Danant.« Er blickte Egor Dival an. »Was meinst du?«

»Chaldor ist unser«, sagte der alte General. »Wir haben unsere Krieger an allen Grenzen, und es gibt keinen Widerstand mehr.«

»Da ist noch Ellyn«, sagte Nestor.

»Ich habe an sämtlichen Straßen Wachen aufgestellt.« Dival sprach zu Talan und würdigte den Zauberer keines Blickes. »Und ihr Bild hängt an Bäumen, in Schenken, überall – mit einer Belohnung, die selbst den getreuesten Untertan Andurs in Versuchung führt.«

»Und da sind immer noch die Piraten«, sagte Nestor.

»Werden deine Meuchelmörder nicht mit ihnen fertig?«, fragte Dival.

»O doch.« Der Vachyn lächelte den General an. Es war ein Lächeln ohne eine Spur von Freundschaft oder Humor, nur mit dem Versprechen, später mit ihm abzurechnen. »Doch bis die Piraten vernichtet sind, halte ich es für unklug, den Fluss zu überqueren«, sagte er zu Talan. »Es wäre möglich, dass sie nur darauf warten.«

»Ich kann mit einer Flotte kommen«, sagte Talan. »Und mit dir. Das dürfte doch Schutz genug sein.«

»Selbstverständlich«, pflichtete Nestor ihm bei. »Aber wenn du nach Danant zurückkehrst, werden die Leute sagen, du wärst geflohen.«

»*Ich* fliehe vor nichts und niemandem!« Talan funkelte den Zauberer wütend an.

»Ich weiß das.« Nestors Stimme klang ölig, sein Lächeln war salbungsvoll. »Aber da Ellyn – Chaldors Erbin – fern ist, könnten die Menschen auf den Gedanken kommen, dass du sie fürchtest.«

Talan blickte Dival an. »Danant wächst und gedeiht. Sämtliche Meldungen besagen, dass es dem Land gut geht. Die Ernte ist eingebracht«, sagte der General.

»Das weiß ich alles!«, unterbrach ihn Talan. »Aber ich möchte nach Hause. Was meinst du, Egor?«

Dival hasste es, dem Vachyn beizupflichten, aber diesmal hatte er keine Wahl. Daher sagte er: »Nestor könnte Recht haben. Meiner Meinung solltest du hier bleiben, zumindest bis zum Frühling. Baue Chorym wieder auf und lass Chaldor wissen – die ganze Welt! –, dass du jetzt der Gebieter über Chaldor und Danant bist.«

Talan brummte etwas Unverständliches. »Und Ellyn?«, fragte er.

»Ich werde Gesandte zu den Hochland-Clans schicken«, antwortete Dival. »Sie sollen eine Belohnung aussetzen für den, der sie uns bringt.«

»Es sei denn, meine Jäger finden sie vorher und töten sie«, sagte Nestor. »Sie und Gailard.«

Egor Dival zuckte mit den Schultern. »Wie auch immer, ich halte es für klug, dass du bleibst. Du musst Chaldor zeigen, dass du herrschst und dich vor nichts und niemandem fürchtest.«

»Dem stimme ich zu«, sagte Nestor.

»Bei allen Göttern!« Talan lachte. »Nie hätte ich gedacht, dass ich euch beide einmal einer Meinung sehen würde.«

Nestor strahlte, Dival verzog das Gesicht.

»Also gut«, erklärte Talan. »Ich werde bis zum Ende des Winters bleiben. Aber wenn Ellyn bis dahin nicht gefunden oder tot ist, gehe ich nach Hause.«

»Bis dahin wird sie mit Sicherheit gefunden sein«, sagte Dival.

»Bis dahin wird sie tot sein«, erklärte Nestor. »Mein Wort darauf.«

»Ich bin Pawl aus Danant, geschickt von meinem Gebieter Talan, der nun über ganz Chaldor herrscht.« Der Gesandte verneigte sich tief, obgleich er für diese Wilden aus dem Hochland wenig Achtung hegte. »Mein Gebieter, Herr über Chaldor und sämtliche umliegenden Länder, möchte ein Bündnis mit euch schließen.«

Eryk lächelte und blickte kurz zu Rytha neben ihm. »Ach was. Talan möchte uns zu seinen Freunden machen?«

»Das möchte er«, bestätigte Pawl und nahm auf dem Stuhl Platz, den einer der Barbaren ihm anbot, die diesem fetten Möchtegern-Herrscher dienten. »Er würde euch viel bieten, als Gegenleistung für …«

»Ellyn?«, unterbrach Rytha. »Nachdem er die Mutter verloren hat, will er jetzt das Kind haben.«

»Ryadne ist tot, ja«, sagte Pawl ruhig. »Und mein Gebieter Talan wird die Nachfolge antreten.«

»Er möchte den Thron Chaldors besteigen, aber dazu muss er die Tochter besitzen«, erklärte Rytha.

»Es würde den … Übergang … leichter machen«, sagte Pawl vorsichtig.

In seinen Worten lag eine Drohung, welche die Highlander nicht beachteten oder nicht verstanden hatten. Rytha lachte höhnisch und wandte sich an ihren Gatten. »Siehst du? Sie kommen zu uns, wie ich es dir versprochen habe. Talan möchte Ellyn haben – und um Ellyn zu bekommen, braucht er uns.«

Pawl nippte an dem scheußlichen Gebräu, das sie ihm gegeben hatten. Es brannte wie Feuer und rumorte in seinem Bauch, aber er musste es als widerwärtigen Teil ihrer Gastfreundschaft erdulden. Zweifellos waren sie Wilde – bei den Göttern, sie hausten in armseligen Zelten und stanken, als hätten sie seit Wochen nicht gebadet! Aber man hatte ihn als Gesandten hergeschickt, und für Danant war es besser, wenn die Hochland-Clans Talans Herrschaft annahmen, um einen Krieg zu vermeiden. Deshalb musste Pawl lächeln und den Diplomaten spielen und diesen lächerlichen Häuptling für Danants Sache gewinnen.

»Mein Gebieter wüsste gern, wo Ellyn sich aufhält«, sagte er. »Und dass sie nach Chorym zurückkehrt …«

Er stockte, als Rytha zu lachen begann. Ihr Gatte stimmte ein. Der Geruch von frisch geschlachtetem Fleisch, von Hunden, Pferden und Schweiß stieg ihm in die Nase. Gern hätte er sein Taschentuch hervorgeholt und es sich vor die Nase gehalten. Er schaute sich um. Er hatte nur drei Männer mitgenommen; diese Barbaren konnte sie binnen weniger Augenblicke niedermachen. Er wünschte, Egor Dival hatte ihm diese Mission nicht anvertraut.

»Ja, ich bin sicher, dass er gern wissen würde, wo sie ist«, sagte Eryk und lächelte verschlagen. »Oder dass sie tot ist.«

Pawl vermochte sich nicht zurückzuhalten. »Und?

Ist sie tot? Deine Botschaft besagte, dass sie in deiner Gewalt sei.«

Eryks Gesicht verdüsterte sich.

»Nein, sie ist geflohen.«

»Wohin?«

Der Highlander deutete nach Norden. »Sie ist mit den Dur weitergezogen. In die Barrens.«

»Und du hast sie nicht verfolgt?«

»Kein Mensch, der bei klarem Verstand ist, wagt sich in die Barrens.«

Pawl spürte, dass es um mehr ging, als nur Clan-Zwistigkeiten. Hinter Eryks Augen, die in Fettpolster gebettet waren, lag irgendetwas, das der Häuptling unbedingt verborgen halten wollte.

»Was ist der wahre Grund? Wenn wir Verbündete sein sollen, muss ich es wissen.«

»Helig ist gekommen«, antwortete Rytha. »Sie kam mit Gailards Geist und ihrem Höllenrudel und hat Ellyn geholt.«

Eryk nickte. »Und dann haben die Dur uns angegriffen und sind entkommen.«

»Und was geschah mit den Dur?«

»Sie sind in die Barrens geflohen.«

»Und ihr habt keine Ahnung, wo Ellyn sich aufhält?«

»Nein.«

»Nur, dass sie mit Gailards Geist geflohen ist, dank der Hilfe der Göttin.«

»Ja, aber wir werden sie finden.« Eryk schlug auf das Schwert. »Wir werden die Dur abschlachten, wenn sie sich wieder zeigen, und falls Ellyn bei ihnen ist, liefere ich sie dir aus.«

»Ich bin nicht sicher, ob ich so lange bleiben kann«, meinte Pawl vorsichtig.

»Dann kehre zurück nach Chorym und sag deinem Herrn, dass ich ihm als Gegenleistung für seine Unterstützung Ellyn übergeben werde – oder einen Beweis für ihren Tod«, sagte Eryk.

»Und welche Unterstützung soll das sein?«, fragte Pawl.

»Die Anerkennung, dass ich Gebieter der gesamten Hochlande bin«, antwortete Eryk. »Und Krieger, falls ich sie benötige. Und keinen Handel, ohne mir einen Zehnten zu bezahlen. Meine Männer treffen sich mit euren in Cu-na'Lhair, und mir gehört die Hälfte von allem, was dort vorbeikommt.«

»Du verlangst sehr viel«, sagte Pawl.

»Du willst Ellyn haben«, erinnerte ihn Eryk.

Der Gesandte nickte. »Ich will sehen, ob Talan sich einverstanden erklärt.«

»Wenn nicht, wird er Ellyn nie zu Gesicht bekommen«, sagte Eryk.

»Das mag sein.«

»Das ist so!«, erklärte Rytha. »Ohne uns bekommt er sie nie.«

»Ich muss meinem König alles berichten«, sagte Pawl. »Wartet ihr auf seine Antwort?«

»Wenn es nicht zu lange dauert«, sagte Eryk. »Geh nun und berichte deinem König, dass wir uns einig sind – und dann bringe mir Krieger.«

»Als Gegengabe für Ellyn«, sagte Pawl.

»Tot oder lebendig«, versprach Eryk.

21

Die hübschen kleinen Wäldchen wichen dichten Fichtenwäldern auf dem Vorgebirge. Wie blaugrüne Wogen schlugen sie gegen die majestätischen Gipfel des Styge-Massivs. Die Berge erhoben sich über uns wie ein Wall gegen den Rest der Welt. Die Gipfel waren von Wolken umkränzt und schienen sich von einem Ende des Horizonts zum anderen zu erstrecken. Die Luft war kühl; sicher war es an den Flanken dieses Gebirges sehr kalt. Ich fragte mich, wo Sharas Broch lag und wie wir diese Feste erreichen sollten, denn ich sah keine Wege oder Pässe. Ich konnte mir ohnehin nicht vorstellen, wer an einem so einsamen, unzugänglichen Ort eine Festung erbaute. Doch als ich Shara fragte, lachte sie nur.

Wir ritten immer weiter hinauf, bis dorthin, wo die Bäume steinigem Boden wichen. Dann ging es weiter über kahles Gestein; ab zu rauschte ein reißender Bergbach zu Tal, was mich unangenehm an das seltsame Flussbett erinnerte. Schließlich bog Shara nach Norden ab. Wir folgten einem sehr steilen Pfad, an dessen einer Seite sich eine Felswand erhob, während auf der anderen ein Abgrund gähnte. Wir mussten sehr vorsichtig sein. Ellyn stieß einen Schrei aus, als sie den Pfad sah.

»Noch ein Abgrund? Werden wir deinen Unterschlupf je erreichen?«

»Schon bald«, versprach Shara.

»Es sei denn, wir stürzen in den Tod.«

»Wenn du vorsichtig bist, wird das nicht geschehen«, sagte ich.

»Hier kann selbst eine Bergziege abstürzen.«

»Dann sei halt vorsichtig.« Obwohl ich sie mochte, wurde ich ihrer ständigen Klagen überdrüssig. Wären wir allein gewesen, hätte ich sie vielleicht doch übers Knie gelegt und mein altes Versprechen eingelöst. Ich verstand ihre Verärgerung nicht. Sie schien Sharas Hilfe abzulehnen und ihr zu verargen, dass sie ihr das Leben gerettet hatte. Ich werde die Gedankengänge einer Frau niemals verstehen!

»Jetzt ist es nicht mehr weit«, sagte Shara.

Ellyn verzog den Mund und drückte ihrem Pferd die Fersen in die Weichen. Der Fuchs schnaubte und trat einige Steine los, die in den Abgrund rollten.

»Vorsicht!«

Ellyn drehte sich um und warf mir einen wütenden Blick zu; dann widmete sie wieder ihre Aufmerksamkeit dem Pferd. Ich seufzte und folgte ihr. Ich hatte das Gefühl, als ritten wir geradewegs in den Himmel, und machte mir Sorgen, wo wir nachts lagern sollten, denn ich konnte mir nicht vorstellen, auf diesem Hühnersteig einen geeigneten Platz zu finden.

Doch wir fanden einen: Plötzlich öffnete sich an der Felsseite eine große Mulde, die nicht mit natürlichen Mitteln aus dem Fels herausgeschlagen schien. Hier wuchsen ein wenig Gras und Sträucher mit roten Beeren, die unsere Pferde aßen. An der inneren Wand rauschte ein Wasserfall herab, sammelte sich in einem

Teich und floss über die innere Wand ab. Es war ein schöner Platz. Ich errichtete unsere Zelte und sammelte Feuerholz. Shara stellte einen Kessel aufs Feuer, und wir bereiteten gemeinsam ein Mahl zu. Elly rieb ihre Stute trocken (was ich ihr inzwischen beigebracht hatte) und setzte sich dann abseits von uns ins Gras. Sie machte eine finstere Miene und weigerte sich, uns anzuschauen. Wie ein trotziges Kind, das man erwischt hatte und das nicht willig war, seine Schuld zuzugeben. Shara brachte ihr einen Teller, den sie mürrisch entgegennahm. Ich reichte ihr einen Becher – Tee mit etwas *brose*. Auch bei mir zeigte sie keine Spur von Dankbarkeit.

Der Lagerplatz war schön, der Abend weniger. Ellyn aß stumm und warf Teller und Becher neben sich ins Gras, nachdem sie fertig war. Dann stand sie auf und verkündete, sie würde sich jetzt zurückziehen. Sie verschwand in ihrem Zelt wie ein brummender Bär in seiner Höhle, um den Winterschlaf zu halten. Ich blickte zu Shara hinüber, doch sie zuckte nur mit den Schultern und stand auf, um Ellyns Teller und Becher zu holen.

Ich hielt sie zurück und hob die Sachen selbst auf. »Das mache ich«, sagte ich.

»Warum?«

»Ich bin daran gewöhnt. Ich bin ein Krieger, schon vergessen? Ich erledige immer alles selbst.«

»Du bist ein seltsamer Krieger«, sagte sie. »Die meisten Männer wären froh, wenn eine Frau sich um sie kümmert.«

»Schon möglich.« Ich nahm alle Teller zum Bach und rieb sie mit Sand sauber. »Aber ich nicht.«

Sie betrachtete mich. Ich vermochte ihren Ausdruck nicht zu deuten. Mittlerweile war der Mond aufgegangen. Es hatte den Anschein, als spiegelten sich die Sterne in ihrem Haar. Ihre Augen waren groß und glänzend, und wieder spürte ich heißes Begehren. Rasch widmete ich wieder dem Reinigen der Teller.

»Ich glaube, die sind jetzt sauber«, sagte sie.

Ich lächelte und stellte die Teller zum Trocknen auf.

»Morgen werden wir meinen Broch erreichen«, sagte sie. »Wenn wir früh genug aufbrechen.«

Ich nickte und sah ihr hinterher, wie sie zu ihrem Zelt schritt.

In dieser Nacht schaute ich lange zu den Sternen empor und trank den letzten *brose* von Mattich.

Wir verließen den Lagerplatz bei Tagesanbruch. Die Gipfel des Styge verbargen die Sonne vor unseren Blicken, doch sah ich rote und goldene Strahlen über der Ebene unter uns, die Licht über die Barrens ausbreiteten. Nebelschleier hingen an den Felswänden, als wir wieder auf dem Pfad ritten. Wir hatten das Gefühl, uns wie Fische eine Zeit lang durch milchiges Wasser zu bewegen.

Ich hing verwirrenden Gedanken nach, denn ich hatte ein äußerst eigenartiges Frühstück erlebt.

Ich war nach dem Aufstehen an den Bach gegangen und hatte mich gewaschen. Anschließend hatte das Feuer neu entfacht. Kurz darauf erschienen Shara und Ellyn aus ihren Zelten und hantierten sogleich geschäftig mit Kessel und Pfanne. Ich musste nur dasitzen und warten, dass man mir das Essen reichte. Sie arbeiteten einträchtig, doch ohne viel zu sprechen. Ich hatte den Eindruck, dass sie wetteiferten, wer die Schnellere war. Shara brachte mir als Erste einen Teller mit Haferbrei und Honig, Ellyn reichte mir Tee und ein Stück Brot. Ich saß da und fragte mich, welchem Umstand ich diese Aufmerksamkeit verdankte.

Dann brachen wir die Zelt ab, beluden die Pferde und stiegen in die Sättel. Ich fragte mich immer noch, was eigentlich geschah.

Ich werde Frauen nie verstehen!

Wir ritten immer höher hinauf. Ich gab meine Grübeleien auf, als die Sonne über dem Bergrücken erschien und den Nebel vertrieb. Ich hatte den Eindruck, als rollte eine riesige helle Woge von den Höhen des Styge über die Barrens bis zu dem seltsamen Flussbett. Dahinter jedoch folgte nur Dunkelheit: schwarze Wolken, zuckende Blitze, und weiter dahinter ein winziger Lichtpunkt. Ich zog es vor, nach oben zu schauen, denn die Helligkeit über mir schien Hoffnung zu verheißen.

Wir ritten eine halben Tag. Langsam, da der Aufstieg mühsam war. Unser Pfad wand sich um Felsspalten und Vorsprünge, die wie drohende Finger aus dem Gestein des Styge ragten. Öfter als uns lieb war, mussten wir absteigen und die Pferde führen.

Adler schwebten an uns vorbei, auf der Suche nach Beute. Ihre gelben Augen schienen uns bereits als Aas zu betrachten.

Dann waren Shara und Ellyn unvermittelt verschwunden.

Ich erschrak, trieb mein Pferd zu einer schnelleren Gangart und sah einen schmalen Spalt in den Klippen, gerade so breit, dass ein Pferd hindurchkam. Ich hörte Hufschlag, zwängte mich hindurch und war von Dunkelheit eingehüllt. Die Klippen waren schwarz und verbargen den Himmel. Die Sonne drang nicht bis hier unten vor. Ich ritt eine Zeit lang wie blind.

Dann erreichte ich ein kleines Plateau, das wie ein Balkon über dem Unvorstellbaren hing.

Shara und Ellyn warteten dort auf mich. Shara lächelte mädchenhaft, als hätte sie ihren Geliebten an ihren geheimen Lieblingsplatz geführt. Ellyn betrachtete alles mit großen Augen, als könne sie es nicht fassen. Mir erging es ebenso.

Unter dem Felsvorsprung breitete sich eine Schlucht aus. Die Talsohle war von grünem Gras und so vielfältigen Blumen bedeckt, wie ich es noch nie gesehen hatte. Blaue, gelbe, weiße, rote und goldene Blüten, alle von der Sonne beschienen, wiegten sich in einer sanften Brise, als wollten sie uns willkommen heißen. Ein Fluss schlängelte sich vom anderen Ende des Tales her und verschwand in einer Höhle unter uns. Dort wuchsen Eschen, Buchen und Eichen. Rehe, die in dieser Höhe unmöglich überleben konnten, ästen friedlich. Und dann war da Sharas Broch – eine Festung, wie ich sie nie zuvor gesehen hatte.

In den Hochlanden ist ein Broch eine Verteidigungsanlage. Schlanke Türme, in denen Menschen und Tiere einer Belagerung standhalten können. Mitunter – wenn der Clan groß ist – werden die Türme von einer äußeren Mauer umgeben, in deren Schutz ein paar armselige Hütten stehen. Städte wie Chorym besaßen feste Mauern.

Sharas Festung war kleiner als Chorym, aber weitaus beeindruckender, nicht nur wegen der Lage, sondern vor allem wegen der Bauweise.

Ein Burggraben, vom Wasser aus dem Fluss gespeist, umgab die viereckigen Wände. Der Graben war breit und vermutlich auch tief. Zwei kleine Türme, viereckig wie die Anlage selbst, standen an beiden Enden des Wegs. Dahinter kam ein schmaler Streifen Wiese, dann die hohen Mauern. Der Zugang war durch eine mächtige Holztür verwehrt. An den vier Ecken der Mauern ragten mächtige Bastionen mit Schießscharten auf, aus denen Bogenschützen auf jeden schießen konnten, dem es gelungen war, den Burggraben zu überwinden. Hinter den Mauern sah ich Türme; der höchste erreichte fast die obere Kante der Schlucht. An den Türmen waren Balkone, die zur Verteidigung, aber auch zur Erbauung der Bewohner dienen konnten.

Allerdings vermochte ich mir nicht vorzustellen, dass jemand so vermessen sein könnte, diese Festung anzugreifen.

»Das ist mein Heim«, sagte Shara und lenkte ihr Pferd den breiten Weg hinab, der aus dem rohen Fels gehauen war. Doch von wem?

Ellyn und ich folgten ihr. Hasen beäugten uns, Füchse saßen einträchtig daneben. Rehe und Hirsche ästen gelassen weiter, als wir vorbeiritten. Ich verstand das alles nicht. Dann aber erinnerte ich mich, wie Shara in Eryks Lager die Hunde dazu gebracht hatte, uns zu helfen.

Doch dann vergaß ich das alles und staunte nur noch.

Shara hob die Hand und rief etwas. Wie von Geisterhand senkte sich die große Holztür an rasselnden Ketten und legte sich über den Graben. Dahinter glitt ein metallener Vorhang nach oben und gewährte uns Eintritt. Ich sah nirgends Wachen oder Diener, doch der Hof vor uns war sauber gefegt, und aus Steintrögen und aus Kupferkesseln an den Wänden wuchsen Blumen.

Ich hörte ein Klirren hinter mir und drehte mich um. Das Metallgitter hatte sich gesenkt, und die Holztür schwebte nach oben, verschloss den Eingang und riegelte uns von der Außenwelt ab, was mich sehr beunruhigte, wie ich zugebe. Unwillkürlich griff ich zum Schwert.

Ellyn geriet in Panik. Sie trieb ihr Pferd im Kreis herum und schrie: »Wir sind gefangen! Bei den Göttern, sie hat uns in eine Falle gelockt! Jetzt wird sie uns töten!«

»Niemand wird euch ein Leid tun«, erklärte Shara, als ich das Schwert schon halb aus der Scheide gezogen hatte. »In meinem Broch ist es nun einmal so. Schaut!«

Ich blickte mich um. Keine bewaffneten Krieger erschienen, um uns zu begrüßen, und keine Bogenschützen waren auf den Wehrgängen zu sehen.

»Wer hat dann dieses Tor gesenkt?«

»Es ist eine Zugbrücke«, sagte Shara. »Und das innere heißt Fallgatter. Beide werden von einer Magie angetrieben, die älter ist als meine, die aber mir gehorcht. Und Vachyn-Zauberer gibt es hier nicht.«

Ich steckte das Schwert zurück in die Scheide und ließ meine Blicke umherschweifen. Alles war in bestem Zustand. In den Mauern gab es Schmieden, Stallungen und Getreidemühlen – aber nirgends einen Diener. Niemand kümmerte sich um die Blumen und Pflanzen oder kehrte den Hof.

Aus dem Augenwinkel erhaschte ich Schemen im Sonnenlicht, ähnlich den undeutlichen Bildern in Träumen, die man sogleich wieder vergisst. Ich war beunruhigt, denn letztendlich war Shara eine Vachyn, und vielleicht waren wir doch in einen Hinterhalt geraten. Ich stieg vom Pferd und ließ die Hand immer noch auf dem Schwertgriff ruhen. Die Angst war noch nicht verflogen.

Shara sah meine Unruhe und lächelte. »Was du siehst, sind … Erinnerungen. Sie stammen aus längst vergangener Zeit, als diese Festung erbaut wurde.«

»Geister!«, schrie Ellyn. »Bei den Göttern, sie liefert uns an Vachyn-Geister aus.«

»Nein, keine Vachyn«, erklärte Shara. »Und auch keine Geister, wie ihr sie kennt. Sie sind nicht bösartig – sie kümmern sich nur um diesen Broch und sorgen für seine Sicherheit. Deshalb kann euch hier nichts geschehen.«

Ellyns Miene blieb finster. Ich ging zu ihr.

»Steig ab«, sagte ich. »Shara ist unsere Freundin. Das hat sie bewiesen.«

Ich ergriff die Zügel, doch Ellyn zog den Fuß aus dem Steigbügel, trat mich gegen die Brust und ließ ihr Pferd steigen. Doch ich bekam ihren Gürtel zu packen und zog sie aus dem Sattel.

Sie landete auf dem Rücken, rang nach Luft und

schaute mich an, als wäre ich ein widerliches Kriechtier, das sie soeben im Bett entdeckt hatte.

»Siehst du irgendwo Gefahr?«, fragte ich und deutete auf die leeren Wehrgänge und den Außenhof.

Mit empörtem Blick stand sie auf. »Ich sehe eine Festung, die wir nicht verlassen können, wenn sie es nicht erlaubt. Ich sehe Geister und …« Sie brach in Tränen aus und warf sich mir an die Brust. »Ich habe schreckliche Angst.«

»Du hast doch mich«, sagte ich und legte die Arme um sie. »Und du weißt, dass ich gelobt habe, dich zu verteidigen.«

»Auch gegen Vachyn-Zauber?«

»Selbst dagegen – bis ans Ende meines Lebens.«

»Aber …«, sagte sie, verstummte jedoch, als Shara zu uns trat.

»Diese Festung schützt gegen jeden Angreifer, sei es Eryk oder Talan oder Nestor. Keiner von ihnen wird diesen Ort je finden, und ihr seid hier *sicher*. Wollen wir jetzt die Pferde in die Ställe bringen und etwas essen?«

Ellyn wand sich aus meiner schützenden Umarmung und blickte mir in die Augen. »Vertraust du ihr wirklich?«

Ich nickte.

»Dann muss ich es wohl auch«, sagte sie, allerdings mit Zweifeln in der Stimme.

Ich nickte nochmals und folgte Shara zu den Stallungen, wo frisches Stroh lag. In den Futterkrippen war Hafer, in Eimern frisches Wasser. Unsichtbare, aber äußerst tüchtige Diener sorgten anscheinend für alles.

»Ich verstehe das nicht«, sagte ich.

Shara lächelte. »Es ist ein Zauber, Gailard. Hast du noch nicht gelernt, dem Zauber zu trauen?«

»Vielleicht deinem«, antwortete ich.

»Es kommt noch mehr«, sagte sie und winkte uns, ihr zu folgen.

Und sie irrte sich nicht.

Sie führte uns über lange Gänge zum großen Turm. Dabei wechselte sich eigenartigerweise Makellosigkeit mit Verfall ab. Einige Gänge waren sauber gefegt, und prächtige Gobelins hingen an den Wänden und strahlten im Licht, das durch die hohen Fenster fiel. Tische und Stühle glänzten, als würden sie oft poliert. Vasen mit frischen Blumen verbreiteten weiteren Glanz. Doch andere Gänge waren düster. Es roch nach Moder, Unkraut wuchs aus den Ritzen, eine dichte Schmutzschicht bedeckte die Fenster, und Spinnweben hingen in den Ecken und an alten, teilweise zerbrochenen Möbeln. Es war, als würde man durch einen Traum schreiten, und ich fühlte mich unbehaglich. Mir war bewusst, dass der Turm aus einer längst vergangenen Zeit stammte, doch sah er so aus, als wäre er gestern erbaut worden. Die Steine waren uralt, doch die Fenster hell und sauber, und dem Balkenwerk entstieg der Duft von Bienenwachs. Keine Festung konnte in besserem Zustand sein. Bei diesem Gedanken glaubte ich, in der Ferne leises Lachen zu hören. Ich schaute mich um. Schatten huschten dahin. Es war, als geleite uns eine Dienerschar, die zu bescheiden war, sich zu zeigen.

Ellyn neben mir zitterte und blickte sich ängstlich um.

»Einige Teile reinigen sie, andere nicht. So ist es hier«, erklärte Shara.

Ich straffte die Schultern, denn ich fühlte mich in Anwesenheit dieser Geister nicht wohl. Ich schaute Ellyn an. Sie sah aus, als würde sie am liebsten die Flucht ergreifen, lächelte mich aber tapfer an. Wir folgten Shara eine Wendeltreppe hinauf zu unseren Schlagemächern.

Mein Gemach war das schönste, das ich je gesehen hatte. Dicke Teppiche bedeckten den Boden. Ihre kunstvollen Muster leuchteten im Sonnenlicht, das durch die hohen Fenster fiel, die hinaus auf einen Balkon führten, von dem aus man einen Teil des Tals überschauen konnte. Ein riesiges Bett stand wie der Katafalk eines mächtigen Herrschers in der Mitte. Es gab einen Schrank aus dunklem glänzendem Holz, einen Tisch mit Krügen, gefüllt mit Wein, Wasser und Ale. Auf einem Diwan lagen dicke Kissen, sogar ein Schemel fehlte nicht. Shara zeigte auf eine Tür, die in ein Bad führte, wo eine großer steinerne Wanne in den Boden eingelassen war. Ferner gab es eine Kammer, in der sich eine Latrine aus Marmor befand. Ich starrte sie offenen Mundes an. Shara lachte.

»Glaubst du an Magie, Gailard?«

»Wie könnte ich nicht?«, fragte ich zurück.

»Ich zeige Ellyn ihre Gemächer«, sagte sie. »Du kannst derweil baden, wenn du willst. Danach essen wir und sprechen über die Zukunft.«

Ich nickte, noch immer ganz benommen von dem

Prunk. Ich packte meine Sachen in den Schrank und erprobte das Bett. Es war weich und wippte unter meinem Gewicht. Ich trat auf den Balkon und blickte in den Hof und in die Schlucht hinunter. Als ich zurückkam, stieg mir leichter Moschusduft in die Nase. Er kam aus dem Badezimmer. Ich riss die Tür auf. Die Wanne war mit dampfendem heißem Wasser gefüllt.

»Danke«, sagte ich in die leere Luft, legte meine Kleidung ab und ließ mich in die Wanne sinken.

Nach dem Bad war die Erschöpfung der Reise wie weggeblasen. Ich zog mich an und schenkte mir einen Becher Ale ein. Dann fragte ich mich, ob es hier wohl angebracht sei, mein Schwert zu tragen, entschied mich jedoch dagegen. Gegen wen sollte ich kämpfen? Geister? Ich setzte mich an den Tisch, bis es an der Tür klopfte.

Ich öffnete. Ellyn stand vor mir. Auch sie hatte gebadet und trug ein langes Gewand aus blassblauem Stoff, das ihrer Figur und ihrer Haut schmeichelte. Mit finsterer Miene zupfte sie an dem Stoff.

»Ich verstehe überhaupt nichts mehr, und es gefällt mir auch nicht besonders.« Ungebeten eilte sie an mir vorbei ins Gemach und füllte sich ein Glas mit Wein. »Sind wir hier wirklich in Sicherheit?«

»Ich habe dir doch gesagt, ich vertraue Shara.«

Ellyn trank einen Schluck. »Du bist ja auch in sie verliebt.«

»Bin ich das?«

Sie zuckte mit den Schultern und trat hinaus auf den Balkon. Ich leerte meinen Becher und folgte ihr.

»Wir sitzen hier in der Falle«, sagte sie.

»Oder sind in Sicherheit«, meinte ich.

»Das hat wehgetan, weißt du.« Sie schaute mich an. »Als du mich vom Pferd gezerrt hast. Das war eine Schande für mich.«

Beinahe hätte ich gelacht.

»Du hältst mich für ein Kind, aber das bin ich nicht.« Sie strich ihr Gewand glatt.

»Du bist Chaldors Erbin«, sagte ich. »Und mit Sharas Hilfe wirst du Chaldors Königin sein.«

»Und du mein General«, sagte sie. »Meint diese Vachyn es ehrlich?«

»Ich glaube schon.«

Ellyn schürzte die Lippen. »Vielleicht, aber sie bleibt dennoch eine Vachyn.« Sie stellte das Glas auf das Balkongeländer und ging einen Schritt auf mich zu. »Bald werde ich erwachsen sein, Gailard. Findest du mich …«

Ich war dankbar, dass es in diesem Augenblick an der Tür klopfte. Shara stand da. Sie trug ein seegrünes Gewand, das schlicht und verführerisch zugleich war. Lächelnd fragte sie: »Wollen wir jetzt essen?«

Ich nickte und rief Ellyn zu uns. Wir folgten Shara die Wendeltreppe hinunter zu einer Tür, die sich von selbst öffnete und in eine Halle mit üppig gedecktem Tisch führte. Bei den verführerischen Düften lief mir das Wasser im Mund zusammen, und mein Magen knurrte, was mir sogleich einen missbilligenden Blick von Ellyn eintrug. Sie bemühte sich, hochmütige Würde zu zeigen, was durch ihre mürrische Miene jedoch beeinträchtigt wurde. Shara bat uns, Platz zu nehmen. Ich nahm den Silberteller mit dicken Bratenscheiben, Gemüse und brauner Soße und konnte es kaum erwarten, bis Ellyn und Shara ihre Teller gefüllt hatten. Das Essen war köstlich, ebenso der Wein aus den Karaffen, den wir aus schimmernden Gläsern tranken. Die Gläser waren kunstvoll aus Kristall und Silber gefertigt. Dergleichen hatte ich nie zuvor gesehen.

»Sollen wir jetzt über die Zukunft sprechen?«, fragte Shara, nachdem wir eine Zeit lang schweigend gespeist hatten. Sie wandte sich an Ellyn. »Du musst viel lernen.«

Ellyn blickte sie nur an und tupfte sich mit dem Mundtuch die Lippen ab. »Und du wirst mich lehren?«, fragte sie.

»Deine Magie zu benutzen, ja.« Shara nickte und schaute mich an. »Und Gailard wird dich das Kämpfen lehren.«

»Das werde ich«, versprach ich.

Ellyn blickte Shara lange an. »Und wirst du mir als Chaldors Erbin Treue schwören?«

»Ich schwöre, dass ich dich lehren werde, deine Gabe zu benutzen«, erklärte Shara. »Ferner schwöre ich, dass ich an deiner Seite kämpfen werde, Talan und Nestor aus Chaldor zu vertreiben, und dass ich alles tun werde, dir deinen rechtmäßigen Thron zu sichern.«

Ellyn blickte Shara weiterhin stumm an.

»Was kannst du mehr verlangen?«

»Viel«, antwortete sie. »Schwörst du mir das Gleiche wie Gailard?«

22

Ellyn war über Sharas Weigerung verblüfft. Sie hatte geglaubt, Shara in eine Falle locken zu können: Wenn Shara ihr den Lehenseid schwor, verlieh es Ellyn die absolute Macht über sie. Dann konnte sie Shara als Vasallin in eine weit entfernten Gegend Chaldors senden, sobald sie gelernt hatte, ihre Gabe zu gebrauchen. Und Gailard hätte sie bei sich behalten können. Sie hatte bemerkt, wie er sie angeschaut hatte, als er sie in diesem Gewand erblickte und war zuversichtlich, dass er sie anziehend fand. Ihr Haar war gewachsen und wirkte weiblicher. Und wenngleich sie noch keine voll entwickelte Frau war, rundete ihr Körper sich an den richtigen Stellen. Bald schon *würde* sie eine Frau sein.

Ihre Empfindungen überraschten Ellyn. Vielleicht hatte Sharas Gegenwart dazu beigetragen, sich ihrer Gefühle für Gailard bewusst zu werden, die sie so lange verdrängt hatte. Seines Eids wegen musste er bei ihr bleiben, solange sie aufwuchs, und Ellyn glaubte, das es ihr in dieser Zeit gelingen würde, seine Liebe zu erringen – sofern Shara fort war.

Doch Shara schüttelte den Kopf. »Ich habe als Vachyn Eide geleistet, die ich gebrochen habe«, erklärte sie ruhig. »Damals habe ich mir selbst das Versprechen gegeben, nie wieder jemandem den Treueeid zu schwören, sondern selbst zu entscheiden, wen ich unterstütze, und dass der oder die Betreffende sich meiner Unterstützung als würdig erweisen muss.«

»Und habe ich das nicht?«, fragte Ellyn und spürte, dass sie womöglich in ihre eigene Falle geriet.

»Nein.« Wieder schüttelte Shara den Kopf. »Du hast dich als tapfer erwiesen. Doch ansonsten …«

»Was?«, wollte Ellyn wissen und bemühte sich um eine heitere Miene, um den Kampf nicht zu verlieren.

»Du hast dich äußerst starrköpfig gezeigt«, sagte Shara. »Und selbstsüchtig. Auf alle Fälle halsstarrig.«

Ellyn stellte das Glas ab, da sie fürchtete, Shara den Inhalt ins Gesicht zu schütten und sich damit bis auf die Knochen zu blamieren, als die Liste ihrer Fehler fortgesetzt wurde.

»Doch werde ich trotz allem mein Versprechen halten«, schloss Shara. »Wenn du bereit bist, werde ich dich lehren, deine Gabe zu benutzen. Und ich *werde* dich in deinem Kampf gegen Talan unterstützen. Ich werde meine ganze Kraft einsetzen, um Nestor zu besiegen. Aber dir einen Treueeid leisten – nein, das kann ich nicht.«

Unwillkürlich schürtzte Ellyn die Lippen und verengte die Augen. Sie ballte die Hände zu Fäusten und blickte zu Gailard. Sie konnte nicht anders.

»Und dann?«, fragte sie. »Nimmst du dann Nestors Platz ein? Bist du dann die Vachyn-Botschafterin in Chaldor?«

»Ellyn!«, rief Gailard, doch sie beachtete ihn nicht.

»Nein«, erklärte Shara. »Für solche Spiele bin ich nicht geschaffen. Sobald du auf dem Thron sitzt, werde ich hierher zurückkehren. Ich verspüre keinerlei Begehren, an irgendeinem anderen Ort zu sein oder andere Länder zu beherrschen.« Sie deutete auf die Halle. »Ich möchte kein größeres Reich als dieses und vor allem meine Ruhe.«

Ellyn rang sich ein Lächeln ab und hob das Glas. »Demnach verbündest du dich mit meiner Sache.«

»Das habe ich dir bereits gesagt.« Shara lächelte.

»Aber nur aus eigenen Gründen.« Ellyn trank und beglückwünschte sich für diesen kleinen Sieg.

»Meine und deine Gründe decken sich doch, nicht wahr?«, fragte Shara. »Ist das nicht genug?«

»Ich nehme an, es muss mir genügen«, sagte Ellyn. »Aber wie kann ich dir trauen, wenn du mir keine Treue schwörst?«

»Genauso, wie ich dir trauen muss«, erwiderte Shara. »Erschaffe ich ein Ungeheuer, wenn ich dich lehre, deine Gabe zu benutzen? Einen zweiten Nestor?«

Ellyn verschluckte sich und spürte, wie sie errötete. »Du vergleichst mich mit Nestor? Diesen verfluchten Vachyn, der Talan geholfen hat, meine Eltern umzubringen?«

»Du hast mich mit ihm verglichen«, erklärte Shara ruhig.

»Mit gutem Grund!«, stieß Ellyn hervor.

»Er war ein liebenswertes Kind«, sagte Shara. »Freundlich, ausgeglichen. Doch als er seine Macht bekam … veränderte er sich. Die Macht verdirbt.«

»Meinen Vater hat die Macht nicht verdorben! Und meine Mutter hatte die Gabe und war überhaupt nicht verdorben.«

»Richtig«, pflichtete Shara ihr bei. »Doch was hat die Macht aus Nestor gemacht? Aus Talan? Aus Eryk? Vielleicht bist du wie sie.«

»Bin ich nicht!«, rief Ellyn und wischte sich den Mund ab. »Die Götter wissen, dass ich nicht so bin.«

»Die Götter verbergen ihre Absichten vor uns«, sagte Shara. »Und solange du nicht als wert erweist, werde ich dir keinen Treueeid leisten.«

»Und falls ich mich als wert erweise?«

»Dann werde ich dir Treue schwören.«

Ellyn schluckte. Sie hatte sich für verschlagen gehalten, doch jetzt hatte ihr Plan sich gegen sie gewendet. Sie war zutiefst beschämt. Was dachte Gailard nun von ihr? Sie hatte sich wie ein halsstarriges Kind aufgeführt, das sich mit einem viel klügeren Menschen angelegt hatte. Sie spürte, wie ihre Wangen heiß wurden und wünschte, sie hätte diese Unterhaltung nie begonnen. Sie raffte so viel Würde wie möglich zusammen und stand auf.

»Ich bin müde und gehe zu Bett.«

Shara nickte. »Folge dem erleuchteten Gang. Oder soll ich dich begleiten?«

»Nein! Ich finde meinen Weg allein!« Ellyn schüttelte den Kopf. Dann fügte sie hinzu: »Danke.«

»Wir beginnen morgen früh mit dem Unterricht«, sagte Shara, doch Ellyn hörte sie nicht, da sie bereits auf dem Gang war und gegen die Tränen kämpfte.

Sie gelangte mühelos zu ihren Gemächern. Die Gänge waren hell erleuchtet, so wie Shara gesagt hatte. Ellyn hatte das Gefühl, als sähe sie Schemen, die ihr winkten. Die Gestalten waren wie in einem Traum. Sie machten ihr keine Angst, doch sie fragte sich, was diese Schattenwesen tun würden, falls sie zu fliehen versuchte. Ihr schoss der Gedanke durch den Kopf, das Gewand auszuziehen, das Gailard weniger beeindruckt hatte, als sie gehofft hatte, ihr Bündel zu schnüren, ihr Pferd zu nehmen und davonzureiten. Doch wohin? Diesen abschüssigen Pfad hinunter, der sie mehr ängstigte, als sie zuzugeben bereit war? Zurück in die Barrens? Allein konnte sie dieses Ödland nicht durchqueren. Und selbst wenn sie es überlebte – was dann? Sie keine Ahnung, wohin die Dur gezogen waren, und sie waren ihre einzigen Verbündeten. Nein, sie war hier gefangen.

Sie fand ihr Schlafgemach, warf sich auf das große Bett und ließ den Tränen freien Lauf. Sie hämmerte mit den Fäusten auf die Kissen, weil sie hier gefangen war und diese eigenartige Festung nicht verlassen konnte, solange Gailard sie nicht begleitete. Und sie wusste, dass er das nie tun würde – es sei denn, Share stimmte ihm zu.

Es ist nicht gerecht!, dachte sie.

»Starrköpfig?« Gailard lächelte. »Ich hätte es stärker ausgedrückt.«

Shara lächelte zurück. »Sie ist ein verängstigtes Kind an der Schwelle zum Frausein. Sie hat die Eltern verloren und die Annehmlichkeiten Chaldors. Sie ist allein in einem fremden Land, das sie nicht versteht, nur mit dir und mir, um sie zu beschützen – wie soll sie sich da fühlen?«

»Dankbar«, sagte er. »Dankbar, dass du dein Leben riskierst, um ihr zu helfen.«

Shara lachte über seine schnelle Antwort. Gailard runzelte die Stirn.

»Hast du das denn nicht auch täglich getan?«, fragte sie.

Er zuckte mit den Schultern. »Ich habe es Andur und Ryadne gelobt. Es war meine Pflicht.«

Shara betrachtete ihn nachdenklich. So viel Ehrlichkeit war selten. »Du hättest sie nach Chorym zurückbringen können«, sagte sie, um ihn auf die Probe zu stellen. »Oder bei Eryk und Rytha lassen können. Talan hätte viel für sie bezahlt.« Sie sah, wie sich seine Miene verfinsterte und wusste, dass sie sein Ehrgefühl verletzt hatte. »Ein anderer Mann hätte das vielleicht getan.«

»Ich bin ich.«

Verärgert leerte er sein Glas. Shara betrachtete die Schatten, die das flackernde Licht der Kerzen über sein Gesicht huschen ließ. Er war ein gut aussehender Mann und zweifellos tapfer. Am wichtigsten war jedoch seine ehrenhafte Gesinnung. Falls er zu einer Hinterlist fähig war, dann nur im strategischen Sinne, in der Kriegsführung. Ansonsten war er der ehrlichste Mann, den sie je gesehen hatte. Gefühle stiegen in ihr auf, die sie seit vielen, vielen Jahren nicht mehr gespürt hatte. Sie fragte sich, ob außer Ellyns übersinnlicher Bitte auch diese Gefühle sie bewegt hatten, zu seiner Rettung beizutragen. Sie hatte sich entschieden, allein zu leben, doch jetzt war sie wieder einmal in die Geschicke anderer Menschen verwickelt. Wieder ein Versprechen gebrochen? Hatte Gailards Seele sie ebenso stark gerufen wie Ellyns angeborene Gabe?

»Verzeih mir.« Sie senkte den Kopf. »Ich wollte dich nicht beleidigen.«

Nach einer kurzen Pause lächelte er. »Schon gut.«

Bei den Göttern, sein Lächeln war hinreißend. Sie konnte nachfühlen, warum Ellyn ihn anziehend fand – und dass dem so war, wurde täglich deutlicher. Sie vermutete, Ellyn wäre viel lieber mit Gailard allein gewesen, statt ihn mit ihr zu teilen. Aber so war nun mal der Lauf der Welt: Die drei Menschen waren zusammengeworfen worden. Shara spürte tief im Innern, dass sie Ellyn lehren musste, ihre Gabe richtig zu gebrauchen, damit sie den Thron Chaldors besteigen konnte; anderenfalls würde Talan Chaldor und Danant beherrschen. Dann würde Nestor ihm ins Ohr flüstern und die Ziele der Vachyn fördern, alles zu beherrschen. Deshalb *musste* Ellyn lernen. Und hatte sie das volle Ausmaß ihrer Macht erworben, musste Shara ihre Freundin sein.

Die Zauberin unterdrückte einen Seufzer. Sie konnte nicht leugnen, dass sie sich stark zu Gailard hingezogen fühlte und gern das Bett mit ihm geteilt hätte, aber … nein! Sie durfe es nicht riskieren, sich Ellyn zur Feindin zu machen. Wenn sie Nestor besiegen wollten, muss Ellyn ihr trauen. Also … Sie seufzte nochmals, zwang sich aber zu lächeln.

»Danke.«

Er schaute sie an. Sie sah, was er fühlte. Würde sie es ihm gestatten, würde er ihr sogleich in ihr Schlafgemach folgen und … *nein*! Sie verjagte den Gedanken.

»Wir sollten uns zurückziehen«, sagte sie. »Wir

müssen Ellyn vieles lehren und beginnen damit am besten gleich morgen früh.«

»Du lehrst sie Zauberei?«, fragte er.

»Ich lehre sie, das zu benutzen, worüber sie bereits verfügt«, antwortete sie. »Und, so die Götter gnädig sind, ihre Gabe weise zu verwenden.«

»Aber du hast mir gesagt, dass Nestor deine Magie spüren kann. Wenn du Ellyn unterrichtest, spürt Nestor das doch auch und weiß, wo wir sind ...«

Dieser Highlander hatte einen schnellen Verstand. Sie lächelte. »Nicht hier, nicht in diesem Tal im Styge; denn es gibt etwas, das diesen Ort verbirgt. Wie hätte ich sonst so lange überleben können, ohne dass die Vachyn mich gefunden hätten? Hier kann ich Magie benutzen, ohne dass Nestor sie spürt. Dieses Tal ist sicher, Gailard. Nun, wollen wir unsere Betten aufsuchen?«

Sein Lächeln wandelte sich von Erwartung zu einer gewissen Enttäuschung. Er stand auf und verbeugte sich vor ihr wie vor einer Königin. »Ergebensten Dank für deine Gastfreundschaft. Wir sehen uns morgen früh.«

Sie nickte und schaute ihm nach, als er die Halle verließ. Sie war versucht, ihm zu folgen, aber sie blieb sitzen, wo sie war, und wartete auf die Schatten, die unsichtbar die Tafel abräumten. Sie fragte sich, ob diese dienstbaren Geister sie verspotteten oder wegen ihres Zauderns schalten.

»Ich darf nicht«, erklärte sie ihnen. »Zumindest jetzt noch nicht.«

Leises Lachen voll Verständnis stieg zum Deckengewölbe empor. Shara erhob sich mit dem Gedanken, dass aus ihrem Leben jegliche Einfachheit verschwunden war – und damit auch ihre Sicherheit.

Sie stieg die Treppe zu ihrem Schlafgemach hinauf. Vor Gailards Tür verharrte sie kurz und lauschte den Flüsterstimmen ihrer unsichtbaren Diener. Einige ermunterten sie hineinzugehen, andere warnten. Sie schüttelte den Kopf, seufzte, und ging weiter. Doch es fiel ihr nicht leicht.

23

Ellyns Ausbildung begann am nächsten Tag.

Als ich erwachte, schien mir helles Licht ins Gesicht. Vor dem Fenster sangen Vögel und die Luft war wärmer, als für diese Jahreszeit üblich. Neugierig trat ich hinaus auf den Balkon. Die Schlucht lag in hellem Sonnenschein, obwohl die Sonne noch nicht über die umliegenden Klippen aufgestiegen war. Es war, als käme das Licht aus einer Quelle innerhalb der Festung, die ich nicht sehen konnte. Ich musste es als eine weitere Eigenheit dieses seltsamen Ortes hinnehmen. Ich fühlte mich belebt und gestärkt durch die Schönheit des Tages, der wie ein Spätsommertag wirkte, war gleichzeitig aber auch beunruhigt von der Magie dieses Ortes. Es gab zu vieles hier, das ich nicht verstand. Zwar traute ich Shara, hatte aber dennoch ein ungutes Gefühl. Dies verstärkte sich beim Anblick der gefüllten Badewanne und des dampfenden Tees auf dem Tisch neben dem Bett – alles das Werk dieser Schattenwesen, die diesen eigenartigen Ort bewohnten. Ich trank den Tee, zog mich an und ging in die Halle hinunter, wo Shara bereits am Tisch saß und frühstückte.

Am vergangenen Abend, nachdem wir allein waren, hatten wir beschlossen, dass die kriegerische Ausbildung der Kindfrau vor Sharas Unterricht stattfinden sollte.

»Sie muss Disziplin lernen«, hatte Shara erklärt. »Sie ist sehr eigensinnig. Wenn ich sie lehre, ihre Gabe zu benutzen, ehe sie Disziplin erworben hat, besteht die Gefahr, dass sie ihre Gabe als Waffe benutzt. Wie eine Vachyn.« Sie lächelte.

So hatten wir uns geeinigt, dass ich mit Ellyn eine Zeit lang den Umgang mit dem Schwert üben sollte, damit sie zumindest einen Teil ihrer Energie sinnvoll verwenden konnte.

Das gefiel Ellyn ganz und gar nicht, obwohl ich vermutete, dass sie unsere Entscheidung erwartet hatte, denn sie erschien zum Frühstück in ihrer Reisekleidung und mit finsterer Miene.

Sie setzte sich und aß stumm, während wir ihr alles erklärten. Dann schaute sie Shara an und fragte: »Wann beginnen wir mit dem Unterricht?«

»Wenn du so weit bist«, antwortete Shara. »Doch in der Zwischenzeit …«

Sie schaute mich an. »Ich bin bereit«, erklärte ich.

Ellyn folgte uns mit mürrischem Gesicht in die Waffenkammer, wo ich für sie eine dicke Tunika, Beinschützer und einen Helm heraussuchte, damit sie nicht verletzt würde, wenn ich mein Schwert gegen sie einsetzte. Ferner gab ich ihr einen Schild und ein leichtes stumpfes Übungsschwert. Ich nahm mir eine etwas schwerere Waffe aus Holz, die mit einem mir unbekannten Metall überzogen war. Shara führte uns andere gewundene Gänge zu einem Hof mit Kopfsteinpflaster, umherhuschenden Schemen und mit Stroh ausgestopften, mannshohen Puppen.

»So, dann verlasse ich euch jetzt«, sagte Shara.

»Du machst nicht mit?«, fragte Ellyn.

»Vielleicht später, wenn du etwas gelernt hast«, antwortete Shara und verschwand.

»Dann bekommst du eine Tracht Prügel«, sagte Ellyn leise. »Was grinst du so, Söldner?«

»Ich glaube«, antwortete ich, »Shara ist eine schwierigere Gegnerin, als du denkst.«

»Nur wenn sie Magie verwendet.« Ellyn hob den Schild. »Fangen wir jetzt mit dem Unterricht an?«

Ich zuckte mit den Schultern, hob meinen Schild und nahm Verteidigungsstellung ein. »Dann komm!«

Und das tat sie – wild entschlossen und voller Zorn. Sie holte weit aus und führte mehrere Schläge gegen meinen Schild. Sie war sehr wendig und hatte wohl in Chorym bereits Unterricht gehabt, doch ihre blinde Wut beeinträchtigte ihr Können und raubte ihr die Kraft. Bald schon keuchte sie. Nach kurzer Zeit schlug ich ihr die Klinge aus der Hand.

Sie fluchte laut und hob das Schwert schnell wieder auf. Lachend versetzte ich ihr einen leichten Schlag aufs Hinterteil. Doch das Lachen verging mir, als sie sich umdrehte und mich anstarrte. Ihre Wangen waren vor Wut und Scham gerötet, die Augen zu Schlitzen verengt.

»Für dich ist das leicht! Du hast ja auch nichts anderes gelernt, als die Klinge zu schwingen und Menschen zu erschlagen! Wie kannst du es wagen, mich auszulachen.«

Ich unterdrückte mein Lachen, während sie sich das Hinterteil rieb. »Verzeih«, sagte ich. »Ich hätte dich nicht auslachen sollen, aber …«

»Was?«

»Du gehst immer von falschen Vermutungen aus«, fuhr ich fort. »Du hältst Shara für deine Feindin. Du glaubst, einen gewöhnlichen Söldner mit dem Schwert besiegen zu können …«

»Das bist du nicht«, unterbrach sie mich.

Jetzt war ich an der Reihe, zu fragen. »Was?«

»Ein gewöhnlicher Söldner«, antwortete sie und schenkte mir sogar ein Lächeln. »Bring mir bei, ein *ungewöhnlicher* Söldner zu werden.«

»Als Erstes musst du den Schild höher halten«, sagte ich. »Schütze damit deinen Körper und dein Gesicht. Pariere meine Klinge. Schlag sie zur Seite, damit du Raum hast, dein eigenes Schwert einzusetzen. Und bleib ruhig! Verschwende deine Kraft nicht mit wilden Schwüngen, die ich leicht abwehren kann. Du hast eine scharfe Klinge und eine Spitze – verwende sie klug. Schau her!«

Ich ging mit ihr zum nächsten Strohmann, der einen Schild am Arm und ein Schwert in der Hand trug. Der Kopf war mit Ketten an einer Art Galgen befestigt, sodass er bei jedem Schlag herumschwang.

Entschlossen nahm Ellyn den Kampf gegen den Strohgegner auf. Ich beobachtete sie eine Zeit lang und fragte mich, was Shara wohl in der Zwischenzeit in dieser seltsamen Festung tat. Und die ganze Zeit schaute ich aus dem Augenwinkel auf die Schatten, die uns beobachteten.

Wir führten den Unterricht fort, bis die Sonne hoch am Himmel stand und Schweiß über Ellyns Gesicht lief. Trotzdem hörte sie erst auf, als ich es ihr sagte. Ich sah einen Eimer mit frischem Wasser, der mir zuvor nicht aufgefallen war (und der wohl auch nicht dort gestanden hatte) und holte ihr einen Becher. Sie trank gierig; dann setzten wir uns auf eine Bank.

»Ist so eine Schlacht?«, fragte sie.

Unwillkürlich musste ich lachen und deutete auf den Strohmann, auf den sie eingeschlagen hatte. »Für gewöhnlich ist der Gegner schneller.«

»War es in Danant so? Auf dem Darach-Pass?«

»Nein.« Unvermittelt wurde ich ernst. »Da flogen Pfeile und Speere. Talan hatte seine Streitwagen gegen uns geschickt, und Vachyn-Magie war in den Köpfen der Menschen und am Himmel.« Ich füllte meinen Becher mit Wasser. »Eine Schlacht ist Chaos. Schrecklicher Lärm. Trommeln, Hörnerklang, das Schreien der Krieger, das Wiehern der Pferde, der Klang der Streitwagenräder, das Pfeifen der Pfeile, das Klirren von Stahl gegen Stahl. Es ist …« Ich verstummte. Die Erinnerungen, die Ellyn heraufbeschworen hatte, quälten mich. »Es ist schrecklich laut und es stinkt.«

»Stinkt?« Fragend schaute sie mich an.

»Der Gestank von Blut und des Dungs, von Schweiß und Urin. Der Geruch des Todes. Menschen stinken, wenn sie sterben«, antwortete ich.

Sie schauderte. »Aber ich muss doch auch in Schlachten kämpfen, wenn ich Talan besiegen will.«

»Wahrscheinlich.« Ich nickte. »Aber du wirst den Oberbefehl führen und nicht im Schlachtengetümmel sein.«

»Das überlässt man Männern wie dir?«

»Ja, den gewöhnlichen Söldnern«, sagte ich grinsend. »Zumindest einigen.«

»Und mein Vater?«

»Andur hat Seite an Seite mit seinen Männern gekämpft. Er war sehr tapfer und stets ganz vorn.«

»Dann werde ich so sein wie er«, erklärte sie entschieden.

»Das bezweifle ich nicht. – Wollen wir weitermachen?«

»Ich hab Hunger«, sagte sie.

Ich muss zugeben, dass auch ich hungrig war, doch hielt ich es für besser weiterzumachen, bis Shara uns rief; deshalb sagte ich: »Schlachten hören nicht auf, weil der Magen knurrt.« Wir nahmen unsere Schwerter wieder auf und schlugen auf den Strohmann ein.

Wir kämpften, bis die Sonne am Horizont weitergezogen war und Schatten den Hof füllten. Ellyn war müde, ihre Schläge wurden schwächer, und der Schildarm hing herab. Gerade wollte ich Einhalt gebieten, als Shara erschien. Sie lächelte.

»Ich nehme an, ihr wollt baden. Anschließend wird das Mahl aufgetischt.«

»Endlich«, sagte Ellyn leise.

»Und danach«, sagte Shara und blickte Ellyn an, »werden wir über Zauberei sprechen.«

Ellyn stöhnte.

Es war ein ausgezeichnetes Mahl. Danach verschwand Shara mit Ellyn. Ich blieb noch eine Weile am Tisch sitzen und fragte mich, welche Schatten unsere Teller und Gläser abräumen würden, doch es kamen keine. Ich ging in die Stallungen, um nach unseren Pferden zu sehen. Sie waren zufrieden; es gab Wasser, Hafer und Stroh im Überfluss. Ich kehrte zurück in mein Gemach. Eine Weile blieb ich auf dem Balkon; dann legte ich mich schlafen.

So ging es mehrere Wochen lang. Ich frühstückte mit den beiden Frauen; dann ging ich mit Ellyn in den Hof und bildete sie im Schwertkampf aus. Was Shara tat, wusste ich nicht. Abends nahm sie Ellyn mit sich. Keine der beiden Frauen verrieten, worüber sie dann sprachen. Manchmal langweilte ich mich, schlenderte in der Festung umher und erforschte ihre Wunder. Ich entdeckte eine Bibliothek, eine riesige Halle mit uralten Büchern bis an die Decke. Ich las etliche davon und lernte mehr über Chaldors Geschichte und über die Seekönige, aber nichts über die Vachyn. Sie wurden in keinen einzigem Band erwähnt. In der Waffenkammer stieß ich auf seltsame Waffen und Rüstungen, wie ich sie nie zuvor gesehen hatte. Manchmal holte ich mein Pferd aus dem Stall und ritt in der Schlucht umher. Zuweilen begleiteten mich Ellyn und Shara. Diese Ritte waren eigenartig, weil die wilden Tiere ruhig und ohne jede Scheu unseren Pfad kreuzten und uns beäugten. Rehe und Hirsche schienen uns nicht als Bedrohung zu empfinden; Füchse saßen da und ließen die Zunge wie brave Hunde heraushängen. Es war, als lebte ich in dem Paradies, das die Priester verhießen, wenn die Welt endet und die Götter Frieden schaffen.

Ellyn lernte schnell. Andur hatte sie bereits ein wenig im Schwertkampf ausgebildet, und sie war eine gelehrige Schülerin. Um ihre Kraft zu stärken, ließ ich sie schwere Steine über dem Kopf oder auf

Armlänge halten. Sie musste in die Hocke gehen und hochspringen und endlos im Kreis über den Hof laufen. Manchmal strich ich ihr eine Mahlzeit mit der Erklärung, dass ein Soldat im Krieg auch nicht damit rechnen dürfe, regelmäßig zu essen. Ich lehrte sie, den Schild richtig zu halten und ohne diesen Schutz zu kämpfen. Ich brachte ihr Bogenschießen bei – worin sie hervorragend war – und lehrte sie, im Nahkampf das Messer zu benutzen. War sie anfangs noch mürrisch, besserte sich ihre Laune, als sie geschickter wurde. Nach einer Weile gestattete ich ihr, die dicke gepolsterte Jacke abzulegen. (Ich selbst zog eine an, als sie gut genug kämpfte, mir kräftige Schläge zu verpassen.) Stattdessen schlugen wir uns entweder in voller Rüstung oder nur mit Hemd und Beinkleidern.

Wieder eine Zeit lang später hielt ich Ellyn für gut genug, sie aufs Pferd zu setzen. Wir preschten aufeinander los, kämpften im Sattel mit den Schwertern oder schossen stumpfe Übungspfeile ab. Sie bekam keinen Wutausbruch mehr, wenn sie vom Pferd stürzte, sondern fluchte nur wie ein guter Krieger, rieb sich die schmerzenden Stellen und stieg wieder auf, damit wir unsere Übungskämpfe fortsetzen konnten.

So zog das Jahr vorüber. Es wurde kälter in der Schlucht. Obwohl das Gras grün blieb und kein Frost kam, musste es in den Ländern, die wir hinter uns gelassen hatten, tiefster Winter sein – vermutete ich jedenfalls. Morgens sah ich Schnee auf den Hängen einiger Berge. Wenn ich aus diesem idyllischen Tal hinausritt, würde ich gefrorene Flüsse und Eiswüsten finden. Hier jedoch sangen fröhlich die Vögel, und die Sonne schien. Ich hatte den Eindruck, dass es hier mehr Vögel gab als anderswo, so, als hätten sie hier Zuflucht gefunden.

Es war eine eigenartige Ruhepause. Wir schienen die normale Zeit verlassen zu haben und in einer vollkommen anderen Welt zu leben. Hier schien es einen unerschöpflichen Vorrat an Essen, Wein und Ale zu geben – sogar an *brose*; ein Vorrat, der aus mir unerklärlichen Quellen stammte. Wir aßen Fleisch, jagten jedoch nie. Ich sah auch nirgends Vieh oder Hühner, obwohl wir jeden Tag frische Eier aßen. Ich sah auch keine Küchen oder Bedienstete, die unsere Speisen zubereiteten, unsere Betten machten oder unsere Badewannen füllten. Als ich Shara wegen dieser Wunder befragte, lächelte sie nur und erklärte, es sei Magie. Zuweilen wechselte sie Blicke mit Ellyn, die offenbar mehr darüber wusste als ich, mir jedoch nicht mehr Auskunft gab als Shara.

Ich hatte den Eindruck, die beiden waren Freundinnen geworden. Ellyn schien ihre Abneigung gegen die Zauberin überwunden zu haben; sie verbrachte immer mehr Zeit mit Shara. Allerdings gestatteten sie mir nie, an ihrem Unterricht teilzunehmen. Shara schaute bei unseren Kämpfen zu und nahm Ellyn dann in einen Teil der Festung mit, den ich nie gesehen und auch nie gefunden hatte, obgleich ich mehrmals versuchte, ihnen zu folgen. Ich war nur auf Gänge mit alten, leeren Gemächern vorgedrungen, in denen es lediglich Staub und Spinnen gab und wo Unkraut aus den Ritzen zwischen den Bodenplatten wuchs. Einmal war ich sicher gewesen, ihnen dicht auf der Spur zu sein, endete seltsamerweise aber wieder an meinem Ausgangspunkt, vor meinem Schlafgemach. Nach einer Weile gab ich es auf und überließ die Frauen ihren magischen Studien, wo immer sie diese abhalten mochten, und zog mich in die Bibliothek zurück. Ich las sehr viel, fand jedoch nie heraus, wer die Festung erbaut hatte oder war aus ihren Erbauern geworden war. (Allerdings lernte ich viel über den Bau von Festungen und wie man sie einreißen konnte.) Ich fragte Shara, doch sie erzählte mir nur, dass sie den Ort mittels ihres magischen Instinkts gefunden hätte, als sie vor den Vachyn geflohen war.

In vieler Hinsicht war das Leben hier schwierig, in anderer Weise wieder leichter, da ich in einem Luxus lebte, an den ich nicht gewohnt war – und mit einer Frau, die ich begehrte. Shara hielt mich jedoch auf Distanz, wohingegen Ellyn immer deutlicher zu erkennen gab, dass ich in ihrem Bett willkommen wäre. Die eine begehrte ich, die andere verschmähte ich. Eine peinliche Situation, die irgendwann bereinigt werden musste.

Wir schienen in einem unnatürlich langen Frühjahr zu leben, gefolgt von einem Hochsommer, der viel länger andauerte, als hätte sein dürfen. Den Winter gab es hier nicht. Ich fragte mich, wie lange wir in diesem magischen Tal verweilten, jenseits der Jahre, fern der Zeit.

Ich fragte Ellyn während unserer Übungen, doch sie machte Ausflüchte und gab mir keine klare Antwort. Ich nahm an, sie war durch einen Schwur zur Geheimhaltung verpflichtet. Nie sprach sie über ihren Unterricht oder ihr Wissen. Nur zuweilen lächelte sie vielsagend und führte das Schwert mit solcher Kraft, dass ich mich konzentrieren musste, sie zu besiegen. Bei den Göttern, sie war eine gute Kämpferin! Sie lernte erstaunlich schnell; ich musste mir immer mehr Mühe geben, sie abzuwehren. Schon bald würde sie gegen die meisten Männer antreten können, denn was ihr an Gewicht und Kraft fehlte, ersetzte sie durch Schnelligkeit und Behändigkeit. Sie lernte so schnell, dass ich sie fragte, ob sie sich eines Zaubers bediene, was sie jedoch empört zurückwies; sie schwor, dass sie nur von mir lerne. Auch Shara schwor, dass sie nichts mit Ellyns verblüffenden Fortschritten zu schaffen habe. Ich sah, wie Ellyn bei Sharas Worten vor Stolz errötete. Sie schenkte ihr ein aufrichtiges Lächeln.

»Und was ist mit ihrer Gabe?«, fragte ich. »Wie steht es mit ihren Fortschritten?«

»Ebenso gut und schnell«, antwortete Shara. »Sie ist eine hervorragende Schülerin.«

Die beiden wechselten vielsagende Blicke, sodass ich mir wie ein Außenseiter vorkam. Sie teilten ein Wissen, zu dem ich nie Zugang haben würde. Plötzlich fühlte ich mich einsam. Was ging wohl in der Welt draußen vor sich? Wie erging es Chaldor unter Talans Fuchtel? Waren Menschen oder schlimmere Kreaturen immer noch auf der Suche nach uns? War Kerid frei und wartete auf den Ruf zum Kampf? Verfolgte Eryk immer noch die Dur?

Ich fragte Shara danach.

»Ich weiß es nicht«, sagte sie. «Ich *kann* es nicht wissen, denn dieser Ort hier …«, sie zögerte, »ist ein

Zufluchtsort, ein sicherer Hafen, der außerhalb der Zeit zu existieren scheint. Ich glaube, wenn wir von hier fortgehen, werden wir feststellen, dass nur wenige Tage vergangen sind, seit wir die Barrens durchquert haben. Oder Jahre. Ich habe dir ja erklärt, dass die Zeit in den Barrens anders ist. Und hier ist noch ungewöhnlicher. Es können …«

»Jahre sein«, unterbrach Ellyn.

»Oder mehr«, sagte Shara. »Oder auch weniger.«

»Dann kann es also sein, dass Talan seine Herrschaft gefestigt hat«, meinte Ellyn mit besorgter Miene. »Vielleicht gibt es keinen Widerstand mehr. Vielleicht hat Chaldor mich vergessen.«

»Möglich«, sagte Shara. »Aber denkt daran, Talan ist nur ein Werkzeug in Nestors Händen, und Nestor vertritt die Interessen der Vachyn. Sie sind unsere wahren Feinde.«

»Ich möchte trotzdem Talans Kopf. Und ich will meine Eltern rächen«, sagte Ellyn mit finsterer Miene.

»Wenn die Götter es wollen, wird es dir gelingen.« Shara füllte ein Glas mit rotem Wein. »Doch erst, wenn du bereit dafür bist.«

Früher hätte Ellyn bei dieser Bemerkung getobt, doch jetzt nickte sie nur. Das war nicht mehr das aufmüpfige Mädchen, dem ich gedroht hatte, das Hinterteil zu versohlen, sondern eine Prinzessin auf dem Weg zur Königin.

Dann aber zeigte sich das kleine Mädchen doch wieder. »Aber es darf nicht zu lange dauern, bis ich bereit dafür bin!«

Und so vergingen die Tage, ein Winter oder ein

Jahr oder ein Jahrzehnt, vielleicht sogar ein Jahrhundert. Ich wusste es nicht, wurde wegen der Verzögerung aber zunehmend mürrischer. Es war wie in den alten Geschichten aus meiner Kindheit mit dem Abenteurer, der sich in einen Berg hineinwagt, wo Zwerge und Feen leben. Er verweilt zu lange dort, und nach seiner Rückkehr muss er feststellen, dass alle, die er kannte, längst tot sind und die Welt sich völlig verändert hat.

Es wäre leichter gewesen, hätte ich eine Frau gehabt. Ich begehrte Shara. Sie war so schön und für mich eine Gefährtin, der ich traute. Doch sobald ich eine Andeutung machte, lächelte sie nur und sprach von Pflicht. Ich schäme mich, muss jedoch gestehen, dass es Nächte gab, da ich ernstlich überlegte, Ellyns Angebot anzunehmen. Aber ich kann mit Stolz behaupten, dass ich diese Gedanken sogleich wieder fallen ließ. Bei den Göttern – wären diese Schatten, die uns bedienten, aus Fleisch und Blut gewesen, hätte ich eine Maid gefunden, mein Bett zu wärmen, da alte Bücher kein Ersatz für den Körper einer Frau sind. Oft lag ich nachts wach und dachte an vergangene Liebschaften, doch wenn ich schlief, träumte ich nur von Shara.

Und so ging es weiter, bis …

Ich dachte, ich träumte. Der Moschusduft stieg mir in die Nase, und ich spürte Hände. Ich hörte ihre Stimme. Ich warf die Decke beiseite, breitete einladend die Arme aus und sagte: »Endlich.«

»Gailard, wach auf!«

Ich öffnete die Augen, und Shara stand vor mir.

Ich lächelte und wollte sie zu mir herabziehen.

Schnell trat sie einen Schritt zurück, aus meiner Reichweite.

»Gailard, wir haben ernste Schwierigkeiten.«

Ihre Stimme klang dringlich. Ich riss mich aus meinen angenehmen traumgeborenen Vorstellungen und setzte mich auf.

»Nestors Jäger sind hier.«

Ohne daran zu denken, dass ich nackt war, sprang ich aus dem Bett und spritzte mir Wasser ins Gesicht.

»Wo? Wie?« Schnell zog ich mich an. Es war geraume Zeit vergangen, seit ich das mit Metallplättchen besetzte Waffenhemd angelegt hatte, das Ryadne mir geschenkt hatte. Dann gürtete ich mein Schwert um und nahm meinen alten, vertrauten Schild in die Linke.

»Sie sind im Tal.«

»Wie viele?«

»Fünf.«

»So wenige?« Beinahe hätte ich laut gelacht. Ich hatte angenommen, Shara hätte von einer großen Streitmacht gesprochen. Aber ihre Miene war ernst, und ich hatte sie noch nie so in Angst gesehen. »Die Festung ist doch sicher? Wenn es nur fünf sind, können wir sie mit Pfeilen erledigen.«

»Diese fünf sind schlimmer als eine Streitmacht. Es sind Nestors Kreaturen. Mann kann sie kaum töten.«

Ich runzelte die Stirn. »Kannst du nicht deine Magie benutzen, um sie zu vernichten?«

»Das würde ich nur sehr ungern tun.« Sie schüttelte den Kopf. »Diese Ungeheuer sind mit Nestor verbunden, und wenn ich sie töte, weiß er, wo wir sind. Er spürt ihren Tod und erfährt, wo Ellyn ist. Lieber möchte ich …«

»Dass Stahl sie tötet?« Ich holte mein Schwert aus der Scheide und prüfte die Schneide. Jetzt erst sah ich, dass Shara ihre Kampfkleidung trug. Ein Langschwert hing an ihrer Seite, und sie trug ein Schild auf dem Rücken. Ein Filigranhelm verbarg das Haar.

»Es wäre … sicherer.«

»Nun denn! Gehen wir und töten sie.« Ich schritt zur Tür. »Wo ist Ellyn?«

»Ich hoffe, sie schläft.«

Zum ersten Mal bemerkte ich, dass der Tag noch nicht angebrochen war. Der Himmel vor meinen Fenstern war grau und verhangen. Noch sangen die Vögel nicht. Es war die Zeit, die auch ich für einen Überraschungsangriff gewählt hätte. Die Menschen schliefen noch und waren eine leichte Beute.

»Sie kann kämpfen«, sagte ich. »Wenn diese Jäger so gefährlich sind, wie deine Augen mir verraten, könnte Ellyn uns aus einiger Entfernung mit dem Bogen helfen.«

Shara schüttelte den Kopf. »Lieber nicht. Am liebsten wäre mir, sie erführe nichts, bis alles vorüber ist.« Sie zögerte. »Ich habe sie genügend Magie gelehrt, dass sie ihre Gabe einsetzen und die Jäger töten könnte. Doch das würde Nestor ihren Aufenthaltsort enthüllen – und er würde eine riesige Streitmacht aussenden, um sie zu fangen. Außerdem bezweifle ich, dass sie die nötige Ruhe bewahren kann.«

»Wird Nestor nach dem Tod seiner Jäger nur dann wissen, wo Ellyn ist, wenn sie Magie benutzt?«, fragte ich.

»Er wird es wissen, wenn die Jäger tot sind«, erklärte sie mir. »Es sei denn, wir töten sie mit sauberem Stahl.«

»Ich dachte, dieses Tal sei durch Magie vor der Welt verborgen«, sagte ich. »Und dass wir hier vor Nestors Beobachtungen sicher sind.«

»So ist es, aber … diese Jäger sind mit Nestor so verbunden wie ein Kind mit seiner Mutter. Es gibt ein ätherisches Band zwischen ihnen, das von Magie zerschnitten wird. Und dann weiß Nestor genau, wo und wie das geschah. Wenn wir Magie benutzen, wird er uns finden.«

»*Kann* Stahl die Jäger töten?«, fragte ich.

»Ja.« Sie zögerte kurz. »Doch ist es schwierig.«

»Und wie stellen wir uns ihnen? Zu Pferde?«

»Nein. Tiere spüren, was diese Kreaturen sind, und geraten in Angst.«

Wir eilten die Wendeltreppe hinab.

»Mit Bogen? Aus einiger Entfernung?«

»Sie bewegen sich zu schnell. Das einzig sichere Mittel ist, ihnen den Kopf abzuschlagen.«

»Also mit dem Schwert.«

Shara nickte.

»Und deine … Gehilfen?« Ich deutete auf die Schemen, die uns so aufgeregt umschwirrten wie die Schatten, welche die flackernden Kerzen auf die Wände warfen.

»Sie können nichts tun. Sie haben kein … Ach, Gailard, bei allen Göttern, ich habe furchtbare Angst.

Wenn diese Kreaturen Ellyn finden, ist alles verloren.«

»Solange ich lebe, wird das nicht geschehen«, erklärte ich. »Doch du hältst dich lieber zurück. Überlasse es mir, mit diesen Kreaturen fertig zu werden.«

Sie lachte. Kurz und scharf, ohne eine Spur von Humor.

»Nicht einmal du kannst diese fünf Ungeheuer besiegen.«

Ich verzog das Gesicht. Mein Stolz war verletzt.

»Noch verstehst du es nicht, aber bald …«

In der Tat verstand ich es, als sich die Zugbrücke senkte und wir den Angreifern entgegen traten.

In gewisser Weise sahen sie menschlich aus. Sie standen auf zwei Beinen und trugen Rüstungen. Alle hatten Schwerter und Schilde. Halbhelme saßen auf verfilztem Haar. Unterarme und Beine waren durch dicke Lederstulpen mit Metallplättchen geschützt. Beim näheren Hinschauen stellte ich fest, dass ihre Gesichter eine Mischung aus Jagdhund und Mensch waren. Aus einem unnatürlich langen Unterkiefer ragten unnatürlich lange Zähne hervor. Die Augen waren rot, und aus den Mundwinkeln floss Speichel, als bewirke die Aussicht, Beute in die Fänge zu bekommen, eine Gier, wie ich sie bei tollwütigen Hunden gesehen hatte.

Unvermittelt merkte ich, dass kein Vogel sang. Ich spürte Furcht, denn diese Kreaturen schienen den Geruch des Todes auszusenden, als wäre Töten alles, wozu sie fähig seien, ganz gleich, wer sich ihnen in den Weg stellte. Sie besaßen gewaltige Muskelberge; ich bezweifelte, dass ich sie allein besiegen konnte.

Aber ich wollte nicht, dass Shara am Kampf teilnahm; ohne Hilfe der Magie würde sie niemals mit diesen Scheusalen fertig.

Ich war ein Highlander, und wir pflegten stets im Sturm anzugreifen. Deshalb stürmte ich los.

Shara stieß einen Schrei aus, um mich zurück zu halten, aber ich schenkte ihr keine Beachtung. Mit lautem Schlachtruf schwang ich mein Schwert. Ich hatte mir den Feind in der Mitte ausgesucht, doch dieser wehrte meinen Hieb so mühelos ab, wie ich eine lästige Fliege verscheuchte, und führte einen weiten bogenförmigen Schlag dicht über dem Boden. Wäre ich nicht blitzschnell in die Höhe gesprungen, hätte er mir die Beine abgetrennt. Dann landete ein wuchtiger Hieb auf meinem Schild, sodass mein Arm betäubt wurde. Schnell wich ich nach hinten aus. Die Ungeheuer grinsten geifernd und rückten vor.

Den nächsten Schlag konnte ich parieren, doch ich kämpfte härter als je zuvor im Leben. Es war schlimmer als auf dem Darach-Pass. Ich konnte nicht glauben, wie schnell und stark meine Gegner waren. Ich musste immer weiter zurückweichen. Gelang es mir, den Kreaturen eine Wunde zu schlagen, strömte Blut hervor, doch zeigten sie keine Wirkung, als hätte Schmerz keine Bedeutung für sie. Alsbald musste ich mich ganz auf die Verteidigung beschränken. Es ging nur noch ums Überleben.

Doch der Gedanke, dass Shara sterben und Ellyn eine Beute dieser widerlichen Scheusale würde, wenn ich nicht überlebte, verlieh mir neue Kraft, und ich kämpfte wie ein Berserker. Dennoch trieben sie mich immer weiter zurück. Es war, als kämpfte ich gegen ein Gewitter. Eine Klinge sauste auf meinen Kopf zu. Ich duckte mich und schlug gegen entblößte Beine, doch der Gegner wich meinem Schlag mit der Behändigkeit eines tanzenden Hundes aus, nicht wie ein Mensch. Eine Klinge traf meinen Helm, eine andere meine Seite. Ich stürzte zu Boden. War ich verwundet? Ich vermochte kaum noch zu atmen und spürte eine warme Flüssigkeit über meinen Brustkorb strömen. Ich krümmte mich und hielt den Schild hoch.

Dann war Shara an meiner Seite und hielt ihren Schild über meinen Kopf, während sie Verteidigungsschläge nach allen Seiten führte. Taumelnd kam ich auf die Beine. Es gelang uns, noch etliche Hiebe auszuteilen; dabei zogen wir uns jedoch im Schutz der Schilde zur Zugbrücke zurück.

Mir tat der Kopf weh, und meine Beine wurden schwach. In den Stiefeln sammelte sich das Blut. Meine Seite schmerzte höllisch. Mir wurde bewusst, dass die Wunde tief war. Ich spürte, wie mich die Kräfte verließen. Grauenvolle Angst überfiel mich.

Ich hörte Shara rufen: »Gailard, wir müssen zurück.«

Zurück? Ja, bei diesem Angriff blieb uns keine andere Wahl. Doch *wohin* zurück? Die Festung? Mit Sicherheit würden die Kreaturen auch die Feste stürmen. Sie würden einen Weg über die Mauern finden, selbst wenn die Zugbrücke hochgezogen war.

Ich schüttelte den Kopf. Warum verschwamm alles vor meinen Augen? Warum flitzten diese abscheulichen Wesen wie Fische durch trübes Wasser? Ich schwang meine Klinge und stieß einen wilden Kampfschrei aus. Hoffnungslosigkeit überfiel mich. Trotz meiner Bemühungen würde es mir nicht gelingen, Ellyn vor Nestors widerlichen Kreaturen zu schützen.

24

Seltsame Träume weckten Ellyn. Klauen rissen ihr die Decke weg und gruben sich in ihr Fleisch. Heißer Atem wehte über ihr Gesicht. Sie spürte, wie man Fetzen aus ihrem Körper riss, und hörte grauenvolles Gelächter. Stöhnend zog sie die Decken fester um sich, doch es half nichts. Sie schlug die Augen auf: ein grauer Morgen ohne Vogelgesang. Aber sie hörte etwas … was? Sie wusste es nicht, konnte es nicht wissen. Nur, dass etwas Entsetzliches geschah.

Sie setzte sich auf.

Die Schatten-Erinnerungen der Erbauer dieser Festung, die unsichtbaren Diener, schienen aufgeregt und voller Furcht umherzuhuschen und Ellyn zu winken.

Sie stand auf. Die Erinnerung an die Träume trieb sie zur Eile an. Sie vergaß das übliche Bad und kleidete sich schnell an.

Weshalb die Kampfkleidung? Sie wusste es nicht, traute nur ihren Instinkten. Dann gürtete sie ein scharfes Schwert um und folgte den tanzenden Schatten.

Ihr erster Gedanke war, an Gailards Tür zu hämmern, doch die Schatten bedeuteten ihr, weiterzueilen, und sie gehorchte, denn sie hatte gelernt, der Vachyn-Zauberin und ihren dienstbaren Geistern zu trauen, und so folgte sie ihnen über die gewundenen

Gänge, die erfüllt waren von fahlem grauen Licht, in den Außenhof. Die Zugbrücke war herabgelassen, und ein wilder Kampf tobte.

Sie sah, wie Gailard zurücktaumelte. Er blutete stark. Obgleich er schwer verwundet war, schwang er immer noch das Schwert. Und Shara ... Ellyn spürte die Angst der Frau, dass Gailard sterben könnte ... oder sie, Ellyn ...

Es gab keine Hoffnung. Die Angreifer waren stärker.

Aber es waren nur fünf.

Ellyn erinnerte sich, wie Gailard die Banditen erschlagen hatte ... aber vielleicht waren diese Feinde anders ... vielleicht keine Menschen. Sie sah, wie ihre Beschützer zurückgetrieben wurden und zu unterliegen drohten. Gailard hatte ihr die Strategie im Kampf beigebracht; daher wusste sie, dass die fünf Angreifer schon bald Gailard und Shara töten und dann in die Festung stürmen würden.

Das mussten die Jäger sein, vor denen Shara gewarnt hatte – geschaffen durch Vachyn-Magie, unglaublich stark und mit Nestor unsichtbar verbunden. Ihr einziges Ziel war, sie zu töten, wie Nestor es befohlen hatte, damit Talan in den Besitz Chaldors gelangte.

Shara hatte sie gewarnt, ihre Gabe einzusetzen, um diese Scheusale zu besiegen, da das dem Zauberer ihre Anwesenheit im Tal verraten würde und er Krieger aussenden würde, um sie zu töten. Shara hatte sie eindringlich ermahnt, dass sie warten müsse, um ihre toten Eltern zu rächen und den ihr rechtmäßig zustehenden Thron zu besteigen. Sie hatte gehorcht.

Bei den Göttern, sie hatte nicht einmal mit Gailard darüber gesprochen, was Shara sie lehrte.

Doch jetzt?

Jetzt sah sie, wie Gailard und Shara von abscheulichen Ungeheuern bedrängt wurden, die den Gestank ruchloser Magie verströmten. Sie erinnerte sich an alles, was Shara sie gelehrt hatte, und vergaß sämtliche Verbote. Sie sammelte ihre Kraft und schickte sie gegen die Kreaturen.

Shara rang nach Luft und fiel auf den Rücken, als Ellyns Kraftstoß sie traf. Gailard krümmte sich, als das magische Gewitter an ihm vorbeiraste.

Unvermittelt stand eine schwarze Wolke über der Schlucht, aus der Blitzstrahlen zielgenau herabprasselten. Nestors Jäger schrien und gingen wie dürre Bäume in Flammen auf. Gleich darauf waren sie nur noch Aschehäufchen, die der Wind davontrug.

»Nein!«, rief Shara.

Ellyn blickte sie verwirrt an.

Hatte sie die beiden denn nicht gerettet?

In Chorym saß Nestor in dem Palast, der einst Andar und Ryadne gehört hatte, und drückte ein Glas so fest in der Hand, das es zerbrach.

Überrascht blickte Talan seinen Zauberer an und verspürte Angst.

Nestor schaute auf die blutende Handfläche und zwang sich zu lächeln.

»Meine Jäger haben sie gefunden.«

»Und?«, fragte Talan. »Ist sie tot?«

»Nein … nun ja, möglicherweise«, antwortete Nestor und las Glassplitter aus der Hand. Blut lief auf den Tisch. »Ich bin nicht sicher.«

Egor Dival sah mit offensichtlicher Genugtuung das Unbehagen des Vachyn. »Warum nicht?«, fragte er.

»Weil …« Nestor verzog das Gesicht, als er wieder ein Stück Glas entfernte. »Meine Jäger wurden erschlagen.«

»Und Ellyn?«

»Ich weiß es nicht.« Der Vachyn zog den letzten Glassplitter heraus und versiegelte die Wunden mit stummem Zauber. »Aber ich weiß, wo sie sich aufhält, falls sie noch lebt.«

»Und wo?«, fragte Talan gierig.

»Im Styge«, antwortete Nestor. »Jenseits der Barrens.«

Egor Dival lachte. »Und sie wird aus dem Styge kommen, eine Streitmacht sammeln und uns besiegen? Oder wird sie dort gefangen gehalten?« Er wandte sich an Talan. »Soll ich unsere Krieger dorthin senden? Zum Styge, über die Barrens, durch die Hochlande?«

Talan blickte verwirrt von einem zum anderen. »Ich weiß nicht, sollten wir?«

»Das wäre ein sinnloses Unterfangen«, antwortete der alte General. »Das könnte leicht zu einem Krieg führen, den wir verlieren.«

»Falls Ellyn noch lebt«, warf Nestor ein.

»Du hast versprochen, deine Jäger würden sie aufspüren und töten«, sagte Dival. »Und dass die Thronfolge dann gesichert sei.«

Der Vachyn machte eine finstere Miene. »Wie auch immer, zumindest hat sie jetzt ihren Aufenthaltsort preisgegeben.«

»Und was bringt uns das?« Dival lachte, stand auf und ging zu dem Tisch, auf dem Landkarten lagen. Er breitete eine der Karten aus und bat Talan und Nestor, zu ihm zu kommen. Dann zeigte er auf das Pergament. »Hier ist Chorym, da der Styge. Ein langer Weg, oder?«

Nestor schaute immer noch finster drein. Seine Gedanken drehten sich um den Verlust des ätherischen Bandes. Fünf Leben, die er geschaffen hatte, waren abrupt ausgelöscht worden.

»Willst du noch mehr deiner Jäger ausschicken? Wie lange werden sie brauchen?«, fragte Dival den Vachyn. Ohne auf Antwort zu warten, wandte er sich an Talan. »Und wie lange würden meine Männer fort sein, falls ich sie aussende?« Sogleich beantwortete er die Frage. »Zu lange!«

Talan hob die Hand, doch der alte General ließ sich nicht unterbrechen.

»Die Jäger haben Ellyn gefunden und sind jetzt vernichtet, daher ist es wahrscheinlich, dass sie noch lebt und weiß, dass man sie aufgestöbert hat. Selbst wenn sie die Tragweite nicht voll begreift – *Gailard* wird es begreifen, und er wird mit ihr verschwunden sein, ehe Jäger oder eine Streitmacht den Styge erreichen.« Er beschrieb auf dem Pergament einen Bogen über die Barrens und die Hochlande. »Sie könnten überall sein.«

»Ich kann nochmals Jäger aussenden und ...«, erklärte Nestor.

»Du hast gesagt, fünf würden genügen«, schnitt Dival ihm schroff das Wort ab. »Doch diese fünf sind tot. Wie viele willst du dieses Mal schicken? Und wie lange werden diese brauchen, um Ellyn aufzuspüren? Das Frühjahr steht kurz bevor – sollen wir noch eine Jahreszeit hier bleiben und warten?«

Talan blickte von einem zum anderen. »Und was sollen wir jetzt tun?«

»Die Suche nach Ellyn ist wie die Suche nach einer Nadel im Heuhafen, ganz gleich, ob Nestors Kreaturen oder tausend Mann sie suchen«, erklärte Dival dem König, der dem Vachyn den Rücken zudrehte. »Aber es gibt noch eine andere Möglichkeit.«

»Und welche?«, fragte Talan hoffnungsvoll.

»Die Clans bekriegen sich«, sagte Dival. »Pawl hat mir gemeldet, dass Eryk die Dur in die Barrens gejagt hat und …«

»Ist das von Interesse?«, unterbrach ihn Nestor. »Das Gezänk unbedeutender Häuptlinge? Lasst Ellyn nur herauskommen, dann finde ich sie.«

Dival bewegte sich ein wenig zur Seite, sodass sein Rücken den Vachyn verdeckte, als er zu Talan sprach.

»Ich schicke einen Eilboten zu Pawl«, sagte er. »Eryk soll unsere Grenzen patrouillieren. Seine Clansleute finden Ellyn und Gailard leichter als wir. Sie sollen beide töten. Damit ersparen wir uns, unsere Krieger auszuschicken und …« Er warf einen Blick über die Schulter auf Nestor. »Unnütze Jäger. Bedenke, wenn Ellyn den Thron beanspruchen will, muss sie die Hochlande durchqueren. Daher ist es wahrscheinlicher, dass Eryk sie findet. Lass ihn die Arbeit für uns erledigen.«

Talan lächelte. »Ja, das ist ein guter Plan. Aber versprich kein Gold! Versprich eine Stellung an meinem Hof – aber mehr nicht!«

»Lass mich nur machen«, erwiderte Dival.

»Bist du sicher, dass du es schaffst?«

»Ich bin sicher.« Nassim warf Kerid einen empörte Blick zu. »Nur ein paar Schnitte, mehr nicht. Und sieh, was diese Wunden uns eingebracht haben.«

Er deutete auf den Hafen. Kerid nickte grinsend. Dort schwammen für den Krieg ausgerüstete Schiffe, zehnmal so viele wie seine ursprüngliche Flotte – in der Tat fast alle Schiffe, die Mutter Hel nicht für den Handel brauchte. Die meisten waren schlanke Kriegsschiffe, andere Handelschiffe, die mit Katapulten auf dem Deck kriegstauglich gemacht waren. Etliche waren kaum größer als Kutter, doch alle konnten kämpfen – und das sollten sie auch!

»Es war die Sache wert.«

»Vielleicht hätte ich mich erschlagen lassen sollen«, meinte Nassim und spie einen dicken Tabakstrahl aufs Pflaster. »Überlege mal, was es dir eingebracht hätte.«

Kerid schaute kurz nachdenklich drein, als würde er ernsthaft über diese Idee nachdenken; dann schlug er dem Freund auf die Schulter und schüttelte den Kopf. »Nein, mir ist es doch lieber, wenn du die *Ryadne* befehligst.«

Nassim zuckte unter dem Schlag auf die Schulter zusammen. »Dann ziehen wir tatsächlich in den Krieg?«

»Ja, nachdem die Mutter voll und ganz auf unserer Seite ist«, antwortete Kerid. »Bei den Göttern, Freund, mir wäre es lieber, du wärst nicht verwundet worden, aber …«

»Das hat Mutter Hel dazu bewogen, ihre Meinung zu ändern«, beendete Nassim den Satz. »Ihr dir klar, dass wir Geschichte machen? Nie hat die Stadt sich auf eine Seite geschlagen, aber jetzt … Bei allen Göttern, ich bezweifle, dass der Fluss je so viele Schiffe gesehen hat! Wir können Talans Flotte versenken und ihn in Chaldor einschließen. Dann wird er nicht mehr imstande sein, den Dyrrakym zu überqueren.«

»Das könnte gar nicht so gut sein.«

Beide Männer zuckten zusammen, als Mutter Hel hinter ihnen auftauchte. Sie war zu Fuß; ihre Kutsche wartete am Hafenrand. Die Diener, die sie gezogen hatten, saßen keuchend da. Mutter Hel raffte ihr Gewand und blickte missbilligend auf die Pfützen aus Tabaksaft neben Nassims Füßen.

»Warum nicht?«, fragte Kerid.

»Talan wird sogleich nach Danant zurückkehren und Chaldor seinem General Dival überlassen.«

»Oder Nestor«, warf Kerid ein.

»Nein.« Mutter Hel schüttelte den Kopf. »Nestor behält er an seiner Seite.«

»Dann müssen wir alle drei fangen«, erklärte Kerid. »Und Danant ist ohne König.«

»Und gegen alle drei kämpfen, wenn der Krieg *richtig* beginnt«, meinte Mutter Hel.

»*Richtig* beginnt?« Kerid schaute sie verwirrt an.

»Wir können den gesamten Handel Danants unterbinden«, sagte Mutter Hel. »Schon jetzt ist er fast zum Erliegen gekommen, aber wir haben nicht genug Männer, um einen Krieg zu Lande zu führen – und Chaldor wird auf dem Land gewonnen.«

»Wir können sie aushungern«, schlug Kerid vor. »Wir können Danants Küste überfallen, so wie Talan Chaldor. Wir können …«

Mutter Hel gebot ihm zu Schweigen. »Und Danant einen Grund geben, Hel und Chaldor zu hassen? Nein, ich möchte, dass der Krieg so schnell wie möglich gewonnen und der Fluss wieder wie früher wird.«

»Aber du hast gesagt, wir hätten nicht genügend Männer für einen Krieg zu Lande. Und wir können nicht länger warten.« Er zeigte auf die Schiffe. »Die wollen jetzt kämpfen.«

»Nun, ziehen wir in den Krieg.« Mutter Hel betrachtete die Flotte mit Augen, die älter als ihr jugendliches Gesicht waren. »Und betet, dass die Götter auf unserer Seite sind.«

»Aber ich habe euch *gerettet*!« Ellyn stützte Gailard an der einen Seite, Shara an der anderen. Sein Blut floss über beide, als sie ihn in die Festung schleppten. »Diese Scheusale hätten euch getötet.«

»Und ihre Vernichtung zeigt Nestor deinen Aufenthaltsort.« Sharas Tonfall war scharf. »Hast du denn alles vergessen, was ich dich gelehrt habe? Habe ich dir nicht das ätherische Band zwischen den Jägern und ihren Erschaffer erklärt?«

»Aber sie wollten ihn töten«, entgegnete Ellyn

traurig. »Und dich auch. Ich habe es gesehen! Ihr ward besiegt und …«

Shara suchte nach einer Antwort, denn Ellyn hatte Recht. Trotzdem hatte sie Angst, dass dies ein Leuchtfeuer entfacht hatte, das Nestor rasch ins Tal führte, wahrscheinlich mit der halben Streitmacht Talans.

»Dennoch warst du ungehorsam.«

Ihre Schritte dröhnten auf den Bohlen der Zugbrücke und übertönten Ellyns empörte Antwort.

»Ich bin die Königin von Chaldor«, sagte sie wie ein trotziges Kind.

»Wenn wir Talan nicht besiegen, bist du gar nichts«, wies Shara sie zurecht.

Vor uns tanzten aufgeregte Schatten im Hof. Die Vögel sangen wieder, doch ihr Morgengesang klang gedämpft. Ein Pferd wieherte, als wollte es sich nach Gailards Befinden erkundigen.

»Hör zu, Kind, wir bringen jetzt Gailard ins Bett und versorgen seine Wunden. Dann reden wir.«

Wahrscheinlich war es an der Zeit, das Tal zu verlassen, da es nicht mehr sicher war, und hinaus in die Welt zu ziehen, um zu tun, was sie beschlossen hatten. Shara hatte Ellyn alles gelehrt, was sie wusste – abgesehen von Geduld –, und das Mädchen hatte ihre volle Kraft erlangt, das hatte sie bewiesen. Shara seufzte. Zuerst einmal mussten sie Gailard gesund pflegen. Hoffentlich blieb genügend Zeit, bis das Unausweichliche sie ereilte.

Ellyn murrte und schleppte sich weiter. Gailard war schwer, und sein Blut durchnässte ihr Hemd. Seine

Füße hinterließen blutige Schleifspuren, da er sie kaum heben konnte. Gailard, flehte sie stumm, bitte, stirb nicht! Du darfst nicht sterben, weil ich dich brauche. Ellyn fragte sich, wer das gesagt hatte: die zukünftige Königin oder eine liebende Frau.

Hinter ihnen hob sich die Zugbrücke, und klirrend fiel das metallene Fallgitter herab. Sie schleiften den nahezu bewusstlosen Gailard durch die Halle.

Mit großen Schwierigkeiten bewältigten sie die Treppe. Endlich legten sie ihn aufs Bett. Das Bettzeug färbte sich rot. Entsetzt starrte Ellyn darauf.

»Schnell«, sagte Shara. »Wir müssen ihn entkleiden und die Wunden nähen.«

Ellyn errötete, als Gailard nackt vor ihr lag. Sie hatte ihn damals am Baum nackt gesehen, doch das Entsetzen über Eryks und Rythas Taten war viel zu groß gewesen. Jetzt schaute sie den Mann an, den sie zu lieben glaubte. Aus der tiefen Wunde an der rechten Seite quoll Blut; eine weitere Verwundung zog sich von der linken Schulter bis zum Bauch, und auch auf Armen und Beinen waren Schnitte, wenngleich weniger tief. Die eine Gesichtshälfte war blau, das Haar vom Blut an der Schläfe getränkt. Er war schwer verletzt. Hilfesuchend blickte Ellyn zu Shara.

Die Zauberin riss ein Betttuch entzwei und warf Ellyn die Streifen zu. »Säubere die Wunden. Ich hole Kräuter.«

»Du heilst ihn nicht mit Magie?«

»Wenn es nicht sein muss, nein.«

»Du hast es doch zuvor getan«, rief Ellyn. »Warum nicht auch jetzt?«

Shara antwortete erst, nachdem sie mit einem Korb voll Gläsern, Phiolen und sorgfältig eingewickelten Kräuterbündeln zurückgekommen war. Inzwischen hatte Ellyn die Wunden mit warmen Wasser ausgewaschen.

»Ich habe ihn einmal ins Leben zurückgebracht, das ist genug für jeden Menschen. Außerdem fordert diese Magie einen hohen Zoll, und ich werde meine Kräfte auch in der Zukunft brauchen.« Sie goss Wasser in Becher und rührte Mixturen und zerstoßene Kräuter hinein. Schon bald war der Raum von seltsamen, scharfen Düften erfüllt.

»Ich verstehe nicht«, sagte Ellyn. »Hier sind wir doch sicher.«

»Man weiß jetzt, dass du hier bist«, antwortete Shara, während sie Gailards Wunden mit ihren Kräutermixturen bestrich. »Deshalb sind wir hier nicht mehr sicher.«

»Aber Talans Streitmacht braucht Monate, um uns zu erreichen.«

Entsetzt schaute Ellyn zu, wie die Zauberin eine Nadel hervorholte und die schlimmsten Wunden vernähte. Shara antwortete nicht sogleich, sondern widmete sich ganz ihrer Arbeit. Dann winkte sie Ellyn näher. Gailard sah jetzt beinahe so aus wie eine zusammengenähte Stoffpuppe. Die beiden Frauen wickelten ihn in Binden, wie in ein Totenhemd.

»Er hat genügend Zeit, um Chaldors Grenzen gegen unsere Rückkehr zu sichern«, sagte Shara. »Vielleicht trifft er mit Eryk ein Übereinkommen, dass er dich Talan ausliefert.«

»Das habe ich nicht bedacht«, sagte Ellyn kleinlaut.

»Handeln ohne zu denken bringt dich in große Schwierigkeiten.«

»Es tut mir Leid«, sagte Ellyn. »Ich wollte nur ...«

»Du hast Gailard in Todesgefahr gesehen«, unterbrach Shara sie. Ihr Stimme klang weich. »Ich verstehe das und vielleicht hätte ich ebenso gehandelt. Dennoch hast du Nestor unseren Aufenthaltsort eher preisgegeben, als mir lieb ist. Ich hätte dich gern länger unterrichtet. Du hast großes Talent, aber wenig Disziplin. Und die brauchst du unbedingt, willst du deine Magie klug einsetzen.«

»Ja, verzeih mir«, sagte Ellyn reumütig.

Shara nickte und deutete auf den bewusstlosen Mann. »Eine von uns muss ständig bei ihm bleiben, bis er wieder zu Kräften gekommen ist.«

»Dann wird er nicht sterben?«

»Noch nicht.« Shara schüttelte den Kopf. »Er ist zu kräftig, aber er ist schwer verwundet, und es wird eine Zeit lang dauern, bis er wieder auf einem Pferd sitzen kann. Bete, dass es dann nicht zu spät ist und Talan und Nestor uns belagern.«

Ellyn schluckte und wischte sich Tränen der Scham und der Reue aus den Augen. »Wohin werden wir gehen?«

»Zurück über die Barrens in die Hochlande.«

»Aber dort sind Eryk und seine fette Frau!«

»Und die Dur.« Shara wusch sich die blutigen Hände. »Falls Eryk sie nicht gefunden und vernichtet hat, werden sie sich mit uns treffen. Erinnere dich an die Gabe deiner Großmutter.«

»Die Gabe, Verborgenes zu sehen?«, sagte Ellyn. »Obwohl ich ihr Blut habe, fehlt mir diese Fähigkeit, sonst hätte ich das Kommen dieser Scheusale bestimmt vorhergesehen.«

»Deine Gabe ist anders«, erklärte Shara. »Ich frage mich, ob deine Ahnen nicht auch Vachyn-Magie besessen haben. Vielleicht eine Blutlinie, die in Vergessenheit geriet.« Sie wischte Gailard die Stirn mit einem nassen Tuch ab. »Jedenfalls müssen wir warten, bis wir zurückreiten können. Ich hoffe, dass wir die Dur dann finden und sie noch auf deiner Seite sind.«

Ellyn nickte.

Shara fuhr mit strenger Miene fort: »In der Zwischenzeit darfst du keine Magie mehr einsetzen, ohne dass ich es dir gestatte. Ganz gleich, was geschieht, verstanden? Wir müssen unerkannt reisen, bis wir Verbündete finden und uns daran machen können, eine Streitmacht zu sammeln. Und sobald wir das Tal hinter uns lassen, sind wir für Nestor leichte Beute. Habe ich dein Wort?«

»Ja«, versprach Ellyn und blickte auf Gailard.

Er lag ganz still da und atmete schwer. Das Gesicht war schweißbedeckt. Einige Binden färbten sich wieder rot. Ellyn betrachtete ihn eine Zeit lang. Er war schwer verwundet, aber sie hoffte, dass es Shara gelang, ihn zu heilen. Doch würde es lange dauern, vielleicht länger als die Götter ihnen Sicherheit gewährten. Ihr war bewusst, dass sie einen Fehler begangen hatte. Doch wie hätte sie untätig zuschauen können, wie er starb?

»Ich übernehme die erste Wache«, erklärte Shara. »Du brauchst Schlaf.«

Ellyn nickte und verließ gehorsam das Gemach.

Shara setzte sich neben Gailards Bett und betrachtete ihn mit besorgter Miene. Hoffentlich kam er rechtzeitig wieder zu Kräften. Ein Gefühl sagte ihr, dass Ellyn in diesem tödlichen Spiel zu früh vorgeprescht war. Der Einsatz ihrer kraftvollen Magie hatte Nestor mit Sicherheit verraten, wo sie sich aufhielt, und schon bald würde er eine Streitmacht oder seine Magie gegen sie aussenden. Sie mussten Ellyns Freunde finden und ihr helfen, ihren Thron zu erobern.

Früher, als ich gewünscht hätte, dachte Shara. Dann schaute sie auf Gailards Gesicht und fragte sich, ob sie den Mann nicht länger für sich hier behalten hätte – *für sich*. Sie lächelte über diesen Gedanken. Vielleicht würde sie die Antwort außerhalb des Tales finden.

25

Es war ein eigenartiges Gefühl, so, als wäre ich betrunken oder spürte die Wirkung von serischem Tabak, den ich einmal genossen hatte. Ich schwebte dahin und war nicht sicher, was wirklich war und was Phantasie. Tot konnte ich nicht sein, denn die Schmerzen waren zeitweise sehr heftig, als stecke mein Körper auf einem Spieß, und Flammen würden an mir lecken. Ich glaube, dass ich dann und wann aufschrie oder zumindest stöhnte. Zarte Hände streichelten mich und hielten mir ein kühles Tuch ans Gesicht. Manchmal träufelte jemand mir eine Flüssigkeit in den Mund, die kein Wasser sein konnte, da sie zu bitter schmeckte. Stimmen, die mir bekannt vorkamen, sprachen beruhigend auf mich ein. Zuweilen sah ich auch Shara oder Ellyn, die sich über mich beugten, doch wenn ich zu sprechen versuchte, brachte ich nur ein Murmeln zustande. Dann versank ich wieder in Dunkelheit oder wirren Träumen.

Manchmal öffnete ich die Augen (jedenfalls glaubte ich das) und sah die Schattendiener der Festung in Fleisch und Blut, nicht mehr als flackernde Schemen, sondern Männer und Frauen in seltsamer Kleidung. Sie betrachteten mich besorgt. Zuweilen berührten sie mich, als wollten sie mich beruhigen oder trösten, doch ich konnte ihre Finger nicht fühlen. Vielleicht hatten sie Angst. Ich jedenfalls fürchtete mich. Ich wusste, dass ich schwer verwundet war und fieberte. Außerdem hatte ich viel Blut verloren. Auf meinem Lebensweg hatte ich viele Männer sterben sehen, und viele am Fieber, nicht an den Wunden. Ich wusste nicht, ob die Götter noch über mich wachten, doch betete ich zu ihnen, denn ich wollte Shara und Ellyn nicht allein dem Schicksal überlassen, das sie erwartete.

Ich fragte mich jedoch, warum Shara nicht ihre Magie benutzte, um mich zu heilen. Ich nahm an, sie hatte ihre Gründe dafür, aber ich konnte es trotzdem nicht begreifen. Eine schreckliche Furcht ergriff mich: Dass ich versagt hatte, und dass Talans Vachyn-Magier weitere Ungeheuer gegen die Frauen ausschickte oder seine Krieger in Marsch setzte, und dass er Ellyn zur Frau nahm und damit alles verloren war. Immer dann bäumte ich mich auf und wollte aus dem Bett springen, doch die zarten Hände einer der beiden Frauen drückten mich zurück aufs Lager. Bei den Göttern, ich war so schwach wie ein neugeborenes Kind.

Dann erwachte ich eines Tages, und die Sonne schien mir ins Gesicht. Vor meinem Fenster sangen die Vögel. Ich schlug die Augen auf und sah Ellyn zusammengesunken in dem Sessel neben meinem Bett. Selbst im Schlaf war ihr Gesicht verhärmt. Als ich mich aufsetzte, schreckte sie hoch. Unter ihren Augen lagen tiefe dunkle Ringe.

»Gailard!«

Sie erhob sich steif wie ein Krieger, der sich für den nächsten Kampftag bereitmacht. Sie nahm ein Tuch, steckte es in Wasser und kam zu mir, um mir die Stirn zu kühlen. Ich hob einen Arm und sah, dass ich wie ein Wickelkind in Binden steckte. Ich glich einer nabanischen Mumie.

Ellyn zögerte. Vom Tuch tropfte Wasser auf meine Binden. Dann warf sie das Tuch beiseite und schlang die Arme um mich. Es tat so weh, dass ich zusammenzuckte. Sie lachte und weinte gleichzeitig. Dann küsste sie mich auf die Wange. »Dein Fieber ist überwunden«, sagte sie glücklich.

Ich nickte. »Ja, ich glaube schon.« Mein Mund war trocken.

»Oh, Gailard, ich hatte entsetzliche Angst.«

Sie blickte mich an und streichelte mein Gesicht, mein Haar. Ihres war gewachsen; sie sah nicht mehr wie ein Junge aus, sondern wie eine junge Frau, die bald den Höhepunkt ihrer Schönheit erreichen würde.

»Wie lange habe ich so gelegen?«, fragte ich.

»Wochen. Ich hatte furchtbare Angst. Ich befürchtete, du ...«

Ich nahm ihre Hände. In ihrer Aufregung war sie nicht besonders behutsam. »Um mich umzubringen, braucht es mehr als das«, sagte ich. »Was ist geschehen? Nein, warte. Hast du Ale?«

Sie nickte und füllte einen Becher. Ich bemerkte, dass sie einige Tropfen eines Kräutersuds hinzufügte. Das Ale schmeckte ein wenig bitter, aber ich trank es, weil ich großen Durst hatte. Meine Zähne taten weh, trotzdem bat ich um einen zweiten Becher.

»So, das ist besser. Was ist geschehen? Als Letztes

erinnere ich mich an …« Ich berührte meinen Kopf. Ich trug einen Turban.

Ellyn schilderte mir die Ereignisse.

»Dann hast du mir das Leben gerettet«, sagte ich.

»Und damit habe ich uns alle in Gefahr gebracht«, meinte sie. »Shara war sehr böse auf mich.«

»Sie …?«

»Lebt.« Eine düstere Wolke huschte über Ellyns müdes Gesicht. »Ich hole sie.«

Sie lief hinaus. Ich ließ mich auf die Kissen sinken und hob die Decke, um meine Wunden zu betrachten. Überall Binden, sogar um ein Bein. Ansonsten war ich nackt – und so sah Shara mich, als sie ins Gemach stürmte. Schnell zog ich die Decke über mich.

Shara sah so erschöpft wie Ellyn aus und war ebenso glücklich, mich wach zu sehen. Allerdings war sie nicht so überschäumend froh; sie war eher ruhig.

»Hast du Hunger?«, fragte sie mich. Ich nickte. Sie gab den Schatten im Raum ein Zeichen und wandte sich an Ellyn. »Hilfst du mir? Ich will mir die Wunden ansehen.«

Es war mir furchtbar peinlich, als die Frauen meine Decke wegzogen und die Verbände abwickelten, ohne meiner Nacktheit Beachtung zu schenken. Ich sah, dass die Wunden auf der Brust und an der Seite genäht waren. Ich erinnerte mich an den harten Kampf und bewunderte Sharas Können. Und dann vergaß ich alles andere, als sich der Raum mit den köstlichsten Düften füllte, bei denen mir der Mund wässrig wurde. Auf dem Tisch standen die erlesensten Speisen.

Frisch gebackenes Brot, Honigkuchen, Obst, Käse,

dünne Scheiben Brathuhn, dampfender, süß duftender Tee. Mir war, als lachten die Schatten und als hörte ich in der Ferne fröhliche Musik. Ich fragte, ob ich essen dürfe. Shara nickte.

Ich hatte Heißhunger und aß alles auf.

»Du bist immer noch schwach«, warnte Shara. »Du musst Kräfte sammeln, ehe wir die Festung verlassen können.«

»Verlassen? Wohin wollen wir denn gehen?«, fragte ich etwas undeutlich, weil ich ein Stück Huhn im Mund hatte.

»Heim!«, rief Ellyn. »Wir suchen die Dur und rufen die Clans zusammen.«

Ich verschluckte mich. Shara musste mir auf den Rücken klopfen und legte den Arm um mich, wodurch ihr Körper meinem sehr nahe war, was ich als äußerst angenehm empfand und deshalb länger brauchte, um mich wieder zu erholen, als nötig gewesen wäre. »Hast du Neuigkeiten?«, fragte ich sie.

»Nein.« Shara schüttelte den Kopf. »Aber Nestor weiß inzwischen, wo Ellyn sich aufhält, und er wird handeln.«

Ich hatte mir bessere Neuigkeiten erhofft: Dass die Clans sich erhoben hätten, um Ellyn zu unterstützen, oder dass Talan an den Pocken gestorben sei, oder dass Chaldor sich erhoben und die Danant-Besatzer aus dem Land geworfen hätte.

»Wir müssen fort. Wir haben keine andere Wahl, sonst findet uns Nestor.«

Mir lief es eiskalt über den Rücken. »Wann brechen wir auf?« Mir war klar, dass ich noch nicht imstande war, den Kampf mit irgendwelchen Vachyn-Scheusalen aufzunehmen.

Shara betrachtete mich und lächelte nachsichtig. »Wenn du bereit bist.«

»Ich *bin* bereit«, erklärte ich. »Ich kann meine Wunden auch im Sattel ausheilen.«

»Du würdest im Sattel sterben.« Sie drückte mich zurück auf die Kissen. »Und das werde ich nicht dulden. Ich – *wir* – brauchen dich lebend.«

Ich schaute ihr in die Augen. Sie gab mir keine Antwort, aber mir wurde schlagartig bewusst, dass ich sie liebte.

»Es wird eine Zeit lang dauern, bis du gesund bist«, erklärte sie. »Wenn du Ellyns General sein willst, musst du bei Kräften sein.«

»Aber dann werden wir die Dur suchen und …«, sagte Ellyn, die neben Shara ans Bett getreten war.

Shara hob die Hand, um ihr Schweigen zu gebieten. Offenbar war die Beziehung zwischen beiden noch besser geworden, während ich im Fieber gelegen hatte. Ellyn gehorchte Shara. Sie schien ihre Lektion gelernt zu haben und wusste jetzt, wann es angebracht war zu sprechen und wann es besser war zu schweigen.

»Wir habe keine Wahl«, erklärte Shara. »Früher oder später wird Nestor uns finden, deshalb müssen wir die Festung verlassen. Unsere Hoffnung sind die Dur. Wenn Eryk sie nicht besiegt hat, werden sie uns Zuflucht gewähren. Vielleicht wird Mattich – sofern er noch lebt – sich mit uns verbünden.«

Beinahe hätte ich gelacht. Die Dur mit uns drei Flüchtlingen im Bunde? Doch sie waren unsere einzige Hoffnung, wie Shara gesagt hatte. »Trotz meiner Verbannung habe ich ein Anrecht bei den Devyn. Gelingt es mir, Eryk im Kampf zu besiegen, könnte ich meinen Clan für unsere Sache gewinnen.«

»Du kannst noch nicht kämpfen«, rief Ellyn.

»Doch. Dank euch. Jetzt schulde ich euch beiden mein Leben.«

Ellyn lächelte, doch Shara runzelte die Stirn. »Ich habe nur getan, was ich tun musste.«

Doch als ich fragte: »Wirklich nicht mehr?«, wandte sie das Gesicht ab. Zuvor hatte ich jedoch gesehen, dass sie errötet war.

Ich lag wie ein Säugling gewickelt noch längere Zeit da. Doch sah ich die Schatten nicht mehr als Wesen aus Fleisch und Blut, sondern wie beinahe unsichtbare Schemen. Sie gaben sich die große Mühe, mich zu heilen. Nach geraumer Zeit vermochte ich aufzustehen und in meinem Gemach umherzugehen, dann auch nach unten. Anfangs begleiteten mich Ellyn oder Shara, um mich festzuhalten, sollte ich stolpern. Bald darauf spazierte ich über den Hof und nahm langsam die Übungen mit der Waffe wieder auf – so gut es mit den genähten Wunden möglich war.

Die Verzögerung unseres Aufbruchs ängstigte mich. Ich befürchtete, Nestor könnte uns finden, oder Talan könnte eine Streitmacht entsenden. Die ganze Zeit fragte ich mich, was wohl in Chaldor geschah. Im Kopf entwarf ich großartige Pläne: Wir fanden die Dur und überredeten Mattich, uns zu unterstützen. Ich stellte Eryk im Kampf, erschlug ihn und beanspruchte die Führung über die Devyn. Dann würden alle Clans sich mit uns verbünden, und wir würden wie in alten Zeiten nach Chaldor reiten, so wie damals, als die Länder die Überfälle der Clans fürchteten. Doch jetzt würden wir gegen Talan reiten – und der würde sterben wegen dem, was er Andur und Ryadne angetan hatte. Ja, Talan würde sterben – und auch der Vachyn.

Doch zuerst mussten meine Wunden heilen.

Ich weiß nicht, ob es an Sharas Heilkunst oder der Magie dieses seltsamen Tales lag, aber die Wunden heilten schneller als gewöhnlich. Binnen weniger Wochen schwang ich bereits wieder mein Schwert und konnte wieder reiten. Ich hatte immer noch Schmerzen, und mir war bewusst, dass ich für einen richtigen Kampf noch nicht kräftig genug war, doch wir durften wir nicht länger hier bleiben. Ich hatte keine Ahnung, welche Jahreszeit wir hatten, aber ich spürte, dass ein Sturm aufzog. Ich sah die dunklen Wolken, die sich über dem Hochland zusammenballten. Wenn wir die Festung nicht verließen, wurden wir vernichtet.

Ellyn verbrachte einige Stunden mit mir, um ihre Fertigkeiten zu vervollkommnen, doch mehr Zeit verbrachte sie mit Shara, um ihr magisches Können zu steigern. Ich fragte nie, was sie dort lernte. Zwar misstraute ich der Magie nicht mehr so wie zu Anfang, aber wohl war mir bei dem Gedanken nicht. Lieber verließ ich mich auf meine Kraft und meine Klinge; die Verwendung von Magie überließ ich lieber denen, die sich darauf verstanden.

Meine alte Ausrüstung war ruiniert, aber ich fand in der Waffenkammer der Festung eine passende Rüstung – mit Kettenhemd, Brustharnisch, Arm- und Beinschützern und einen Halbhelm. Meinen Schild behielt ich. Er hatte mir gut gedient und ich traute ihm, auch wenn man die Narben sah, welche die feindlichen Schläge hinterlassen hatten.

An einem sonnigen Tag erklärte Shara, dass ich für den Ritt kräftig genug sei. Morgen früh wollten wir aufbrechen.

Ellyn stieß einen Freudenschrei aus, und wir gingen in die Waffenkammer, um auch sie auszurüsten. Gerüstet sah sie wie eine wunderschöne Amazone aus. Freudig schwang sie ihr Schwert. Mir kam der Gedanke, dass sie eigentlich gar kein Schwert brauchte, da sie Blitze vom Himmel rufen konnte, doch sie bestand darauf. Wenn wir in die Schlacht ziehen würden, wollte sie auch mit normalen Waffen kämpfen. Ich achtete sie dafür, wunderte mich aber, dass Shara keine Rüstung für sich wählte. Selbst eine Zauberin konnte durch Stahl oder einen Pfeil getötet werden.

Die Antwort erhielt ich am Morgen, als wir die Festung verließen. Wir hatten gefrühstückt und in den Gemächern unsere Rüstungen angelegt. Unten wartete Ellyn bereits mit Bogen und Köcher auf dem Rücken. Dann erschien Shara. Sie trug eine dunkelblaue Rüstung: Brustharnisch, Arm- und Beinschützer; ein leichter Helm bedeckte ihr hochgebundenes Haar. Das Schwert hing an ihrer Seite, der Schild war auf den Rücken geschnallt. Mir stockte der Atem: hatte Ellyn wie eine kriegerische Prinzessin ausgesehen, sah Shara wie eine Kaiserin aus, bereit, für ihre Sache zu kämpfen.

»Gehen wir?«, fragte sie.

Ohne auf eine Antwort zu warten, schritt sie an uns vorbei in den Hof, wo unsere Pferde warteten, gesattelt und gefüttert. Ringsum uns tanzten die Schattenwesen.

»Das wird nicht leicht«, sagte Shara. Ich war nicht sicher, ob sie Ellyn oder mich meinte – wahrscheinlich uns beide. Sharas schöne Augen waren von Traurigkeit erfüllt. »Das wird kein Abenteuer aus einer alten Legende, wo die Prinzessin mit Freudenrufen losreitet und die Feinde ihr sogleich vor die Füße sinken. Es wird blutig und rau, und es wird wenig Freude geben.«

»Es wird ein Krieg«, sagte ich. »Und davon verstehe ich etwas.«

Shara nickte mit ernster Miene. Ellyn lächelte, und in ihren Augen blitzte erwartungsvolle Spannung. Wie von Geisterhand hob sich das Fallgatter, die Zugbrücke senkte sich, und wir ritten hinaus.

In Sharas Tal schien ständig Sommer zu herrschen, in den Barrens ständig Winter. Wir brachten die schroffen Hänge des Styge hinter uns und erreichten das graue, trostlose Land. Ein eiskalter Wind wehte, sodass unser Atem und der unserer Pferde als weiße Wolken aufstiegen. Die Tiere schnaubten widerwillig. Die erste Nacht lagerten wir noch an der Bergflanke. Der Wind wirbelte Funken von unserem Feuer empor. Ich sah Reif auf dem Gras. Dunkle

Wolken hingen über den Barrens. Sie ballten sich zu riesigen Türmen, aus denen grelle Lichtstrahlen fielen und über die öde Landschaft tanzten. Hier gab es weder Sonne noch Mond, nur Schatten und die Gefahr der Blitze. Ich schauderte bei der Vorstellung, diesen grauenvollen Ort erneut zu durchqueren.

Als wir die Ausläufer der Berge hinter uns hatten, wurde der Ritt nach Süden noch beschwerlicher. Hier war es noch karger als in meiner Erinnerung, und es schien, als läge ständig die Düsternis des Winters über der Landschaft. Die Erde war grau und gefroren, die Flüsse vereist; sie sahen wie durchsichtige Adern im Körper der Welt aus, starr und ohne Leben. Die verkrüppelten Bäume trugen keine Blätter. Die Büsche raschelten mit dornigen Fingern, als wir vorbeiritten. Ich hatte mich an den Gesang der Vögel in Sharas Tal gewöhnt, doch hier war nur Stille bis auf das Brausen des Eiswindes, das wie eine Totenklage klang.

Zumindest wurden wir nicht angegriffen. Mehrmals sah ich Spuren im gefrorenen Boden und fragte mich, welche Wesen über so viel Kraft verfügten, dass sie die Krallen in dieses harte Erdreich treiben konnten. In diesen Nächten machten wir ein großes Feuer und wachten abwechselnd, immer in voller Rüstung. Wir lauschten auf die Warnungen unserer treuen Pferde. Einmal sah ich den übel zugerichteten Kadaver eines Tieres mit riesigen Hauern, das zerfleischt und halb gefressen war. Ringsum war der Boden zertrampelt, was darauf hinwies, dass es einen Kampf gegeben hatte. Doch wir wurden nicht angegriffen. Wir überwanden die tiefe Schlucht, blieben diesmal jedoch von der Flut verschont. Allerdings sah ich Skelette umherliegen, die beim letzten Mal nicht da gwesen waren. Endlich erreichten wir den Rand des Plateaus. Wir waren erschöpft und hungrig, aber unversehrt.

Unter uns erstrecken sich die Hochlande, wo der Sommer gerade begonnen hatte. Blauer Himmel mit weißen Wolkenbändern, die vom Wind getrieben wie die Schweife von Rennpferden dahinjagten. Die Heide blühte purpurfarben. Gelber Ginster bildete Farbtupfer. Eine sanfte Brise trug mir den süßen Duft meiner Heimat zu. Aber ich sah nirgends die Dur.

»Sie werden uns finden oder auch nicht«, erklärte Shara. »Wir können nur weiterreiten.«

»Und wenn sie uns nicht finden?«, fragte Ellyn.

»Reiten wir trotzdem«, antwortete Shara. »Uns bleibt keine Wahl.«

Wir führten die Pferde hinab und schlugen ein Lager auf. Bei den Göttern, ich war froh, die Barrens hinter mir zu haben. Jetzt wehte uns ein warmer Wind ins Gesicht, und ich befand mich in einem Land, das ich begreifen konnte. Mir gelang es sogar, zwei fette Hasen fürs Abendbrot zu fangen.

Am Morgen fanden uns die Dur.

Ellyn hielt Wache. Ich erwachte beim Klirren ihres Schwerts auf dem Schild, verließ das Zelt und ging nur in Beinkleidern und offenem Hemd hinaus, allerdings mit Schwert und Schild.

»Reiter!« Ellyn deutete nach Norden, als Shara sich zu uns gesellte.

Ich spähte ins Licht des frühen Morgens und sah die Clan-Farben der drei Männer. »Dur«, sagte ich.

Wir steckten die Schwerter zurück in die Scheiden, aber wir wussten nicht, ob diese Dur Mattich ergeben waren oder Mietlinge Eryks waren.

Sie hielten in einiger Entfernung. Zwei legten die Hände auf den Schwertgriff, der dritte spannte einen Pfeil auf die Bogensehne. Ihre Gesichter waren hart und müde; der eine hatte eine frische Narbe auf der linken Wange. Sie betrachteten uns eine Zeit lang, als wären sie nicht sicher, wen sie gefunden hatten. Dann trieb der eine sein zottiges Pferd voran. Er hatte das Schwert quer über den Sattel gelegt, und ich sah, dass er bereit war, die Waffe einzusetzen. Ich war mir auch bewusst, dass der Pfeil des Bogenschützen auf meine Brust zielte. Ich lächelte bei dem Gedanken, dass ich die geringste Gefahr darstellte und dass Ellyn und Shara sie mit einer Handbewegung vernichten konnten.

»Ich bin Rob von den Dur«, sagte der Mann. »Wer seid ihr?«

»Gailard von den Devyn«, antwortete ich. »Und das ist Ellyn, Chaldors Königin, und Shara.«

Ich wusste nicht, wie ich die Frauen anders vorstellen sollte, doch das war für Rob auch nicht wichtig, denn er warf den Kopf zurück, lachte und rief: »Wir haben sie gefunden! Clayre hatte Recht!«

Er steckte das Schwert weg und schaute mich an. Offensichtlich wartete er auf meine Erlaubnis, vom Pferd zu steigen.

»Wollt ihr euch zu uns setzen?«, fragte ich. »Wir haben Tee.«

Rob schwang sich aus dem Sattel, die anderen folgten seinem Beispiel. »Gern«, sagte er. »Wir suchen euch schon geraume Zeit. Bei den Göttern, die Dur suchen euch überall. Wir dachten, ihr wärt in den Barrens ums Leben gekommen oder …« Er zuckte mit den Schultern und schaute die Frauen an. »Es ist viel Zeit vergangen.«

»Eine oder zwei Jahreszeiten?«, fragte ich, fühlte jedoch, dass es mehr war.

»Drei Jahre, Gailard«, antwortete Rob und starrte mich an, als hätte ich den Verstand verloren. »Es ist drei Jahre her, seit ihr uns verlassen habt.«

Diese Erklärung waren ebenso einfach, wie sich Magie erklären ließ, was bedeutete: Es gab keine Erklärung. Die weisen Frauen der Dur hatten von unserer Ankunft geträumt, wie Shara vorausgesagt hatte, und hatten Männer auf die Suche nach uns ausgeschickt. Rob und seine Gefährten – sie hießen Shawn und Maerk – waren die Glückspilze. Oder auch nicht, wenn das eintraf, womit ich rechnete.

Sie hatten Proviant dabei, und wir verzehrten ein köstliches Frühstück. Dabei erzählten sie uns, dass Eryk mit Talan ein Bündnis eingegangen war – als Gegengabe für Ellyn und mich –, und die Dur verfolgte, seit wir den Clan verlassen hatten.

»Wir sind umhergezogen und haben uns verborgen gehalten, bis Clayre von eurer Rückkehr träumte und Mattich Männer ausschickte, um euch zu suchen«, erklärte Rob. »Und dann … aber diese Geschichte soll Mattich euch erzählen. Kommt, wir bringen euch zu ihm. Bei den Göttern, er wartet lang genug.«

Wir brachen die Zelte ab, sattelten die Pferde und ritten zu Mattich. Ich war verwirrt, da ich immer noch keine Ahnung hatte, wie lange wir uns in Sharas geheimem Tal aufgehalten hatten. Mir schien es unmöglich, dass drei Jahre vergangen sein sollten, doch Shara hatte mir ja gesagt, dass in den Barrens und im Styge die Zeit anders abliefe.

Wir schwangen uns in die Sättel und ritten zu den Dur.

Die Dur lagerten in einer Talmulde inmitten blaugrüner Fichten am Ufer eines Baches. Überall wuchs üppiges grünes Gras. Ich hatte den Eindruck, dass es weniger Zelte waren als beim letzten Mal. Wir wurden freundlich aufgenommen, doch etliche Dur musterten uns argwöhnisch.

»Wir haben viele Opfer zu beklagen«, sagte Mattich, als wir vor ihm Platz genommen hatten. »Es hat deinen Bruder hart getroffen, dass wir euch befreiten, und noch schlimmer war, dass er uns anschließend nicht finden konnte. Als wir von den Barrens herabkamen, wartete er auf uns ...« Er zuckte mit den Schultern.

»Es tut mir Leid«, sagte Shara.

»Wir haben unsere Wahl getroffen«, sagte Mattich und wandte sich an mich. »Er will deinen Kopf, Gailard, und auch deinen.« Er schaute Ellyn an. »Er hat sich mit Talan verbündet, der eine hohe Belohnung auf euch ausgesetzt hat.«

»Wie viel?«, fragte Ellyn. Ehe ich sie daran hindern konnte, fügte sie hinzu: »Genug?«

Mattich schaute sie eine Zeit lang stumm an. Sein Gesicht war ernst. Dann schüttelte er den Kopf. »Wir treiben keinen Handel mit Kindern, auch nicht mit Königinnen. Verstehst du, was Ehre ist?«

»Ja.« Ellyn errötete. »Gailard hat es mich gelehrt.«

»Dann solltest du wissen, dass du den Clan deiner Mutter beleidigst«, sagte Mattich.

»Verzeih, Großvater.« Ellyn senkte den Kopf so tief, dass er beinahe den Zeltboden berührte. »Das alles ist neu für mich.«

Mattichs finstere Miene schwand, er lächelte. »Du hattest sehr gute Lehrer. Glaube ihnen, und glaub auch mir. Du kannst dich darauf verlassen, dass die Dur dir zur Seite stehen.«

»Danke«, sagte Ellyn.

»Was ist mit Eryk und Talan?«, fragte ich.

»Dein Bruder kämpft nicht gern im Winter«, antwortete Mattich. »Deshalb hatten wir einen kurzen Aufschub. Aber Talan schickte Gesandte mit fetten und verlockenden Versprechen. Wenn Eryk Chaldors Erbin dem Danant-Schurken ausliefert, stellt Talan ihm Krieger zur Verfügung, um die Hochlande zu erobern und eine Stellung an Talans Hof einzunehmen. Sämtliche Clans haben diese Botschaft erhalten.«

»Und wie wurde sie aufgenommen?«

»Uns haben die Gesandten nicht gefunden«, sagte Mattich und lachte. »Ich habe gehört, dass die Arran sie nackt und rücklings auf die Pferde gebunden zurückgeschickt haben.« Dann wurde seine Miene wieder ernst. »Aber die Quan haben es gehört, und die Devyn und Agador sind durch Gefolgschaftseid an Eryk und Rytha gebunden. Daher weiß ich nicht, wie sicher ihr seid. Vielleicht wäre es besser ,wenn ihr …«

»Ich gehe nach Chaldor«, unterbrach ihn Ellyn mit fester Stimme. »Talan hat meinen Thron gestohlen. Er hat meinen Vater und meine Mutter getötet. Ich muss diese Morde rächen, und wenn ich allein gehen muss. Ich gehe nach Chaldor, selbst wenn es meinen Tod bedeutet!«

Wir starrten sie an. Shara war nicht weniger verblüfft als ich, und Mattich verschüttete Tee. Nur Clayre wirkte ruhig, als hätte sie es vorhergesehen.

»Du brauchst eine Streitmacht«, sagte Mattich.

»Die habe ich«, erklärte Ellyn. »Sämtliche Clans. Welche Streitmacht könnte besser sein?«

Mattich schaute mich an. Zweifellos fragte er sich, welche Kraft diese Kindfrau besaß.

»Wir haben keine andere Wahl, als die Clans zu einen und sie gemeinsam gegen Talan zu führen«, sagte ich. »Er beherrscht Chaldor, und er wird Eryk Männer geben, um die Hochlande zu erobern.«

Mattich blickte zu Shara. Sie nickte zustimmend. Dann ergriff Clayre zum ersten Mal das Wort.

»Ich träume seltsame Dinge«, sagte sie. »Ich träume von großen Schiffen, so groß, wie ich sie nie zuvor gesehen habe. Im Traum sehe ich einen breiten Fluss, breiter als wir ihn kennen, und dass diese Schiffe gegen Talan kämpfen. Ich glaube, ihr habt Freunde, von denen ihr nichts wisst.« Sie schaute ihren Gatten an und fragte: »Welche Wahl haben wir denn, wenn wir unsere Ehre nicht verlieren wollen?«

»Die Devyn und die Agador waren immer die größten Clans, und Eryk befehligt sie«, sagte er. »Auch die Quan hören auf ihn. Was bleibt? Wir, die Dur, und vielleicht die Arran. Nicht genug gegen die vereinigten Clans, die von Talans Kriegern unterstützt werden – und seinem Vachyn.«

»Gailard wird Eryk töten«, sagte Ellyn zu meiner Verblüffung. »Er wird rechtmäßiger Führer der Devyn. Und da die Agador den Treueeid geschworen haben, müssen sie ihm gehorchen. Damit befehligen wir schon drei Clans. Und wenn wir Quan erobern müssen, werden wir das tun. Dann werden auch die Arran uns folgen.«

Ich starrte Ellyn an. Ich sollte meinen Bruder im Kampf töten und dann die Clans ihr geben? War es so einfach? Ich kratzte an meinen heilenden Wunden – sie juckten noch immer – und betrachtete sie verblüfft. War Vermessenheit das richtige Wort? Hochmut?

»Es gibt keinen anderen Weg, Gailard«, sagte Shara. »Ich wünschte, es wäre nicht so, aber …«

»Durchaus möglich, dass die Clans sich einen«, meinte Clayre. »Bei den Göttern, keinem gefällt, was Eryk plant, und sie hegen auch keine Liebe zu Talan.«

Ich blickte in die Runde und schaute in erwartungsvolle Augen. Da wusste ich, dass mein Schicksal besiegelt war. Andur hatte mich mit dem Eid gebunden, und dann hatte ich Ryadne mein Wort gegeben. Ich konnte mich dem nicht entziehen, was diese Augen von mir forderten.

»Es gibt eine Bedingung«, erklärte ich und zeigte auf Ellyn. »Ihr müsst wissen, dass ich es nur für Chaldors Erbin tue, und falls ich siege, folgt ihr jedem ihrer Befehle. Auch zu den Mauern Choryms, selbst wenn ihr allein kämpfen müsst.«

Mattich nickte. »Bis zu Choryms Mauern werden die Dur ihr folgen!«

Seine Stimme war so hart wie seine Augen. Ich wusste, dass er Ellyn mit seinem Clan unterstützen würde, selbst wenn es den Untergang bedeutete. Mehr konnte ich von niemandem verlangen und wollte es auch nicht.

»So sei es«, erklärte ich. »Ich werde gegen meinen Bruder kämpfen.«

»Und gegen meinen«, flüsterte Shara. Mir wurde bei ihren Worten eiskalt.

26

»Segel ho!«

Kerid hielt die Hand als über die Augen, um sie vor der Sonne zu beschirmen, und spähte in die gewiesene Richtung. In der Ferne sah er im frühen Tageslicht die Umrisse eines Zweimasters. Die Sonne glitzerte auf dem Wasser des Durrakym, die tanzenden Muster blendeten seine Augen. Das Schiff lag sehr tief und war zu weit entfernt, als dass er es hätte deutlich erkennen können. Aber er wusste, dass seit den Jahren, als Hel in den Krieg eintrat, ohne die Erlaubnis der Mutter keine Schiffe aus Naban oder Serian den Fluss befuhren. Daher nahm er an, dass es sich um ein feindliches Schiff handelte.

»Was ist ihre Flagge?«, rief Kerid.

»Danants«, lautete die Antwort.

»Alles klar zum Kampf!«, brüllte er, ließ weitere Segel setzen und trieb die Ruderer der *Andur* zur Eile an. Die *Ryadne* und die *Ellyn* blieben auf gleicher Höhe mit ihm.

»Sie will fliehen«, rief der Ausguck.

»Dann fangen wir sie«, erklärte Kerid.

»Was fangen wir?« Mutter Hel trat zu ihm ans Ruder. Sie hatte nur ein Seidengewand über die spärliche Kleidung geworfen, die sie getragen hatte, als sie in ihrer Kajüte gewesen waren. Ihr Haar wehte ihr ungebändigt ins Gesicht. Kerid spürte, wie

Erregung in ihm aufstieg, als sie seine Schulter berührte. Er sah die Augen der Männer, die bisher noch nicht kampferprobt waren. Alle Blicke waren auf ihn gerichtet. Etliche Männer grinsten. Kerid war nicht sicher, ob er stolz oder verlegen war. »Ein Danant-Schiff«, erklärte er.

Die Mutter blinzelte in die Ferne. »Es ist weit weg.«

»Wir können sie einholen.« Kerid hörte, wie der Trommler das Tempo der Schläge erhöhte. Die *Andur* schoss wie ein aufgeregter Jagdhund dahin. Zu beiden Seiten steigerten die *Ryadne* und die *Ellyn* ebenfalls die Geschwindigkeit. »Wir können sie einholen und versenken.«

Mutter Hel blickte zurück auf die Flotte, die ihnen folgte. Dickbäuchige Karavellen und Kauffahrer mit drei Masten, dazu Kutter, die wie Haie die Flanken patrouillierten. Die Bewohner von Hel waren sicher in der Mitte. »Ist das klug?«, fragte sie.

»Sie ist ein Danant-Schiff«, erklärte Kerid, als beantwortete das alles.

»Vielleicht ist es besser, wir lassen sie laufen.«

Verblüfft schaute er sie an. »Damit sie Talan melden können, dass wir eine Armada gegen ihn aufbieten?«

»Es könnte ihm Furcht einjagen«, meinte sie. »Wenn er hört, wie groß die Flotte von Hel ist, könnte er Angst bekommen, nicht wahr? Dann weiß er, dass er es nicht nur mit ein paar Flusspiraten zu tun hat. Dein Freund Gailard auf der einen Seite – wir auf der anderen.«

»Und dann wird er seine Verteidigungen verstärken, und wir haben seine Krieger am Ufer.«

Die Mutter lachte. »Verstehst du nicht, was du getan hast?« Kerid schüttelte den Kopf. Sie schlang die Arme um ihn und lachte wieder. »Du hast geschafft, was noch keinem Mann vor dir gelungen ist: Du hast Hel in den Krieg geführt. Das allein sollte Talan in Angst und Schrecken versetzen. Wenn Gailard die Highlander hinter sich sammelt, wie du hoffst, werden wir Talan wie eine Nuss zwischen unseren Fäusten halten.«

Sie untermalte ihre Worte mit der entsprechenden Handbewegung. Kerid errötete.

»Dennoch ist es am besten, wenn wir unangemeldet erscheinen.«

»Können wir das?« Sie drängte sich an ihn. »Glaubst du wirklich, dass wir eine so große Armada den Fluss hinabbringen können, ohne dass man uns bemerkt? Talan wird lange vor unserer Ankunft Bescheid wissen.«

»Das ist ein Danant-Schiff«, sagte Kerid. »Und ich habe geschworen, dass ich keines den Fluss hinunterfahren lasse.«

»Dann hol es dir«, sagte sie. »Aber lass ein paar Männer leben, damit sie Talan berichten können.«

Kerid schaute sie verständnislos an.

»Mach ihm Angst. Er hat seinen Vachyn-Zauberer und seine Streitmacht, doch jetzt bieten ihm mehr Feinde die Stirn, als er je erwartet hat. Lass ihn schwitzen.«

»Und seine Verteidigungen ausbauen? Den Vachyn ans Ufer schicken, um uns zu empfangen?«

»Ich bezweifle, dass er so handeln wird. Ich glaube, er behält den Vachyn in seiner Nähe – als Schutz vor einem Angriff in Chorym. Vielleicht schickt er Krieger ans Ufer, aber dann können wir vorbeisegeln und woanders landen. Also, kapere das Schiff, aber lass ein paar Mann von der Besatzung am Leben, um Talan Angst einzujagen.«

»Ich dachte, du hättest Bedenken, ihm gegenüberzutreten«, sagte Kerid.

»Hatte ich.« Die Mutter löste sich von ihm und trat an die Heckreling. Sie blickte eine Zeit lang hinaus auf die glitzernden Wellen; dann verhärtete sich ihr anmutiges Gesicht. »Aber Talan hat Meuchelmörder nach Hel geschickt, in meine Stadt, und ich werde dafür sorgen, dass er teuer dafür bezahlt. – Nun denn, zeig mir, wie du kämpfst!«

Kerid lächelte zufrieden und trieb seine Leute zu noch größerer Eile an.

Sie holten das Danant-Schiff ein, als es sich Vashti näherte, einem Fischerdorf und Hafen für Handelsschiffe. Zwei Molen ragten in den Durrakym hinein, um den Schiffen einen sicheren Ankerplatz zu bieten. Jetzt befand sich dort auch eine Garnison der Danant, und Talans Krieger sahen den Kampf.

Das Danant-Schiff wollte bei den Molen Schutz suchen, doch wurde es eingeholt, ehe es in Sicherheit war. Der Wind wehte aus der falschen Richtung und begünstigte die Angreifer. Außerdem hatte das Danant-Schiff nur Segel; die drei verfolgenden Kriegsschiffe jedoch wurden zusätzlich von Ruderern vorangetrieben und fingen die Beute kurz vor dem sicheren Hafen ab.

Katapulte schleuderten Kugeln aus brennendem Teer über den Durrakym. Armbrustschützen feuerten ihre todbringenden Bolzen. Das Danant-Schiff verlor den Fockmast und nahm Wasser auf, wo die Geschosse die Steuerbordseite durchbohrt hatten. Die drei Kriegsschiffe kamen schnell näher und bereiteten sich auf das Entern vor.

Wieder war Kerid verblüfft, Mutter Hel an seiner Seite zu finden. Sie trug eine Schuppenrüstung, die so hauteng saß wie viele ihrer Gewänder. Dazu hatte sie ein Schwert umgegürtet, dessen Klinge scharf und gezahnt war. Ihr schönes Gesicht war unter einem Helm verborgen, der wie ein Fisch gearbeitet war.

»Das ist Männerarbeit«, erklärte Kerid.

Sie lachte spöttisch, schob ihn mit dem Ellbogen beiseite, packte ein Entertau und schwang sich auf das Danant-Schiff.

Offenen Mundes schaute Kerid zu; dann folgte er ihr aufs Deck. Als er sich unnützerweise schützend nach Mutter Hel umblickte, bekam er einen Schlag auf den Kopf. Blitzschnell schlitzte die Mutter einem Mann den Bauch auf, worauf dieser nach hinten taumelte. Kerid stolperte; ein Schwert landete schwer auf seinem Rücken. Er stürzte aufs Gesicht. Eilends kroch er weiter, denn der nächste Schlag würde ihm gewiss das Kreuz brechen. Noch ehe er wieder auf den Beinen war, stand Mutter Hel bei ihm und parierte den tödlichen Schlag. Dann stieß sie dem Feind die Klinge ins Herz.

»Männerarbeit, ja?«

Sie reichte ihm die Hand. Reumütig stand er auf.

Dann lachten beide und verließen das Deck, da die

Besatzung der *Ryadne* und der *Ellyn* inzwischen kämpften.

Am Ende waren nur drei Danant-Seeleute übrig. Mutter Hel schickte sie nackt, ihrer gesamten Habe beraubt, ans Ufer.

»Meldet eurem Herrn, dass Kerid eine Flotte gegen Talan führt«, sagte sie. »Und sagt ihm, er sollte Chaldor lieber verlassen und heim nach Danant laufen, sonst wird er sterben.«

Die Seeleute waren dankbar, überlebt zu haben, und schwammen ans Ufer, wo Talans Männer warteten und zuschauten, wie das Schiff ihres Königs versank.

»Ich werde jetzt zurückkehren«, erklärte Mutter Hel.

»Warum?« Kerid runzelte die Stirn. »Ich dachte, du würdest bei mir bleiben.«

»Ich werde dir noch mehr Schiffe beschaffen.« Sie lächelte über sein enttäuschtes Gesicht. »Damit wir den Krieg gewinnen, zu dem du mich überredet hast.«

»Nur deshalb?«

»Hel hat nie Partei ergriffen«, sagte sie. »Bis jetzt«, fügte sie rasch hinzu. »Aber ich mache mir Sorgen, Kerid.«

Er zuckte mit den Schultern. »Tu, was du willst. Ich kämpfe weiter.«

»Ich weiß.« Sie winkte ihren Dienern. »Wir sehen uns später – irgendwo flussabwärts.«

Kerid blickte ihr nach und fragte sich, ob er sie verloren hatte oder ob sie zurückkam. Doch wie auch immer – er war entschlossen weiterzukämpfen.

»Ich habe immer noch keine Krieger von Talan, die mich unterstützen«, beklagte sich Eryk bei seiner Frau.

»Es gab Versprechen«, sagte Rytha.

»Ja«, sagte Pawl. »Aber die beruhten darauf, Ellyn auszuliefern – oder zu töten. Und bis jetzt hast du weder das eine noch das andere getan.«

»Sie ist mit den Dur in die Barrens entkommen«, sagte Eryk mit finsterer Miene. »Mein Bruder hat sie mitgenommen und ...« Er zögerte.

»Ich habe die Geschichten gehört«, meinte Pawl gelangweilt. Bei den Göttern, er hatte mehr Zeit in diesen trostlosen Hochland zugebracht, als ihm lieb war. »Du hast Gailard hinrichten lassen, und irgendeine Hochland-Göttin hat ihn befreit. Die beiden haben Ellyn mithilfe der Dur in die Barrens gebracht.«

»Und seither wurden sie nicht mehr gesehen«, fügte Eryk hinzu.

»Du hast sie nicht gefunden. Du warst auch nicht fähig, die anderen Clans zu erobern.«

»Gib mir Männer und Gold«, sagte Eryk. »Dann gebe ich dir alles, was du willst. Gib mir genügend Krieger, und ich werde die Quan und die Arran rasch unterjochen.«

»So einfach ist das nicht.« Pawl lächelte, ganz Diplomat, der bei diesen ungehobelten Wilden vorsichtig war. »Gold wurde für die Eroberung Chaldors und für Krieger ausgegeben. Mein König hat nicht so viele Männer, dass er sie für aussichtslose Unterfangen verschwenden könnte.«

»Es ist nicht aussichtslos«, widersprach Eryk. »Ich

kann dir Ellyn und Gailard geben, sofern du mir Männer oder Gold gibst, um sie zu kaufen.«

»Gewiss«, sagte Pawl. »Doch zuerst musst du mir Ellyn übergeben. Ohne sie hast du nichts in der Hand, womit du verhandeln könntest.«

Eryk starrte den Gesandten empört an. »Ich könnte dich einen Kopf kürzer machen«, sagte er. »Ich könnte deinen Leichnam quer über einem Pferd in Schimpf und Schande zurück zu deinem König schicken.«

Pawl lächelte, doch war die Drohung in seinem Gesicht nicht zu übersehen.

Rytha berührte die Hand ihres Gatten. »Warte. Vielleicht ist das nicht der beste Weg.«

»Du könntest mich töten lassen, gewiss«, sagte Pawl ruhig. »Du bist der mächtigste Führer in den Hochlanden. Aber würdest du mich köpfen, würde mein König mich rächen. Dann würde die gesamte Streitmacht Danant gegen dich ausrücken – und ich glaube, das würdest du nicht überleben. Wäre es nicht besser, unser Bündnis fortzusetzen? Liefer Ellyn aus, und ich kann dir versichern, dass Talan dir Gold und Männer in solcher Menge geben wird, dass du zufrieden bist.«

»Das möchte ich ihm auch geraten haben«, meinte Eryk mürrisch.

»Gib ihm, was er will, und alles gehört dir«, sagte Pawl.

»Er bekommt, was er will. Darauf gebe ich dir mein Wort«, erklärte Eryk und blickte auf sein fettes Weib.

»Aber bald, ja?« Pawl lächelte. »Es dauert schon recht lange.«

»Sobald ich kann«, sagte Eryk.

»Sie können sie nicht finden.« Pawl verbeugte sich vor Talan. »Sie machen Versprechen, erfüllen sie jedoch nicht.« Er wagte einen Blick nach oben, wo Nestor neben dem König saß. Der Vachyn machte ihm mehr Angst als der Zorn Talans.

»Sollten wir sie vergessen?« Talan stellte die Frage Nestor ebenso wie Pawl. »Sind sie nicht mehr wichtig?«

»Ellyn lebt«, erklärte Nestor. »Und du brauchst sie – tot oder lebendig – für deinen Herrschaftsanspruch auf Chaldor. Und du brauchst auch die Highlander. Du brauchst sie alle.«

»Alle?« Talan schüttelte den Kopf. »Wie viele gibt es denn? Fünf Clans. Stellen sie eine so große Bedrohung dar?«

»Es sind insgesamt fünfzehn- bis zwanzigtausend Mann«, antwortete Nestor. »Und es sind wilde Kämpfer – besser, sie auf unserer Seite zu haben und für unsere Sache zu gewinnen, als Krieg gegen sie zu führen.«

»Ich habe Männer genug.« Talan winkte einem Diener, sein Glas zu füllen. »Ich könnte Egor Dival gegen sie schicken und sie besiegen. Ich habe genügend Krieger.«

»In der Tat, aber in ganz Chaldor verstreut«, gab Nestor zu bedenken. »In jeder Stadt und entlang des gesamten Flussufers eine Besatzung. Du kannst Chaldor wie eine Nuss in der Faust halten. Trotzdem brauchst du Ellyn, um sicher zu sein.«

»Aber ich habe sie nicht!«, rief Talan wütend. »Und wie es aussieht, sind unsere verbündeten Clans nicht in der Lage, sie herzuschaffen.« Talan zeigte mit dem Finger auf Pawl. »Ist es nicht so?«

»Noch nicht«, antwortete der glücklose Gesandte. »Eryk hat sie all die Jahre gesucht, während ich mit ihm gesprochen habe, aber er hat sie nicht gefunden.«

»Du hast demnach keinen Erfolg gehabt, sondern versagt, nicht wahr?«, fragte Talan.

»Verzeih, mein König«, sagte Pawl. »Ich habe mein Bestes gegeben, doch …«

Talan gebot ihm Schweigen und wandte sich an Nestor. »Ich bin diese Ausflüchte leid. Ich habe keine Zeit dafür.«

Nestor lächelte und richtete den Zeigefinger auf Pawl, während er leise einige Worte murmelte. Flammen hüllten Pawl ein.

Der Gesandte schrie gellend auf, ehe das Feuer ihn verzehrte und nur Asche zurückblieb, die in Flocken in dem Gemach umherschwebte, das einst Ryadne gehörte. Talan schaute zu, wie die schwarzen Flocken auf die Bodenfliesen schwebten.

»Wären doch alle meine Diener so loyal wie du«, sagte er zu Nestor. »Vielleicht sollte ich dich in die Hochlande entsenden.«

»Ich glaube, dass ich dir am besten dienen kann, wenn ich in deiner Nähe bin«, entgegnete der Vachyn.

Talan nickte. »Wahrscheinlich. Ich möchte dich auch nicht missen. Ich habe das Gefühl, dass … die Dinge … sich gegen mich wenden.«

»Ach, wirklich?«, fragte Nestor. »Nun, ich werde an deiner Seite bleiben und dich beschützen.«

»Dann fühle ich mich sicher«, sagte Talan.

»Das solltest du auch.« Nestor lächelte.

Diener beseitigten die Asche, und Talan rief Egor Dival zu sich.

»Wo ist Pawl?«, fragte der General.

Talan lächelte. »Fort. Er hat versagt und mich enttäuscht.«

Dival blickte entsetzt auf die Diener, welche die Überreste des Gesandten zusammenkehrten. Seine Augen wanderten zu Nestor und dann zu Talan.

»Du hast ihn getötet?«, sagte Dival anklagend.

»Er hat versagt.«

»Er gab sein Bestes!« Divals wettergegerbtes Gesicht verfinsterte sich. »So leicht wird man nicht mit diesen Highlandern fertig.«

Die Kritik in seinen Worten war nicht zu überhören. Empört sprang Talan auf. »Er hat versagt und mich tief enttäuscht.«

»Und deshalb hast du ihn getötet«, sagte Dival zu Nestor.

»Ich habe nur meinem Herrn gehorcht«, sagte der Vachyn.

Dival lachte verächtlich und blickte wieder Talan an. »Und wenn ich versage, wirst du mich dem gleichen Schicksal überantworten?«

Talan zuckte mit den Schultern und schaute seinen Vachyn-Zauberer an.

»Kein Highlander darf nach Süden vorrücken!«

»Sonst?«, fragte Dival.

Talan blickte wieder Nestor an und lachte.

Egor Dival schluckte. Es fiel ihm schwer, seine Gefühle zu verbergen; dennoch sagte er: »Ich tue, was du befiehlst, mein König.«

27

Mattich hatte Späher ausgesandt. Eryk strebte immer noch danach, die Dur zu unterjochen, vermutlich weil Ellyn durch Blutsbande zu diesem Clan gehörte und die Dur uns bei der Flucht geholfen hatte. Nach einigen Tagen meldeten uns die Späher, wo mein Bruder sich aufhielt. Noch hatten die Devyn und Agador keine weiteren Verbündeten um sich geschart, nicht die Quan und auch keine Krieger Talans. Eryks Streitmacht lagerte südwestlich unseres Tales.

Ich hatte die Ruhepause genutzt, um täglich zu üben. Ich kämpfte mit jedem, der sich dazu bereit erklärte. Oft war es Ellyn, die immer besser das Schwert zu führen verstand. Ich hielt sie für eine so gute Schwertkämpferin, dass sie wohl die meisten Krieger besiegen könnte. Sie arbeitete auch weiterhin mit Shara (darüber erfuhr ich nicht mehr als zuvor) und verbrachte viel Zeit mit Clayre und den anderen weisen Frauen. Sie reifte heran, so viel stand fest. Immer seltener verlor sie die Beherrschung, und sie schien auch ein wenig von ihrem Hochmut abgestreift zu haben. Ich war ehrlich davon überzeugt, dass sie eine würdige Erbin auf dem Thron ihrer Eltern wäre, falls wir siegten.

Doch würden wir Erfolg haben?

Um dieses Ziel zu erreichen, musste ich gegen

Eryk kämpfen und zwischen Devyn und Agador ein Bündnis knüpfen. Ich bezweifelte, dass mir das gelingen konnte, ohne dass Rytha getötet wurde – und das würde ich nicht fertig bringen. Bei Eryk sah es anders auf: Ohne Mitleid würde ich mein Schwert in seinen fetten Wanst stoßen. Doch eine Frau? Ich konnte Rytha nicht ausstehen, bezweifelte jedoch, dass ich mich überwinden könnte, sie zu töten oder ihren Tod zu befehlen. Doch vorerst schob ich diesen Gedanken beiseite und beschloss abzuwarten, was das Schicksal für mich bereit hielt.

Nachdem die Späher zurückgekehrt waren, besprachen wir – Mattich, Clayre, Shara, Ellyn und ich – unsere Strategie.

»Er wird uns bald finden«, sagte Mattich. »Wir sollten daher nicht länger zögern. Zahlenmäßig sind sie uns überlegen, aber mit einem Überraschungsangriff ...«

»Nein.« Ich schüttelte den Kopf. »Wenn wir die Loyalität der Devyn und Agador gewinnen wollen, müssen wir jeden unnötigen Kampf vermeiden. Je weniger erschlagen werden, desto besser.«

»Aber was dann?«, fragte Mattich.

»Ich werde Eryk zum Zweikampf fordern«, erklärte ich.

»Er lässt dich töten, sobald er dich erblickt.« Mattich schüttelte den grauen Kopf. »Ehe du ein Wort gesprochen hast, bist du von Pfeilen durchbohrt.«

»Welche andere Möglichkeit gibt es?«, fragte ich. »Du hast nicht genug Krieger, um es mit den Devyn und Agador aufzunehmen – sie würden euch vernichten. Und wahrscheinlich würden die Quan auf

Eryk hören und sich gegen die Arran wenden.« Ich warf einen Blick zu Ellyn, die stumm mit ernster Miene dasaß. »Und dann wäre alles verloren.«

»Kannst du ihn besiegen?«, fragte Shara.

»Wenn der Kampf ehrlich ist, ja.«

»Und wird er ehrlich sein?«, fragte Ellyn.

»Ich weiß es nicht. Eryk ist verschlagen, aber ich glaube, es gibt eine Möglichkeit.«

Ich schilderte meinen Plan. Alle lauschten und stimmten mir zu.

Als ich am Abend zu meinem Zelt ging, gesellte sich Ellyn zu mir.

»Wollen wir ein Stück gehen?«

Unruhig fragte ich mich, was sie von mir wollte. Sie bemerkte meine Unruhe, legte den Arm in meinen und lachte leise. »Ich werde nicht versuchen, dich zu verführen, Gailard. Ich will dir nur meine Hilfe anbieten.«

»Welche Hilfe?«

Es war eine laue Sommernacht. Der Bach plätscherte, und Insekten summten in der warmen Luft. Der Mond hing als runde Scheibe am sternenübersäten Firmament.

»Magie«, antwortete Ellyn. »Ich kann Eryk schwächen und dir Stärke verleihen.«

»Nein«, erklärte ich so entschieden, dass sie zurückwich. »Wenn du noch ein einziges Mal so etwas vorschlägst, werde ich dich übers Knie legen und ...«

»Verzeih! Ich wollte doch nur ... bei allen Göttern, Gailard, ich will nicht, dass du stirbst.«

»Deshalb würdest du Magie benutzen? Und meine

Ehre beschmutzen? Verstehst du das nicht? Ich werde meinen Bruder zum Zweikampf fordern, und einer von uns wird sterben. Benutzt du Magie, um mir zu helfen, ist das ebenso, wie Talan deinen Vater überwand – ein Sieg mittels Zauber. Dann bist du nicht besser als sein Vachyn. Du musst du deine Männer ehrenhaft kämpfen lassen.«

»Verzeih«, sagte sie noch einmal. »Aber … ich habe Angst.«

»Ich auch.«

Unvermittelt blieb sie stehen. »Bitte, Gailard, lebe! Ich weiß nicht, was ich tue, wenn du stirbst.«

Sie erhob sich auf die Zehenspitzen und streifte mit den Lippen meine Wange. Dann eilte sie in die Nacht hinaus. Langsam ging ich zurück zu meinem Zelt und zog den Wetzstein über die Schwertklinge.

Ich überprüfte gerade den Schild, als Shara fragte, ob sie eintreten dürfe.

Ich bejahte, und sie kam zu mir. Sie trug Beinkleider und ein Hemd; ihr Haar hatte sie zu einem langen Schwanz zusammengebunden. In ihren Augen las ich die gleiche Besorgnis wie in den Augen Ellyns. Ich bat sie Platz zu nehmen und schenkte *brose* in zwei Becher.

»Wir stehen vor einer schweren Aufgabe«, sagte sie, nippte und betrachtete mich über den Becherrand. »Kannst du deinen Bruder erschlagen?«

Ich nickte. »Und du? Kannst du deinen töten?«

»Mühelos.« Ihr Lächeln war grimmig. »Diese Welt dürfte ohne ihn und ohne die Vachyn ein besserer Ort sein.«

»Und ohne Eryk«, sagte ich. »Denn wo ist der

Unterschied zwischen ihm und dem Vachyn? Sind nicht beide grenzenlos ehrgeizig? Doch wenn Eryk Erfolg hat, wird er als Talans Handlanger die Hochlande beherrschen.«

Shara nickte und leerte ihren Becher. »Was hat Ellyn gewollt?«

»Sie hat mit magische Hilfe angeboten«, sagte ich. »Ich habe abgelehnt.«

Shara lächelte. »Um der Ehre willen.« Es war keine Frage.

»Ohne Ehre bin ich nichts«, sagte ich.

»Nein«, meinte Shara. Dann stand sie auf, strich mir über die Wange und sagte: »Töte ihn, Gailard, und lebe. Ich möchte nicht, dass du stirbst.«

Ich ergriff ihre Hand. Einen Augenblick schmiegte sie sich an mich, dann löste sie sich von mir. »Wenn das alles vorbei ist ... der Kampf ... und die Götter gnädig sind ... und Ellyn auf dem Thron sitzt ...«

»Ja«, sagte ich lächelnd und schaute ihr nach, als sie zu ihrem Zelt ging.

Ich wünschte, sie wäre geblieben, denn ich begehrte sie mehr, als ich je eine Frau begehrt hatte. Ich wollte sie in den Armen halten und sie lieben und am Morgen neben ihr aufwachen – an sämtlichen Morgen meines Lebens. Ich begehrte sie auf eine Art, die ich nicht zu erklären vermochte. Ich wusste, dass ich warten und hoffen musste, und dabei wusste ich nicht, ob meine Hoffnung sich je erfüllen würde. Bis dahin konnte ich nur meine Pflicht und meine Schwüre erfüllen.

An einem strahlenden Morgen brachen wir auf. Die Sonne stand bereits hoch am Himmel, die Vögel sangen laut und fröhlich. Das Firmament war blau und wolkenlos, die Luft erfüllt vom süßen Duft der Heide. Ich war zum Kampf gerüstet. Mattich ritt mit uns, begleitet von einer kleinen Ehrengarde unter der Führung Robs. Shara und Ellyn trugen ebenfalls Rüstungen. Mattich hielt eine lange Stange mit Federschmuck, die ihn als Unterhändler auswies. Laut Gesetz waren die Clans verpflichtet, mit ihm zu sprechen. Wenn Eryk nicht gegen alle Tradition verstoßen wollte, musste er uns anhören und ungeschoren reiten lassen.

Wir fanden Eryks Lager. Kaum erblickten die Wachposten die Stange mit den Federn, machten sie Platz und begleiteten uns durch das große Lager zu dem Prachtzelt in der Mitte. Alle starrten mich an, als wäre ich ein Geist – was ich in ihren Augen wohl auch war. Schließlich kehrte ich als Toter ins Leben zurück.

Die Nachricht über unser Kommen hatte sich schnell verbreitet, und Eryk, begleitet von Rytha, begrüßte uns. Beide starrten uns verblüfft an. Eryks Blicke blieben auf mir haften, als könne er nicht begreifen, dass ich in Fleisch und Blut vor ihm stand. Rytha machte eine finstere Miene und schürzte die Lippen. Dann aber lachte Eryk und sagte: »Nun, Mattich, kommst du, um dich zu unterwerfen? Ich sehe, du hast die Flüchtigen mitgebracht. Dafür danke ich dir und werde dich milder behandeln.«

Mattich hob die Stange und rief: »Ich bin gekommen, um eine Herausforderung zu überbringen.«

»Ich sehe einen geschlagenen Clan-Führer und einen Toten – und ein Mädchen, das ich haben will. Mehr nicht.«

»Ich bin als Unterhändler hier«, erklärte Mattich.

Ellyn bewegte sich unruhig im Sattel, als wolle sie alle mit ihrer Magie vernichten. Beschwichtigend ergriff Shara ihre Hand und redete auf sie ein, jedoch so leise, dass ich nichts verstand. Ich starrte meinen Bruder verächtlich an. Rythas Augen waren voller Hass auf mich gerichtet.

Mattich hob die Stimme, sodass alle um uns ihn hören konnten. »Ich stehe unter dem Schutz dieses Banners und überbringe eine Herausforderung. Gailard von den Devyn möchte seine rechtmäßige Herrschaft über den Clan antreten. Er fordert dich, Eryk, zum Zweikampf heraus.«

Eryks gedunsenes Gesicht wurde blass. »Du forderst das Recht eines Zweikampfs? Du bist besiegt, Mattich. Ich brauche nur zu befehlen, und du bist tot.«

»Und du ohne Ehre«, erklärte Mattich und schwang die Stange. »Hast du auch die Devyn und Agador jeder Ehre beraubt? Verweigerst du ihnen die uralten Rechte?«

Die Umstehenden murmelten heftig. Ich wusste nicht, ob sie Mattich zustimmten oder auf Eryks Seite standen. Pfeile lagen auf Bogensehnen und zielten in meine Richtung. Schwerter waren gezückt. Mir war bewusst, dass man uns blitzschnell töten konnte.

»Hast du Angst, Eryk?«, fragte ich. »Du beanspruchst die Führung von zwei Clans, doch gegen mich kämpfst du nicht? Willst du deinen Männern befehlen, mich im Sattel mit ihren Pfeilen zu töten? Das wäre kinderleicht – und *ohne jede Ehre*!« Ich beugte mich vor. »Ich fordere dich zum Zweikampf, Eryk! Kämpfe mit mir um die Herrschaft über die Devyn.«

Eryk leckte sich die wulstigen Lippen. »Unser Vater hat dich verbannt! Du hast kein Recht auf einen Zweikampf.«

»Fürchtest du dich?«, rief ich mit lauter Stimme. »Führt ein Feigling den Clan unseres Vaters? Folgen die Devyn und die Agador einem Schwächling, der zu feige ist, sein Schwert zu ergreifen?«

Eryk schaute Rytha an. Ihre Augen waren verschleiert und boten ihm keine Hilfe. Ich schwang mich aus dem Sattel und reichte Mattich die Zügel meines Fuches. Dann trat ich einige Schritte vor, hob die Arme und drehte mich, während ich laut ins Lager rief.

»Töte mich doch gleich! Befiehl deinen Bogenschützen, zu schießen. Befiehl deinen Kriegern, mich zu erschlagen. Erfülle dir deine armseligen Träume, liefere die Hochlande an Talan aus und lebe ohne Ehre weiter. Doch alle Menschen werden es wissen!«

Ich rechnete damit, sterben zu müssen; dann aber sah ich, wie ein Mann den Bogen senkte und ein anderer das Schwert zurück in die Scheide steckte. Ich hörte ringsum zustimmendes Flüstern. Eryk kaute an seinem Schnurrbart und hatte die Augen geschlossen, als bete er.

Dann sagte er leise. »So sei es. Aber du trägst eine Rüstung.«

»Ich gebe dir Zeit, deine anzulegen«, sagte ich. »Oder ich lege meine ab.«

Rytha packte den Arm ihres Mannes. »Lass ihn töten. Auf der Stelle! Gib den Befehl!«, stieß sie außer sich vor Wut hervor.

Eryk schüttelte den Kopf. »Ich kann nicht. Ich muss gegen ihn kämpfen.« Er starrte mich an. Ich las in seinen Augen, dass er sein Schicksal vorhersah. »Ich habe keine andere Wahl.« Er nahm Rythas Hand. »Hilf mir, mich zu gürten.«

Ich blickte ihnen hinterher, als sie in ihr Prachtzelt gingen. Mein Bruder tat mir beinahe leid. Ich wusste nicht, ob unser Vater ihn zu dem gemacht hatte, was er war, oder Rytha, oder ob seine Wesenszüge angeboren waren. Ich wusste nur, dass ich entweder ihn oder er mich töten würde. Ich schaute Shara an und sah Mitgefühl in ihren Augen. Ich zückte mein Schwert und wartete.

Eryk erschien in voller Rüstung. Er trug einen Helm mit Visier, einen Brustharnisch und Schützer an Armen und Beinen, dazu einen Schild. Ein Langschwert, ein breiter Dolch und eine kleine Axt hingen am Gürtel um seinen fetten Wanst. Durch das Visier funkelte er mich wütend an, als hätte ich alle seine Pläne zunichte gemacht.

Um uns herum bildete sich ein freier Kreis. Ich schlang den Schild über den linken Arm und hob das Schwert. Eryk zückte den Dolch und verbarg ihn hinter dem Schild, was schon immer einer seiner Tricks gewesen war.

»Dieser Kampf soll entscheiden, wer die Devyn befehligen wird«, rief Mattich laut. »Nach uraltem

Recht führt der Sieger den Clan. Pflichtet ihr mir bei?«

Es folgte lautes, zustimmendes Gemurmel. Noch ehe es verstummte, schwang mein Bruder bereits die Klinge gegen mich.

Ich fing den Schlag mit dem Schild ab und führte einen Hieb gegen seine Beine. Für einen so fetten Mann sprang er überraschend schnell zurück und schlug sogleich nach meinem Kopf. Ich duckte mich und zielte auf seinen Bauch, doch parierte er den Schlag mit dem Schild. Sofort versetzte er mir einen Hieb gegen die Brust, den ich meinerseits mit dem Schild abfing.

Auch meinen nächsten Schlag wehrte er ab und versuchte, näher an mich heranzukommen. Ich wusste, dass er den Dolch einsetzen wollte, deshalb hielt ich Abstand. Schild prallte auf Schild, Schwerter klirrten. Eryk begann zu keuchen; offenbar lastete die kostbare Rüstung schwer auf ihm. Nur der Gedanke, mich zu töten, trieb ihn weiter. Er erkannte, dass er nicht nahe genug an mich herankam, um den Dolch zu benutzen, deshalb setzte er sein Schwert ein. Und so ging der Kampf weiter. Schlag um Schlag, Schwerter gegen Schilde, Angriff und Verteidigung. Funken stoben von unseren Klingen. Eryk schwitzte stark. Ich sah die glitzernden Tropfen von seinem Gesicht fallen und bedrängte ihn noch mehr. Mir tat der Kopf weh, und ich spürte meine alten Wunden. Ich befürchtete, sie könnten aufreißen, erneut bluten und mich dadurch schwächen. Eryk war ein härterer Gegner als ich gedacht hatte, denn ihn trieb brennender Ehrgeiz, und daher kämpfte er besser, als ich es für möglich gehalten hätte.

Doch dann erwischte ich ihn mit einem Hieb, wo die Beinschienen endeten, und versetzte ihm eine tiefe Wunde; seinen Gegenschlag parierte ich mit dem Schild. Er schrie, als Blut aus der Wunde spritzte, und taumelte nach hinten. Rasch schlug ich wieder zu, und meine Klinge traf seinen Helm.

Ich spürte, wie mich eine Art Wahnsinn befiel, als hätte der Anblick seines Blutes meine gesamte Wut heraufbeschworen und mir übernatürliche Kräfte verliehen. Ich ließ die Schläge auf ihn niederprasseln, bis er erschöpft den Schild senkte. Dann schlug ich ihm das Schwert aus der Hand, setzte ihm die Spitze meiner Klinge an die Kehle, stieß zu und drehte den Stahl, bis ich den Widerstand im Nacken spürte. Eine karmesinrote Blutfontäne schoss aus der Wunde, als ich das Schwert herauszog. Schnell sprang ich zurück.

Eryk stürzte zu Boden. Blut quoll ihm aus Mund und Hals. Mit dem Fuß stieß ich seinen Schild beiseite und drückte meine Klinge auf seinen Bauch. Dann trieb ich sie hinein und drehte sie, dass er sich wand und schrie.

Ich schaute zu, wie er starb, und spürte tiefe Trauer, aber auch großen Triumph. Ich hob mein Schwert und rief: »Wer befehligt jetzt die Devyn?«

»Du nicht!«, schrie Rytha.

Sie stürmte mit gezücktem Dolch auf mich zu, nackte Blutlust in den Augen. Instinktiv riss ich den Schild hoch und sprang zurück, brachte es aber nicht fertig, das Schwert gegen sie einzusetzen. Meine

Lage entbehrte nicht einer gewissen Ironie. Hatte ich meinen Bruder im Zweikampf besiegt, um jetzt von der Hand eines verschmähten Weibes zu sterben? Ich wehrte ihre Dolchstöße mit dem Schild ab.

»Kämpfe wie ein Mann, Gailard! Oder hast du Angst?«, schrie sie.

»Halt!«, rief Mattich. »Eryk wurde in einem ehrlichen Zweikampf getötet. Jetzt befehligt Gailard die Devyn.«

Laute Zustimmung wurde hörbar. Sie wurde stärker, so wie ein Wind an Stärke zunimmt, bis es wie Donnerhall klang.

»Ja! Gailard führt jetzt die Devyn.«

»Gailard ist Führer des Clans.«

»Lang lebe Gailard!«

Mir war bewusst, dass ich meine neue Stellung nicht lange genießen würde, wenn ich Rytha nicht beseitigte. Doch wenn ich sie tötete, oder auch nur verwundete, verlor ich womöglich das Bündnis mit den Agador. Ich brauchte jedoch beide Clans als Gefolgschaft für Ellyn. Ich befand mich in einer verzwickten Lage. Langsam wich ich entlang des Kreises der Zuschauer zurück; dabei parierte ich Rythas Dolchstöße mit dem Schild. Ich hörte Gelächter von den Agador und Worte wie: »Gegen eine Frau kann er nicht kämpfen.«

Da sprang Ellyn vom Pferd und rammte Rytha ihren Schild in den Rücken, wobei sie ihr ein Bein stellte, sodass Rytha aufs Gesicht fiel. Ellyn wartete, bis ihre Gegnerin sich mit wutverzerrtem Gesicht zu ihr umdrehte, dann setzte sie ihr die Schwertspitze an den fetten Hals.

»Ich könnte dich jetzt töten.« Ellyns Stimme war hart und kalt. Sie sprach absichtlich so laut, damit alle sie hörten. »Aber darin läge keine Ehre. Daher fordere ich dich zum Zweikampf heraus.« Sie machte eine Pause, das Schwert immer noch an Rythas Hals, und blickte in die Runde. »Ich bin Ellyn von Chaldor, und in mir fließt das Blut meiner Mutter, einer Dur, und das meines Vaters, Andur von Chaldor. Daher fordere ich dich auf, gegen *mich* zu kämpfen.«

Wildes Geschrei erhob sich, sodass nur Rytha und ich Ellyns nächste Worte verstehen konnten. Sie waren ruhig und so eiskalt wie ein Fluss im Winter. »Und falls du mich nicht tötest – *ich* werde dich töten!« Ryhta erbleichte und wollte davonkriechen, doch Ellyns Schwert hielt sie fest.

Dieser Zweikampf war ein noch nie da gewesenes Ereignis. Frauen führten keine Clans. Frauen kämpften, doch nie in einem Zweikampf. Aber auch Rytha hatte mich entgegen sämtlicher Traditionen angegriffen.

Ich trat zurück und schob das Schwert in die Scheide. Shara blickte mich an und zuckte mit den Schultern. Mattich schien verblüfft zu sein, und Rob hielt die Hand am Schwertknauf, als wäre er nicht sicher, ob er davonlaufen oder kämpfen sollte.

»Nun?«, fragte Ellyn und zog die Schwertspitze von Rythas Kehle zurück.

Rytha erhob sich. Sie keuchte, und ihr Gesicht war hochrot. Ihre Augen erinnerten mich an die eines tollwütigen Hundes, den ich einmal in die Enge getrieben sah. Sie wischte sich mit der Hand den

Mund ab. Ihre Nasenflügel waren gebläht, und sie zeigte die Zähne.

»Du, Mädchen? Mit wessen Hilfe? *Ich* führe jetzt die Agador und …« Mit funkelnden Augen schaute sie in die Runde. »Ich befehle den Agador, dich zu töten.«

Ich hob den Schild, um Ellyn zu schützen, doch es war nicht nötig. Sharas Stimme übertönte den Tumult. »Und was ist mit der Ehre der Agador?«

»Ja«, erklang Mattichs tiefe Stimme. »Gailard hat Eryk in ehrlichem Zweikampf getötet und führt jetzt die Devyn. Wer bestreitet das?«

Die einzige Antwort aus vielen Kehlen lautete: »Niemand.«

»Und demnach – und nach uraltem Recht – ist Eryks Frau ihm unterstellt, und sie gab die Agador ihrem Gatten. Also, wer befehligt jetzt die Agador?«

Diesmal fielen die Antworten unterschiedlich aus. Die meisten riefen meinen Namen, doch etliche auch Rythas und einige sogar Ellyns. Ich blickte Rytha an. Sie und Eryk hatten die Clan-Gesetze auf den Kopf gestellt; jetzt ernteten sie das Ergebnis ihres unbändigen Ehrgeizes.

»Nun?«, fragte Ellyn noch einmal.

»Du trägst eine Rüstung«, sagte Rytha und besiegelt damit ihr Schicksal.

Ellyn lachte und steckte das Schwert weg. »Du kannst eine Rüstung anlegen, oder ich lege meine ab – du hast die Wahl.«

»Ich bin nicht so männisch wie du, Mädchen. Ich bin nicht an eine Rüstung gewöhnt, aber ich trete dir als Clan-Frau entgegen – mit dem Dolch.«

»So sei es«, erklärte Ellyn. »Hilfst du mir, Gailard?«

Ich schaute zu Rytha. Sie blickte auf ihren Dolch auf dem Boden und hatte offensichtlich vor, ihn Ellyn in den Rücken zu stoßen. Ehrgeiz und Wut hatten ihr den Verstand geraubt. Schnell hielt ich den Schild vor Ellyn; dann traten Mattich und Shara zwischen die Frauen, während ich Ellyn aus der Rüstung half.

»Wirst du es schaffen? Mit dem Dolch?«, flüsterte ich.

»Du wart mir ein guter Lehrmeister.«

»Aber du hast noch nie jemanden getötet.« Ich streifte ihre Beinschienen ab.

»Ich glaube, dass ich dieses Biest mit größtem Vergnügen töten kann«, sagte sie erstaunlich ruhig.

Jetzt stand sie ohne Rüstung da. Sie ergriff den Dolch und blickte Rytha lächelnd und mit schrecklicher Kälte in den Augen entgegen.

»Wollen wir beginnen?«

Rytha spuckte auf den Boden und nickte. Beide Frauen gingen leicht in die Knie und streckten die Klingen aus. Ich hatte Ellyn gelehrt, mit dem Dolch zu kämpfen, aber Rytha war eine Clan-Frau und hatte oft so gekämpft. Ich verfluchte mich, als ich ihren Vorteil erkannte. Sie trug die Clan-Schärpe, konnte sie von der Schulter reißen und Ellyns Dolch darin verwickeln, oder sie konnte die Schärpe um den Arm legen und sich gegen Ellyns Dolchstöße schützen. Ellyn dagegen trug nur ein Hemd und Beinkleider. Rytha war eine ausgewachsene und erfahrene Frau, Ellyn nur ein Mädchen – ebensogroß wie Rytha, doch ohne deren Gewicht und vielleicht ohne deren Kraft. Nun aber war es zu spät. Die beiden umkreisten sich, bereit zu kämpfen.

Shara legte die Hand auf meinen Arm. Ich hörte Mattich hörbar atmen, als die Klingen im Sonnenlicht blitzten.

Ellyn gelang ein Schnitt in Rythas Schärpe; Rytha führte einen Stoß in Richtung Ellyns Bauch. Diese tat einen Schritt zurück, sodass die Klinge um Haaresbreite ihr Ziel verfehlte. Nun zielte Ellyn auf Rythas Gesicht und hätte ihr beinahe die Oberlippe abgeschnitten. Doch wie Eryk war auch Rytha trotz ihrer Leibesfülle erstaunlich beweglich. Sie wich aus und führte einen Hieb gegen Ellyns Unterarm. Ich war stolz, als Ellyn blitzschnell parierte. Auch Rytha schien verblüfft.

Die beiden Frauen stellten einander noch eine Zeit lang auf die Probe. Rytha tanzte vor Ellyn und schwenkte ihre Schärpe. Ellyn versuchte, den Dolch in die Achselhöhle der Gegnerin zu stoßen, doch Rytha drehte sich blitzschnell, lachte und warf Ellyn die breite Schärpe über den Kopf. Dann stieß sie Ellyn die Klinge zwischen die Rippen. Mir stockte der Atem, als Ellyn zu Boden ging. Eine dünne rote Linie zeichnete sich auf ihrem Hemd ab. Ellyn rollte schnell ab, wie ich es sie gelehrt hatte, befreite sich von der Schärpe und sprang auf, ehe Rytha erneut zustoßen konnte.

Rytha stolperte, so begierig war sie, den Kampf zu beenden. Kaum hatte sie das Gleichgewicht wieder erlangt, führte Ellyn mit dem Dolch einen gewaltigen Streich und zerschnitt Rythas Bluse quer über den Brüsten.

Rytha schrie, als ihre großen blutigen Brüste den Blicken aller Umstehenden dargeboten waren. Ellyn schlug wieder zu, Rythy kreischte und taumelte zurück. Gnadenlos bedrängte Ellyn sie. Ihre Klinge sauste durch die Luft. Die Agador konnte nur in Panik vor dem Stahl zurückweichen.

Verzweifelt parierte Rytha die Schläge. Funken stoben von den Klingen. Der Kreis der Devyn und Agador war fest geschlossen und bot Rytha keinen Fluchtweg. Erbittert kämpften die beiden Frauen weiter. Obgleich ich stolz war, dass ich Ellyn ein so guter Lehrmeister gewesen war, empfand ich doch tiefen Abscheu. Ich hatte eine Frau geschaffen, die ohne einen Funken Reue zu töten imstande war. Nagte das an meinem männlichen Stolz, oder hatte ich Angst? Mit Bangen vor der Zukunft schaute ich zu.

Die Zukunft kam sehr bald – und die Antworten auf meine Fragen.

Rytha fintierte einen Sturz, um Ellyn näher zu sich zu locken, doch diese durchschaute die List und wartete, bis Rytha sich aufgerappelt hatte. Dann führte sie einen Schlag über das Gesicht der Gegnerin, noch ehe diese ihr beim Aufstehen die Klinge in den Bauch stoßen konnte. Rytha schrie, als Blut aus Wangen und Nase drang. Sie wollte Ellyn ihre Klinge in den Schenkel rammen.

Mit schneller Drehung wich Ellyn aus und trat Rytha gegen die Beine, sodass diese das Gleichgewicht verlor. Sofort schlitzte Ellyn der Gegnerin den Rücken auf. Die Reste des Hemdes fielen von ihr ab, sodass sie von der Körpermitte an nackt dastand.

Sie tat mir Leid und ich war froh, dass Ellyn den Kampf rasch beendete.

Noch ein schneller Hieb übers Gesicht, dann ein Stoß in den Mund. Als sie die Klinge drehte, hörte ich Zähne knirschen. Ein Blutstrom schoss aus Rythas Mund. Ellyn packte das lange Haar ihrer Gegnerin, riss deren Kopf zurück und schnitt ihr die Kehle durch.

Rytha sank in einer Blutlache ins Gras. Ellyn schleuderte den Dolch von sich.

Ich lief zu ihr und hörte Mattich rufen: »So ist es denn entschieden! Nach uraltem Clan-Recht hat Ellyn von Chaldor Rytha von den Agador im Zweikampf besiegt.«

Das aufbrausende Geschrei hörte ich kaum. Ich hielt Ellyn in den Armen, als sie ihren Magen leerte. Am ganzen Leib zitternd wischte sie sich den Mund und schaute zu mir auf.

»Haben wir gesiegt? Ich habe nicht geglaubt, dass es so schlimm ist.«

Ich war nicht sicher, ob sie von Clan-Loyalität oder ihrem persönlichen Triumph sprach. Doch dann hörte ich, wie Schwerter gegen Schilde schlugen. »Ja, wir haben gesiegt. Und ja – es ist immer so schlimm, zu töten, bis du dich daran gewöhnt hast.«

»Ich werde mich nie daran gewöhnen«, sagte sie leise.

»Es wird noch schlimmer, wenn wir die Clans gegen Talan führen«, sagte ich.

Sie klammerte sich an mich, und ich strich ihr übers Haar. »Ich kann das nicht noch einmal durchmachen, Gailard. Bei den Göttern, mir ...«, sie lächelte, »mir wird schlecht. Lieber benutze ich meine Magie, das scheint mir …« Sie krümmte sich und übergab sich wieder.

Shara kam mit einer Wasserflasche und einem Tuch zu uns. »Magie ist sauberer, wenn du die Gabe besitzt, nicht wahr? Man kann Menschen töten, ohne ihnen in die Augen schauen zu müssen, wenn sie sterben. Du kannst sie mit Blitzen vernichten und musst nie sehen, was du getan hast. Aber das hier …«, sie deutete auf Rythas Leichnam, »ist ein kleines Beispiel für den Krieg. So etwas tun gewöhnliche Sterbliche. Krieger wie Gailard, die Menschen wie dir dienen.« Sie säuberte Ellyn mit dem Tuch und hielt ihr die Flasche an die Lippen.

Ellyn spuckte Wasser. »Ich bin keine Vachyn«, sagte sie. »Ich werde von keinem Krieger verlangen, was ich nicht selbst tun würde.«

»Ich glaube«, sagte Shara, »du lernst tatsächlich.«

Beide Clans jubelten uns lautstark zu. Da wusste ich, dass wir uns den Kern unserer Streitmacht erkämpft hatten.

28

Warmes Sommerlicht strömte durch die Fenster des Palasts in Chorym und fiel auf die Pergamente mit den Schreckensmeldungen, die Talan las. Gereizt schleuderte er sie von sich, dass sie wie Herbstlaub auf den Boden flatterten. Mit finsterer Miene leerte er das Glas Wein, stand auf und fuhr sich mit der Hand durch das lange, geölte Haar. Dann blickte er im Raum umher.

»Also nähert sich eine Piratenflotte von Hel, und keines unserer Schiffe kann den Fluss überqueren! Unsere Häfen sind versperrt – in Danant und in Chaldor –, und ich kann nicht nach Hause zurückkehren, will ich nicht mein Leben aufs Spiel setzen. Wie erklärt ihr das?«

»Wir wussten, dass sie kämpfen würden«, antwortete Egor Dival. »Das muss der Rest von Andurs Flotte sein.«

»Der *Rest*?« Talans Miene verfinsterte sich noch mehr. »Bei den Göttern, offenbar haben sie mehr Schiffe als wir. Sie verhindern unseren Handel. Sie setzen uns hier fest – ist das nur ein *Rest*? Mir scheint, Hel ergreift in dieser Angelegenheit Partei.«

Dival öffnete den Mund, um zu etwas zu erwidern, doch Talan gebot ihm unwillig, zu schweigen, und richtete den Blick auf Nestor. »Und das ist so gekommen, seit du deine Meuchelmörder dorthin geschickt hast. Was ist geschehen? Mit deiner Idee scheinst du in ein Hornissennest gestochen zu haben.«

Nestor hob beschwichtigend die Hände. »Denk daran, dass Politik und Magie nicht immer gute Gefährten sind. Aber ich kann noch mehr Männer aussenden.«

»Noch mehr?« Talan lachte verächtlich. »Und die werden ihre Sache besser machen als die ersten? Die, von denen du versprochen hast, sie würden der Sache ein schnelles Ende bereiten?«

»Ich halte das für unklug«, sagte Dival, ehe der Vachyn-Zauberer antworten konnte. »Meiner Meinung nach hat man diese Meuchelmörder erkannt – und Mutter Hel fühlt sich beleidigt.«

»Mutter Hel?« Talan presste die Fäuste gegen die Schläfen. »Ist Mutter Hel so mächtig, dass sie es wagen würde, gegen *mich* zu kämpfen?«

»Es sieht so aus«, sagte Dival. »Die letzten Meldungen besagen, dass mehr Schiffe als je zuvor den Fluss herunterkommen – unter dem Oberbefehl dieses Kerid. Ich habe gehört, das er Kapitän in Andurs Flotte gewesen ist, und anscheinend wird er von den Piraten aus Hel unterstützt.«

»Was sagst du da?«, rief Talan.

»Dass Hel sich entschieden hat, jemanden zu unterstützen, was noch nie geschehen ist«, erklärte Dival und lächelte Nestor an, doch ohne jede Spur von Humor. »Meiner Meinung nach wurden die Meuchelmörder entdeckt und befragt …«

»Sie haben nichts gesagt«, unterbrach ihn Nestor. »Selbst unter Folter gestehen sie nichts. Ich habe sie mit einem Zauber …«

»Aber die Mutter würde es wissen!«, schnitt Dival ihm das Wort ab. »Männer, die ausgeschickt wurden, um einen ihrer Kapitäne zu töten? Wer außer uns wünscht seinen Tod? Er sichert den Handel Serians und Nabans auf dem Fluss – diese Länder haben nichts gegen ihn, nur wir. Also? Man muss keine Geistesleuchte sein, um uns zu verdächtigen. Die Mutter ist keine Närrin und geht davon aus, dass du die Mörder gesandt hast. Deshalb hat sie beschlossen, sich auf Kerids Seite zu schlagen – und damit auf die Seite Chaldors.«

Nestors Miene war noch finsterer als die Talans. »Lasst mich auf den Fluss fahren, dann säubere ich ihn von diesen Piraten.«

Talan hob ein Sendschreiben auf. »Während die Clans sich gegen uns erheben?« Er hielt dem Zauberer das Pergament vors Gesicht. »Ich soll dich auf dem Fluss segeln lassen, während die Clans sich erheben?«

»Mit denen dürften wir schnell fertig sein«, sagte Nestor zuversichtlich und wandte sich an Dival. »Schließlich haben wir die Devyn und die Agador für uns gewonnen.«

Talan zerknüllte das Pergament und schleuderte es durch den Raum.

»Nein«, erklärte Dival. »Die Gerüchte besagen, dass Eryk tot ist, und die Devyn, die Agador und die Dur folgen Ellyn. Sie wird sich mit den Quan und Arran verbünden und alle Clans gegen uns führen.« Er lächelte boshaft, als er das verblüffte Gesicht des Vachyn sah. »Hast du das nicht gewusst? Wieder ein Plan fehlgeschlagen!«

Nestor presste die Lippen zusammen.

»Deine Jäger haben Ellyn nicht töten können«, fuhr der alte General fort. »Und deine Meuchelmörder konnten Kerid nicht ausschalten. Jetzt werden wir aus dem Osten und aus dem Westen angegriffen. Der Durrakym ist uns versperrt, und die Clans erheben sich – was ist dein nächster Plan?«

»*Genug!*« Talan klatschte in die Hände. »Wir befinden uns gemeinsam in dieser misslichen Lage. Muss ich mir da euer Gezänk anhören, wer Recht und wer Unrecht hat? Oder wollen wir zusammenarbeiten, um mir meine Königreiche zu erhalten?«

»Das dürfte schwierig werden«, sagte Dival. »Denn wir stecken wie Metall zwischen Amboss und Hammer. Schau!« Er nahm eine Landkarte vom Tisch. »Wir halten Chorym, und ohne Hilfe von Magie dürfte es schwierig sein, die Stadt einzunehmen. Aber wenn die Jäger des Vachyn getötet werden konnten, müssen wir uns vielleicht mit Magie auseinandersetzen. In der Zwischenzeit ist uns der Fluss verwehrt, und die Clans haben sich gegen uns erhoben.«

»Und was tue ich jetzt?« Talan leerte die Weinflasche in sein Glas und leerte es gierig mit einem Zug.

»Ich kann noch mehr Jäger erschaffen«, sagte Nestor.

»Und sie auf die Suche nach Ellyn schicken?«, fragte Dival höhnisch. »So erfolgreich wie die letzten? Du hast doch erklärt, dass sie Ellyn nicht aufspüren können, wenn sie keine Magie benutzt. Die Spur ist kalt.« Er schaute Talan an. »Verstärke die Grenzen.

Schick noch mehr Krieger zum Geffyn-Pass. Dort können wir die Clans aufhalten. In der Zwischenzeit solltest du andere in die Häfen schicken und die Kriegsschiffe holen, damit sie die Piraten von Hel bekämpfen. Lass den Vachyn einen Weg über den Fluss öffnen. Aber du musst bleiben! Du kannst nicht fliehen!«

»Warum nicht?«, fragte Talan. »Wenn Nestor mir einen Weg über den Durrakym öffnet, könnte ich doch nach Hause gehen.«

Der alte General seufzte. »Weil du dann als Feigling dastehen würdest und deine Streitmacht dich fliehen sieht. Willst du Chaldor aufgeben? Alles zurücklassen, was wir erobert haben?«

»Lass mich zum Geffyn ziehen«, sagte Nestor. »Ich kann die Clans aufhalten – genau wie Andur.«

»Und wo soll ich inzwischen bleiben?«, fragte Talan.

»Hier in Chorym«, erklärte Dival. »Wo du hingehörst, wenn du Chaldor halten willst. Wenn deine Männer dich fliehen sehen, werden auch sie die Flucht ergreifen.«

Talan wandte sich ab, damit keiner der beiden Männer seine Augen sehen konnte. Er wollte nichts mehr als in Sicherheit sein, in seinem Palast in Danant. Aber er wollte auch Chaldor. Er wollte über beide Reiche herrschen. Bei den Göttern, das hatte Nestor ihm bei der ersten Unterredung versprochen, und er hatte dem Vachyn-Zauberer für seine Dienste bereits viele Säcke Gold gegeben! Danant und Chaldor – Nestor hatte es versprochen. Und dann die Hochlande … und dann weiter … die Träume waren grenzenlos. Naban und Serian erobern, ein Reich schaffen, das größer war, als es die Welt je erblickt hatte. Mit dem Gold des eroberten Landes konnte er mehr Vachyn kaufen, die ihm helfen würden, beide Ufer des Flusses zu besitzen, von Norden bis Süden, von der Quelle bis zur Mündung, vielleicht sogar bis an die Gestade des Meeres. Er würde mächtiger sein als die Seekönige …

Schöne Träume, nun durch die Angst zerstört, ein Mädchen könnte sie ihm zunichte machen.

Mit Trauermiene drehte er sich um. »Nun denn, ich werde hier bleiben«, sagte er und schaute Nestor an. »Und du bleibst an meiner Seite.«

»Der Zauberer könnte an einem anderen Ort vielleicht nützlicher sein«, meinte Dival.

Talan dachte nach. Die Hochland-Clans rückten gegen Chorym vor, und die Piraten von Hel segelten auf dem Durrakym heran. Er schüttelte den Kopf. »Nein! Nestor bleibt bei mir. Setz deine Männer ein, wie du es für richtig hältst, Dival, aber erhalte mir dieses Land.«

»Ich werde mein Bestes tun«, versprach der alte General.

Kerid lachte, als die Katapulte Feuergarben auf das Danant-Schiff schleuderten. Er sah, wie die Segel Feuer fingen. Rasch fraßen die Flammen sich die Masten herab und breiteten sich über Deck aus. Männer sprangen über Bord und wurden von der *Andur* zermalmt, als sie sich dem feindlichen Schiff näherten. Dann eröffnete auch die *Ryadne* das Feuer, als Nassim sie auf der anderen Seite heranführte. Gleich darauf schwangen die Männer die Leinen mit den Enterhaken und sprangen aufs brennende Deck. Sie machten die wenigen Danant nieder, die ihnen noch Widerstand leisteten. Kerid schlug ein Entermesser beiseite und schlitzte dem Gegner mit einem gewaltigen Hieb den Bauch auf. Dann versetzte er ihm einen Fußtritt und stürmte nach vor, wo ihn der Kapitän mit gezücktem Schwert und angstvoller Miene erwartete.

»Ich bin Kerid aus Chaldor. Ergibst du dich?«

Für einen Danant-Bastard hatte der Mann Ehre. Er schüttelte den Kopf und rief: »Ich bin Liam und diene Talan aus Danant. Du musst mich töten, ehe ich dir mein Schiff überlasse.«

»So sei es!« Kerid hob das Schwert und stieß zu. Er hatte auf das Gesicht des Kapitäns gezielt.

Liam sprang zurück, doch wurde ihm der Rückzug durch Nassim verwehrt. Der stieß ihm das Schwert in den Rücken. Leblos sank Liam nieder.

»Das war nicht sehr ehrenvoll«, sagte Kerid.

Nassim zuckte mit den Schultern. »Das waren die Meuchelmörder auch nicht. Wir kämpfen in einem Krieg und werden von Vachyn-Magie bedroht. Wir werden je nach Laune der Götter siegen oder verlieren. Ich aber will siegen.«

Kerid nickte. »Dann lass das Schiff löschen und abschleppen.«

Nassim erteilte die nötigen Befehle. Sofort gossen Männer Wasser auf die Flammen und befestigten weitere Taue, um das gekaperte Schiff nach Gessyng zu schleppen und dort zu versenken, wo bereits sieben andere Beuteschiffe lagen, und somit einen weiteren Hafen unbrauchbar zu machen.

Am Ufer hinderte sie niemand; daher versenkten sie das rauchende Schiff und segelten weiter. Nur aus Mutwillen schickte Kerid noch ein paar brennende Kugeln auf die Hafenanlagen, um die Männer aus Danant daran zu erinnern, dass Chaldor nicht besiegt war.

Jetzt beherrschen wir den Fluss, dachte Kerid stolz. Danants Häfen waren entweder durch versenkte Schiffe abgeriegelt oder durch patrouillierende Kriegsschiffe aus Hel unzugänglich. Es konnte nur noch eine Frage der Zeit sein, bis Talan besiegt war und seine gerechte Strafe bekam …

Es sei denn, die Mutter hatte Recht, dass dieser Krieg auf dem Land gewonnen wurde, und dass man dazu eine Streitmacht brauchte, die der Flotte auf dem Fluss gleichkam. Er wusste jedoch nicht, ob es dieses Heer gab, nicht einmal, ob Gailard oder Ellyn noch lebten. Es gab nur Gerüchte in den Hafenschenken, und Kerid wusste nicht, ob er ihnen trauen durfte. Er konnte nicht glauben, dass Gailard zum Feigling geworden und vom Darrach-Pass geflüchtet war, um im Hochland Zuflucht zu suchen.

Doch wenn keine Streitmacht zu Lande kam, war es zweifelhaft, ob Talan besiegt werden konnte, trotz aller Erfolge auf dem Fluss. Die Reste von Andurs Heer waren in alle Winde verstreut, und abgesehen von den Highlandern würde kein Krieger mit gesundem Menschenverstand gegen den Eindringling Talan kämpfen.

Er trank ein Glas Wein und blickte Nassim an.

»Was bedrückt dich?«, fragte Nassim, zupfte mit dem Fingernagel Tabakskrümel zwischen den Zähnen hervor und schnippte sie auf den Kajütenboden. Die *Andur* wiegte sich sanft auf dem Fluss. Durch die offenen Bullaugen drangen die Freudenschreie der siegreichen Besatzung herein. »Wir haben gerade wieder einen Sieg errungen, aber du schaust so düster drein, als hätten wir verloren.«

»Die Gerüchte«, sagte Kerid und schob Nassim mit dem Fuß einen Spucknapf hin, in der Hoffnung, der Freund würde ihn benutzen. »Was ist, wenn Gailard und Ellyn tot sind und uns kein Heer auf dem Land unterstützt? Was dann?«

»Wir kämpfen weiter, bis wir wissen, wie es um sie steht«, erklärte Nassim.

»Und wenn die düsteren Aussichten stimmen?«, fragte Kerid.

Nassim lachte. »Nun, dann haben wir immer noch eine Flotte und beherrschen den Fluss. Mutter Hel ist auf unserer Seite, und wir werden ihre Piraten oder segeln nach Süden.« Er grinste. »Das wäre ein Abenteuer, was? Wir könnten unsere Schiffe bis an die Küste bringen. Ich habe noch nie das Meer gesehen.«

»Ich kennen keinen, der schon einmal die Meeresküste gesehen hat«, sagte Kerid. »Und für mich hat der Durrykym genug Wasser.«

»Vielleicht müssen wir fliehen«, sagte Nassim. »Wenn Talan siegt …«

»Schickt er die gesamte Streitmacht gegen Hel.« Kerid schenkte die Becher voll. »Und ich könnte die Mutter nicht verlassen. Ich schulde ihr zu viel.«

»Dann bleibt uns keine Wahl«, meinte Nassim. »Wir kämpfen, bis wir siegen oder besiegt werden.«

Kerid nickte.

»Nur noch eines«, sagte Nassim. »Wie lautet ihr *wahrer* Name?«

Kerid schaute ihn verwirrt an. »Das weiß ich nicht. Sie hat es mir nie gesagt.«

Nassim lachte wieder, und Kerid fiel ein.

Ellyn tauchte das Tuch in den Fluss und rieb damit wütend ihre schmutziges Hemd ab. Ihr Gesicht war vor Abscheu und Scham gerötet. Rythas Blut und ihr Erbrochenes besudelten das Kleidungsstück. Sie bezweifelte, dass es je wieder sauber würde. Hätte sie ein zweites Hemd in den Satteltaschen gehabt, hätte sie es angezogen. Doch ihr gesamtes Gepäck hatten sie im Lager der Dur zurückgelassen. Sie spürte das Wasser auf der Haut, und es erinnerte sie an Rythas Blut. Wieder wurde ihr schlecht, und sie warf das Tuch beiseite, krümmte sich und hielt sich den Bauch.

Eine Hand legte sich auf ihre Schulter. Gailard war neben ihr in die Hocke gegangen.

»Du gewöhnst dich daran«, sagte er.

»Hast du dich daran gewöhnt?«, fragte sie.

»Ja.« Er nickte mit ernster Miene. »Das erste Mal ist es am schlimmsten. Danach …«

»Wird es leichter?«

Wieder nickte er.

»Ich will nicht, dass es leichter wird«, erklärte Ellyn. »Ich hoffe, dass ich nie wieder jemanden töten muss. Nie wieder.«

»Dann gib deinen Anspruch auf.« Er holte das Tuch, tauchte es ins Wasser und wischte ihr behutsam das Gesicht ab. »Lass Talan in Chorym. Lass ihn Chaldor haben und lebe bei den Clans. Oder kehre in Sharas Festung zurück.«

»Ich kann nicht«, erwiderte sie. »Das wäre …«

»Verrat?«

»Ja! Sollen meine Eltern umsonst gestorben sein? Sollen die Vachyn noch einen Marionetten-König bekommen?«

»Dann hast du keine Wahl.«

»Aber es ist hart«, sagte sie. »Mir war nicht bewusst, dass es so schwer sein würde.«

»Clans und Königreiche werden nicht von weichlichen Menschen erobert«, sagte er.

»Mein Vater war ein sanfter Mensch.« Sie schaute ihm in die Augen und suchte Bestätigung.

»Andur war ein großartiger Mann und ein großartiger Krieger. Wenn es die Umstände erlaubten, war er sanft, doch in der Schlacht …« Er lächelte wehmütig. »In der Schlacht war er der tapferste Krieger, den ich je gesehen habe. Er wusste, wann er stark sein musste. Bei den Göttern, hätte er nicht die Nachhut übernommen, wäre er jetzt nicht tot.«

»Er war ein Mann«, sagte sie.

»Und du bist eine Königin – oder wirst es sein, wenn du den Mut hast.«

»Ich dachte …« Sie zögerte, brachte Ordnung in ihre wirren Gedanken. »Ich habe gesehen, wie Rytha dich angriff, und dachte, es wäre leicht für mich, sie zu töten.«

»Du musstest sie töten«, versicherte er ihr. »Ich war

nicht dazu fähig. Hätte sie überlebt, wären die Agador jetzt nicht bei uns. Und ohne die Agador könnten wir die Quan und die Arran nicht auf unserer Seite bringen. Dann könnten wir keine Streitmacht gegen Talan führen. Du hattest keine Wahl.«

»Werden wir wirklich eine Streitmacht zusammenbringen?«, fragte sie.

»Ich glaube, die Arran werden dich anerkennen. Und dann sehen die Quan sich einem so großen Heer gegenüber, dass auch sie sich ihm anschließen. Es sei denn …« Er zuckte mit den Schultern.

»Es sei denn?«

»Vielleicht müssen wir doch noch einmal kämpfen. Aber dann …« Er lachte. »In den nächsten Tagen werden wir genügend Kampfgetümmel zu sehen bekommen.«

»Ich möchte nicht mehr als unbedingt davon nötig sehen«, sagte sie und war verblüfft, als Gailard lachte und ihre Schulter drückte.

»Du redest wie dein Vater!«

»Hätte er das auch gesagt?«

Gailard nickte. »Andur kämpfte nur, wenn es sein musste. Nicht um zu erobern oder seinen Ehrgeiz zu stillen, nicht wie Talan. Er kämpfte, wenn ihm keine andere Wahl blieb. So wie du bei Rytha.«

Ellyn seufzte und lehnte den Kopf an Gailards Brust. »Ich hielt dich früher für einen …« Mit hochroten Wangen verstummte sie.

»… einen gewöhnlichen Söldner?«

»Ja, aber du bist viel mehr als das. Du bist weise.«

Er lachte. »Ich bin bloß ein Krieger. Wollen wir jetzt gehen?« Er erhob sich. Unvermittelt waren seine

Augen hart. »Die Devyn sollen Eryk heute Nacht begraben, und die Agador Rytha. Wir müssen die Dur herführen und sie an uns binden.«

Ellyn wusch sich das Gesicht. »Und dich wird man zum Clan-Führer der Devyn ausrufen.«

»Ich nehme es an.«

»Und wer soll die Agador befehligen?«

»Das weiß ich nicht.« Er bückte sich, hob einen Zweig auf, warf ihn in den Bach und schaute ihm nach, als er davontrieb. »Keine Frau hat je die Führung über einen Clan beansprucht, aber du hast Rytha getötet …« Er zuckte mit den Schultern. »Ich weiß es nicht. Vielleicht erkennen sie dich an. Oder ich bin Herr über zwei Clans. Die Götter beschreiten geheimnisvolle Wege.« Wieder lachte er. »Ein gewöhnlicher Söldner befehligt zwei Clans!«

Ellyn zögerte kurz, dann lächelte sie. »Ein höchst ungewöhnlicher Söldner«, sagte sie. »Und er soll die gesamte Streitmacht Chaldors befehligen, wenn wir siegen.«

»In dem Fall werde ich wohl gute Umgangsformen lernen müssen«, meinte Gailard.

Ellyn lachte, und beide gingen zurück zu den anderen.

29

Wir sammelten die Devyn und Agador um uns, nachdem Eryk und Rytha begraben waren. Einige Familien verließen uns; sie wollten lieber ihren eigenen Weg gehen. Wir ließen sie ungehindert ziehen.

Shara erklärte es sehr gut. »Wir ziehen in eine Schlacht«, sagte sie. »Und wir wollen nur diejenigen bei uns, die fest an unsere Sache glauben. Jeder, der Zweifel hegt, sollte fortgehen.«

»Und nicht zurückkehren, um unsere Gunst wiederzugewinnen, nachdem wir gesiegt haben«, fügte Ellyn mit einer Autorität hinzu, die ihr Alter Lügen strafte.

Ich war keineswegs sicher, dass wir siegen würden, aber jetzt hatten wir uns festgelegt und scharten um uns ein Heer aus Highlandern, das *vielleicht* triumphierte – sofern wir die Arran und Quan auf unsere Seite bringen konnten. Wir saßen in Eryks Broch, der jetzt mir gehörte. Die alte Feste meines Vaters war ausgebaut worden. Es gab größere Außengebäude, und der mittlere Wohnturm besaß nun ein weiteres Stockwerk. Bei den Göttern, ich war überrascht, als ich bejubelt wurde – als neuer Clanführer der Devyn. Was das Bündnis mit den Agador betraf, war ich nicht sicher, ob es mir oder Ellyn galt. Ich glaube, der ganze Clan war in dieser Frage nicht sicher.

Eryk und Rytha hatten durch ihre Eide mit der

Überlieferung gebrochen, und nun hatte ich Eryk getötet, und Ellyn hatte Rytha besiegt. Niemand wusste genau, ob Ellyn oder ich jetzt die Agador führte. Ich beschloss, Zweifel und Fragen vorerst beiseite zu schieben. Ich brauchte ein Heer, wollte ich Ellyn zu ihrem rechtmäßigen Thron verhelfen.

»Was siehst du?«, fragte ich Clayre. »Wie wird es uns ergehen?«

Mattichs Gattin lächelte. »Ich sehe Kämpfe«, antwortete sie. »Ich sehe, wie die Welt sich verändert, aber ich kann dir den Ausgang nicht sagen.«

»Aber du hast doch die Traumgabe«, sagte ich.

Wieder lächelte sie. »Wir Träumer sehen nur kleine Fetzen der Zukunft, Gailard, nicht das Ganze. Und hier geht es um so gewaltigen Umwälzungen, dass meine Träume wie sturmgepeitschte Wolken sind, die sich stets verändern.«

Ich blickte Shara an, doch sie zuckte mit den Schultern. »Wir haben keine Wahl, als weiterzumachen, nicht wahr?«, sagte sie.

Einen Augenblick fragte ich mich, was es nützte, Zauberinnen und Träumerinnen zur Seite zu haben, wenn diese keinen besseren Rat erteilen konnten. »Morgen schicken wir Boten zu den Arran und Quan. Aber was ist, wenn sie sich nicht mit uns verbünden?« Ich blickte die Gefährten an, die um Eryks – jetzt meinen – Tisch saßen. »Wir können es uns nicht leisten, sie hinter uns zu lassen.«

»Was meinst du damit?«, fragte Ellyn.

»Wir können keine Feinde in unserem Rücken dulden. Wir müssen die Clans über den Geffyn-Pass führen. Und wenn Talan kein völliger Narr ist, wird er sein Heer dorthin schicken, um uns aufzuhalten.«

»Woher weiß er, dass wir kommen?«

»Er hat Gesandte in die Hochlande geschickt«, antwortete ich und wunderte mich, dass Ellyn die Gefahr nicht sah. »Und zweifellos Spione. Deshalb weiß er, was hier vor sich geht. Zumindest hat er den Verdacht, dass die Clans vorrücken. Wäre ich an seiner Stelle, würde ich den Geffyn-Pass sperren.«

»Ja, dort könnte er uns aufhalten«, meinte Mattich. »Und mit den Quan als Feind im Rücken ...«

»Wenn Talan seinen Vachyn-Magier hinschickt, könnte er uns vernichten«, sagte Clayre.

»Wir haben unsere eigenen Magierinnen«, sagte ich mit einem Seitenblick auf Shara und Ellyn.

»Nun ja«, meinte Mattich. »Doch die Clans würden lieber ohne ...« Er brach ab und zuckte mit den Schultern.

»Ich weiß«, sagte ich und lächelte verstehend. »Ich kämpfe auch lieber mit blankem Stahl. Aber was sollen wir tun, wenn Talan sich der Zauberei bedient? Ihm den Sieg schenken? Man muss Feuer mit Feuer bekämpfen.«

»Wir werden nur dann Magie benutzen, wenn du uns darum bittest«, erklärte Shara.

»Oder wenn wir es für nötig halten«, fügte Ellyn hinzu.

Ich blickte sie an. »Und was ist mit deinem Versprechen? Nur mit Sharas Erlaubnis. Erinnere dich an das letzte Mal ...«

»Ja.« Auf ihrem hübschen Gesicht erschien wieder der schmollende Ausdruck, den ich nur zu gut kannte. »Wie du willst. Aber wenn ich sehe, dass ...«

»Nur mit Sharas Erlaubnis!«

Widerstrebend nickte sie.

»Du brauchst deine gesamte Kraft, wenn wir vor Choryms Mauern stehen«, sagte Shara. »Denn dort werden wir auf Nestor treffen, und er wird ein harter Gegner sein. Spare deine Kräfte für ihn auf und überlass den Rest deinem Beschützer.«

Am nächsten Tag trafen wir Jaime, den Führer der Arran. Er war ein kleiner Mann, dünn und drahtig, mit grauem Haar wie Mattich und einer tiefen Narbe im Gesicht. Ohne sein Lächeln wäre er ein hässlicher Bursche gewesen. Doch als wir ihm unseren Plan unterbreiteten, strahlte er übers ganze Gesicht.

»Bei den Göttern«, sagte er. »Ich habe diese Danant-Gesandten mit eingekniffenen Schwänzen zurück zu ihrem Herrn geschickt. Talan den Treueid schwören?« Er spuckte vor Empörung einen Mund voll *brose* ins Gras. »Eher schwöre ich den dunklen Mächten Gefolgschaft, die durch Talan und seinen Vachyn verkörpert werden. Nein, ich bin auf eurer Seite. Es sei denn …« Er blickte Ellyn an. »Sie hat ähnliche Pläne wie Talan.«

»Ich möchte dich als Freund an meiner Seite«, sagte sie. »Nicht als Sklaven.«

Er schaute mich an. »Und du, Gailard? Bist du wirklich der Führer der Devyn, oder bist du lediglich Ellyns Marionette?«

»Ich bin ihr Beschützer«, erklärte ich. »Andur und Ryadne haben mich durch Eid dazu verpflichtet.«

»Du hast die Devyn verlassen«, sagte er.

»Mir blieb keine Wahl«, erklärte ich. »Ich wollte Rytha nicht ehelichen.«

»Ein kluger Entschluss«, meinte Jaime und lachte. »Wer möchte dieses Miststück heiraten?« Dann blickte er mich mit ernster Miene an. »Aber was wird, wenn wir Talan zurück nach Danant gejagt haben? Wirst du dann immer noch ihr Beschützer bleiben? Und wird sie dann versuchen, Chaldors Machtbereich bis ins Hochland auszuweiten?«

»Wir können Verträge unterzeichnen«, sagte Ellyn.

»Ich kann nicht schreiben«, bekannte Jaime.

»Ellyns Wort genügt«, sagte ich.

»Und deines.« Er schaute mich durchdringend an. »Traust du ihr?«

Ich nickte. Jaime blickte Mattich an, und auch der nickte.

»Das genügt mir.« Er spuckte in die Hand und hielt sie Ellyn entgegen. »Die Arran kämpfen an deiner Seite, Königin von Chaldor, bis du den Thron bestiegen hast oder uns hintergehst.«

»Das werde ich nicht«, versicherte ihm Ellyn. Dann spuckte auch sie in die Hand und ergriff die seine.

Jetzt waren wir vier Clans! Bei allen Göttern, es sah tatsächlich so aus, als könnten wir Erfolg haben. Allerdings war bewusst, dass Talan sich bereits für den Krieg rüstete, während wir noch immer Verbündete suchten. Ich wollte nicht länger warten, sondern so rasch wie möglich zuschlagen – und das bedeutete, wir mussten auch noch die Quan als Verbündete gewinnen.

»Was springt für mich dabei heraus?«, fragte Hain. »Für meinen Clan? Talan hat uns Handel angeboten und die Unterstützung durch sein Heer, wenn wir uns auf seine Seite stellen.«

»Willst du eine Danant-Marionette sein?«, fragte ich. »Dein Knie vor Talan beugen und bei jedem seiner Befehle springen?«

Hains Miene verfinsterte sich. »Ich wäre auf der Seite des Siegers«, erklärte er. »Ich würde nicht bei einem sinnlosen Krieg mitmachen. Talan würde meinen Clan in Ruhe lassen.«

Ich lachte über so viel Torheit und musterte ihn genauer. Ich sah einen trägen Mann, der wie Eryk Fett angesetzt hatte. Hain war nicht viel älter als ich und hatte graue Strähnen im Haar, aber nur wenige Kriegsnarben. Er hatte seltsam blasse Augen, die hin und her huschten, als hielten sie ständig nach Schwächen Ausschau. Der Mann gefiel mir nicht, doch ich brauchte ihn – seinen Clan.

Gerade wollte ich sprechen, als Shara das Wort ergriff. »Talan würde euch niemals in Ruhe lassen«, sagte sie. »Er ist in Nestors Hand. Wenn du dich Talans Willen beugst, Hain, bist auch du in den Händen Nestors.«

Hain nahm einen Schluck *brose* und schaute sie an. Er kam mir wie ein streunender Hund vor, der nicht wusste, welchem Herrn er folgen sollte. »Aber du bist auch eine Vachyn, oder nicht?«

»Ich wurde als Vachyn geboren«, antwortete Shara. »Aber ich habe den Clan verlassen, als mir bewusst wurde, welche schurkischen Pläne er hegte.«

»Welche sind das?«, fragte Hain.

»Die gesamte Welt beherrschen«, antwortete Shara. »Hinter den Thronen sitzen und flüstern, sodass Könige und Königinnen, Kaiser und Statthalter nur das hören, was die Vachyn sagen, und dadurch die wahre Macht verkörpern.«

»Und weshalb ist das so schlimm?«, meinte Hain. »Ich bin dann vielleicht ein großer Führer.«

»Willst du denn nicht ein freier Mann sein, ein wahrer Highlander?«, fuhr Mattich ihn zornig an. »Oder willst du dich dem Willen der Vachyn beugen?«

»Ihr verlangt von mir, mich mit dieser Möchtegern-Erbin von Chaldor zu verbünden«, erwiderte Hain. »Ist das so ein Unterschied?«

»Für Talan und seinen Vachyn, ja!«, rief Mattich. »Was meinst du, was geschieht, wenn du dich weigerst, zu uns zu kommen? Bei allen Göttern, Mann, wir werden gegen dich kämpfen und deinen Clan vernichten. Es ist, wie Gailard gesagt hat: Wir können keinen Feind in unserem Rücken dulden.«

»Ach, so ist das?« Hain richtete die blassen Augen auf mich. »Entweder schwöre ich Bündnistreue, oder ich werde vernichtet. Ist das eine bessere Wahl als die, welche Talan mir anbietet?«

»Du hast die Wahl zwischen Ehre und Ehrlosigkeit«, sagte ich.

»Und wenn ich mich weigere, mich euch anzuschließen?«, fragte er.

»Dann werden wir dich töten«, sagte Mattich.

Ich legte ihm die Hand auf den Arm. »Nein, hab keine Angst.« Ich blickte Hain scharf in die blassen Augen. »Aber wir werden dich fortjagen, denn wir können keinen Freund Talans im Rücken dulden. Und falls wir siegen, werden die Quan geächtet und nie Freunde Chaldors oder eines anderen Clans sein.«

»Ihr lasst mir kaum eine Wahl«, meinte Hain mürrisch.

»Es gibt noch eine Möglichkeit«, erklärte Mattich. »Den Zweikampf.«

»Nein!« Ich drückte Mattichs Arm fester. »Das würde eine Blutfehde bedeuten! Wir aber wollen dauerhaften Frieden.«

Hain warf dem Führer der Dur einen wütenden Blick zu und griff nach dem Dolch am Gürtel. Mattich hielt dem Blick stand und griff seinerseits zum Dolch. Ich befürchtete, das mögliche Bündnis würde in eine Clan-Fehde umschlagen, und Talans Streitmacht würde am Geffyn-Pass auf keinen ernsthaften Widerstand stoßen und uns alle besiegen.

Dann ergriff Shara das Wort.

»Ich gehöre keinem Clan an«, sagte sie. »Ich bin keine Highlanderin, und mein einziges Bestreben ist, Talan zu besiegen und Nestors ehrgeizige Pläne zu vereiteln. Das können wir nur erreichen, wenn wir Ellyn auf Chaldors Thron setzen.«

»Und?«, fragte Hain.

»Kämpf gegen mich«, sagte sie. »Besiegst du mich, kannst du deinen Clan führen, wohin du willst. Niemand wird dich aufhalten.«

Hain schaute sie an, als hätte sie den Verstand verloren. »Und wenn du siegst?« Er lachte. Offensichtlich hielt er diesen Ausgang des Kampfes für unwahrscheinlich.

»Dann schwörst du unserer Sache Bündnistreue«, antwortete sie.

»Oder jemand stösst mir einen Dolch in den Rücken, nachdem ich dich getötet habe.« Er schaute in die Runde.

»Nein.« Shara schüttelte den Kopf. »Das alles sind ehrenhafte Menschen.«

»Aber du bist eine Vachyn und kannst Magie einsetzen«, sagte er.

»Das werde ich nicht«, versprach sie. »Solltest du mich besiegen, wird niemand sich aufhalten oder dir ein Leid antun.« Sie blickte uns an. »Schwört ihr das?«

Ich wollte nicht schwören, denn ich würde jede Wunde Sharas rächen, aber letztendlich nickte ich und versprach es. Ellyn und Mattich ebenfalls.

»Ich weiß nicht …«, sagte Hain. »Nein, ich kämpfe nicht gegen Frauen.«

»Du hast gesehen, wie Talan Frauen getötet hat«, sagte Shara.

Hain schüttelte den Kopf. »Das ist etwas anderes.«

»Wieso?«

»Frauen führen keinen Zweikampf.« Hain schaut zu den Männern in der Runde. »Zweikampf ist Männersache.«

»Dann kämpfe gegen mich«, sagte ich.

»Oder gegen mich«, sagte Mattich.

Hain zuckte mit den Schultern. »Ich muss das überdenken. Ich werde gehen und eure Vorschläge erwägen. In wenigen Tagen habt ihr meine Antwort.«

Wir schauten ihm nach, wie er davonging. Ich

wandte mich an Shara. »Hast du den Verstand verloren?«

»Wir brauchen ihn«, antwortete sie. »Und man muss ihn zu einer Entscheidung drängen. Lass ihn darüber schlafen und sehen, was geschieht.«

Es geschah in der selben Nacht.

Mir war unklar, was Hain sich davon versprochen hatte, denn es war ehrlos und aussichtslos. Als Erklärung fiel mir nur ein, dass Hain vom Umgang mit Talan und vom Vachyn-Zauberer verdorben worden war, denn kein Highlander – abgesehen vielleicht von Eryk – hätte so etwas versucht.

Hain war als Unterhändler gekommen und im Schutz der Waffenruhe wieder davongeritten. Gemäß der Gebräuche befanden wir uns im Frieden mit ihm. Hätte er unser Bündnisangebot ausgeschlagen oder sich für einen Krieg gegen uns entschieden, hätte er uns darüber in Kenntnis setzen müssen.

Stattdessen griff er nachts an.

Es war ein wahnwitziges Unterfangen. Die Devyn, die Dur und die Agador lagerten zusammen, die Arran nur ein kurzes Stück entfernt. Die Quan waren kein so großer Clan, dass sie uns hätten besiegen können, sodass ich mich später fragte, ob Hain beabsichtigt hatte, die Anführer zu töten und Ellyn zu entführen, um sie Talan als Geschenk zu überreichen.

Offensichtlich hatte er auch die Gabe der Dur vergessen, die Klarsichtigkeit.

Wir hatten Wachen aufgestellt, da keiner von uns

Hain so recht traute. Aber wir hätten nie geglaubt, dass er ein solches Wagnis eingehen würde. Ich legte mich zum Schlafen nieder, und in meinem Kopf summte angenehm der *brose*.

Ich erwachte, als ich Mattichs dröhnende Stimme hörte.

»Gürte dich, Gailard! Wir werden angegriffen!«

Ich sprang auf, nahm Schwert und Schild und lief aus dem Zelt. Mattich lachte. Er war in voller Rüstung, und ich stand in meiner Unterbekleidung da.

»So eifrig?« Er deutete mit der Schwertspitze auf meine Männlichkeit. »Oder willst du damit angeben?«

Ich war verärgert und besorgt zugleich.

»Clayre hat es geträumt«, erklärte Mattich, wieder ernst geworden. »Hain führt die Quan gegen uns.«

»Dann hat er den Verstand verloren«, sagte ich und verschwand wieder im Zelt, wo ich mich eilends ankleidete.

Wir lagerten in einem weiten Tal, das von einem breiten Fluss durchzogen wurde. Die Ufer waren steil. Am östlichen Ufer reichte der Wald nahezu bis zum Wasser. Zweifellos glaubte Hain, unter den Bäumen bliebe sein Nahen unbemerkt.

Doch hätte er sich an die Gabe der Dur erinnern sollen. Wir standen auf dem Westufer bereit, als er seine Krieger aus dem Wald führte. Wir waren zu Fuß. Die Bogenschützen standen in der ersten Reihe. Unsere Pferde hatten wir ein Stück weiter hinten zurückgelassen. Es war eine dunkle Nacht; Regenwolken zogen aus dem Süden herauf und verhüllten

Mond und Sterne. Wir knieten im dichten Ginster. Die Späher der Quan tauchten am Waldrand auf und sahen keine Feinde. Sie stießen ein Kampfgeheul aus und preschten in den Fluss.

Aufgrund einer Absprache übernahm ich den Oberbefehl. Ich wartete, bis alle Reiter im Wasser waren, dann sprang ich auf und rief zum Angriff.

Plötzlich sirrten Pfeile durch die Nacht, und Speere hagelten herab.

Schreiend stürzten die Quan von den Pferden. Rosse wieherten und bäumten sich auf, als die Pfeilspitzen sie trafen. Ich befahl die nächste Salve und stürmte den anderen voran ins Wasser. Von hinten preschten Reiter herbei – Devyn und Agador –, um den Quan den Rückweg abzuschneiden.

Hain war aus dem Sattel geschleudert worden. Er trug seine vollständige Rüstung. Wutentbrannt funkelten seine blassen Augen durch die Schlitze des Helms. Er führte einen Schwertschlag gegen mich, den ich mit dem Schild parierte. Dann versetzte ich ihm einen Hieb an den Kopf. Er wurde nach hinten gegen sein wild um sich schlagendes Pferd geschleudert. Das Tier versetzte ihm einen gewaltigen Tritt. Hain sauste durch die Luft und landete auf dem Rücken im Wasser. Schnell schlug ich zu. Ich brach ihm den Schildarm und stellte einen Fuß auf den Schwertarm. Dann kniete ich mich auf ihn und drückte seinen Kopf unter Wasser.

Er wehrte sich eine Zeit lang verbissen, doch mein erster Schlag gegen den Kopf hatte ihn leicht betäubt; deshalb war er kein Gegner. Ich hielt ihn fest, bis er sich nicht mehr rührte und keine Luftblasen mehr aus seinem Mund aufstiegen. Dann stand ich auf und zog ihn aus dem Wasser.

»Hain ist tot!«, rief ich. »Werden die Quan sich jetzt ergeben? Oder wollen sie sterben?«

Anfangs hörte mich niemanden in dem Getümmel. Ich rief nochmals, und diesmal lauter. Männer blickten zu mir und senkten die Klingen. Jaime kam herbei und half mir, den Leichnam höher zu halten. Dann riefen wir gemeinsam.

»Hain ist tot! In ehrlichem Kampf gefallen! Ergebt euch!«

Der Kampflärm verstummte allmählich. Die Quan legten die Schwerter nieder. Mattich kam zu uns gelaufen. Er ließ das Schwert durchs Wasser schleifen, um die Klinge vom Blut zu reinigen.

»Wollt ihr Frieden?«, rief ich so laut ich konnte.

Zustimmendes Gemurmel erklang. Ein junger Mann watete auf mich zu. Er trug eine prächtige Rüstung, und ich sah unter dem Halbhelm Hains Gesichtszüge. Der junge Bursche trug das Schwert in der linken Hand unter dem Schild: Ein Zeichen, dass er sich ergab.

»Ich bin Roark«, sagte er. »Hains Sohn. Ihr habt uns geschlagen. Ich gestehe unsere Niederlage ein.« Er bot mir sein Schwert. »Töte nur mich, aber lass den Clan ziehen.«

»Weshalb sollte ich dich töten?«, fragte ich.

»Weil ich gegen euch gekämpft habe und der Sohn meines Vaters bin.«

»Teilst du die Ansichten deines Vaters?«, fragte ich ihn. »Muss ich auch gegen dich kämpfen?«

»Ich verstehe nicht.« Er löste den Helm und blickte

mich verwirrt an. »Mein Vater hätte dich getötet und Ellyn zu Talan gebracht. Ich habe an seiner Seite gekämpft und bin deshalb nicht weniger schuldig als er.«

»Was hättest du getan, wenn du deinem Vater *nicht* gefolgt wärst?«, fragte ich.

Er zögerte kurz. »Ich hätte mit euch gegen die Danant gekämpft.«

»Aber ich habe deinen Vater getötet«, gab ich zu bedenken.

Er schaute mich an. Er war ein gut aussehender junger Mann, ungefähr in Ellyns Alter, doch ohne die unsteten Augen seines Vaters. Ich hatte den Eindruck, dass er es aufrichtig meinte und ehrliche Reue empfand.

»Wenn ich muss, fordere ich dich zum Zweikampf heraus.«

»Aber?«

»Ich glaube nicht, dass ich dich besiegen könnte. Du würdest mich töten und die Quan für dich beanspruchen.«

»Und sie an unsere Sache binden.«

Er nickte. »Muss ich mit dir kämpfen?«

»Nein«, erklärte ich.

Er schaute mich ungläubig an. »Was dann?«

»Leiste Ellyn von Chaldor den Treueeid«, sagte ich. »Tritt diesem Bündnis bei, damit alle Clans unseren wahren Feind bekämpfen – wir alle gemeinsam.«

Er betrachtete mich eine Zeit lang; dann nickte er und reichte mir Schwert und Schild. Ich sah, dass die Klinge blutig war und der Schild Dellen hatte. Er hatte tapfer gekämpft.

»Ich schwöre, dass die Quan dir folgen, Gailard. Ich gelobe dir Treue, und mein Clan mit mir. Du befehligst uns jetzt.«

»Nein, du bist Führer der Quan und folgst Ellyn, nicht mir«, sagte ich.

»Wie du wünscht.« Er kniete nieder.

»Steh auf.« Ich zog ihn hoch und rief: »Die Quan gehören jetzt zu uns.«

Gewaltiger Jubel erklang. Schwerter klirrten gegen Schilde. Krieger, die soeben noch gegeneinander gekämpft hatten, lagen sich jetzt in den Armen. Ich nehme an, zuweilen sind wir Highlander sehr gefühlvoll und handeln oft schneller oder langsamer als die Menschen in anderen Ländern. Ich wusste jetzt, dass Roark auf unserer Seite war, da er mir seine Klinge gereicht hatte. Ich traute ihm.

»Jetzt, da die Clans vereint sind, ziehen wir nach Chaldor!«, rief ich.

Ohren betäubender Jubel brach los. Die Männer riefen meinen Namen, als führte ich sie alle, als wäre ich der Herrscher über die Hochlande. Jetzt hatten wir die Streitmacht, um Talan zu entmachten und Chorym zurückzuerobern. Leicht würde es nicht werden, denn selbst mit fünf Clans unter unserem Befehl waren wir zahlenmäßig unterlegen. Aber Talan musste seine Streitmacht über ganz Chaldor verteilen, während wir mit einem geballten Heer gegen Chorym vorrückten. Ich war sicher, dass ich Andur rächen und Ellyn ihren rechtmäßigen Thron erobern konnte.

Ich hob meine Klinge und stimmte in die Jubelrufe ein.

30

Weder Ellyn noch Shara hatten an dem Scharmützel teilgenommen. Shara hatte ihre Schülerin überredet, dass sie es lieber uns Kriegern überlassen sollten, damit niemand sie der Zauberei beschuldigen und der Sieg deshalb später in Frage gestellt werden könnte. Unruhig warteten beide Frauen, bis die ersten Reiter der Sieger auftauchten; dann liefen sie ihnen mit strahlenden Gesichtern entgegen und waren glücklich, dass der Kampf gewonnen war.

»Wird Roark sein Versprechen halten?«, fragte Ellyn später Gailard, als sie beisammen saßen, um den Sieg zu feiern. »Oder zieht er mit den Quan ab?«

»Er bleibt«, antwortete Gailard. »Er hat mir sein Wort gegeben.«

»Und du traust ihm?« Sie nippte nachdenklich vom *brose* – bei den Göttern, dieses alkoholische Gebräu schmeckte ihr – und schaute ihren Beschützer fragend an. »Schließlich hast du seinen Vater getötet.«

»Er hat mir sein Wort gegeben«, wiederholte er.

»Aber wie kann er dir verzeihen oder vergessen, dass du seinen Vater getötet hast?«

»Weil er ein wahrer Krieger«, erwiderte Gailard. »Er weiß, dass ich seinen Vater in einem ehrlichen Kampf getötet habe, und das verbietet ihm nach dem

Recht der Highlander Rache oder Blutfehde. Das hat er anerkannt und geschworen, deine Sache zu unterstützen. Ich traue seinem Wort.«

Er lächelte, als sie nachdenklich die Stirn runzelte. Ja, Ellyn musste noch viel über die Highlander lernen. Beide waren vom *brose* und dem Sieg leicht angetrunken. »Und ich traue dir, denn du bist mein Beschützer«, sagte sie schließlich. »Aber was ist, wenn du dich irrst? Was, wenn er die Quan zu Talan führt oder ins Hochland?«

»Das wird er nicht.«

Sie ritten weiter nach Westen. Sobald Roark mit den Quan zu ihnen stieß, würden sie in der Tat mit einer stattlichen Streitmacht vorrücken. Wie in den alten Zeiten, überlegte Gailard, als die Clans nach Chaldor ritten, um gemeinsam die reichen Länder in den Tälern zu überfallen. Damals nahmen allerdings nur Krieger an diesen Zügen teil, jetzt hatten sie auch Frauen, alte Männer und Kinder dabei. Das Gepäck trugen die kleinen kräftigen Hochlandpferde, die neben den edlen Rossen Gailards, Ellyns und Sharas wie Ponys aussahen.

Dann erschien Roark, von nur von zwei Kriegern begleitet. Keiner trug eine Rüstung, nur die Waffen, wie jeder Highlander sie gewohnheitsmäßig bei sich hat.

Roark trug die Stange mit weißer Fahne und weißen Federbusch an der Spitze selbst. Er hielt sein Pferd an und verneigte sich im Sattel.

»Sei gegrüßt, Gailard.«

»Sei gegrüßt, Roark.«

Dann schweiften Roarks Augen von Gailard zu

Shara und Ellyn. Ihr stockte bei seinem Blick der Atem. Sie vermochte nicht zu begreifen, warum sie ein so eigenartiges Gefühl beschlich. Sie hatte Gailard für gut aussehend gehalten – auf eine etwas raue Art –, doch war sie nicht sicher, ob sie ihn liebte. Aber bei Roark ... in seinem Blick lag etwas Magisches.

»Bei den Göttern, ist der schön«, sagte sie unwillkürlich und errötete, als Gailard lächelte und Shara sie verblüfft anschaute.

Ehe Ellyn Zeit hatte, sich zu sammeln, war Roark vom Pferd gesprungen und kniete vor ihr.

Er bot ihr Schwert und Schild dar. »Königin von Chaldor, ich gelobe dir meine Treue und die Treue meines Clans«, erklärte er. »Die Quan werden dir zu Choryms Mauern folgen, und können wir dir nicht den dir zustehenden Thron verschaffen, werde ich bis zu meinem Tod für dieses Ziel kämpfen.«

Ellyn spürte, wie ihre Wangen heiß wurden. Sie fragte sich, ob die Gefährten es bemerkten. Anmutig glitt sie aus dem Sattel und legte die Hand auf den von Roark dargebotenen Schild. Er blickte sie über den Schildrand an. Beinahe hätte sie gelacht, weil sein Blick sie an den eines Schoßhündchens erinnerte. Dann räusperte Gailard sich. Da wurde ihr bewusst, dass auch sie Roark hingebungsvoll und nicht weniger bezaubert angeschaut hatte.

»Ich nehme dein Gelöbnis an und danke dir dafür«, sagte sie. »Ich bin froh, dass du bei uns bist. Wenn wir Chorym zurückerobert haben, werde ich ein Fest für dich geben.«

Sie war nicht sicher, was zwischen ihnen vorging,

aber ihre Knie waren weich, und ihr Herz schlug viel zu schnell in der Brust.

Shara lenkte ihr Pferd näher zu Gailard und flüsterte: »Ich vermute, hier geht es um mehr als nur einen Treueeid.«

»Was meinst du?«, fragte Gailard und schaute Roark an. Dieser starrte Ellyn an, als hätte sie ihm vollkommen die Sinne geraubt.

»Ich glaube, wir sehen hier eine aufkeimende Liebe«, flüsterte Shara.

»Ellyn und Roark?« Gailard schüttelte den Kopf.

»Warum nicht? Es gibt unwahrscheinlichere Verbindungen.«

Gailard blickte Shara in die Augen und lächelte.

»Du solltest jetzt aufstehen«, sagte Ellyn. »Der Führer der Quan sollte nicht zu lange knien.«

Roark erhob sich, ohne die Augen von ihr zu wenden. »Darf ich dich zu einem Fest einladen? Ich habe alles vorbereitet.«

»Ich wäre dir dankbar«, sagte Ellyn und ging zu ihrem Pferd. Roark blieb an ihrer Seite. Vom Sattel aus bedachte Ellyn ihn mit einem hinreißenden Lächeln, das Roark erwiderte. Dann schwang er sich auf sein Pferd.

»Ich heiße euch alle als meine Gäste willkommen!«, rief er. »Folgt mir.«

An diesem Abend speisten sie hervorragend. Im Lager der Quan drehte sich ein saftiger Wildbraten über dem Feuer; dazu gab es Rind und frisch gebackenes Brot. Ale und *brose* in reichlichen Mengen. Süße Speisen aus Honig und Weizenmehl. Alle aßen nach Herzenslust, da sie sicher waren, dass sie bald weniger und weit schlechter essen würden. Die ganze Zeit schauten Ellyn und Roark sich an und schienen so entrückt zu sein, als hätte ein göttlicher Finger sie berührt.

Shara fragte sich, was Gailard wohl empfand. Ellyn war seine Schutzbefohlene. War er eifersüchtig oder nur Beschützer?

Mattich schlug Gailard auf die Schulter und lachte.

»Bei den Göttern, Gailard, was für ein Paar! Wenn das so weitergeht, gibt es bald nur noch einen Clan.«

»Was redest du da?«, fragte Gailard mit vom *brose* schwerer Zunge.

»Nun, denk nach«, sagte Mattich mit trunkenem Ernst. »Ryadne hat Andur geheiratet und die Dur an Chaldor gebunden. Eryk hat Rytha geheiratet und hat die Devyn und Agador zusammengebracht. Du hast Eryk besiegt, und das kleine Mädchen, das so liebevoll Roark anschaut, hat Rytha getötet. Damit sind die Devyn und die Agador erneut verbunden – und die Arran gehören ebenfalls zu uns.« Er machte eine Pause und schlug Jaime so kräftig auf die Schulter, dass der Führer der Arran *brose* über seine Beinkleider verschüttete. »Und jetzt die Quan – offenbar vermittels der Liebe. Wenn das so weitergeht, wird es bald nur einen einzigen Clan geben, und der folgt Ellyn.«

Dann fiel Mattich gegen Gailards Schulter und glitt auf den Zeltboden. Clayre seufzte und half ihrem

Gatten auf die unsicheren Beine. Dann bat sie um Hilfe, ihn in ihr Zelt zu schaffen.

Gailard schaute Shara an. Sie wusste, dass er sie begehrte. Lächelnd sagte sie: »Sollen wir unsere Lager aufsuchen?«

»Deines oder meines?« Er nahm ihre Hand.

»*Unsere*«, antwortete sie.

»Warum nicht eins von beiden?«

»Noch nicht«, antwortete sie.

»Wann denn?«, fragte er. »Bei den Göttern, ich begehre dich.«

Shara betrachtete sein Gesicht. Sie wusste, dass er die Wahrheit sagte. Doch ihr war auch klar, dass es ihre eigenartige Beziehung noch schwieriger machte, wenn sie ihren eigenen, nicht minder heftigen Gefühlen nachgab. Sie unterdrückte einen Seufzer und lächelte Gailard an.

»Wenn alles vorüber ist«, sagte sie und schaute zu dem Liebespaar. »Wenn sämtliche Schulden und Eide abgetragen sind, wenn Ellyn auf dem Thron sitzt und Talan und Nestor tot oder verbannt sind – dann können wir darüber sprechen.«

»Das könnte eine Zeit lang dauern«, meinte Gailard mürrisch. »Talan wird ein Riesenheer gegen uns aufbieten. Er wird uns am Geffyn-Pass erwarten und …«

»Wir werden ihn dort zum Kampf zwingen«, sagte sie. »Jetzt haben wir die Clans hinter uns und die Möglichkeit, ihn zu besiegen.«

»Und dann nach Chorym reiten?« Seine Stimme war schleppend, und ihr wurde klar, dass er betrunkener war, als sie gedacht hatte. Er nahm ihre Hände und ließ sich auf die Beine helfen. »Und was ist, wenn wir nicht siegen?«

Sie gingen durchs Lager. Er roch nach Schweiß und Leder. Der Geruch erregte sie, doch sie kämpfte ihre Sehnsucht nieder. Als Gailard sie in die Arme ziehen wollte, entschlüpfte sie ihm.

»Wenn alles vorüber ist, Gailard.«

»Dein Wort darauf?«

»Mein Wort darauf.«

»Das sind schlechte Neuigkeiten.« Talan schwenkte die Pergamente mit finsterer Miene. »Unser Highland-Verbündeter ist tot, und die Clans rücken gemeinsam gegen uns vor – alle vereint.«

»Sie müssen über den Geffyn-Pass kommen.« Egor Dival stellte sein Glas ab und ging zum Tisch, wo die große Landkarte ausgebreitet lag. »Dort können wir sie aufhalten.«

»Lass mich ihnen entgegentreten«, sagte Nestor. »Ich kann den ganzen Pass auf sie herabstürzen lassen.«

»Und wenn du versagst?« Talan schüttelte den Kopf. »Nein, ich will dich hier.«

»Ich werde nicht versagen«, erklärte Nestor selbstsicher.

Talan schaute den Vachyn wütend an. »Du hast behauptest, deine Jäger würden Ellyn töten – doch sie ist verschwunden. Du hast versprochen, die Meuchelmörder würden der Bedrohung durch die Piraten von Hel ein Ende bereiten – doch jetzt nähert sich eine ganze Armada. Nein, du bleibst bei mir.«

»Die Meuchelmörder waren gewöhnliche Sterbliche.« Nestors ohnehin dunkles Gesicht verdüsterte sich noch mehr vor Wut. »Sie haben versagt, ja. Aber ich verwette mein Leben, dass sie nicht verraten haben, wer sie geschickt hatte.«

»Spielt das eine Rolle?« Egor Dival genoss das Unbehagen des Magiers. »Offensichtlich wurden sie festgenommen, und Mutter Hel hat erraten, woher sie kamen.« Er streifte Talan mit einem Blick. »Ich habe von diesem Plan abgeraten, nicht wahr?«

»Hast du«, antwortete der König von Danant und Chaldor missmutig. »Aber das ist doch jetzt unwichtig. Die Piraten sind auf dem Fluss. Bei den Göttern, sie haben meine Schiffe in die Flucht geschlagen und erobern eine Stadt nach der anderen. Wie lange wird es dauern, bis sie in Antium landen und landeinwärts marschieren?«

Dival zuckte mit den Schultern und studierte weiter die Landkarte.

Talan wandte sich wieder an Nestor. »Und was ist mit Ellyn? Reitet sie mit den Barbaren?«

»Das vermag ich nicht zu sagen«, gestand der Vachyn. »Wenn sie keine Magie benutzt, kann ich sie nicht spüren.«

»Sie hat Magie benutzt, um deine Jäger zu vernichten.« Talan winkte einem Diener, ihm das Glas wieder zu füllen. Er leerte es mit einem großen Zug und fügte hinzu: »*Jemand* hat Magie benutzt.«

»Aber danach nicht mehr«, erklärte Nestor. »Und wenn sie ihre Gabe nicht einsetzt, kann ich sie unmöglich finden.«

»Aber du hast doch gewusst, wo sie war!«, brüllte

Talan so plötzlich, dass der Diener zusammenzuckte. »Da hast du Magie gespürt! Jedenfalls hast du es behauptet. Sag mir jetzt, warum sie immer noch lebt!«

»Falls sie noch lebt.« Nestor bemühte sich, gelassen zu wirken. »Habe ich dir das nicht erklärt? Die Magie, die meine Jäger vernichtete, kam von sehr weit her –wahrscheinlich vom Styge. Und dieser Ort wird durch die Magie geschützt, die in den Barrens wohnt. Ich habe den Tod der Jäger gespürt, kann den Aufenthaltsort des Zauberers, der sie getötet hat, aber nicht genau bestimmen. Und wenn er seine Magie nicht erneut einsetzt, vermag ich nicht zu ergründen, wo er – oder sie – sich aufhält.«

»Wozu bist du dann nutze?«, brüllte Talan.

»Ich habe Andurs Heer und den Großteil seiner Flotte besiegt.« Nestor blieb ungewöhnlich ruhig. »Ich habe Chorums Tore für dich eingerissen. Schickst du mich jetzt zum Geffyn-Pass, werde ich jeden vernichten, der gegen dich kämpfen will.«

»Ich will dich hier bei mir haben. Bei den Göttern, wenn die Piraten von Hel die Große Straße heraufkommen …« Talan schüttelte heftig den Kopf. »Und die Streitmacht der Clans über den Pass … Nein, du bleibst in Chorym. Egor, kümmere dich um die Verteilung unserer Krieger.«

Der alte General nickte. »Ich werde Antium verstärken – meiner Meinung nach können unsere Männer sich gegen die Piraten halten. Ich besiege die Highlander und kehre hierher zurück. Sollte es dann noch nötig sein, werde ich gegen die Piraten zu Felde ziehen.«

»Hervorragend!«, rief Talan. »Gib mir einen Sieg!«
»Ich werde mein Bestes tun«, versicherte ihm Dival.

31

Wir erreichten Cu-na'Lhair, als der Sommer der Hochlande sich dem Ende näherte. Es war ein schöner Tag, doch die Nächte waren kühl. Der Himmel wölbte sich blau wie polierter Stahl über uns, und im Norden verhießen weißgraue Wolken Regen. Ein Hauch von Herbst lag in der Luft. Wir hatten an den vergangenen Abenden beratschlagt und beschlossen, dass Frauen, Kinder und die alten Männer uns hier verlassen sollten. In den Hochlanden kommt der Winter schnell, und jemand musste sich um die zurückgelassenen Tiere und Häuser kümmern, und die Ernte musste eingebracht werden. Ich hatte befürchtet, dass auch einige Krieger uns angesichts eines Winterkrieges verlassen würden, doch nicht einer wurde abtrünnig. Es schien, als wären alle von dem großen Abenteuer fasziniert – ganz abgesehen von dem Treueeid, den sie Ellyn geleistet hatten. Ich fragte mich jedoch bang, wie viele Männer wohl in die Heimat zurückkehren würden.

Wir lagerten vor der Stadt, die bereits die Tore vor uns verschlossen und die Mauern mit Wachen besetzt hatte. Ich machte mich mit Shara, Ellyn, Mattich, Jaime und Roark auf den Weg, die Obrigkeit davon zu überzeugen, dass wir nichts Böses im Schilde führten, sondern friedlich zum Geffyn-Pass weiterreiten wollten.

Offenbar war der Hauptmann der Stadtwache der offizielle Sprecher, denn er antwortete auf meine Rufe von der Mauer herab. Er trug eine Rüstung und wurde von Bogenschützen begleitet. Während wir sprachen, fielen mir die wachen Augen der Männer und die mit Widerhaken versehenen Pfeilspitzen auf.

»Ich bin Gailard von den Devyn, Beschützer der Königin …«

»Die Königin ist tot«, unterbrach er mich. »Ryadne hat sich selbst entleibt.«

»Aber ihre Tochter lebt.« Ich zeigte auf Ellyn in ihrer glänzenden Rüstung. »Ellyn ist jetzt Königin und möchte ihren Thron zurückgewinnen.«

»Dieses Kind? Ich habe gehört, Talan habe sie getötet und Gailard habe Chaldor verraten.«

Ellyn schnaubte empört und ließ ihr Pferd tänzeln. Ich bedeutete ihr zu schweigen. Ich hörte Roark einen leisen Fluch ausstoßen. »Das *Kind*? Ein Wort, und ich hole mir seinen Kopf«, sagte er drohend.

»Ruhig, ruhig.« Ich ritt ein wenig näher an die Mauern und erhob erneut die Stimme. Die Pfeile zielten genau auf meine Brust. »Wir kommen in Frieden. Die Clans haben keinen Streit mit Cu-na'-Lhair. Wir wollen Handel treiben und dann weiterziehen.«

»Und wir sollen euch alle hereinlassen? Wir haben Gesandte aus Chorym …«

»Talans Leute!«, rief Ellyn. »Zweifellos sind sie mit sanften Worten und lockeren Versprechungen gekommen. Haben sie euch Handel mit Chaldor zugesagt? Haben sie euch Goldstücke gegeben, um eure Taschen zu füllen? Und was war die Gegengabe? Danants Krieger hier als Besatzung?«

Der Hauptmann ließ sich mit der Antwort Zeit. »Es gab … Versprechungen«, sagte er schließlich.

»Ich dachte, Cu-na'Lhair sei neutral!«, rief Ellyn.

»Wir könnten diese Stadt mit Leichtigkeit einnehmen«, sagte Roark.

Ich war stolz auf Ellyns Antwort. »Nein. Ich werde alte Sitten nicht brechen. Wir können es uns nicht leisten, diese Stadt zu zerstören«, erklärte sie. Dann fügte sie leiser hinzu, nur für Sharas Ohren: »Aber wir könnten sie zerstören.« Dann zum Hauptmann: »Ich bin Ellyn von Chaldor, Tochter Andurs und Ryadnes, und ich kehre heim, um den Thron meiner Eltern zu besteigen und Chaldor von der Herrschaft Talans zu befreien. Wollt ihr jetzt die Tore öffnen und uns einlassen?«

»Und wenn nicht?«

»Werden wir weiterziehen«, antwortete Ellyn. »Doch wisst, dass Chaldor dann nie wieder mit Cu-na'Lhair Handel treiben wird. Ich werde eine andere Stadt bauen – eine viel größere – und die Große Straße verlängern, damit der gesamte Handel an dieser Stadt vorbeiläuft. Ihr werdet tiefste Provinz sein, beschämt von eurer Feigheit.«

Sie sprach wie eine wahre Königin. Ich schaute zu Shara, weil ich fand, dass wir sehr gute Lehrmeister gewesen waren. Shara lächelte als Antwort, sagte aber nichts. Der Hauptmann holte tief Luft und bedeutete uns zu warten. Dann verschwand er hinter der Brustwehr.

Er kehrte mit einer Abordnung von Stadtvätern

und Bürgern zurück. Alle starrten auf uns, verschwanden dann wieder, kamen kurz darauf zurück und erklärten, wir sechs dürften die Stadt betreten, um darüber zu sprechen, was wir brauchten.

Sie waren unruhig. Danants Gesandte hatten ihnen versichert, Chaldor sei fest in Talans Hand, und Ellyn sei tot. Doch jetzt standen die vereinigten Clans vor den Mauern; deshalb willigten sie ein, Handel mit uns zu treiben. Cu-na'Lhair würde neutral bleiben. Ich atmete erleichtert auf, als wir ins Lager zurückkehrten, da mir unwohl gewesen wäre, hätten wir eine feindlich gesonnene Stadt im Rücken gehabt, wenn wir zum Geffyn-Pass ritten.

Wir blieben sechs Tage vor Cu-na'Lhair. Als wir die Stadt verließen, nahmen wir eine stattliche Schar mit, die sich unserer Sache angeschlossen hatte und Talan zurück über den Durrakym jagen wollte.

Die Frauen, Kinder und Alten zogen heim, nur das Heer ritt weiter zum Geffyn-Pass, wo Talans Männer uns erwarteten. Da war ich ganz sicher.

»Wir können sie vernichten«, sagte Ellyn. »Wenn Shara und ich unsere Magie einsetzen, können wir sie besiegen, wie …« Sie errötete. »Wie Nestor meinen Vater besiegt hat.«

»Und Nestor melden, dass du lebst?« Shara schüttelte den Kopf. »Wenn du jetzt Magie einsetzt, kann er dich finden.«

»Na und?« Ellyn blickte ihre Lehrmeisterin begeistert an. »Wenn wir gemeinsam handeln, können wir ihn vernichten.«

»Vielleicht«, antwortete Shara. »Aber er ist stark. Ich würde ihm lieber nicht begegnen, bis wir Chorym erreichen.«

»Warum nicht? Können wir nicht ihn und Talans Heer am Geffyn-Pass besiegen?«

»Talan wird nicht seine gesamte Streitmacht dorthin schicken«, sagte ich. »Nur einen Teil, mit dem Rest wird er Chorym verteidigen.«

»Er könnte noch mehr Vachyn-Zauberer angeworben haben«, fügte Shara hinzu. »Ich würde gern unsere Chancen kennen, ehe wir gegen ihn – oder sie – den Kampf aufnehmen. Verwenden wir Magie, wird er sich sicher mit gleichen Mitteln zu wehren versuchen.«

»Mir wäre es lieber, Nestor säße in Chorym«, sagte ich. »Ich vermute, Talan wird ihn bei sich behalten. Der Danant ist nicht für seine Tapferkeit berühmt, daher glaube ich, dass er seinen gezähmten Vachyn-Magier an seiner Seite hat.«

Ellyn verzog das Gesicht.

»Wir kämpfen Klinge gegen Klinge in ehrlichem Kampf«, erklärte ich. »Die Clans sollen nach Chaldor vorstoßen und Chorym einschließen. Dann könnt ihr eure Magie gegen den Vachyn einsetzen.«

Shara und alle Clan-Führer stimmten mir zu; damit musste Ellyn sich zufrieden geben.

»Aber ich kämpfe mit euch«, sagte sie trotzig.

Da ergriff Roark ihre Hand und flüsterte ihr etwas ins Ohr. Ihre Miene verfinsterte sich noch mehr. »Nein! Gailard hat mich zu kämpfen gelehrt, und ich werde mit euch kämpfen! Ich schaue nicht tatenlos zu, wie Männer für mich sterben.«

Roark öffnete den Mund, um zu widersprechen, doch ich war schneller. »Sie ist eine listige Kriegerin«, sagte ich. »Sie kann die meisten Männer besiegen. Aber dennoch …« Ich schaute sie an. »Ein General erteilt seine Befehle aus sicherer Entfernung. Und eine Königin …«

»Ich bin kein General und noch keine Königin. Setz mich auf den Thron meiner Eltern, dann werde ich ruhig sitzen bleiben und Befehle erteilen. Doch bis dahin kämpfe ich mit euch!«

Ich blickte Hilfe suchend zu Shara. Sie zuckte nur mit den Schultern und schenkte mir ein rätselhaftes Lächeln.

»Aber nicht in vorderster Linie«, sagte ich hilflos.

»Ich werde meinen Teil beitragen«, erwiderte Ellyn.

»Und ich werde sie beschützen«, erklärte Roark pflichtbewusst. »Meinen Eid darauf.«

Aus irgendeinem Grund, den ich nicht verstand, ärgerten mich seine Worte.

Wir erreichten den Geffyn-Pass. Jetzt lag Raureif auf dem Gras, und der Himmel über uns war grau. Die Sommerschwalben waren fort und hatten den Himmel den Krähen, Raben und Falken überlassen. Ich vermutete, dass Talans Heer uns am anderen Ende erwarten, am Eingang zu Chaldor, und plante entsprechend.

Ich schickte Späher voraus. Sie meldeten mir, dass das Danant-Heer tatsächlich am südlichen Ende des Passes auf uns wartete. Es war eine großes Aufgebot.

Viele Streitwagen und berittene Bogenschützen, unterstützt von Fußtruppen. Ja, das entsprach meinen Erwartungen.

Danant war so eben wie Chaldor, jedoch von Bergen umgeben. Die Kriegsführung der Danant war auf dieses Gelände ausgerichtet. Sie liebten schnelle Kämpfe mit Streitwagen und berittenen Kriegern. Ihre schwer bewaffneten Fußtruppen hatten meist nur die Aufgabe, alles zu töten, was die Reiter zurückließen. Ich hoffte, dass sie ihre Taktik nicht geändert hatten, und schickte nochmals Späher aus. Dann erläuterte ich meine Strategie, die Mattich und die anderen gut hießen, obgleich es für sie eine neue Art zu kämpfen war.

Wir schlugen von den Fichten, die entlang des Passes in Hülle und Fülle standen, lange Äste ab und spitzten beide Enden an. Dann rammten wir abends die Stangen schräg in den Boden, dass sie leicht nach vorne geneigt standen. Wir konnten die Feuer von Talans Heer sehen, doch seine Krieger hörten uns nicht. Am nächsten Morgen schickte ich Roark und seine Quan-Krieger aus, um das Südende des Passes zu besetzen, während Jaime und seine Arran auf die Nordseite kletterten. Ich wartete mit den Devyn, den Agador und den Dur unten, um den Hauptangriff abzuwehren. Shara und Ellyn waren jetzt die einzigen Frauen bei uns, und beide waren zum Kampf gerüstet.

Ich ritt mit Mattich und einigen anderen voraus, als wäre ich nur die Vorhut einer kleinen Schar. Als wir Talans Krieger erblickten, hielten wir abrupt an und ließen die Pferde tänzeln, als wären wir völlig überrascht. Ich war in der vergangenen Nacht ein Stück hinaufgestiegen und wusste daher genau Bescheid. Talans General hatte seine Krieger – ungefähr zweitausend Mann, die meisten auf Streitwagen oder zu Pferd – im Karree vor dem Ausgang des Passes aufgestellt. Hinzu kamen ungefähr fünfhundert Krieger zu Fuß, doch diese würden uns keine großen Schwierigkeiten bereiten – hoffte ich zumindest. Schlug mein Plan jedoch fehl, könnten sie die Schlacht entscheiden.

Wir ritten weiter, legten jedoch Pfeile auf die Bogensehnen. Eine kleine Schar berittener Bogenschützen kam uns entgegen. Wir empfingen sie mit einem Pfeilhagel. Dann machten wir kehrt und ritten eilends zurück, als hätten wir Angst vor den Danant.

Noch ehe wir die Pfahlmauer erreichten, brachen fünfhundert unserer Krieger zu Fuß hervor. Es war wichtig, dass die Feinde unsere Barrikade noch nicht sahen. Die Danant-Reiter hielten an und ritten zurück. Wir warteten. Mein Herz schlug schnell, denn alles hing davon ab, die Hauptmacht auf den Pass zu locken. Inzwischen war es fast Mittag, und ein warmer Wind wehte von Chaldor herauf. Nach kurzer Zeit lief der Feind in meine Falle.

Das Echo der donnernden Streitwagen erfüllte den Pass. Die Wagen kamen in Viererreihen zwischen den Bergwänden auf uns zu. Zwischen ihnen waren die berittenen Bogenschützen. Die Krieger auf den Streitwagen schwangen Bogen und Speere. Ich war zu Fuß und erinnerte mich an den Darach-Pass, die Ebene dahinter und die schreckliche Einnahme Chaldors, als ich die Streitwagen sah.

Ich hob den Schild und stieß einen Schrei aus. Dann rannten wir hinter die Barrikade zurück, als wären wir durch die Übermacht der Danant vor Angst kopflos geworden.

Vor unserer Pfahlwand stand noch eine Reihe unserer Männer. Diese warteten, bis die Streitwagen und Bogenschützen sie beinahe erreicht hatten, ehe sie sich blitzschnell zurückzogen.

Die ersten Rosse der Feinde liefen direkt in die Spitzen der Pfähle und blieben darauf stecken. Ich gab Mattich ein Handzeichen, worauf er ins Horn stieß. Dann prasselten die Pfeile von Roarks und Jaimes Männern auf das Durcheinander aus umgestürzten Streitwagen und Kriegern herab.

Die Danant hatten so schnell angegriffen, dass sie nicht anhalten konnten. Pferde kletterten auf die vor ihnen liegenden Streitwagen und wieherten in Panik. Das Geschrei und Stöhnen der sterbenden Krieger erfüllte die Luft am Geffyn-Pass. Ich stieß einen Kriegsruf aus, worauf unsere Highlander hinter den Palisaden hervortraten und an den Berghängen herunterliefen. Unsere gesamte Streitmacht stürzte sich wie hungrige Wölfe auf die Danant.

Wir kämpften in schrecklicher Enge. In dem Chaos verlor ich Ellyn und Shara aus den Augen. Pfeile schwirrten durch die Luft, Klingen klirrten, Männer und Pferde starben. Die Quan und Arran kamen von den Bergwänden herunter und schnitten Talans Kriegern den Rückzug ab. Ich kletterte über ein sterbendes Ross, um dem Wagenlenker mein Schwert in den Bauch zu stoßen; gleichzeitig wehrte ich seinen Speer ab. Der Mann vor mir trug eine prächtige

Silberrüstung. Er führte einen mächtigen Schlag mit dem Breitschwert gegen meinen Kopf. Ich duckte mich und stieß ihn mit dem Schild von seiner Plattform. Im Sturz trieb ich ihm meine Klinge in die Lücke zwischen Brustharnisch und Helm, direkt in den Hals. Dann stieg ich über ihn hinweg, um mein nächstes Opfer zu suchen. Ein Bogenschütze, immer noch im Sattel, zielte auf mich. Ich hob den Schild, und der Pfeil prallte davon ab. Ich versetzte dem Pferd einen Hieb auf die Schnauze. Wiehernd bäumte es sich auf und warf den Reiter ab, der unter meiner Klinge starb.

Das Blutbad ging weiter. Ich schlug nach rechts und links, wehrte Hiebe mit dem Schild ab. Die Clans stießen ihre Schlachtrufe aus. Dann erklang ein Horn, und die wenigen überlebenden Danant machten kehrt und liefen davon. Unsere Bogenschützen töteten noch viele Flüchtende. Ich stieg ein Stück den Hang hinauf, um mir einen Überblick zu verschaffen. Meiner Berechnung nach war die Hälfte der Feinde tot. Nur wenige berittene Bogenschützen waren noch am Leben, was für mein Ziel sehr günstig war.

Ich stieg wieder nach unten. Blutgeruch hing in der Luft. Ich stützte mich einen Augenblick lang auf mein Schwert. Du wirst alt, Gailard, dachte ich. Ich atmete keuchend, und mein Schild wog schwer. Ich blickte nach hinten, sah aber keine Feinde.

Dann trat Mattich an meine Seite. »Bei allen Göttern, wir haben sie besiegt.« Seine Rüstung war blutig, und er keuchte wie ich. »Wir haben sie zurückgeschlagen.«

»Ja«, sagte ich und schaute den letzten Flüchtigen nach. »Jedenfalls für jetzt.«

Er nickte.

»Sieg!« Roark kam zu uns. »Wir haben Talan gezeigt, wozu die Clans fähig sind.«

Ich betrachtete ihn. Sein Helm hatte Dellen. An seinem Schwert war Blut. Sein jugendliches Gesicht war vor Stolz gerötet, obgleich er auf seiner Wange Blut aus einer Wunde quoll.

»Wir haben ein Scharmützel gewonnen, noch nicht die Schlacht«, sagte ich.

»Aber es war der erste Schritt, Ellyn auf den Thron zu setzen«, meinte er.

»Wo ist Ellyn?«, fragte ich.

Doch da kam sie bereits mit Jaime und dessen Arran zu uns. Der Köcher auf ihrem Rücken war leer.

»Bei den Göttern, das Kind kann mit dem Bogen umgehen!«, rief Jaime.

Ellyn errötete vor Stolz. Doch kaum sah sie die Wunde in Roarks Gesicht, lief sie schnell zu ihm. Ich war irgendwie verletzt. Auch ich hatte Blut an mir, allerdings nicht mein eigenes.

»Sie ist zu uns gekommen und hat mit meinen besten Bogenschützen um die Wette geschossen«, sagte Jaime.

Ich musterte ihn mit finsterer Miene. »Es war nicht genügend Zeit, sie zurückzuschicken – und ich habe gut auf sie aufgepasst«, fügte er hinzu.

Ich nickte und hielt nach Shara Ausschau.

Sie bahnte sich den Weg durchs blutige Schlachtfeld wie eine Königin in einem Ballsaal. Sie lächelte mir zu, nicht aber Ellyn. Doch diese war so sehr wegen der kleinen Wunde Roarks besorgt, dass es ihr gar nicht auffiel.

»Heute haben wir gesiegt«, sagte ich.

»Und morgen?«

Ich blickte zum Himmel. Es wurde Abend. Mauersegler und Schwalben waren auf der Jagd nach Insekten. Auf dem Geffyn-Pass ließen sich Raben nieder und warteten auf ihr Festmahl. Talans Männer hatten sich in einiger Entfernung gesammelt und Feuer angezündet.

»Heute Nacht werden sie nicht mehr angreifen«, sagte ich. »Aber morgen werden wir wohl wieder gegen sie kämpfen müssen.«

Shara nickte. »Nestor ist nicht bei ihnen, sonst hätte er gewiss Magie eingesetzt.«

»Und wo ist er?«, fragte ich.

»In Chorym bei Talan«, antwortete sie. »Es sei denn, beide sind geflohen.«

Ich schüttelte den Kopf. »So schnell gibt Talan nicht auf.«

»Dann finden wir beide in der Stadt«, sagte sie lächelnd.

»Zuvor müssen wir an denen vorbei.« Ich deutete auf das Lager der Feinde. Obgleich wir jetzt in der Überzahl waren, durfte man sie nicht unterschätzen. »Und Chorym kann man nicht so leicht einnehmen.«

»Wir tun, was wir tun müssen, oder?«

Ich lächelte und streichelte ihr die Wange.

»Greifen wir erneut an, Gailard?«, fragte Mattich. Er brannte vor Kampfeslust. Neben ihn standen Roark und Jaime wie streitlustige Hunde, die an der Leine zerrten.

»Nicht gleich«, antwortete ich. »Wir ruhen uns aus und greifen morgen an.«

In dieser Nacht ritten kleinere Gruppen der Highlander hinaus zum Danant-Heer. Brandpfeile wurden auf die Zelte abgeschossen, setzten sie in Brand und weckten die schlafenden Männer. Die Highlander banden Pferde los und jagten sie davon. Wachposten starben mit durchschnittenen Kehlen. In dieser Nacht bereitete ich meinem Feind viel Ärger, während ich schlief und von Shara träumte.

Ich stand auf, als der Himmel noch grau war, kurz vor dem Sonnenaufgang. Die Luft war kühl, und nur wenige Vögel zwitscherten. Waffen klirrten, Pferde wieherten unruhig, leise Gespräche und das Scharren von Wetzsteine auf Klingen waren zu vernehmen.

Mit den Anführern aß ich eine Schüssel Brei zum Frühstück und erklärte ihnen meine Strategie.

»Wir kämpfen jetzt in offenem Gelände«, sagte ich. »Dort ist der Feind im Vorteil, deshalb ...«

Nachdem ich fertig war, schaute ich Ellyn an. »Du hältst dich zurück, verstanden?«

»Ich habe gestern gut gekämpft.« Sie blickte Jaime an. »Weshalb nicht heute?«

»Weil alles vergebens ist, wenn du getötet wirst«, antwortete ich.

»Gailard hat Recht«, sagte Roark. Ellyn schenkte ihm ein Lächeln.

Ich empfand immer noch einen eigenartigen Widerwillen gegen diesen jungen Mann, sagte jedoch: »Halte sie an deiner Seite, ja?«

Roark nickte. Shara lächelte mich an. Weitere Worte waren nicht nötig.

»Dann lasst uns aufbrechen«, sagte ich.

Die Danant schickten die Streitwagen voraus; die Fußtruppen folgten. Wer immer den Oberbefehl führte – er wusste, was auch ich wusste: Wenn sie uns hier nicht aufhielten, würden wir ungehindert nach Chaldor vordringen und Chorym belagern, wo Talan saß.

Vor uns waren ungefähr siebenhundert Streitwagen, die in weitem Bogen gegen uns vorrücken wollten, um uns niederzumachen. Dann sollten die Fußtruppen folgen. Ich befahl dem Großteil unserer Highlander, sich aufs Pferd zu schwingen; dahinter kamen mehrere Hundert Mann zu Fuß. Die besten Bogenschützen aller Clans bildeten die Vorhut.

Dann donnerten die Streitwagen uns entgegen. Ich hielt meine Reiter zurück, während die Bogenschützen dem Feind ihre Pfeile entgegen schickten. Pferde und Männer stürzten zu Boden. Die Streitwagen schwärmten aus, doch die Erde neben der Straße war weich, das Gras vom Tau noch feucht, sodass die Wagen nur langsam vorrückten.

Ich hob die Hand und stieß den Schlachtruf zum Angriff aus. Sofort setzten sich unsere Highlander in Bewegung.

Ich erspähte Ellyn. Sie zog Pfeile aus dem Köcher und schoss aus dem Sattel, als wäre sie als Kriegerin geboren. Ich war dankbar, dass Roark mit erhobenem Schild an ihrer Seite ritt. Danach war ich so sehr mit dem Kampf beschäftigt, dass ich nur noch ans Überleben denken konnte.

Wir griffen die Danant mit geballter Wucht an. Jetzt waren wir zahlenmäßig nicht mehr unterlegen, und unsere Rosse waren mit dem Gelände vertrauter als die des Feindes. Wir schossen sie von ihren Streitwagen und erschlugen sie.

Ich warf den Bogen beiseite und zückte mein Schwert. Ein Streitwagen raste auf mich zu. Ich hielt den Schild hoch, um den Speer abzuwehren, und stach dem Wagenlenker meine Klinge in die Brust. Mit einem Schrei fiel er gegen den Krieger hinter ihm. Diesen köpfte ich mit dem nächsten Schlag.

Der Speer war in meinem Schild stecken geblieben; ich konnte ihn nicht abschütteln oder abschneiden. Deshalb schleuderte ich den Schild beiseite und hob das Schwert, vermochte den Hieb gegen meinen Helm aber nicht mehr abzuwehren.

Inzwischen war es hell geworden, doch ich sah nur tanzende Sterne. Instinktiv hob ich die Klinge, doch schon traf der nächste Schwerthieb meinen Rücken. Mein Pferd bäumte sich wiehernd auf. Ich stürzte zu Boden.

Ein Streitwagen fuhr auf mich zu. Ich sah die Hufe und war sicher, dass sie mich sogleich zerschmettern würden. Ich dachte daran, dass ich schon einmal gestorben war, an Eryks Baum, und es nicht gerecht sei, dass ich wieder starb, den Sieg vor Augen.

Doch plötzlich ging der Streitwagen in Flammen auf, als hätten die Götter einen Blitz geschickt, um mich zu retten. Shara war mir einem Mal an meiner Seite und half mir auf.

Mühsam kam ich auf die Beine und suchte bei ihr Halt, während das Kampfgetümmel rings um uns wogte.

Ich schüttelte den Kopf. »Was hast du getan?«, fragte ich, noch immer benommen.

»Ich habe Magie benutzt, sonst wärst du jetzt tot«, antwortete sie.

»Und Nestor? Hast du dich durch die Magie nicht verraten?«

»Ich hatte die Wahl. Entweder zuschauen, wie du stirbst, oder meine Zauberkraft benutzen«, sagte sie. »Eigentlich hatte ich *keine* Wahl.«

Ich legte die Arme um sie und dankte ihr. »Ich wollte nicht, dass du stirbst, Gailard«, sagte sie lächelnd. »Ellyn braucht dich, um diesen Krieg zu gewinnen.«

»Und was war der wahre Grund?« Trotz der Rüstung roch ich ihre Haut. Es war schön, sie in den Armen zu halten.

Sie schob mich weg und schaute mir tief in die Augen. »Das weißt du doch.«

Ich lächelte und wollte sie küssen, aber sie drehte das Gesicht zur Seite. »Noch nicht. Wir haben uns doch geeinigt, dass zuvor Chorym eingenommen sein muss.«

Dann wütete der Kampf wieder in unserer Nähe, und wir wurden getrennt. Mit neuer Kraft teilte ich mit dem Schwert Hiebe nach rechts und links aus.

Die Sonne hatte das Morgengrauen abgelöst. Die Streitwagen waren zurückgefahren, um sich zu einem erneuten Angriff zu sammeln. Es waren weniger als zuvor; viele Krieger und Pferde hatten die Highlander niedergemacht. Dann ertönte ein Horn, und die Danant griffen wieder an.

Als Erste kamen die Fußtruppen in schwerer Rüstung und mit Schwertern und Streitäxten. Sie hätten den Kampf zum Vorteil der Danant entscheiden können, doch besaß ich Erfahrung im Gefecht gegen sie und hatte mich entsprechend vorbereitet. Jaime und Roark sammelten ihre Krieger und überschütteten die Feinde mit einem Pfeilhagel. Es war wie bei der Weizenernte – allerdings fielen hier Männer und vergossen ihr Blut. Nachdem die letzten Pfeile abgeschossen waren, kam es wieder zum Kampf Mann gegen Mann.

Dann flohen über hundert Streitwagen nach Osten, und es gab keine Krieger zu Fuß mehr. Wir plünderten ihre Zelte und sprachen zuversichtlich von der Einnahme Choryms. Ellyn betrachtete Roark mit liebevollen Blicken, und ich genoss es, dass Shara sich um meine Wunden kümmerte, und dachte an den Sieg und die Belohnung.

Ob wir es schaffen würden?

Möglich war es. Gewiss, heute hatten wir einen großen Sieg errungen, doch Choryms Mauern waren stark. Es war Vachyn-Magie nötig gewesen, sie zu überwinden. Doch ich dachte an Shara und fühlte mich siegessicher.

32

Egor Dival strich über den gebrochenen Arm, während Talan tobte. Unter dem Verband schmerzte sein Kopf, und selbst jetzt vermochte er nicht zu begreifen, wie diese barbarischen Highlander ihn besiegen konnten. Er war so zuversichtlich gewesen, die Clans am Geffyn-Pass aufzureiben und dem Rest der Krieger mit blutiger Nase nach Hause zu schicken. Doch sie hatten seine Männer im Kampf besiegt und Danants beste Krieger in die Flucht geschlagen. Es war eine Schande, die Talan noch weniger begreifen konnte als Dival.

»Wie konnten sie dich besiegen?«, rief der Herr über Danant und Chaldor und breitete die Arme aus.

»Sie sind wilde Krieger«, antwortete Dival. »Und es waren sämtliche Clans da. Tausende.«

»Wilde!« Talan gab dem Diener ein Zeichen, sein Glas zu füllen, und leerte es mit einem Zug. »Wilde aus den Hochland!«

»Sie waren zahlenmäßig gleich stark«, sagte der alte General und musterte Talans Gesicht. Aus dem Augenwinkel sah er, wie Nestor ihn anstarrte und nach Zeichen von Schwäche suchte. »Und sie kämpften geordnet, nicht wie Highlander.«

»Und *wie* kämpfen Highlander?«, fuhr Talan ihn an.

»Ohne Schlachtordnung.« Dival zuckte mit den

Schultern, doch bedauerte er die Bewegung sogleich, da seine Wunde schmerzte. »Jemand, der etwas vom Kriegshandwerk versteht, muss sie aufgestellt und geführt haben.«

»Gailard«, sagte Nestor.

»Ich habe einen Mann gesehen, der Gailard hätte sein können. Aber ich weiß nicht, wer den Oberbefehl führte«, sagte Dival.

»Und Ellyn?«, stieß Talan wütend hervor.

»Ich habe auch eine Frau gesehen.« Dival leckte sich die Lippen. Ein Glas Wein wäre ihm sehr willkommen gewesen, doch Talan würde ihm gewiss keines anbieten, und darum bitten wollte er nicht. Er war vom Ritt schmutzig und müde bis ins Mark. An Niederlagen war er nicht gewöhnt. »Es könnte Ellyn gewesen sein.«

»Sie war es mit Sicherheit«, erklärte Nestor. »Und falls sie nicht selbst die Kunst erlernt hat, ist noch ein Weib bei ihr.«

»Was für ein Weib?«, fragte Talan.

»Eine Zauberin«, antwortete der Vachyn.

»Woher weißt du das?«

»Ich habe Magie gespürt.« Der Vachyn richtete die dunklen Augen auf Dival. »Was hast du gesehen?«

»Highlander, die in geordneter Aufstellung kämpfen.« Er war versucht hinzuzufügen: »Während du hier in Sicherheit warst.« Doch er hielt er für ratsamer, das für sich zu behalten. »Die Clans haben gekämpft, wie ich es noch nie gesehen habe.«

»Was noch?«, fragte Nestor, als bedeuteten die Toten nichts. »Denk nach!«

»Da war noch ...« Dival zögerte. »Ich bin nicht

sicher, aber … es war, als wäre ein Blitz eingeschlagen.«

»Shara«, sagte Nestor leise.

»Shara? Wer, bei allen Göttern, ist Shara?«, fragte Talan.

Nestor erhob sich. Sein Gesicht war so verfinstert, dass Dival den Eindruck hatte, eine schwarze Gewitterwolke würde durch den Raum ziehen. Er nahm ein Glas, ließ es sich vom Diener füllen und trat ans Fenster. Er trank einen Schluck, ehe er antwortete.

»Shara war meine Schwester«, sagte er langsam. »Sie war außergewöhnlich begabt, vermochte jedoch nicht die Sitten und Gebräuche der Vachyn zu teilen. Sie verließ uns. Wohin, wussten wir bis jetzt nicht.«

»Willst du damit sagen, dass wir gegen eine Vachyn kämpfen?«, fragte Talan fassungslos.

»Ich sage nur, dass meine Schwester lebt.« Nestor drehte sich um. »Erinnerst du dich an die Meldungen unserer Gesandten? Dass Eryk Gailard am Baum aufhängen ließ, aber *etwas* ihn rettete? Und dann wurden meine Jäger getötet. Ich glaube, dass beides Sharas Werk war. Ich hatte gedacht, sie lebe als Einsiedlerin, aber …« Er runzelte die Stirn. »Selbst wenn Ellyn diese Gabe besitzt, wäre sie zu jung, um sie ohne Anleitung und Hilfe einzusetzen. Ich glaube, meine Schwester lebt und hilft diesen Rebellen.«

»Bei allen Göttern!« Talan schleuderte das Glas durch den Raum. »Willst du damit sagen, dass eine Vachyn gegen uns kämpft? Was sollen wir tun?«

»Ich kann sie vernichten«, erklärte Nestor. »Lass mich hinausreiten und gegen sie kämpfen.«

»Die Clans rücken vor. Schon bald werden sie vor den Mauern Choryms sein«, warnte Dival.

»Und mit einer Vachyn!« Talan stapfte wütend auf und ab. »Ich gehe zurück nach Danant.«

Dieses eine Mal waren Dival und Nestor sich einig. Beide schauten Talan voller Verachtung an. »Das wäre das Eingeständnis der Niederlage«, sagte der General. »Wenn du jetzt fliehst, kannst du gleich jeglichen Anspruch auf Chaldor aufgeben und Ellyn den Thron überlassen.«

»Außerdem dürfte es schwierig sein«, sagte Nestor. »Erinnere dich an die Nachrichten vom Fluss. Die Piraten von Hel halten den Fluss und versperren uns den Zugang. So leicht kannst du nicht fliehen.«

»Und was soll ich tun?«, fragte Talan und schaute die Männer wir ein verängstigter Hund an, der nicht sicher war, welchem Herrn er gehorchen sollte.

»Alles auf eine Belagerung vorbereiten«, sagte Dival. »Sammle unsere gesamte Streitmacht hier. Ganz gleich, wie wild oder wohl geordnet die Highlander kämpfen, mit einer Belagerung haben sie keine Erfahrung. An unseren Mauern werden sie scheitern.«

»Nimm weitere Vachyn in deine Dienste«, sagte Nestor. »Gib mir noch zwei aus meinem Volk, und ich werde dieses erbärmliche Heer samt meiner Schwester vernichten.«

»Und wie soll ich sie herbeischaffen?«, fragte Talan. »Der Durrakym ist versperrt, wie ihr selbst sagt! Wie willst du ihnen eine Nachricht zukommen lassen? Und wie soll ich sie bezahlen? Bei den

Göttern, ich habe meine Schatztruhe für diesen Krieg leer geplündert, und bis jetzt hat Chaldor uns nichts als Ärger beschert. Doch selbst wenn ich die Mittel hätte, könnte ich sie nicht über den Fluss holen.«

»Dann musst du mir vertrauen«, erklärte Nestor.

»Dir vertrauen?« Talans Miene verfinsterte sich noch mehr. »Du hast gesagt, ich solle deinen Jägern vertrauen, dass sie Ellyn töten würden. Aber Ellyn lebt und zieht mit einem Highlander-Heer und deiner Schwester gegen mich ins Feld. Und *du*!« Er richtete den Blick auf Dival. »Du hast versprochen, sie am Geffyn-Pass zu schlagen, aber jetzt sagst du, dass sie nach Chaldor kämen. Was kommt als Nächstes? Was muss ich denn noch erleiden?«

»Eine Belagerung«, erklärte der alte General schroff. »Es sei den, du riskierst es, den Fluss zu überqueren.«

»Nicht solange die Piraten dort sind!«, rief Talan und schüttelte den Kopf. »Nein, ich muss … ich muss …«

»Wie ein Mann handeln?«, sagte Dival. »Dich deinen Feinden von Angesicht zu Angesicht stellen?«

»Nennst du mich einen Feigling?«, fuhr Talan seinen General an.

»Wenn du fliehst, ja«, erwiderte Dival.

Talan kaute eine Zeit lang auf der Unterlippe. »Können wir sie besiegen?«, fragte er schließlich.

»Wir stehen hinter starken Mauern«, antwortete Dival. »Die Clans sind in Belagerungen nicht geübt. Ich glaube, hier wir können wir sie schlagen.«

»Und ich kann die Stellung gegen jede Magie halten, über die Shara verfügt«, fügte Nestor hinzu.

»Lass sie nur kommen. Sie und Ellyn fliegen wie Vögel ins Netz.«

»Dann sollten wir hier bleiben?« meinte Talan.

Der Vachyn und der General nickten; wieder einmal waren sie sich einig. »Welche andere Wahl haben wir?«, sagte Nestor.

Wie Ratten in der Falle, dachte Dival. Keinen sicheren Fluchtweg. Deshalb müssen wir kämpfen, bis wir siegen oder sterben. Er stand auf und zuckte zusammen, da seine Wunden bei der Bewegung schmerzten. Er nickte.

»Ich kümmere mich um meine Männer. Zu viele wurden verwundet ...«

»Geh schon!«, sagte Talan, und Dival humpelte aus dem Raum. Nachdem der General verschwunden war, wandte Talan sich an Nestor. »Bist du *tatsächlich* im Stande, deine Schwester zu besiegen?«

»Ja«, versicherte der Vachyn und lächelte bösartig. »Lass sie und die Highlander nur kommen. Ich werde sie alle vernichten.«

»Du bist sehr zuversichtlich.« Talans Stimme klang unsicher.

»Wie tötest du Wespen?«, fragte Nestor. Talan zuckte mit den Schultern.

»Du stellst ein Gefäß mit Wasser und Honig auf«, fuhr der Vachyn fort. »Das Gefäß darf nur eine kleine Öffnung haben. Die Wespen vermögen der Versuchung nicht zu widerstehen, klettern hinein und ertrinken. Genau so soll es diesem armseligen Heer ergehen, wenn es in Chorym einfällt. Wir werden alle einsammeln und dann töten.«

»Wenn aber ...« Talan zögerte. Er war von dem

Wunsch, dem Vachyn zu glauben, und der Angst vor einer Niederlage hin und her gerissen. »Wenn dein Plan fehlschlägt?«

»Selbst wenn sie diese Stadt einnehmen«, erklärte Nestor, »werde ich dich nach Danant in Sicherheit bringen, dank meiner Magie. Darauf gebe ich dir mein Wort. Sollte es zum Schlimmsten kommen, schaffe ich uns beide nach Danant, und wir überlassen es Egor, gegen die Highlander zu kämpfen. Soll er doch die Hauptlast tragen.«

Talan nickte und lächelte nervös. »Ein ausgezeichneter Plan, mein Freund. Hauptsache, wir sind in Sicherheit.«

»Wach auf! Verdammt!« Nassim schüttelte Kerid. »Wach auf, du hast Besuch!«

»Was?« Kerid erwachte aus einem angenehmen Traum von Mutter Hel. »Was sagst du?«

»Du hast Besuch. Wasch dich und kleide dich an«, antwortete Nassim.

»Wer?« Kerid stand auf. Sein Schädel brummte. Drei versenkte Danant-Schiffe waren allerdings ein guter Grund zum Feiern gewesen.

»Das wirst du schon sehen, wer es ist. Beeil dich.«

Nassim verließ grinsend die Kajüte. Kerid stöhnte und rieb sich die Augen. Er hatte furchtbare Kopfschmerzen. Dann spritzte er sich Wasser ins Gesicht, zog sich schnell an und ging auf Deck.

Als er die Schiffe im Norden sah, stockte ihm der Atem. Ein goldfarbenes Langschiff hielt direkt auf die *Andur* zu. Die Frau darauf war unverkennbar. Ihr

Haar leuchtete in der Sonne wie Gold. Kerids Herz schlug schneller. Er lief zur Reling, um Mutter Hel die Hand zu bieten.

»Ich ...«, sagte er.

»Mich hast du wohl nicht erwartet?« Sie lächelte ihn an, nahm sein Gesicht in beide Hände und küsste ihn. Der leidenschaftliche Kuss raubte Kerid beinahe die Sinne. Er schloss Mutter Hel in die Arme. »Ich habe dich lange nicht gesehen«, sagte sie und deutete auf den Fluss. »Ich dachte, ich sollte dir einen Besuch abstatten.«

»Und die Schiffe?« Er blickte auf den Durrakym und die prächtigen Schiffe auf den Wellen.

»Ich habe alle meine Männer und sämtliche Schiffe mitgebracht.« Sie löste sich aus seinen Armen. »Mir war langweilig. Ich wollte nicht länger auf dich warten, deshalb beschloss ich, diese Sache so schnell wie möglich zu beenden.«

»Ich dachte, du wolltest das Kämpfen mir überlassen«, sagte Kerid.

»Na schön, ich breche mit der Tradition, aber ...« Sie schloss kurz die Augen. Kerid sah, wie sie errötete. »Ich habe dich vermisst. Ich begreife es nicht, aber ...«

»Du hast mich vermisst?«

»Ja.«

»Ich fühle mich geschmeichelt.«

»Das solltest du auch. Und jetzt zeig mir deine Kajüte.«

Kerid zauderte einen Augenblick lang, um die Schiffe genauer zu betrachten. Ihm wurde schwindlig. Es waren lange Kriegsschiffe und bauchige

Handelschiffe, mit Katapulten bestückt. Dreimaster ankerten Seite an Seite mit Briggs und Gaffelschonern. Auf sämtlichen Decks standen die Männer kampfbereit in Rüstung. Das war mehr, als er je zu hoffen gewagt hatte. Er lachte, verneigte sich tief wie ein Höfling und geleitete die Mutter dann zu seiner Kajüte.

»Du kommst also mit mir?« Er löste die Verschnürung ihres Gewandes, und sie öffnete sein Hemd.

»Ja.« Ihr Gewand glitt zu Boden. »Ich komme mit.«

»Es wird nicht leicht. Talan gibt gewiss nicht schnell auf.« Er nestelte an ihrer Unterwäsche.

»Die Götter der Unterwlt sollen Talan holen! Ich würde auch selbst gegen ihn kämpfen, um dich am Leben zu erhalten.« Dann stieß sie ihn auf das schmale Bett.

Nachdem sie sich leidenschaftlich geliebt hatten, hielt er sie nachdenklich in den Armen. »Ich hätte nie gedacht …«

»Ich auch nicht«, sagte sie. »Schweig jetzt und hör mir zu. Ich habe gehört, dass die Clans sich unter Gailards Führung gegen Talan erhoben haben …«

»Gailard lebt?« Kerid sprang aufgeregt auf. »Und Ellyn?«

»Vielleicht beide. Es soll eine Schlacht gegeben haben – dort, wo Chaldor endet und die Hochlande beginnen.«

»Am Geffyn-Pass?«

Sie nickte. »Ein Highlanderheer rückt gegen Chorym vor, deshalb habe ich gedacht, ich sollte dir bei deinem Kampf helfen.«

Kerid lächelte und küsste sie. »Wenn Gailard die Clans nach Chorym führt, muss ich ihm helfen.«

»Ich weiß«, sagte sie. »Darum bin ich hier.«

»Ich liebe dich.«

»Zeig es mir, und dann ziehen wir in den Krieg«, sagte Mutter Hel lächelnd.

Ellyn trieb ihre Stute zum Kanter an, um mit Roarks kleinem Hochlandpferd Schritt zu halten. Sie wusste nicht, weshalb sie unbedingt an Roarks Seite bleiben wollte. Sie hatte geglaubt, Gailard zu lieben, doch er war so alt wie ihr Vater, außerdem ungehobelt und oft schrecklich überheblich. Und Roark ... beim ersten Anblick hatte ihr Herz geflattert. Als ihre Blicke sich trafen, hatte Ellyn bei ihm die gleiche Wirkung gesehen. Er war neben ihr im Kampf geritten und hatte mit dem Schild feindliche Pfeile von ihr ferngehalten. Sie liebte ihn. Bis jetzt hatte sie es ihm noch nicht gesagt, aber er wusste es. Und sie wusste, dass auch er sie liebte. Sie *anbetete*. Sie las in seinen Augen und erkannte es an den Aufmerksamkeiten, die er ihr erwies und die sie genoss. Es war, als breitete er an kalten Nächten eine warme Decke über sie oder fächerte ihr in der Sommerhitze Kühlung zu. Wenn sie aßen, legte er ihr immer die besten Bissen vor und schenkte ihr *brose* und Ale ein, als wäre er ihr Diener.

Doch war er ebenso wenig ein Diener wie Gailard. Er kämpfte tapfer, sie hatte es gesehen; er war wie Gailard, nur jünger. Und sehr gut aussehend.

Sie zuckte zusammen, als er sich an sie wandte.

»Was?«

»Nichts.«

Ellyn errötete und wandte widerstrebend die Augen von seinem Gesicht.

Sie ritten jetzt auf der Großen Oststraße dahin, vorbei an Bauernhöfen und Wiesen, auf denen das Vieh graste. Die Menschen flüchteten vor ihnen, da das Heer der Highlander sie nach den Raubzügen der Danant in Furcht und Schrecken versetzte. Doch einige hatten Ellyn von der Flucht vor den drückenden Steuern und Abgaben berichtet. Und dass Talans Krieger alles nahmen, was sie begehrten, als wäre Chaldor ein großer Geldsäckel, den Talan nach Lust und Laune plündern konnte. Etliche Häuser waren niedergebrannt. Die Kühe muhten kläglich, weil sie nicht gemolken wurden. Gelegentlich hingen Leichen an den Bäumen, an denen Krähen pickten. Oft lag der Geruch des Todes über dem Land.

»Sie haben dein Land verwüstet«, sagte Roark.

»Und dafür sollen sie bezahlen«, erklärte Ellyn.

»Du wirst Königin sein.«

Sie nickte. Beinahe hätte sie gesagt: »Und du mein Prinzgemahl.« Aber das lag in der Zukunft, wenn Talan erst besiegt war; deshalb sagte sie nur: »Ja, wenn wir Chorym zurückerobert haben.«

»Das werden wir«, versicherte Roark.

»Talan sitzt mit seinem Vachyn-Zauberer in der Stadt. Leicht wird es nicht.«

»Wir werden die Stadt einnehmen«, sagte er. »Und dir deinen rechtmäßigen Thron erobern. Darauf mein Wort und mein Leben.«

»Ich will nicht, dass du für mich stirbst.«

»Ich würde jederzeit mein Leben für dich geben. Verstehst du das denn nicht?«

»Doch.« Ellyn nickte. »Aber mir wäre lieber, wenn du es nicht tust.«

Und für immer bei mir bleibst, dachte sie, und mein Prinzgemahl bist. Mögen die Götter uns das gewähren.

Sie ritten schweigend weiter in Richtung Chorym. Ellyn hing ihren Gedanken nach. Würden die Highlander siegen? Würde sie sich an Talan rächen können?

Über die anderen Möglichkeiten wollte sie gar nicht erst nachdenken. Gailard würde Chorym einnehmen, und sie würde den Thron ihrer Eltern besteigen, Roark heiraten und die Clans an Chaldor binden. Und dann … sie musste mit Shara sprechen. Vielleicht nach Danant vordringen und sich holen, was Talan ihren Eltern gestohlen hatte? Die Vachyn vernichten? Bei den Göttern – es wäre ein Geschenk für die Welt, die ehrgeizigen Pläne der Vachyn zu vereiteln.

Doch als erstes kam Chorym. Einen Schritt nach dem anderen, wie Gailard es sie gelehrt hatte. Zunächst lernen, das Schwert zu gebrauchen. Zunächst lernen, es zu schwingen und dich zu verteidigen. Erst dann lernen, wie man angreift.

Sie blickte zurück, wo ihr Beschützer neben Shara ritt, und verspürte einen schmerzhaften Stich. Bedauern? Eifersucht? Sie wusste es nicht genau. Sie wusste nur, dass ihre Gefühle sich verändert hatten. Sie hatte die Träume von Gailard aufgegeben und liebte jetzt Roark.

Doch am meisten träumte sie davon, Talan zu besiegen, ihm Chorym zu entreißen und ihn in die Flucht schlagen … sofern sie ihn nicht zuvor tötete.

33

Auf dem Weg nach Westen trafen wir auf wenig Widerstand und sammelten dabei ein weiteres Heer zerlumpter Menschen, die alles verloren hatten und sich unserer Sache aus Hass und Trotz gegen die Herrschaft Danants anschlossen. Die Meisten von Talans Männern ergriffen bei unserem Herannahen wie verängstigte Ratten die Flucht. Die wenigen Standhaften besiegten wir mühelos. Die Clans sprachen von Danants Feigheit und erwarteten einen leichten Sieg. Ich jedoch ging nicht davon aus, solange Talan Chorym besaß. Für die Belagerung einer Stadt brauchte man viel Geduld, was nicht gerade eine Stärke der Highlander war. Ich betete zu den Göttern, dass sie nicht zu früh überdrüssig würden und Ellyn verließen. Mattich und die anderen versicherten mir zwar, dass dem nicht so sei, aber ich fragte mich, wie ihre Männer die langen Wochen vor der Stadt ertragen würden, angesichts der Vachyn-Magie und ohne Aussicht auf einen schnellen Sieg.

Und dann tauchte unser Ziel vor uns auf. Es war ein seltsames Gefühl, als Feind vor diesen Mauern zu stehen. Ich erinnerte mich an Chorym als mein Heim, wo Andur einen schlichten Clanburschen groß gezogen hatte, wo ich Freundlichkeit gefunden und viel von der Welt jenseits des Hochlandes kennen gelernt hatte. Jetzt musste ich diesen Ort, der mir so viel bedeutete, angreifen, womöglich zerstören. Ich nahm an, dass es für Ellyn noch schlimmer war.

Ich hatte mich auf dieses Werk vorbereitet. Ich erinnerte mich an die Bücher, die ich in Sharas Festung gelesen hatte, und erteilte unseren Männern nun Anweisungen für ihre ungewöhnliche Arbeit. Wir sammelten Holz für den Bau von Leitern, Rammböcken, Belagerungstürmen und Katapulte. Es war auch noch viel von der Belagerung der Danants übrig. Die Menschen, die in der Umgebung der Stadt auf dem Land lebten, eilten herbei und halfen uns. Die Dörfler jubelten Ellyn als ihrer rechtmäßigen Königin zu. Schon bald war alles bereit, den Endkampf zu beginnen. Ich war überrascht und besorgt, dass Talan keinen Versuch machte, uns aufzuhalten. Ich hatte mit Scharmützeln gerechnet, mit Vachyn-Magie – doch nichts dergleichen geschah. Talans Männer beobachteten uns nur von den Brustwehren aus. Ich sah eine Gestalt, die ich vom Geffyn-Pass her kannte, und nahm an, der Mann in der goldenen Rüstung war Talan. Dann trat ein anderer in schwarzem Gewand hinzu. Das musste Nestor sein, denn selbst auf die Entfernung schien eine dunkle und böse Aura von ihm auszugehen. Ich musterte die Mauern. Neue Steine waren eingefügt worden und wirkten wie Narben auf dem Leib eines alten Freundes. Ich fragte mich, wo Ryadne herabgestürzt war. Und wiederum schwor ich, meine Freunde zu rächen.

Shara und Ellyn standen bei mir. Ich schaute die Zauberin an, die ich liebte.

»Warum handelt er nicht?«

Wie als Antwort auf meine Frage hob der Magier im schwarzen Gewand die Hände und zeigte auf uns.

Shara erbleichte und hob ebenfalls die Hände. Dabei murmelte sie Worte, die ich nicht verstehen konnte. Blitze zuckten durch die Luft, aber nicht vertikal, sondern horizontal von den Stadtmauern herüber. Der Lichtschein war so grell, dass ich glaubte, in einen Spiegel zu schauen, der das gesamte Licht der Sonne reflektierte. Es folgte ein ohrenbetäubender Donnerschlag, der die Erde beben ließ. Ringsum herrschte unvorstellbare Helligkeit. Ich roch verbranntes Gras. Ellyn ahmte Sharas Gebärden nach und sprach dieselben Zaubersprüche. Der Schwertgriff in meiner Hand wurde warm, und meine Haare stellten sich auf, als stünde ich in einem Sturm. Dann folgte Stille – vielleicht, weil ich taub geworden war, vielleicht, weil ich unter Sharas Schutzzauber stand. Gleich darauf kehrte mein Gehör zurück. Männer fielen auf beiden Seiten wie brennende Fackeln zu Boden.

»Er ist stark«, sagte Shara leise. »Er wird noch mehr Magie gegen uns aussenden.«

Ich brauchte den Namen ihres Bruders nicht auszusprechen.

»Vielleicht will er mich auf die Probe stellen«, fuhr sie fort. »Inzwischen spürt er meine Gegenwart.« Sie zitterte am ganzen Leib. »Bei den Göttern – möglich, dass er einen noch stärkeren Zauber vorbereitet!«

Wir sahen, wie die Gestalten von der Brustwehr verschwanden. Ich vermutete, dass es der erste Schlagabtausch eines langen Kampfes gewesen war, und dass Nestor Sharas und Ellyns Kräfte hatte erproben wollen. Was würde als Nächstes geschehen?

Ellyn betrachtete die heimatlichen Mauern und seufzte. »Wenn es anfängt, wird es Chorym wehtun, nicht wahr?«

»So wenig wie möglich«, versprach ich ihr.

»So wenig wie möglich?« Sie lachte schrill und deutete auf die Belagerungsmaschinen, die wir gebaut hatten, und auf die wartenden Krieger. »Ich wurde hier geboren, Gailard. Abgesehen von der Zeit mit dir, habe ich mein gesamtes Leben hier verbracht. Und jetzt wollen wir die Mauern niederreißen, die meine Ahnen errichtet haben. Zweifellos sind drinnen noch Diener meiner Eltern.« Anklagend zeigte sie auf die Stadt. »Menschen, die ich mir geholfen haben. Ich erinnere mich an die Dienerin Tyli. Sie drückte mir einen kühlenden Verband aufs Knie, als ich im Garten hingefallen war. Damals war ich … fünf? Als ich Tyli zum letzten Mal sah, war ihr Haar grau, aber sie lebt wohl noch. Und Daryk, der meine hübsche weiße Stute beschlagen hat. Lebt auch er noch hinter diesen Mauern? Wird unser Angriff ihn, Tyli und die anderen das Leben kosten?«

»Wir haben keine Wahl«, sagte ich. »Es sei denn, wir ziehen ab.«

»Vielleicht sollten wir das.« Sie blickte über die fruchtbare Ebene. »Vielleicht sollten wir umkehren.«

»Wir sind so weit gekommen. Bei den Göttern, wir haben mehr erreicht als jeder andere«, sagte ich. »Wir haben die Clans für deine Sache geeint. Du kannst jetzt nicht vor sie hintreten und sagen: Geht alle nach Hause. Wir haben verloren. Wenn wir jetzt aufgeben, würde Talan dein Reich bis zum letzten Blutstropfen aussaugen. Und Nestor wird ihm ins Ohr flüstern und ihn zu noch ehrgeizigeren Zielen anstacheln. Und wohin willst du gehen?«

Ellyns Schultern bebten. Sie unterdrückte ein Schluchzen. Ich hätte sie gern in die Arme genommen, doch diese Entscheidung musste sie allein fällen.

»Das ist nicht leicht«, sagte sie. »Menschen, die ich kenne, werden wegen mir sterben.«

»Krieg ist nun mal eine ernste Sache«, erwiderte ich. »Glaubst du, dass es mir Freude macht, Männer in den Tod schicken?«

»Du hast deinen Bruder getötet. War das leicht?«, fragte sie.

»Ich habe Eryk nicht geliebt, und er ließ mir keine Wahl«, antwortete ich. »Aber diese Männer hier?« Ich blickte auf die Krieger um Chorym. »Diese Männer folgen mir in deinem Namen, und ich sehe sie gewiss nicht gerne sterben.«

»Musste mein Vater auch solche Entscheidungen fällen?«

»Ja.« Ich nickte. »Und auch er hegte Zweifel, doch ließ er sich davon nicht beirren – ebenso wenig deine Mutter, als Talan vor den Mauern dieser Stadt stand. Sie hatte die Wahl. Sie hätte sich ergeben und Chorym unversehrt erhalten können, doch sie war sich ihrer Pflicht bewusst.«

Ellyn schluckte. »Es gefällt mir nicht.«

»Krieg mordet die Unschuldigen«, sagte ich. »Wie

viele starben, als Talan Chorym eroberte? Wie viele Bauern starben? Du hast die niedergebrannten Häuser unterwegs gesehen und die Toten, die an den Bäumen hingen. Willst du zulassen, dass es so weitergeht?«

»Und den Vachyn ein weiteres Reich überlassen?«, fügte Shara hinzu.

»Du bist Chaldors Königin«, sagte ich. »Nicht alle Menschen hier sind Highlander. Du hast jetzt Bauern in deinem Heer, und Schafhirten und Händler, alle aus Chaldor. Dann die Menschen aus Cu-na'Lhair, die sich unserer Sache angeschlossen haben, weil sie Talan besiegen wollen. Sie folgen uns, weil sie dich auf dem Thron sehen wollen und wieder Frieden wünschen.«

»Dann habe ich keine Wahl?«, fragte sie.

»Nein.« Ich schüttelte den Kopf. »Ich glaube, dass Könige und Königinnen oft keine Wahl haben, sondern ihre Pflicht erfüllen müssen, indem sie ihr Land verteidigen.«

»Dann sei es.« Sie lächelte, als ein Reiter zu uns kam.

Roark schwang sich aus dem Sattel, ohne das Pferd anzuhalten, offenbar, um Ellyn zu beeindrucken, aber ich musste zugeben, dass er ein vortrefflicher Reiter war.

Ich war überrascht, als er sich an mich wandte.

»Auf der Küstenstraße nähert sich ein Heer«, sagte er. »Ich glaube nicht, dass es Verstärkung aus Danant ist.«

»Wer ist es dann?«, fragte ich.

»Ich weiß es nicht. Meine Späher haben sie mir

soeben erst gemeldet. Ich wollte dir gleich Bescheid sagen. Es sind ziemlich viele.«

Roarks Quan hielten den westlichen Abschnitt, zu dem die Große Straße aus Antium gehörte. Über den Hafen würden die Danant Verstärkung herbeischaffen. Wer waren diese Bewaffneten, wenn es keine Danant waren?

»Wie sehen sie aus?«, fragte ich.

»Sehr seltsam, haben meine Späher gesagt. Wie Vagabunden. Gewiss sind es keine Highlander und auch keine Bewohner Chaldors. Meinen Spähern zufolge führt eine Frau sie an. Sie fährt in einem Wagen, der von Männern gezogen wird.« Er schüttelte den Kopf.

»Ich möchte sie mir selbst ansehen«, sagte ich. »Wie weit entfernt sind sie? Und wie viele?«

»Ungefähr sechs Wegstunden. Und sie haben ein Viertel unserer Stärke.«

Ich berechnete die Entfernung. Die Abenddämmerung senkte sich bereits herab. Ein Heer würde wohl die Nacht über Halt machen und am Morgen weitermarschieren. Ich musste wissen, welches Heer sich uns auf der Küstenstraße näherte. War es uns feindlich gesonnen, musste ich es mit meinen Kriegern aufhalten.

»Keine Streitwagen?«, fragte ich. Wenn es sich um Nachschub aus Danant handelte, würden sicher Streitwagen und berittene Bogenschützen dabei sein.

»Alle zu Fuß«, antwortete Roark.

Ich schaute zu Shara und Ellyn. »Haltet ihr hier die Stellung, während ich auf Erkundung gehe?« Dann wandte ich mich an Roark. »Bleib du hier. Sag aber

Jaime und Mattich Bescheid, dass sich ein Heer nähert. Sie sollen ein Viertel unserer Männer ausschicken, um die Küstenstraße zu halten, bis ich zurückkehre.«

Dann eilte ich zu meinem Pferd, schwang mich in den Sattel, nahm eine Schar Quan mit und galoppierte nach Westen. Die Sonne ging unter, und die ersten Fledermäuse erschienen. Ich fragte mich, welche neuen Elemente in dieses tödliche Spiel eintraten.

Unvermittelt tauchten Feuer vor mir auf. Ich hielt meine Stute an. Überall entlang der Großen Straße und im umliegenden Land flackerten Fackeln. Meiner Schätzung nach waren es ungefähr tausend Mann. Rasch führte ich die Quan ein Stück nach Südwesten, wo ein Höhenzug an der Straße entlang führte. Wenn der Anführer der Krieger kein Narr war, hatte er dort Wachposten aufgestellt. Doch ich hatte sechs Highlander bei mir und war sicher, dass wir ungesehen und ungehört so nahe kamen, dass ich die Antworten erfahren würde.

Wir ließen unsere Pferde unter der Obhut des jungen Malcum und kletterten auf die Anhöhe. Und in der Tat, ich sah dort Männer unter den Bäumen. Jetzt stand der Mond am Himmel, und in seinem Schein waren sie deutlich zu erkennen. Sie trugen eigenartige Kleidung: weite Beinkleider, bunte Hemden und wenig Rüstung, die Fischschuppen ähnelte. Sie waren mit Breitschwertern und langen Dolchen bewaffnet; andere mit Bogen, und wieder andere mit Speeren. Keiner trug einen Helm. Ihr langes Haar war hinten zu einem Zopf geflochten. Einige trugen in den Ohrläppchen goldene und silberne Ringe. Langsam schlich ich mich mit meinen Männern näher an eine Stelle, wo nur zwei Wachen standen.

Den ersten Posten überwältigte ich von hinten, während Calum, Otran und Vys den anderen angriffen. Ich legte meinem Mann die Hand auf den Mund, um ihn am Schreien zu hindern, und hielt seinen Schwertarm fest. Calum hatte dem Gegner einen kräftigen Fausschlag in den Magen versetzt und drückte ihm den Dolch an die Kehle. Dabei lächelte er boshaft.

»Wenn du schreist, wird mein Freund zustechen«, sagte ich. »Wer bist du?«

Dunkle Augen funkelten mich wütend an, aber er antwortete mit leiser Stimme: »Ich bin Leonardi aus Hel. Und wer bist du?«

»Gailard von den Devyn, Befehlshaber von Chaldors Streitkräften und Beschützer Ellyns.«

Verblüfft sah ich ein breites Lächeln auf seinem Gesicht. »Das ist ja eine armselige Begrüßung, Gailard. Wir kommen, um dir zu helfen, und du bedrohst mein Leben.«

»Was?«, fragte ich verwirrt. »Was redest du da?«

»Sag diesem ungehobelten Burschen, dass er die Klinge wegnimmt. Ich kann nicht gut sprechen, wenn mir ein Dolch an die Kehle gedrückt wird«, sagte Leonardi und blickte Calum an.

Ich nickte Calum zu. Er zog den Dolch zurück, behielt ihn jedoch in der Hand.

»Die Mutter kann das besser erklären als ich. Sie und Kerid.«

»*Kerid?*« Bei diesem Namen läuteten Glocken in

meinem Kopf. Ich konnte es nicht fassen. »Der Kerid, der in Chaldors Flotte gesegelt ist?«

»Ja, der Gefährte der Mutter«, antwortete er. »Lässt du mich jetzt frei, damit ich euch zu ihnen führe?«

»Trau ihm nicht«, warnte Calum. »Das könnte eine Falle sein. Vielleicht stehen sie auf Talans Seite.«

»Wenn du mein Wort anzweifelst, muss ich dich zum Kampf herausfordern«, sagte Leonardi. »Die Mutter hat uns vom Fluss hergeführt, damit wir euch helfen. Mein Wort darauf, ihr könnt mir trauen.«

Ich musterte den Mann scharf. Ich hatte schon von den Piraten aus Hel gehört und auch über sie gelesen. Die Beschreibung stimmte. Ich nickte Calum zu. »Schon gut.«

Leonardi erhob sich. Dann blickte er zu seinem Gefährten, den Otran und Vys hielten. »Lass auch Cyrus gehen.«

Ich gab den Befehl. Fluchend stand Cyrus auf. Leonardi erteilte ihm den Auftrag, die anderen Wachtposten von unserem Kommen zu verständigen (was ich für recht überflüssig hielt). Er selbst würde uns zu Kerid und der Mutter bringen.

Wir stiegen den Hang hinunter.

Dieses seltsame Heer schlief auf dem kahlen Boden. Ich sah nur wenige Zelte und keine Pferde, nur Männer in Rüstungen, die Fischschuppen glichen, mit Schwertern und Speeren. Hinter ihnen stand ein Prachtzelt, das im Mondlicht glänzte. Speere waren auf uns gerichtet.

»Freunde! Ich bin Leonardi und bringe Gailard aus Chaldor zur Mutter!«

Seine Stimme war laut genug, um über eine

beträchtliche Entfernung zu tragen. Ich hatte das Gefühl, er prahlte, als wäre ich ein Preis. Ich lockerte mein Schwert. *Falls* es eine Falle war, würde ich mich teuer verkaufen.

Dann trat ein Mann vor das Prachtzelt.

»Gailard!«, rief er. »Bist du es wirklich? Im Namen aller Götter, ich hatte kaum zu hoffen gewagt ...« Er machte eine Pause und sagte etwas über die Schulter ins Zelt hinein; dann lief er auf mich zu.

Ich erkannte ihn. Es war Kerid.

Er umarmte mich. »Es gab viele Gerüchte ... du wärst aus Chorym geflohen ... du wärst tot ... Bei den Göttern, Gailard, ich freue mich, dich zu sehen. Jetzt befehligst du ein Heer? Die Mutter hat so etwas gehört. Komm, du musst sie kennen lernen.«

Er nahm meinen Arm und führte mich zum Zelt. Meine Highlander folgten mir auf den Fersen wie ruhelose Hunde. Kerid befahl, ihnen zu essen und zu trinken zu geben. Dann sah ich die Frau, die zwischen zwei Kohlebecken stand. Die Feuer zauberten glitzernde Funken in ihr goldenes Haar. Sie war sehr schön, wenngleich viel älter als Kerid. Sie musterte mich ruhig. Ihre Haltung verriet die Herrscherin. Sie trug ein silbernes Gewand, das wie eine enge Rüstung aus Fischschuppen ihren Körper umfing. An ihren Fingern funkelten Ringe, an den Ohren hingen Juwelen. Sie trug einen Waffengurt um die schlanken Hüften; an dem Gurt hing ein langer, schmaler Dolch.

»Das ist Mutter Hel«, sagte Kerid. »Sie befehligt das Heer, das wir zu deiner Unterstützung hergebracht haben.«

Offensichtlich erwartete die junge Frau eine höfische Ehrenbezeugung, und weil ich keine möglichen Verbündeten verärgern wollte, neigte ich den Kopf und ging auf ein Knie, wie es bei den Highlandern Sitte ist.

»Wenn du gekommen bist, um Ellyn von Chaldor in ihrem gerechten Kampf zu helfen, heiße ich dich willkommen und danke dir.«

»So ist es«, sagte Kerid.

»Mutter Hel?« Ich schaute die schöne, gebieterische Frau an. In ihr sah ich sowohl Ellyn als auch Shara. »Dann bringt ihr die Piraten aus Hel her?«

»Nicht alle.« Sie bat mich, ins Zelt zu kommen. »Nur ein Drittel. Der Rest verteidigt den Durrakym gegen die Danant, damit Talan keinen Nachschub herbeischaffen oder Handel treiben kann.« Sie bedachte Kerid mit einem liebevollem Blick. »Man ... hat mich überredet ... euch zu unterstützen.«

Sie forderte mich auf, Platz zu nehmen. Im Zelt standen ein Tisch aus dunklem Holz mit eingelegten Silberornamenten und dazu passende Stühlen. Ich sah Silberteller und Karaffen und Gläser aus Kristall; das Glas war mit Juwelen besetzt. Ich fragte mich, wie man so viel Luxus ohne Pferde mitführen konnte.

»Ich breche jegliche Tradition«, sagte sie. »Hel ergreift nie Partei in Kriegen zu Land, aber ...« Wieder blickte sie Kerid an, der sie verliebt anschaute. »Doch man hat mich überzeugt, dass Hel euch unterstützen und nicht unparteiisch bleiben sollte. Deshalb biete ich dir mein Heer an.«

»Und es sind ausgezeichnete Kämpfer«, fügte Kerid hinzu.

»Warum?«, fragte ich. Ich musste meine Verbündeten kennen, um ihnen zu trauen.

Mutter Hel errötete. »Ich habe zu Kerid Vertrauen gefasst, und er hat mich von eurer Sache überzeugt. Ich möchte nicht, dass Talan von Danant den Fluss beherrscht – oder sein Vachyn-Mietling. Sag nein, und ich gehe nach Hause, zurück zu meinen Schiffen, und gebe den Fluss frei.«

»Nein, auf keinen Fall, Mutter!«, sagte ich schnell. »Ich bin hocherfreut, dich auf meiner Seite zu haben. Ich danke dir für deine Hilfe, Ellyn auf den Thron zu setzen, und heiße dich von ganzem Herzen willkommen.«

Sie nickte. »Und wie steht es in deinem Krieg?«

Ich erstattete ihr Bericht und endete mit den Worten: »Wir haben Shara bei uns, und auch Ellyn verfügt über magische Kräfte. Wenn aus Danant keine Verstärkung kommt …«

»Das dürfte nicht geschehen«, unterbrach sie mich. »Der Durrakym wir von meinen Piraten gehalten. Kein Schiff aus Danant kann den Fluss ohne blutigen Kampf überqueren. Also, was sollen wir tun?«

»Talan und sein Vachyn-Magier sitzt in Chorym«, sagte ich. »Bis jetzt haben sie noch nicht viel gegen uns unternommen, doch Shara vermutet, dass Nestor seine Kräfte für einen großen Schlag sammelt. Doch jetzt, mit euch, können wir einen Angriff wagen.«

»Selbst gegen den Vachyn?«

Ich zuckte mit den Schultern. »Ich kenne Nestors Pläne nicht. Aber die Highlander sind bereit. Wir müssen aber bald beginnen, ganz gleich, ob wir siegen oder verlieren.«

»Wie weit ist es nach Chorym?«, fragte sie.

»Sechs Wegstunden«, antwortete ich.

»Wir werden morgen früh dort sein, gleich nach Tagesanbruch«, sagte sie. »Kannst du mit dem Angriff auf uns warten?«

Ich nickte.

»Wir werden die Stadt einnehmen«, erklärte sie. »Nicht einmal ein Vachyn-Zauberer vermag den vereinten Streitkräften aus Highlandern und Hel zu widerstehen.«

Ich lächelte sie an. Sie gefiel mir. »Danke, Mutter.«

»Bleibst du heute Nacht bei uns?«, fragte Kerid.

Ich schüttelte den Kopf und hoffte, nicht gegen Anstandsregeln Hels zu verstoßen. »Nein, ich möchte Ellyn die guten Nachrichten so bald wie möglich überbringen.«

»Dann sehen wir uns morgen bei Tagesanbruch. Ich möchte auch mit Shara und Ellyn sprechen.«

Ich stand auf und verabschiedete mich mit einem Lächeln. Dann ritt ich mit den guten Neuigkeiten zurück nach Chorym.

34

Einst war das Gemach sehr angenehm gewesen – ein Raum, der im Sommer dank der hohen Fenster lichtdurchflutet war und im Winter von einem großen Kamin geheizt wurde, vor dem bequeme Stühle standen. Ein Gast konnte dort sitzen und eine der Schriftrollen oder eines der vielen Bücher lesen, welche die Regale an den Wänden füllten. Jetzt hingen vor den Fenstern Zobelvorhänge, und sämtliche Pergamente und Bücher verbrannten im Kamin, wobei ein widerlicher Verwesungsgeruch aufstieg. Offenbar brannten dort nicht nur Buchseiten und Pergamente, sondern auch menschliche Überreste.

Die Stühle standen allesamt an einer Wand. In der Mitte des Raums stand ein Tisch, auf den Nestor die für seine Magie nötigen Gegenstände gestellt hatte. Einige waren leblos: Knochenstücke, Steine, Kristallphiolen mit brodelnden Flüssigkeiten, Totenschädel und vertrocknete Vogelschwingen; andere Dinge lebten und stöhnten und wimmerten, als der Vachyn seine uralte Magie wirkte.

Nestor umwandelte den Tisch und sprach Zauberworte, bei deren Klang dunkle Lichter im Raum tanzten und seine lebenden Gegenstände laut schrien. Er schien die Schreie nicht zu hören, oder sie waren ihm gleichgültig. Unbeirrt machte er weiter. Wenn nötig, schnitt er mit einem Messer ins Fleisch, wählte

Organe, die für seinen Zauber erforderlich waren, und warf sie in die Flammen. Hin und wieder fügte er einen Schädel oder Flügel hinzu. Dann füllte stinkender, beißender Rauch das Gemach und stieg durch den Kamin empor bis über Choryms Mauern.

Draußen sahen die Menschen den schwarzen Rauch, der sich ohne Wind ausbreitete, allein dem Befehl des Zauberers gehorchend.

Jemand klopfte an die Tür, und Nestor hielt kurz inne. Als er Talans Stimme hörte, stach er schnell in den Augapfel einer Frau und schnitt ihr dann die Kehle durch. Dabei sprach er wieder seinen Zauber. Er holte den Augapfel aus dem Kopf, ließ das Blut abtropfen und warf ihn ins Feuer. Erst dann öffnete er die Tür.

Talan würgte, als er die Schreckenskammer betrat. Der widerlich beißende Rauch stieg ihm in die Augen, dass sie zu tränen begannen. Er presste ein mit Parfüm getränktes Taschentuch vor den Mund.

»Was tust du?«, fragte er.

»Ein Glas Wein?«, sagte der Vachyn ungerührt.

Talan schüttelte den Kopf. Er wollte nichts zu sich nehmen, was aus diesem Raum stammte.

»Ich bin sicher, dass meine ehemalige Schwester gegen mich kämpft«, erklärte Nestor und lächelte selbstgefällig. »Sie und Ellyn. Ich habe zwei Magien gespürt, als ich den Blitz gegen deine Feinde schleuderte.«

»Und sie haben ihn abgewehrt«, entgegnete Talan mit erstickter Stimme. Am liebsten hätte er sich übergeben. »Sie leben, und die Highlander bauen Belagerunsmaschinen.«

»Das bedeutet gar nichts«, erklärte Nestor. Seine Hände ruhten in Blutlachen auf dem Tisch, doch er schenkt dem keine Beachtung. »Ich arbeite an einem Zauber, der dem gleicht, mit dem ich Andur vernichtet habe. Ich werde auch diesmal siegen, auch gegen diese Highlander.«

»Warum nimmst du nicht wieder Blitze? Zerstöre ihre Anführer und ihre Geräte!«

Nestor lächelte. »Ich benutze keine Blitze, weil meine Schwester sie abwehren kann. Sie ist stark und hat Ellyn zur Unterstützung.«

»Du hast mir gesagt, dass Ellyn schwach ist.«

»Sie wird von Tag zu Tag stärker«, sagte Nestor. »Es ist so, wie ich es dir erklärt habe: Lass die Wespen in die Falle gehen.«

»In der wir sitzen!« Talan deutete auf die Mauern und warf die Arme hoch. Dann musste er wegen des Rauchs husten. »Wir sind umzingelt. Barbaren sind vor unseren Mauern, und Piraten beherrschen den Durrakym! Jetzt erkläre mir, wer der Topf ist und wer die Wespen?«

»Wir haben alle unsere Feinde hier versammelt«, sagte der Vachyn. »Genau wie ich es dir versprochen habe. Ich werde sie alle mit einem einzigen Gewaltschlag vernichten.«

»Kannst du das wirklich?«

Nestor nickte. »Traust du mir nicht mehr?«

Talan zögerte, ehe er antwortete. »Ich frage mich nur, ob du tatsächlich dazu im Stande bist, wenn noch mehr Feinde kommen.«

Der Vachyn stieß ein ungeduldiges Gelächter aus. »Lass sie nur kommen! Ich werde alle besiegen – für dich. Ich werde meine Schwester vernichten, auch Ellyn und die Highlander. Auch die Piraten aus Hel, sollten sie es wagen, sich dir zu widersetzen.«

»Das hoffe ich.« Talan seufzte.

»Vertrau mir.« Nestor deutete auf die Tür. »Ich werde dir ein Reich schaffen, wie die Welt es noch nie gesehen hat. Doch jetzt verlasse mich, damit ich deine Feinde besiegen kann.«

Talan rang sich ein Lächeln ab und verließ das stinkende Gemach. Er ging zu den Wehrgängen, wo die Luft reiner war. Dort traf er Egor Dival.

Der alte General trug immer noch Verbände. In Chorym gab es nur noch wenige Heilerinnen, und die Eindringlinge trauten nur ihren eigenen. Dival lehnte mit mürrischem Gesicht an der Brustwehr und betrachtete das Heer, das Chorym umringte.

»Und? Welche Antworten hat der Vachyn?«

»Er arbeitet an einem Zauber«, antwortete Talan. »Er hat mir den Sieg versprochen.«

Dival spuckte über die erneuerte Brustwehr. »Schau dir das an!« Er deutete auf die Ebene. »Siehst du, was sie tun?«

Talan blickte düster auf das feindliche Heer. »Ich nehme an, sie bauen Eroberungsmaschinen.«

»Die Krieger der Hochlande! So etwas haben sie noch nie getan! Und wenn es stimmt, was ich gehört habe, unterstützen sie jetzt *zwei* Zauberinnen. Wahrscheinlich kommen ihnen auch noch die Piraten von Hel zu Hilfe.«

»Ich habe Nestor«, erklärte Talan trotzig. »Nicht irgendeine dahergelaufene Zauberin und ihren Schützling.«

»Sie haben jeden verfluchten Clanmann, den die Hochlande je hervorgebracht haben. Und auch Männer aus Cu-na'Lhair, sowie Bauern und Schafhirten und jeden, den sie auf dem Weg auflesen konnten.« Dival seufzte und schaute seinen König sorgenvoll an. »Glaubst du, wir können sie besiegen?«

»Wie du gesagt hast, die Highlander haben keinerlei Erfahrung mit einer Belagerung.«

»Wir auch nicht – von dieser Seite der Mauern.«

Talans Miene verdüsterte sich. Er hätte gern ein Glas getrunken, aber es würde nicht gut aussehen, wenn der Herrscher über Danant und Chaldor hier und jetzt darum bitten würde; deshalb unterdrückte er den Wunsch. »Chorym gehört mir. Ich werde die Stadt nicht aufgeben. Und wir haben Nestor …«

Dival lachte kurz und verbittert. »Er hat seinen Zauber schon einmal gegen die Feinde ausgeschickt, nicht wahr? Und was haben wir gesehen?«

Talan schloss kurz die Augen und erinnerte sich an die seltsame durchsichtige Lichtwolke, die sich auf die drei Menschen gesenkt hatte, die Nestor hatte vernichten wollen. Sein Blitz war wie ein Pfeil von einem Schild abgeprallt. »Nestor hat mir den Sieg versprochen«, sagte er und betete, dass es so kommen möge. »Zurzeit arbeitet er an einem mächtigen Zauber.«

»Dennoch wird es am Ende auf einen Schwertkampf hinauslaufen«, sagte Dival.

»Dann bereite dich für diese Aufgabe vor!«, fuhr Talan ihn an und verließ den Wehrgang.

Der alte General blickte ihm nach und dachte

daran, dass sie beide wohl bald sterben würden. Er war verwundert, dass es ihm nicht Leid tat.

Der Rauch stieg aus dem Kamin auf und verteilte sich am Himmel. Dann sammelte er sich, ohne Hilfe eines Windes, und verdichtete sich zu einer großen dunklen Masse, welche die Sonne verdeckte und dann auch Mond und Sterne. Sie senkte sich auf Chorym und die belagernde Streitmacht nieder wie eine schaurige Flüsterstimme aus Albträumen. Die Männer begannen zu zittern; einige brachen sogar in Tränen aus und dachten an verlorene Hoffnungen und verlorene Lieben, an Verrat und Tod.

»Das ist Vachyn-Magie, nicht wahr?«, fragte Ellyn.

Shara nickte. »Von der übelsten Art, glaube ich.«

»Was können wir tun?«

»Jetzt noch nichts.«

»Es muss doch etwas geben.« Ellyn klang niedergeschlagen.

»Wir müssen ausharren und auf Gailards Rückkehr warten«, erklärte Shara.

»Und wenn dieses neue Heer aus Danant kommt?«

»Dann sind wir verloren und werden hier sterben.« Nach einer kurzen Pause fuhr sie fort: »Es sei denn, es sind Verbündete. Hätten wir die Frauen der Dur bei uns, könnten wir vielleicht in die Zukunft schauen, aber so …« Sie zwang sich zu lächeln. »Wir haben sie nicht, deshalb können wir nur warten.«

»Bis wann?«, fragte Ellyn.

»Bis Gailard mit guten oder schlechten Nachrichten zurückkehrt«, antwortete Shara.

»Du liebst ihn«, sagte Ellyn.

Shara blickte der jüngeren Frau in die Augen. »Du nicht?«

Ellyn zögerte, ehe sie antwortete. »Nicht so, wie ich dachte«, sagte sie nachdenklich. Dann lachte sie nervös. »Anfangs habe ich ihn gehasst. Ich hielt ihn für einen ungehobelten Wilden. Aber dann ... Er ist ein edler Mann. Ich hätte es wissen müssen. Mein Vater nannte ihn einen Freund, und meine Mutter vertraute ihm. Aber ...« Sie zuckte mit den Schultern. »Aber dann dachte ich, ich würde ihn lieben. Deshalb habe ich dich gehasst, weil du sein Herz gestohlen hast. Ich habe gesehen, wie er dich angeschaut hat – und du ihn. Da wusste ich es. Ich wollte dich damals fortschicken, verbannen, und Gailard für mich haben. Aber ich musste von dir lernen und deshalb deine Anwesenheit ertragen.« Ihre Augen wurden feucht.

»Und jetzt?«, fragte Shara.

»Jetzt gibt es Roark«, antwortete Ellyn verschämt. »Ich liebe ihn.«

»Und was ist mit Gailard?«

»Er liebt mich nicht«, antwortete Ellyn. »Er liebt dich, so wie ich Roark liebe.«

Shara nickte.

»Habt ihr ...?«

»Nein.« Shara schüttelte den Kopf. »Nicht, bis Chorym erobert ist und du auf dem Thron deiner Eltern sitzt.«

»Wir auch nicht«, gestand Ellyn lächelnd.

»Dann sollten wir die Stadt möglichst bald erobern, ja?«

Ellyn wollte antworten, doch Mattich betrat ihr Zelt. Seine Miene war besorgt. »Kommt schnell. Diese verfluchte Vachyn-Magie versetzt unsere Krieger in Angst und Schrecken. Eure Gegenwart könnte ihnen Kraft geben.«

»Komm.« Shara stand auf und reichte Ellyn die Hand. »Komm, Schwester, die Pflicht ruft.«

35

Ich trieb meinen Fuchs auf dem Rückweg an und ließ die kleineren Hochlandpferde rasch hinter mir. Ich wollte Ellyn und Shara die Nachricht von unseren neuen Verbündeten möglichst schnell überbringen. Es würde die erste Nacht werden, die wir nicht aus Sorgen um die Schlacht schlaflos verbringen würden. Wenn Mutter Hel und Kerid ihre Leute wie versprochen am Morgen herführten, könnten wir unseren Angriff beginnen.

»Bei Tagesanbruch«, hatte Mutter Hel versprochen, und ich hielt sie für eine Frau, die ihr Wort hielt. Ihre Piraten kannten unsere Belagerungsmaschinen sicherlich besser als meine Highlander. Mit ihnen würden wir Choryms Mauern angreifen können, ohne Furcht vor einem Feind im Rücken. Ich lachte übermütig.

Dann stockte mir der Atem, als ich sah, was vor mir lag.

Nebelschwaden zogen über die Straße, wie dichte Spinnennetze. Anfangs waren sie hauchdünn. Ich nahm an, dass es Feuchtigkeit aus dem Boden war, die in der Wärme des Tages emporstieg. Doch dann verdichteten sich die Schwaden und wurden schnell zu einer grauen Wand, die den Mond und die Sterne verdeckte. Ich konnte es mir nicht erklären. Es war feucht und kalt. Schweiß trat mir auf die Stirn;

gleichzeitig zitterte ich vor der Kälte, die bis ins Mark drang. Eine alte Wunde am Knie, wo mich vor langer Zeit eine Hellebarde verletzt hatte, schmerzte, ebenso die Wunden von Nestors Jägern. Auch mein Pferd begann zu scheuen. Bald darauf musste ich absteigen und das Tier am Zügel führen. Der Fuchs hatte die Ohren zurückgelegt und rollte mit den Augen. Er warf den Kopf nach rechts und links, als wittere oder sähe er im Nebel irgendetwas, das mir verborgen blieb.

Ich vermutete, Nestor hatte mit seinem Werk begonnen. Ich zückte mein Schwert und verfluchte mein Ross, weil es sich aufbäumte und um sich schlug. Ich ließ die Zügel los, um nicht von den Hufen getroffen zu werden. Das Pferd lief in den Nebel hinein. Ich ging zu Fuß weiter.

Nach geraumer Zeit sah ich etwas, das ich bereits am Darach-Pass und jenseits des Durrakym gesehen hatte.

Die Morgendämmerung war vergangen, die Sonne schien auf Chorym. Doch von den Stadtmauern stiegen Rauchsäulen auf wie aus einer Pfeife und verdichteten sich zu riesigen grauen Nebelschwaden. Diese hüllten die Belagerer und das Land ringsum bis zu einer Wegstunde Entfernung ein. Es war, als wären sämtliche Wolken vom Himmel auf das Land herabgesunken. Von den Blitzen abgesehen, war alles Grau in Grau.

Grelle Lichtstrahlen schossen auf das Land herab. Ich sah Feuersäulen und erkannte die Umrisse meiner brennenden Katapulte und Belagerungstürme. Ich stieß einen verzweifelten Schrei aus – wieder wurde ich an den Darach-Pass erinnert – und taumelte vorwärts, obgleich ich vom Boden ebenfalls Blitze emporzucken sah. Nun war der dunkle Himmel über meinem Heer, und Chorym wurde von einander bekämpfenden Blitzen grell erhellt. Alles mir weh. Am liebsten hätte ich Schwert und Schild fortgeschleudert und wäre geflohen. Es war, als flüstere der Nebel mir zu, dass ich niemals siegen könne und die Flucht ergreifen solle.

So etwas hatte ich früher schon erlebt; deshalb bekämpfte ich meine Zweifel und Ängste und ging weiter. Roark tauchte aus der Nebelwand auf. Er trug eine Fackel, die allerdings wenig half, den Weg zu sehen. Haarsträhnen hingen ihm in die Stirn, und seine Augen blickten wirr. Er richtete die Schwertspitze auf mich und atmete erleichtert auf, als er mich erkannte.

»Den Göttern sei Dank, dass du unverletzt bist, Gailard. Und dass du zurück bist.«

»Was ist geschehen?«, fragte ich.

»Es fing gegen Mitternacht an, glaube ich«, sagte er. »Da kam dieser Nebel und dann ...« Er zog den Kopf ein, als über uns ein Donnerschlag ertönte und ein Blitz vom Himmel fuhr. Ich hörte kurz ein Pferd wiehern. »Ellyn und Shara tun, was sie können, aber ...« Er schüttelte den Kopf. »Sie sollen es dir selbst erklären. Bei den Göttern, ich vermag es nicht.«

»Halten die Clans stand?«

»Bis jetzt.« Er wischte sich den Mund. »Aber wenn es so weitergeht ...« Er schaute sich unruhig um. »Meine Quan werden ausharren, sonst lasse ich sie allesamt köpfen. Aber sie haben entsetzliche Angst.«

Auch er hatte Angst, das sah ich. Ich bewunderte ihn für seine Standhaftkeit. Vielleicht war er für Ellyn doch der Richtige.

»Bring mich zu ihnen«, sagte ich, da ich im Nebel hilflos umherirrte. »Und verbreite überall die Nachricht, dass die Piraten von Hel uns zu Hilfe kommen. Sie kommen die Küstenstraße herauf.«

Er nickte und rief seinen Männern Befehle zu. Ich war beeindruckt. Und dann beeindruckte er mich noch mehr, als er sagte: »Sind die Krieger, die ich dir mitgab, unversehrt?«

»Ich habe sie zurückgelassen, um unsere Verbündeten herzuführen.«

»Den Göttern sei Dank.«

»Danke ihnen, wenn wir gesiegt haben«, meinte ich. »Und jetzt führe mich zu Shara und Ellyn und lass Mattich und Jaime rufen.«

Ich fand die Frauen in unserem Befehlsstand, der aus einigen Zelten bestand, von denen eins groß genug war, um uns darin zu beraten – bewacht von nervösen Highlandern, die bei jedem Donner und Blitz zusammenzuckten und mich wie Welpen anschauten, die das erste Gewitter erleben. Hier war das grauenvolle Angstgefühl, das Nestors Magie verbreitete, weniger spürbar. Ich nahm an, dass es an Sharas und Ellyns Anwesenheit lag.

Beide Frauen saßen an einem kleinen Tisch im Zelt, hatten die Hände ausgestreckt, um jederzeit die Finger ineinander verschränken zu können. Zwischen ihnen standen vier gehämmerte Messingschalen. Die eine enthielt Erde, die andere Wasser, die dritte eine Kerze, und die letzte war leer. Beide waren sehr blass und hatten Ringe unter den Augen. Ich zögerte, weil ich ihre Konzentration nicht stören wollte.

»Es hat angefangen«, sagte Shara. »Nestor hat seine gesamte Kraft aufgeboten. Er will die Belagerungsmaschinen zerstören. Ich …«

Das Zelt wurde hin und her geschüttelt wie eine Stoffpuppe, die man in eine Sturmböe wirft. Ich spürte, wie der Boden unter mir bebte. Der Blitz blendete mich sogar durch die Zeltleinwand hindurch. Ich hielt mich an einer Stange fest, schüttelte den Kopf und rieb mir die Augen.

»Wir können die Männer schützen«, erklärte Shara mit trockenem Mund. »Nicht jedoch die Geräte. Sie sind zum Großteil verbrannt.«

»Was als Nächstes?«, fragte ich und blickte Ellyn an, die am Gespräch nicht teilnahm; sie hatte die Augen verdreht, sodass man nur das Weiße sah. »Wird noch mehr Magie über uns kommen, oder gibt es eine ehrliche Schlacht?«

»Ich weiß es nicht – ich kann es nicht wissen«, antwortete Shara. »Bis jetzt können Ellyn und ich Nestors Magie von den Kriegern abwehren, aber …«

Wieder erbebte die Erde unter den Donnerschlägen. Shara zitterte am ganzen Leib, als träfe sie der nächste Blitz bis ins Mark. Auch Ellyn erging es nicht besser. Sie umklammerte Sharas Hände und schloss die Augen. Tränen quollen unter den Lider hervor. Die Schmerzen ließen ihr Gesicht ausgezehrt wirken. Die Unterlippe blutete, wo sie daraufgebissen hatte.

»Ich kann nicht mehr lange standhalten!«, stieß Shara hervor. »Er wird stärker …«

Der nächste Schlag riss mich von den Beinen. Mühsam erhob ich mich und sah, dass das Wasser aus der Schüssel quoll, ebenso die Erde. Die Kerze loderte auf. Brandgeruch vom Zeltdach stieg mir in die Nase.

»Er hat uns gefunden!«, rief Shara mit einer Stimme, die so rau klang, als würde man Steine aneinander reiben. »Die Geräte hat er bereits zerstört, jetzt wird er uns vernichten.«

»Wie kann er wissen, wo ihr seid?«, fragte ich. Flämmchen züngelten vom Zeltdach herab.

Shara ließ Ellyns Hände los. »Als Ellyn die Jäger tötete, erfühlte er ihre Tat mittels des Äthers. Mich spürte er auf, als ich den Streitwagen in Flammen aufgehen ließ. Jetzt sind wir so nahe, dass er unseren Aufenthaltsort genau bestimmen und seine geballte Macht gegen uns schicken kann. Wir …«

Ein Blitz schlug direkt vor dem Zelt ein. Die Hitzewelle schleuderte mich zurück. Ich sah Ellyn auf dem Rücken neben dem umgefallenen Stuhl liegen. Ihre Augen waren geweitet und leer.

»Wir müssen fort von hier«, sagte Shara. »Es zehrt meine Kräfte auf und könnte Ellyn töten. Sie verfügt zwar über magische Kraft, doch ist sie nicht so stark, um das hier zu überleben.«

»Wohin?«, fragte ich. »Wo ist es sicher?«

»Ich weiß es nicht«, antwortete Shara verzweifelt. »Jenseits des Nebels? *Ich weiß es nicht!* Nur fort von hier!«

Ich hatte sie noch nie verängstigt gesehen, und es jagte mir Furcht ein. Ich hob Ellyn auf die Arme und taumelte aus dem Zelt. Ringsum fielen brennende

Leinwandfetzen herab. Shara sammelte die Schalen ein, ohne sich um deren Inhalt zu kümmern. Ich hatte das Gefühl, der Donner, die Blitze und das Angstgefühl würden stärker, als die Schalen sich leerten.

Ich stand mit Ellyn auf den Armen da und schaute mich um. Ich vermochte nur wenige Schritt weit zu sehen, aber ich hörte die Männer und Tiere in ihrer Angst schreien. Unsere einzige Chance war ein Angriff, doch wusste ich nicht, wie wir ihn führen sollten, jetzt, nachdem die Belagerungsmaschinen, auf die ich mich verlassen hatte, um die starken Mauern Chcoryms zu stürmen, lichterloh brannten. Bei den Göttern, ich sah ihre Flammen selbst durch diesen unnatürlichen Nebel. Lodernde Scheiterhaufen schickten Funken zum Himmel empor, der blau wie im Sommer und gleich darauf schwarz wie eine Winternacht war. Der Wechsel erfolgte so schnell, dass mir ganz schwindlig wurde. Ich wusste nicht mehr, ob Nestor uns Licht oder Finsternis schickte. Ich spürte nur diese entsetzliche Angst, die mich erfüllte, und fragte mich, ob der Vachyn über die Macht verfügte, uns zu vernichten.

Shara tauchte mit einem Ranzen aus dem brennenden Zelt auf. Ihr Haar war versengt, das Gesicht von Asche beschmutzt. Ich legte Ellyn auf den Boden, lief zu Shara und zerrte sie vorwärts.

Gleich darauf brach das Zelt in einem Flammenmeer zusammen. Entsetzt wichen wir zurück. Ich hatte den Eindruck, als hörte ich Gelächter am Himmel. Dann stürzte Roark aus dem Nebel, begleitet von Mattich und Jaime.

»Ich trage sie«, sagte Roark und nahm Ellyn auf die Arme.

»Was ist das, Gailard?«, fragte Jaime. »Bei den Göttern, einige meiner Männer haben die Flucht ergriffen. Wir sind nicht gewohnt, so zu kämpfen.«

»Roark hat mir gesagt, dass Verbündete anrücken«, sagte Mattich. »Aber können wir so lange aushalten? Werden wir gemeinsam mit ihnen siegen?«

Wir zuckten zusammen, als die nächsten Donnerschläge ertönten und Blitze wie riesige Insekten mit zahllosen Beinen über die Erde sprangen. Männer und Tiere schrien. In meinem Kopf drehte sich alles. Die alten Wunden schmerzten. Ich hatte Angst – und, wie am Darach-Pass – ungeheure Wut.

»Wir *werden* sie besiegen«, erklärte ich. »Die Piraten von Hel kommen uns zu Hilfe. Sie halten den Fluss gegen Talans Männer und bringen uns mindestens tausend Mann Verstärkung.«

»Aber wird das genügen?«, fragte Mattich. »Bei den Göttern, ich habe ...«

Ein besonders heftiger Blitz direkt vor uns schnitt ihm das Wort ab.

»Wir müssen fort!«, rief Shara.

Wir rannten durch den grässlichen Nebel, bis wir an ein offenes Feld gelangten. Reste einer Steinmauer und einer Bauernkate standen dort. Wahrscheinlich hatte Talan die Steine für seine Katapulte abgetragen. Aber das Gras war grün, und der Nebel lichtete sich hier. Es war Morgen, und die Sonne schien hell. Behutsam legte Roark Ellyn ins Gras.

»Das ist weit genug«, erklärte Shara und begann, den Ranzen auszupacken.

»Ich kann für die Dur nicht mehr bürgen«, sagte Mattich. »Nicht bei dem hier.« Er deutete auf den Nebel, dem wir entflohen waren, wo immer noch Feuer loderten und Männer und Tiere schrien. »Meine Krieger fürchten sich.«

»Ich kann ebenfalls nicht für die Arran bürgen«, sagte Jaime. »Bei den Göttern, wir wollen dir ja helfen, Ellyn auf den Thron zu setzen, aber das …« Er schüttelte den Kopf. »Das ist … Gailard, wir führen einen Kampf, den wir nicht gewinnen können. Talans Vachyn ist zu mächtig.«

»Nein!«

Sharas Stimme war fast so laut wie der Donner. »Begreift ihr es denn nicht? Wenn ihr jetzt aufgebt, überlasst ihr die Welt dem Vachyn. Dann wird Talan Chaldor besitzen und bald die Hochlande und euch erobern. Und glaubt ihr etwa, Talan und Nestor werden euch vergeben? *Nein!* Eure Köpfe werden rollen, und eure Clans werden zu Sklaven.«

»Aber gegen Magie können wir nicht kämpfen«, erwiderte Mattich. »Wir stehen vor Mauern, die wir nicht stürmen können, weil die Magie Gailards Belagerungsmaschinen zerstört hat.«

»Und eure Macht vermag uns auch nicht schützen«, fügte Jaime hinzu und zeigte dann auf Ellyn. »Du hast behauptet, sie verfüge über große magische Kräfte. Schau sie jetzt an! Wozu ist sie noch nütze?«

»Schweig!« Roark blickte Jaime wütend an. »Hüte deine Zunge! Die Quan halten zu ihr, und ich erlaube nicht, dass sie beleidigt wird.«

Jaime zuckte mit den Schultern. »Du liebst sie, aber ich liebe meinen Clan nicht minder – und ich vermag nicht zu sehen, wozu sie in diesem Krieg nützt, abgesehen davon, dass sie Chaldors Erbin ist.«

»Sie hat starke magische Kräfte«, erklärte Shara. »Und schon bald wird sie wach sein.« Sie leerte den Ranzen und stellte die Schalen auf den Boden. »Wenn ihr jetzt die Flucht ergreift, werden euch Talans Krieger und Nestors Magie einholen und vernichten. Wollt ihr nicht wie aufrechte Männer kämpfen?«

»Gegen Krieger in ehrlichem Kampf – ja, gewiss.« Jaime nickte. »Aber gegen *das*?« Er deutete auf den verfinsterten Himmel. »Ich dachte, du und Ellyn könntet uns schützen, doch jetzt sehe ich meine Männer sterben und habe kaum Hoffnung auf einen Sieg.«

»Die Quan werden Ellyn unterstützen und bis zum Ende kämpfen«, erklärte Roark.

Shara grub mit den Fingern Erde aus und füllte damit eine Schale.

»Und ich vertraue auf Shara«, sagte ich.

Sie goss Wasser in die zweite Schale und stellte eine Kerze in die dritte. Die letzte, die leere, stellte sie auf den Boden. »Und ich vertraue auf Ellyn.«

Ellyn rührte sich. Roark betupfte ihr Gesicht mit einem feuchten Tuch und betrachtete sie bewundernd. Ellan erwachte und blickte ihm in die Augen.

»Wir sind jetzt außerhalb der Reichweite von Nestors Magie«, erklärte Shara. »Ich brauche dich. Wenn wir Erfolg haben wollen, musst du mir helfen.«

Stöhnend richtete Ellyn sich auf und lehnte sich an Roark. »Mein Kopf tut so weh«, sagte sie und klang wie das verwöhnte Kind, das sie zu Anfang unserer Bekanntschaft gewesen war.

»Die Piraten von Hel kommen uns zu Hilfe«, sagte Shara. »Wir sind in großer Bedrängnis, aber sie könnten das Zünglein an der Waage sein.«

Ellyn schob sich etwas höher in Roarks Arme. »Was kann ich tun?«

»Viel, wenn du mit mir arbeitest«, antwortete Shara.

Wieder erfolgte ein schrecklicher Donnerschlag aus dem Himmel über dem Nebelring, der Chorym einhüllte. Grelle Blitze zuckten herab. Ich bezweifelte, dass die Clans viel länger ausharren könnten, und befürchtete, dass Nestors Magie und Ellyns Widerstreben unsere Hoffnungen bald vernichten würden.

»Hör zu, es gibt eine Möglichkeit«, fuhr Shara fort und lächelte mich an. »Erinnerst du dich an unsere erste Begegnung, als Eryk dich an den Baum hing?«

Ich nickte. Aus dem Augenwinkel sah ich Männer aus dem Nebel herbeilaufen. Sie hatten die Waffen weggeworfen und flohen in Panik wie verängstigte Tiere. Mattich und Jaime riefen ihnen Befehle zu, da einige die Farben der Dur und Arran trugen. Auch Devyn waren darunter.

»Ich muss wieder den Zauber wirken.« Shara zögerte. »Ich muss nach Chorym hinein.«

»Nein!«, rief ich.

»Wir müssen uns Zugang in die Stadt verschaffen, sonst sind wir verloren«, erklärte sie. »Wir können die Mauern jetzt nicht überwinden, und bald wird unsere gesamte Streitmacht fliehen. Ich bezweifle, dass die Piraten mehr ausrichten können, deshalb ...«

»Nein, das kannst du nicht!« Ich packte ihre Hand. »Du sagst doch, dass Nestor dich jetzt finden kann. Wenn du diesen Zauber wirkst, dann weiß er, dass du kommst und wird auf dich warten, wenn er dich nicht schon zuvor vernichtet.«

»Welche andere Möglichkeit gibt es?«, fragte sie.

»Du kennst die Stadt nicht. Du weißt nicht, welches Tor das Richtige ist. Du weißt nicht, wie man es öffnet«, fuhr ich fort, ohne ihre Frage zu beachten.

»Ich vermag Tore zu öffnen«, erklärte sie.

»Nur wenn du lebst – und angesichts von Talans Kriegern und Nestors Magie dürfte dein Leben nicht lange währen, denn ich bezweifle, dass du beide besiegen kannst.«

»Aber was für eine andere Möglichkeit haben wir?«, fragte sie. »Wir verlieren alles, wenn wir nicht in die Stadt vorrücken.«

Ich fluchte laut. Das entsetzliche Angstgefühl war jetzt verflogen, nachdem ich aus dem Vachyn-Nebel heraus war, doch die alten Wunden schmerzten noch. Ich sah, wir Roark Ellyns Haar glättete. Mattich und Jaime blickten mich und Shara niedergeschlagen an und warteten auf ein Wunder, doch ohne große Hoffnung.

»Es gibt einen anderen Weg«, erklärte ich und legte Shara die Finger auf die Lippen, als sie widersprechen wollte. »Nein, hör zu. Du hast mich damals umgewandelt, kannst du das noch einmal tun?«

Sie nickte.

»Ich kenne die Stadt, und die Leute kennen mich – vielleicht finde ich Verbündete. Außerdem bin ich ein Söldner und kämpfe besser als du.«

»Nicht gegen Nestors Magie.« Sie schüttelte den Kopf. »Würde ich deine Gestalt wandeln, würde er spüren, dass *du* kommst.«

»Dich und Ellyn würde er ebenfalls spüren. Er weiß nur, dass es zwei Personen mit magischen Fähigkeiten bei uns gibt. Von mir weiß er nichts.«

»Er würde es trotzdem wissen.«

»Angenommen, du wirkst mit Ellyn Zauber, während ich eindringe? Würde ihn das nicht verwirren?«

»Möglich«, sagte sie vorsichtig.

Ich dachte nach. Dieser Plan war mir ganz plötzlich gekommen. Bei den Göttern, wir mussten schnell handeln. »Und die Piraten müssen bald eintreffen«, sagte ich. »Was wäre, wenn ...«

Ich legte den anderen meinen Plan dar.

Als ich geendet hatte, überlegte Shara kurz; dann nickte sie langsam und widerstrebend. »Es könnte Erfolg haben, aber es ist sehr gefährlich.«

»Krieg ist immer gefährlich«, erwiderte ich.

Sie nahm mein Gesicht in die Hände und zog es herab, um mich zu küssen. »Ich liebe dich, Gailard.«

Ich war wonnetrunken. Dieser Kuss war das Versprechen auf alles, was ich mir erhoffte, auf die Belohnung. In diesem Augenblick vergaß ich alles. Ich vergaß Ellyn und mein Ziel; ich wusste nur, ich musste Chorym erobern, um die Frau zu erringen, die ich liebte. Für sie hätte ich die Welt erobert!

Sie löste sich von mir. War es ihr peinlich? Ich lachte. »Nun denn, lass es uns wagen!«

36

»Sie rücken ab?« Talan Kedassian starrte auf die Nebelwand, die Choryms Mauern einhüllte. Er vermochte nicht tiefer als jeder andere Sterbliche in die Schwaden hineinzublicken, aber er hörte die Laute. »Bist du sicher?«

»Ja.« Nestor nickte. »Ihre Belagerungsmaschinen sind allesamt zerstört, und sie ziehen sich zurück.«

»Wohin? Fliehen sie? Haben wir sie geschlagen?«

Talan stellte sich auf die Fußspitzen und spähte in den Nebel, als wolle er die Augen zu etwas zwingen, wozu sie nicht in der Lage waren. Sonnenlicht glänzte auf seiner goldenen Rüstung. Er löste den Helm, um besser sehen zu können. Ein Diener eilte herbei, um ihm den Helm abzunehmen.

»Ich kann auch nicht weiter sehen als du«, erklärte Nestor ein wenig verärgert. »Aber ich weiß, dass sie abrücken. Wie weit, vermag ich noch nicht zu sagen – nur, dass es außerhalb des Bereichs meiner Magie ist.«

»Und Ellyn? Und Shara?«

»Meine ehemalige Schwester?« Der Vachyn zuckte mit den Schultern. »Sie verwendet jetzt keine Magie, und auch Ellyn nicht.«

»Dann sind sie tot?«, fragte Talan hoffnungsvoll. »Du hast sie getötet?«

»Möglich.« Nestor runzelte die Stirn. »Ich kann es

nicht mit Sicherheit sagen, aber ich spüre ihre Magie nicht …«

»Wie können wir sicher gehen?«

»Ich könnte meinen Zauber aufheben«, sagte Nestor mit leichtem Spott.

»Und uns ohne Verteidigung lassen?« Talan schüttelte den Kopf. »Nein, nicht bis wir Gewissheit haben.«

»Lass mich Späher aussenden«, schlug Egor Dival vor. Er schaute Nestor an. »Oder würde dein schmutziger Nebel sie ebenfalls in Furcht und Schrecken versetzen?«

»Selbstverständlich.« Nestor blickte den alten General mit unverhohlener Verachtung an. »Glaubst du etwa, ich könnte einen Zauber wirken, der nur einen Mann trifft, nicht aber den daneben?«

»Ich hielt dich für allmächtig«, erwiderte Dival ebenso verächtlich.

»Schweigt!« Talan hob die Hand, als sich die Augen des Vachyn verengten und Divals unversehrte Hand zum Schwertgriff glitt. »Wir stehen an der Schwelle zum Sieg! Jetzt ist nicht die Zeit zu streiten.«

»Solange wir nicht wissen, ob die Highlander tatsächlich abgerückt sind, sind wir hier ebenso eingeschlossen, wie sie ausgesperrt sind«, sagte Dival.

»Falls Shara oder Ellyn nochmals Magie benutzen, werde ich es wissen«, erklärte Nestor. »Und dann werde ich sie finden, sofern sie nicht schon tot sind.«

»Und das werden wir nicht wissen, solange der Nebel andauert«, sagte Dival mürrisch. Er lachte. »Ein Scherz, ja? Wir sitzen aufgrund unseres eigenen Erfolgs in der Falle.«

Talan blickte von einem Mann zum anderen; dann wandte er sich an Nestor. »Was sollen wir tun?«

»Ich schlage vor, dass ich den Zauber noch eine Zeit lang bestehen lasse – einen oder zwei Tage. Dann kann der General seine Männer aussenden«, sagte Nestor.

»Das heißt, dass du dann den Nebel verschwinden lassen musst«, meinte Talan mit finsterer Miene. »Und wir sitzen schutzlos da.«

»Du hast ein Heer«, sagte Dival. »Und falls die Highlander bis dahin nicht angegriffen haben, sind wir sicher. Bei den Göttern, ihr Gerät ist zerstört. Sie sind nicht mehr im Stande, Choryms Mauern zu überwinden. Wir haben unsere gesamte Streitmacht hier – genügend Männer, um die Feinde in ehrlichem Kampf zu besiegen. Wie können wir da verlieren?«

Talan dachte kurz nach. »Gut, warten wir zwei Tage«, sagte er schließlich. »Dann wird Nestor seinen Zauber aufheben, und du kannst Männer aussenden.« Er nickte beifällig über seine militärische Entscheidung und sonnte sich bereits in der Aussicht auf den leichten Sieg. »Sind die Wilden geflohen, werden wir sie zurück in ihre elenden Hochlande jagen.«

»Und wenn nicht?«, fragte Dival.

Talan schaute Nestor an. »Ich bezweifle, dass sie bleiben.«

»Aber falls doch, sollen die Späher sofort zurückkehren, und sie können vergeblich gegen unsere Mauern anrennen«, sagte Talan und schaute diesmal Egor Dival an.

»Wie mein König befiehlt.« Dival machte eine

Ehrenbezeugung und schickte sich an zu gehen. Über die Schulter rief er: »Ich muss jetzt zu meinen Männern.«

»Wenn das alles vorüber ist und du den Sieg errungen hast, sollte man wegen dieses alten Mannes etwas unternehmen«, sagte Nestor. »Er hat schon zu lange gelebt.«

»Ja«, pflichtete Talan ihm bei. »Aber erst, wenn wir mit Sicherheit wissen, dass die Clans abgezogen sind.«

»Ja. Erst wenn alles sicher ist«, flüsterte Nestor. »Aber dann ...«

Egor Dival verlangsamte die Schritte. Er spürte ein Prickeln zwischen den Schulterblättern, und als er zurückblickte sah er, wie Nestor ihn aus dunklen, abwägenden Augen musterte. Der alte General straffte die Schultern, wobei sein gebrochener Arm schmerzte. Vielleicht fühlte er sich aufgrund dieses Vachyn-Zaubers so unwohl, beinahe verängstigt – oder lag es an den Augen des Vachyn? Er traute dem Zauberer nicht, und Nestor besaßt Talans Ohr.

Dival stieß einen Fluch aus und ging weiter.

Kerid blieb stehen und gebot den Piraten mit einer Handbewegung Halt, als er den Nebel sah. An Flussnebel war er gewöhnt, aber das hier war etwas anderes. Diese Schwaden waren dichter als die Leinwand der Segel – und irgendwie bösartig. Selbst aus der Entfernung, und obwohl die Sonne über ihm schien, spürte Kerid die Eiseskälte. Er hörte Schreie aus dem Nebel, und Männer kamen mit offensichtlichem Entsetzen herausgerannt.

Er wandte sich an Nassim. »Was ist das?«

»Woher soll ich das wissen?« Nassim spuckte Tabak und zuckte mit den Schultern. »Vachyn-Magie? Ein Werk von Talans Zauberer?«

Kerid nickte und blickte auf die Zelte vor der Nebelwand, die wie Ringe Chorym umgaben. Die Stadt ragte auf dem Hügel unter einem blauen Spätsommerhimmel auf. Die Mauern schimmerten eigenartig hell, dann kam der dichte dunkle Nebel, dann wieder klarer Himmel, wo die Zelte standen und Männer und Pferde warteten. »Bleib hier«, sagte er. »Ich spreche mit der Mutter.«

Er ging zum Prachtzelt, wo Mutter Hel saß und das Schauspiel betrachtete.

»Vachyn-Magie?«, wiederholte sie Nassims Frage. »Nun, was soll's. Jetzt sind wir gebunden.«

»Dann marschieren wir weiter?« Kerid runzelte die Stirn. »So etwas hatte ich nicht erwartet.«

»Ja, aber wir haben unser Wort gegeben.« Die Mutter schürzte die Lippen. Kerid fragte sich, ob sie für beide sprach oder in der Mehrzahl der Herrscher. »Wir werden der Sache auf den Grund gehen. Lass uns Gailard suchen.«

Reiter kamen ihnen entgegen und winkten ihren Clan-Gefährten zu, ehe sie vor der Mutter und Kerid den Kopf neigten. Ihr Anführer war ein junger Mann, sehr gut aussehend, obgleich sein Gesicht angespannt und erschöpft war.

»Ich bin Roark von den Quan«, erklärte er. »Ich

heiße euch im Namen Ellyns von Chaldor willkommen.«

»Wo ist Gailard?«, fragte die Mutter.

»Bei Ellyn, sie wartet auf euch«, antwortete Roark.

»Dann bring uns zu ihnen«, befahl sie. »Und sorg dafür, dass meine Männer zu essen bekommen. Wir haben einen langen Marsch hinter uns, um euch zu helfen, und sie sind hungrig.«

»Kommt«, sagte Roark, machte kehrt und führte die Piraten zu den Zelten vor dem Nebel.

Ellyn starrte die Ankömmlinge an. Bis jetzt hatte sie noch nie eine schönere Frau als Shara gesehen. Sie war überrascht, als Mutter Hel ihr die Hand wie einer Gleichrangigen entgegen streckte.

»Ich bin die Mutter von Hel.«

Ellyn ergriff die Hand. »Ich bin Ellyn.« Nach kurzer Pause fügte sie hinzu: »Von Chaldor.«

Sie fühlte sich immer noch schwach; anscheinend hatte Nestors Magie ihren Verstand schlimmer verwirrt als der Nebel. Aber sie musste ihre Pflicht erfüllen, und diese Verbündeten waren zu ihrer Unterstützung gekommen. Sie würde sie so gut behandeln, wie es einer Königin geziemte.

Sie sah, wie Gailard und Kerid sich wie alte Freunde anlächelten. »Das ist Shara, die mir hilft«, stellte sie vor.

Ihr wurde schwindlig. Mutter Hel half ihr zu einem Stuhl. »Setz dich, Kind. Ich habe schon viel von dir gehört. Offenbar bist du verletzt. Vachyn-Magie, ja?«

Ellyn setzte sich dankbar. Mutter Hel sah nicht viel älter aus als sie, doch besaß sie eine unglaubliche königliche Ausstrahlung.

»Was geschieht jetzt?«, fragte sie.

Gailard erklärte alles. Roark schenkte Ellyn einen Becher Wein ein. Shara saß neben ihr am Tisch, ebenso Mattich und Jaime und der Mann namens Kerid. Und noch einer, der stinkenden Tabak kaute, den er unbekümmert auf den Boden spuckte. Er hieß Nassim.

»Also habt ihr keine Belagerunsmaschinen mehr«, sagte Mutter Hel, nachdem Gailard geendet hatte. »Und eure Krieger fliehen. Talan sitzt mit seinem Vachyn-Zauberer und dem Großteil seines Heeres in Chorym. Das sieht nicht allzu Sieg verheißend aus.«

»Doch. Wenn unsere Strategie erfolgreich ist«, widersprach Gailard.

»Das ist ein sehr gewagtes Spiel«, sagte Kerid.

»Es ist die einzige Möglichkeit«, erklärte Gailard.

»Es könnte uns teuer zu stehen kommen«, sagte Mutter Hel. »Du verlangst von meinen Männern, für deine Sache zu sterben. Und wenn dein Plan fehlschlägt …?«

»Ihr könnt sofort zurück zu euren Schiffen gehen«, unterbrach Shara. »Und nach Hel zurück. Nestor hat von eurer Anwesenheit noch keine Ahnung.«

»Aber Talan weiß inzwischen, dass wir sämtliche Häfen sperren«, erklärte Mutter Hel. »Und über kurz oder lang wird er auch von unserem Anteil an eurem Krieg erfahren.«

»Das stimmt«, pflichtete Shara ihr bei.

»Und wenn alles, was ihr sagt, wahr ist, wird auch

Hel an die Vachyn fallen«, sagte die Mutter. Sie seufzte und lächelte. »So sei es! Wir werden an eurer Seite kämpfen, obwohl ich euch für wahnwitzig halte.« Sie schaute Gailard an.

Ellyn spürte Roarks Hand auf der ihren, aber ihre Augen blieben auf Gailard gerichtet. Er nickte, und sie war stolz auf ihren Beschützer – und hatte entsetzliche Angst um ihn.

»Wann soll es beginnen?«, fragte Mutter Hel.

Ellyn sah, wie Gailard zu Shara blickte, und spürte einen Stich der Eifersucht.

»Wenn Shara es für richtig hält«, antwortete Gailard.

37

Wieder war ich ein Vogel, und es war wunderbar berauschend, die Schwingen auszubreiten und durch die Lüfte zu fliegen. Allerdings empfand ich auch große Angst dabei, nicht so sehr um mich, sondern um Shara, die neben mir flog.

Es war mir nicht gelungen, ihr auszureden, mich zu begleiten. Ich hatte sie auch nicht überzeugen können, mich allein zu verwandeln und nach Chorym fliegen zu lassen, denn ich hatte Angst, dass Nestor sie aufspürte und tötete. Meine Furcht um Shara war größer als die, dass ich abstürzen könnte – was vermutlich geschah, falls sie starb. Ich glaubte nicht, ihren Tod ertragen zu können. Doch sie hörte nicht auf meine Einwände.

So kam es, dass wir zu Schwalben wurden. Wir flogen gemeinsam, während Ellyn die Magie wirkte, die Shara sie gelehrt hatte. Und die Clans und die Piraten warteten auf den Höhepunkt meines wagemutigen Plans.

Wir flogen geradewegs über den Ring des wogenden Nebels dahin. Insgeheim hatte ich erwartet, dass Nebelfetzen von unten oder Blitze von oben unseren Flug unterbrechen würden, aber nichts geschah. Schließlich sahen wir den Sonnenschein auf Chorym's Mauern. Wir flogen darüber hinweg und landeten in einem Hof vor den Stallungen. Wir waren ringsum von kreischenden Vögeln umgeben, als ich auf den Boden flatterte und wieder meine gewohnte Gestalt annahm.

Ich kam auf die Beine und staunte über den Zauber, der mich mit Schwert und Schild bewaffnet nach Chorym versetzen konnte. Dann stolperte ich über die am Boden liegende Shara. Sie rang nach Luft, packte meine Hand und erhob sich mühsam. Sie trug jetzt wieder die blaue Rüstung mit Helm, einen Schild am linken Arm und ein Schwert am Gürtel. Ich hielt sie eine Zeit lang fest; dann löste sie sich aus meinen Armen.

»Na, habe ich es dir nicht gesagt? Wir sind zu schnell für ihn geflogen! Jetzt ist er verwirrt. Und falls er uns gefühlt hat, wird er sich fragen, wer du bist.«

Ich nickte, allerdings weniger zuversichtlich als sie, und zückte mein Schwert. Ich blickte mich auf dem gepflasterten Hof um, auf dem Stroh und Mist lagen. Pferde musterten uns neugierig aus den Stallungen. Eine träge gelbe Katze lag auf einem Heuballen. Über uns ragten die Außenmauern der Stadt auf. Ich sah das Sonnenlicht auf den Helmen und Speerspitzen der Soldaten funkeln, doch kein Gesicht wandte sich uns zu. Allmählich wagte ich zu hoffen, dass wir unbemerkt eingedrungen waren.

Aber für wie lange? Lange genug, um unser Ziel zu erreichen?

Im Hof war ein Tor. Ich nahm Sharas Hand.

»Können wir gehen? Bist du kräftig genug?«

Sie nickte. »Übernimm die Führung, Gailard.«

Ich schob den Riegel zurück, und wir traten auf die

leere Straße, die um den unteren Teil von Choryms Hügel verlief. Hier gab es viele Handwerkerläden, Stallungen und Warenlager, aber auch etliche Schenken und einige niedrige Häuser. Ich war gespannt, ob mich jemand erkennen würde, als wir auf den Pflaster dahinschritten. Wir waren nicht weit vom Osttor entfernt. Wenn mein Plan gelang, würden wir als Erstes dieses Tor öffnen. Ich hatte die Clans angewiesen, nach Süden und Westen zu ziehen. Shara hatte erklärt, dass selbst Nestor nicht über seinen magischen Nebel hinausschauen könne; deshalb hatten wir Zelte, Pferde und Feuer im Osten zurückgelassen, als wäre die Hauptmacht unseres Heeres dort versammelt.

Doch sehr viel hing vom Zufall ab.

Wir drückten uns in den Schatten, als wir die Straße entlanggingen. Ich sah die Umrisse von Katapulten und Steinschleudern an der Stadtmauer und auch viele Bewaffnete. Es war ein armes Viertel; vermutlich wohnten hier diejenigen, die Talans Herrschaft am meisten verabscheuten, darunter die alten Krieger, die nach der Niederlag am Darach-Pass nach Chorym zurückgekehrt waren und die erste Belagerung überlebt hatten.

Ich hörte Hufschlag und zerrte Shara in eine Seitengasse. Es stank nach Unrat. Ein halb verhungerter Hund knurrte leise hinter einem zerbrochenen Fass. Ich wagte einen Blick auf die Straße und sah eine Abteilung von Talans Reitern herantraben. Sie spähten nach beiden Seiten. Der Anführer befahl den Männern, auch die Seitengassen und Höfe abzusuchen. Rasch lief ich mit Shara tiefer in lange, schmale Gasse hinein. Überall lagen Abfälle, verschimmelte Lehmziegel, die unbrauchbar waren, weggeworfenes Holz, ein uralter, von Spinnweben überzogener Karren. Wieder knurrte ein Hund. Ein Bettler lag in einem Eingang und schaute zu uns auf. Er trug ein schmutziges Gewand mit Kapuze, die sein Gesicht verhüllte. Ich holte eine Münze aus meinem Beutel, umklammerte aber vorsichtshalber den Dolchgriff.

Der Bettler beschwichtigte den Hund, stand auf, ging zu einer Hintertür, die in rostigen Angeln knarzte, und sagte: »Schnell! Hinein, sonst seid ihr tot.«

Ich war misstrauisch. Zu Andurs Zeiten hatte es in Chorym keine Bettler gegeben, aber wie viel hatte sich unter Talans Herrschaft verändert? Ich zögerte und warf einen Blick zurück auf die Gasse. Zwei Reiter näherten sich.

»Beeilt euch, um der Götter willen!«

Seltsam – die Stimme klang irgendwie vertraut. Ich holte tief Luft und ergriff Sharas Hand. Dann folgten wir dem Bettler.

Wir betraten einen schäbigen Gang. Staub hing an den Wänden, so dick wie ein Wandteppich. Es roch unangenehm nach Kohl und Urin. Der Bettler schloss leise die Tür und schob die Riegel vor. Dann wandte er sich zu uns. Ich hielt ihm meine Klinge an die Kehle – und dann stockte mir der Atem, als er die Kapuze zurückschob.

»Haldur!«

Der Mann, den ich zurückgelassen hatte, um Antium zu verteidigen, grinste. »Ich hielt dich für einen

Feigling, Gailard, als du uns verlassen hast. Aber ich hätte es besser wissen müssen. Du bist gekommen, uns zu befreien. Wo ist Ellyn? Wann greift ihr an?«

Er lächelte und schob uns zu einer Tür, die in einen niedrigen Raum führte, in dem es nach Schweiß, Branntwein und Hunden roch. Die Hunde würdigten uns kaum eines Blickes. So auch die Männer, die um den Tisch herumsaßen. Sie schienen in nicht viel besserer Verfassung zu sein als die halb verhungerten Hunde.

»Hier seid ihr sicher«, erklärte Haldur. »Zumindest eine Zeit lang.«

Er warf das Bettlergewand ab. Verblüfft sah ich, dass er eine Rüstung, einen Dolch am Gürtel und ein Kurzschwert auf dem Rücken trug; außerdem sah ich zu meinem Erschrecken, dass ihm die rechte Hand fehlte. Der Arme endete in einem vernähtem Stumpf. Er lachte, als ich darauf starrte.

»Ja, Kriegerschicksal unter der Danant-Herrschaft«, stieß er verbittert hervor. »Leiste den Treueeid und lebe, falls du willens bist, den Schwertarm zu verlieren.«

»Und wenn nicht?«, fragte ich.

»Hinrichtung.« Er deutete mit dem Stumpf zum Tisch. Alle Männer hoben ihre verstümmelte Rechte. »Talan und sein verfluchter Vachyn sind dafür verantwortlich.«

»Ich habe mich oft gefragt, was aus unserem Heer geworden ist«, sagte ich.

»Gehängt oder gekreuzigt«, antwortete Haldur. »Oder sofort getötet, wenn sie kämpften. Mich hat man nach Antium gefangen genommen und vor die

Wahl gestellt. Ich zog es vor zu leben. Ich dachte … vielleicht …«

»Haldur, es tut mir Leid«, sagte ich.

»Mir auch«, sagte er und hielt den Stumpf hoch. »Und ich bedaure, dass ich an dir gezweifelt habe. Lebt Ellyn?«

»Sie lebt und wartet jetzt mit den Clans hinter dem Nebel des Vachyn.«

Shara legte warnend die Hand auf meinen Arm. »Er hat seine Hand für Chaldors Sache gegeben«, sagte ich.

»Ihr könnt mir trauen«, erklärte Haldur. »Uns allen.« Er schlug mit dem Stumpf auf den Tisch. »Wir können immer noch kämpfen.« Er blickte mir fest in die Augen. »Wir haben auf eine Gelegenheit gewartet, um zurückzuschlagen. Als wir Gerüchte über ein Heer hörten, das gegen Talan zieht …«

Ich hörte Hufschlag und die gedämpften Stimmen von Talans Kriegern vor dem Haus. Doch die Läden waren geschlossen, und keiner kam zur Tür. Sie ritten weiter.

»Ihr könnt uns trauen«, bekräftigte Haldur noch mal.

Zustimmendes Gemurmel folgten seinen Worten. Ich blickte mich in dem Raum um, der so düster und schmutzig wie die Männer war, die darin saßen. Aber ihre Augen funkelten vor Begeisterung, als hätte ich ihnen Hoffnung gebracht. Ich musterte Haldur. Er wirkte älter, als er war. Er trug Narben im Gesicht und schien sich längere Zeit nicht gewaschen zu haben. Er lächelte und brachte uns beiden Becher mit dünnem, saurem Wein.

»Das Beste, was wir haben«, entschuldigte er sich. »Wir alten Krieger leben hauptsächlich von Almosen, aber es hat auch Vorteile, ein Bettler zu sein.« Er lachte bitter. »Wir können ungesehen dorthin gehen, wo man andere Leute erkennen würde. Und wir sind zahlreich.«

»Und ihr seid alle für Ellyn?«, fragte ich.

Haldur nickte. »Bis in den Tod.«

»Was ist mit eurem Eid?«

»Welcher Eid?«

»Ihr habt Talan den Treueeid geleistet.«

Haldur war ein Devyn. Einen Treueeid konnte man nicht so leicht beiseite schieben.

»Der Treueeid gilt für uns nicht mehr! Wir können dir helfen, Talan zu entmachten! Sag uns, was wir tun sollen.«

Ich blickte zu Shara, und sie nickte. »Wir können Verbündete brauchen«, sagte sie.

Ich erklärte unsere Strategie.

»Du kannst auf uns zählen«, erklärte Haldur, als ich geendet hatte. »Du hast jetzt eine kleine Streitmacht in der Stadt.«

Manchmal lächeln uns die launischen Göttern doch, dachte ich.

Wir erhielten Bettlergewänder und rieben uns Asche und Fett ins Haar. Dann schmierten wir uns Schmutz ins Gesicht, ehe Haldur uns mit in die Stadt nahm. Die Hunde folgten uns, das heißt, eigentlich folgten sie Shara, da sie eine seltsame Macht über Tiere besaß, die uns zuvor schon geholfen hatte.

Die Soldaten auf den Straßen schenkten uns Schmutzfinken keinerlei Beachtung.

Wir suchten viele Hütten auf, in denen alte einhändige Krieger hausten. Es war ein Vorteil für uns, dass diese Armenviertel allesamt im unteren Teil Choryms standen, wo sich die Tore befanden. Haldur ging stets zuerst allein in die Hütten und erzählte den Männern von zwei weiteren Unglücklichen. Meist hatte er sich schnell von der Treue der Kameraden überzeugt. Alle hassten Talan und seinen Vachyn-Zauberer und schworen Ellyn die Treue.

Ich war sicher, dass Nestor irgendeine List vermutete. Wahrscheinlich hatte er auch die Magie gespürt, die uns in die Stadt gebracht hatte. Doch jetzt konnte er uns nicht aufspüren, da Shara keinen Zauber wirkte. Von Wachen und Kriegern unerkannt, verbrachten wir zwei Tage; dann hatten wir unser Heer beisammen. Es war klein, da nicht allzu viele Männer den Krieg überlebt hatten, aber ich hoffte, dass es ausreichte und uns genügend Zeit blieb. Meine Strategie hing vom richtigen Zeitpunkt des Angriffs ab.

»Wird es gelingen?«, fragte Shara.

Haldur führte uns an einen sicheren Ort, wie er zuversichtlich erklärte. Er hatte uns eine Kammer besorgt, in der allerdings nur ein Bett stand. Er hielt uns für ein Liebespaar – was wir ja auch wären, wäre es nach mir gegangen. Doch es gab immer noch das Abkommen; deshalb lagen Shara und ich keusch nebeneinander in der Kammer in dem schmutzigen

Haus. Das Bettzeug war verdreckt, und Ungeziefer kletterte an den Wänden hinauf und über den Fußboden. Ich selbst hatte schon an übleren Plätzen geschlafen, bezweifelte jedoch, dass auch Shara so etwas kannte.

»Bei den Göttern, Gailard«, sagte sie, »ich habe Angst um Ellyn. Ist sie wirklich stark genug?«

»Du warst ihre Lehrmeisterin«, erwiderte ich. »Und sie will ihre Eltern rächen.«

»Aber hier geht es um mehr als um einen Schwertkampf.«

Sie stützte sich auf einen Ellbogen, um mir in die Augen zu schauen. Ich hätte in den ihren versinken können. Die Nacht war so warm und schwül wie im Sommer. Blitze zuckten über den Himmel. Wir trugen beide nur spärliche Unterwäsche. Ich begehrte Shara, doch war das Versprechen.

»Du und Ellyn, die Clans, die Piraten, Haldur und seine Männer«, sagte ich. »Wir *können* siegen.«

»Wenn es den Göttern gefällt.«

»Vielleicht lächeln sie uns jetzt«, sagte ich.

»Ich bete, dass es so ist.« Sie schlang die Arme um mich. Ich war nicht sicher, ob ich je zuvor so glücklich gewesen war – oder so enttäuscht.

Das Unwetter hatte sich verzogen, und es war ein kühler, trockener Morgen. Sogar das heruntergekommene Haus roch sauberer. Sonnenlicht erfüllte unsere Kammer. Schnell standen wir auf, kleideten uns an und gingen hinunter, wo Haldur mit seinen Männern wartete. Es war kurz nach Tagesanbruch.

Zum Frühstück aßen wir wässrigen Haferbrei, den wir mit Tee hinunterspülten. Dann legten wir die Rüstung an. Ich war verblüfft, dass Haldurs Bettler so viele Rüstungsteile gerettet hatten. Kettenhemden, Brustharnische, Helme. Alle trugen ein Schwert, und viele hatte sich Schilde an den verstümmelten Arm geschnallt.

»Der Vachyn-Nebel hat sich verzogen«, sagte Haldur. »Und Egor Dival schickt seine Männer aus.«

»Dann ist es Zeit«, erklärte ich.

Wir warfen unsere Bettlergewänder über und gingen samt dem Rudel Hunde auf die Straße. Shara sprach leise zu den Hunden, worauf diese vor uns herliefen. Dann hob sie die Hände und sprach Worte, die ich nicht verstand; ich hörte nur mehrmals Ellyns Namen.

Vor diesem Teil unseres Plans hatte ich die größte Angst, denn Shara würde mit Sicherheit Nestor auf ihre Anwesenheit aufmerksam machen. Ich rechnete damit, dass ein Blitz einschlug. Doch nichts geschah, und wir gelangten zu den Toren.

Die Rettung Chorymス hatte begonnen.

38

Nestor zuckte zusammen, als er die Magie im Äther spürte. Es waren zwei Quellen, eine außerhalb und eine innerhalb der Mauern. Shara und Ellyn – daran gabe es keinen Zweifel. Doch welche Frau wo war, vermochte er nicht zu sagen. Plötzlich spürte der Vachyn Zweifel und fragte sich, ob er in eine Falle getappt war. Fluchend wandte er sich an Talan.

»Eine der Magierinnen ist in der Stadt!«

Talan starrte ihn an und erbleichte. »Welche? Was geht da vor sich?«

»Ich weiß es nicht«, antwortete Nestor mit finsterer Miene. »Aber ich werde sie rasch finden. Inzwischen lass deine Männer die Straßen nach Fremden absuchen.«

»Nach Fremden?« Talan lachte auf. »Hier sind doch alle Fremde. Nach wem sollen sie suchen?«

»Nach wem wohl!« Unwirsch wandte Nestor sich ab und blickte auf die Ebene hinaus. »Ich habe dir doch gesagt, dass eine Magierin schon hier ist. Sie haben einen Plan.«

Talan leckte sich die wulstigen Lippen. »Soll ich Dival zurückrufen?«

»Nein.« Nestor schüttelte ungeduldig den Kopf. »Lass ihn die Clans angreifen. Vielleicht kann er sie besiegen, das würde unsere Aufgabe erleichtern.«

Talan nickte und beobachtete, wie unter ihm die

Streitwagen hinausfuhren. Eine kühle Brise strich über die Wehrgänge, doch ihm standen Schweißperlen auf der Stirn, und sein Magen verkrampfte sich. Wenn es den Göttern gefiel, würde Dival die Highlander vernichten. Doch wenn es ihm nicht gelang …

»Shara ruft uns. *Auf, auf!*«

Ellyn lächelte Roark an, und dieser setzte das Horn an die Lippen und blies zum Aufbruch. Er beugte sich aus dem Sattel herab und küsste Ellyn; dann trieb er sein Pferd zum Galopp. Die Quan folgten ihm und preschten den Streitwagen und berittenen Bogenschützen entgegen, die aus Choryms Osttor hervorquollen.

Ringsum ertönten nun die Hörner. Die Clans zogen in den Kampf, im Vertrauen darauf, dass Gailard und die Zauberin aus den Bergen ihnen den Weg öffnen würden. Mattich führte seine Dur gegen das Westtor, Jaime die Arran gegen das Nordtor, und Kerid griff mit Mutter Hel und den Piraten das Südtor an.

Ellyn war nun allein. Wie gern wäre sie mit ihrem Liebsten geritten, doch sie wandte sich den Schalen zu, die Shara bei ihr zurückgelassen hatte. Sie rührte die Erde in der einen Schale, das Wasser in der zweiten und fächerte der Kerze in der dritten Luft zu. In die leere vierte blies sie hinein. Shara hatte Ellyn erklärt, was sie tun müsse, und ihr war klar, dass sie gehorchen und die Anweisungen befolgen musste, sonst wäre alles verloren. Sie betete, dass Shara und Gailard mit dem Leben davonkämen – und Roark.

Egor Dival hielt den Schild fest, den er sich auf den gebrochenen Arm geschnallt hatte, und fragte sich, warum die Heilerinnen seine Knochen nicht hatten zusammenwachsen lassen. Er hatte Schmerzen. Vielleicht wurde er zu alt. Vermochte er noch einen Speer zu schleudern oder einen Pfeil abzuschießen, wenn er sich mit der gesunden Hand am Streitwagen festhalten musste?

Dann hörte er die lauten Kriegsschreie, als der Angriff der Highlander begann.

Gegen solche Krieger hatte Dival bisher nur am Geffyn-Pass gekämpft. Diese Männer schienen sich keine Sorgen um ihr Leben zu machen, für sie zählte allein der Sieg. Sie ritten auf kleinen Pferden und trugen nur wenig Rüstung. Hauptsächlich sah Dival Schilde und die bunten Clan-Schärpen, die im Wind flatterten. Sein Heer war in der Überzahl, doch diese Wilden griffen an, als würde ihr Leben ihnen nichts bedeuten. Erst jetzt sah er, dass nicht alle einem Clan angehörten, sondern aus Chaldor und anderen Ländern stammten. Es war, als hätte sich das ganze Land gegen Talan erhoben.

Dival schleuderte einen Speer, der einen gut aussehenden jungen Highlander weit verfehlte. Der junge Bursche lachte, als wäre die Schlacht ein riesiges Vergnügen. Dann schwang er sein Schwert und zerschnitt die Zugriemen von Divals Streitwagen, während seine Gefährten den Wagenlenker töteten. Der Streitwagen neigte sich zur Seite, und Dival stürzte kopfüber zu Boden. Hufe stampften neben seinem Kopf. Er wollte ihnen ausweichen, doch schon hatten sich die Reiter aus den Sätteln geschwungen und setzten ihm die Schwertspitzen an die Kehle. Er sah, wie sein Wagenlenker von den durchgehenden Pferden des Streitwagens mitgeschleift wurde. Vor Furcht und Zorn vergaß Dival seinen gebrochenen Arm und seine unwürdige Lage.

»Wir lassen dich leben«, sagte einer der Angreifer. »Vorerst zumindest. Gailard befahl uns, nicht zu viele Feinde zu töten.«

»Schaut euch die Rüstung an. Der bringt ein hübsches Lösegeld. Er muss irgendein Führer sein«, sagte ein anderer.

»Wie lautet dein Name?«, fragte ihn der, der die Zugriemen zerschnitten hatte.

»Egor Dival.« Mühsam erhob er sich. »Ich bin der Oberbefehlshaber des Danant-Heeres.«

Der junge Mann lachte. »Ein schöner Preis! Nun, Egor Dival, ergibst du dich?«

Die Niederlage schmeckte bitter, doch der alte General nickte. Dann schaute er nach vorn und sah, wie seine Männer niedergemacht wurden. Die wenigen Überlebenden flohen in Panik. Der Rückweg war ihnen verwehrt, weil die Highlander zum Tor stürmten. Diejenigen, die ihr Heil auf der Ebene suchten, gerieten in einen Pfeilhagel oder wurden von unter lautem Kriegsgeschrei von den Highlandern verfolgt. Der General erkannte, dass es sich um einen sorgfältig geplanten Hinterhalt handelte. Stumm verfluchte er Talan, weil er auf den Rat des Vachyn gehört hatte.

»Ich ergebe mich«, sagte er.

Roark lächelte. »Gut. Zwei Männer zu mir. Bringt ihn zu Ellyn und bewacht ihn«, sagte er.

Dann trieb er seine Quan voran. Das Tor war offen, jetzt musste er es besetzen. Für Ellyns Liebe tat er alles. Er rief seinen Reitern, ihm zu folgen.

Pfeile prasselten herab. Roark schützte sich mit dem Schild. Er ritt als Erster durchs Tor. Krieger im Plattenharnisch stellten sich ihm in den Weg. Er schlug mit dem Schwert zu, als ein Feind einen Hieb auf sein Pferd führte. Das Tier wieherte vor Schmerz, als die Klinge seinen Hals traf, und bäumte sich auf. Roark wurde aus dem Sattel geschleudert, versetzte dem Gegner aber noch Todesstoß. Dann stürmten die Devyn hinter den Quan durchs offene Tor und machten die Danant nieder.

Roark wehrte einen Schlag mit dem Schild ab und fällte den nächsten Gegner. Dann erteilte der Befehl, dass die Männer das Tor verkeilen sollten, damit auch der Rest ungehindert in die Stadt kam, und blickte sich um. Gailard hatte befohlen, die Mauern zu sichern und dann in die Stadt und zum Palast vorzurücken. Roark sah Treppen, die zu den Wehrgängen hinaufführten. Er rief seinen Männern zu, ihm zu folgen.

Wir kamen als zerlumpte Bettler, die vor dem Durcheinander flohen, zum Nordtor. Shara sprach harsch klingende Worte und hob die Hände. Nach einem Donnerschlag zuckten Blitze nieder, die Torflügel gingen in Flammen auf. Gleich darauf war nur noch ein Häuflein rauchendes Holz und geschmolzenes Metall von ihnen übrig. Dann stürmte Jaime mit den Arran herein.

Ich hatte keine Zeit, das Geschehen zu beobachten, denn wir eilten weiter zum nächsten Tor. Jetzt drängten sich Krieger, Berittene und verängstigte Bewohner auf den Straßen. Wir bahnten uns einen Weg durch die Menge, was uns leicht gemacht wurde, da niemand Bettlern zu nahe kommen wollte – vor allem nicht, wenn sie von einer Meute wütender Hunde begleitet wurden.

Ich sah, wie etliche Reiter abgeworfen wurden, als die Hunde die Pferde in die Beine bissen. Haldurs Männer liefen herbei und richteten mit ihren verborgenen Klingen ein Blutbad an. Schon bald lagen sämtliche Reiter tot auf dem Boden.

Dann eilten wir durch Straßen und schmutzige Gassen zum Westtor, wo bereits einhändige Männer gegen Talans Krieger kämpften. Wieder sprach Shara ihren Zauber, verbrannte das Holz und schmolz das Metall. Dann rückte Mattich mit seinen Dur vor. Ich sah Krieger aus Andurs Heer auf den Mauern, die ohne Rücksicht auf ihr Leben gegen die verhassten Danant kämpften, um Chorym zu befreien. Aus den Häusern eilten schlichte Bürger mit Messern und Knüppeln, sogar mit Kochtöpfen herbei, um Talans Männer zu bekämpfen.

Wir eilten weiter. Alles hing von unserer Schnelligkeit ab – und Ellyns Unterstützung. Wir mussten Nestor verwirren, damit er die Ursprung der Magie, der Choryms Tore öffnete, nicht orten konnte. Ich betete, dass Ellyn überleben möge – dass wir alle überlebten.

»Was sollen wir tun?« Talan griff zu einem Pokal, leerte ihn mit einem Zug und gab er dem Diener das Zeichen, ihn nochmals zu füllen. »Egor ist gefangen, und die Highlander dringen in die Stadt ein. Wo ist jetzt deine Magie, Nestor?«

»Sie bewegen sich sehr schnell«, sagte der Vachyn. »Und sie haben sich geteilt. Aber dennoch ...« Er schwieg und schloss für einen Moment die Augen. »Es ist, wie ich es mir gedacht habe: Eine Magierin ist drinnen und eine draußen. Mit der zweiten werde ich leichter fertig; deshalb widme ich mich zuerst ihr.«

Er schenkte Talans Gejammer keine Aufmerksamkeit, sondern konzentrierte sich. Dann hob er die Hände und wob seltsame Muster in der Luft, wobei er leise murmelte. Talan spürte, wie die Magie den Raum füllte.

Verzweifelt sprach Ellyn die Zauberworte, die Shara sie gelehrt hatte, über den Schalen. Sie spürte, wie die Vachyn-Magie die Luft ringsum füllte und sich selbst in ihrem Körper, in ihren Knochen und ihrem Blut ausbreitete. Es war, als balle sich ein Sturm zusammen. Ihre Haut prickelte. Sie hatte das Gefühl, als trommelten unsichtbare Finger die Nachricht von Niederlage und Vernichtung. Die bedrohliche Macht wurde stärker. Schnell sprach Ellyn die Worte und wirkte einen Schutzzauber.

Nestors Magie kam wie ein Hammerschlag aus dem Himmel ...

... und wurde abgelenkt und wirkungslos gemacht, als würde ein laues Lüftchen gegen ein festes Zelt blasen.

Dennoch wurde Ellyn zu Boden geschleudert. Die Schalen bebten, Wasser spritzte aus der einen, Erde aus der anderen. Die Kerzenflamme flackerte und drohte zu verlöschen. Ellyn raffte sich auf und fuhr mit dem Zauber fort. Dann schlug der nächste Blitz ein, und sie sah das Zelt in Flammen stehen. Sie sprach die Zauberworte lauter, dass sie ihre Umgebung und sie selbst einhüllten. Bald spürte sie, wie die Vachyn-Magie schwächer wurde und schließlich erstarb.

Lächelnd ging sie von dem brennenden Zelt fort, stieg auf ihre Stute und befahl ihrer Leibgarde, ihr zu folgen. Doch ehe sie losritt, erteilte sie einigen Verwundeten den Befehl, Egor Dival zu bewachen.

»Zu stark.« Nestor schüttelte den Kopf wie ein Mann, der die Wirkung von zu viel Wein abschütteln will. »Sie ist zu stark.«

»Was sagst du da?«, fragte Talan. »Wer ist zu stark? Welche von den beiden? Was ist? Sind wir besiegt?«

»Noch nicht!«, stieß Nestor wütend hervor und rieb sich die Augen. »Ich werde die andere finden und sie töten. Und dann …«

Die Piraten aus Hel kletterten bereits über die Mauer, als wir das Südtor erreichten. Sie benutzten Enterhaken und kämpften ebenso wild und unbekümmert wie die Highlander. Talans Männer schossen

Pfeile auf sie und warfen Steine, doch diese tollkühnen Burschen ließen sich davon nicht beirren.

Dann wirkte Shara wieder ihren Zauber, und das Südtor ging in Flammen auf, die ebenso grell waren wie der Blitz vom Himmel.

Shara stieß einen Schrei aus und stürzte zu Boden.

Ich hob sie hoch. Man sah nur das Weiße in ihren geweiteten Augen, und ihr Puls war kaum zu fühlen. Ich befürchtete, dass sie tot war, von Nestors Magie niedergestreckt. Ich trug sie fort von den Kämpfen am Tor, als die Piraten hereinbrachen, legte sie auf das schmutzige Pflaster und rieb ihr Wangen und Hände. Sie fühlte sich kühl an. Ich küsste sie und beschwor die Götten, sie zu retten. Ein Leben ohne sie vermochte ich mir nicht mehr vorzustellen. Doch sie blieb reglos wie ein Leichnam.

»Eine ist tot«, erklärte Nestor. »Meine ehemalige Schwester, glaube ich. Und die andere – falls sie noch lebt – wird ihr sehr bald folgen.«

Talan trank Wein und starrte aus dem Fenster. Er sah Menschen auf der Straße. Seine eigenen Krieger, Highlander und Bewohner Choryms, alle kämpften erbittert. Bewaffnete Bettler und johlende Highlander holten seine Männer von den Brustwehren. Rauch stieg von den vier Stadttoren auf, und in der Ferne sah er die zerstörten Streitwagen Egor Divals. Er drehte sich um und streckte die Hand aus, damit der Diener das Glas erneut füllte – doch der Diener war gegangen, und er war allein mit Nestor.

Er rief, doch niemand antwortete. Er ging zur Tür

und rief noch einmal, doch wieder gab es keine Antwort. Keine Diener waren zu sehen, nur ein leerer Korridor.

»Sie sind geflohen.« Seine Stimme klang hohl. »Sie haben mich verlassen.«

»Sie werden zurückkommen«, sagte Nestor. »Jetzt, wo Shara tot ist, können wir sie besiegen. Lange werden sie sich nicht halten können.«

»Lebt sie?« Haldur blickte auf Shara, als die Piraten laut grölend an uns vorbeiliefen. Sein Bettlerheer bildete eine Mauer zwischen uns und dem Kampfgetümmel.

»Sie muss leben«, sagte ich und nahm sie in die Arme. »Wohin kann ich sie bringen?«

Haldur blickte umher und deutete auf eine ziemlich verkommene Schenke. Die Tür war verschlossen, und als er klopfte, rührte sich nichts. Er rief seinen Männern etwas zu, worauf diese die Läden herabrissen und die Scheiben einschlugen. Einer stieg hinein, um die Tür zu öffnen. Als ich eintrat, sah ich, dass sein Schwert blutig war. Ich trug Shara zum Tisch. Auf dem Boden lag ein Toter. Der Bettler fing meinen Blick auf und zuckte mit den Schultern. »Der Wirt war gegen unseren Eintritt.«

Ich kümmerte mich nicht um die Leiche. Wenn der Mann nicht auf unserer Seite stand, war er unser Feind, und ich hatte weit größere Sorgen als den Tod dieses Elenden. Ich bat um Wasser, dann tauchte ich ein Tuch hinein und legte es auf Sharas Stirn. Dann hörte ich draußen Tumult. Waffenklirren, Kampfrufe, Schreie Verwundeter und Sterbender, auch viele Frauenstimmen. Ich legte die Hand an Sharas schlanken Hals und spürte Pulsschläge. Einen Augenblick lang schöpfte ich Hoffnung; dann wurden die Schläge unregelmäßig. Ich legte das Ohr an ihren Mund und spürte unregelmäßige, schwache Atemzüge. Ihr Gesicht war totenbleich, die Augen geschlossen.

Meine Hoffnung wurde zu Asche. Ich schluckte und zwang mich, klar zu denken.

»Gibt es noch Heilerinnen in der Stadt?«, fragte ich. »Sucht sie! Und schickt Männer hinaus, um Ellyn zu holen.«

Hoffentlich ist sie nicht auch tot, dachte ich. Sonst werde ich Nestor umbringen – Vachyn oder nicht! Dann hole ich mir seinen Kopf.

Haldur erteilte Befehle; dann stürmten seine Männer ins Kampfgetümmel. Ich tröpfelte Wasser zwischen Sharas blutleere Lippen und betete zu den Göttern, von denen ich hoffte, dass es sie gab und dass sie mich hörten.

»Ich kann sie nicht finden.« Nestor stapfte wütend auf und ab. »Da draußen gibt es immer noch Magie.«

»Dann musst du doch wissen, wo sie ist.« Talan strich unruhig über seinen prächtigen Helm. »Schlag dort zu!«

»Das habe ich!«, rief Nestor. »Sie war jenseits des Nebels, aber jetzt ist sie fort. Sie hinterließ dort Magie, sodass ich sie immer noch dort vermutet habe. Aber jetzt …«

»Was?«

»Sie ist fort. Wahrscheinlich kommt sie hierher.«

»Dann wirst du sie hoffentlich finden.« Talan überlegte, ob er den Helm festschnallen sollte. Die Hälfte seines Heeres war erschlagen oder aufgerieben, den Rest hörte er auf den Straßen kämpfen. Von der Höhe des Palasts aus hatte er den Eindruck, als habe sich ganz Chorym gegen ihn erhoben. Ihm stockte der Atem, als er sah, wie ein Reiter sein Krummschwert gegen eine Frau schwang, die sich mit einem Kupferkessel verteidigte. Die Klinge schlug den Topf beiseite und traf die Frau in die Schulter. Ihren Schrei vermochte er nicht zu vernehmen, doch verriet der Blutstrom aus der tiefen Wunde, dass sie vermutlich tot war. Dann aber stürzten drei weitere Frauen und ein alter Mann mit Küchenmessern herbei, rissen den Reiter aus dem Sattel des sich aufbäumenden Pferdes und töteten ihn.

»Sie wird Magie einsetzen«, sagte Nestor lächelnd.

»Bist du erfreut darüber?«

»Es ist sinnlos.« Der Vachyn zuckte mit den Schultern. »Shara ist tot. Wenn Ellyn sich ihrer Gabe bedient, werde ich sie finden und ebenfalls töten. Wie könnten wir da unterliegen?«

»*Wie?*« Talan rang nach Luft. »Bei allen Göttern, ganz Chorym erhebt sich gegen mich! Die Tore stehen offen und …«

Ein Hauptmann trat ein. Seine Rüstung war verbeult, sein Gesicht mit Blut verschmiert. »Das Südtor ist gefallen, und die Piraten aus Hel stürmen in die Stadt. Die Highlander sind durch die anderen Tore eingedrungen und kämpfen auf den Straßen.«

Talan fluchte laut.

»Mein König, die Stadt ist kaum zu halten. Sie gleicht einem Irrgarten. Nachdem General Divals Männer geschlagen sind, sollten wir uns zurückziehen.«

»Und wohin?« Talan presste den Helm gegen den Brustharnisch und wünschte, er hätte noch Diener, die ihm Wein einschenkten. »Zurück nach Danant?«

»In den Palast.« Der Hauptmann wischte sich Blut vom Gesicht. »Er ist wie eine Festung. Wenn wir uns hier sammeln, können wir uns halten.«

»Und ich säubere die Straßen«, sagte Nestor. »Ruf deine Männer hierher, dann vertilge ich diesen Abschaum in Chorym.«

»Und wenn dir das nicht gelingt, sitze ich hier in der Falle, wie Ryadne«, fuhr Talan ihn unwirsch an.

»Ich habe dir diese Stadt gegeben«, erklärte der Vachyn kühl. »Ich habe dir Andurs Kopf gegeben und Ryadnes Tod. Ich habe Shara getötet. Ich kann dir auch Chorym wiedergeben.«

»Dein Wort darauf?«, fragte Talan.

»Mein Wort.« Nestor nickte. »Ruf deine Männer her, dann werde ich die Eindringlinge mit meiner Magie davonspülen wie Ratten in einer Flutwelle.«

»Und die Stadt?« Talan blickte auf die Kämpfe auf den Straßen.

»Vieles wird zerstört«, meinte Nestor gleichgültig. »Doch danach wird niemand mehr wagen, deine Herrschaft anzuzweifeln. Dann kannst du alles wieder aufbauen.«

»Oder heimgehen nach Danant.« Talan seufzte;

dann wandte er sich an den Hauptmann. »Ruf alle zusammen, die im Palast sind.« Und zu Nestor: »Tu, was du willst, aber gewinne mir diesen Krieg.«

Ellyn ritt unter dem Jubel der Clans durch das Osttor. Beim Anblick des Gemetzels zuckte sie zusammen. Auf den Pflastersteinen war so viel Blut, dass ihr Pferd ausrutschte. Überall lagen Leichen; allerdings trugen nur wenige die Farben der Clans, die meisten waren Danant-Krieger. Auch Bewohner Choryms, Männer und Frauen, lagen tot umher. Doch die Überlebenden jubelten ihr zu, als wäre sie verantwortlich für die Rebellion.

Dann war Roark an ihrer Seite und half ihr aus dem Sattel. Sein Helm war zerbeult, Blutspritzer waren auf seinem Brustharnisch. In seinem Schild steckten abgebrochene Pfeile, sein Schwert war blutig. Doch jetzt lächelte er ihr zu, als wäre alles ein fröhlicher Zeitvertreib. Doch Ellyn wusste längst, wie grauenvoll der Krieg war.

Dann umfing Roark ihre Schultern, und sie blickte in seine lachenden Augen. Das Blut an seinen Händen sah sie nicht. Er küsste sie zart auf die Wangen. »Wir halten die Tore. Ganz Chorym erhebt sich für dich.«

»Du bist nicht verletzt?«

»Nein.« Er wischte sich Blut vom Gesicht, wodurch eine Wunde sichtbar wurde. »Nur Kratzer.«

So ganz glaubte sie ihm nicht; es war zu viel Blut für einige Kratzer. Aber er lebte. »Und Gailard? Shara?«, fragte sie.

»Ich weiß nichts«, antwortete er. »Ich habe gehört, dass die anderen Tore in Flammen aufgingen. Dein Großvater brachte die Dur herein, Jaime stürmte durchs Nordtor, die Piraten aus Hel durch das Südtor. Aber Shara und Gailard ...?« Er zuckte mit den Schultern. »Keine Nachrichten. Wahrscheinlich haben sie sich unter die Bewohner Choryms gemischt.«

»Und Vachyn-Magie?«

»Bis jetzt nichts.«

»Ich muss Shara finden«, sagte Ellyn.

»Ich kann Männer aussenden, um sie zu suchen, aber ...«

Roark zückte das Schwert und hielt den Schild hoch, als ein Mann mit einem Kurzschwert herbeilief. Ellyn sah, dass der rechte Arm des Mannes in einem Stumpf endete.

»Freunde! Haltet ein!«, rief der Mann. »Ich bin Haldur, ein Freund Gailards.«

»Dann bist du willkommen«, sagte Ellyn. »Welche Botschaft hast du?«

»Shara braucht dich. Die Vachyn-Magie hat sie schwer verletzt. Gailard hat mich geschickt, um dich zu finden.«

»Was ist geschehen?« Ellyn spürte einen Eiseshauch.

»Ich weiß es nicht.« Haldur steckte sein blutiges Schwert in die Scheide. »Sie öffnete das Südtor und ... dann stürzte sie zu Boden. Gailard befürchtet, sie stirbt. Ich habe nach Heilerinnen geschickt, doch ...«

Entsetzliche Furcht ergriff Ellyn. Sie nickte und

schwang sich wieder aufs Pferd. Mit der Stute würde sie schneller vorankommen als zu Fuß. Allerdings war sie nicht sicher, wie sie helfen konnte. Shara hatte sie mehr über Schutzzauber und Angriffe gelehrt als über Heilkunst. Aber dennoch ... Sie forderte Haldur auf, hinter ihr aufzusitzen.

»Ich komme mit dir«, erklärte Roark.

»Nein, bleib du hier. Tu, was Gailard dir befohlen hat. Halte das Tor und säubere die Straßen. Ich finde dich schon wieder.«

Dann trat sie der Stute in die Flanken und ritt los, ohne sich umzuschauen. Haldur schrie ihr ins Ohr, wie sie zu Shara gelangten, die vielleicht im Sterben lag. Nein! Das durfte nicht sein!

Ich schaute auf, als Ellyn in die Schenke trat. Sie wurde blass, als sie meine Geliebte sah.

»Kannst du sie heilen?«, fragte ich.

Haldurs Männer hatten Heilerinnen herbeigeschafft. Diese hatten alles in ihrer Macht getan, mussten schließlich aber eingestehen, nichts mehr unternehmen zu können. Sie hielten die Wunde nicht für tödlich, doch sie rührte von Magie her – dagegen vermochten sie nichts zu tun. Meine einzige Hoffnung war Ellyn.

»Das hat Nestor getan«, sagte sie leise. »Wir hatten gehofft ... aber das ist jetzt unwichtig. Ich muss es ungeschehen machen, nur ...« Sie schaute mich an. Tränen standen in ihren Augen. »Gailard, ich bin nicht sicher, ob ich dazu im Stande bin. Ich fürchte ...«

»Tu, was du kannst.« Ich stöhnte. »Aber rette sie.«

»Ja, gewiss, aber …« Sie zögerte. »Aber Nestor wird uns finden und mit Sicherheit wieder seine Magie gegen uns einsetzen.«

»*Tu es!* Rette sie!«

Ellyn nickte.

Ich wandte mich an Haldur und seine Männer. »Geht! Kämpft und erobert Chorym zurück.«

Sie gingen. Ellyn beugte sich über Shara und lauschte auf ihren unregelmäßigen Herzschlag und den Atem. Auch mein Herz flatterte. Nie zuvor hatte ich so entsetzliche Angst gehabt.

»Ich brauche Blut«, sagte Ellyn.

Beinahe hätte ich gelacht. Sie brauchte Blut? Bei den Göttern, auf den Straßen flossen Ströme von Blut.

»Dein Blut, Gailard«, sagte sie. »Du liebst sie, und sie liebt dich. In der Festung lehrte sie mich, dass Blut nach Blut verlangt. Vielleicht kann ich sie mit deinem Blut retten.«

Ich zückte meinen Dolch. »Wie viel? Wo soll ich schneiden?«

Ellyn strich mit den Händen über Sharas Leib und sprach leise und für mich unverständliche Worte. »Am Handgelenk, wenn ich mich recht erinnere«, sagte sie dann. »Wie viel, weiß ich nicht.«

»Das ist unwichtig.«

Es war ein selbstmörderischer Schnitt, aber wenn ich Shara damit ihr Leben zurückgeben konnte, war es mir gleichgültig. Blut schoss aus der Wunde. Ellyn hielt meine Hand so, dass das Blut über Sharas Gesicht in ihren Mund strömte. Dazu murmelte sie einen Zauberspruch. Ich spürte, wie sich die Luft um uns veränderte. Mir wurde schwindlig vom Blutverlust, doch Ellyn berührte mein Handgelenk, und die Wunde schloss sich sofort.

Dann öffnete Shara die Augen und atmete tief. Ich berührte ihr Gesicht, und sie schenkte mir ein schwaches Lächeln.

»Ich habe nicht geglaubt, dass ich dazu im Stande wäre«, sagte Ellyn. »Bei den Göttern, sie hat mich mehr gelehrt, als ich dachte.«

Plötzlich barsten sämtliche Fenster der Schenke. Aus dem Kamin schlugen Flammen. Gleich darauf brannte alles um uns herum lichterloh.

»Schnell!«

Ich hob Shara hoch und eilte zur Tür. Ellyn folgte mir. Dann stürzten auch schon die brennenden Deckenbalken herab. Auch draußen auf der Straße wütete das Feuer. Rauch schnürte mir die Kehle zu. Ich war noch nie so froh gewesen, dass ein Mann meine Befehle nicht befolgt hatte, als ich Haldur sah, der auf mich wartete. Er half mir, Shara fortzutragen.

Ich war dennoch nicht sicher, ob wir überleben würden. Die Schenke brannte wie ein riesiger Scheiterhaufen; überall schlugen Blitze ein und vernichteten alles. Steinmauern barsten. Männer und Frauen schrien und fielen wie brennende Stoffpuppen zu Boden. Die Hunde, die immer noch Shara begleiteten, kamen in den Flammen um oder rannten fort. Ellyn schrie, als ihr Pferd zu einem Aschenhäuflein wurde. Shara wurde unruhig. Hatte ich vorher Furcht gehabt, so packte mich jetzt blankes Entsetzen. Ich würde es nicht ertragen können, Shara in den Flammen sterben zu sehen, nachdem sie ins Leben zurückgekehrt war.

Ich folgte Haldur in eine enge Gasse. Die Flammen züngelten hinter uns her. Die Häuser wurden ein Raub des Feuers. Katzen schrien, Vögel stürzten mit verbranntem Gefieder vom Himmel. Haldur führte uns in ein Haus, offensichtlich eine Bäckerei, wo Menschen voller Angst beisammenkauerten. Er ging zu einer Hintertür, durch die man in einen kleinen Innenhof gelangte, wo sich ein Fischteich befand. Wir sprangen hinein, als das Haus in einer gewaltigen Feuersäule verschwand.

Ich hielt es für unmöglich, Nestors Angriff zu überleben. Nachdem Ellyn ihre Magie eingesetzt hatte, um Shara wiederzubeleben, konnte er uns aufspüren und vernichten.

»Komm!« Ellyn stieg aus dem Teich. »Wir müssen uns beeilen.«

Sie deutete auf das Tor in der Mauer, die den Garten umschloss. Sie bediente sich nicht der Magie, um es zu öffnen, sondern bat Haldur, es einzutreten.

Ich trug Shara auf die Straße, wo Bewohner Choryms Seite an Seite mit Piraten und Highlandern Talans Männer niedermachten. Eine riesige Feuerwalze verzehrte alles und jeden.

»Zurück!«, rief Ellyn, und wir gehorchten.

Wir erreichten den Hof eines Gerbers, wo es entsetzlich stank, und suchten hinter den Fässern Zuflucht, als das Feuer an uns vorbeiraste. Ich hielt Shara an mich gepresst und schützte sie mit meinem Körper gegen die herabstürzenden, brennenden Balken.

Ihr Herz schlug kräftiger. Sie schaute mir in die Augen. »Was hast du getan?«, fragte sie.

Ich erzählte es ihr und berichtete, dass letztendlich Ellyn sie gerettet hatte. »Ich danke euch beiden«, sagte sie. »Und nun hilf mir auf.«

Sie lehnte sich an mich und schaute Ellyn an.

»Du bist stärker, als ich glaubte, doch jetzt musst du auf deine Magie verzichten.«

Ellyn hatte die Hände bewegt und leise Worte gemurmelt. Ich nahm an, dass sie einen Schutzzauber für uns wirkte. Nun aber hielt sie inne.

»Nestor soll uns für tot halten, dann wird er mit seinem Vernichtungswerk aufhören. Lass ab von deiner Magie.«

»Er tötet Menschen!«, widersprach Ellyn. »Mit seinem Feuer vernichtet er die Highlander und die Bewohner Choryms.«

»Und viele andere werden noch sterben, ehe wir ihm Einhalt gebieten können«, sagte Shara mit schwacher Stimme. »Wenn wir ihn nicht bald töten, werden noch viele auf seiner Suche nach uns ihr Leben verlieren. Wirke den Zauber, den ich dich gelehrt habe, und er wird dich finden, so wie er mich gefunden hat. Und dann ist alles verloren.«

Ellyn nickte.

»Es wird nicht leicht, aber wir müssen Nestor aufspüren und töten, ehe er ganz Chorym zerstört«, sagte Shara.

»Und Talan muss vernichtet werden«, sagte ich. »Ich lasse ihn nicht ungestraft davonkommen.«

»Ja, wir wollen allen Herrschern der Welt eine Lektion erteilen«, erklärte Shara.

»Und was tun wir jetzt?«, fragte Ellyn.

»Nestor suchen. Gewiss ist er bei Talan«, sagte Shara und schaute mich an. »Wo könnten die Herrscher sich in Chorym verstecken?«

»Im Palast«, antwortete ich.

»Dann werden wir sie dort finden.«

39

Chorym brannte, und die Kämpfe tobten weiterhin, verebbten jedoch. Es war, als würde ein See des Bösen in der Sonne trocknen und vom Rand zur Mitte schrumpfen, wo sich der befestigte Palast befand. Diejenigen von Talans Männern, die nicht durch Nestors alles verzehrende Magie oder in ehrlichem Kampf zu Tode gekommen waren, rannten verzweifelt gegen die geschlossenen Palasttore an. Die Highlander witterten den Sieg und drängten nach. Viele Danant glaubten sich von ihrem König verlassen, warfen die Waffen nieder und flehten um Gnade. Doch nach Nestors Feuerbrand stand bei den Clans nur wenigen der Sinn nach Erbarmen, und sie metzelten die Feinde nieder. Nur eine kleine Zahl wurde ohne Waffen und unter Bewachung an den Rand Choryms geschickt. Jetzt gehörte uns der Großteil der Stadt – bis auf den Palast.

Ich eilte mit der schwer atmenden Shara auf den Armen durch die Straßen, die der Vachyn mit seiner unheilvollen Magie verwüstet hatte. Shara war von Nestors Angriff geschwächt, wollte aber nirgends Ruhe oder Zuflucht suchen. Ich konnte ihr nicht widersprechen, da mir bewusst war, dass wir den Palast angreifen mussten, sonst war der Krieg verloren. Doch bei verschlossenen Toren schien mir der Sieg in weite Ferne gerückt.

Rauchwolken hingen über der Stadt; vereinzelt stiegen noch Feuersäulen auf. Bäume und Büsche ragten als schwarze Stümpfe empor. Ich sah verbrannte Leichen auf den Straßen liegen. Der entsetzliche süßliche Geruch brennenden Fleisches mischte sich mit dem von verkohlendem Holz.

Ellyn blickte fassungslos umher und weinte.

»Wie konnte er das tun? Das ist …«

Sie schüttelte den Kopf, fand keine Worte, um ihrem Zorn und Entsetzen Ausdruck zu verleihen.

»Er ist ein Vachyn, und Talan hört auf ihn«, erklärte Shara. »Für ihn zählt nur der Sieg.«

»Wenn du jetzt aufgibst, meine Königin, werden meine Krieger nichts haben«, sagte Haldur. »Talan wird uns töten, weil wir für dich kämpften.«

»Jetzt heißt es alles oder nichts«, erklärte ich. »Sieg oder Niederlage.«

Ellyn nickte, und wir eilten weiter zum Palast. Die Feuerwalze war zum Stehen gekommen. Wahrscheinlich hielt Nestor seine gefährlichsten Feindinnen Ellyn und Shara für tot und hielt seine magischen Kräfte zurück. Doch wie konnten wir die geschlossenen Tore des Palasts aufbrechen? Mit Magie? Dann würde der Vachyn wissen, dass Shara und Ellyn noch lebten. Doch uns blieb keine Wahl. Nestor und Talan mussten sterben.

Ein Pferd kam auf uns zu. Es wieherte vor Schmerzen, da seine Mähne in Flammen stand. Das Tier trug die Farben von Talans Reitern. Haldur stieß der gequälten Kreatur das Schwert in den Hals. In einem Blutstrom brach das Pferd auf den Pflastersteinen zusammen und begrub ein verbranntes Kind unter sich. Ein Springbrunnen in der Nähe vergoss traurige Tränen über abgestorbenen Blumen und schwarzer Erde.

»Die Straßen sind jetzt sauber.« Nestor schenkte Wein in ein Glas und reichte es Talan. »Mit Feuer gereinigt. Und das einzige Tor ist geschlossen und wird von deinen Männern gehalten. Die Mauern sind bemannt, kein Barbar wird hier eindringen.«

Talan setzte sich auf einen hochlehnigen Stuhl und trank gierig das Glas aus. Da es keine Diener mehr gab, hielt er es Nestor hin, damit dieser ihm nachschenke. »Und die Clans? Und die Bewohner der Stadt? Und diese verfluchten Krieger mit einer Hand? Kämpfen sie nicht mehr?«

Nestor schenkte dem König ein – ein kleiner Dienst in Anbetracht dessen, was er bekommen würde. »Shara und Ellyn sind tot. Es wird keine Magie mehr gegen uns eingesetzt. Und hier im Palast sind wir sicher. Wir können die Clans und den restlichen Abschaum leicht zurückschlagen. Vertraue mir. An unseren Mauern werden sie scheitern.«

»Aber sie haben Chorym in ihrer Gewalt!«, klagte Talan.

»Sie sind in die Stadt eingedrungen, doch ohne den Palast haben sie nichts.« Nestor schenkte sich selbst Wein ein. »Und wie sollen sie den Palast stürmen? Es gibt nur ein einziges Tor und dazu hohe Mauern. Und du hast genügend Männer dahinter, um sie zu verteidigen, auch ohne meine Hilfe. Wir haben sie alle gefangen: die Clans, meine Schwester, Ellyn, ihren Beschützer und sämtliche alten Krieger, die für Andur gekämpft haben. Außerdem die Piraten aus Hel ...« Er lachte. »Bei den Göttern, sogar Mutter Hel. Alle, die deine Herrschaft anfechten könnten. Wir werden sie vernichten, und dann gehören Chaldor, die Hochlande und Hel dir allein. Wir können nicht verlieren!«

»Bist du sicher?«, fragte Talan.

Nestor nickte. »Ja, es ist so gekommen, wie ich es geplant hatte. Jetzt können wir sie alle mit einem Schlag vernichten.«

Talan lächelte und streichelte seinen Goldhelm. »Ich schulde dir viel, mein Freund.«

Ja, deine Seele, du Narr! dachte der Vachyn.

Wir trafen die Führer der Clans vor dem Tor. Hier hatte sich der Rauch weitgehend verzogen. Mattich, Jaime und Roark warteten auf uns.

»Wir haben Egor Dival gefangen«, sagte Roark.

»Aber die anderen verstecken sich hinter diesen Mauern«, meinte Mattich.

»Wie können wir sie überwinden?«, fragte Jaime.

Ich blickte zum hohen Tor hinauf und den Bastionen darüber, die von Danant-Kriegern besetzt waren. Obwohl ihre Katapulte auf die geringe Entfernung nicht viel nützten, sah ich immer noch keine Möglichkeit, uns Eintritt zu verschaffen.

»Wir haben Enterhaken«, sagte Kerid.

Zu meiner Überraschung war auch Mutter Hel anwesend. »Meine Piraten können die Mauern erklettern. Sie sind nicht viel anders als Schiffswände.«

»Aber Nestor ist auf der anderen Seite«, warf ich ein. »Und wenn wir das Tor angreifen oder die Mauern erklimmen, wird er erneut seinen Feuerzauber gegen uns einsetzen.«

Mutter Hel nickte. »Ja, so ist es. Aber was sollen wir tun?«

»Wir sind zu weit gekommen, um jetzt aufzugeben«, sagte Kerid.

Ich seufzte und blickte umher. Der Palast war von den Clans, den Piraten und Chaldors einhändigen Kriegern und Bewohnern umzingelt. Nicht alle waren vor Nestors Feuerbrunst geflohen, sondern hatte aus Treue zu Ellyn ausgeharrt. Wir hatten ein Heer Verzweifelter – konnten mir damit siegen?

»Wir greifen an, was sonst?«, sagte Shara.

Ich schaute sie an. Sie konnte sich kaum auf den Beinen halten und war schrecklich blass. Ich las tiefe Sorge in ihren Augen.

»Ich werde das Tor zerbrechen, dann greifen wir an«, erklärte sie.

Pfeile flogen von der Mauer herab. Schnell zog ich sie hinter eine geschwärzte Mauer.

»Nein!«, sagte ich. »Du bist zu schwach, und wenn du deine Magie benutzt, wird Nestor dich wieder finden.«

»Er ist jetzt geschwächt.« Sie straffte die Schultern. »Seine Magie raubt ihm viel Kraft.«

»Dennoch.« Ich schüttelte den Kopf. »Es muss eine andere Möglichkeit geben.«

»Dann sag sie mir!« Sie lachte verbittert. »Früher oder später muss ich mich Nestor stellen, denn ich bin die Einzige, die hoffen kann, ihn zu besiegen.«

Ich blickte in ihre müden Augen. »Ich könnte es nicht ertragen, dich zu verlieren. Lieber sterbe ich.«

»Vielleicht wirst du das, Gailard, Liebster. Vielleicht werden wir beide und Ellyn sterben. Aber welche Wahl haben wir? Es ist, wie du gesagt hast: Sieg oder Niederlage.«

Ich schluckte und fragte mich, ob der schlechte Geschmack in meinem Mund vom Rauch und der Asche herrührte, die ich eingeatmet hatte, oder von der Angst. In Sharas Augen lagen trotz der Müdigkeit Kampfeswillen und Mut. Ich konnte sie nicht aufhalten.

Es war ein Selbstmordunterfangen, und ich hatte nur wenig Hoffnung, dass es gelingen würde. Aber wir durften nicht länger zögern.

Highlander und andere Männer sammelten Holz ein. Türen, zerbrochene Zäune, Balken – alles, womit man bewegliche Barrikaden bauen konnte. Während die Piraten sich an den Mauern verteilten, arbeiteten wir die Nacht hindurch, da wir den Angriff im Morgengrauen planten, wenn auch die wachsamsten Krieger müde werden.

Ich betete, dass Nestor wie jeder andere Sterbliche Schlaf brauchte.

Dann ertönte ein Horn, und bald darauf erschallten rings um die Palastmauern die Hörner. Der Angriff begann.

Mit lautem Geschrei schleppten die Männer die rohen Holzschilde zum Tor. Pfeile sirrten durch die Luft; im schwachen Tageslicht waren sie kaum zu sehen. Ich hörte die dumpfen Schläge eines Rammbocks. Kerid pfiff, und die Piraten ließen Enterhaken an langen Seilen wirbeln, ehe sie die Haken auf die Wehrgänge warfen. Highlander schossen Pfeile auf die Belagerten, als die Piraten sich die Seile hinaufhangelten. Steine prasselten auf sie herab. Die Belagerten schütteten kochendes Wasser und siedendes Öl aus Fässern auf sie hinunter. Schreiend stürzten die Angreifer in die Tiefe. Ich konnte nicht länger zuschauen und legte einen Pfeil auf die Bogensehne. Kaum sah ich einen Danant zwischen zwei Zinnen, schoss ich. Ich traf ihn ins Auge. Er schrie auf und stürzte zu Boden. Doch die Belagerten waren hinter den Mauern gut geschützt. Ich glaubte nicht mehr, dass die Piraten sie erklimmen würden. Zu viele starben dabei.

Ich schaute zu Shara und Ellyn. Beide Frauen nickten und machten sich entschlossen ans Werk.

Kerid befahl den Piraten zurückzukommen. Dann beobachtete ich die beiden Frauen bei ihrer Tätigkeit, die so blutig war wie die Nestors. Mein Herz hämmerte, als ich auf den Gegenschlag von Talans Magier wartete.

Shara und Ellyn richteten die Hände gegen die Palastmauern. Ich hörte ihre Rufe, konnte sie aber nicht verstehen. Ich sah nur die Wirkung – und die war verheerend.

Es war, als berste eine riesige leuchtende Kugel gegen die Mauern, ja, als würde die Sonne auf die Erde stürzen und zerplatzen. Dieses grelle Feuer war nicht wie das Nestors, sondern konzentrierte sich auf einen Abschnitt. Steine schmolzen. Ich hörte die

Danant drinnen schreien. Dann war die Bresche frei, und wir drangen in den Palast ein, ehe Nestor Zeit gehabt hatte, sich zu rächen.

Wir kamen nur mühsam voran. Die Steine waren scharf und heiß unter meinen Stiefelsohlen. Auf der einen Seite stützte ich Ellyn, auf der anderen Shara. Einige Pfeile flogen an uns vorbei, doch die meisten Verteidiger waren von der Explosion so benommen, dass wir die Bastion schnell erklommen.

Ich stand mit Shara und Ellyn da, den Schild erhoben, um die beiden Frauen zu schützen. Kerid und sein Tabak spuckender Gefährte war neben mir, ebenso Piraten und Highlander.

»Wir müssen uns beeilen.« Sharas Stimme klang heiser vor Erschöpfung. Sie atmete schwer, und Schweißperlen waren auf ihrem Gesicht. Ellyn ging es nicht besser. »Schnell, sonst spürt Nestor uns auf!«

Ich blickte umher. Piraten und Highlander trieben die Danant zurück zu den beiden Wachtürmen an der Außernmauer. Schmale Treppen führten von dort in den Innenhof. Talans Männer eilten herunter, um ihren bedrängten Gefährten zu Hilfe zu kommen, gerieten jedoch in einen Hagel aus Pfeilen und Speeren, die vom Wehrgang geschossen und geschleudert wurden, wo Kerids Piraten nun die Türme stürmten.

»Du weißt, was zu tun ist?«, fragte ich Kerid.

Er nickte und ergriff kurz meine Hand. »Mögen die Götter mit dir sein, Gailard.«

»Und mit dir.«

Der Rammbock donnerte gegen das Tor. Jaime fluchte, als seine Arme beim Aufprall schmerzten. Er wischte sich einen Blutfaden vom Gesicht, wo ihn ein Pfeil gestreift hatte, schenkte dem abgebrochenen Schaft in der Hüfte aber keine Beachtung. Sehr tief war die Wunde nicht; er hatte nicht allzu viel Blut verloren – und jetzt wollte er das Tor aufbrechen oder bei dem Versuch sterben.

Am anderen Ende des Rammbocks gab Mattich einen Befehl, und sogleich erfolgte der nächste Stoß.

»Nicht mehr lange, und wir sind durch«, rief er so laut, dass alle es hören konnten.

In diesem Augenblick sank Massos, sein Schildträger, mit einem gurgelnden Schrei zu Boden. Ein Speer hatte ihm den Hals durchbohrt. Es war schrecklich, denn Massos war ein guter Freund gewesen. Wenn die Götter gnädig waren und die Clans heimziehen ließen, würde Mattich die Witwe des Freundes großzügig entschädigen. Doch jetzt ... Wieder schrie er: »Brecht durch! Bei allen Göttern, brecht durch!«

Roark biss die Zähne zusammen, als Pfeile an ihm vorbeisurrten. Ein Speer traf den Mann neben ihm in die Brust. Ein anderer taumelte; ein Pfeilschaft ragte aus dem Schenkel. Die roh gezimmerten Schilde hielten das Schlimmste ab. Trotzdem starben viele. Ellyn müsste nun schon in der Stadt sein, falls sie nicht an der Mauer getötet worden war. Dann würde er sich die Köpfe von Talan und seinem Vachyn-Zauberer holen! Sollte Ellyn jedoch überleben, würde er sie um ihre Hand bitten, auch wenn sie Chaldors Königin war.

Gemeinsam mit Mattich rief er: »Vorwärts, Clanmänner! Brecht das Tor ein!«

Die Torflügel bebten, Splitter flogen davon. »Noch einmal!«, brüllte Mattich. »Wir sind fast durch.«

Mutter Hel schaute nervös umher. Wo war Kerid? Lebte er noch inmitten dieses wahnwitzigen Durcheinanders? Oder war er tot? Sie hoffte inständig, dass er noch lebte und errötete, denn ihr wurde klar, dass er ihr mehr bedeutete, als sie sich eingestehen wollte.

Bei den Göttern, nicht nur Berechnung, sondern vor allem Kerids Liebe für Chaldor und sein Lächeln hatten Mutter Hel dazu gebracht, am Krieg seiner Landsleute teilzunehmen.

Sie betete zu den Göttern, dass er leben und siegen möge. Bei einer Niederlage würde der Vachyn-Magier sich grausam an ihr und ihren Piraten rächen; dann würden sie Sklaven Talan Kedassians.

Sie schaute auf die Männer, die wild gegen das Tor anrannten, ohne auf die Geschosse zu achten, die auf sie herabfielen, und sie bewunderte ihre Tapferkeit.

»Was ist?« Talan erwachte aus seinem trunkenen Schlaf. Nestor stand mit finsterer Miene neben seinem Bett. In der Ferne hörte er Lärm. Sein Kopf schmerzte, als er sich mühsam aufrichtete. »Was geht da vor?«

»Sie greifen an.«

»Na und?«

»Sie sind innerhalb der Mauern.«

»Was?« Talan warf die Decke ab und stieg nackt aus dem Bett. »Du hast mir versprochen …« Er ging zum Fenster und sah die Kämpfe auf den Verteidigungsanlagen des Palasts.

»Das kann nicht sein!«, rief er. »Du hast mir versprochen …«

»Ich wusste nicht, dass sie so stark sind«, gestand Nestor.

»Dann schick deine Magie gegen sie! Vernichte sie!«

»Das ist schwierig.« Nestor lächelte verlegen. »Die Straßen freizumachen, hat mich ausgelaugt. Ich brauche einige Zeit, um meine Kräfte neu zu sammeln und …«

»Und was?«, fuhr Talan ihn unwirsch an.

»Wenn ich den Feuerzauber ausschicke, treffe ich Angreifer und Verteidiger zugleich. Es ist besser, auf deine Männer zu vertrauen, sonst wäre niemand übrig, dich zu verteidigen.«

»Bei allen Göttern!« Talan kleidete sich unbeholfen an. Ohne Diener war es schwierig für ihn. »Du hast mir den Sieg versprochen!« Er tanzte auf einem Fuß, während er an der Unterwäsche zerrte. »Ist die Magie deiner verfluchten Schwester besser als deine? Arbeitet Ellyn gegen mich?«

Der Vachyn nickte.

»Was?«, rief Talan. »Du hast mir gesagt, dass beide tot sind!«

»Ich *hielt* sie für tot.« Nestor schäumte vor Wut.

Er vermochte kaum zu sprechen. »Bei den Göttern, sie hätten tot sein *müssen*!«

»Aber?«, fragte Talan.

»Magie hat die Palastmauer zerstört und dafür gesorgt, dass deine Feinde eindringen konnten. Höre ...«

Talan neigte den Kopf. Er vernahm Geschrei, Waffenklirren und ein regelmäßiges, donnerndes Geräusch. »Sie setzen einen Rammbock am Tor ein«, sagte Nestor.

»Highlander, Bewohner Choryms und die Piraten aus Hel!« Talan mühte sich, die Rüstung anzulegen. »Hilf mir!«

Nestor ging ihm zur Hand und schnallte die Rüstung zu. »Du verfügst immer noch über genügend Männer, um den Palast zu halten.«

»Wenn die Feinde bereits eingedrungen sind?« Talan drückte den Daumen gegen das Fenster.

»Nur eine Hand voll.« Nestor machte das Fenster auf und deutete nach unten. Ein Mann stand auf dem Wehrgang und pflegte seine Wunde. Er war wie ein Pirat gekleidet. Der Vachyn sprach leise einige Worte, worauf der Mann aufschrie und wie von einem unsichtbaren Windstoß von der Mauer gefegt wurde, wobei eine Flamme aus seiner Brust schoss. »Ich kann einen nach dem anderen töten.«

»Dann tu es!«, rief Talan.

»Aber nicht so viele auf einmal. Du solltest dich zeigen.« Nestor rückte Talans Brustharnisch zurecht. »Schließlich bist du der Herr über Chaldor. Du musst dich zeigen, sonst verlierst du das Vertrauen deiner Leute.«

»Und ich *kann* sie besiegen?«

»Mit meiner Hilfe, gewiss.«

Talan gürtete sein Schwert um und setzte den Goldhelm auf. »Ich hoffe, du sprichst die Wahrheit, Nestor.«

Der Vachyn lächelte. »Gewiss, mein König.«

Kerid führte seine Piraten auf den Wehrgängen weiter und tötete dabei sämtliche Danant, auf die er traf. Noch nie hatte er Highlander kämpfen sehen, und sie kamen ihm wie Wahnsinnige vor. Um Schmerz und Wunden schienen sie sich nicht zu kümmern; sie waren nur auf den Sieg bedacht. Sie beneideten seine Piraten sogar, weil diese als Erste kämpften. Mit Pfeilen gespickt, stießen sie den Feinden ihre Langschwerter in den Leib oder durchbohrten sie mit letzter Kraft, ehe sie starben. Kerid war froh, dass sie auf seiner Seite kämpften.

Dann barst das Tor, und Piraten und Highlander fielen mit lautem Geschrei über die Danant her.

Ich stieg die schmale Treppe zum Hof hinunter. Ellyn und Shara trugen ihre Rüstungen. Ich hoffte, dass die Danant-Umhänge, die wir trugen – ich hatte sie toten Kriegern abgenommen –, uns ermöglichen würde, von den Danant unbemerkt weiter in den Palast vorzudringen. Außerdem hoffte ich, dass Talan sämtliche Männer zur Verteidigung des Tores ausgeschickt hatte und nun schutzlos war. Da er nicht der Mann war, einen Angriff an der Spitze seiner Leute zu führen, rechnete ich damit, ihn im Palast zu finden. Ich hoffte überdies, dass Shara inzwischen genügend Kraft sammeln konnte, um es mit Nestor aufzunehmen. Ich erhoffte sehr viel – und alles hing von dieser Hoffnung ab. Irrte ich mich, war alles verloren.

Wir überquerten den Hof. Ellyn zupfte mich am Ärmel. »Die Haupttüren sind wahrscheinlich bewacht. Komm hier entlang.«

Ich folgte ihr zu einer Nische. Dort öffnete Ellyn ein Türchen, das in einen Rosengarten führte. Ein Springbrunnen plätscherte. Noch immer wuchsen hier Rosen, doch waren sie von den blutigen Leichen zerdrückt, die von der Mauer gestürzt waren. Ich hielt schützend den Arm um Shara und ging hinter Ellyn zu einer weiteren Tür, die sie öffnete, ehe ich sie zur Vorsicht mahnen konnten. Mit gezücktem Schwert trat sie auf einen dunklen kühlen Gang. Diesen Teil des Palasts kannte ich nicht; ich musste mich auf Ellyn verlassen.

Sie deutete auf drei Türen am Ende des Korridors. »Diese da führen in die Unterkünfte der Dienerschaft, in den inneren Palast und …« Sie zögerte. »In die Gemächer meiner Eltern.«

Zweifellos würde Talan dort wohnen. War er auch jetzt noch dort oder in der Haupthalle? Aber selbst ein Feigling wie Talan würde sich nicht in seinen Gemächern verstecken, während seine Männer starben. Gewiss würde er sich mit einer Leibgarde umgeben. Ich deutete auf die dritte Tür. Ellyn nickte. Die Schwerter in den Händen traten wir ein.

Der Raum dahinter war sehr groß und leer. Stufen

Ellyn lächelte mir zu. »Du warst ein guter Lehrmeister, Beschützer.«

Ich nickte und reichte Shara die Hand.

Sie lehnte ab und kam allein die Stufen herauf. »Genug des Tötens«, sagte sie leise. »Lasst uns meinen Bruder und Talan suchen und diesem Gemetzel ein Ende bereiten.«

Ich fühlte mich ein wenig schuldig. Ich konnte nicht abstreiten, dass ich von Kampfeslust berauscht war und fröhlich gegen alle gekämpft hätte, die Talan mir entgegenschickte. Doch Shara hatte Recht. Zu viele hatten schon ihr Leben verloren. Jetzt mussten wir unsere wahren, eigentlichen Feinde finden und töten. Ich wischte meine Klinge ab, und wir gingen weiter.

Nun erkannte ich auch die Umgebung. Durch eine Tür traten wir auf eine Galerie, von der aus man in den Rosengarten schaute. Dahinter lagen die Gemächer, wo Ryadne mit mir gesprochen hatte – es kam mir so vor, als wäre seit diesem Gespräch eine Ewigkeit vergangen. Von dort gelangte man ins Allerheiligste, das einst Andur und seiner Königin gehört hatte.

Wir eilten über die Galerie und blieben vor einer Tür stehen, die mit Elfenbein und Metall eingelegt war.

»Wenn er hier ist, dann hinter dieser Tür«, sagte Ellyn. »Aber ich werde ihm nicht in diesen schmutzigen Fetzen gegenübertreten.«

Sie warf den Danant-Umhang ab. Ich tat es ihr gleich und zeigte meine Devyn-Farben.

»Warum nicht?«, sagte Shara und legte ebenfalls den blutigen Fetzen ab.

Ellyn hob den Riegel und riss die Tür auf. Ich stürmte in das Gemach.

Talan und Nestor schauten mich verblüfft an.

Jetzt waren keine Danant mehr auf den Mauern, und das Tor stand offen. Highlander und Haldurs Männer trieben die restlichen Verteidiger den Piraten in die Arme. Viele starben, die anderen warfen die Waffen nieder und baten um Gnade.

Bei den Highlandern nützte das nicht viel, und auch Haldurs Männer hatten noch alte Rechnungen zu begleichen. Und die Bewohner Choryms, die mit Küchenmessern, Töpfen und Pfannen kämpften, rächten sich für die Jahre der Unterdrückung und für die Ermordung ihres Königs und ihrer Königin. Nur die Piraten hielten sich zurück. Sie waren daran gewöhnt, Schiffe zu erobern und die Besatzungen gefangen zu nehmen. Auch Kerid hatte seit Andurs Tod viel gelernt und beobachtete entsetzt das Gemetzel.

»Ich habe Glück gehabt«, sagte er zu Mutter Hel.

Die Mutter stand da, von ihrer Leibwache umringt, und hielt sich ein Tuch mit Blütenduft vor die Nase. »Missfällt dir das?«, fragte sie. »Du wolltest doch, dass Ellyn den Thron besteigt.«

»Ja, aber das hier ist ein abscheuliches Abschlachten.« Angewidert trat er beiseite, als ein Danant in der Nähe durchbohrt wurde. Dann taumelte ein Highlander vorbei, der die Hände dorthin presste, wo einst sein Gesicht gewesen war, ehe ein Schwert es verunstaltet hatte. »Auf dem Fluss ist es anders. Da wird ehrlich gekämpft.«

»Sie bezahlen ihre Schulden«, sagte Mutter Hel. »Talan war nicht der wahre Herrscher Chaldors, und er war eigensinnig, grausam und ungerecht. Er hat sich des Vachyn-Zauberers bedient. Jetzt erntet er, was er gesät hat.«

»Trotzdem ...«, sagte Kerid.

Drei Frauen und ein alter Mann verfolgten einen Danant. Schreiend stürzte der Krieger zu Boden, als der Alte ihm mit einer Sichel die Kehle durchschnitt. Die Sichel war stumpf, der Krieger starb langsam.

»So ist es nun mal im Krieg«, sagte die Mutter. »Sieg oder Niederlage, etwas anderes gibt es nicht.«

Talan trug eine so prächtige Rüstung, wie ich sie noch nie gesehen hatte. Alles glänzendes Gold, mit Juwelen besetzt; auf der Brustplatte und den Arm- und Beinschienen waren fauchende Löwen eingeätzt. Sein Helm glich einem Löwenhaupt, wobei der Rachen das Gesicht umschloss. Die Sonne war aufgegangen und fiel durch die Fenster ins Innere, sodass die Juwelen wie Regenbogen funkelten. Ich hielt die Rüstung eher für eine Prunkrüstung; für einen richtigen Kampf war sie kaum geeignet.

Talan starrte uns an. Seine Hand lag auf dem ebenfalls mit Juwelen besetzten Heft des Langschwerts.

Neben ihm stand ein Mann mit langem, öligem Haar. Sein Gesicht glich einem Raubvogel. Es war so bleich, als verbrächte er zu viel Zeit mit den Mächten der Finsternis. Er trug ein schwarzes Gewand. Noch ehe Shara seinen Namen aussprach, wusste ich, dass es Nestor war, der Vachyn-Zauberer.

Ich hatte keine Wahl. Ich wusste, dass Nestors Magie mich binnen eines Herzschlags töten konnte, deshalb griff ich an.

Schon spürte ich die Magie in der Luft. Vielleicht war ich nach dem nächsten Schritt tot, doch ich war Highlander bis ins Mark. Wild und ohne Rücksicht auf mich selbst anzugreifen, lag mir im Blut. Außerdem hatte ich geschworen, Ellyn zu ihrem Thron zu verhelfen. Zudem trieb mich der Wunsch an, Shara zu retten.

Ich schwang mein Schwert gegen Nestor.

Wäre er ein gewöhnlicher Sterblicher gewesen, wäre sein Kopf gerollt. Doch er war ein Vachyn-Magier. Meine Klinge prallte wie von einem unsichtbaren Schild ab.

Er lächelte. Dann sprach er unverständliche Worte und beschrieb mit den Händen Muster in der Luft.

Plötzlich sagte Shara irgendetwas, und Nestors Hände sanken herab. »Ah, Schwester, du glaubst, du hättest mich besiegt«, sagte er.

»Ich werde die Welt von dir befreien«, antwortete Shara. »Wer ist stärker, Bruder? Du mit deiner Vachyn-Magie oder ich?«

»*Ich!*«, sagte Nestor.

»Du hast meinen Vater ermordet«, sagte Ellyn. »Und meine Mutter.«

Nestor lachte und richtete einen Finger auf sie, worauf sie nach hinten taumelte. Wieder lachte Nestor.

»Eine Schülerin, Schwester? Eine kleine schwache Schülerin nach deinem traurigen Verrat? Über welche Gabe verfügt sie? Kann sie mich besiegen?«

Ich hatte das Gefühl, als wären Pferde über mich hinweggetrampelt. Jede Wunde, die ich im Leben davongetragen hatte, schmerzte. Ich fühlte mich unsäglich schwach.

Dann drehte ich den Kopf und sah Ellyn an der gegenüberliegenden Wand lehnen. Nur Shara stand noch aufrecht und trotzig vor Nestor.

»Du bist geschlagen, Bruder. Dein lächerlicher König ist besiegt. Chorym und Chaldor gehören jetzt uns. Du hast verloren!«

»*Nein!*«, rief Nestor und richtete eine Hand auf Shara.

Wieder spürte ich die Bewegung der Magie ringsum. Mit letzter Kraft kam ich auf Hände und Knie.

Talan starrte wie gebannt auf die Geschwister Nestor und Shara, als ich ihm meine Klinge über dem Panzerschurz in die Weichteile stieß. Ich hatte meine ganze Kraft in diesen Stoß gelegt. Talan schrie auf, und ich zog das Schwert heraus und stach es ihm in die Kehle, um ihn zum Schweigen zu bringen. Lautlos fiel er zu Boden und starb.

Nestor fluchte und schickte seine Magie gegen Shara. Sie antwortete mit ihrem eigenen Zauber, sodass die Luft knisterte und knallte, als würden zwei Gewitter mit Blitz und Donner gegeneinander wüten. Der Lärm war ohrenbetäubend. Ich hatte das Gefühl, den Kampf wie in einem Traum vor meinen Augen zu sehen. Aber dort kämpfte die Frau, die ich liebte, deshalb musste ich aufwachen. Doch ich konnte es nicht mehr. Meine Kräfte waren aufgezehrt.

Dann aber …

Ellyn war zusammengesunken. Wenn Shara in diesem Kampf der Magier unterlag, war alles verloren, wofür wir gekämpft hatten. Ich schmeckte Blut im Mund, als ich gegen den üblen Vachyn-Zauber kämpfte. Ich raffte mich auf und führte mit dem Schwert einen Schlag gegen Nestors Ferse.

Es war ein armseliger Hieb. Jeder Highlander hätte gelacht und mir sofort die Hand abgehackt. Ich ritzte ihn kaum, doch er schrie, als hätte er eine tiefe Wunde abbekommen, und hüpfte davon.

Shara lächelte und vollführte rasche Handbewegungen. Nestor wich weiter zurück. Ich ließ meine Klinge sinken. Sie war zu schwer. Stattdessen zückte ich meinen Dolch und kroch dem Vachyn hinterher.

Der richtete den Finger auf mich. Wie von einer Sturmböe wurde ich über den Boden gefegt. Ein Blitz durchbohrte meine Brust. Ich hätte sterben müssen, doch ich war zuvor schon einmal gestorben, und so hob ich den Kopf, obwohl ich das Gefühl hatte und lachte.

»Du kannst mich nicht töten – und sie auch nicht«, sagte ich zu Nestor.

»Nein!«, rief er. »Das kann nicht sein!«

Ich hatte ihn abgelenkt. Shara schickte ihm einen Lichtstoß entgegen, dass sein Gewand in Flammen aufging.

Er schleuderte ihre Magie zurück. Grelles Licht füllte den Raum. Nestor zog sich zurück.

Ich konnte mich nicht mehr bewegen. Ich hatte das Gefühl, als wäre all mein Blut aus meinem Körper geströmt, und Feuer würde durch meine Adern fließen. Bei jedem Atemzug brannte meine Lunge. Meine

Muskeln waren weich, und vergeblich bemühte ich mich aufzustehen, um Shara zu helfen. Ein Fenster zersprang in einem glitzernden Scherbenregen, als Magie auf Magie prallte. Die Vorhänge fingen Feuer. Rauch breitete sich aus. Nestor blickte zu einer Tür, die aber sofort lichterloh brannte, da Shara ihren Zauber darauf gerichtet hatte, um ihn an der Flucht zu hindern. Metall schmolz, Teppiche brannten.

Ellyn rieb sich die Augen. Blut lief ihr die Wange hinunter, wo sie gegen die Wand geprallt war. Ich raffte mich auf und kroch zu ihr.

Dann stieß Shara einen Schrei aus. Mir stockte der Atem, als ich sie von Flammen umgeben sah. Doch gleich darauf erlosch das Feuer wieder, und sie richtete den Finger auf Nestor. Er taumelte gegen die Wand, wo ein Teppich mit einer Jagdszene brannte. Nestor riss den Teppich ab, die brennenden Fetzen hüllten ihn ein.

Er schlug wild um sich und schrie. Shara sank zusammen, als wäre alle Kraft aus ihrem Körper gewichen. Ihr Gesicht glänzte wie im Fieber, und die Augen waren geweitet. Sie biss die Zähne zusammen. Ich erreichte Ellyn – nur die Götter wissen, wie mir das gelang, denn ich war schwächer als ein neugeborenes Kind – und berührte ihre Hand.

»Hilf ihr! Hilf ihr, bei allen Göttern! Für Chaldor!«

Ellyn stöhnte und spuckte Blut auf den Boden. Dann schob sie sich an der Wand hoch, ohne sich um die Funken zu kümmern. Mit unsicheren Schritten ging sie zu Shara und legte den Arm um sie. Shara klammerte sich an die Gefährtin. Hocherhobenen Hauptes standen beide Frauen vor Nestor.

Dieser riss den brennenden Wandteppich von sich. »Noch hast du nicht gewonnen, Schwester!«, stieß er hervor und geiferte wie ein tollwütiger Hund, der in die Ecke getrieben war.

Er hob die Hände, die geschwärzt und voller Blasen waren, und deutete damit auf die Frauen, während er die Zauberworte sprach.

»Mach alles so wie ich«, sagte Shara zu Ellyn. »Denk daran, was ich dich gelehrt habe!«

Ellyn nickte. Beide sprachen gleichzeitig und bewegten die Hände im Einklang.

Wieder war es so, als träfen zwei Stürme aufeinander. Die letzten Fenster zerbarsten. Glas- und Steinsplitter flogen durch den Raum. Hinzu kamen die grauenvolle Hitze und die Flammen. Mein Haar wurde versengt, und Teile der Wände stürzten ein. Feurige Zungen leckten über die Decke. Asche fiel herab und machte das Atmen schwer.

Asche verklebte meine Augen, und durch die Tränen sah ich, wie Nestor zusammenbrach. Der Donner betäubte mich, die grellen Blitze blendeten mich. Trotzdem erkannte ich, wie Ellyn und Shara die Hände ausgestreckt hielten und Nestor in einem Flammenmeer schreiend durch den Raum taumelte.

»Das wird nicht das Ende sein, Schwester! Dafür wirst dich bei unserer Sippe verantworten müssen! Die Vachyn werden sich rächen …«, erklangen seine letzten Worte.

Dann hörte ich nichts mehr. Ich sah nur noch, wie Nestor in einem weißen Licht verschwand und zu einem Aschenhäufchen wurde.

Benommen dachte ich noch, dass wir den Sieg

errungen hätten, dass Ellyn ihren rechtmäßigen Thron besteigen könne und dass Shara lebte. Dann übermannten mich die Schmerzen. Ich schloss die Augen und verlor das Bewusstsein.

Epilog

»Beide sind tot?«, fragte Egor Dival.

Ich nickte. »Ich habe Talan mit dem Schwert getötet. Shara und Ellyn haben Nestor vernichtet.«

»Er hatte keine Kinder«, sagte Dival. »Er war der letzte aus dem Geschlecht der Kedassians.« Nach kurzer Pause fügte er hinzu: »Ich habe den Vachyn nie gemocht. Ich habe mit Talan gestritten, als er Nestor zu sich holte. Ich kämpfe lieber offen und ehrlich.«

Ich zuckte mit den Schultern, wobei mir alles wehtat. »Und? Was wirst du jetzt tun?«, fragte ich.

»Was bleibt mir?«, meinte Dival. »Ich bin euer Gefangener.« Er lachte kurz. »Ihr Highlander kämpft hervorragend, besser als Talan oder Nestor geglaubt haben. Werdet ihr mich nun einen Kopf kürzer machen?«

»Nein«, entgegnete ich. »Ich halte es für besser, dich am Leben zu lassen. Danant braucht einen Herrscher.«

Er blickte mich entgeistert an. *»Ich?«*

»Wie du gesagt hast, war Talan der letzte Kedassian. Er war nicht verheiratet und hatte keine Kinder. Wer wäre geeigneter als du?«

»Dann kämpft ihr nicht gegen Danant?«, fragte er, immer noch ungläubig. »Ihr wollt Andurs Tod und unser Eindringen nicht rächen? Keine Blutfehde?«

»Shara hat davon abgeraten«, sagte ich. »Und

Ellyn stimmt ihr zu. Sie verlangt einen Friedensvertrag vor dir und die feierliche Zusage, dich an die Vereinbarung zu halten. Bist du dazu bereit, kannst du nach Hause gehen.«

»Mitsamt meinen überlebenden Männern?« Dival lächelte traurig.

»Mit allen«, erklärte ich. »Schwöre Ellyn, dass Danant und Chaldor sich nicht mehr bekriegen werden, sondern in Frieden leben.«

»Aber Talan hätte dich getötet, wie er Andur getötet hat. Er hätte Ellyn zum Weib genommen – oder auch sie beseitigen lassen. Warum nimmst du so viel Rücksicht auf mich?«

»Weil du nicht Talan bist«, sagte ich. »Weil du nicht auf die Einflüsterungen des Vachyn hörst. Weil du ein Krieger bist und ich deinem Wort trauen kann.«

»Und Ellyn?«

»Kann sie dir trauen, wenn du den Eid leistest?«

»Ja. Wenn ich mein Wort gebe, halte ich es«, erklärte Egor Dival.

»Wirst du es geben?«

»Ja!«

Nassim spuckte Tabaksaft auf die blutigen Pflastersteine. Immer noch stieg Rauch vom Palast auf, von dem die geborstenen Fensterscheiben wie die Augen eines Totenschädels herabschauten. Vor der Stadt loderten Scheiterhaufen für die Totenverbrennung. Krähen und Raben sammelten sich unter dem Herbsthimmel und warteten auf ein Festmahl.

Nassim wischte das Schwert ab und schaute zu Kerid und Mutter Hel.

»War es das wert? Wir haben Ellyn zu ihrem Thron verholfen und einen Vachyn-Zauberer getötet. Aber was werden die Vachyn jetzt tun?«

»Wir hatten keine Wahl. Ich hatte Gailard mein Wort gegeben«, antwortete Kerid.

»Die Vachyn hätten früher oder später danach getrachtet, Hel zu erobern. Vielleicht haben sie jetzt eine Lektion gelernt«, sagte die Mutter.

Nassim schnitt ein frisches Stück Tabak ab und schob es sich in den Mund. »Meint ihr? Aber vielleicht haben wir sie auch nur gereizt, und sie werden sich an Hel rächen wollen.«

»Wir haben einen großen Sieg errungen«, sagte Kerid. »Bei den Göttern, die Danant ziehen sich zurück, und Chaldor ist sicher. Talan ist tot und sein Vachyn ebenso. Was könnten wir uns noch wünschen?«

Nassim spuckte als Antwort, was ihm einen missbilligenden Blick von Mutter einbrachte.

»Man spricht jetzt von Frieden. Gailard überredet Egor Dival, ein Friedensabkommen mit Chaldor zu schließen. Ich glaube, der Alte wird zustimmen«, sagte die Mutter.

»Dann dürfen wir keine Danant-Schiffe mehr kapern.« Nassim seufzte. »Mir hat dieser Krieg Freude bereitet.«

»Es wird andere Kriege geben«, versicherte ihm Kerid. »Wer weiß, was die Vachyn-Zauberer tun.«

»So ist es«, meinte Nassim.

»Ich hoffe, dass es zu keinem Krieg mit den Vachyn

kommen wird«, sagte die Mutter. »Das wäre schrecklich.« Sie schaute Kerid an.

»Ja, gewiss, Mutter – schrecklich«, sagte er und grinste Nassim an.

Ellyn empfing die Führer der Clans im Thronsaal des Palasts. Ihr Großvater beugte das Knie vor ihr und leistete den Treueeid für die Dur. Jaime gelobte die Treue für die Arran, und ich schwor, dass die Devyn Ellyn stets unterstützen würden. Schließlich sprach Roark für die Quan und bat Ellyn vor uns allen um ihre Hand.

Ellyn errötete und zögerte kurz, ehe sie antwortete. »Ja.« Darauf brach gewaltiger Jubel los, und der junge Roark wurde so tiefrot wie seine Braut.

Dann schaute Ellyn mich an. »Wirst du meine Streitkräfte befehligen, Gailard? Bleibst du mein Beschützer?«

Ich lächelte, nahm Sharas Hand und schüttelte den Kopf. »Ich werde immer dein Beschützer bleiben, wenn du mich darum bittest. Aber deine Streitkräfte befehligen – nein. Ich habe mehr als genug vom Kämpfen und möchte mit Shara zurück in ihre Festung gehen.« Dann fügte ich nach kurzer Überlegung hinzu: »Mit deiner Erlaubnis, meine Königin.«

»Du kannst gehen, wohin du willst.« Ihre Miene hatte sich verdüstert, aber nicht lange, da Roark an ihrer Seite war. »Aber darf ich … dürfen wir … euch dort besuchen?«

»Gewiss«, sagte Shara. »Wir werden ohnehin noch

eine Zeit lang hierbleiben. Es gibt noch Vieles, das ich dich lehren muss.«

»Ich danke dir für alles«, sagte Ellyn und lächelte; dann schaute sie mich an. »Wenn nicht du, Gailard, wer soll dann mein Heer befehligen – unter dem Oberbefehl meines Gatten?«

»Haldur.« Ich schob ihn vor. »Er ist treu und tapfer, und die Männer kennen ihn.«

»Bist du gewillt?«, fragte sie.

Haldur beugte ein Knie. »Wie meine Königin befiehlt.«

»Dann ist es beschlossen.« Sie strahlte. »Und du, Kerid – willst du meine Flotte führen?«

»Mit Verlaub, nein.« Kerid schüttelte den Kopf. Mutter Hel neben ihm lächelte. »Ich möchte zurück nach Hel.«

»Solange meine Piraten auf dem Fluss segeln, sind Chaldors Ufer und seine Schiffe sicher«, erklärte die Mutter. »Und solltest du uns brauchen, eilen wir sogleich herbei.«

»Und meine neuen Verbündeten?« Ellyn schaute zu Egor Dival. »Sind auch sie sicher?« Bei den Göttern, sie hatte so schnell gelernt, Herrscherin zu sein, wie sie zuvor gelernt hatte, mit dem Schwert umzugehen.

»Deine Freunde sind auch die meinen«, sagte die Mutter.

»Sehr gut! Doch wer soll meine Schiffe befehligen? Ich bezweifle, dass die Vachyn uns lange in Ruhe lassen. An Land fühlen wir uns sicher, doch auf dem Fluss?«

»Darf ich jemand vorschlagen?«, sagte Kerid. »Er

ist ein guter Seemann und tapfer. Er hat seinen Wert bewiesen.«

Ellyn nickte heitsvoll. Nichts erinnerte mehr an das verzogene Kind, das ich aus Chorym fortgeholt hatte.

»Ich schlage vor, du vertraust Nassim deine Flotte an«, sagte Kerid.

Nassim hustete und wurde blass. Er hatte den Tabak verschluckt und wich zurück. Doch Mutter Hel gab vier Männern ihrer Leibgarde ein Zeichen, und sie schoben ihn nach vorn.

»Nimmst du an?«, fragte Ellyn. »Willst du meine Flotte auf dem Durrakym befehligen?«

Nassim wischte sich den Mund. Kerid versetzte ihm einen Rippenstoß.

»Es ist eine große Ehre für mich, meine Königin«, sagte Nassim schließlich.

Ellyn lächelte. »Dann müssen wir über die Größe unserer Flotte sprechen.«

Mutter Hel runzelte die Stirn, und Kerid grinste. Ich hatte Mühe, nicht loszulachen. Bei den Göttern, dieses Kind lernte schnell.

»Was meinst du?«, fragte Nassim.

»Ich glaube, in deiner Flotte sind viele Schiffe, die zuvor Chaldor gehörten.« Ellyn schenkte der Mutter ein strahlendes Lächeln. »Wenn ich recht unterrichtet bin, kam Kerid mit Chaldor-Schiffen zu dir. Wirst du sie zurückgeben?«

Die Miene der Mutter verdüsterte sich, doch Kerid flüsterte ihr ins Ohr, worauf ihre Züge sich aufhellten. Sie lachte. »Diese Schiffe und noch mehr«, versprach sie. »Genug, dass Nassim eine richtige Flotte befehligen kann.«

»Ich danke dir«, sagte Ellyn huldvoll. »Doch nun wollen wir unseren Sieg feiern.«

»Zuvor solltest du dich in deiner Stadt umschauen«, sagte Shara.

»Chorym hat tiefe Wunden davongetragen«, fügte ich hinzu. »Und auch die Bewohner der Stadt. Geh zu ihnen. Danach können wir feiern.«

Ellyn nickte und ergriff Roarks Hand. »Ihr habt Recht. Die Freude macht mich nachlässig. Lasst uns gehen.«

Wir feierten unseren Sieg erst, nachdem in Chorym ein gewisses Maß an Ordnung wieder hergestellt war. Egor Dival zog mit dem Rest des Danant-Heeres ab, nachdem der Friedensvertrag beschworen war. Nassims Schiffe brachten ihn über den Durrakym. Dann kümmerten wir uns darum, dass die vielen Menschen, die obdachlos geworden waren, wieder ein Dach über dem Kopf bekamen. Die verwüstete Stadt musste aufgebaut werden. Erst als wir sicher waren, dass niemand hungern musste, feierten wir unser Siegesfest.

Ellyn saß am Kopf der Tafel, wie es ihrer neuen Stellung entsprach. Roark hatte zu ihrer Rechten Platz genommen, ich zur Linken. Ein ehrenvoller Platz – geziemend für den Schildträger, den Beschützer. Shara saß links von mir. Kerid und Mutter Hel, Nassim, Mattich und die anderen entlang der langen Tafel. Wir aßen gut und tranken viel. Ich wusste, dass ich inmitten guter Freunde saß.

Dennoch mischte sich ein Hauch Trauer in die

glückliche Stimmung dieses Abends. Am nächsten Morgen würden die Highlander abziehen, zurück zu ihren Frauen und Kindern gehen. Ich würde sie lange Zeit nicht sehen. Kerid und die Mutter wollten nach Hel segeln. Ellyn war mit ihren neuen Pflichten als Königin und mit Roark beschäftigt. Ich hatte das Gefühl, dass ein Kapitel meines Lebens abgeschlossen war und empfand Bedauern, mich von den neuen Freunden verabschieden zu müssen.

Aber ich war auch voller Hoffnung. Talan war besiegt und tot, Chorym zurückerobert, und Ellyn saß auf dem Thron. Ich hatte sämtliche Versprechen erfüllt und Eide gehalten, die ich Andur und Ryadne geleistet hatte. Nun schien mir die Zeit gekommen, die neuen Versprechen gegenüber Shara einzulösen.

Ich nahm ihre Hand, und sie lächelte mir zu.

Ich wollte gerade etwas sagen, als Ellyn das Wort ergriff. »Verzeiht, aber ich bin entsetzlich müde. Ich muss in mein Bett, sonst verschlafe ich den Abzug unsere Highlander.«

Sie lächelte Roark an. Meiner Meinung nach hätte sie lieber »unser« Bett sagen sollen.

Mattich lachte und schwenkte das Weinglas, dass der Wein über sein Hemd spritzte, um seiner Enkelin und ihrem zukünftigen Gemahl zuzutrinken.

»Soll ich die Quan nach Hause führen, Roark? Ich hege den Verdacht, dass du anderweitig beschäftigt bist.«

Roark errötete.

»Mein Gemahl soll das entscheiden, Großvater«, erklärte Ellyn. »Doch könnte es eine Zeit lang dauern, ehe er fortgeht.«

Shara drückte meine Hand, als die beiden den Saal verließen.

»Ich möchte auch ins Bett«, sagte sie. »In unseres.«

Wir lagen eng beisammen unter Seidendecken. Der Mond schien in unser Gemach, erhellte es mit silbernem Licht und ließ Funken in Sharas rabenschwarzem Haar tanzen, das ihre wunderschönen Züge umhüllte. Von draußen drangen die Geräusche der Feier herein, das Lachen der Menschen, die vom Joch der Unterdrückung befreit auf Choryms Straßen tanzten. Wir hatten uns geliebt. Es war unendlich schöner gewesen, als ich es je zu hoffen gewagt hatte. Jetzt war ich müde, aber glücklich.

Shara stützte sich auf einen Ellbogen und berührte mein Gesicht.

»War es das wert, Gailard? War es all das Leid wert?«

Ich dachte kurz nach. »Der Krieg? Ja, es war die Sache wert, sonst würde Talan noch immer herrschen und auf die Einflüsterungen des Vachyn hören. Und hätten sie gesiegt, hätte ich jetzt nicht dich.«

Sie schmiegte sich an mich. Ihr Mund lag auf meinem und …

Wir wachten gerade noch rechtzeitig auf, um unseren Freunden Lebwohl zu sagen.

»Wir müssen fort«, sagte Kerid und lächelte linkisch. »Weder die Mutter noch ich fühlten uns an Land sonderlich wohl.«

»Wir gehen zurück zum Fluss, nach Hel«, sagte die Mutter.

Sie winkten zum Abschied, als sie auf der Küstenstraße nach Antium zogen, wo ihre Schiffe warteten.

Unterwegs fragte Kerid sie zum ersten Mal, weil er es bisher nie gewagt hatte: »Wie lautet eigentlich dein wahrer Name?«

Sie lächelte. »Ist das wichtig?«

»Eigentlich nicht, aber …«

»Miranda«, sagte sie. Dann zog sie die Vorhänge ihrer Sänfte zu und zog ihn an sich.

Die Piraten von Hel marschierten zum Fluss, die Clans ritten nach Westen. In Chorym hörte man allenthalben Hämmern, als Mauern und Häuser wieder aufgebaut wurden. Die Sonne schien strahlend, eine kühle Brise wehte und Schwalben, die noch nicht nach Süden geflogen waren, zogen ihre Kreise über der Stadt.

Ich lehnte an einem Wehrgang, der vom Feuer des Vachyn und unserem Angriff verschont geblieben war, und blickte auf das Bauernland hinaus. Ich war in Hochstimmung, aber auch müde. Leidenschaftlich jung und alt zugleich. Die Welt hatte sich verändert, das spürte ich. Und ich hatte meinen Teil dazu beigetragen. Doch ich wusste nicht, was die Zukunft brachte.

Ellyn war bei mir. Wir waren allein. Shara war beschäftigt, und Roark sagte seinem Clan Lebwohl. Doch es nicht mehr nötig, dass die Königin von Chaldor mit einem Beschützer umherging.

»Einfach war es nicht«, sagte sie.

Ich schaute sie an und schüttelte den Kopf. Ich war nicht sicher, worüber sie sprach.

»Ich habe dich nicht gemocht«, fuhr sie fort. »Zu Anfang wirklich nicht. Aber dann habe ich gelernt, dass ich hinter das Äußere schauen muss, auf die Wahrheit. Verzeihst du mir, Gailard?«

»Was?«

»Alle Beleidigungen, die du von mir erfahren musstest.«

Ich spürte den Wind auf dem Gesicht und lachte. »Du hast rasch gelernt, Königin zu sein, und du wirst eine sehr gute Königin, eine wahre Herrscherin von Chaldor.«

»Das hoffe ich«, sagte sie.

»Wenn nicht, leg ich dich übers Knie und verpasse dir die Tracht Prügel, die du verdienst.«

Sie blickte mich geraume Zeit an. »Das würdest du wirklich tun?«

»O ja«, sagte ich.

Dann lachten wir beide. Sie ergriff meine Hand, und wir gingen hinunter.

Und so war das Unterfangen beendet, das Geschichtsschreiber den Ersten Vachyn-Krieg nannten. Für Chaldor begann eine Zeit des Friedens und Gedeihens, besser noch als unter der Herrschaft Andurs.

Egor Dival bestieg Danants Thron, und das Friedensabkommen zwischen den beiden Reichen dauert bis zum heutigen Tag. Ellyn ehelichte Roark und band die Hochlande an Chaldor. Von diesem Tag an verteidigten Männer der Clans ihre Ehre. Kerid und Mutter Hel kehrten zu den Inseln zurück, doch kein Pirat Hels kaperte je wieder ein Schiff aus Chaldor oder Danant.

Und Shara und ich traten die Reise an, die den Rest unseres Lebens dauern sollte. Aber das ist eine andere Geschichte.

ENDE